신화시학 ①

나남
nanam

한국연구재단 학술명저번역총서
서양편 376

신화시학 ①

2016년 12월 15일 발행
2016년 12월 15일 1쇄

지은이_ 엘레아자르 모이세예비치 멜레틴스키
옮긴이_ 박종소·최행규·차지원
발행자_ 趙相浩
발행처_ (주) 나남
주소_ 10881 경기도 파주시 회동길 193
전화_ (031) 955-4601 (代)
FAX_ (031) 955-4555
등록_ 제 1-71호 (1979.5.12)
홈페이지_ http://www.nanam.net
전자우편_ post@nanam.net
인쇄인_ 유성근 (삼화인쇄주식회사)

ISBN 978-89-300-8812-1
ISBN 978-89-300-8215-0 (세트)
책값은 뒤표지에 있습니다.

'한국연구재단 학술명저번역총서'는 우리 시대 기초학문의 부흥을 위해
한국연구재단과 (주)나남이 공동으로 펼치는 서양명저 번역간행사업입니다.

신화시학 ①

엘레아자르 모이세예비치 멜레틴스키 지음
박종소 · 최행규 · 차지원 옮김

나남
nanam

Poetika Mifa (*Поэтика мифа*)

by Eleazar Moiseevich Meletinsky (Елеазар Моисеевич Мелетинский)
Copyright © 1976 by Издательство «Наука» (Nauka Publisher)
All rights reserved.

왜 '신화'인가?

문명의 첨탑 위에 선 우리에게 신화는 어떤 의미를 가지는가. 극도로 물질적이며 오히려 어떤 끝에 가까워 보이는 우리의 시대는 아늑한 신화시대와 무슨 관계가 있는가. 이러한 질문은 차라리 부조리하다.

그러나 문명이 깊숙이 진전할수록 역설적으로 우리는 삶의 길을 잃으며 삶의 의미를 회의한다. 우리는 높이를 가늠하기 힘든 마천루의 숲에서 깊이를 알 수 없는 삶의 미궁에 빠져있다는 느낌을 가진다. 이러한 난처한 감각으로부터 우리를 구출해주는 것은 물질문명이 제공하는 고도의 기술이나 양적 과학의 전망이 아니라, 삶의 시원에 대한 향수이며 존재의 근원에 대한 물음이다. 이로부터 우리는 신화로 거슬러 올라간다.

하루가 다르게 바뀌는 세상에서 시작과 근원에 관한 변함없이 영원한 이야기는 무슨 답을 줄 수 있을까. 여기서 다시금 신화의 역설이 모습을 드러낸다. 투명하고 정지된 신화는 우리의 현실과 접

5

하는 순간 다채롭고 변화무쌍한 은유와 상징으로 바뀌며 고정된 의미는 끊임없이 변주된다. 신화는 이러한 변신을 통해 인류에게 끊임없이 변화하는 세계와 존재의 조건에 대처하고 생존을 확보하기 위한 해석적 대안을 제시했던 것이다. 수없이 되풀이되었을 존재의 물음에 신화가 해답이 되어온 것은 이러한 신화의 '변신', 즉 신화의 은유적 잠재력 때문이었다. 몸은 하나이나 머리는 수백 개인 메두사처럼 신화의 몸에서는 시대와 환경에 따라 수많은 서로 다른 얼굴이 자라난다.

《신화시학》(Поэтика мифа)의 저자 엘레아자르 모이세예비치 멜레틴스키(Е. М. Мелетинский)는 신화와 인간의 현실이 맞닿는 바로 이 지점에서 문학을 발견한다. 저자는 신화의 '변신', 즉 신화와 문학의 끊임없는 상호작용을 통해 인류 사유의 긴 역사 속에서 보편으로 살아나온 신화의 흔적을 찾아낸다.

신화가 소중한 것은 그것이 인류의 삶 속에서 문학으로 변신하며 삶과 주변 세계를 수용하고 극복해갔던 사람들의 이야기 속으로 녹아들었기 때문이다. 한 사회의 어떤 패러다임이 유효성을 다할 때 신화는 또다시 고치를 벗으며 새로운 은유로 태어나서 현실을 살아가는 사람들에게 삶과 세계를 새로이 이해하는 방식을 선사해주었던 것이다. 신화는 주변 세계와의 싸움에서 무엇보다 강력한 인류의 무기가 아니었을까. 저자가 신화와 문학을 오가며 우리에게 역설하는 것은 이러한 점이다. 물질문명에 잠식된 인류에게 '신화시학', 즉 끊임없이 되풀이되는 신화로의 회귀는 원시적 과거로의 일방향적 퇴행이 아니라 타자적 의식과의 대화를 의미한다. 신화와 로고스는 서로 대립하며 배제하는 것이 아니라 서로 대화하며 상호작용하는 두 개의 에피스테메인 것이다.

역자들이 《신화시학》의 번역을 선택한 이유도 바로 여기에 있다.

저자는 문학 속에 나타난 신화 해석의 역사를 통해 먼 과거 혹은 현실과는 다른 세상이 '지금, 여기'와 맞닿아있음을 말해준다. 현기증 나는 물질문명 속에서 삶의 방향을 찾아 헤매는 현대인의 모습 아래로 비쳐 보이는 것은 스킬라와 카리브디스의 바다 위를 건너는 오디세우스의 형상이다. 신화의 '변신'에서 우리는 가늠하기 힘든 지금을 살아나갈 방편이 인류가 살아온 과거의 정신적 자산 속에 감추어졌음을 알게 될 것 같다. 《신화시학》의 독서가 부디 이러한 발견을 자극하길 바란다.

이 책의 역자들은 저자의 해박한 지식과 정치한 논의를 온전히 전달하고 싶었다. 그러나 모든 역자가 동의하는 바이겠지만 번역은 언제나 본질적 불능의 난제를 역자 앞에 던져주고 만다. 원전의 글맛을 그대로 살리되 우리말 독자의 읽기를 원활하게 하고 싶은 역자의 상충된 바람은 언제나 화해되지 못한 채 남기 때문이다.

이런 의미에서 멜레틴스키의 《신화시학》은 역자들에게 참으로 관대하지 못한 책이었다. 융융론석 신화학과 구조주의의 종합을 목표 했던 멜레틴스키의 문장은 길고 난삽한 나열과 상세한 유형론적 예시, 건조한 구조주의적 분석의 어울리지 않는 결합으로 이루어졌다. 상세한 예시와 추상화라는 멜레틴스키의 역설적인 목표만큼이나 상반된 두 개의 과제로 인해 이 책의 문장은 대부분 상당히 난삽하고 복잡한 장문으로 이루어져 러시아어와 구조적으로 다른 우리말로 번역하기란 여간 난감한 일이 아닐 수 없었다. 따라서 한 문장이 원문의 한 쪽을 거의 차지할 만큼 과도하게 긴 문장의 경우, 내용을 왜곡하지 않는 범위에서 우리말의 특성을 감안하여 여러 문장으로 나누고 다듬었다. 하지만 저자가 제시한 많은 예는 독서의 속도를 지연시키는 면이 있고 일부 생략한다고 해도 내용 이해에 문제가 없음에도 불구하고 저자의 유형론적 방법론을 뒷받침하는 해박한 증거이므로 그대로 옮겼다.

'구조적으로' 복잡한 멜레틴스키의 문장을 번역함에 역자들이 우선 염두에 둔 것은 번역의 정확성이었다. 이 책은 학술서이기 때문이다. 그러나 역자들은 1차적으로 정확한 번역을 고려하며 무엇보다도 문단과 절, 장의 내용에 대한 전반적인 이해를 궁극적 목표로 두면서 가독성을 높이기 위해 문장의 손질에 많은 노력을 기울였다. 그럼에도 불구하고 번역에서 여전히 남는 문제점이나 오역은 온전히 역자들의 몫이다.

역자들은 우선 길고 지루한 번역 과정에서 지지하며 격려했던 서로에게 감사와 우의를 표현하고 싶다. 그리고 이 책의 번역을 도와주신 분이 많다. 가독성을 갖춘 학술서를 만들겠다는 역자들의 핑계를 오래 인내해주신 연구재단 명저번역 분야 관계자 여러분께 사죄와 감사의 말씀을 드리고 싶다. 연구재단의 김석호 팀장님은 무한한 인내와 배려로 역자들을 지지하시며 번역작업의 고충을 덜어주셨다. 번역 과정에서의 어려움에 조언을 아끼지 않았던 서울대학교 노어노문학과와 경희대학교 외국어대학 러시아어학과의 동학 여러분께 감사한다. 독자의 입장과 연구자의 입장을 동시에 갖추어 가장 난감한 부분을 읽어주고 문장을 다듬어준 서울대학교 노어노문학과 박사과정 신봉주 양에게 또한 감사와 격려의 말을 전하고 싶다. 마지막으로, 학술서의 출판을 기꺼이 맡아주시고 역자들을 격려해주신 나남출판사의 방순영 편집장님 그리고 출판을 위한 최종작업에서 역자들과 함께 고생하며 좋은 문장 만들어주신 김민교 씨에게 깊이 감사드린다.

2016년 11월

대표역자 박 종 소

1. 이 책은 원칙적으로 러시아어 원전을 번역하였고 영문판 번역서 *The Poetics of Myth*〔Guy Lanoue and Alexandre Sadetsky (trans.), New York, 2000〕를 참고하였다.

2. 본문에서 용어나 인명에 있어 원어나 영어는 되도록 병기하지 않았으나 학술적으로 어려운 용어는 이해를 돕기 위해 영어를 병기하였다.

3. 옮긴이가 붙인 각주는 [역주]라고 표시하되, 원저자의 각주는 따로 표시하지 않았다.

4. 본문에서 논문은 " ", 작품명은 〈 〉, 단행본은 《 》로 표기하였다.

5. 원저자는 러시아어 원문에서 타 저작이나 저자로부터 인용한 학술적 용어와 개념, 문학적 용어 등에 대부분의 경우 " "를 붙여 표기하였다. 그러나 대부분의 용어가 이미 학술적으로는 공유된 것이므로 표기하지 않고 특별한 개념어에 해당하는 그 외의 경우에만 표기하였다.

6. 러시아어 인명과 용어는 국립국어원 외래어 표기법에 따라 실제로 경음으로 발음되더라도 격음으로 표기하였다.

7. 특별히 러시아에서만 쓰이는 것이 아니라 일반적으로 통용되는 용어는 서구식 발음과 표기를 따랐다.

8. 원문 문장이 예시, 열거, 비교 등으로 인하여 한 면의 반 이상을 차지하는 등 지나치게 긴 경우 가독성을 높이고 우리말의 호흡을 살리기 위해 여러 문장으로 나누어 번역하였다.

9. 본문에서 '신화시학', '신화화 시학', '신화주의 시학'이란 사실상 동일한 의미로 사용되나 맥락에 따라 미묘한 차이가 있을 수 있어 되도록 원저자가 사용한 용어를 살려 옮겼다. 대체적으로 원리에 중점을 둔 경우 '신화주의 시학'을, 작품의 구체적 소재에 대한 원리의 적용을 의미하는 경우 '신화화 시학' 그리고 신화 개념이 일반적이며 보다 보편적으로 사용된 경우 '신화시학'을 선택하는 원저자의 용어 사용을 존중하여 되도록 그대로 옮겼으나 가독성과 이해를 위해 옮긴이가 바꾸어 옮긴 경우도 있다.

아마도 이 책의 제목은 충분히 정확한 것은 아닐지도 모른다. 왜냐하면 신화창작은 다만 무의식적이며 시적(詩的)인 발생동기만을 지니므로 본질상 예술적 기법, 풍부한 표현력의 수단, 문체 등과 같은 시학의 대상을 신화에 적용해 이야기할 수 없기 때문이다. 그러나 지각가능하며 구체적인 형식, 즉 예술에 고유한 것이며서 어느 정도 신화로부터 유래한 형상성으로 일반적인 관념을 표현하는 것은 신화의 본령에 속한다. 어떤 종합적 단일체로서의 고대신화는 내부에 (분명히 신화적 배경을 극복하는 과정에서 형성되었을 것이 틀림없는) 종교와 고대의 철학적 관념뿐 아니라 예술, 무엇보다도 말과 관련한 예술의 맹아를 품었다. 예술 형식이 신화로부터 물려받은 것은 일반화를 위한 구체적이고 감각적인 방법과 바로 혼합주의(syncretism)였다. 1)

---

1) [역주] 혼합(混合)이란 어떤 현상의 미발전적 상태를 규정할 때 사용하는 용어로 예를 들어, 음악과 노래, 시, 춤이 서로 분리되지 않은 인간 문화 초기 단계의 예술을 가리킬 때 사용된다. 종교적 혼합주의라면 고대의 다양한 제의와 종교 체계 등과 같은 서로 이질적인 요소들이 유기적이지 않게 결합되고 혼합되는 것을 말한다.

문학은 발전 과정상 오랫동안 전통신화들을 예술적 목적을 위해 직접 사용했다. 그러므로 "신화시학"이라는 용어는, 불가피하게 종교학적 측면을 제외한 신화를 문학의 전사(前史)라는 관점에서 기술할 때 조건적으로 차용될 수 있을 것이다. 이밖에도 "신화시학", "신화 형성의 시학" 또는 "신화화(神話化) 시학" 등의 용어는 첫째, 20세기 일군의 작가들(조이스, 카프카, 로렌스, 예이츠, 엘리엇, 유진 오닐, 장 콕토, 모더니즘의 영역에 속하지 않는 작가로는 토마스 만, 가르시아 마르케스 등)의 의식적 신화 수용과 관련해서, 둘째, 일반적으로 보아 창작 재료를 예술적으로 구성하는 도구와 어떤 '항구적인' 심리적 요소들, 정태적 민족문화 모델들의 표현 수단에 대해서, 그리고 덧붙여, 모든 시학을 신화의 시학으로 해석하는(보트킨, 프라이 등은 문학 작품을 신화와 제의의 용어로 기술한다) 제의신화학파의 발생과 연관된 경우 등에서 각별한 의미를 가진다.

문학과 문예학의 신화주의는 모더니즘에 특징적인 것이지만 작가들의 사상적이고 예술적인 추구의 다양성으로 인해 결코 모더니즘에 제한되지 않는다. 개연성 있는 현실 표현과 해당 시대의 예술사 창조를 의식적으로 지향하고 신화주의의 요소들을 단지 함축적으로만 허용하는 19세기의 전통적 사실주의는 신화주의로 대체된다.

문학의 신화주의에서 전면에 부각되는 것은 다양한 '가면' 뒤에 숨겨진 최초의 신화적 원형들의 영원한 순환 반복성, 문학과 신화 간에 이루어지는 주인공들의 특별한 교환성에 대한 생각이다. 작가는 일상적 산문을 신화화하게 되고 비평가는 사실주의의 숨겨진 신화적 바탕들을 밝히려 한다.

20세기 문학에 나타나는 신화의 '부활'은 부분적으로는 니체, 베르그송 등의 생철학이 주장한바, 영원히 살아있는 본원으로서 신화를 보는 새로운 신화 옹호적 입장, 바그너의 독특한 창작적 시도,

프로이트와, 특히 융의 정신분석 등에 기반을 둔다.

또한 새로운 민족학 이론들 역시 신화의 부활 과정에서 일정한 역할을 했다고 할 수 있는데 이 이론들 자체가 최신의 철학적 흐름들에 지적인 빚을 지며 동시에 많은 점에서 전통적 신화에 대한 이해를 심화시켰다(프레이저, 말리노프스키, 레비브륄, 카시러 등). 이들은 신화가 원시인의 지적 욕구 만족의 수단(19세기의 실증주의적 적자생존 법칙의 시각)이 아니라, 종족의 제의 생활과 밀접히 연관되며 종족에 그 기원을 두는 일종의 '성서'(聖書)라고 본다. 이 '성서'의 실용적 기능은 정해진 자연과 사회질서의 조절과 유지에 있었다(이로부터 "영원한 회귀"라는 순환 개념이 나왔다).

신화는 여타의 상상력과 창조적 환상 형식과 동질의 것인 전(前)논리적 상징체계로서 검토되기 시작했다. 작가들은 최신 민족학 이론들을 잘 알았지만(20세기에 특징적으로 나타나는 민족학과 문학의 접근이라는 틀 안에서) 그렇다고 해서 과학 이론의 명백한 영향을 입은 그늘의 예술개념들이 원시신화 자체의 속성들보다도 훨씬 더 광범위하게 20세기 첫 10년간의 서구 사회의 문화적, 역사적 위기 상황을 반영하는 것을 방해하지는 않았다.

모더니즘 현상으로서의 신화주의는 물론 많은 점에서 부르주아 문화의 위기가 전반적인 문명의 위기로 자각되면서 탄생하였다고 할 수 있다. 위기에 대한 자각이 실증적 이성주의와 진화론, 사회 진보의 자유주의적 개념 등에 대한 환멸로 이어졌다(미국의 비평가 랩은2) 신화의 이상화 속에 역사에 대한 공포가 직접적으로 표현되었다고 생각했으며 조이스의 주인공은 역사의 두려움으로부터 '깨어나기'를 염원한다).

---

2) [역주] 다음을 보라: P. Rahv, *The Myth and the Powerhouse*, New York, 1969.

그동안 역사에 대해 쌓여온 불신을 어떻게든 중재하려는 철학의 영향과 아울러 자연과학 영역에서의 여러 가지 비고전적 이론들의 영향들, 심리학, 민족학 등에서 다양한 새로운 사고의 영향과 함께 고려해야 하는 것이 있다. 그것은 현대 문명의 사회적 기반의 불안정성과 문명을 뒤흔드는 혼돈의 세력의 파괴적인 힘에 대한 지각을 첨예화시킨 제1차 세계대전의 충격이다. 모더니스트의 신화주의를 키운 토양은 부르주아 산문에 대항한 낭만적 반란과 파시즘에 대한 예감(파시즘 자체가 생철학에 기대어 고대 독일 신화들을 '부활'시키려 했다) 그것이 가져온 정신적 외상(外傷), 역사의 미래에 대한 공포 그리고 부분적으로는 비록 위기를 겪지만 균형을 유지하던 세계가 목도하게 된 혁명적 변혁에 대한 공포 등이다.

거대한 사회적 동요는 문화의 얄팍한 층 아래에서 인간의 본성 혹은 인류 일반의 심리적이고 형이상학적인 본원들로부터 바로 흘러나오는 파괴적이거나 창조적인 영원한 힘들이 작용한다는 많은 서유럽 지식인의 확신을 뒷받침해주었다. 이러한 보편적 인식의 표현을 위해서 사회·역사적인, 시간적, 공간적 한계를 넘어서려는 시도는 사실주의에서 모더니즘으로의 이행 과정에서 보이는 요소 중의 하나였다. 신화는 자신의 근원적 상징성으로 인하여 개인적 혹은 사회적 행위에서 변치 않는 영원한 모델들, 사회적 혹은 자연적 질서에서 어떤 본질적인 법칙들의 기술을 위한 적절한 언어로 인정받게 되었다.

다음과 같은 사실을 염두에 두면서 상술한 것에 약간의 수정을 가할 필요가 있겠다. 20세기 신화주의는 직관론적 접근뿐 아니라 이성적 접근 방식과도 결합할 수 있었고 또한 우익의 기치뿐 아니라 좌익의 기치 아래에서도(무정부적 노동조합주의 이론가인 소렐과 기타 인물들의 경우) 나올 수 있으며, 역사주의에 항상 대립하는 것이 아니라 빈번하게 역사주의를 보충하는, 표현력이 풍부한 전형화 수단으로 나타난다(인도주의화된 신화를 나치주의 신화창작에 대립시키고자 한 토마스 만이나 아직은 민속과 관련된 신화를 민족문화 모델의 불변성을 표현하기 위해 이용하는 제3세계 작가들의 경우). 또한 문학과의 연관을 통해 본 신화의 문제는 소비에트 학문에서도 제기되었다. 그러므로 20세기 신화주의는 어떤 점에서는 모더니즘보다 더 넓고 더 복잡하고 모순적 현상이며 신화의 분석은 많은 부차적 요인과 양상을 고려할 것을 요한다(여기서 주장하고자 하는 바는 단순한 것들의 합으로, 예를 들어, 몇 개의 '다양한' 신화주의로 분해될 수 없는 현상의 복잡성이다).

문화사는 처음부터 끝까지 어떤 방식으로든 원시와 고대의 신화적 유산과 관련되며, 이러한 관련은 강한 동요를 보이기도 했지만 전체적으로 그 진화는 탈신화화(18세기 계몽주의와 19세기 실증주의는 그 정점이라 간주할 수 있다)의 방향으로 진행되었다. 그런데 우리는 20세기에 급속한 재신화화와 마주치며 이는 그 규모상 19세기 초에 있었던 신화에 대한 낭만적 열광을 상당히 능가하며 전체적으로는 탈신화화 과정에 대립한다(적어도 서구문화의 틀 속에서는 그러하다). 20세기 신화주의의 본질을 이해하려면 원시와 고대의 진정한 신화의 특성을 밝히지 않고 그들의 상호관계에 대한 물음을 제기하지 않고서는 불가능하리라.

서구 문학과 문화에서 재신화화는 일반적 측면에서뿐 아니라 시학과 관련하여서도 신화의 문제를 매우 실질적인 것으로 만들었다. 물론, 고전적 신화 형식들과 그들을 낳은 역사적 현실, 특히 20세기 신화주의를 20세기 사회적 상황과 상호 연관시켜봄으로써 원시 신화와 현대의 신화화 간의 차이를 찾아낼 필요가 있다. 그러나 이것만으로는 부족하다. 왜냐하면 신화에 대한 가장 최근의 해석들은 신화(그리고 제의)를 인간의 사고와 사회적 행위, 예술 창작의 가장 근본적인 특징들을 구체화할 능력을 가진 어떤 형식이나 구조로서 주목하기 때문이다.

여기서 신화의 구조분석이 요구된다. 민족학과 문학의 독특한 상호작용이 시작된 이상 이 상호작용의 틀에 의한 신화 이해를 심화시킬 필요가 있다. 상술한 바에 의거해 도출되는 이중적 연구 과제는 현대 이론들의 관점에서 진정한 신화를 검토해야 하는 것이며 동시에 현대 과학과 예술의 신화 해석의 문제 그리고 고전적 형식의 신화에 대한 현대의 이해의 관점에서 본 '신화와 문학의 관계'의 문제에3) 관해 연구하는 것이다.

고대신화와 현대문학을 접목하는 연구를 수행하면서 우리는 오래된 신화 이론들과 20세기 이전 문학과 신화 간의 상호관계의 역사에 대해서는 다만 간략하게 언급할 수 있을 뿐이다. 따라서 이 책에서는 가장 비중 있는 신화 이론들(제의신화적 문예학과 신화시학 영역에서의 소비에트 학자들의 독창적 개념들을 포함해서), 고전적 신화 형식들과 신화로부터 문학으로의 이행이 보여주는 몇 가지 특징 그리고 20세기 문학, 주로 소설에서의 신화화 시학 등이 검토될 것이다.

지면을 빌려 필자는 작업의 심의에 참가한 고리키 세계문학연구소의 세계문학사 분과 연구원들의 노고에 감사드리며 저자에게 값진 조언을 많이 주고 원고를 검토하는 수고를 맡아준 아베린체프와 이바노프 그리고 자톤스키에게 깊은 사의를 표한다.

---

3) [역주] 여기서 신화와 문학의 관계에 대한 문제는 '신화로서의 문학'의 문제를 의미한다.

신화시학 ①

차 례

제 1부

새로운 신화 이론들과
문학에 대한 제의신화학적 관점

제 1 장

역사적 개괄 *

고대 철학의 발전은1) 신화적 자료에 대한 이성적 재고에서 시작
되었다. 그리하여 자연히 신화적 서술에 대한 이성적 지식의 태도의
문제를 제기하게 되었다. 소피스트들은 신화를 알레고리로 해석했
다. 플라톤은 신화의 철학적, 상징적 해석을 민족신화에 대립시켰
다. 현대의 가장 영향력 있는 플라톤 해석자인 로세프에 따르면, 특
히 "플라돈 설학에서 보편적인 생명체에 대한 학설은 모든 신화학의
선험적, 변증법적 토대가 되었다". 2) 아리스토텔레스는 《시학》에서

---

* 신화 연구 역사에 관한 문헌은 많지 않다. 상대적으로 최근에 이루어진 연구에서
  추천할 만한 것으로는 다음을 보라: А. Ф. Лосев, Мифология, *Философская
  энциклопедия*, т. 3, Москва, 1964, C. 457~466과 네덜란드의 저명한 독일학
  학자인 얀 드 브리스의 폭넓은 개괄서 등이 있다. 다음을 보라: J. de Vries,
  Forschungsgeschite der Mythologie, München/Freiburg, 1961. 신화학의 역사에
  관한 많은 자료는 코치아라(G. Cocchiara)의 저서 (*История фольклористики
  в Европе*, 1960)에 담긴 멜레틴스키의 서문에 포함되었다. 러시아의 신화 연구에
  관해서는 다음을 보라: М. К. Азадовский, *История русской фольклористики*,
  тт. I - II, М., 1958~1963.
1) А. Ф. Лосев, *История античной эстетики*, тт. I -IV, 1963~1975. 이 책
  역시 풍부한 서지를 제공한다.
2) А. Ф. Лосев, *История античной эстетики*(*Софисты, Сократ, Платон*),
  М., 1964, C. 561.

신화를 스토리로 해석한다. 그 이후 신화에 대한 비유적 해석이 승리하였다. 스토아학파는 신들에게서 기능의 인격화를 보았고, 에피쿠로스학파는 자연적 사실들의 토대 위에 세워진 신화들이 제사장과 통치자들을 공공연하게 지지하기 위한 것이라 믿었으며, 나아가 신플라톤주의자는 신화를 논리적 범주와 대비시켰다. 에우헤메로스는 신화의 이미지들 속에서 역사적 인물들의 신격화를 보았다. 구약과 신약을 문자 그대로의 사실 혹은 알레고리로 해석하는 중세의 기독교 신학자들은 때론 에피쿠로스적이고 에우헤메로스적인 해석에 의거하거나 고대의 신들을 악마로 전락시킴으로써 고대신화의 권위를 훼손하였다.

르네상스 시대가[3] 보여준 고대신화에 대한 각별한 관심이란 곧 신화를 해방된 인간 개인의 열정과 감정의 표현 그리고 종교적, 학문적 혹은 철학적 진리의 비유적 표현으로 해석하는 것을 의미하였다. 잘 알려지지는 않았지만 베이컨은 고대신화의 알레고리의 장막에 가려진 고대인들의 지혜를 밝히려는 시도를 했다. 18세기 계몽주의자들은 신화를 무지와 기만의 산물로 보는 부정적 입장을 취했다.

18세기 초 라피토의《원시 시대 관습과 비교한 아메리카 미개인의 관습》,[4] 퐁트넬의《허구의 발생》,[5] 비코의《민족의 보편적 본성에 대한 새로운 과학의 기초》등이 거의 동시에 출판되었다.

---

3) Л. Баткин, Ренессансный миф о человеке, *Вопросы литературы* (이하, *ВЛ*), No. 9, 1971, С. 112~133을 비교해 보라.

4) [역주] J. Lafitau, *Customs of the American Indians Compared with the Customs of Primitive Times*, Toronto, 1974. 그리고 J. Lafitau에 대해서는 다음을 보라: A. Pagdon, *The Fall of Natural Man*, Cambridge, 1982.

5) [역주] M. de Fontenelle, *De l'origine des Fables*, Paris, 1932. 같은 관점에서 쓰인 글로는 다음을 보라: M. de Fontenelle, *Dialogues of the Dead*, 1708; M. de Fontenelle, *Oeuvres choisies de Fontenelle*, 1883.

오랜 세월 캐나다 인디언들 사이에서 생활했던 예수회 선교사 라피토는 그들의 문화를 고대 그리스 문화와 대조해 보고(이를 진화적 비교적, 역사적 민족학의 첫걸음이라 할 수 있다) 이 문화들이 단일한 본성을 가졌다고 결론지었다. 라피토는 이교신화와 종교에서 계시 종교의 배아를 찾아냈다. 데카르트파의 철학자이며 계몽주의자들의 가장 가까운 선임자인 퐁트넬은 원시인들의 신화적 이미지(신)들에 대해, 원시인들은 이해할 수 없는 자연현상의 주원인을 찾아내는 과정에서 자연현상에 인간적인 속성들과 기적의 특징들을 부여했다고 설명한다. 퐁트넬에 따르면 이러한 거짓 관념들의 잔재가 미신과 편견이다. 라피토와 퐁트넬은 방법론적 원칙의 유사성에도 불구하고(이들 양자는 나름대로 19세기 민족학을 예고한다) 신화적 '허구'를 평가하는 두 극단적 입장을 대표한다. 볼테르의 입장은 훨씬 단호하다. 볼테르는 라피토를 가차 없이 조소하였다. 저명한 작가이자 교회 위선의 폭로자인 볼테르는 성경의 '성스러운 역사'와 함께 신화를 '일탈'의 범주로 단호히 끌어내렸다. 볼테르와 디드로가 주목한 것은 제사장들의 기만이다.

《신과학》(新科學)의 저자인 이탈리아 학자 비코는 최초로 신화에 대한 진지한 철학 체계를 구축했다. 역사철학의 부분으로서의 신화철학이 부르주아 산문 시기가 시작된 시대에 발생했다는 것은 우연이 아니다. 기독교적 중세와 이교적 고대의 전통을 고의로 결합한 르네상스 문화의 쇠퇴와 더불어, 미학적으로 변형되고 인간화된 형태로 이 문화를 키웠으며 그 시적 정서의 독특한 징표였던 신화적 전통은 마침내 고갈되었다. 이성의 법칙에 의거한 사회의 변화를 약속한 계몽주의의 이성주의적 낙관주의가 성행하던 프랑스가 아니라, 눈부신 르네상스의 개화 이후 일반적인 문화적, 정치적 쇠락을 경험한 이탈리아에서 이러한 현상이 발생한 것은 우연이 아니다.

방법론상의 논쟁이 있었지만 비코의 칼날은 데카르트적 역사 진보의 가설을 겨냥했다. 데카르트주의자인 퐁트넬은 상상의 시대와 "기계적 기술"의 시대를 대비하며 전자가 분명히 무식과 야만에 의해 태어났으며 문명의 발전을 가로막는다는 이유로 오직 후자만을 옹호했다.

퐁트넬과 달리 비코는 변증법적인 역사 발전 개념으로부터 출발한다. 여기서 획득은 상실과 분리할 수 없는 것이었다. 비코는 순환 과정의 모습을 한 문명사의 이해에 주의를 기울인다. 즉, 신의 시대, 영웅의 시대, 인간의 시대는 각각 사회와 보편적 이성의 유아, 청년, 성인 상태를 표현한다는 것이다. 이와 같은 역사철학의 틀 속에서 비코의 신화와 시 이론이 전개된다.

> 마치 인류의 유아 상태라 말할 수 있는 최초 인간들은 사물에 대한 지적인 유개념을 형성할 능력이 없었으므로 당연히 각각 자신의 종과 닮은 모든 개별 형태를 일정한 모델이나 이상적 초상으로 수렴시키기 위한 시적 형상, 즉 상상적 종이나 보편 범주를 만들 필요를 느낀 것이다. 6)

> 이교에서 최초의 지혜인 시적 지혜는 형이상학에서, 현대 학자들이 말하는 이성적이고 추상적인 형이상학이 아닌 최초의 인간들의 감각적이고 환상적인 형이상학으로부터 시작되었어야만 했다. 그들은 이성을 전혀 가지고 있지 않았지만 강한 감각과 강력한 상상을 지녔기 때문이다. 그러한 형이상학이 진정한 시였으며 이 시는 원인에 대한 무지가 낳은 자연스러운 능력이었다. 처음에 그런 시는 그들에게는

---

6) M. A. 리프쉬츠가 서문을 쓴 책을 참고해 보라: Дж. Вико, *Основания новой науки об общей природе наций*, Л., 1940, С.87 (이후 인용은 이 판본에 따른다).

신적인 것이었다. 그들은 지각되며 경이로움을 불러일으키는 사물들의 원인을 신과 결부시켜 상상했다. 첫 인간들은 완전히 아이들처럼 나름대로의 상상에 따라 경이로운 사물들에 본질을 부여했다. 아이들은 생명 없는 대상들을 손에 쥐고도 마치 살아있는 인간에게 하듯이 즐거이 이야기를 나눈다. 이교 민족들의 최초의 인간들은 이제 나타나기 시작한 인류의 아이들로서 자신의 사고에 따라 사물들을 창조했다. 이는 그들이 체득한 상상으로 운용되었으며 놀랍도록 숭고하게 수행되었다. 7)

우리는 그토록 숭고한 시가 인간의 이성이 부족했기 때문에 생겨났으며 나중에 철학, 예술, 시학, 비평이 생겨난 후로도 이 최초 인간들의 시에 견줄 만한 다른 시가, 더 나은 것은 고사하고 비슷한 것조차도 나타나지 않았음을 밝힐 수 있었다. 이러한 발견 덕분으로 플라톤으로부터 베이컨에 이르기까지 이들이 파헤치고자 노력한 고대인들의 지혜가 불가해한 것이라는 견해가 논박된다. 이 시는 인류의 기초를 놓은 고대의 입법자들의 소박한 민중적 지혜인 것이지, 심오하고 특별한 철학자들의 비밀스런 지혜가 아니었다. 8)

상기 인용에서 알 수 있듯이 비코는 시를 역사적으로 미개한 문화와 연관시키며 여기서 프랑스 계몽주의자들과는 반대로 역사가 진보한 이후에도 도달하기 어려운 고대 시의 숭고성을 강조한다.

비코에 따르면 호머적 유형의 영웅시는 "신의 시", 즉 신화로부터 발생한다. 신화의 독특성은 많은 면에서 아동 심리와 비견될 수 있는 특정한 미발달된 사고 형식들에 의해 결정된다. 비코는 감각적 구체성, 육체성, 정서 그리고 이성 결핍(혹은 전(前) 논리성?)9) 등의 상황

---

7) *Ibid.*, p. 132.
8) *Ibid.*, p. 137.
9) [역주] 의문부호는 원저자의 것이다. 여기서 전 논리성(*прелогизм*)은 레비브륄

하에서 나타나는 현상들을 고려한다. 여기서 상상력은 풍부해지며, 주변 사물에게 인간적 속성이 귀속되고(인체와 우주의 동일화 개념) 종 범주들은 의인화되며, 주체로부터 그 속성과 형식을 추상화하지 않고, 본질이 일화들로 교체되는 서사성이 발생한다. 신화적인 '시적' 사고의 이러한 특징 규명은 보편적인 낭만주의 신화 해석을 예고한다. 뿐만 아니라 신화의 은유적 본성과 시적 비유들의 신화적 발생 기원에 대한 깊은 이해와 신화적 상징에 대한 이해의 몇몇 접근을 고려할 때, 비코의 연구는 현대적인 신화 해석의 실마리를 제공한다.

하나의 은유나 환유는 발생상 '작은 신화'로 간주된다는 비코의 견해는 탁월하다. 비코는 이렇게 말한다.

> 지금까지 작가들이 교묘하게 고안해냈다고 생각되는 모든 비유들은 (…) 최초의 모든 시적 민족의 필수적인 표현 방식이었으며 최초 발생 시에 이미 고유한 의미를 온전히 가졌다. 그러나 인간의 지성이 성장해감에 따라 자체의 형태들을 포함하거나 부분을 전체와 결합하는 추상적 형식과 유개념을 나타내는 말들이 발견되었으므로 최초 민족들의 시적 표현 방식들은 변형되었다. 10)

신화에서(신과 영웅의 성격에서) 시적 언어가, 시적 언어에서 산문적 언어가 발전했다는 비코적 개념은 매우 흥미로우며, 은유의 언어적 기호로의 변화와 그리스 시대 상징 언어에 관한 생각들은 특히 흥미로운 것이다. 비코에게 가장 오래된 시대란 모든 양상들 (논리학, 형이상학, 경제학, 정치학, 물리학, 지리학 등)에서 시적이며 이 모든 양상들에서 신화에 뿌리를 두는 시대이다. 이는 곧 최초의

의 용어로 미개인의 사고방식의 특징이라고 여기는, 그들에 대한 레비브륄 자신의 원시적 이성 작용에 대한 생각(*notion of primitive rationality*)을 반영한다.
10) *Ibid.*, p. 149.

이념적 혼합주의에 대한 비코의 이해를 담는다.

비코는 가장 고대의 신화적 시가 아리스토텔레스적 의미의 "자연의 모방"이었다는 것, 그러나 이것은 원시의 신화적 상상력의 프리즘을 통한 모방이었다는 것을 확신했다. 그렇다면 현실에 대한 신화적 반영의 독특성을 고려해 볼 때 신화를 일종의 역사적 근거로 이용할 수 있을 것이다. 신화를 역사적 근거자료로 삼아 일정한 역사적 인물들에게 신화의 법칙에 따라 유(類)적 자질들과 행동들이 어떻게 귀속되는가 그리고 신화적 지리학과 우주론 등이 어떻게 현실적 토대 위에서 형성되었는가를 이해할 수 있을 것이다. 그러나 실제 연구에서 비코는 순진한 에우헤메리즘(euhemerism), 알레고리, 상징에 대한 심오한 이해를 뒤섞으며 민족지학의 근거 없이 (적어도 라피토가 사용한 규모 정도라도) 문헌학적 비평과 어원(語源) 조사 등의 극도로 정확하지 않은 방법들을 불가피하게 사용함으로써 구체적 역사의 혹은 구체적 민속학의 과제들을 성공적으로 해결할 수 없었다. 그러므로 우리가 말할 수 있는 것은 비코의 신화철학이지 진정한 과학적 방법론은 아니다.

비코의 신화철학은 신화학 발전의 결론을 내리는 것이 아니라, 발전을 예비하고 우리가 미처 살펴보지 못했던 몇몇 다른 지식의 보다 본질적인 측면들처럼 그 발전의 일반적 행보를 천재적으로 예견하는 것이라 볼 수 있다. 비코에게는 "볼프(《호머》)와 니버(《로마황제사》)가 그리고 비교 언어학의 토대(비록 상상적 형태이긴 하지만)와 천재성의 상당한 번뜩임이 마치 씨앗처럼 포함되었다"는 마르크스의 말은 널리 알려졌다. 11) 보편적으로 비코의 역사철학은

---

11) K. Marx, and F. Engels, *K. Marx, Letter to F. Lassalle, 28 April 1862,* Сочинения, К. Маркс, Ф. Лассалю, 28 апреля 1862 г., –К. Маркс, Ф. Энгельс, Сочинения, изд. 2, т. 30, С. 512. **[역주]** 이 서간의 영어본은 다음

헤르더의 사상의 많은 부분과 헤겔 역사철학의 몇 가지 원칙들을 예고하며, 그의 문화순환 이론은 20세기에 슈펭글러와 토인비의 모더니즘적 해석에서 부활한다. 12)

덧붙이자면 비코의 신화철학은 신화 연구의 거의 모든 토대적 경향의 맹아를 종합적으로 함축한다. 서로 다르며 때로는 적대적인 다양한 흐름들, 자세히 말해 헤르더와 낭만주의에 의해 제기된 신화와 민속의 시화(詩化) 그리고 뮐러, 포테브냐, 카시러의 신화와 시어의 관계분석, 영국 인류학의 "적자생존" 법칙과 민속학의 "역사학파", 뒤르켐의 "집단표상"과 레비브륄의 전 논리성에 대한 완곡한 암시 등이 그것이다. 비코의 신화분석과 순환 이론에 매혹된 조이스는 신화화한 소설 《피네간의 경야》에서 그의 이름을 농담으로 혹은 진지하게 변화, 굴절시키며 작품의 내적 구조를 위해 그의 이론을 이용한다.

저명한 독일 계몽주의자 헤르더는 계몽주의 신화관으로부터 낭만주의 신화관으로의 이행 단계를 제시하였다. 헤르더는 자연스러움, 감정적 정서, 시적 특성 그리고 특히 그가 주장한 민족적 고유성들 등으로 인해 신화에 매혹되었다. 헤르더는 다양한 민족신화, 특히 원시신화를 연구하지만(이런 의미에서 그는 한때 《고대예술사》의 저자인 빈켈만의 미학적 헬레니즘에 대립했다) 13) 그가 흥미를 가진 것은 그 자체로서의 신화가 아니라 민중에 의해 만들어진 시적 자산과

을 보라: K. Marx, *The Letters of Karl Marx*, 1973, p. 464. 한편, 《호머》(*Homer*)에서 독일 인문학자 프리드리히 볼프(Friedrich Wolf, 1759~1824)는 호머(Homer)의 존재를 부정한다.

12) [역주] 다음을 보라: O. Spengler, *The Decline of the West*, New York, 1973~1976; A. Toynbee, *A Study of History*, London, New York, 1961.

13) [역주] J. Winckelmann, *Geschichte der Kunst des Alterums*, 1764. 영어본은 다음을 보라: J. Winckelmann, *The History of Ancient Art*, 1849.

민족적 지혜의 일부로서의 신화였다.

하이네와 괴테의 친구 모리츠의 연구, 슐레겔 형제와 다른 작가들의 과학적이고 문학 이론적 논제에 의해 일구어진 낭만주의 신화철학은 셸링에게서 완성되었다(크로이처, 괴레스, 카네, 그림 형제, 슈베르트 등의 신화와 상징에 관한 관점 역시 유사하다). 14) 낭만주의 철학에서 신화는 주로 미학적 현상으로 해석되지만 더불어 예술 창작의 원형으로 심오한 상징적 가치를 지닌다는 각별한 의미가 부여되었다. 상징적인 것을 위해 전통적인 알레고리적 신화 해석을 극복(부분적으로는 하이네 역시 동의하는 생각)하는 것, 그것이 낭만주의 신화철학의 근본적 파토스이다. 그 외에 여기에는 신화와 다양한 민족적 신화 형식에 대한 역사적 접근의 맹아가 극히 추상적이고 이상주의적인 형태로나마 존재한다.

당대의 개인주의나 기독교적 중세에 대한 일부 낭만주의자의 지향은 이따금 고전성에 대한 전통적 숭배와 결합되었다. 그러나 슐레겔이 고대 제의와 아리스토파네스의 희극에서 디오니소스적 축제성을 찾았을 때, 15) 셸링은 고대신화와 예술에 대한 괴테-빈켈만적 접근을 계속 신뢰했다(나중에 헤겔이 그러했다). 16)

---

14) K. Ph. Moritz, *Götterlehre oder mythologische Dichtungen der Alten*, Berlin, 1791; G. F. Creuzer, *Symbolik und Mythologie der alten Völker*, Bd 1-3, Leipzig-Darmstadt, 1836~1843; J. von Görres, *Mythen-geschichte der asiatischen Welt*, Bd 1-2, Heidelberg, 1810; J. A. Kanne, *Erste Urkunden der Geschichte oder allgemeine Mythologie*, Berlin, 1908; J. Grimm, *Deutsche Mythologie*, Göttingen, 1935. [역주] Christian Heyne, 1729~1812. 신화학 교수이며 고전시 해석가이다. 그리고 다음 책들의 저자이다. *Einletung in das Studium der Antike*(1778), *Academische Vorlesungen uber die Archeologie v. Kunst des Alterthums*(1821).

15) F. Schlegel, *История древней и новой литературы*, ч. 1-2, СПб., 1824~1830.

초기의 셸링은 유기적 생명과 내적으로 이질동상의 것이라고 생각했던 예술과 유미주의에서 가장 중요한 인식행위를 보았으며 주관과 객관, 필연과 자유, 자연과 영혼, 사실적인 것과 이상적인 것 등의 이중성을 극복하는 방식 그리고 진정으로 본질적인 것의 묘사 방법, 절대자의 자기 관조 등을 발견하였다. 셸링의 미학과 모든 철학이 처음부터 플라톤적인 관념을 이용하는 객관적 이상주의의 고전적 모범이라는 것을 상기할 필요는 없다. 셸링의 미학 체계에서 신화는 핵심적 의미를 가진다. 셸링은 신화로 예술의 실체를 구성한다. 그는 예술에서 실제로 관조되는 사상으로서의 신화의 '신들'이 철학의 '사상들'과 같은 근본적 의미를 가지며 각각의 형식이 완전한 신성을 포함한다고 생각한다. 그리고 신화에서는 상상이 절대적인 것과 유한한 것을 결합시키고 특별한 것 속에서 보편적인 것의 모든 신성을 재생한다고 생각한다. 셸링은 다음과 같이 쓴다.

신화는 모든 예술의 필수 조건이자 1차적 재료이다. (…) 논쟁의 핵심은 특별히 아름다운 대상들을 통해 나타나는 절대와 미 자체의 발현으로, 절대적인 것을 폐기하지 않는 유한 속에서의 절대의 발현으로서 예술을 보는 관념이다. 이러한 모순은, 신들에 대한 관념이 오직 신화라 불리는 독자적 세계와 시적 총체에 이르는 충만한 발전의 길에 의해 진정으로 객관적 존재를 획득함으로써 해결된다. (…) 신화는 보다 장중한 의상을 입고, 절대적인 것의 이미지 속에 나타난 우주, 그 자체로서의 진정한 우주이며, 이미 그 자체로 시이며 동시

---

16) F. W. von Schelling, *Einleitung in die Philosophie der Mythologie*, Sämtliche Werke, 2 Abt., Bd 1, Stuttgart-Augsburg, 1856; F. W. von Schelling, *Philosophie der Mythologie*, Samtliche Werke, 2 Abt., Bd 2, Stuttgart, 1857 (다음과 비교해 보라: Schellings, *Werke: Auswahl, hrsg.*, von O. Weiss, Bd 3, Leipzig, 1907); Ф. В. Шеллинг, Философия искусства, М., 1966 (이후 인용은 이 판본에 따른다).

에 스스로 시의 재료이자 기본 요소로, 신적 이미지 창조 속에 드러난, 기적으로 가득 찬 혼돈과 생명의 이미지에 다름 아니다. 신화는 세계, 즉 예술 작품들이 꽃을 피우고 성장할 수 있는 유일한 토양이다. 영원한 개념을 표현하는 견고하고 일정한 이미지들은 이러한 세계의 경계 안에서만 가능하다. (…) 보다 좁은 의미의 예술로서의 시가 실체의 형상적 시초이니만큼, 신화는 절대적 시, 이른바 자연발생적 시이다. 신화는 영원한 실체이며 이 실체로부터 모든 형식들이 나름의 광채와 다양성을 가지고 나온다. 17)

셸링은 신화에서 고유하게 미학적인 것, 자연발생적인 미학적인 것을 강조하며 "모든 것의 발생지로서의 최초의 물질"과 "최초 이미지들의 세계"를, 다시 말해 비코와 마찬가지로 모든 시, 나아가 모든 예술의 최초 요소, 토대 그리고 범례를 신화에서 발견한다. 셸링의 보편철학 체계 전반에서 예술과 자연은 많은 점에서 유사한 위치를 차지하지만 신화는 자연과 예술 사이에 위치한다. 즉, 다신론적 신화는 상상의 매개, 자연의 상징에 의하여 자연현상들의 신격화로 나타난다.

비코와 달리 셸링은 신화에 대한 에우헤메로스적이고 알레고리적인 접근에 단호히 반대한다. 그는 도식주의(보편적인 것을 통해 특별한 것을 보는 사고)와 알레고리(특별한 것을 통해 보편적인 것을 보는 사고) 그리고 이 두 상상력의 형식을 결합한 세 번째의 절대적 형식인 상징을 엄격히 구분한다. 문제는 보다 높은 2차적 질서의 종합에 관한 것으로 이는 특별한 것 속에서의 보편적인 것과 특별한 것의 전적인 비분할성과 관련이 있다. 셸링은 신화가 관념(묘사)의 보편적 재료이며 대체적으로 보아 상징주의가 신화의 구성 원리라

17) *Ibid.*, pp. 105~106.

주장한다. 신화에서 특정한 것은 보편적인 것을 의미하는 것이 아니라 보편적인 것 자체이다. 신화의 상징주의는 "원래적이다". 셸링은 정확하고 구체적인 대상의 재현으로 이해되는 이미지를 상징과 구분한다. 알레고리적 의미가 신화 속에서 가능한 것으로 존재하며 바로 거기로부터 의미의 무한성, 부분적으로는 차후의 알레고리적인 해석으로, 원칙적으로는 비(非)시적인 해석으로 실현되는 의미의 무한성이 도출된다는 셸링의 견해는 흥미롭다.

그러나 (모리츠의 경우와 마찬가지로) 셸링은 신화가 신들의 특징 묘사에 있어 총체성과 '유한성'의 결합에 기반을 둔 모델화 체계임을 암시한다. 낭만주의자들은 '언어'로서의 신화를 다만 완전히 비유적인, 전의(轉意)적 의미로만 보는데 구체성을 상실한 낭만주의적 상징주의는 상징의 신비주의적 해석을 위해 항상 문을 열어둔다. 그러나 신화의 상징주의에 대한 질문의 제기는 의심할 나위 없이 신화의 이해를 심화시켰으며 20세기의 신화의 상징 이론에 상당한 영향을 주었다.

셸링은 신화에 관해 일반적으로 이야기하며 우수성을 지닌 독특한 신화의 근본 예로서 고대신화를 꼽는다("그리스 신화는 시적 세계의 가장 높은 원형이다"). [18] 셸링은 고대성에 대한 괴테와 빈켈만의 미적 해석을 바탕으로, 존재의 근본바탕인 혼돈에 대한 기존의 존중을 잃지 않으면서도 혼돈으로부터의 분리와 무형식의 극복을 실천했다는 점에서 그리스 신통기에 열광한다. 셸링의 예술철학에서 행해지는 고대 그리스로마, 고대 동양 그리고 기독교신화의 비교적 특징 묘사는 매우 함축적이며 일정한 문화·역사적 감각을 보여준다. 그리스 신화는 심히 상징적이고 인도 신화는 상당히 알레고리

---

18) *Ibid.*, p. 92.

적이며 페르시아 신화는 도식적이다. 그리스 신화는 현실적이며 무한한 것으로부터 유한한 것으로 움직인다면, '관념적인' 동양신화의 움직임은 그 반대이다. 셸링은 동양의 '관념성'(본질, 이데아, 이상에 대한 강조)은 기독교를 통해 논리적 완성에 이른다고 본다. 셸링이 기독교신화의 자료로 삼은 것은 자연이 아니라 역사, 특히 섭리와 도덕적 가치들의 영역인 역사 속의 기적적인 것이었다. 이데아 세계의 상징이 되는 것은 자연과 존재가 아니라 인간과 그의 행위들이며, 인간의 신성화 대신에 신의 인성화이며, 범신론 대신에 위계(천사들)와 선악의 날카로운 대조(천사와 악마) 등이다. 동시에 시적 종교는 계시의 종교로 교체된다. 많은 부분 옳은 이 생각들은 이후에 헤겔 미학에서 발전되었다. 그리하여 셸링의 미학은 독특한 철학적 신화시학이 되었다.

신화가 영원한 시작을 상징하며 모든 예술의 재료라는 데서 출발하며 셸링은 신화창작이 예술에서 지속되어서 개인적 창조신화의 모습을 띨 수 있으리라 여긴다.

> 모든 위대한 시인은 그가 이해하는 세계의 일부분을 어떤 완전한 것으로 변형시키고 그 세계라는 재료로 **고유한** 신화를 창조할 사명을 가진다. 이 세계(신화적 세계)는 생성 중에 있으며 시인에게 시인의 동시대는 단지 이 세계의 일부를 보여줄 수 있을 뿐이다. 그리하여 세계의 영혼 자체가 스스로 생각해낸 위대한 서사시를 완성하고 새로운 세계의 현상들의 연속적 교체를 동시성으로 변형시킬 그 알 수 없는 머나먼 때에 이르기까지, 이 세계는 그렇게 계속될 것이다. 19)

셸링은 이러한 시인의 예로서 (세계를 지배하는 위계로부터 그리고

---

19) *Ibid.*, pp. 147~148.

역사에 대한 공포로부터 신화를 만든) 단테, (민족의 역사와 당대의 풍습으로부터 신화를 만든) 셰익스피어, 세르반테스, 《파우스트》의 저자로서의 괴테 등을 지적한다. 셸링은 "이 모든 것이 영원한 신화"라고 말한다. 20세기의 제의신화적 문학비평에서 이와 유사한 견해가 나타난다. 셸링은 "사변물리학"에서까지 새로운 신화와 상징학의 가능성을 찾으려 했는데 셸링의 이러한 입장은 오늘날에도 그렇게 이상하게 보이지 않는다.

신화철학에 대한 셸링의 첫 번째 안은 1801~1809년에 만들어졌고 신화에 대한 그의 후기 작업의 토대가 되었다. 특히, "동일성의 철학"으로부터 "계시의 철학"으로 이행하면서 지적 직관에 대한 지향과 이성과 존재의 동일성을 거부하게 된 1815년 이후에 쓰인 《신화와 계시의 철학》의 토대가 되었다. 이제 신화철학은 이미 순수미학의 영역이 아니라 신지학의 영역에서 발전하게 되었으며 종교적인 계시철학의 입문 역할을 한다.

신화는 형식적, 물질적, 동적, 최종적 원인들(아리스토텔레스의 용어로)의 본질적인 통일로 해석되며 신화의 상징적 본성이 다시 강조되며 인간 의식의 관점에서 신화의 의미와 필요성이 전반적으로 부각된다. 이와 같은 필요성 자체는 역사 외적 영역에 근거하는데 신화 자체는 역사에 선행하는 것이기 때문이다. 이 작업에서 신화의 과정은 신이나 절대자가 인간의 의식을 통해 역사적으로 현시하는 신통계보의 과정으로 검토된다. 셸링은 주관적인 것으로부터 객관적인 것으로의 행보를 이처럼 이해한다. 다신교신화에서는 진정한 종교의 내용과 일치하며 신의 자기 현시에 선행하는, 이미 알려진 역사적 내용이 밝혀진다. 셸링의 개념을 이처럼 상세히 다룬 것은 20세기의 신화, 특히 신화시학의 차원에서 신화를 이론적으로 논의할 때 그의 견해가 갖는 커다란 영향과 적절성 때문이다.

헤겔은 심오하고 연속적인 역사주의(객관적 관념론의 틀 속에서)의 측면에서 볼 때 셸링만큼이나 중요한 족적을 남겼지만 자신의 신화 이론을 구축하지는 않았다. 헤겔은 셸링의 생각들을 신화에 대한 그리고 신화의 예술에 대한 관계의 이해에서 다양한 문화, 역사적 신화 유형의 비교분석하에 발전시켰지만 강조점들은 크게 변화되었다. 헤겔을 사로잡은 것은 예술의 토대로서의 신화의 상징(그는 심지어 알레고리와 상징을 그다지 엄격하게 구분하지 않았다)보다는, 역사적인 예술 형식들 자체, 즉 고대 동양의 상징적 형식, 그리스로마 고대의 고전주의적 형식 그리고 중세의 낭만주의적 형식이었다. 그런데 예술의 상징 형식의 본질에 대한 헤겔의 훌륭한 정의는 바로 신화를 예술에 선행하는 이념적, 문화적 형식으로서 특징짓는 작업에 또는 세계에 대한 물적 이해(르네상스로부터 시작하는데 좀더 작은 규모로는 고대에도 유사한 과정들이 있었다)의 파토스로 침투된 예술과의 관계에서 전체적인 상징주의를 지향하는 문화(부분적으로 이전에 중세도 포함된다)에 적합하다.

신화에 대한 과학적 연구가 아직 본격적으로 전개되기 이전에 헤르더에서 헤겔에 이르는(주로 객관적 관념론의 입장에서) 독일철학이 이룩한 신화의 이해에 대한 기여의 중요성을 평가할 필요가 있다.

이와 관련하여 강조할 만한 것은 마르크스의 입장이 19세기 후반의 실증주의자들과는 달리 헤르더와 헤겔 등의 성과를 말살하지 않았을 뿐 아니라 이들의 연구에 직접 근거했다는 점이다. 알려진 바와 같이 마르크스는 고대신화들의 시적 가치를 높이 평가하며 고대신화들의 무의식적, 예술적 특징과 예술의 토대이자 저장고로서의 가치, 예술의 독창성과 예술의 신화적 전제들 사이의 발생학적 연관을 지적하였다. 그는 신화와 영웅시가 상대적으로 낮은 사회발전 단계에 발생하며 다음 세대를 위한 미학적 전범의 의미를 보전한다는 사실과, 한편 그들이 부르주아 산문의 배경하에서는 재생될 수 없다는 사실들에서 일정한 법칙성을 보았다.

독일의 유명한 마르크스주의 문학가인 바이만이 지적한 바는 타당하다. 20) 그에 따르면 마르크스는 민중의 상상 문학에 대한 모리츠와 그림 형제의 견해 그리고 인류의 유년과 신화의 연관 관계에 관한 셸링의 생각들(셸링의 이와 같은 생각들은 비코와 대단히 가깝다)을 지지했다. 덧붙여 셸링과 낭만주의자들이 영원한 신화창작의 가능성(한편 비코는 순환적 회귀를 주장한다)을 허용한 반면, 마르크스는 헤겔과 마찬가지로 신화와 영웅시를 돌이킬 수 없이 상실된 단계라고 여겼다. 그러나 헤겔에게서 문제가 정신 발전의 상위 단계로의 이전 쪽으로 귀결된다면 마르크스는 인간이 자연의 힘을 현실적으로 지배하면서 신화가 소멸한다는 것에서 출발한다.

우리는 낭만주의 시기에 최초의 자극을 받았으며 19세기 후반에 실증주의의 영향을 경험하면서 전개된 신화의 과학적 연구 방법과 결과를 상세하게 검토하지는 않을 것이다. 우리는 20세기 이전의 신화 이론에 오래 머물 수는 없다. 게다가 우리의 우선적 흥미의 대상은 신화 연구의 진행 과정이 아니라 신화의 이해 그 자체이다.

19세기 후반에는 대체로 두 개의 주요한 신화 연구 학파가 서로 대립했다. 그중 그림의 '독일 신화'에 영감을 받은 전적으로 낭만주의 전통과 단절되지 않은 첫 번째 학파(쿤, 슈바르츠, 뮐러, 앙겔로드 구버나티스, 부슬라예프, 아파나시예프 등)는21) 과학적인 비교역

---

20) R. Weimann, "Literaturwissenschaft und Mythologie: Vorfragen einer methodologischen Kritik", *Sinn und Form*, 2 - te Heft, Berlin, 1967(이 논문의 러시아 번역본은 다음을 보라: R. Weimann, *История литературы и мифология*, М., 1975, C. 260~302).

21) М. Мюллер, Сравнительная мифология, *Летописи русской литературы и древности*, т. 5, М., 1963; М. Мюллер, *Наука о языке*, вып. 1-2,

사적 인도유럽 언어학의 성공에 기초하여 인도유럽어의 틀 속에서 어원 대조의 방식을 통해 고대 인도유럽 신화를 복원하는 것을 목표로 삼았다. 학파의 지도자인 막스 뮐러는 이 연구들의 기반 위에서 "언어의 질병"의 결과로 신화가 발생했다는 가설을 구성한다. 원시인, 즉 고대 아리아인은 비유적 수식어들을 이용하여 구체적 특징들로 추상적 개념들을 나타냈다. 그런데 이 비유적 수식어들의 최초의 의미가 망각되거나 모호해졌을 때 이 의미적 변동의 영향 아래에서 신화가 발생했다. 그러한 문제 제기는 비코를 연상시키지만 뮐러의 해법은 비코와 정면으로 배치된다. 왜냐하면 행로가 신화로부터 언어로가 아닌 언어로부터 신화로 진행되기 때문이다. 이후 포테브냐 등의 연구들이 확인한 바처럼 비코가 본질적으로 더 진실에 가까웠다.

쿤과 슈바르츠가 신들에게서 기상학적(특히, 뇌우의) 현상들의 형상적 추상화를 보았다면, 막스 뮐러는 신들을 태양계적 상징들로 이해했디. 그다음에 전체와 달의 신화들이 전면에 부각되었고 신화 형성에 있어서 동물의 역할이 지적되기도 했다(이후에 만하르트는 당대의 민속과 관련된 이른바 "낮은 신화", 즉 악마학을 가설적으로 복원된 고대 인도유럽의 천상신화에 대조시켰다. 만하르트는 이로써 이미 고전적 영국 민족지학의 방법론으로 나아가게 된다). [22] 그리하여 신들은 자연

Воронеж, 1868~1870; A. Kuhn, *Herabkunft des Feuers und Göttertrank*, Berlin, 1859; A. Kuhn, *Entwick 10 lungsstufen der Mythenbildung*, Berlin, 1873; A. De Gubernatis, *Zoological Mythology*, London, 1872; L. W. Schwartz, *Der Ursprung der Mythologie*, Berlin, 1860; W. Mannhardt, *Wald-und Feldkülte*, Bd 1-2, Berlin, 1875~1877; Ф. И. Буслаев, *Исторические очерки русской народной словесности и искусства*, тт. 1-2, СПб., 1861; А. Н. Афанасьев, *Поэтические воззрения славян на природу*, тт. 1-3, М., 1865~1869.

적 상징들이 되었다. 그러나 여기서 구성의 과정은 셸링에 직접적으로 대립했으며 형이상학이 아니라 감각주의의 관념에 기초하였다.

서구에서는 이 학파를 "자연학파"(자연주의학파)라고 일컫는 관행이 있지만 러시아에서는 이 용어가 일반화되지 않았다. 민속학에서는 종종 이를 "신화학파"라 칭한다. 왜냐하면 이 학파의 동조자들은 민담적이고 서사시적인 플롯들을 신화적인 것에, 즉 태양과 뇌우의 상징, 기상학적인 해와 달의 순환 등에 귀착시키기 때문이다. 이러한 상황은 그 경쟁 상대인 "인류학파"가 전면에 내세우는 "적자생존" 법칙의 개념이 불분명하게 해석된 결과이다.

이후의 연구는 이 문제에 대단히 진지한 수정을 가한다. 즉, 인도유럽학과 어원분석 방법론은 완전히 다른 형태를 취했고, 신화의 발생을 오류와 속임수로 설명한 "언어의 질병" 이론의 허위성이 밝혀졌으며, 19세기에 이미 신화를 천상의 자연현상들로 치부하는 극단적인 편향성이 폭로되었다. 그러나 동시에 신화의 복원을 위해 언어를 이용하는 시도는 보다 생산적인 방식으로 계승되었으며 태양, 달 그리고 그와 유사한 상징들은 특히 자연적 순환의 차원에서 복잡한 신화적 모델화의 층위 가운데 하나가 되었다.

인류학파(타일러, 랭과 많은 다른 학자)는23) 독일이 아니라 영국에

---

22) [역주] W. Mannhardt, *Wald und Feldkülte*, Bd 1-2, Berlin, 1875~1877.

23) E. B. Tylor, *Первобытная культура*, М., 1939; A. Lang, *Мифология*, М., 1901; A. Lang, *Myth, Ritual and Religion*, vol. 1~2, London, 1887. 막스 뮐러 학파에 대한 랭과 인류학자들의 도전에 관해서는 다음을 보라: R. M. Dorson, The Eclipse of Solar Mythology, *Journal of American Folklore* (이하, *JAF*), 1955, (68), pp. 393~416. [역주] 인류학과 진화 빅토리아주의 (*evolutionary Victorianism*) 에 관해서는 M. Harris, *The Rise of Anthropological Theory*, New York, 1968. 그리고 뮐러에 대해서는 다음을 보라: H. W. Tull, F. M. Muller and A. B. Keith, 'Twaddle', the 'Stupid' Myth and the Disease of Indology, *Numen*, 38(1), 1991.

서 형성되었으며 비교언어학이 아니라 비교민족지학이 내딛은 최초
의 진정한 과학적 행보의 결과였다. 이 학파의 중요한 자료는 인도
유럽권이 아니라, 문명화된 인류와 대비되는 고대 종족들이다. 《원
시 문화》의 저자인 타일러에게 이런 대비는 인간 심리의 유형적 동
일성에 대한 가정과 진보로 이끄는 직선적 문화적 진화 원칙으로부
터 나왔다. 즉, 원시 민족들에게 생생한 사고이며 풍습이었던 것이
보다 더 문명화된 민족에게는 적자생존 법칙의 형태로 보존될 수 있
었다는 사실은 사고의 단일 유형과 인류의 근원적인 단일성을 수차
례 강조한다. 타일러는 인간의 이런 사고가 아주 이성적이지만 여러
역사적 경험에 의해 제한되었다고 생각한다. 타일러는 신화와 종교
의 발생을 뮐러가 생각한 것보다 훨씬 더 앞선, 실제로 원시적인 상
황과 연관시켰다. 자연주의가 아닌 애니미즘에서, 즉 '야만인'이 죽
음, 병, 꿈에 관해 이성적으로 관찰하고 사고한 결과 갖게 된 영혼
에 대한 관념에서 기원을 찾았다(스펜서의 영혼 개념은 이 이론의 변
형[24]). 즉, 타일러에 따르면 원시인은 이해할 수 없는 현상들과 관
련하여 생겨나는 물음들의 대답을 찾는 과정에서 순전히 이성적이고
논리적 방법으로 신화를 만들었다.

신화에 대해 많은 저술을 한 랭은 인류학파의 입장에서 뮐러와
투쟁하였는데 그는 타일러와 달리 문화영웅들과 다른 고대신화 등
장인물들의 이미지들 속에서 일신론의 맹아를 보았다. 타일러는 낭
만주의적 전통에 강하게 반대했으며 계몽적 이성주의와 영국의 경
험론에 훨씬 더 가까웠다.

타일러에 대해 결정적 영향을 끼친 것은 콩트와 그 밖의 실증주
의 이념가들이었다. 인류학파는 세계 과학 발전에서 커다란 역할을

---

24) H. Spencer, *Principles of Psychology*, London, 1855.

했으며 다양한 민족학 연구 영역에 많은 영향을 주었다. 그러나 그들은 직선적인 진화론에 의해 그리고 사회심리학의 질적 특징을 과소평가함으로 인해 또한 신화를 일종의 이성적 '원시 과학'과 동일시하고 신화 속에 존재하는 독특한 시적 내용을 인정하지 않음으로 인해 상당히 제한적으로 신화를 수용하였다. 문화의 발전과 더불어 신화는 독립적인 가치를 완전히 상실하고 오류나 과거의 유물로 그리고 단지 주변 세계를 설명하는 순진하고도 전(前) 과학적인 방법으로 축소되고 말았다.

이런 의미에서 인류학파와 자연학파의 대립이 그다지 근본적인 것이 아니라는 사실을 언급할 필요가 있겠다. 왜냐하면 뮐러도 신화의 뿌리가 논리적 오류에 있다고 보면서도 민속에서 신화의 시적 발전보다는 신화의 잔재들을 찾기 때문이다. 본질적으로 이 학파들이 처음으로 진지하게 신화를 엄격한 과학적 토대 위에 세워놓았다는 사실을 잊지 말아야 한다. 이로써 그들은 당대에 신화를 남김없이 설명한다는 인상을 만들어내는 동시에 왕좌에서 완전히 끌어내리고 말았다.

제2장

철학과 문화학에서의 재신화화

독일 낭만주의적 전통은 19세기 전반에 걸쳐 드러나지 않은 형식 (예를 들어, 스위스계 독일인 바호펜의 낭만주의와 사회학의 결합)[1] 으로 유지되었다. 서구 부르주아 문화의 위기에 대한 이른 자각의 표출은 이러한 새로운 바탕(즉, 비극적으로 위태로운 바탕)에서 신화옹호론의 현저한 전파를 가져왔다. 그것도 우선은 과학의 영역이 아닌 예술 척학적 영역에서었다. 우리는 무엇보다 쇼펜하우어의 영향을 강하게 입은 바그너(바그너에 관해서는 앞으로 더 언급할 것이다)와 니체를 염두에 둔다. 니체는 많은 부분에서 바그너에게 빚지고 있다. 물론 이는 그의 아류 낭만주의 미학에 대해서라기보다 그의 예술적 창작에 대해서 그러하다. 비록 니체가 이후에 연극성, 사회적 선동, 기독교적 이상으로의 전환 등에 대해 바그너를 비판했음에도 불구하고 바그너는 니체에게 예술가적 이상이었다.

니체의 저서 《음악의 영혼으로부터의 비극의 탄생》(1872)은[2] 실러와[3] 독일 낭만주의자들, 쇼펜하우어와 특히 바그너의 사상들로

---

1) [역주] J. Bachofen, *Myth, Religion, and Mother Right*, New Jersey, 1967.

2) Ф. Ницше, *Рождение трагедии из духа музыки*, *Польное собрание сочинений*, т. 2, М., 1912.

거슬러 올라간다. 《음악의 영혼으로부터의 비극의 탄생》은 그리스 신화와 드라마의 미화되고 균형 잡힌 아폴론적 근원(낭만주의자 셸링을 포함해서 유럽의 문화 전통은 그리스 신화를 그렇게 수용하고 이용했다)의 배후에 디오니소스 숭배와 고대 티타니즘의[4] 자연적, 직관적이며 동시에 생동적이고 불균형적이며 악마적이고 심지어 전(前)종교적인 제의신화적 고대 예술이 숨어있다고 말한다.

그리스 비극에서 니체는 아폴론주의와 디오니소스 숭배의 결합을 보았다. 그의 개념에 따르면 디오니소스 숭배의 제의적이고 몰아적인 음악성은 그리스 비극에서 아폴론주의의 조형적이고 묘사적인 이미지들 속에서 해결점을 발견한다. 이와 같은 견해는 고대신화를 원시신화와 객관적으로 균등화하고 모더니즘적 신화 해석의 특징적 경향들을 예고하며 신화 자체를 위한 것뿐만 아니라 예술의 종류와 장르의 발생을 위해 제의가 갖는 의미를 부각시킨다. 이런 차원에서 니체가 표준적이고 이성적인 조화에 반대되는 직관적이고 비이성적이며 혼돈적인 본원을 신화에 접근시킨다는 사실은 적잖은 의미가 있다.

신화의 문제들은 복잡하고 모순적인 니체의 창작에서 빈번하게 드러난다. 알려진 바대로 니체는 소크라테스와 소크라테스주의가 회의론적 이성주의를 통해 고대의 신화적 세계관을 파괴했다고 비난했다. 고대의 신화적 세계관의 붕괴는 신화의 자연적인 창조력을 빼앗아 결국 고대문화의 궁극적 파멸을 가져오게 했다는 것이다. 역사와 신화의 대조, 동일한 것의 영원한 회귀로서의 세계 생성의 개념, 그가 주관적이라 간주한 철학적, 논리적 범주들의 순수한 환상성에 대한 관념, 인식을 향한 의지와 상실된 신화의 대조, 마침내

---

3) [역주] 특히, 다음을 보라: F. Schiller, *Naive and Sentimental Poetry, and on the Sublime*, New York, 1967.

4) [역주] 이미 형성된 기존 질서에 반대하는 저항의 정신을 의미한다.

문화와 인류 갱생의 필수 수단으로서의 신화창작에 대한 호소 등을 이야기하는 니체의 생각들은 전(前)모더니즘적 성격을 지닌다.

독일 파시스트 이론가들이 바그너와 니체의 권위를 고대 독일 이교의 인위적 재생과 정치적이고 인종주의적인 나치 신화 제작을 위한 근거로서 인용했다는 것은 주지의 사실이다. 그러나 나치주의자들뿐만 아니라 자유주의 이념가들을 포함한 많은 다른 이들도 바그너와 니체의 권위에 의지하였다. 이들의 영향은 다양한 정치 진영에 속했던 작가 모두가 경험했던 것이다. 의심할 여지없이 바그너와 니체는 20세기 신화주의의 몇 가지 중요한 양상을 예고했다고 할 수 있다.

우리는 니체가 19세기 철학적 흐름의 다수를 지배한 이성주의적 정신에 날카롭게 대립하는, 이른바 생철학의 걸출한 대표자였음을 안다. 생철학은 그 다양한 변이체를 통해서도 신화 옹호를 지향한다. 예를 들어, 생철학의 가장 극단적 대표자 가운데 한 사람인 클라게스는 철학의 가장 중요한 대상이기도 한 신화적 상상을, 영혼과 우주적 삶을 짓밟은 민족적 인식과 대조시켰다.[5] 비코의 순환론을 모더니즘적으로 계승한 슈펭글러는 자신의 문화 이론에서 신화적인 원시 현상에 가까운 무언가로부터 출발한다(슈펭글러와 토인비의 순환론은 민족학에 현저한 영향을 미쳤다).

모더니즘 문화의 틀에서 보면 매우 영향력 있는 사상가이자 생철학의 대표자인 베르그송 같은 이가[6] 신화를 보는 관점은 매우 특

---

5) L. Klages, *Von kosmogonischen Eros*, 5 Aufl., Stuttgart, 1951. [역주] 다음을 보라: L. Klages, *Handschrift und Charakter: Gemeinverständlicher Abriss der graphologischen Technik*, Leipzig, 1921. 필적학에 대한 클라게스의 발견은 근대 문명이 권력에 대한 욕망과 같은 "우주"의 활력을 차단했다는 그의 견해와 연관되어 있다. 다음을 보라: L. Klages, *The Science of Character*, Cambridge, 1932.
6) H. Bergson, *Les deux sources de la morale et de la religion*, Paris, 1932.

징적이다. 베르그송에 따르면 신화창작적 상상의 주된 유익한 목적
은 개인적인 주도권과 자유를 위해 사회적 연관성을 끊어버리려는
지성의 추구에 대립하는 것이다. 신화와 종교는 자연의 방어적 반
응으로 지성의 파괴적 힘에, 특히 죽음의 불가피성에 대한 지적 관
념에 대항한다. 베르그송은 신화가 사회와 개인을 위협하는 지성의
무절제를 경고하고 생명을 지지한다는 점에서 실증주의적인 생물학
적 기능을 가진다고 여겼다.

어느 정도 생철학을 계승한 실존주의에게도 신화의 문제는 관심
거리였다. 까뮈의 《시지포스의 신화》에서[7] 영원회귀의 개념은 비
극적으로 첨예화된 형식을 통해 해석되었다. 전(前)소크라테스적
의식을 이상화하는 하이데거에게서는 신화에 대한 실증주의적 태도
의 요소들이 나타난다.[8]

비록 철학에서 '재신화화'(再神話化)는 1차적으로 신화의 비이성
적 근원이 부각되는 현상으로 이해되었지만 '재신화화'의 향후 역사
와 전반적인 결과는 결코 비이성주의로도, 이념적인 보수주의로도
귀결되지 않는다.

무정부주의적 노동조합주의 이론가인 조르주 소렐(《폭력에 관한
사고》)의[9] 정치적이며 '혁명적'인 신화창작에 대한 옹호론에서 니체
와 베르그송(프루동) 또한 르낭의[10] 영향을 배제할 수 없다. 서구에
서는 그를 이따금 신마르크스주의자라고 부르지만 소렐의 정치적 견
해는 무엇보다도 베른슈타인의 '수정파 사회주의'에 가깝다. 소렐은

---

7) A. Camus, *Le mythe de Sisyphe*, Paris, 1942.

8) 하이데거에 대해서는 다음을 보라: П. П. Гайденко, *Экзистенциализм и
проблема культуры*, М., 1963.

9) G. Sorel, *Réflexions sur la violence*, Paris, 1908.

10) [역주] 특히, 르낭(Renan)에 대해서는 다음을 보라: E. Renan, *Dialogues et
fragments philosophiques*, Paris, 1903.

그로부터 최종적 목표보다 혁명 과정이 우위에 있다는 명제를 차용
했다. 11) 소렐은 자본주의 세계를 뒤흔들어야만 하는 전반적인 동맹
파업의 지지자였다. 그러나 그가 중요하게 생각한 것은 일어나지 않
을 수도 있는 실제적 변혁이 아니라 개별적 개인에게 있는 자유로운
감성적 힘을 깨우고 전반적인 동맹파업 신화(이 신화는 혼란스럽지만
역사적 격변의 감동적 이미지를 지닌, 이 세상의 지속적인 근원적 변화의
신화이다)의 영향 아래 대중을 하나로 모으는 것이었다.

소렐에게 혁명신화는 실질적인 정치적 프로그램이나 미래의 사회
주의 조직을 이성적으로 계산하는 유토피아가 아니라, 대중의 일정
한 도덕적 활동력과 강건함을 유지시키는 모든 종교와 동일한 뿌리
를 지니는 상상력과 의지의 산물이다. 소렐은 자신의 혁명신화를
만들면서 역사 속 격변의 시기를 연구하고 프랑스 대혁명과 나폴레
옹 전쟁사에서 정치신화의 실용적 기능을 연구했다. 신화 자체에
대한 소렐의 실증주의적 태도(바그너와 니체, 베르그송처럼)뿐 아니
라, 20세기 서구의 신화수용을 위해 매우 특징적이었던 현대성의
생생한 이념적 현상으로서 신화를 보는 소렐의 해석도 매우 중요하
다. 정치적인 신화창작은 신화적 '재생'의 양상 가운데 하나이다.

1910년대부터 시작해 '재신화화' 혹은 신화의 '재생'은 유럽문화의
다양한 측면을 포괄하는 격동적인 과정이 되었다. 이 과정의 중요
한 연결고리는 부르주아 산문에 반대한 신화의 독특한 낭만화를 인
정할 수 있게 해준 신화옹호론이 아니다. 첫 번째로는 당대 사회에
서도 실용적 기능을 수행하는 영원히 살아있는 시초로서의 신화를
인정한 것이다. 두 번째로는 제의와 신화와의 관계 그리고 영원한
반복의 개념을 신화 자체에서 분리시킨 것이다. 특히, 세 번째로는

11) [역주] 다음을 보라: E. Bernstein, *Evolutionary Socialism*, New York, 1961.

신화와 제의를 이념과 심리학, 예술 등과 동일시하거나 최대한도로 접근시킨 것이다.

역사주의 원칙을 위반하는 당대 이념, 특히 정치이념을 신화로 해석하는 시각은 소렐의 경우처럼 반드시 신화예찬론적인 것은 아니었다. 신화적 해석은 이따금 사회적 대중선동(예를 들어, 나치주의나 현대 부르주아의 이른바 대중문화 등의 사회적 민중 선동)을 폭로하는 역할도 한다. 정치신화들에 대해 말할 가능성은 카시러와 토마스 만(나치주의자들의 신화창작에 대해 신화로써 대답하려 한)에게 허용되었으며 소렐 이외의 많은 사람들, 즉 니버, 바르트, 헤트필드, 마르쿠스, 엘리아데, 소비 등이 정치신화에 관해 썼다.12) 실존주의 입장에 가까운 엘리아데는 주로 전통적인 신화들을 연구하면서 역사주의를 인정하지 않는 고전적인 고대신화에 대립하는 새로운 종말신화로서 당대의 사회주의를 설명하려 시도하였다.

프랑스 구조주의자 롤랑 바르트는 《신화》(1957)라는 책에서 신화가 역사를 이념으로 전환시킨다는 이론의 도움으로 정치신화의 탄생을 설명했다. 바르트는 특히 '우익' 신화들을 위험하게 여겼다. 왜냐하면 부르주아는 '분류되기'를 원치 않으며 신화의 도움으로 탈정치화되기 때문이다. 당대가 신화화의 특권적 영역이라는 바르트의 생각은 널리 알려졌다(바르트에 대한 더 자세한 논의는 구조주의에 대해 쓴 부분을 보라).

---

12) R. Niebuhr, *Faith and History*, New York, 1948; R. Barthes, *Mythologies*, Paris, 1957; H. Hatfield, "The Myth of Nazism", H. A. Murray (Eds.), *Myth and Mythmaking*(이하, *MM*), New York, 1960, pp. 199~220; J. T. Marcus, The World Impact of the West: The Mystique and the Sense of Participation in History, *MM*, New York, 1960, pp. 221~239; M. Eliade, *Aspects du mythe*, Paris, 1963; A. Sauvy, *La mythologie de notre temps*, Paris, 1965.

현대 프랑스 사회학자 소비는 《우리 시대의 신화》(1965)라는 책에서 자신이 밝힌 신화들의 범위에 전통적인 보편적 모티프들("황금시대"와 "좋은 옛 시절", "과거로의 영원한 회귀", "약속의 땅", "풍요", "운명의 예정")과 파시즘과 부르주아 민주주의의 정치 '신화들', 정당과 국가의 사회적 대중선동 그리고 대중사회적 견해의 '신화들', 개별 집단과 인물들의 이기적 편견을 포함시켰다. 소비는 경험과는 독립적으로 발생하고 과학적 검증의 결과와 일치하지 않는 모든 추론을 신화로 해석했다. 소비의 입장은 얼핏 보아서는 볼테르적 취향에서 편견을 계몽주의적으로 폭로하는 것에 꽤 가깝지만 본질적인 차이가 있다면 소비에게는 이러한 편견은 과거에 속하거나 이성하에서 완전히 사라질 수 있는 것이 아니라 사회적 심리학에 의해 재차 생겨날 수 있는 것이다.

우리는 민족학적이고 문예학적인 사고의 발달 배경을 이해하기 위해 정치신화에 관한 문제를 조금이나마 언급할 필요가 있다

현대 사회학에서 "신화"라는 용어는 다양한 의미에서 다양한 평가와 더불어 사용되며 그 의미의 막연한 확장과 현대화가 이루어진다. 한 논문(더글러스)에서13) 올바르게 지적되는 것처럼 20세기에 "신화"는 다음과 같은 의미로 사용되었다. 즉, 환상, 허위, 거짓 선전, 미신, 신앙, 관습, 환상적 형식으로 된 가치에 대한 관념, 사회 관습과 가치들의 성스럽고 교의적인 표현이 신화라는 것이다. 더글러스는 신화가 분석적 용어보다는 논쟁적 용어가 되었으며 신화의 논쟁적 사용은 전통과 무질서, 시와 과학, 상징과 확언, 일상적인 것과 고유한 것, 구체적인 것과 추상적인 것, 코스모스와 카오스, 내포와 외연, 구조와 조직, 신화와 로고스의 대조에 기초한

---

13) W. W. Douglas, "The Meaning of 'Myth' in Modern Criticism", *Modern Philology*, I, 1953, pp. 232~242.

다고 말한다.

신화의 정의가 매우 다양함에도 불구하고 신화는 20세기에 문화이론과 사회학의 중심 개념 가운데 하나가 되었다는 점을 언급할 필요가 있다. 이 경우 분석심리의 유행 덕분에 사회학 자체는 심리학과 매우 가까워졌다. 융의 분석심리학에서 '원형'으로서의 신화는 집단무의식과 동의어가 되었다. 철학적 차원에서 보면 신화로의 전환은 민족학 자체의 새로운 경향과는 거의 무관하게 시작되었으며 19세기 말에서 20세기 초 서유럽 문화의 전반적인 역사적, 이념적 진보와 관계가 있다.

그러나 고대신화 자체의 민족학적 연구에서도 점차 대변혁이 이루어졌다. 우리는 20세기 과학적인 민족학에서 확실히 발생하였으며, 특히 문예학에서 제의신화학적 접근의 출현을 가능하게 한 신화의 본질을 해석하는 데 그 독창적인 혁명의 몇 가지 주요 요소(우리는 연구 방법보다는 이해의 방식을 우선적으로 고려한다)을 규명해 보고자 한다.

이미 언급했듯이 금세기의 민족학은 반진화론적 경향 혹은 어떤 차원에서는 반이성주의적 경향을 가능하게 하는 일정한 이념적 분위기에서 만들어졌다. 그러나 여러 가지 이념적 색채 이외에도 우리는 많은 철학적 방종에 반대해 이룩된 중요한 과학적 발견과도 당연한 관계를 맺는다. 신화에 대한 해석에서 발견된 양상들의 중요성 자체는 그 양상들의 이성적 적용 영역을 능가하는 새로운 개념의 광범위한 확장을 가져왔다. 모순과 일방적 과장에도 불구하고 20세기 민족학은 신화의 이해를 심화시켰다. 따라서 우리는 편협한 이론들에 대한 비판을 거부하지 않으면서도 편협한 이론들의 성과를 고려해야만 한다.

만일 19세기의 고전적 민족지학이 매우 제한된 경험을 지닌, 자연의 위협적 힘에 억압된 야만인의 호기심 충족을 위한 주변 세계의 순진한 전(前) 과학적 〔또는 반(反) 과학적〕 설명 방식을 신화에서 발견했다고 한다면, 신화에 대한 새로운 접근(반복하건대, 많은 점에 있어 편향적이지만 때로는 더 심오하다)은 20세기 초에 보아스, 프레이저, 뒤르켐 등에 의하여 구상되었다. 또한 말리노프스키의 제의 기능주의, 레비브륄의 원시적인 "집단표상"의 전(前) 논리성 이론, 카시러의 논리적 "상징주의", 융의 심리적 "상징주의", 레비스트로스의 "구조적" 분석 등에서 궁극적인 표현을 획득하였다. 이런 이름들에 마레트, 비르칸트, 슈미트, 프레우스, 라딘, 옌센, 캠벨, 엘리아데, 뒤메질, 구스도르프 등과 복잡한 사상적 학문적 진화를 경험한 소비에트의 신화학자 로세프를 추가할 수 있다.[14] 이 이름들을 거명하면서 우리는 아직까지 신화와 문학의 상호관계가 아니라 원시신화의 해석을 염두에 둔다.

---

14) [역주] A, Vierkandt, *Naturvölker und kulturvölker*, Leipzig, 1896; W. Schmidt, *Der Urspring der Gottesidee*, 1926~1955; K. T. Preuss, *Die geistige Kultur der Naturvölker*, Leipzig, 1914; K. T. Preuss, *Das religiöse Gehalt der Mythen*, Tübingen, 1933; P. Radin, *Primitive Man as Philosopher*, New York, 1927; P. Radin, *Primitive Religion*, New York, 1937; P. Radin, *The Trickster*, 1972; A. E. Jensen, *Hainuwele*, New York, 1939; A. E. Jensen, *Das religiöse Weltbild einer frühen Kultur*, Stuttgart, 1948; J. Campbell, *The Masks of God*, New York, 1949; J. Campbell, *Bios and Mythos*, 1951; J. Campbell, *The Hero with a Thousand Faces*, Princeton, EUA, 1968; R. Segal, *Joseph Campbell*, New York, 1990; M. Eliade, *Le mythe de l'éternel retour*, Paris, 1949; M. Eliade, *Le chamanisme et les techniques archaïques de l'extase*, Paris, Payot, 1951; G. Dumézil, *Le festin d'immortalité*, Paris, 1924; G. Dumézil, *Mythes et dieux des Germains*, Paris, 1938; G. Dumézil, *Jupiter, Mars, Quirinus*, Paris, 1941~1946; G. Gusdorf, *Les sciences humaines et la pensée occidentale*, Paris, 1973; G. Gusdorf, *Mythe et métaphysique*, Paris, 1950.

20세기 미국 민족학의 아버지인 프란츠 보아스는 자신의 연구에서 이후 근본적인 발전을 보게 되는 많은 경향을 언급했다. 보아스는 미국 민족지학에서 헨리 모건으로부터 연유한 전 세계적인 진화론에 반대했으며, 15) 개별적인 민족문화학적 분포권과 그 영역을 형성하는 요소들의 확산에 대한 연구 방법을 검토했다. 신화와 원시적 사고에 대한 그의 견해는 매우 본질적이다. 16)

보아스는 타일러와는 반대로 원시적 사고의 논리적 불충분성을 모든 새로운 지각과 결합되는 전통적 사고의 특징을 이용해 설명했다. 다시 말해 원시인은 현대 유럽 문명의 대표자가 지닌 것과 같은 메커니즘을 갖는다는 것이다. 이때 원시적 예지가 지닌 연상은 이질적이고 감정적이며 상징적이다. 동물은 인간의 모습으로 나타나며 우리가 속성으로 받아들이는 것을 원주민은 독립적 사실성을 지니는 독자적 사물로서 해석한다. 원시적 사고에서는 사람과 동물 간에 완전히 다른 경계를 부과하며 전반적으로 다른 분류 방법을 생산해낸다. 보아스는 신화의 설명적 기능을 거부하지는 않지만 신화적 관념, 관습, 제의가 종종 무의식적이고 자동화된 과정의 결과로 만들어진다고 생각했다. 그는 신화 속에 삶의 경험의 재료와 상호작용하는 보정적 본성이 있음을 인정했다. 신화는 현재의 행위를 신화적 시간 속의 상황과 연결하는 능력이 있다고 생각했다.

---

15) [역주] 다음을 보라: L. H. Morgan, *Ancient Society*, Cambridge, 1963.

16) F. Boas, *Ум первобытного человека*, М. Л., 1926; F. Boas, *General Anthropology*, the Chapter "Mythology and Folklore", Washington, 1938; F. Boas, Psychological Problems in Anthropology, *American Journal of Psychology*, 21, 1910, pp. 371~384; F. Boas, Comparative Study of Tsimshian Mythology, *31 Annual Report of the Bureau of American Ethnology of the Smithsonian Institution 1909~1910*, Washington, 1916.

제3장

제의주의와 기능주의

저명한 셈어 학자이며 종교 연구가인 로버트슨 스미스는[1] 신화보다 제의가 우위에 있다고 꾸준히 주장했다. 그러나 스미스의 사고에 기반을 둔 20세기 제의주의(*ritualism*)의 실질적인 창시자는 연례적 순환과 밀접하게 관련된 제의발생신화를 광범위하게 연구한 프레이저이다.[2]

제임스 그지 프레이저는 타일러와[3] 랭이 주도한 영국 인류학파

---

1) **[역주]** W. R. Smith, *Lectures on the Religion of the Semites*, Edinburgh, 1889. 그는 이 책에서 "성서를 비롯해서 고대의 대부분의 종교에서 제의가 신화로부터 유래한 것이 아니며 오히려 신화는 제의로부터 유래하는 것이다"라고 말한다. 또한 다음을 보라: W. R. Smith, *Lectures on the Religion of Semites*, London, 1972. 프레이저는 《황금가지》 12권을 스미스 교수에게 헌정하였다.

2) **[역주]** J. Frazer, *Golden Bough*, vol. I-XII (3rd ed.), London, 1907~1915; 축약된 러시아어 번역은 다음을 보라: Дж. Фрезер, *Золотая ветвь*, тт. 1-4, М., 1928.

3) **[역주]** E. B. Tylor, *Первобытная культура*, М., 1871. 타일러는 《원시문화》에서 "나는 실제적인 신화가 먼저 생겨났고 그다음 말로 된 신화가 형성되었다고 생각한다"라고 말한다. 프레이저는 타일러로부터 많은 영향을 받아 자신의 인류학적 연구를 시작하였다. 주술, 종교, 과학의 순으로 인간의 사유가 발달되었다는 프레이저의 진화론적 사고는 바로 타일러의 영향이었다.

출신이었으며 개인적으로는 생존 이론을 고수했다. 그는 인간 사고의 태고 단계에 해당하며 인격화된 영혼이 아닌 비인격적 힘들을 지향하는 마법에 애니미즘을 대조시킴으로써 타일러의 애니미즘 이론의 중요한 부분들을 수정한다. 프레이저는 마법 자체를 유사성(동종요법적, 즉 모방적인 마법)과 인접성(전염적, 즉 감염성이 강한 마법)에 따른 일련의 연상들로써 설명하였고, 완전히 19세기적 시대정신에 기반을 두고 이를 원시인의 순진한 망상으로 해석했다. 프레이저는 제물봉헌, 토테미즘, 역법상의 숭배의식이 거의 통째로 마법에서 유래했다고 보았다. 사실 그는 권력 강화, 결혼, 사유 제도의 강화를 위해 그리고 사회질서의 유지를 위해 마법의 긍정적 의미를 언급할 필요가 있다고 생각했다.

대단히 이성적이고 직선적으로 표현된 프레이저의 이와 같은 생각은 말리노프스키를 필두로 신화의 긍정적 가치에 대한 보다 심오한 문제 제기로 이어졌다. 또한 프레이저는 타일러와 달리 신화가 주변 세계를 설명하기 위한 의식적인 노력이라기보다 단지 쇠퇴하는 의례의 모형이라 생각했다. 프레이저는 마법을 어떤 실제적 효력을 가지는 근원(애니미즘에 대립되는)으로 연구함으로써 신화의 인식적, 함축적인 양상을 과소평가하는 제의주의 쪽으로 향하게 되었다.

신화보다 제의가 우위라는 프레이저의 명제는 신화학에 큰 영향을 주었다. 신약 성서와 기독교 신비주의 제식의 플롯에 해당하는 고대의 것으로서 '죽고', '부활하는'(더 정확하게 말하면, 재생하고, 복귀하는) 신들에 대한 농경의 역법상의 숭배의식과 신화의 훨씬 광범위한 단계의 연구(주로 《황금가지》에 수록된)는 신화학에 보다 지대한 영향을 끼쳤다. 프레이저가 발견한 신화소, 더 정확하게 말해서 정기적으로 살해되고 교체되는, 수확과 종족의 복지를 마법적으로 책임지는 마법사 왕이라는 제의소는 특별히 흥미롭다. 프레이저는 이러한 개념을 축으로 다이아나[4] 성전의 로마 제사장을 아리치아의[5] 가지(프레이저가 아이네아스의 황금가지와 동일시하는)를 꺾는 모든 침입자(잠재적인 계승자)로부터 손에 칼을 들고 자신의 생명을 지키는 마법사 왕으로 해석한다. 프레이저는 이 신화소를 다양한 발생 기원을 가진 민족지학적 사실들의 도움을 빌려 재구성했다(여기에 포함된 자료들로는 쉴룩인의[6] 왕 살해, 일부 메소포타미아 왕국에서의 군사적 위기 시 '대리자' 제도, 바빌론의 신년 축일의 왕에 대한 제의적 모독, 여러 고대 사회의 왕 살해에 대한 다분히 혼란스러운 이야기들 등이 있다). 프레이저의 신화소는 제의주의자들에 의해 차용되어 상세하게 발전되었다(결과물들을 왕 추대 형식에 대한 호카트의 책에서 찾아볼 수 있다.[7] 이때 호카트는 선행 연구자들과는 달리 각각의 전통을 개별적으로 분석하며 그의 분석에는 구조적 접근의 요소들이 존재한다).

프레이저와 그의 계승자들은 왕의 지위("한시적인 칼리프"이며 "속죄양"인 왕) 복원의 문제를 죽었다 다시 부활하는 신들의 제의, 성스러운 결혼, 모디 고내의 통과의례(성인식) 제의들의 배경에서 수용했다. 프레이저가 기술한 신화와 제의들은 민족지학자들뿐 아니라 작가들 역시 관심을 가졌다. 그것은 인간의 고통을 죽음과 갱생을 향한 도정으로 이해하는 극적 문제의식과 인간과 자연의 삶 사이의 병치 그리고 자연과 인간 존재에 있어 영원한 회귀의 관념에 상응하는 순환성 등에 관한 프레이저의 개념들 덕분이었다. 프레이

---

4) **[역주]** 아르테미스(Artemis)와 동의어로 그리스로마 신화의 달, 정조, 수렵의 여신.

5) **[역주]** Ariccia 혹은 Aricia. 아르테미스(다이아나) 숭배와 관련된 고대 로마의 제의 장소. 로마에서 30㎞ 떨어진 지점에 위치한다.

6) **[역주]** Shilluk. 아프리카 동부와 중앙부의 민족.

7) A. M. Hocart, *Kingship*, Oxford, 1927. **[역주]** 제의에 대한 호카트의 다른 주요 저작은 다음을 보라: A. M. Hocart, *Kings and Councillors*, Chicago, 1970.

저의 학문적 성과는 제의주의 원리 확산을 위한 출발점이 되었다.

프랑스의 민족학자이자 민속학자이며《오스트레일리아의 신화와 전설》,《전이적 풍습들》의 저자인 반 게네프의 연구 역시 중요한 의미를 가진다. 8) 그는 프레이저와 마찬가지로 영국 인류학파의 문하생이었지만 프레이저와 달리 이 학파의 진화론에 매우 적극적으로 반대했다. 특히, 인간 삶과 자연의 전이적 계기들에 수반하는 제의들(인간 삶의 경우 출생, 생물학적, 사회적 성숙의 성취, 결혼 등과 장례식에 이르기까지의 제의들이며, 자연의 경우 역법적 주기)에 관한 반 게네프의 연구들은 특히 핵심적이다.

프레이저로부터 직접 고전적 문헌학의 이른바 "케임브리지학파"가 등장했으며 이 학파에 속하는 학자로는 제인 해리슨, 콘포드, 쿡, 길버트 머레이(그는 사실상 케임브리지대학이 아니라 옥스퍼드대학에서 연구했다) 9) 등이 있다. 신화에 대한 제의의 무조건적 우위를 연구의 기본 전제로 하여 고대 세계의 신화, 종교, 철학, 예술 등의 발전의 가장 중요한 원천을 제의에서 발견하는 일단의 다른 학자들도 이 학파에 포함된다. 케임브리지학파는 문학을 포함한 다양한 문화 형식의 발생 문제를 규명하는 데 있어 민족학과 제의주의의 안내자였다.

---

8) A. van Gennep, *Mythes et légendes d'Australie*, Paris, 1906; A. van Gennep, *Les rites de passage*, Paris, 1909.

9) J. E. Harrison, *Prolegomena to the Study of Greek Religion*, Cambridge, 1903; J. E. Harrison, *Themis*, Cambridge, 1912; J. E. Harrison, *Ancient Art and Ritual*, Cambridge, 1913; A. B. Cook, *Zeus*, Cambridge, 1914~1940; R. R. Marett (Ed.), *Anthropology and the Classics*, Oxford, 1908; G. Murray, *The Rise of the Greek Epic*, Oxford, 1907; G. Murray, *Euripides and His Age*, Oxford, 1913; F. M. Cornford, *From Religion to Philosophy*, London, 1913; F. M. Cornford, *The Origin of Attic Comedy*, London, 1914.

《그리스 종교 연구 서언》(1903)에서 해리슨은 신화의 미노타우로스를10) 제의에서 황소로 분장한 크레타의 왕으로 해석할 것을 제안했는데 《테미스》(1912)에서는 제의에서 하계의 악마를 그리스 신화의 가장 중요한 요소로 구분했다. 해리슨은 신화를 의례 행위에 대한 언어적 상응체로 해석하고 동일한 원리들에 의거하여 그리스 조형미술의 기원을 설명한다. 한편 머레이는 그리스 서사시의 주요 등장인물들과 그리스 비극을 위한 제의적인 뿌리를 찾는다(후자의 근거는 더 충분하다). 콘포드는 아티카11) 희극의 제의적 뿌리에 대해 유사한 연구를 수행하였다. 다른 저작〔《종교에서 철학으로》(1912)〕에서 콘포드는 그리스 철학 사상을 하나의 제의적 전범으로 끌어올린다.

1930~1940년대 제의주의학파는 고전주의 철학의 영역으로부터 고대 동양 문화, 일반 서사시 이론, 종교학과 예술학의 다양한 분과 등에 대한 연구 영역으로 팽창하면서 대표적 학파가 된다. 고대 동양 문화에서 제의의 1차성은 후크와 개스터가 출판한 논문집 《신화와 제의》, 《미궁》에 제시되었다. 개스터는 고대 동양의 모든 성스러운 문헌이 제의적 토대를 가진다는 개념을 제시한다(《테스피스》). 12)

---

10) **[역주]** 그리스 신화의 인간의 몸과 황소의 머리를 가진 괴물, 미노스(Minos) 왕의 아내이며 아리아드네(Ariadne)의 어머니인 파시파에(Pasiphae)와 포세이돈의 선물로 미노스 왕에게 보내어진 황소의 아들. 미노타우로스는 미노스 왕에 의해 미궁에 감금되고 아테네는 매년 그에게 각각 일곱 명의 소년과 소녀를 제물로 바치도록 강요받았다. 미노타우로스는 아리아드네의 도움을 받은 테세우스(Theseus)에 의해 살해된다.

11) **[역주]** 옛날 아테네 주변, 그리스 동남부, 고대 그리스의 한 지방.

12) C. H. Hooke, *Myth and Ritual*, Oxford, 1933; C. H. Hooke (Ed.), *The Labyrinth*, London, 1935; T. H. Gaster, *Thespis: Ritual Myth and Drama in the Ancient Near East*, New York, 1950(다음과 비교해 보라: A. M. Hocart, *Kingship*, Oxford, 1927). **[역주]** R. Segal, *The Myth Ritualist Theory of Religion*, Princeton, NJ, 1980. 이 책은 신화와 제의학파에 대한 평가를 담았다.

이런 견해는 보다 후기에 나온 제임스의 토대적 연구서인 《고대 근동의 신화와 제의》에서 상당한 지지를 받는다. 13)

이미 1930~1940년대에 래글란 경과 하이만은 제의주의적인 신신화주의에 근거한 이론적 일반화를 상당히 먼 지점까지 이끌고 갔다. 래글란 경은14) 모든 신화를 제의적 텍스트로 간주하고 제의에서 분리된 신화들은 민담과 전설로 보았다. 래글란 경은 프레이저, 후크, 호카트가 기술한 제사장 왕의 제의적인 역법상의 살해와 교체를 가장 오래되고 보편적인 유형으로 간주한다. 그에 따르면 유사한 제의적 유형은 역시 근동 지역의 신석기 시대에 발생했으며 물(홍수)과 불에 의한 구세계의 상징적인 파괴, 전투와 신성한 왕 살해의 익살스러운 모방, 왕의 신체 부분의 분리와 그 부분에 의한 신세계의 조합, 점토나 제물의 피에 의한 인간의 최초 조상들(형제-자매)의 창조, 그들의 번성과 신성한 결혼 등을 포함한다.

래글란은 실제 인물들에 연결되는 역사적 전설들조차도(예를 들어, 토마스 베케트) 제의적으로 반복되는 사건들을 설명하는 신화로 해석한다. 래글란은 제의들과 그에 수반되는 신화들의 이식과 확산의 개념(프레이저와는 반대로 반진화론에 부응하는)으로부터 출발하지만, 더불어 모든 민속과 문학 장르들이 제의에 토대를 가진다고 주장한다. 래글란의 극단적인 과장은 제의주의 개념의 일단의 지지자들에게서도 날카로운 비판을 야기했는데 얀 드 브리스의 경우 그의 딜레탕티즘을 비난하기도 했다. 15)

---

13) E. O. James, *Myth and Ritual in the Ancient Near East: An Archeological and Documentary Study*, London, 1958.
14) F. R. S. Raglan, *The Hero: A Study in Tradition, Myth and Drama*, London, 1936; F. R. S. Raglan, *The Origins of Religions*, London, 1949; F. R. S. Raglan, Myth and Ritual, *JAF*, 68, 1955, pp. 454~461.
15) J. de Vries, "Das Märchen, besonders in seinem Verhältnis zu Heldensage

하이만은 프레이저와 해리슨의 궤적을 따른다. 16) 하이만은 신(신의 이미지는 뒤르켐이 의미하는 바의 집단 감정을 축적한다. 이에 대해서는 이후에 논의할 것이다)에 관한 신화들을 원초신화로 생각했으며 원인신화는 2차적으로 형성된 것으로 보았다. 해리슨의 뒤를 이어 하이만은 제의와 신화를 극적 구조를 근간으로 하는 단일한 전체의 두 필수 부분으로 생각했다. 하이만에게 제의신화적 전범은 시적이지만 다소간 학술적인 전통 발생의 원천일 뿐 아니라 구조의 동의어이기도 하다. 하이만은 다윈의 진화론에까지 이르는, 여타의 과학적 개념 및 이론과 제의주의의 결합 가능성에 의문을 제기한다. 그의 견해에 따르면 제의주의와 결코 양립할 수 없는 두 가지의 접근 방식이 있다. 실제의 역사적 인물들과 사건들이 신화의 토대를 형성한다는 가정(에우헤메리즘)과 신화를 인식욕구의 만족의 수단으로 이해하는 이론들이 그것이다.

제의주의는 여타의 다수 연구가에게 직간접적인 영향을 주었는데, 이에 대해서는 문학에 대한 제의신화적 접근 방법과 관련하여 앞으로 더 논의할 것이다. 이 자리에서 우리는 저명한 현대 신화학자인 엘리아데에 대해 간단히 규정해 보고자 한다. 그는 순수한 발생학적 차원에서 신화에 대해 제의가 우위를 점유한다는 가설을 지지하지 않았으나 오직 제의에서 신화의 역할이라는 프리즘만을 통해 그리고 제의의 유형들에 의존하여 신화의 영원한 회귀라는 이론을 발전시킨다.

---

und Mythos", *Folklore Fellows Communications*(이하, *FFC*), (50), Helsinki, 1954.

16) S. E. Hyman, "The Ritual View of Myth and the Mythic", *JAF*, 68, 1955, pp. 462~472; S. E. Hyman, *The Tangled Bank: Darwin, Marx, Frazer and Freud as Imaginative Writers*, New York, 1962.

1950년대와 특히 1960년대에 들어 제의주의의 극단성을 비판하는 일련의 연구가 나타났다. 예를 들어, 미국의 인종지학자로서 클라크혼, 배스콤, 그린웨이, 커크 그리고 특히 폰텐로즈, 그 이후로는 저명한 프랑스 학자 레비스트로스 등이 그들이다.17)

　폰텐로즈의 비평은 제의주의자를 위한 최초의 신화소인 프레이저의 《황금가지》의 권위를 격하시키기까지 한다. 이 비평은 훌륭히 논증되었지만 편향성도 없지 않다. 폰텐로즈는 제사장 왕들의 주기적 살해와 왕위의 제의적 복원의 개념(죽어가고 부활하는 신들과의 유사성에 따른)이 서로 상이한 자료에 기초한다는 것과 이 개념이 여러 문화로부터 취해진 개별적 민족지학적 자료의 파편들로 구성되어 어디에서도 모든 근본적 요소가 전체를 구성하지 않는다고 했다.

　아울러 폰텐로즈는 왕위 복원이라는 제의 형식의 표준성과 그 파급에서의 보편성에 대해 의문을 제기할 뿐 아니라 본질적으로 영장류의 우두머리 교체 형태의 관찰18) 등, 주기적으로 나타나는 새로운 흥미로운 자료들에 의해서 뒷받침되는 흥미로운 민족지학적 현상의 존재를 전적으로 부정한다. 동시에 신화들을 조명하는 원시적 제의들에 대한, 신화들로부터 소재를 차용한 많은 고대 드라마 형식

---

17) W. Bascom, The Myth-ritual Theory, *JAF*, 70, 1957, pp. 103~114; W. I. Greenway, *Literature among the Primitives*, Hatboro, 1964; C. Kluckhohn, Myth and Ritual: A General Theory, J. B. Vickery (Ed.), *Myth and Literature* (이하, *ML*), Lincoln, 1966, pp. 3~44; J. Fontenrose, The Ritual Theory of Myth, *Folklore Studies*, 18, 1966; G. S. Kirk, *Myth, its Meaning and Functions in Ancient and Other Cultures*, Berkeley, Los Angeles, 1970; C. Lévi-Strauss, L'homme nu, *Mythologique*, 4, Paris, 1971.

18) 다음을 참고해 보라: M. Wilson, *Rituals of Kingship among the Nyakusa*, London, 1957; M. Wilson, *Divine Kings and the Breath of Man*, Cambridge, 1959; M. Wilson, *Communal Rituals of the Nyakusa*, London, 1959; M. G. McKenny, The Social Structure of the Nyakusy, *Africa*, 43(2), 1973.

(신비극, 그리스 비극, 일본 연극 "노" 등)에 대한 그리고 제의주의자들이 구체적 신화들을 구체적 제의들과 실제로 대조시키지 않고 순전히 사변적인 방식으로 이론을 정립한 점에 대한 폰텐로즈의 지적은 충분히 합당하다. 또한 그는 제의주의자들이 제의의 형식, 신화, 신앙, 민담, 문학적 이미지와 사회적 이상들을 한데 결합해버림으로써 필수적인 장르 구분을 무시하고 신화 속의 서사적 양상을 평가 절하하는 것을 비난한다(이에 대해서는 배스콤도 지적한다).

레비스트로스는 전반적으로 신화에 대항하여 삶의 흐름의 연속성을 모방하려는 제의가 부차(副次)적인 것이라 주장한다.

신화와 제의의 관계의 우선순위에 대한 질문은 어느 쪽이 선행하는지 말하기 어려운, 마치 닭이 먼저냐 달걀이 먼저냐 하는 문제와 같다. 원시문화에서 신화와 제의의 혼합적인 연관 관계와 그 근접성은 의심할 여지가 없지만 가장 오래된 사회에도 발생학적으로 제의에 수렴되지 않는 수많은 신화가 존재하며 반대로 제의적 축일에 신화들이 무대에 널리 올려졌다. 예를 들어, 중앙 오스트레일리아 원주민은 통과의례 제의 때에 신참자들 앞에서 토템 선조들의 방랑에 관한 신화들을 상연하였는데 여기서 이 신화들은 제의로 귀결되지 않는 그것만의 성스러운 핵을 지니는바 그것은 바로 방랑의 숭고한 노정 자체를 말한다. 연극과 무용 예술의 특징에 상응하는 제의적 무언극(無言劇)은 무엇보다도 토템 동물의 습성을 모방하려하며 여기에 수반되는 노래는 송가(頌歌)적 성격을 가진다.

이에 연관하여 현대 오스트레일리아의 민족지학자인 스태너의 연구가 커다란 흥미를 불러일으켰다. 그는 저서 《오스트레일리아 원주민의 종교에 관하여》에서[19] 북오스트레일리아 원주민들에게 엄격

---

19) W. H. E. Stanner, On Aboriginal Religion, *Oceania Monographs*, 11, 1966.

히 서로 동가(同價)인 신화들과 제의들이 있듯이 신화와 상관없는 제의, 제의와 아무 관련이 없고 제의로부터 발생하지 않은 신화도 있다는 사실 그리고 신화와 제의가 원칙적으로 유사한 구조를 갖는 것이 문제가 되지 않는다는 사실을 지적한다.

매튜스와 클라크혼의 자료에 따르면 푸에블로와 나바호 원주민에게서 나타나는 신화와 제의 간의 관계가 매우 복잡하고 다양하다. 신화의 상징과 제의의 상징이 완전히 서로 상응하는 것은 아니며 명백히 발생 기원을 제의에 두지 않은 신화가 있다. 아울러 훨씬 후대의 문화, 예를 들어 지중해 연안과 인도, 중국 그리고 콜럼버스 이전의 아메리카 대륙의 농경 사회에는 프레이저가 연구한 바와 유사하게 숭배의식으로부터 기원한 연례신화와 그 밖의 다른 신화의 예가 많다. 실제로 고대 지중해 연안 지역의 신화는 제의주의자들에 의해 다소 단순화되고 도식화되었다. 예를 들어, 수메르의[20] 신 두무지는 아카드의[21] 신 탐무즈의 원형이지만 탐무즈와 달리 부활하지 않으며(적어도 이 모티프는 우리에게 전해진 텍스트상에서는 찾아볼 수 없다) 결코 농경신이 아니라 목축신이라는 사실 그리고 비록 히타이트족과[22] 아시리아족에서[23] 왕의 대리자의 희생에 관한 자료들이 있긴 하지만 근동 등지에서 왕들의 희생에 관한 직접적인 증거는 없다는 사실 등이 고려되지 않은 것이다.[24]

---

20) [역주] 고대 바빌로니아 남부, 유프라테스 강 하류 지방.
21) [역주] 아카드(Akkad)는 님로드(Nimrod)의 왕국에 있던 4대 도시 중의 하나이다. 북부 바빌로니아의 대부분을 차지했음이 고고학적으로 입증되었다.
22) [역주] 히타이트(Hittite)는 기원전 2000년경에 번성했던 소(小)아시아 혹은 아나톨리아(Anatolia)라 칭해지는 지역(흑해와 지중해 사이의 평원 지대)의 인도유럽 민족이다.
23) [역주] 아시리아(Assyria)는 서남아시아의 고대 제국이다.
24) 다음을 보라: H. M. Kümmel, Ersatzritual für den hethitischen König, *Studien zu Bogazköy-Texten*, Heft 3, Wiesbaden, 1967. 또한 보다 이른 시기의

신화에 대한 제의의 우위에 관한 그리고 제의로부터의 신화의 필연적인 발생에 관한 가설은 여전히 증명되지 않았으며 전반적으로 근거가 박약하다. 스위스의 심리학자 피아제가 뇌의 감각 운동 중추의 역할을 확고하게 보여주었으며 프랑스의 마르크스주의 심리학자 왈롱[25]이 사고 형성에서 행위의 의미를 적절하게 지적했지만 여전히 상황은 변하지 않았다. 제의주의는 앞서 지적한 바와 같이 불가피하게 신화의 지적, 인식적 가치를 과소평가하는 결과를 가져왔다. 이러한 상황은 케임브리지학파가 제의주의를 철학을 포함한 모든 문화 형식의 기원의 문제로 확대시키면서 더욱 분명해졌다.

신화란 언어를 가장한 행위가 아니며 제의의 반영도 아니다. 원시와 고대의 문화에서 신화와 제의는 원칙적으로 예의 그 (세계관적, 기능적, 구조적) 단일체를 형성한다는 것, 제의들 속에서 성스러운 과거의 신화적 사건들이 재현된다는 것, 원시문화의 체계에서 신화와 제의가 그 문화의 두 양상, 즉 언어 양상과 행위 양상을, 이론과 실세의 양상을 구성한다는 것 등은 또 다른 문제이다. 브로니슬라프 말리노프스키에 이르러 신화와 제의가 내적 단일성을 가지며 공동의 실제적 기능뿐 아니라 생생한 연관을 가진다는 시각이 등장하였다.

말리노프스키는 영국의(제1차 세계대전 초기 포로로 잡힌 오스트리아계 폴란드인 출신의) 인종지학자로 인종지학에서 이른바 기능주의 (functionalism) 학파의 기초를 놓았다. 신화와 제의의 상호관계, 넓게는 문화 속에서 신화의 위치와 역할이라는 문제에서 진정한 혁신자는 프레이저가 아니라 말리노프스키였다. 말리노프스키의 기능주의

개괄적 논문과 비교해 보라: K. H. Bernhardt, Kult und König im Altertum des Vorderen Orients, *Altertum*, Bd 5, Heft 2, 1959, p. 72.

25) [역주] H. Wallon, *De l'acte à la pensée*, Paris, 1942.

는 고전적인 영국 인류학파(프레이저도 어느 정도 포함해서)에 대립한다. 26)

특히, 민족지학의 현지 연구라는 것이 고대 세계나 유럽 제민족의 당대 민속에 몇몇 풍습들과 신화적 플롯들이 잔존함을 확인하는 데 쓰이던 시기에, 말리노프스키는 비교진화론적 차원이 아닌 '원시적인' 이국 종족들의 생생한 문화의 맥락에서 신화를 연구하는 것을 근본적으로 지향했다. 이러한 지향성은 그 자체로 아직 새로운 관점이 되지는 못했지만 그런 관점의 발생을 용이하게 했다.

오세아니아의 트로브리안드 군도에 사는 파푸아인 사이에서 (그리고 몇몇 다른 장소에서) 이루어진 말리노프스키의 현지 연구들은 그의 유명한 저서 《원시 심리학에서의 신화》에서 이론화된다. 27) 말리노프스키는 고대 사회, 즉 신화가 아직 "유물"이 되지 않은 곳에서 신화는 이론적이지 않은 의미를 가지며, 주위 세계의 과학적 또는 전(前)과학적 인식의 수단이 아니라 전(前) 역사적 사건들이 나타내는 초자연적인 현실에 대한 관심을 통해 종족 문화의 연속성과 전통을 유지하는 순수하게 실용적인 기능을 수행함을 보여준다. 신화는 사고를 명문화하고, 도덕을 강화하며, 행동의 일정한 규칙을 제시하고, 제의를 인준하며, 사회적인 질서를 합리화하고 정당화한다. 말리노프스키는 신화를 개인과 사회의 안녕에 관계된 중요 문제들의 해결수단으로, 경제적이고 사회적인 요소와의 조화를 유지하는 도구로 간주함으로써 실용적 기능의 측면에서 평가한다. 그는 신화가 단지

---

26) [역주] 프레이저 연구의 영향에 대한 재조사의 문제에 연관하여 다음을 보라: M. Strathern, Out of Context: The Persuasive Fictions of Anthropology, *Current Anthropology*, 28(3), 1987, pp. 251~281; R. Ackerman, *The Myth and Ritual School*, New York, 1991. 프레이저와 문학에 대해서는 다음을 보라: J. B. Vickery, *The Literary Impact of Golden Bough*, Princeton, 1973.

27) B. Malinowski, *Myth in Primitive Psychology*, London, 1926.

우의적이거나 상징적 의미 등을 지니는 이야기가 아님을 지적한다. 원주민들은 신화를 일종의 구전 '성서'로서, 세계와 인간의 운명에 영향을 끼치는 어떤 현실로서 체험하는 것이다.

그가 설명하는 것처럼 신화의 현실성은 전(前) 역사적인 신화적 시간의 사건들로 거슬러 올라가지만 제의 속에서 신화의 재현과 제의의 마법적 의미 덕분에 토착민들에게는 심리적인 현실성으로 남게 된다.

말리노프스키는 신화가 마법과 의식에 연결됨을 논증했고 구식 사회에서 신화의 사회심리적 기능에 대한 질문을 명확하게 제기하였다. 말리노프스키 이후 이는 거의 공통된 가정이 되었다. 곧이어 프레우스의 유명한 저서 《신화의 종교적 형상》이 발간되었다. 28) 이 책에서 프레우스는 신화와 제의가 전(前) 역사 시대(Ur - zeit)에 완성되었으며 우주와 사회의 질서 형성과 유지에 필요한 행위들을 재현하고 반복하는 원칙적인 단일성을 가졌음을 주장한다. 옌센, 엘리아데, 구스도르프와 그 밖의 많은 이의 연구는 이러한 방향에서 진행된다.

---

28) K. Th. Preuss, *Das religiöse Gehalt der Mythen*, Tübingen, 1933 ; K. Th. Preuss, *Die geistige Kultur der Natürvölker*, Leipzig, 1914.

제4장

프랑스 사회학파

원시신화의 기능적이고 제의적인 양상을 발견한 프레이저, 말리노프스키와 더불어 에밀 뒤르켐과 루시앙 레비브륄 또한 새로운 신화 이론에 영감을 제공했다.

영국의 민족학 전통과 관계되는 프레이저, 말리노프스키와 달리 (프레이저는 고전적인 영국 문화인류학파의 완성자였으며 말리노프스키는 새로운 기능주의의 개척자였다) 에밀 뒤르켐은 프랑스 사회학파(The French Sociological School)의 창시자였으며 레비브륄 역시 이 학파에 속했다. 영국 민족학은 원칙적으로는 개인심리학에서 출발했다. 신화의 사회적 역할에 주의를 기울인 말리노프스키도 트로브리안드 군도의 원주민 공동체를[1] 개인의 합으로, 문화를 생물학적 요구를 만

---

1) [역주] 남태평양 파푸아뉴기니의 밀느베이 주에 있는 트로브리안드 군도에 사는 원주민으로서 이 원주민의 가장 두드러진 특징은 성 풍속이다. 아주 개방적인 정조관념을 가져서 이 지역 여성은 사춘기가 되면 결혼하기 전까지 어떠한 죄의식도 느끼지 않고 마음대로 많은 남성과 육체관계를 맺을 수 있고, 남성 역시 사춘기가 되면 독신 남성만을 위한 집으로 옮겨 언제든지 원하는 여성과 관계를 맺을 수 있다. 결혼한 뒤에도 축제 기간이 되면 서로의 요구에 따라 관계를 맺을 수 있다. 이들은 바다 위나 하늘에 떠 있는 어린이의 정령이 여성의 머리를 통해 몸으로 들어가 임신을 시킨다고 믿기 때문에 성적 관계와 임신 사이에 어

족시키는 역할을 하는 기능의 총체로 상상했다. 에밀 뒤르켐과 그의 제자들은 집단심리학에 근거했으며 사회공동체의 질적 특수성을 상정하는 데에서 출발했다. 프랑스 사회학파의 근본 용어인 "집단표상"은 이런 의미에서 이해할 필요가 있다.

뒤르켐은 인간을 이중적으로, 즉 개인적이자 사회적인 존재로 보았다. 외부대상의 작용하에 개인의 심리적 본성에 따라 최초의 느낌과 경험 지식이 생겨나며 사물의 보편적 특성에 일치하는 "범주"는 집단적 사고의 결과로 만들어진다. 뒤르켐에 따르면 공간과 시간에서의 개인적 방향 설정을 도와주는 복합감각과 사회적 삶의 리듬인 제의적 주기성과 관계되는 시간의 사회적 범주, 종족의 영토 조성을 반영하는 공간의 사회적 범주 또는 인간관계의 사회적 범주 사이에는 중대한 차이가 있다.

뒤르켐은 이성은 개인적 경험으로 환원될 수 없다고 주장하면서 개인적 경험에 맞서 사회가 개인에게 강요한 집단사상과 표상을 내세웠다. 동시에 그는 사회적 존재가 아닌 사회적 상황을 재생산하고 반영하고 '해석하며' 그런 상황들의 은유이자 상징이기도 한 집단사상 그 자체에 강조점을 두었다. 그러나 뒤르켐도 인정하듯 이 상징들은 근거가 확실하며 과도하게 인위적이지 않다. 왜냐하면 사회는 어쨌든 자연의 일부분이기 때문이다. 집단표상에 대한 뒤르켐의 가르침은 (물론 약간의 수정은 있었지만) 모스, 블론델, 유베르, 레비브륄 같은 프랑스 사회학파의 직접적인 대표자 조직에서뿐 아니라 구조주의자 레비스트로스에게서도 유지되었다. 그의 가르침은 스위스의 정신분석학자 융에게 그리고 소쉬르를 거쳐 전 유럽

떤 연관성이 있다고는 믿지 않는다. 이 지역의 독특한 성 풍속이 알려진 것은 말리노프스키가 제1차 세계대전 후 이 지역 문화를 연구한 저서 《미개사회의 범죄와 관습》(1926), 《미개인의 성생활》(1929) 등을 출간하면서부터이다.

기호학에 지대한 영향을 미쳤다.

뒤르켐은 《종교적 삶의 기초 형태: 오스트레일리아의 토템 체계》라는[2] 책에서 종교, 신화, 제의의 초기 형태의 발생 문제에 대한 새로운 접근법을 모색한다. 그는 19세기를 풍미한 "자연주의적" 개념뿐 아니라 테일러의 애니미즘 같은 종교와 신화의 이론들에 대한 비판에서 출발한다. 뒤르켐에 따르면 자연주의와 애니미즘은 종교와 신화로부터 환영적인 표상의 체계와 "근거 없는 메타 형식"을 만든다. 왜냐하면 대상 그 자체, 자연현상에 대한 관찰 또는 자기성찰 그 자체는 종교적 믿음을 낳을 수 없다. 또한 그것이 어떤 형태의 사실성이든, 사실성에 근거하지 않은 주변 세계에 대한 거짓된 설명 (만일 그것이 단지 설명에 불과하다고 할지라도)은 오랫동안 존재할 수 없기 때문이다.

이런 평가는 여러 가지 면에서 공정하다. 뒤르켐은 종교를 신화와 분리해 관찰하지 않았는데 그는 이 종교를 마법[3]에 대립시켰으며 (마법은 "교회" 없이, 즉 사회적 조직 없이도 가능하다) 사회적 사실성을 반영하는 집단표상과 실제로 동일시한다. 종교에서 공동체는 마치 스스로를 재생산하고 숭배하는 것처럼 보인다. 뒤르켐은 종교의 특성을 무엇보다 성(聖)의 범주와 성(聖)과 속(俗)의 대립과 연관시킨다. 두 가지 형식의 인식 상태로서 성과 속은 집단적인 것과 개인적인 것에 각각 일치한다.

뒤르켐은 종교의 (그리고 신화의) 기본 형식을 탐구하면서 우주의 구성 요소나 정령에 대한 숭배(프레이저처럼 마법에 대한 숭배가 아닌)

---

2) E. Durkheim, *Les formes élémentaires de la vie religieuse*: *Le système totémique en Australie*, Paris, 1912.

3) **[역주]** 마법 또는 주술은 사람과 자연현상에 영향을 미치는 인간의 초자연적 능력에 대한 믿음과 관련된 제의를 의미한다.

가 아닌 오스트레일리아 원주민에게서 나타나는 고전적 형식의 토테미즘에 주의를 기울였다. 그의 견해에 따르면 토템 단위는 씨족(즉, 종족)이다. 하지만 씨족은 토템 역할을 하는 식물과 동물의 지각 가능한 다양한 모습으로 상상력에 의해 인성화되고 표상화된 것이다.

토템신화가 종족이 어떻게 형성되었는지를 모델로 보여주며 그 신화 자체가 조직의 유지에 기여한다는 것을 제시한 것은 뒤르켐의 중요한 발견이었다. 이미 언급했듯이 신화에서 사회학적 양상을 끌어내면서 뒤르켐은 말리노프스키처럼 신화의 설명적 목적에 관한 19세기 민족지학의 개념으로부터 멀어진다. 그는 신화적, 종교적 표상의 기능이 아니라 그 기원에 주안점을 두면서도 제의가 사회집단이 스스로를 주기적으로 확인하는 사회적 삶의 형식이라는 데에 커다란 의미를 부여했다. 뒤르켐은 토테미즘을 "마나" 유형의 무인격적(명백한 개체로서의 존재적 성격을 띠지 않는) 그러나 아직은 그다지 추상적이지 않은 힘의 종교로 간주하면서 이른바 "전(前) 애니미즘"(pre-animism, 이 용어와 해당 개념은 영국의 인류학자 R. B. 마레트가 제안했다)과 연결시켰다.

토테미즘이 본질적으로는 개별 대상보다 종족 자체 그리고 세상의 모든 사물이 종족의 부분을 형성한다는 관념에 기초한 세계모델을 신격화한다는 뒤르켐의 생각은 신화의 해석을 위해 매우 중요하다. 뒤르켐은 종족의 사회공동체에서 추출한 토템 분류 특성에서 논리적 체계를 보며 그중에서도 성/속의 대립은 물론, 사회적 직관에 근거하여 유사성과 차이(대상물들은 다양한 토템들과 관련되며 그 대상물들의 대조는 무엇보다 뚜렷하게 표시된다)를 이끌어내는 논리적 대립의 역할을 지적한다.

종교신화적 사고에서의 비유와 상징의 역할에 관한 뒤르켐의 설명 또한 매우 중요하다. 그는 종교와 신화를 경험주의적 자연의 특정 양상이 아니라 인간 의식 (*consciousness*)의 산물이라 생각했다. 예를 들어, 성스러운 존재의 **부분**은 **전체**가 일으키는 것과 동일한 감정을 불러일으키는 것 또한 그런 이유와 같다(아래의 레비브륄의 견해와 비교해 보라). 뒤르켐에 따르면 종교적 감정의 구성 요소인 표식 (*emblem*) 은 표시 (*label*) 로서뿐 아니라 사회적 사실성의 표현으로서 검토될 필요가 있다. 그러므로 그는 모든 역사적 상황과 순간에 사회적 삶이 가능한 것은 상징주의 덕분이라고 생각했다. 사회적 필요성에 의한 다양한 개념의 결합은 세계에 대한 최초의 설명을 가능하게 만들며 나중에는 철학과 과학에도 길을 열어준다. 진화론과 단절되지 않았던 뒤르켐은 종교신화적 논리와 학문적인 논리 사이의 근본적 차이를 인식하지 않는다.

뒤르켐이 제기한 문제의식과 신화적 사고의 특징에 관한 개별적 발언들은 그의 직선적인 사회학에서 떨어져나간 레비브륄과 레비스트로스의 개념을 예고하는 것이었다. 뒤르켐의 이론은 인류학 문헌에서 수차례 검토와 토론의 대상이 되었다. 그의 이론에 대한 최근의 비판적 시도 가운데 오스트레일리아 원주민 문화의 가장 뛰어난 전문가 가운데 하나인 스태너의 분석은 흥미로운 자료를 보여준다. 최근의 오스트레일리아 원주민 연구 수준에 근거하여 그는 원주민들의 '세계모델'이 성과 속의 이분법으로 귀결되지 않으며 오스트레일리아 신화의 상징체계가 단지 성스러운 것으로만 국한될 수 있는 것도 아니라고 주장한다.

자신의 책들에서 일관되게 원시 사고의 특징들을 설명해온 레비브륄은 신화 이론의 발전에 커다란 역할을 했다. [4] 레비브륄의 이론은

---

4) L. Lévy-Bruhl, *La surnaturel et la nature dans la mentalité primitive*, Paris, 1931; L. Lévy-Bruhl, *La mentalité primitive*, Paris, 1935; L. Lévy-Bruhl, *Les fonctions mentales dans les soiciétés inferieures* (9th ed.), Paris, 1951; L.

신화에 대한 19세기 고전 인류학의 견해, 즉 신화를 과학에 선행한 순진한 이성적 인식이나 원시 인간의 지적 호기심을 만족시키기 위한 수단으로 보는 견해들에 매우 심한 타격을 주었다. 원시 사고와 원시 사고의 전(前) 논리적 성격의 질적 차이에 관한 레비브륄의 문제 제기는 진화론조차도 뒤흔들었다. 그 이유는 사고의 한 형식으로부터 다른 형식으로의 급작스런 도약을 설명할 필요가 있었기 때문이다(사실 레비브륄은 그런 이동의 가능성을 이론적으로는 인정했다).

레비브륄은 테일러에서 프레이저에 이르는 영국 인류학파의 일방적 진화론을 거부했다. 또한 집단표상의 개념을 제안했을 뿐 아니라 집단표상 속의 동기적, 정서적, 격정적 요소들의 의미를 지적한 프랑스 사회학파에 (그리고 리보, 마이어 등의 몇몇 심리 이론에) 영국 인류학파를 대립시켰다.

이때 집단표상은 고찰의 대상이 아니라 믿음의 대상이 된다. 집단표상은 명령의 성격을 띤다는 것이다. 레비브륄이 강조하듯이 현대 유럽인은 그가 신앙인이든 미신을 믿는 사람이든 자연적인 것과 초자연적인 것을 구별한다. 반면 미개인은 자신의 집단표상 속에서 세계를 단일한 것으로 받아들인다. 모두 집단표상에 관련되는 얘기이다. 레비브륄은 개인적 경험에서 유래한 개인적 표상에 관한 한 미개인과 문명인 사이에 본질적 차이가 없다고 본다.

뒤르켐의 사고에서 출발한 듯 보이지만 레비브륄은 집단표상이 논리적 특징을 지니지 않는다고 주장함으로써 그로부터 상당히 멀어졌다.[5] 그가 생각하건대 집단적 인식은 경험에 기인하지 않으며

Lévy-Bruhl, *Carnets*, Paris, 1949. 러시아어 번역: Л. Леви-Брюль, *Первобытное мышление*, М., 1930; Л. Леви-Брюль, *Сверхъестественное в первобытном мышлении*, М., 1937.

5) Л. Леви-Брюль, *Первобытное мышление*, М., 1930(이후 인용은 이 판본

사물의 마법적 특성을 감각보다 우위에 둔다. 그런 이유로 집단적 인식은 신비적이다. 레비브륄의 공식에 따르면 "신비적인 것과 전 (前) 논리적인 것은 그런 특성의 두 양상이다".[6] 레비브륄에 따르면 감정적 요소와 운동적 요소는 집단표상에서 논리적 포함과 제외의 위치를 차지한다.

레비브륄은 많은 예제를 통해 신화적 표상을 논리적으로만 설명하는 것이 불가능함을 명백히 입증한다. 신화적 사고의 전(前) 논리성은 특히 "제외된 제3의 것"의 논리적 법칙의 위반에서 나타나는데 이때 사물들은 동시에 자기 자신일 수 있고 무언가 다른 것일 수 있다. 모순에서 벗어나려는 노력은 없다. 그래서 하나와 여러 개, 동일한 것과 상이한 것, 정적인 것과 동적인 것의 대립은 2차적인 의미를 지닌다.

레비브륄에 따르면 집단표상에서는 참여(참가, *participation*)의 법칙이 연상을 통제한다. 토템 집단과 세상, 세상과 꽃, 바람, 신화적 동물, 숲, 강 등의 사이에 신비주의적 참여가 일어난다. 자연은 신비주의적 상호작용의 활동적 집합체로 나타나며, 신비주의적 힘의 연속체에 대한 표상은 영혼의 발현에 선행한다(앞서 뒤르켐이 인격의 특징을 갖지 않는 힘과 토테미즘의 관계에 대해 말한 것과 비교해보라). 신화에서 공간은 단일한 종류가 아니며 그 방향은 다양한 특질과 특성에 영향을 받고 그 각각의 부분은 각자 속에 위치한 것에 관여한다. 시간에 대한 관념도 질적 특성을 지닌다. 인과론에 관련된 것은 매순간 인과론의 하나의 고리로 지각되며 다른 것은 보이지 않는 힘의 세계에 관련된다.

전(前) 논리적 사고에서 종합은 예비적 분석을 요구하지 않는다.

___

에 따른다).

6) *Ibid.*, p. 21.

종합은 분해되지 않으며 모순에 대해 무감각하며 경험을 무용하게 여긴다. 여기서 기억은 어떤 면에서는 논리적 작용에 대립한다. 말하자면 다른 표상에 의해 기억 속에서 환기된 표상은 논리적 추론의 힘을 획득한다. 그래서 표식은 원인으로 간주된다. 기억은 보이지 않는 힘과 보이는 힘의 신비한 결합을 위해 선택을 한다. 신비주의적 결합은 논리적 추상화와 대립한다. 집단표상은 일반적 개념 작용을 대체한다. 그런 의미에서 집단표상은 용량이 크며 구체적이며 많은 경우에 적용된다. 신비주의적 참여를 위해서 우연한 것은 아무것도 없다. 하지만 절대적인 결정론도 없다.

민족지학적 측면에서 유효한 몇몇 집단의 언어 자료들을 이용하면서 레비브륄은 신화적 사고의 특징으로 공간의 이종성(異種性)의 인정, 공간적 양상으로부터 시간적 양상으로의 표상의 이동(공간에서의 참여는 시간에서의 참여에 선행한다) 등의 양상을 제시했다. 또한 명백한 시각적, 청각적, 운동적 색채를 지니는 이미지-개념의 풍부함도 제시하였으며 단일한 대상들과 분리되지 않는 일정한 특성들, 계산되는 것과 분리되지 않는 숫자, 여러 가지 숫자가 자체의 신비적 의미의 영향으로 심지어 균등해질 수도 있다는 것도 보여주었다. 레비브륄은 토템 공동체 집단에 참여하는 행위인 통과의례에서도 그러한 참여를 발견했다. 점술은 과거와 미래에 대한 관계를 뒤섞는다. 탄생, 특히 죽음과 관련된 의식들은 이 사건들을 오랫동안 지속되는 과정으로, 특별히 비논리적인 것으로 제시한다.

레비브륄은 신비의 요소들을 신화에서 가장 가치 있는 것으로 여겼다. 이 요소들에는 이미 직접적으로 느껴지지 않는 참여(문화영웅이나 반인반수의 속성을 지닌 신화적 조상으로 참여하는 것)가 표시된다. 레비브륄은 신화를 주변 세계를 설명하는 도구로 보는 개념들을 믿지 말라고 호소하면서 말리노프스키를 따라 신화를 사회집단과 결속을 유지하는 수단으로 본다.

　레비브륄의 이론은 커다란 반향을 낳았다. 그럼에도 불구하고 그는 《비망록》(사후 1949년 출판)에서 자신의 가장 중요한 입장들을 거부했다.

　신화적 사고의 질적 특성을 제시한 것은 레비브륄의 커다란 성과이다. 그러나 그가 원시적 사고의 불명확성과 불가분성을 전적으로 비논리적 논리이자 개인적, 사회적 경험과 논리적 사고의 침투를 허용하지 않는 경직된 체계로 제시한 것은 중대한 실수였다. 레비브륄은 신화적 사고가 어떻게 작용하는지, 구체성을 유지하고 기호를 사용하면서도 어떻게 일반화를 달성하는지 세밀하게 보여주었다. 하지만 "신비주의적 참여"라는 환상적 프리즘에 의존함으로써 그는 독특한 신화적 사고 작용과 그것의 실질적 인식 결과의 지적 의미를 깨닫지 못했다.

제5장

상징 이론

20세기 초의 민족학적 발견들은 독일 철학자 에른스트 카시러의 저작, 특히 3권으로 구성된 저서 《상징 형태의 철학》[1]의 두 번째 권인 《신화적 사고》에 활용된다.[2]

카시러는 프레우스의 뒤를 이어 제의주의적 입장, 즉 신화에 대한 제의의 우위를 인정한다. 또한 그는 프레우스와 미레드의 뒤를 이어 원시종교가 마법적 힘에 관한 미분화된 직관에서 시작된다고 생각했다. 말리노프스키, 뒤르켐과 더불어 카시러는 자연적이고 사회적인 결속이라는 신화의 실용주의적 기능을 인정한다. 성/속의 대립을 매개로 우주와 접합한다는 그의 사상은 뒤르켐으로 거슬러 올라간다. 카시러는 이미 그 자신이 "원시적" 대신 "신화적"이라 곧장 이름붙인 최초의 사고를 규정하고 이를 과학적, 논리적 사고와 대비하기 위해 레비브륄 이론의 주요 항목에 기댄다. 고대신화 영역에서 카시러는 주로 위제너와 오토의 연구에 주목한다. 그러나

---

1) E. Cassirer, *Philosophie des symbolischen Formen*, Zweiter Teil, Berlin, 1925.

2) [역주] 이 책에서 카시러는 인간의 정신이 신화와 같은 원초적 단계로부터 고도로 발달한 물리학에 이르기까지 세계를 어떻게 이해하여 왔는지를 그 발전 모습을 통해 검토한다.

카시러의 신화 연구는 선배들보다 훨씬 더 완전하고 체계적이며 완전히 새로운 원칙들에서 출발한다. 그중 가장 중요한 것은 신화창작을 인간의 정신 활동의 가장 오래된 형태인 "상징적"인 활동으로 보는 입장이다(카시러는 자신의 마지막 연구인 《인간에 대한 경험》에서[3] 인간을 "상징적 동물"로 부른다).

카시러는 신화를 특별한 양상성(modality) 혹은 감정과 정서의 상징적 객관화를 특징으로 하는 문화의 자율적 상징 형식으로 고찰한다. 신화는 기능화의 성격과 주변 세계의 모델화 방법을 결합한 폐쇄된 상징체계로서 나타난다.

카시러는 신화에 대한 올바른 이해를 추구하면서 형이상학적 연역법(예를 들어, 셸링의 신화 철학에 따르면 절대자의 자기 발전과 계보화 과정에서 신화는 필수적 인자이다)과도, 경험심리학적 힘의 유희를 뜻하는 심리학적 귀납법과도 결별했다.

카시러의 견해에 따르면 인종심리학은 절대자의 정체성을 인간 본성의 정체성으로, 표상 형성을 위한 보편적 법칙으로 교체한다. 이런 두 경향은 기원과 경험에 몰두하는 것이다. 그는 신화를 문화의 다른 형태들과 비교하되 이 형태들에 귀착시키지 않으면서, 기능과 민중적 환상의 구조적 형식에서 출발할 필요가 있다고 생각했다. 그런 입장은 19세기의 학문적 사고에 첨예하게 대립되는 것이었다. 다만 카시러의 구조 개념은 게슈탈트 심리학에서 보면 아직 상당히 정적이다. 비록 말년에 카시러가 야콥슨과 레비스트로스가 조직한 뉴욕언어학파의 기관지인 〈말〉(Word)지에 참여하긴 했지만 그의 정적인 구조 개념은 후기 구조주의자들과 구분되는 것이다.

카시러는 형이상학적 연역법과 경험주의적 귀납법에 칸트주의를

---

3) E. Cassirer, *Essay on Man*, New Haven, 1944; E. Cassirer, *Myth on the State*, New Haven, 1946.

대립시킨다. "제3의 길"로서 칸트주의는 이른바 비판적이고 선험적인 방법, 즉 "물 자체"에 대한 가르침으로 형성된 이원론으로부터 출발한 마르부르크학파(코헨, 나톨프 등)의 방법론으로 무장한 것이었다. 여기에서 주체와 객체의 대립이라는 형이상학적 문제는 해소되고 주체는 인격적 특징을 갖지 않는 문화 발전 과정으로 등장한다. 문화는 객체들을 형성하는 내재적 논리로 (이성은 자신으로부터 세계를 창조적으로 생산한다) 나타나며 그 결과 세계는 물적 규정이 아니라 생성 과정으로서 이해된다.

이론적 의미에서 카시러는 물(物), 실체가 아니라 관계의 범주를 전면에 내세운다. 신칸트주의를 지지하는 마르부르크학파의 논리적 파토스는 바덴학파의 심리주의에 대립되었다(카시러가 후설 현상학의 반심리주의를 비판한 것 때문에 문제의 핵심이 변하지는 않았다). 카시러는 물론 뒤르켐의 사회주의에도 대립했다. 그러나 주관을 "의식 일반"으로 보는 카시러와 기타 마르부르크학파의 이해는 뒤르켐의 "집난표상"에 가까웠다. 두 경우에 주관은 객관적 이상주의의 정신으로 이해되었다. 인식의 주관과 객관에 대한 자신의 철학적 견해에 따라 카시러는 신화의 객관성4)이 객관5) 그 자체가 아니라 객관화의 방법에 달렸으며 세계의 신화적 모델의 발전 과정을 세계의 과학적 개념의 논리적 기원과 비교하는 것이 합당하다고 주장했다. 그는 객관의 다양한 문화적 성격을 형상, 기호와 비교하였다. 카시러는 객관에 대한 표상을 평가를 포함하는 객관화된 인식의 자연발생적 행위로 해석한다. 기호의 새로운 세계는 인식 앞에서 완전한 객관적 사실성으로서 나타나야만 한다. 신화는 사물을 대체하는 형

---

4) [역주] 이 "객관성"이라는 단어는 '사물적 특성'의 의미로 옮길 수 있다.
5) [역주] "객관"이라는 단어는 "객체", "대상" 또는 "사물"로, "객관화"는 "객체화", "대상화" 또는 "사물화"로 옮길 수 있다. 이하 모두 마찬가지이다.

상으로서 물질세계 위에 정신적으로 높이 솟아올랐다.

여기가 카시러 철학의 비판적 분석을 위한 자리는 아니다. 지금 무엇보다 우리의 흥미를 끄는 것은 그의 신화 이론이 제시한 몇 가지 새롭고 중요한 양상이다. 그는 신화를 자연과 사회 현상의 직접적인 반영(어떤 차원에서 뒤르켐은 그렇게 했다고 볼 수 있다)으로 보지도, 반대로 개인의 자기표현으로(분석심리에 대해서는 아래를 볼 것) 제시하지도 않았다. 그는 (방식이 제한적이고 일방적이며 정적인 측면을 갖긴 하지만) 신화적 사고의 몇 가지 본질적인 구조적, 양식적 특성과 그 사고의 상징적이고 비유적인 성격을 파악했다.

카시러는 신화 속의 직관적인 정서적 본성을 평가할 수 있었다. 또한 신화를 창조적 질서 부여 및 현실 인식의 형식으로 분석하였다. 카시러에 의해 "실제성"은 다분히 형식적 차원에서 이해되었고 의식으로부터 독립적으로 존재하는 객체로부터 "인식"이 떨어져 나왔다. 그는 언어, 신화, 종교 그리고 예술을, 경험을 통합하는 선험적 형식으로 보았으며 상징에 의해 만들어진 대상만이 인식에 도달할 수 있다고 생각했다. 그러나 그것들과 유사한 인식론적 불가지론과 선험주의는 예술적 의식보다는 신화적 의식의 분석에서 덜 부정적으로 나타났다.

카시러는 사실적인 것과 이상적인 것, 물체와 이미지, 육체와 속성, "시초"와 원리는 차이가 없으며 그 덕분에 유사성 또는 근접성이 인과적 연속성으로 변형되며 원인-결과의 과정이 물질적인 변신의 성격을 지닌다는 것에서 신화적 사고의 특징을 발견한다. 관계들은 종합되는 것이 아니라 동일화된다. "법칙" 대신에 구체적이고 균등한 이미지들이 나타난다. 부분은 전체에 기능적으로 동화된다. 온 우주는 하나의 모델에 따라 건설되었으며 성과 속의 대립 방식에 따라 그리고 세상에서의 방위에 따라 만들어졌다. 카시러는 이상에 입각하여 공간, 시간, 수에 관한 표상을 연구하였다. 삶의 통일성이라는 신화적 감각은 인간이 자신에게 가까운 사실의 영역을 지향한다는 것 그리고 여러 종류의 동물과 인간 개별 집단이 마법적으로 결합(토테미즘)하는 데서 나타난다.

신화에 대한 카시러의 견해가 명확해진 다음 우리는 그의 이론의 개별적 측면들을 검토할 것이다. 카시러는 객체가 신화적 표상에서는 환영적인 것이 아니라 인지할 수 있는 "현상적"인 것으로 나타난다는 것과 신화의 실제성이 이미지 그 자체를 받아들이는 미적 의식과는 달리 신앙으로 수용된다는 것을 다각도로 강조한다. 그러나 신화적 사고는 실제성의 깊이를 측정할 수 없고 실제성의 단계를 구별하지 못하며 자신과 다른 것의 차별화에 대해서도 무관심하다.

신화적 사고는 직접적 실제성과 간접적 의미, 실제 지각과 표상, 갈망과 갈망의 만족, 이미지와 물체를 거의 구분하지 못한다. 이것은 특히 신화적 의식에서 꿈이 갖는 의미를 통해 확인되었다. 꿈과 빔을 시새우는 섯(잠을 자는 것과 자지 않는 것), 삶과 죽음은 확연히 구분되지 않으며 탄생은 자주 죽은 사람의 귀환으로 해석되었다. 다시 말해 존재와 무의 대립 대신에 신화적 의식은 존재에 있어 동질적인 두 부분을 고려한다. 신화적 의식은 열쇠로 풀어야 하는 암호를 떠올리게 한다. 중세의 철학자들(신화의 우의적이고 신비적인 의미들을 구분할 수 있었던) 또는 19세기 낭만주의자들은 신화를 그런 방식으로 바라보았다. 하지만 실제로 우리가 다루게 되는 것은 기호와 대상의 구별 불가능성(카시러도 같은 생각이지만)이다(여기에서 단어의 마법적 의미가 생겨났다!). 그러므로 카시러의 상징적 접근은 개별 신화의 모티프와 플롯의 상징적이고 우의적인 해석에 명백히 대립하며 신화에 대한 현대 기호학적 해석에 근접한다.

그러나 카시러는 신화적 사고가 논리적 분석이 결여되었다고 보왔다. 신화에서 인과 관계란 각각의 유사점, 근접성, 합치점 등이 인과적 연속성으로 변형되는 것이며 그 결과 원인들은 충분히 자유롭게 선택된다.

여기서 카시러가 레비브륄의 이론과 더불어 신비주의적 참여를 가정하지 않은 레비브륄 이전 단계의 연상적 설명에 의존함을 알 수 있다. 카시러는 어떤 측면에서는 레비브륄의 역설적 사고의 날카로움을 완화시키며 바로 그것을 통해 신화의 지적 중요성을 높이는 듯하다. 신화적 인과 관계에 대한 연구를 계속하면서 카시러는 신화에 특징적인 것은 보편 법칙에 기초한 변화가 아니라 우연한 개인적 사건과 행위, 자유의지 등을 보여주는 오비디우스적 의미의 변신이라고 지적한다.

신화적 사고가 바로 사적이고 유일한 것에 대한 '어떻게'와 '왜'의 질문을 던지는 한 우연한 것에서 인과 관계가 만들어진다. 카시러는 결과에 대해 원인이 맺는 관계와 전체에 대해 부분(부분은 전체와 동일시되면서 전체를 대신한다)이 갖는 관계 사이에 확실한 유사점이 신화에 존재한다고 생각한다. 전체와 부분 사이의 명확한 경계의 부재는 엄격한 인과 관계의 부재와 관련된다. 신화에는 시간의 조각들, 공간의 부분들 사이에 장애물이 없다. 신화의 '시작'은 원리를 대신하며 본질에 버금가는 위상을 지닌다. 물질로부터 조건으로의 움직임은 없다. 일정한 물질의 형식에서는 '어떻게'가 아니라 '무엇', '어디로부터', '어디로'가 바뀐다. 즉, 모든 일은 '시작'과 '끝'의 구분이나 이전의 물질적 실체에 대한 관계에 의해 제한된다. 여러 속성은 육체가 되며 최초 대상(Ur-sache)이 원인으로 제시된다. 원인과 결과 사이에는 연속성이 만들어진다. 하지만 이는 물질적 고리를 매개로 이루어진다. 물질적 실체로서의 힘이 물질에서 물질로 이동한다. 이와 관련해 카시러는 우주의 정신화와 정신적 내용의 물질화의 결합을 신화적 환상의 중요한 특성으로 언급하였다.

지금까지 우리는 '대상에 대한 신화적 인식'에 대해 이야기하였다. 카시러는 신화가 범주들의 질이 아니라 양상에 의해 경험과학과 구분됨을, 즉 원인과 결과의 위계 대신 힘과 신들의 위계, 법칙 대신 구체적인 균일한 이미지들이 중요함을 전적으로 강조했다. 관계에 포함되는 요소들은 종합화되지 않으며 결합되거나 동일시된다. 카시러는 바로 그 법칙성들을 "신화적 사고의 사적(私的) 범주" 속에서 발견한다. '양'에서는 보편적인 것(복수의 것)과 단일한 것이 동일시되며, '질'에서는 물체와 그 속성들이(구체화를 통해) 동일시된다. '유사성'에서 외적인 것과 내적인 것의 차이는 없으며 그 영향하에 유사성은 본질과 동일시된다. 유사성은 사물이 있는 곳에서 성립된다. 예를 들어, 담배 연기는 상징일 뿐 아니라 비를 부르는 도구이며 갈망의 대상이었던 비와 먹구름의 이미지이다. 부분적인 것들은 신화에 의해 이미지와 인격으로 결합된다. 신화적 환상은 역동적인 삶의 감정이 존재하는 경우에만 신화적 표상의 세계를 생산한다. 이로부터 연구의 기본 방향은 사고의 형식으로부터 직관의 형식으로 그리고 삶에 부합하는 형식으로 이동한다. 앞서의 논의를 반복하자면 삶의 형식은 카시러에 의해 대단히 간접적인 방식으로 고려된다.

카시러는 신화를 '직관의 형식'으로 분석하면서 신화가 아직 환영과 개연성, 주체와 객체를 구분하지 못하며 대상이 인식에 작용하는 직접적인 힘에 의존한다고 한다.

그러나 신화적 인식에 포착되는 일련의 대상들은 법칙과 필연성에 예속되지 않은 독특하고 격리된 대상들의 합으로 남지만 여전히 특별한 억양을 가지면서 독립된 학문의 한 분야를 형성한다. 카시러는 **속된 것**과 **성스러운 것**(즉, 특별히 마법적인 특징을 지니고 신화와 밀접한 관계가 있으며 신화를 중심으로 하는)의 대립쌍이 도입됨으로써 주요 수단의 명확한 구별과 공간, 시간, 수의 객관화에 중요한 역할을 한다고 생각한다. 공간 또는 시간의 일정한 조각에 첨부된 각각의 속성은 이 조각 속에 주어진 내용으로 바뀌고 반대로 내용과 관련된 특징들은 시간과 공간 속에 있는 대응점에 특별한 성격을 부여한다. 카시러의 마지막 지적은 상당히 신빙성 있고 심오하다. 그는 독특한 신화형태론 연구의 전망을 열었다. 그의 견해에 따르면 신화적 공간에서 각각의 경향과 입장은 성과 속의 구별 기준이 되는 특별한 억양을 지닌다. 비록 신화적 공간이 내용상 기하학적 공간에 일치하지는 않지만 형식적으로 그 공간의 도안은 기하학적 공간과 상당히 유사하다. 비공간적 성격이 갖는 각각의 질적 차이는 통상 공간적인 것에 상응한다. 반대로 단순한 공간적 용어들은 언어에서 지적 표현의 한 유형이 되며 객관적 세계를 이해 가능한 것으로 만들어준다.

또한 토템적 관계와 기호 표시는 공간적 표상들을 통해 명료하게 드러난다. 공간적 직관은 우주적인 것으로 나타난다. 신화적 공간은 순수 수학의 기능적 공간과는 반대로 구조적이다. 신화적 공간에서 연결성의 관계는 정적이며 형식은 동질적 요소로 분할되지 않으며 모든 관계가 최초의 자기동일성에 근거한다. 그래서 모든 우주는 하나의 일정한 모델에 따라 축조되었다. 카시러에 따르면 공간에서 관계의 체계는 자신의 몸에 대한 인간의 직관 쪽으로 현저하게 거슬러 올라간다(상과 하, 전과 후 등의 대립과 비교해 보라). 이와 관련하여 카시러는 신체의 부분들로부터 세계가 발생했다고 이야기하는 신화를 인용한다(푸루샤에 관한 인도 신화 등).

도곤족 신화에 대한 그리올과 그의 제자들의 인류학적 연구에서 카시러의 이러한 생각을 뒷받침하는 흥미로운 자료를 찾을 수 있다. 카시러는 방향적 지향성이 **성**과 속의 가치적 양상뿐 아니라 **낮**과 **밤**, **빛**과 **어둠**의 물리적 차이와도 관련되었다는 데 주목하였다. 그 밖에도 공간적 "문턱"과 최초의 신화적, 종교적 감정이 관련을 맺는다고 보았다. "전이(轉移)적" 제의와 그에 상응하는 신화들에서 나타나는 입장과 퇴장의 성스러운 조절이 그 증거이다.

시간의 신화적 개념은 신화가 항상 발생, 생성, 시간적 삶, 행위, 역사, 서사를 함축하는 것과 관련되었다. 신화에서 과거는 물질의 원인이며 "이유"이다. 존재의 성스러움은 기원의 성스러움으로 거슬러 올라간다. 그러므로 시간은 정신적 정당성을 확보해주는 최초의 고유한 형식으로 나타난다. 카시러에 따르면 신화의 최초의 시간은 공간적 표현에 힘입어 사실적이고 경험적인 시간으로 변화한다. 가장 단순한 공간적 관계는 남과 북의 수직선에 의해 구분된다(**낮**과 **밤**, **빛**과 **어둠**의 대립도 이런 것과 관계가 있다). 시간 간격에 대한 직관도 이 직선으로 거슬러 올라간다. 카시러는 시간에 대한 신화의 삼각이 공간에 대한 감각처럼 질적이고 구체적이며 신화적 외양과 관련되었다는 것을 보여주려 했다. 카시러는 도착과 출발, 율동적 생성을 수반하는 시간의 분할을 음악적 구조와 동일시했다.

카시러는 마레트와 프랑스 사회학자(레비브륄, 유베르, 모스)의 자료를 이용하면서 종교 활동의 시간적 구별을 입증한다. 즉, 생물학적 시간의 신화적 느낌(삶의 순환)은 우주적 시간에 대한 직관에 선행한다는 것이다. 우주적 시간 자체는 우선 삶의 과정처럼 나타난다. 운동은 공간의 관계에서와 마찬가지로 삶의 주관적 형식으로부터 자연에 대한 객관적 직관으로 진행한다. 점차 사건의 영원한 순환에 대한 기대가 커진다. 중요한 것은 카시러가 변화의 내용이 아니라 순수한 형식에 대해 생각했다는 것이다. 자연현상, 특히 천체는 시간, 주기성, 우주의 질서, 운명의 기호가 된다. 시간은 존재에 조절적, 통제적 성격을 부여한다(이때 시간 자체는 초개인적인 성격을 획득한다). 천문학적 우주와 윤리적 우주 사이에 연관이 발생한다. 카시러는 시간의 신화적 형식을 성과 속의 분포에 따라 정한다.

카시러에 따르면 신화에서 수(數)는 개성화의 수단이다. 그러나 설명이 아닌 신성화 과정에서 속된 것의 점진적인 유입과 관련된 기호 표시의 수단이다.

신화를 삶의 형식으로, 신화적 의식 주체에 대한 정의로 고찰하는 것은 카시러 신화 철학의 중요한 부분이다. 개성, "나", 영혼의 범주는 외적 세계와 내적 세계의 상호작용의 결과 그리고 욕망과 목표 사이의 중간 고리가 그 두 세계를 중재한 결과 점진적으로 분리된다. 영혼은 처음에는 몸과 동일한 특성을 지니지만 점진적으로 (생물학적인 것으로부터 윤리적인 것으로의 움직임) 윤리적 의식의 주체로 변화한다.

카시러는 신화 속에서 인간의 "경계"를 매우 유동적인 것으로 인정한다. 즉, 인간은 자신의 행위가 마법적으로 지향하는 현실의 제반 요소와 통일된다. 살아있는 것과의 통일에 대한 불안한 감정은 동물과 식물의 개별 유형과의 친족성이라는 보다 특별한 감정으로 성장한다. 이때 육체적 특징의 차이는 "가면"이 된다. 순수하게 인간적인 의식은 천천히 성장한다. 인간적인 의식은 외형적으로 신의 의인화와 영웅의 신격화로 표현된다. 최초에 인간 삶의 범주는 정신적인 동시에 물질적인 것으로 받아들였다. 그런데 신화는 인간적인 동시에 사회적이고, 사회적인 동시에 인간적인 언어로 자연의 사실성을 표현했다. 신화적 의식의 복잡성과 특이성은 바로 이 상호관계에서 표현된다. 한 언어에 대한 다른 언어의 축소는 불가능하다. 카시러에게 뒤르켐의 사회학적 접근은 불충분한 것이었다.

자연은 신화에서 고정된 내용을 대상과의 능동적인 상호작용의 결과로 그리고 노동에서 도구의 비마법적 사용을 통해 얻는다. 카시러가 노동의 역할을 인식한 것은 주목할 가치가 있다. 자신의 개성의 지각은 인간에 의한 세계의 창조와 이 세계로의 자신의 투사를 수반한다. 여기서 물질세계뿐 아니라 상징세계도 염두에 둘 필요가 있다. 신화는 이미지의 세계에서 발현되며 그 이미지란 완전히 적절한 것으로 인식되는 종류가 아니다. 상징적 표현의 핵심으로 의미와 이미지의 충돌이 침투하며 신화적 사고의 형식은 모든 실제를 비유로 바꾼다.

이미 지적한 바와 같이 카시러는 오로지 예술에서만 이미지와 의미 사이의 모순이 해결되며 이미지가 이미지 그 자체로 인정된다고 보았다. 카시러는 말년의 연구(《인간에 대한 경험》, 《국가의 신화》)에서 신화의 사회학적 양상과 심리적 양상에도 높은 비중을 두었다. 특히, 그는 죽음에 대한 부정과 삶의 연속성 및 통일성의 확신에 있어 신화가 갖는 특별한 역할에 천착했다.

우리는 카시러의 체계를 매우 상세하게 살펴보았다. 그 이유는 바로 이 체계가 그나마 잘 다듬어진 유일한 신화철학이기 때문이다. 카시러의 이론에는 약간의 모순이 발견된다. 그는 신화가 자연과 사회의 결속을 입증하는 실용적 기능을 지닌다고 보지만 자연과 삶의 통일에 대한 직관도 이런 기능을 수행한다. 이런 모순은 카시러가 신화적 이미지의 실질적 원천들과 신화의 인식론적 뿌리 자체가 놓인 비신화적인 현실의 영역에는 다가가지 않았기 때문이다. 카시러는 문화의 다른 형식으로부터의 신화의 자율성을 주장하지만 이는 신화 자체의 혼합주의적 성격을 고려하면 매우 상대적이다.

카시러의 연구가 가지는 가치가 신화적 사고의 몇 가지 기본 구조와 신화적 상징주의의 본질을 밝힌 데 있음은 이미 언급한 대로이다. 정보 이론이 만들어지기 전 카시러는 신화상징 언어 기능의 동적 메커니즘과 신화창작의 몇몇 심오한 작용 원리를 이해하거나 설명할 수 없었을 것이다. 그러나 여기서 의사소통의 전제에 대해, 특히 신칸트학파의 선험적 개념에 의해 야기된 철학적 장애물도 고려할 필요가 있다. 이 개념은 의사소통 과정이 일정한 사회활동이라는 것과 인간 사고의 상징성이 언어에서뿐 아니라 신화에서도 사회적 의사소통과 분리되지 않으며 어떤 점에서는 그런 의사소통에 의해 발생한다는 점을 무시한다. 프랑스 사회학파(하지만 신칸트학파가 아닌)가 정보 이론에 입각한 구조주의 인류학과 신화학을 위한 발판을 마련한 것은 결코 우연이 아니다.

의사소통의 선험적 개념은 상징적 세계를 설계하는 어떤 보편적인 이성이자 초월적 "나"가 만들어낸 형이상학적인 초(超)주체적 결합과 종합에 관한 이해에서 출발하며 의사소통의 사회적 성격을 인식의 사회적 성격으로 신비화시킨다. 신화학에서 세계의 구상이라는 관념은 대단히 심오하다. 하지만 카시러는 구상된 세계와 구상 과정이 현실 및 사회적 존재와 맺는 관계에 대한 질문은 회피한다.

신화에 대한 카시러의 상징적 접근은 많은 추종자를 만들었다. 신칸트학파의 선험적 개념에서 출발한 어번이[6] 첫 주자라 할 수 있다. 어번은 신화에서 종교의 토대와(어번은 종교가 비신화적인 현실을 상징하기 위해 신화의 언어를 이용한다고 본다) 가치적 양상을 잃지 않는 인식의 고매한 형식을 본다.

상징적 해석의 경향에서 카시러를 계승한 수잔 랭거는 자신의 연구물을[7] 카시러에게 헌정했으며 여기서 카시러를 "상징주의 철학의 개척자"라고 부른다. 동시에 그녀는 자신을 화이트헤드의 계승

---

6) W. M. Urban, *Language and Reality*, London, 1939.
7) S. Langer, "On Cassirer's Theory of Language and Myth", *Philosophy of E. Cassirer*, Evanston, IL, 1949.

자로 선언한다. 그녀의 연구에는 모리스의 기호학 이론과 논리적 신실증주의의 다른 대표자들과의 직접적인 관계가 눈에 띈다. 그러므로 그녀의 의사소통의 선험적 개념은 자연주의적이고 경험주의적인 개념에 자리를 양보한다. 후자는 개인적인 "나"에서 비롯되며 주어진 감정을 "나"가 수용한 결과이다.

영미 민족학이 집단 심리보다(선험적 심리도 아닌) 개인 심리를 취급한다는 사실은 앞서 언급한 바 있다. 이런 경향은 랭거에게도 영향을 끼친 20세기 미국 민족학의 대표자인 프란츠 보아스의 신화에 대한 견해에서도 발견된다. 보아스는 신화적 개념, 즉 세계의 건설과 그 기원에 대한 기본적 관점은 신화와 민담(그의 견해에 따르면 신화는 민담과는 달리 자연현상을 설명하며 신화에 나오는 행위를 현재의 세계질서 이전의 시간과 연관시킨다)에서 발견되며 주로 의인화되어 나타난다고 보았다. 보아스는 신화적 환상의 최초의 형식을 과장되었으나 일상적 경험 요소를 지닌 상상, 경험의 과장이나 꿈이 실현을 위한 변형, "일상적 몽상"을 현실화하는 환상적인 이야기에서 찾았다.

수잔 랭거는《새로운 이해의 철학》에[8] 포함된 "삶의 상징. 신화의 뿌리"라는 장에서 보아스에 일부 동조하며 신화의 상징주의를 민담과 비교하고 이를 높은 단계의 환상 작품으로 인식했다. 그녀는 "완전히 주관적이고 개인적인 꿈의 현상"을 최초의 환상 형식이라고 생각한다. 꿈속에서는 어떤 상징화된 개인이 활동하며 주관적인 자기표현이 일어난다. 민담과 전설이 널리 퍼짐에 따라서 그 속에 있던 개인적 상징들은 보다 종합적인 것(짐승, 정령, 마녀 등)으로 교체되었다. 동물 이야기와 정령이 등장하는 서사시로부터 마술 이야기

---

8) S. K. Langer, *Philosophy in a New Key*, Cambridge, Mass., 1951.

가 발달하며 오랜 전통 속에 등장했던 원숭이, 악어, 식인종, 사자 (死者)를 왕자, 용, 교활한 왕 등이 대체한다. 민담은 개인과 그 개인의 욕망의 실현을 다룬다. 민담은 주관적이다. 그래서 주인공은 사람이며 신이나 성자가 아니다. 그들은 마법을 사용하지 않고서는 더 나아가지 못한다. 랭거에 따르면 고상한 환상적 서사인 신화는 개인의 문제 해결이 아닌 세계의 근원적 진리의 발견을 이야기한다. 세계의 모습이 제시되고 비인간적 힘에 의해 손상된 인간 욕망들 사이의 자연스러운 충돌이 그려진다. 신화는 사회적 힘에 대한 관계뿐 아니라 우주적인 힘(천체, 계절과 밤낮의 교체 등)에 대한 관계도 포함한다고 생각한다. 민담에서 인간 주인공이 기적의 세계에서 활동한다면 신화에서는 신 주인공이 현실의 세계에서 움직인다. 그는 문화영웅에 관한 이야기들을 과도기적 형식이라고 생각한다.

위 책의 다른 장에서 랭거는 신화를 음악과 비교하는데(유사한 비교가 상당히 유행했는데 이것에 대해서는 아래 케레니와 레비브륄에 관한 설명을 보라) 이때 음악은 마치 직접적인 "생물학적" 경험과 보다 높은 정신적 영역 사이의 중간 영역에 위치하는 것 같다. 그는 음악을 "내적 삶의 신화"라고 부른다. 그는 신화에도 음악에도 생산물과 생산 과정의 분리 행위가 완성되지 않은 상태로 남아있으며, 따라서 신화와 음악의 상징도 완성되지 않은 채로 남는다고 확신한다. 암시된 뜻은 다양한 삶의 경험에 수반되는 의미들 때문에 결코 제한되지는 않는다.

그러므로 랭거는 신화적 상징주의를 독특한 원시철학(우주적 활동 무대를 향한 욕망을 지닌 개별적 인간을 이끌어나가는)에 의해 질서 잡힌, 개인의 정서적 힘이 벌이는 유희의 독특한 종합으로 제시하면서 카시러의 상징주의 이론을 안착시킨다. 이때 랭거는 응당 예상되는 바와 달리, 사회적 고리를 우주적 힘에 대한 환상적 이야기가 아니라 민담 속에서 자신의 행복을 위한 개인의 투쟁과 연결짓지만 그것은 "불량품"이 되고 만다. 그녀는 사회적 양상이 마술 이야기의 문맥에서 중요한 역할을 한다고 본다. 하지만 사회적 양상을 민담에서 갈등을 낳는 객관적 장면으로 평가하지는 못한다. 민담의 주관성은 객관적 장면의 부재와 무관하며 주인공이 고통스러운 충돌로부터 벗어나고자 하는 태도에서 나타난다. 랭거는 경험주의와 개인심리학에 기대어 신화와 민담 사이의 역사적이고 단계적인 관계를 흩트렸으며 이로써 신화의 시원적이고 혼합주의적 성격을 간과하는 오류를 저질렀다. 물론 이런 실수는 신화의 밀교적 사색에 대한 때늦은 전개를 포함해서이다.

《철학자로서의 원시인》(1927)9)에서 원시신화를 무리 위에 군림하는 원시 엘리트의 개인적 창작물로 제시한 미국의 민족학자 라딘의 일방적 견해를 랭거는 다른 방식으로 구분하였다.

라딘의 업적을 기리기 위한 연구논문집(1960)에 수록된 카운트의 연구인 "세계관으로서의 신화: 생물사회학적 종합"10)에 관한 언급을 마지막으로 신화의 상징주의적 해석에 관한 논의를 마무리하기로 하자. 카운트는 상징에 의한 현실 이해와 신화시학적 상징화 과정은 인간 예지의 발달과 비문화로부터의 문화 발현의 가장 중요한 양상이라는 데에서 출발한다. "기술"과 "사회적 조정"은 현실과의 접촉 수단으로서의 상징화와 분리될 수 없는 것이다.

카운트는 인간의 상징 활동이 뇌의 내부와 과거와 현재, 중심 신

---

9) P. Radin, *The Primitive Man as Philosopher*, New York/London, 1927.
10) E. W. Count, and S. Diamond (Ed.), Myth as World View: A Biosocial Synthesis, *Culture in History: Essays in Honor of P. Radin*, New York, 1960, pp. 580~627. 다음과 비교해 보라: К. Прибрам, *Языки мозга*, Chaps. XVIII- XIX, M., 1975.

경 체계의 내, 외적 고리를 통합하는 시상하부에 위치한 특별한 "시간적" 부분들에 (현대의 일부 연구에 따르면 행동, 이미지, 음악과 관련한 상징 활동의 중심이 우뇌에 위치한다고 이른다) 기원을 둘지도 모른다고 주장한다. 카운트는 생물학적 입장을 고수하면서 인간의 세계관은 심리생태학에서 시작된다는 가설을 피력한다. 카운트는 신화시학적 사고를 "상징을 만드는 모체"와 그 산물, 즉 "발생학적 동질성에 있어 하나인" 신화, 민담, 제의와 연관시킨다.

카운트에게 신화, 민담과 제의는 신화학을 이해하는 두 가지 방법이다. 신화와 민담은 상징적 에너지를 잠재적 에너지로, 제의는 상징적 에너지를 동력학적 에너지로 갖는다. 그러므로 제의와 신화의 우선순위의 문제가 제기된다. 그와 동시에 카운트는 체이스 및 다른 제의신화 비평의 대표자들과 유사하게 어떻게든 신화와 문학에 똑같은 "신화 문법"을 적용하면서 양자를 동일시하고자 했다. 신화는 개인의 완전하고 유용한 이해를 고려해 세계를 인격화하여 표현한다. 이렇게 신화는 세계를 과정이 아닌 일련의 사건으로 표현하지만 반복을 허용하며 그 자체도 이미 약간의 규칙성을 지닌다. 카운트는 신화와 신화적 사건들이 "성스러운 공동체"와 맺는 관계를 강조하며 과학의 "속된" 성격을 인정한다. 그러나 신화시학적 사고를 통해 세상의 법칙을 인지하는 태도는 과학에도 길을 열어준다고 생각한다. "신화 문법"의 형성을 위한 범주로 카운트는 주위의 재료들이 묶음처럼 발전하는 기반이 되는 "모티프", "주제", "형태소" 등 (인물과 형상으로 된) 을 제안한다. 다양한 모티프에 의해 표현된 주제들이 독자적인 일치를 이루는 경우 카운트는 이를 주제적 동질이형 (allomorphism) 이라고 부른다.

카운트의 논문은 신화의 상징 언어 연구에서 원칙적으로 새로운 어떤 것도 가져다주지 못했으며 단지 상징화의 해부적 기층의 문제에만 집중(바로 자신의 생물학적 취미의 영향 때문에)하였다. 그와 동시에 상징적 행동의 신경학적 기반은 가장 최근 연구(프리브람 등의 연구)에서 자체의 동역학에 따라 훨씬 더 복잡하게 나타나며 위치에 따라 약간 다르게 제시된다. 신화의 상징적 해석은 바로 다음에 이어지는 융의 분석심리학의 구성 요소이기도 하다.

제6장

분석심리학

영국 문화인류학파와 가까우며 애니미즘적 개념을 발전시킨 독일의 심리학자 빌헬름 분트의 연구(여러 권으로 된 《민족 심리학》, 《신화와 종교》 등)에서[1] 이미 민족학과 심리학의 강력한 접근이 이루어졌다. 게다가 신화의 발생과 관련하여 감정 상태와 꿈 그리고 연상의 고리의 역할이 특별히 강조되었다. 그의 이론에 따르면 대상에 감정을 전가함으로써 독특한 객관화와 신화적 인격화(미학적 "감정이입"과의 유사성에 의한)가 이루어진다. 분트는 신화적인 "통각"을 제일 중요한 것으로 생각했으며 신화적 관념 속에서 연상에 따른 부가적 관념에 의해 풍부해진(호흡-영혼-구름-새-하늘 등의 유형에 따라), 직접적으로 주어진 현실을 발견했다. 신화와 민담의 최초 모티프들을 꿈에서 찾는 라이스트너와 프리드리히 폰 더 라이엔 같은[2] 민속학자들이 어느 정도는 분트의 이론에 근거한다. 신화와 관련이 있는

---

1) W. Wundt, *Völkerpsychologie*, Bd 4-6. *Mythus und Religion*, 3 Aufl., Leipzig, 1920~1923; В. Вундт, *Миф и религия*, СПб., 1913(다음과 비교해 보라: Н. Н. Ланге, *Теория В. Вундта о начале мифа*, Одесса, 1912).

2) L. Leistner, *Das Rätsel der Sphinx*, Bd 1-2, Berlin, 1889; F. von der Leyen, *Das Märchen*, 3 Aufl., Leipzig, 1925.

환상의 산물로서의 감정 상태와 꿈은 심층 심리학, 즉 심리분석학파의 대표자들, 더 정확하게는 프로이트, 아들러, 융 등의 학파에서 더 커다란 위치를 차지한다. 그러나 심리분석은 분트의 학설 그리고 일반적으로는 19세기에서 20세기 초까지의 전통적인 심리학과는 달리, 이러한 환상의 산물들을 잠재의식이나 인간 심리의 무의식적, 심층적 층위와 연결시킨다.

심리분석의 창시자인 지그문트 프로이트는 잠재의식으로 밀려난 성적 콤플렉스, 무엇보다 다른 성을 가진 부모에 대한 유아의 성적 애착을 근저에 두는 이른바 오이디푸스 콤플렉스를 주로 거론한다. 프로이트는《토템과 터부》라는[3] 유명한 연구에서 오이디푸스 콤플렉스 안에서 종교, 도덕성, 사회, 예술의 근원이 서로 일치함을 보였다. 근친상간과 부친살해의 금기와 더불어 최초의 무리가 종족으로 변하고 도덕적 기준이 발생한다. 아버지(신의 원형) 앞에서의 보편적 죄의식이 마치 원죄처럼 작용하여 종교가 만들어진다. 오이디푸스 콤플렉스의 지속적인 압박과 잠재의식으로 밀어 넣기, 억압되고 금지된 성적 욕망의 승화는 인성 발달의 가장 중요한 측면을 형성한다. 그러므로 유명한 신화들은 인간의 심리를 전반적으로 이해하기 위한 열쇠인 심리적 콤플렉스에 대한 실례가 된다.

프로이트는 동일하거나 유사한 콤플렉스를 아버지 신과 아들 신의 권력투쟁에 관해 부단히 이야기하는 그리스의 신통기에서 발견한다(우라노스는 자신의 아들인 티탄들을 타르타로스 지옥으로 던지며, 크로노스는 우라노스를 거세하지만 자신도 어머니가 간신히 구한 제우스를 제외한 모든 자기 아이들을 삼켜버린다). 프로이트는 이러한 투쟁이 모두 어머니 대지(가이아, 레아)와 관련한 성적 경쟁 때문에 행

---

3) З. Фрейд, *Тотем и табу*, М., 1923.

해진다고 말한다.

프로이트주의자들은 신화를 가장 중요한 심리적 상황의 명시적 표현으로, 역사적으로는 가족 형성 전까지 가능했던 성적 충동의 실현으로 본다. 오토 랑크는4) 이런 차원에서 가족 및 종족 관계의 성립과 동시에 발생했으며 "아버지들의 이익을 위해" 최초의 명시적 성적 콤플렉스를 숨기는 민담을 신화와 대립적 위치에 놓는다. 랑크에 따르면 민담은 아버지를 위로하기 위해 어린 아들(즉, 아들은 어머니에 대한 성애의 감정이 유아적 상태에 머물러있는 한 아버지의 가장 위험한 경쟁자이다)을 주인공이자 아버지의 구원자로 만드는데, 먹으면 젊어지는 사과와 생명수에 관한 이야기 속에서 그 예를 찾을 수 있다. 마찬가지로 랑크가 가정하듯이 민담 속에서 아들과 아버지의 경쟁은 형제간의 상호 경쟁으로 대체되고 어머니를 향한 유아적인 성애적 환상은 의붓아들에 대한 계모의 성애적 학대의 이야기로 변형된다. 리클린도 민담에서 아버지로 인한 딸과 어머니의 성적 경쟁은 어머니가 세모로 대체되는 것으로 위장된다고 생각했다.

프로이트주의자인 게자 로하임5)은 같은 방식으로 프로이트의 **초자아**의 관점에서 신화와 민담을 대립시켰다. 신화는 아버지의 입장에서 만들어지기 때문에 최초의 아버지의 죽음과 숭배를 비극적으로 그리며 민담은 아들의 입장에서 만들어져 무의식적 대체(예를 들어, 나쁜 부모 대신에 악마적 등장인물이 도입되는), 성애의 승리, 행복한 결말을 갖는다. 프로이트의 **초자아**, 즉 부모와 양육자가 지시한 '투입'의 결과로 형성되는 심리적 구조는 **그것**(리비도를 포함한 정신적 에너지와 직접적인 강한 애착의 저장)과 '**나**'라는 이름의 보다 오

---

4) O. Rank, *Psychoanalytische beiträge zur mythenforschung*, Leipzig/Wien, 1919; O. Rank, *Der Mythus von der Geburt des Helden*, Leipzig/Wien, 1912.

5) G. Róhaim, Myth and Folktale, *ML*, Lincoln, 1966, pp. 25~32.

래된 구조보다 우월하다. 오래된 구조에서 '나'는 내부적 세계와 외부적 세계, 갈망과 만족 사이의 중재자 역할을 했다.

이미 제1차 세계대전 이후 프로이트가 고안한 최초 이론을 보충하는 역할을 하게 되는 **초자아** 학설은 어느 정도까지는 사회적 환경의 역할을 고려한다. 그러나 본래 프로이트의 **정신분석**은 개인심리학을 지향한다(몇 가지 사회학적 수정들은 나중에 신프로이트주의자들에 의해 도입되었다). 따라서 잠재의식의 내용은 억압된 본능과 의식 영역에 속한 욕망의 산물로 해석된다. 신화나 민담에서 환상의 상징성은 의식의 영역에서 배출된 성애적 콤플렉스의 투명하고 단순한 비유로 여긴다. 개인심리학의 바탕에서 신화는 단지 알레고리적으로 그리고 본질적으로는 설명적 기능의 측면에서만 흥미롭다.

신화를 정신의 **무의식적** 본성과 연결시키려는 보다 흥미로운 시도는 융에게서 찾을 수 있다. 그는 자신의 분석심리학에서 성적 콤플렉스의 탐색과 "배출" 과정에 집중하기를 거부했으며 정신의 집단무의식적 층위에 관한 가설을 제시했다. 그와 동시에 융은 자신이 직접 수정한 프랑스 사회학파의 집단표상 개념과 카시러와 같은 종류의 상징적 신화 해석에서 출발하였다.

최근에 발간된 융에 관한 아베린체프의 논문은6) 융 사상의 이성적 핵심과 창조적이고 유익한 측면들을 이끌어내며 20세기 문학에 나타난 영원한 신화적 모델들을 탐구하고자 한다. 우리는 이 논문에서 다루는 융의 사상 중 신화학적 문예학의 발전에 영향을 주었으며 그 원칙에 있어 신화 및 미학과도 연관되는 주요한 입장들을 간략히 살펴보고자 한다. 7) 이 과정에서 논문의 내용을 반복한다거

---

6) С. С. Аверинцев, Аналитическая психология К. Г. Юнга и закономерности творческой фантазии, *ВЛ*, No. 3, 1970, C. 113~143. 확장본은 다음을 보라: *О современной буржуазной эстетике*, вып. 3, М., 1972, C. 110~155.

나 그 필자와 논쟁하지는 않을 것이다.

융의 원형 이론은 문학에 대한 제의신화학적 접근의 길을 터주었다는 점에서 짚고 넘어가지 않을 수 없다. 유감스럽게도 융의 가설을 실험적으로 검증하기란 거의 불가능하며 철학적으로 그의 분석심리학은 극단적인 심리학적 환원주의를 보여준다. 융은 본질적으로 외부 세계와는 약하게 연결된 정신 그 자체는 인간의 성격뿐 아니라 상상의 형상적 구조 형성을 위한 궁극적인 근원이라고 선언하였는데, 의식의 상징들은 후세에 전해지는 사상과 감정의 가장 오래된 원시적 시초에 기원을 둔다. 이 경우 원형의 입증 불가능한 유전성은 어느 정도는 목적론적이다. 그러나 인간 상상의 다양한 형식의 통일에 대한 융의 생각과 꿈과 신화 속에서 서로 부합하는 상징들에 관한 고찰은 흥미롭다.

프로이트와 마찬가지로 융은 인간의 영혼(프시케)에서 가장 중요한 부분인 무의식에 관심을 보였다. 무의식은 전적으로 인간이 내부 세계로 향하며 공포, 성(性)과 세대의 관계, 사랑과 증오 등과 같은 전형적 반응들의 비축이고 의식과는 반대로 비식별적 성격을 지닌다. 잠재의식은 보충과 보정의 관계로 의식과 함께 존재한다. 융은 네 가지 기본 기능(사고와 감정, 직관과 감각) 가운데 일부는 의식의 영역에 있고 충분히 식별 가능하여 지배적으로 나타나는 반면, 나머지는 무의식에 머문다고 본다. 지배적 기능은 많은 점에서 주변 환경과 개성 간의 "타협"을, 때때로 고유한 마스크의 성격을 획득

---

7) 특히, 다음을 보라: C. G. Jung, *Von den Wurzeln des Bewusstseins*, Zürich, 1954; C. G. Jung, and K. Kerényi, *Einführung in das Wesen der Mythologie*, 4 Aufl., Zürich, 1951. 원형과 신화 이론에 대한 융의 연구들은 그의 영어판 전집의 제9권에 종합됨: *The Collected Works of C. G. Jung*, vol.9, pt.1, London, 1959.

하는, 외부적 **페르소나**를 결정짓는다. 행동의 두 가지 유형, 즉 외향적(대상과 외부 세계를 향한 방향) 유형과 내향적 유형이 지배적 기능 중 하나와 결합하면서 융과 그의 제자들이 반복적으로 묘사한 바 있는 일련의 심리학적 유형들을 창조한다. 융에 따르면 심리적 체계는 모순되는 것들의 대립과 상호 침투를 통해 활발한 자기조절 운동을 한다. 닫힌 동적 체계에서 엔트로피 법칙에 의해 장기적이고 가치 있는 결과들을 얻기 위해 강력한 대립이 필요하다.

그러나 심리적 에너지의 기능화와 관련한 융의 생각은 훨씬 나중에 발생한 정보 이론과 구조주의의 개념들을 떠올리게 한다. 융은 심리적 에너지가 의식으로 향하는 것은 진보적이며 무의식으로 향한 것은 역행이라고 생각한다. 융의 "개체화"란 인간 개성의 조화, 모든 심리적 기능들의 차별화, 의식적인 것의 영역의 최대한의 확장에 입각한 의식과 무의식 사이의 생생한 관계의 확립 등을 의미한다. 개체화를 통해서 개인의 가치 있는 통합과 **페르소나**(마스크)로부터 의식과 무의식, 개인과 집단, 외적인 것과 내적인 것의 궁극적 종합을 상정하는 보다 높은 **자존감**으로의 이행이 달성된다.

융은 불교에서의 "팔정도"와 중국의 도, 연금술사의 철학자의 돌 등을 개체화의 문화역사적 유사물로 여겼다. 융은 자신의 환자들이 그린 그림과 광범위한 형식에 일치하는 탄트라와 티베트 불교(이른바 "만다라"라는 네 개의 극과 중심을 지니는 마법적 타원체)의 우주발생 묘사를 동일한 심리학적 의미를 지닌 완성된 통합의 전형적 상징으로 본다.

융은 의식과 무의식, 개인과 사회 등의 통합과 같은 개체화의 과정을 예술의 역할과 연관시킨다. 예술은 정신적 자기조절의 과정과 긴밀히 연관되었다. 심리적 과정은 의미(이성적 본성)와 이미지(비이성적 본성)를 지니는 상징들의 지속적 생산을 통해 발현된다. 융은 프로이트와 달리 이 상징들을 기호, 즉 억압된 본능과 갈망의 징후와 연결시키지 않는다. 예술가는 자신의 내적 힘들을 자유롭게 하고 많은 위험성을 피할 수 있도록 다른 사람들을 도우면서 자신의 개인적 운명을 인류 운명의 단계까지 끌어올린다. 이 과정에서 예술가는 무의식적인 것과 직접적이고 철저한 관계를 맺고 상상력의 풍부함과 고유함뿐 아니라 창조력과 묘사력으로 그 관계들을 표현한다.

이미 언급한 것처럼 프로이트는 비록 말기 저술들에서 이른바 **초자아**는 개인이 다만 부분적으로 인식가능한 집단의식이라고 해석하기도 했지만 그는 근본적으로 잠재의식을 의식으로부터 밀려난 것과 동일시하며 잠재의식은 개인적인 범주로 본다. 프로이트와 달리 융은 잠재의식을 두 개의 층으로 나눈다. 모든 정신병리학적 "콤플렉스"의 용기(container)이자 개인의 경험과 관련된 보다 표면적이고 개인적인 층과 개인적으로 발전되지 않고 상속되며 단지 2차적으로만 의식적인 것이 될 수 있는, 보다 깊은 집단적인 층이 그것이다. 꿈과 환상을 통해 신화와 민담의 형상이나 모티프들을 상기시키는 어떤 형상들이 인간에게 나타난다.

융에게 잠재의식의 깊은 집단적 내부는 **콤플렉스**가 아닌 **원형**의 용기이다. 융은 "원형"이라는 용어 자체의 유래를 필론 알렉산드리스키,[8] 나중에는 이리네이와 디오니시우스 아레오파기트에서 찾는다. 이 용어는 내용적으로는 플라톤의 **에이도스**(eidos)와 관련되는데 그것은 플라톤 철학의 전통에서 특별히 유행하였다. 오거스틴의 저작에도 유사한 개념이 있다. 융은 원형을 신화학에서 "모티프"라 일컫는 것, 프랑스 사회학에서는 "집단표상"과 "상상의 범주"라 칭

---

8) [역주] 기원전 25년경에 태어나 기원후 50년까지 산 것으로 추정되는 유대교-헬레니즘 종교철학자. 유대주의를 그리스 철학, 특히 스토아학파의 플라톤주의와 결합시켰다. 성경 해석에 대한 그의 비유적 방법은 교부학과 중세 문화에 영향을 미쳤다.

하는 것 그리고 바스티안이 "최초의 사고"라고 생각한 것과 유사한 현상으로 여긴다. 융은 원형에 대해 말하면서 플라톤의 에이도스와 칸트의 연역적 사고를 떠올린다. 그는 원형과 행동주의자들의 "행동 모형" 사이에서 유사성을 발견한다.

융의 저술에서 원형의 다양한 특징들은 상호 간에 엄격히 일치하지 않는다. 원형은 단지 개인적 경험 밖에 있는 "콤플렉스"와 유사한, 무언가 **이마고**(우리 속에 있는 자율적인 존재로 고찰된 이미지, 대상에 의해 활성화된 심리적 상황의 집중된 표현) 개념의 강화 같은 것으로 나타나기도 하고 심리학적으로 되돌릴 수 없는 본능적 반응의 형상적 재현이나 모티프, 유형, 원형, 모델, 구조적 심리 요소로 나타난다.

융이 "집단무의식의 원형에 관하여"라는 논문에서 형식적 측면을 강조하면서, 플라톤과 칸트의 개념에서 탈피함으로써 원형을 원형적 "사상"과 구분했다는 것에 주의를 기울일 필요가 있다. "이전 형식들은 단지 2차적으로 의식적인 것이 될 수 있으며 알려진 심리적 내용에 형식을 부여할 수 있다."[9] "이것은 관념과 행동의 몇 가지 유형의 가능성을 제시하는 내용 없는 형식이다."[10]

융은 ("어머니 원형의 심리학적 양상들"이라는 논문에서) 원형은 "의미의 영속적인 핵심"이라는 명칭을 획득하는데 그 원형들은 견해들을 형성하지만 그 견해들을 포함하지는 않는다고 주장한다. 왜냐하면 1차적인 이미지들은 의식으로 채워진 다음 환상의 산물에 한해서만 눈에 보이기 때문이다. 이는 단지 관념의 가능성이다. 그는 원형을 수정의 입체기하학적 구조와 비교한다.

"원형들에 관한 그리고 특히 **아니마** 개념과 관련한 원형들에 관하여"라는 논문에서 융은 이러한 생각을 더욱더 첨예화한다.

---

9) C. G. Jung, *The Collected Works of C. G. Jung*, vol. 9, pt. 1, p. 43.
10) *Ibid.*, p. 48.

원형은 그 자체의 고정되고 투사되지 않은 상태에서 일정한 형식을 지니지 않지만, 그 자신은 단지 투사를 통해서만 일정한 형식을 취할 수 있는 불명확한 구조이다. [11]

신화를 형성하는 무의식(프시케)의 구조적 요소로 원형을 정의하는 융의 공식은 우리의 목적에 비추어 특히 흥미롭다. 인용된 융의 진술로부터 원형들은 집단무의식적 환상의 1차적 형상들의 구조들이며 외부 관념들을 조직하는 상징적 사고의 범주들이라는 결론을 내릴 수 있다.

융은 원형의 계승이 인간 몸의 형태론적 요소의 계승과 유사하다고 생각했다. 형상적으로 표현된 몇 가지 내용의 구조적 전제들이 계승된다는 것은 융의 가장 취약한 주장 중 하나이다. 비록 언어 교육의 전제가 계승된다는 가설(촘스키, 모노 등)을 배제할 수 없지만, 이 경우에는 본질적으로 원형들에 관한 것이 아니라 무언가 훨씬 덜 명확한 것에 관한 이야기다. 또한 넝속석인 원형적 상징들에 관한 융의 이해는 다소 논쟁의 여지가 있다. 실제로 프로이트와 달리 융은 상황에 따라서 무의식적인 내용의 복수적 의미와 꿈과 환상의 이중적 해석(주관의 차원과 객관의 차원에서)을 허용한다. 원형들의 의미적 가치의 일련의 일치를 융은 "공시화"(synchronization) 과정으로, 즉 최초의 머나먼 영역들의 시간적 일치로 설명한다. 그리하여 집단적 환상의 고유한 "알파벳"과 같은 "물려받은" 상징들의 모든 영속성은 매우 논쟁적인 가설로 남는다.

융과 융주의자들이 원형을 심리 구조의 요소로서 신화와 민담의 모티프나 이미지들과 끈질기게 밀착시켰다는 것은 이미 언급하였다. 의식의 활동성이 저하된 상태에서 형성된 환상의 산물인 원형

---

11) *Ibid.*, p. 70.

은 융에 의해 원시 의식의 산물인 신화에 가까워진다. 레비브륄의 이론에 근거하여 융은 신화를 주체와 객체를 거의 구별하지 못하고 신비한 참여 등으로 기우는 의식(意識)으로 파악했다. 융은 원시적 사고에서는 생각과 의지도 구별되지 않으며 이미지들도 무의식의 내부에서 자연발생적으로 나타난다고 생각한다. 융은 레비브륄이 말한 참여를 "투사"의 형태로 상상했는데 "투사"의 도움으로 인간은 다른 존재에 자신의 고유한 내용을 첨가한다.

융은 본래적 의미에 따라 정의되었던 원형과 신화적 이미지의 상관관계를 여러 저작에서 수정한다. 유사에 대해서도 동일성에 대해서도 이야기된다. 예를 들어, "아이들의 원형의 심리학에 대하여"라는 글의 서문에 이 두 접근법이 혼합되었는데 거기에는 다음과 같은 공식이 있다. "신화는 전(前) 의식적 영혼의 최초의 폭로이며 무의식의 정신적 사건들에 관한 무심결의 진술이다."12) 두 접근법의 혼합은 매우 중요하다. 개인적 문학 작품, 꿈, 환각 등에서 환상의 모든 형상을 신화로 간주하는 다양한 문화현상에 대한 범신화주의가 바로 이 두 범주의 동일화에서 비롯되기 때문이다.

이 지점에서 융이 모호한 입장을 보였다면 신화학적 문예학의 대표자들은 환상의 신화창작적 성격과 민속적인 신화창작의 순수 심리학적인 의미를 확신했다. 물론 융은 이에 대해 상당한 책임이 있다. 물론 신화들이 물리적 사건들의 단순한 비유가 아니며 그 이면에는 어느 정도 "최초 종족의 정신적 삶"이 있다는 그의 생각은 옳다. 하지만 융은 신화학을 심리학화하면서 때로 지나치게 멀리 나아가는데, "신화에서 자연에 대한 인식은 무의식적인 심리적 과정의 언어이며 겉옷일 뿐이다"라는 말과 "정신(프시케)은 언젠가 신화들로 격

---

12) C. G. Jung, and K. Kerényi, *Einführung in das Wesen der Mythologie*, Zürich, 1951, p. 111.

상되었던 모든 이미지들을 포함한다"라는 말이 그러하다. 13)

특히 융이 종족과 인종 심리학을 검토할 때 이러한 과장은 매우 두드러진다. 여기서 문제의 핵심은 인종차별주의("고상한 인종"의 유토피아의 의미에서)가 아니다. 이런 점에서 융은 결백하다. 그런 종류의 질책은 공정치 못하다. 비록 융의 학설은 프로이트의 학설보다 전체적으로 훨씬 '사회학적인'(프랑스 사회학파의 영향 때문에) 것이기는 하지만, 정작 사회적인 특징은 놓치면서 심리학적인 것에서 사회적인 것을 지나치게 열어젖힌다. 이외에도 융은 심리학 자체에서 비이성적 측면들을 현저하게 과장하는데, 이런 의미에서 이성주의자이자 독단주의자인 프로이트에 비추어보면 융의 신비주의에 대한 끌림은 매우 두드러진다.

원형 상징의 은유적 성격을 단순한 알레고리적 이해(프로이트에 상당 부분 빚진)와 대립시키는 것은 원형과 그것의 신화적 등가물 이론에서 가장 흥미로운 부분이다 융은 원형이란 설명될 수 없으며 그것도 완전한 설명이란 불가능하다고 말한다.

> 심지어 가장 훌륭한 번역이라 할지라도 그것은 다른 형상적 언어로의 운 좋은 이전에 불과하다. 14)
> 원형적인 내용을 말하는 것은 항상 비교에 가깝다. 15)

융은 환상 속의 태양이나 그것과 동일시되는 사자 또는 왕이나 보물을 지키는 용의 이미지를 그 자체가 아닌 비교에 의해 매우 근접하게 표현된 제 3의 것이라고 생각했다. 그와 유사한 진술들은 많은

---

13) C. G. Jung, *The Collected Works of C. G. Jung*, vol. 9, pt. 1, pp. 6~7.
14) C. G. Jung, and K. Kerényi, *Einführung in das Wesen der Mythologie*, Zürich, 1951, p. 119.
15) *Ibid.*, p. 114.

점에서 레비스트로스의 신화구조 이론을 선취한다. 융의 리비도(심리적 에너지)를 상징화하는 두 유형, 즉 유추적, 사역적(使役的) 상징화는 레비스트로스(로만 야콥슨의 뒤를 이어)가 말하는 비유와 환유의 대조를 정확히 예견한다. 또한 심리적 에너지의 "변증법"과 심리 현상의 이용에 있어서의 엔트로피에 관한 융의 독창적인 견해는 이미 언급되었듯이 정보 이론의 개별 입장을 예견한다. 융의 이론에서 무의식적인 것과 의식적인 것의 대조는 일련의 다른 이원대립과 마찬가지로 레비스트로스의 자연과 문화의 대조에 상응한다.

여기서 융 이론의 일정 측면이 구조주의 신화학과 레비스트로스(그가 극도로 반심리학적이었으며 심리학에서 신화와 문화의 해명을 추구한 융의 학설에서 더욱 생산적인 요소들을 분리하는 데 성공했다는 이유만으로)에 현저하게 가깝다는 것을 언급할 필요가 있다.

융은 신경증 환자들의 꿈, 몽상 그리고 다양한 민족신화를 관찰하면서 가장 중요하고 심오한 요소들이 특별히 유사하게 나타난다는 사실을 입증하고자 했다. 이러한 비교는 매우 흥미로우며 집단적이고 개인적인 인간 환상에 일반심리학적 요소들이 있음을 증명해준다. 그러나 이런 유사성은 융 자신과 그의 계승자들이 생각했던 것보다는 훨씬 덜 정확하고 덜 인상적이다.

융은 단지 원형의 조직화를 이루어냈다. 그는 개인화 과정과 관련되고 그 과정의 단계에 일치하는 원형들에 깊은 주의를 기울였다. 그것은 **그림자**, **아니마**(아니무스) 그리고 현명한 **노인**(노파)이다. **그림자**는 "영혼의 다른 측면"이며 전체적으로는 영혼의 무의식적이고 식별되지 않는 부분의 표현이다. 융은 바그너, 괴테의 《파우스트》의 메피스토펠레스, 〈니벨룽의 노래〉의 하겐, 〈에다〉의 로키 등이 이러한 원형의 문학적 변이형이라고 생각했다. **아니마**(아니무스)의 원형은 반대의 성(性)을 거친 무의식적인 것(개인 속에 반대의

106

성을 숨긴 영혼의 일부분, 반대의 성에 관한 우리 경험의 비축)을 나타
낸다. 아니마는 무의식적인 것의 모든 표현, 모든 혼돈 상태에서 의
식의 경계 너머에 있는 삶 그 자체를 개괄하는 자연스러운 원형이
다. 아니마는 인간적인 나를 나의 내부 세계와 연결시키며, 보통은
어머니라는 인물로(프로이트와 비교해 1차적인 것과 2차적인 것이 바뀌
었다) 그다음에는 다른 여자로(남성의 입장에서 볼 때) 외부 투사된
다. 그러나 여기서 문제는 외부로의 투사에 관한 것이니만큼 융도
아니마를 원시신화의 "암수동체성", 중국의 음양 등과 연결시킨다.
융은 지혜로운 마법사, 샤먼, 니체의 차라투스트라 등과 같은 "지
혜로운 노인"(여자들의 입장에서는 "지혜로운 늙은 여자")을 삶의 혼돈
너머에 숨겨진 정신, 의미의 원형으로 생각한다. 아니마는 마치 삶
과 죽음(조화성의 성취에 따른 죽음, 열반에 대한 준비), 자연과 문화
가 서로 관련되듯 지혜로운 마법사와 상호 관련된다. 이 모든 원형
들은 복수(複數)의 구체적인 이미지로 긍정적이고 부정적인 변이형
으로 나타난다.

　개인화 과정과 관련된 가장 중요한 원형들과 더불어 융은 다른 층
위의 원형, 즉 변형 원형을 지적한다. 변형 원형은 전형적인 상황,
장소, 방법, 수단 등 그 유형이 상징적인 가운데에서 드러난다. 16)

　융과 케레니의 공동 저서 《신화학 입문》은 "신의 아이"와 "신의
처녀"라는 신화소 등 신화적 이미지들을 구체적으로 해석한다. 케
레니의 민속과 신화에 대한 분석자료(민담에 등장하는 고아, 만시족
의 문화영웅, 핀란드의 쿨레르보, 인도의 창조자 데미우르고스, 아폴로-
헤르메스-제우스-디오니소스, 데메트라와 코라, 헤카테와 아프로디테
그리고 이들과 유사한 인도네시아의 신들)에 융은 원형적 해석을 부여

---

16) C. G. Jung, *The Collected Works of C. G. Jung*, vol. 9, pt. 1, p. 38.

한다. 라딘의 책에 첨부된 공동 논문에서 융과 케레니는 신화적 악한(트릭스터)을 민속의 협잡꾼과 유사한 형상으로 해석한다.[17] 융의 "정신상징학"의 대부분은 머큐리 신화에 대한 것이다. 융은 슈피텔러의[18] 작품 〈프로메테우스와 에피메테우스〉를 분석하며 이들 등장인물들의 원형적 의미만 다뤘다. 융은 요술담의 재료에 대한 별도의 논문도 남겼다.

융과 케레니는 신화가 세상을 설명하기 위해 만들어진 것은 아니라는 견해를 공유한다. 그러나 인간이 사는 우주의 최초 창조의 원천인 집단심리학, 유기적인(3과 4 같은 "남성적인" 그리고 "여성적인" 숫자적 원형을 낳는다고 하는 세포 형상의 모습으로) 또는 심지어 비유기적인(?!) 뿌리에 주의를 기울였다는 점에서 인과적 기능을 신화의 불가분의 속성으로 생각한다. 최초의 "도약"〔발생(Ur - sprung)이라는 단어의 어원의 이용〕은 정신적 근원의 필요성과 전체 발생의 집단 체험 가능성을 포함한다. 이는 신비주의에 대한 융의 취향을 뚜렷이 보여준다.

융에 따르면, 신화와 예술작품에서 '유년 시대'는 최초의 기원에 대한 신화의 관심을 반영하며 최초의 무의식 또는 집단 정신의 본능적 상황과 직접 관련되었다. 모티프에 대한 이러한 관심은 발달된 차별적 의식이 집단적 "뿌리"에서 이탈함으로써 발생하는 위험에 대해 보상적, 구원적 의미를 갖는다. 신, 영웅의 탄생 및 유년 시대가 최초의 물질과 맺는 관계는 물(혼돈, 최초의 가변성의 원형적 상

---

17) C. G. Jung, "On the Psychology of the Trickster Figure", P. Radin, *The Trickster: A Study in American Indian Mythology*, London, 1956, pp. 195~211.

18) [역주] Spitteler Karl(1845~1924), 스위스의 작가이다. 독일어로 작품 활동을 하였다. 그리스 신화를 비유적으로 현대화한 서사시 〈올림피아의 봄〉(1900~1905)이 유명하다.

징), 태양, 최초의 알(그 속에서는 인간과 세계, 주체와 객체가 구분되지 않는다)의 이미지의 등장을 통해 표현된다.

그러나 융에게서 아이라는 신화소는 개인화라던가 혹은 무의식과 의식의 결합 등과 같이 넓은 의미에서의 생성과 연결된다. 그러므로 신화적 아이의 초라함, 버림받음의 모티프들, 그가 처한 지속적 위험은 마치 이런 총체성 달성의 어려움을 지적하는 듯하다. 용과 뱀의 출현은 본능이 의식을 완전히 정복할 위험에 대해 말한다. 바로 여기서 신의 아이가 "중재자"와 "문화영웅"로 등장한다. 융에 의해 아이 신화소는 탄생과 생성뿐 아니라 죽음의 예감(의식 이전과 의식 이후의!)과 (프로이트주의자 랑크의 뒤를 이어) 영웅신화와 서사시에 매우 특징적인 새로운 탄생의 모티프와 상징들과 연결되었다. 융의 논문 "새로운 탄생의 다양한 양상"(1939)은[19] 이 주제에 대한 것으로, 신화에서 모티프의 형식들(윤회, 환생, 부활, 새로운 탄생, 제의를 통한 재생)과 그에 수반되는 심리학적 현상들을 고찰한다.

저명한 융주의자 보두앵의 저서 《영웅의 승리: 위대한 대서사시에서의 영웅신화에 관한 심리분석적 연구》에서[20] 고대 서사시들(〈길가메슈〉, 〈일리아드〉, 〈라마야나〉)은 죽음과 제 2의 탄생 콤플렉스, 그 콤플렉스와 관련된 분신, 대리인 등의 모티프를 공통으로 갖는 동일한 영웅신화의 변이형으로 고찰된다. 여기서 영웅적 투쟁은 제 2의 탄생의 상징 가운데 하나로 해석된다. 제 2의 탄생 개념은 나중에 신화학적 문예학에 의해 광범위하게 이용되었다.

융은 전형적인 신화적 "처녀"와 "딸"로서의 코라(페르세포네)의 유형과 데메트라(데메트라의 부정적 변이형 헤카테 또한)의 형상을 여성

---

19) C. G. Jung, *The Collected Works of C. G. Jung*, vol. 9, pt. 1, pp. 111~147.
20) Ch. Baudouin, *Le triomphe du héros: Etude psychanalytique sur le mythe du héros et les grandes epopées*, Paris, 1952.

숭배와 여성 심리학에서 특별한 역할을 하는 높은 여성적 존재의 원형이자 **아니마**(남자의 입장에서)의 원형과 관련된 **어머니-딸**의 고유한 쌍으로서 분석한다. 참여의 원리에 따라 어린아이의 영혼이 어머니의 영혼에 그리고 어머니의 영혼이 어린아이의 영혼에 참가한다. 그리하여 어린아이의 젊음, 연약함과 기타 유사한 속성들이 어머니의 늙음과 지혜를 보충한다.

그렇게 어머니와 딸은 세대교체를 표현하며 불멸(예를 들어, 엘렙신의 미스터리[21]에서)의 가능성을 보여준다. 이것으로 마치 시간의 권력이 극복되는 것처럼 보인다. 고립된 의식과 분리된 운명은 여성 운명의 어떤 원형에까지 그리고 "불멸"에 이를 정도로 고양된다. 어머니라는 신화소의 다양한 긍정적이고 부정적 변이형들(여신과 마녀, 노른과 모에라에, 데메트라, 키벨라, 성모 등), 어머니의 원형과 어머니의 콤플렉스의 상호관계들은 융의 논문 "어머니 원형의 심리학적 양상"(1938)에서[22] 특별히 다뤄진다. 요술담에서 융은 **아니마**(약혼녀-황녀)와 **현자-정신**(길을 가다 마주치게 되는 노인-조력자)의 원형들과 그들의 동물 형상적 변이격(토템적 아내, 짐승-조력자)을 고찰한다. 이때 융은 민담을 영혼(**프시케**)의 자연발생적 산물로 해석한다.

트릭스터, 즉 신화적 말썽꾸러기, 악한(문화영웅의 부정적 변이형)에서 융은 아주 특별한 고대의 신화소로서, 이제 막 동물의 세계를 떠난 미분화된 인간 의식의 복제와 개인 속에 내재된 모든 저급한 특성의 체현을 본다. 그러나 융은 오로지 절대적 심리학적 무지를

---

21) [역주] 고대 그리스의 도시 엘렙신에서 행해진 데메트라와 페르세포네를 기리는 연례 축제.
22) C. G. Jung, Die psychologischen Aspekte des Mutterarchetypus, *Eranos Jahrbuch*, 6, 1938. 재출간: C. G. Jung, *The Collected Works of C. G. Jung*, vol. 9, pt. 1, pp. 75~110.

극복함으로써 집단의식의 머나먼 과거의 '나'에 주의를 돌릴 수 있었다고 생각한다. 그 인물은 마치 인간보다 높은 위치에(초자연적인 힘들) 그리고 무의식성, 자연발생성 덕분에 인간보다 낮은 위치에 동시에 서 있는 것처럼 보인다.

프로메테우스에 관한 신화의 분석에서 융은 두 어머니의 존재(여러 변이형의) 양상과 재생(새로운 탄생)을 전면에 내세우며 "오이디푸스 이전" 단계를 밝히고자(프로이트에 대한 내적 논쟁) 한다. 융은 프로메테우스와 에피메테우스를 **자존감/페르소나**의 선상에서 대조한다. 융과 그의 제자인 보두앵이나 케레니(고전주의 신화학 전문가인 케레니는 오토의 제자이기도 했다)가 보여준 신화학과 민속에 대한 관심은 문예학에 대한 관심을 훨씬 뛰어넘는 것이었다. 비록 융이 자신의 저작에서 괴테, 슈피텔러, 조이스(그는 조이스에 대해 작은 분량의 논문을 남겼다) 등 여러 작가에서 예를 취하지만 말이다. 신화학 저술에 끼친 융의 영향은 짐머, 엘리아데, 노이만, 카제네프, 캠벨 같은 저자들에게서도 나타난다.

캠벨, 특히 엘리아데는 종합적이고 개괄적인 신화학 저술을 남긴 현대의 가장 유명한 두 저자이다. 캠벨은 주로 융의 사상에 가까웠던 반면 엘리아데는 더 광범위한 종합을 주장하면서 분석심리학과 관계를 맺는다. 캠벨은[23] 자신의 초기 저작인 《천의 얼굴을 가진 영웅》에서 전이적 제의에 관한 반 게네프의 이론에서 멀어지며 제의주의 방법론을 심리분석에 예속시켰다. 그는 집을 떠나는 것을 시작으로 초자연적 도움의 획득, 헌정적 성격의 시험, 마법적 힘의

---

23) J. Campbell, *The Hero with a Thousand Faces*, Princeton, 1968(초판 1949); J. Campbell, *The Masks of God*, vol. 1~4, New York, 1959~1970; J. Campbell, "Bios and Mythos", *Psychoanalysis and Culture*, New York, 1951, pp. 324~343.

취득을 거쳐 돌아옴으로 끝나는 한 영웅의 보편적 이야기인 "단일 신화"를 복원한다. 놀랍게도 요술담을 연상시키는(특히, 프로프의 설명에서) 영웅, 신, 예언자의 신화 전기에 캠벨은 약간의 우주론적이고 형이상학적 등가물을 부가했다. 캠벨은 단계 그리고 방랑과 인간의 삶 자체에 해당하는 상징을 분석심리학의 도움으로 설명한다.

네 권으로 이루어진 책 《신의 가면》에서 캠벨은 심리분석의 관점에서, 특히 융의 관점과 쇼펜하우어와 니체의 철학적 유산과 전통적 주제에 대한 바그너의 해석에 근거하여 모든 시대와 다양한 민족의 신화를 개관한다. 그는 신화를 '비범한' 기호적 자극에 의해 발생한 시적 비유 같은 것으로 설명했다. 신화 속에서 인간 신경 체계의 직접적 기능인 기호 자극 에너지의 활성화와 전달을 확인하면서 노골적으로 생물학적 입장에서 신화학에 접근하는 경향을 보였다. 융의 원형들의 생물학적 기층을 찾기 위해 비교심리학과 동물심리학 분야에서 과거의 개인적 경험으로 보강되지 않은 상황에서 올바른 본능적 반응을 자극하는 이미지의 유전적 흔적에 관한 몇 가지 가설에 주목한다. 마치 유전적인 것처럼 보이는 이 이미지들과 더불어 개인적 경험으로 얻은 것들을 목록화한다. 그는 후자를 주로 고전적 심리분석의 입장에서 설명한다.

지구의 인력, 하루의 밤과 낮, 빛과 어둠의 교체(변형된 논리를 지닌 꿈으로 이끄는) 등과 같은 물리심리학적 요인, 달의 순환과 그것의 인체 조직에서의 진행 관계, 남성적 원칙과 여성적 원칙의 이율배반 등에서 시작해서 캠벨은 후에 유년 시대, 인간 삶의 성숙기, 노년기의 특징적인(이런 의미에서 보면 종합적이기도 한) 인상에 의한 신화적 이미지의 탄생 메커니즘 쪽으로 옮아간다. 여기서 우리는 탄생의 트라우마(랑크), 오이디푸스 콤플렉스(프로이트), 유아적 성충동을 억압하고 변형시키는 통과의례의 심리분석적 역할(주로 로하임), 노인의 지혜와 죽음에 대한 준비의 심리학(융) 같은 심리분석적 콤플렉스와 상징들의 온전한 한 모음을 만난다. 다양한 신화적 상징들, 즉 출생 전의 회상과 관련한 물, 젖가슴에 의한 양육의 공포와 관련한 식인풍습 등이 그에 따라 해석되었다.

캠벨의 관심은 개인 생물학의 발전 역학에 의해 탄생한 심리분석적 콤플렉스로부터 여러 민족문화적 분포권(고대 농민과 고대 사냥꾼, 동양에서의 새해 의례들 또는 아메리카 인디언과 시베리아 원주민에게서 볼 수 있는 샤먼의 신비들)에서 그런 콤플렉스가 어떻게 발현되는가를 상세히 묘사하는 쪽으로 이동한다. 이 개관에는 제의주의자들의 연구가 널리 이용되었다. 그래서 우리는 살해당하는 왕, 제의적 결혼, 죽어가고 부활하는 신, 우주론적인 희생, 수많은 제의와 신화에서의 삶과 죽음, 사랑과 죽음의 상호관계의 분석 등과 같은 익숙한 신화소들을 발견한다. 캠벨은 신화에서 마침내 권력의 성애적(프로이트의 생각에서) 갈등, 침략 행위(아들러의 생각에서), 질서, 법률, 더에 이 부흥을 위한 그늘의 화해, 즉 사회화 또는 심리학적 도정의 완성 과정(융의 개인화의 차원)에서의 승리와 같은 목적의 반영을 본다.

캠벨은 원시신화로부터 이집트, 바빌론, 인도, 중국, 그리스, 켈트, 스칸디나비아 신화들로 주의를 돌렸지만 모든 신화에서 동일한 심리분석적 기능과 원형들을 목격한다. 마지막 권에서 캠벨은 "창작신화"가 전통적인 종교적 상징들로부터 어느 정도 자유로우나 인간의 모든 유형의 상상을 만들어내는 동일한 수단과 그 수단들의 단일한 심리분석적, 원형적 토대로 말미암아 그런 상징들과 사실상 일치함을 지적한다. "창작신화"의 예로서는 일부 혼합주의적이고 이단적인 중세의 교리와 기사도 문학, 바그너, 니체, 조이스, 토마스 만을 들 수 있다.

캠벨의 책들은 분석심리학의 모든 약점을 반복하는데, 특히 개별 모티프와 상징들의 해석에서 그렇다. 온갖 전제 조건하에 신화학은 개인의 심리생물학으로 간신히 비집고 들어간다. 그럼에도 불구하고 캠벨의 몇 가지 일반적 고찰은 주의를 기울일 만하다. 특히, 비범한 자극, 즉 인위적 자극에 관한 생각이 그 예이다. 미학적 활동을 예고하는 놀이 형식에서 인간의 능력은 동물보다 뛰어나기 때문에 자연적 자극보다 인위적 자극이 더 강하게 나타난다는 것이다.

신의 "가면", 신화적 상징주의의 다양한 단계와 형식에 관한 캠벨의 흥미로운 생각이 이와 관련된다. 바스티안에 의한 "기초적" 사고와 "민족적" 사고(첫 번째 것은 융 스스로 자신의 원형들과 합치시켰다)의 분리를 전제로 하여, 캠벨은 신화와 제의가 때론 인간의 본성에서 보편항구적 시초에 다가가는 열쇠의 역할을, 때론 문화역사적 문맥을 표현하는 역할을 한다고 생각한다. 첫 번째인 심리학적 양상은 생생한 경험, 고통, 정화와 지혜(비극에서처럼)를 통해서 개인을 변화시킨다. 두 번째는 민족지적, 역사적 양상이다. 캠벨은 이런 이율배반의 중요성을 주장하며 이를 망각할 시 혼란이 생긴다고 보았다. 유감스럽게도 그 자신은 이를 실제로 충분히 고려하지 않는다.

우리는 캠벨이 기사소설(파푸아족으로부터 시작해서 〈트리스탄과 이졸데〉 등에 이르는 **사랑/죽음**의 비극적 원형)을 바그너와 니체식으로 현대화한 것 그리고 자연적 자기표현으로서의 조이스와 토마스 만의 신화창작에 대한 해석에 동의할 수 없다. 이에 관해서는 20세기 소설의 신화화 시학을 주제로 한 장에서 더 이야기할 것이다. 캠벨은 기사소설 또는 현대 모더니즘에서 신화주의의 문제를 다루면서 (캠벨은 조이스의 《피네간의 경야》에 대한 주석서를 쓰기도 했다) 제의 신화학 비평의 영역으로 진입한다. 융 사상을 제의주의와 결합하려던 그의 시도는 이미 이 영역에 아주 가까이 있었다.

캠벨이 단지 문학의 문제들을 다루었다면 엘리아데는 1930년대에

루마니아의 모더니스트 작가로서 활동을 시작했으며 신비주의와 시간에 대한 예술적 실험에 관심을 보였다. 시간 극복의 문제는 그의 문학적 창조와 학문적 창조를 결합하였으며 여기서 그는 베르그송, 하이데거, 프로스트 그리고 부분적으로는 토마스 만과 가까워진다.

엘리아데의 모든 저서는[24] 직접적으로 신화 이론(특히, 《영원한 반복의 신화》와 《신화의 양상》)과 제의 이론 그리고 마찬가지로 요가, 샤머니즘, 오스트레일리아인의 종교 등을 주제로 한 것이다.

이미 지적한 것처럼 엘리아데는 융의 사상으로부터 적게나마 영향을 받았으나 신화에 대한 기본적인 접근은 제의에서의 신화의 기능과 관련된다. 엘리아데는 제의에서 신화의 주제를 추출하지도 않으며 신화에서 심오한 형이상학적 내용과 고대 인류의 고유한 철학을 발견하려 한다는 점에서 완전한 의미의 제의주의자는 아니다. 그러나 엘리아데는 제의에서 신화가 갖는 기능을 통해서 신화를 이해하고자 했다. 그의 견해는 20세기 신화주의의 몇 가지 측면, 그 중에서도 문학의 이해를 위해 매우 유익하다. 왜냐하면 엘리아데 자신은 역사주의의 대척점으로서의 신화창작을 변호하기 때문이다.

엘리아데는 신화에서는 인간 존재의 현실성뿐 아니라 가치가 성스러운 신화적 시간 및 초자연적 조상의 "원형적" 행동과 인간 존재

---

24) M. Eliade, *Le mythe de l'etenel retour*, Paris, 1949; M. Eliade, *Le chamanisme et les techniques archaiques de l'extase*, Paris, 1951; M. Eliade, *Images et symboles: Essais sur le symbolisme magico-religieux*, Paris, 1951; M. Eliade, *Le yoga: Immortalité et liberté*, Paris, 1954; M. Eliade, *Mythes, rêves et mystéres*, Paris, 1957; M. Eliade, *Naissance mystique*, Paris, 1959; M. Eliade, *Mephistopheles et l'Androgyne*, Paris, 1962; M. Eliade, *Aspects du mythe*, Paris, 1963; M. Eliade, *Le sacré et le profane*, Paris, 1965. 그에 관한 자료와 그의 문제의식의 발전을 담은 엘리아데 기념 논문집을 보라: I. M. Kitagawa, and Ch. H. Long (Eds.), *Myths and Symbols: Studies in Honor of Mircea Eliade*, Chicago/London, 1969.

의 관련성에 의해 결정된다는 것, 원시적 존재론이 플라톤적 구조 (지각 대상이 절대적 이데아에 일치하는)를 지닌다는 것, 인도의 자기 몰입 기술이 바로 그런 원리에 일치한다는 것 등을 제시함으로써 원시적인 신화적 존재론에 관한 말리노프스키의 이해를 심화시켰 다. 그는 제의 안에서의 기능화라는 관점에서 신화를 분류하면서 신화적 의식을 현대화했다. 현대화된 신화의식은 역사적 시간을 평 가절하하고 "세속적" 시간, 역사, 시간의 비가역성에 대립한다는 속 성을 부여받았다. 마치 이것에 정기적 정화와 새로운 창조, 제의에 서의 순환적 재생의 중요한 의미가 포함된 것처럼 보인다. 엘리아 데는 집단적 기억이 반역사적이며 개인이 역사의 신뢰성과 비가역 성에 관계되는 한 그 기억은 역사적 사건과 개인이 아닌 단지 범주 와 원형을 인정한다고 역설한다.

엘리아데는 역사의 비가역성과 '참신성'에 대한 흥미가 인간의 삶 에서 매우 최근에 발견된 것이라고 생각한다. 그는 제의에서 마치 신화적인 성스러운 '순수한' 시간이 재생되고 동시에 현재의 시간이 파괴(예를 들어, 고대 동양의 새해 축일에 떠나가는 묵은해의 모습에서) 되는 것 같다고 힘주어 말한다. 순환성과 반복성은 사건들에 사실 성을 부여한다. 그는 "전통적" 인간이 역사에서 자기 존재의 명확한 방법을 보지 못하며 역사를 적대적으로 대했음을 최대한 강조한다. 엘리아데는 역사적 시간이 신화로 침입하는(예를 들어, 성서의 체계 에서) 그곳에 반역사적 이상들이 유지되며 조상들의 '순수한' 성스 러운 시간은 종말론적 기대(근원이 아니라 새로운 시작에 대한 중요한 희망)라는 형태를 가지고 미래로 옮겨진다고 주장한다.

엘리아데가 강조하는바, 신화적 개념은 심지어 기독교 이전에도 인간의 고통에 의미를 부여했으며 그것은 자연과의 정기적 재통합 을 거쳐 균형과 평온함을 지향한다는 점에서 가치가 있다. 엘리아데는 신화적 개념들이 약간의 수정을 거치며 17세기까지 존재했으며 민간에서는 20세기까지 살아남았다고 생각한다. 그는 슈펭글러, 토인비, 소로킨 같은 사상가들에 의한 역사의 순환적 개념들이 부활하기를 기대한다. 엘리아데 자신은 역사적 진보에 대한 사상, 특히 고통을 설명할 수 없고 역사에 대한 영원한 공포로부터 인간을 구할 수 없다고 생각하는 '헤겔 이후'의 역사적 세계관에 대한 적대감을 숨기지 않는다. 동시에 엘리아데는 공산주의 사회의 건설에 관한 생각을 미래의 황금세기에 관한, 게다가 그때의 역사적 시간의 파괴에 관한 종말론적 신화와 동일시하고자 한다.

앞서 우리는 신화창작을 역사에 대한 공포로부터의 구원으로 설명하는 미국의 비평가 랩의 견해를 소개했다. 랩의 말은 문자 그대로 엘리아데에게 적용된다. 시간에 관한 신화적 관념들을 특별한 형이상학적 체계로 직접 해석하고 이로써 신화적 관념들을 현대화한 것은 엘리아데의 실수였다. 실제 역사에서 발생하는 사건들, 정확하세는 그런 사건들에 대한 흐릿한 회상들을 신화 속에서 유사 이전의 과거로 투사하는 일이 역사와 '세속적' 현재에 대한 뚜렷한 '혐오'를 증명하는 것은 아니다. 신화에서 역사적 시간의 '파괴'는 사고의 정해진 방식의 부수적 산물이지 신화의 목적도, 역사 앞에서의 공포의 직접적인 표현도 아니다.

20세기의 신화창작을 위해 매우 필수적인 시간의 순환 개념은 엄밀히 말해 신화 고유의 개념이 아니라 '제의적인' 것이며 마법적 수단을 통해 자연적이고 사회적인 질서를 유지하려는 노력과 관련된다. 여기서 요점은 고갈되는 비옥함 등의 마법적 유지에 있는 것이지 반복과 순환에 있는 것이 아니다. 순환적 개념은 더 발전된 신화들에서 죽어가고 부활하는 신들 그리고 그다음에는 동일한 역사적 시대의 정기적 반복에 관한 농경신화의 모습으로 점차 지배적 위치를 차지한다. 그리하여 신화와 제의의 다소 과도한 동일시(프레이저 학파가 이미 이러한 토대를 놓았다)는 신화와 신화적 시간에 관한 모더니스트적인 이해를 지탱한다. 시간에 관한 신화적 관념들은 엘리아데가 생각했던 것보다 더 확산적이며 그것들은 인과적 개념('과거'는 '현재'의 원인들의 영역이다)을 배태한다. 신화에서 가장 중요한, 카오스가 코스모스로 변한다는 사고는 시간의 반복성보다는 비가역성에 관한 관념과 대부분 연관된다.

제7장

구조주의

신화에 대한 최근의 중요한 이론은 프랑스의 인류학자인 클로드 레비스트로스에 의해 구조주의적 입장에서 제기되었다. 레비스트로스 이전에 신화에 대한 구조적 접근은 카시러와 융의 '상징주의적' 개념에서 그 시초를 찾을 수 있다. 그러나 앞 장에서도 언급했듯이 구조에 대한 카시러의 생각은 아직 많은 점에 있어서 정적이고 게슈탈트적인 성격을 띤다. 또한 신화의 상징적 언어와 사회적 의사소통 간의 불가분의 관계와 의사소통의 사회적 본성의 이해가 부족했다.

언급된 바와 같이 융은 몇 가지 점에서 레비스트로스와 유사했지만 그러한 점들이 상세히 전개되지는 않았다. 융과 레비스트로스의 분석은 각각 심리학과 논리학이라는 상이한 층위에서 전개되었다. 레비스트로스에게서 **자연**과 **문화**의 상호관계는 융에게서 **본능적**이고 **의식적**인 것의 상호관계와 일치한다. 융의 엔트로피(아마도 이 개념은 열역학에서 차용한 듯하다)는 심리적 에너지와 관계되고 레비스트로스에게서는 정보에 관련된다.

리치는 레비스트로스에 대한 짧은 저술에서[1] 그와 프로이트 간의

---

1) E. Leach, *Lévi-Strauss*, Fontana, 1970.

유사성을 강조한다(《슬픈 열대》에서 레비스트로스의 개인적인 고백은 이와 일치한다. 1부 제7장의 각주 7번을 보라). 그러나 우리가 느끼는 바와 같이 융에 대한 비판적 반응에도 불구하고 융은 레비스트로스에게 큰 의미가 있으며 레비스트로스에 매우 가까이 있다. 아마도 레비스트로스는 융의 영향으로 신화창작을 집단적 무의식적 활동으로 해석하게 되었을 것이다.

그러나 레비스트로스가 원형 전달의 유전적 메커니즘의 허용과 원형적 이미지들의 항구성(문맥적, 상황적 변이형들의 범주 내에서의) 개념에 대해 융을 비난한 것은 정당하다. 레비스트로스는 인종문화적 범주에서 더욱 광범위한 변형을 염두에 두었고 대상이나 상태보다는 객체와 개인의 관계 자체에 대한 상징화를 고려했다. 이러한 차이는 레비스트로스의 신화 이론의 골자를 이루는 근본적인 것이다.

인도유럽 민족의 신화 비교에 있어 탁월한 전문가이자 인도유럽 신화, 종교 그리고 다른 문화적 현상(종교적 권력-현명함, 군사력, 다산성)의 삼중기능적인 구조 이론을 제안했던 조르주 뒤메질은 레비스트로스 이론의 선구자로 간주할 수 있다.[2] 특정 부분에서 뒤메질은 "태양" 신화주의 전통, 신신화학적 제의주의 그리고 민족학과 민속학에서의 기능적 경향과 관련된다. 다작의 석학이자 세심한 분석가 뒤메질은 기능을 구조에 맞추고 구조를 위계적으로 제시하였으며, 삼위일체적 구조모델(뒤르켐의 의미로)이 사회적인 것으로서 발생한 후 분류와 분석의 도구가 될 수 있음을 보여주었다. 이와 같은 광범위한 관점은 1950년 이후의 저술에서 나타난다. 그러나 뒤메질

---

2) G. Dumézil, *Le festin d'immortalite*, Paris, 1924; G. Dumézil, *Mythes et dieux des Germains*, Paris, 1938; G. Dumézil, *Loki*, Paris, 1948; G. Dumézil, *Jupiter, Mars, Quirinus, I-IV*, Paris, 1941~1966; G. Dumézil, *Mitra-Varuna*, Paris, 1946; G. Dumézil, *Mythe et epopée, I-III*, Paris, 1968~1973.

의 관심은 일종의 고대의 원형으로서 인도유럽인들에게 단일하게 보이는 정적이며 구조적인 외형을 수호하는 데 있었다. 뒤메질이 레비스트로스에게 끼친 영향을 부인할 수는 없지만 레비스트로스는 뒤메질과 달리 구조적인 역동성, 신화적 외형의 변형 메커니즘에 흥미를 보였다. 스코트 리틀톤은 뒤메질의 수많은 저술을 토대로 단일 체제를 만들고 그 체제를 일종의 규범화된 학설로 서술하려 했다.[3]

주지하다시피 구조주의의 발전과 인기는 레비스트로스의 권위에 의존하며 그의 저작들은 민족학 분야, 특히 아메리카 인디언의 신화에 대한 연구 분야에서 학계의 광범위한 인정을 받았다. 장 마리 오지아는 학문적이면서 대중적인 그의 저서 《구조주의에 대한 열쇠들》에서[4] "구조주의 사상은 레비스트로스의 저작들에 의해서 완전하게 규정될 수 있다", "구조주의 ─ 그것은 레비스트로스다"고 직접적으로 언급한다. 반면에 역사, 심리학, 문학비평, 특히 철학 분야에서 다른 프랑스 구조주의자들(푸코, 라캉, 알튀세르, 바르트 등)이 활동은 일종의 영투 하장으로 산수할 수 있고, 결국 현재 인류학 자체는 과거 철학이 했던 것과 같은 역할을 한다고 지적한다.

오늘날 레비스트로스에게서 그리고 이 분야에서 (만일 언어학을 고려하지 않는다면) 구조적인 방법을 최대로 적용할 수 있으며 다른 분야에서 구조주의의 성과가 보다 미약하다는 것은 의심할 여지가 없다.

---

3) C. S. Littleton, *The New Comparative Mythology*: *An Anthropological Assessment of the Theories of Georges Dumézil*, Berkeley/Los Angeles, 1966. 이 책과 뒤메질 자신의 견해는 에스토니아의 학자 후고 마진그의 서평에서 날카로운 비판을 받았다("III летняя школа по вторичным моделирующим системам", Тарту, 1968, C. 227~248). 뒤메질과 레비스트로스 견해의 상호관계에 관한 문제가 다루어지는 다음 논문과 비교해 보라: P. Smith, and D. Sperber, Mythologiques de Georges Dumézil, *Annales*, (3~4), 1971, pp. 559~586.

4) J. M. Auzias, *Les clefs pour le structuralisme*, Paris, 1967, pp. 1~3.

사실 레비스트로스 자신은 결코 민족학, 심지어 구조주의가 철학을 대체하도록 요구하지 않았다. 일부 구조주의의 지지자 및 반대자와는 달리 그는 구조주의를 인간의 새로운 철학으로 간주하지 않았다(학문적 연구에 대해 그에게 금메달을 수여했을 때인 1960년 1월에 행해진 연설에서). 5) 그러나 레비스트로스는 여전히 방법론적 관점에서 민족학과 그것의 학문적 대상이 갖는 특권적 성격이라는 문제를 제기했다. 그는 다른 시간 리듬과의 결합한 관찰자로부터 객관성을 촉진하는 "천문학적인" 먼 거리, 민족지학적으로 구습을 유지하는 작은 사회의 자연에 대한 상대적 가까움(생물학과 우호적인 이웃이 되는) 그리고 그 전체적인 집단-무의식-구조적 토대에 적절한 그들 사고 형태의 자연스러움(감성적 수준에서의 논리적 사고)을 염두에 두었다.

  변화에 대항하는 "차가운"(즉, 역사적 제로에 가까운, 엔트로피를 상실한) 사회에서 사회 구조의 명료함, 전체성 그리고 안전성은 민족학에 원칙적인 기호성을 부여한다. 이러한 방법론적 생각에 이데올로기적인 생각, 즉 문자의 발명 이후 사회적 대조와 착취에 근거한 "뜨거운" 문명사회에 대항하여 사회계약의 정신에 충실한 원시 종족집단에 대한 레비스트로스의 루소적 이상화가 결합된다. 이러한 이상화의 대상이 되는 원시적 논리는 그 감각적 구체성에도 불구하고 주변 세계를 분류, 분석하여 이성적으로 정복하고 이로부터 신석기 시대의 기술 혁명과 현대 문명의 기층을 이룩할 만큼 강력한 도구여야 한다. 레비스트로스는 부차적인 자질과 양적인 방법을 강조하는 사고의 독특한 전략적 수준이 부분적으로 현대 자연과학에 의해서 부활한다고 본다.

---

  5) C. Lévi-Strauss, "Le champ d'anthropologie", *Anthropologie structurale deux*, Paris, 1973.

레비스트로스에 따르면 "공간적이고" 공시적이며 구조적인 민족학적 학문서술은 역사적이고 "시간적이며" 통시적이고 사건적인 것을 '보충'할 뿐 아니라 보다 우월한 특성을 지닌다. 레비스트로스는 기본적으로 역사학을 존중하지만 그가 보기에 지금의 역사학은 연구자의 개인적 의식 및 사회환경과의 지나친 연관성, 역사적 연속성을 무시하는 표면적인 '사건' 지향에서 비롯되는 주관주의로 고통받는다. 역사와 관련한 자신의 과도한 비판에서 레비스트로스가 마르크스에 의거하려 애썼던 것은 물론 소용없는 일이었다. 그는 마르크스를 사건이 역사학의 토대를 이루는 것이 아님을 증명한 사상가로 보았으며, 대체로 마르크스를 구조주의의 선조로 내세우려는 경향이 있었다.

사르트르는 레비스트로스의 역사 접근 방식을 적극적으로 반대했다. 그는 인간은 정체된 구조의 극복에서 무엇보다도 먼저 자신을 발현하며, 구조민족학적인 접근방법은 이러한 측면을 규명하기에 무력하다고 생각했다. 한편, 후설의 현상학으로부터 실존주의로 이동한 프랑스의 철학자 메를로퐁티는[6] 레비스트로스의 민족학적 구조주의로부터 멀리 떨어진 인식론적 결론에 도달했다. 메를로퐁티는 주관과 객관의 고전적인 이율배반을 자기식으로 극복하려고 애쓰면서, 지각이 바로 의미로 향하고 육체가 마치 의식과 본성 간의 명백한 중재자가 되는 것 같은 "초반사적인" 의식에 호소했다. 메를로퐁티는 레비스트로스의 '유연한' 구조주의적인 인류학을 (구조는 의미에 의해서 내재적으로 부여된 형식이라는 점에 근거하여) 전통적인 사회학의 주관주의에 대조시킨다. 비록 레비스트로스는 메를로퐁티의 친구였지만 현상학(경험으로부터 현실로의 그것의 '끊임없는' 이

---

6) M. Merleau-Ponty, *Les signes*, Paris, 1960.

행을 포함해서)과 그 현상학의 주관적 환상을 동반한 실존주의에 대해 형이상학을 극복할 수 없다며 비판적 태도를 취한 것은 주목할 만한 가치가 있다. [7]

레비스트로스의 역사학에 대한 혹평은 정당하지 못하다. 그러나 민속을 포함한 민족학적 대상들이 구조주의적인 분석에 적합하고, 구조주의적인 방법들이 그것들의 상대적인 견고성의 범주 내에서 더욱 발전된 문화들의 연구를 위해서도 매우 적절한 것임은 의심의 여지가 없다. 그 밖에도 구조주의의 '반역사주의'와 역사주의의 '반구조주의'는 양측에 의해서 분명 과장되었다. 보충분포의 관계가 실제로 공시적 기술과 통시적 기술, 민족지학과 정치사, 민속학과 문예학 사이에서 발생하지만 역사주의의 구조와 원칙 사이에서 피할 수 없는 대립은 없다. 예를 들어, 프랑스 기호학자 그레마스는[8] 구조를 비통시적인 것으로 간주하며 체계들을 강화하고 우연성의 작용을 제한하는 것을 역사의 중요한 기능으로 보았다. 왜냐하면 그는 통시적인 면에서 구조적인 분석의 적용을 허용하기 때문이다.

레비스트로스는 기본적으로 민족지학적인 자료를 바탕으로 이론적 문제들을 다루었던 프랑스 사회학파의 후예이다. 그는 민족지학자이자 미국학자로서 일부분 미국의 문화인류학파에 빚지고 있다(보아스, 로위, 크레버 등). 이러한 전통에 의거하면서 레비스트로스는 언어학적 구조주의의 경험, 특히 음운론에 대한 로만 야콥슨의 저술을 동시에 이용하여 구조인류학을 창조했다.

레비스트로스의 《친족관계의 기본적인 구조》에서는[9] 일정한 규

---

7) C. Lévi-Strauss, *Tristes tropiques*, Paris, 1962, pp. 34~44. 현상학적 입장의 구조주의 비판은 다음을 보라: E. Paci, Antropologia strutturale e fenomenologia, *Aut Aut*, Milan, 1965, 1988, pp. 42~54.

8) A. J. Greimas, Structure et histoire, *Les temps modernes*, (246), 1966.

칙을 따르는 교환과 의사소통의 발전과 관련하여 사회생활이 발생하는 과정을 연구한다. 교환과 심지어 교환의 상징적 의미조차도 이미 모스(뒤르켐이 가장 총애하는 제자)에 의해서 분석되었지만, 레비스트로스는 이 의미에 대해 구조주의적이고 기호학적인 해석을 부여했다. 의사소통은 기호체계 없이 불가능하며 기호체계들 내부에서 사회적 사실들은 사물인 동시에 관념으로서 등장한다. 결혼을 통한 교환에 의해서 생겨난 결혼규칙(그중 가장 오래된 것은 근친상간의 금지이다)과 친족 목록(nomenclature)은 자연언어와 마찬가지로, 바로 그런 구조적 방법들에 의한 공시적 연구에 속하는 기호체계이다. 후에 레비스트로스는 토템 기호 역시 기호학적 모델링 체계라는 점을 보여주었다. 그러한 체계들이 사물들을 소통하게 만들며 집단적 무의식적인 정신구조를 기능화하여 체계들을 머리로 이해할 수 있도록 만든다는 것이다.

레비스트로스는 오직 구조주의적인 접근을 통해서만 원초적 사고의 논리적 메커니즘의 효과적 행동을 묘사할 수 있었으며, 이를 통해 신화를 '원시적' 정신문화의 가장 특징적 산물로서 체계적으로 분석하는 길을 열게 된다.

신화의 구조적 연구에 대한 1955년의 작은 '강령적' 성격의 논문에서 시작하여 4권짜리 개요가 되는 저서 《신화적인 것들》(1964~1971)로 끝나는 레비스트로스의[10] 저술은 모두 신화학을 다룬다.

---

9) C. Lévi-Strauss, *Les structures élémentaires de la parenté* (2nd ed.), Paris, 1967.

10) C. Lévi-Strauss, The Structural Study of Myth, *Journal of American Folklore*, 68(270), pp. 428~444[이 논문의 프랑스어 확장본은 다음을 보라: La structure des mythes, *Anthropologie structurale*, Paris, 1968, pp. 227~255. 러시아 번역본은 다음을 보라: *Вопросы философии*, 1970, (6), C. 152~164]. 초기 논문들은 다음을 보라: "La geste d'asdival"(1958), "Quatre mythes

구조적인 신화학이 적용되고 수백 개의 아메리카 인디언 신화의 창조적 분석이 이루어졌던 이러한 개요에 직접적으로 선행하였던 것은 원초적 사고에 대한 이론적인 단행본이었다〔《야생의 사고》(1962)〕. 레비스트로스는 구조주의 인류학의 가장 중요한 부분으로서의 신화구조유형학의 창조자이다. 신화적인 집단적 무의식적인 환상이

Winnebago"(1960), "La structure et la forme"(1960), "Le sexe des astres" (1967), "Les champignons de la culture"(1970), "Rapports de symétrie entre rites et mythes de peuples voisins"(1971), "Comment meurent les mythes" (1971). 이들은 재간행 됨: "Mythologie et rituel", *Anthropologie structurale deux*, Paris, 1973, pp. 139~318 (신화의 문제들은 다음 논문집의 첫 논문에서 다루어짐: *Le champ d'anthropologie*, pp. 11~44). 저서는 다음과 같다: *Le totémisme aujourd'hui*, Paris, 1962; , Paris, 1962; *Mythologiques*, I-IV, Paris, 1964~1971. 신화 이론에 대한 사전 형태의 그의 노작 가운데 체계화된 발췌본과 비교해 보라: M. D. Ninno, *L'analisi dei miti in Cl. Lévi-Strauss: Lessico metodologico*, Palermo, 1975.

레비스트로스에 관한 광범위한 문헌, 특히 토론 자료들이 존재한다. 신화 이론의 문제들은 다음의 저서들에서 다루어졌다. 다음을 보라: I. Simonis, *Claude Lévi-Strauss ou la "Passion de l'inceste"*, Paris, 1968 (광범위한 서지사항과 더불어); E. Leach, *Lévi-Strauss*, Fontana, 1970. 또한 다음의 논문집을 보라: E. Leach (Ed.), *Structural Study of Myth and Totemism*, London, 1957; B. Nathhorst, *Formal or Structural Studies of Traditional Tales: The Usefulness of Some Methodological Proposals Advanced by Vladimir Propp, Alan Dundee, Claude Lévi-Strauss and Edmund Leach*, Stockholm, 1969; G. S. Kirk, *Myth, its Meaning and Functions in Ancient and Other Cultures*, Berkeley/Los Angeles, 1970 (Chapter II: "Lévi-Strauss and the Structural Approach", pp. 42~83); J. Courtes, *Lévi-Strauss et les contraintes de la pensée mythique*, Paris, 1974. 신화의 역사와 구조의 상호관계에 관한 토론은 다음을 보라: *Annales*, (3~4), 1971. 다음의 논문집과 비교해 보라: H. Nutini, and I. Buchler (Eds.), *Anthropology of C. Lévi-Strauss*, Appleton/Century/Crafts, 1972. 다음과 비교해 보라: Е. М. Мелетинский, Клод Леви-Стросс и структурная типология мифа, *ВФ*, No. 7, 1970, С. 165~173; Е. М. Мелетинский, Клод Леви-Стросс: Только этнолоия?, *ВЛ*, 1971, С. 115~134.

종족의 생활력과 사회경제적인 하부구조의 영향으로부터 비교적 독립적이며, 그렇기 때문에 "마음의 해부학" 자체를 적절하게 반영한다는 점에 의거하면서, 그는 신화 연구를 인간 영혼의 자기인식 방법 중 하나로 보고 큰 의미를 부여한다. 레비스트로스에게서 신화화의 일정한 자유에 대한 가설은 원초적 사고가 종족의 사회제도를 맹목적으로 직접 반영하지 않고 다양한 논리적 가능성을 활용하는 지적 유연성을 갖추고 있다는 점에서 근거한다.

예를 들어, 레비스트로스는 종족을 두 개의 씨족 동맹으로 분리하는 것이 반드시 쌍둥이 신화라는 씨족 동맹의 선조신화를 탄생시키는 것은 아니며 디오스쿠리즘(Dioscurism)의 다른 변이형들, 즉 적대적인 형제들, 할머니-손자 등의 선택을 허용한다. 성(性) 차이의 신화 역시 마찬가지로 다양한 성적 존재로서 태양과 달, 하늘과 땅, 적극성과 소극성, 선과 악 등의 형상으로 실현된다.

레비스트로스는 경우에 따라 신화학에서 기표 한 벌이 기의에 선행하며 기표는 기의가 사라진 후에도 신화에서 유지될 수 있다는 점에서 출발한다. 그러나 기표의 과잉은 사회경제적인 하부구조를 포함하여 인종문화적인 콘텍스트에 좌우되는 다양한 "층위"와 "코드"로 신화적 요소들을 분절함으로써 극복된다. 민족지학적 배경에 대한 이러한 지향에서 레비스트로스는 음식의 원형들의 보편화와 형식주의를 일소하는 해독제를 발견한다. 그 결과 레비스트로스는 이따금 초결정론으로 기운다.

그러나 이론상 민족학으로부터 인식론으로의 초월적 도약의 전망은 코드와 차원의 유희를 드러내기 위해 신화적인 정보의 누락을 초래할 수밖에 없다. 이를 통해 "순수한" 정신적 구조들을 발견해야 하기 때문이다. 그러한 전망은 비결정론과 형식주의를 낳고 구조가 자신의 내재적 함축성을 상실할 위험이 있다. 레비스트로스는 원주민의 신화에서 집단의식적 요소를 과소평가한 채 모두에게 단일한 "마음의 해부학"을 인식할 수 있다고 믿었기 때문에 상호 "보충적인" 서술 방법, 즉 외부로부터는 민족학자의 시각으로 그리고 내부로부터는 신화적 시각으로 서술하는 방법을 엄밀하게 구분하지 못했다 (원주민에 대한 이해는 세피르와 월프의 가설에 기초한 몇몇 인종언어학적인 탐구에서 가끔 더욱 엄격하게 전달된다).

레비스트로스에게 신화학이란 무엇보다도 무의식적 논리작용의 장(場)이며 모순 해결의 논리적 도구이다. 우리가 앞으로 알게 될 바와 같이 그러한 논리주의는 서사적 통합관계를 이용한 논리적 연합관계를, 개별적 플롯보다는 신화적인 체계를 강조하게 된다.

신화에 대한 레비스트로스의 연구의 특성을 규정하면서 우리는 그의 관점이 보여준 미미한 진화는 상세히 다루지 않을 것이다. 단지 신화에 대한 최초의 논문(1955)에서 그가 언어학적 모델에 전적으로 경도되었다는 점을 지적할 것이다. 정보의 종합적인 수단으로써의 언어 자체는 신화를 위한 모델이 되고, 신화는 소쉬르의 두 카테고리(랑그와 파롤)와 동시에 상호관계를 맺으며, 원칙적으로 "번역되는" 언어 현상(그러나 높은 수준에서는 음소와 의미소가 아닌 문장)으로서 해석된다. 던데스와 웨인리흐 등이 구조 언어학의 방법을 지나치게 따랐다는 이유로 종종 레비스트로스를 비난한 것은 꼭 정당한 것만은 아니었다.

《신화적인 것들》의 제1권의 서문에서 신화의 모델은 언어에서 음악으로 바뀐다. 11) 여기서 레비스트로스는 신화가 언어와 음악 사이에서 존재함을 지적하지만 논의를 거듭하면서 신화는 "번역되지 않

---

11) C. Lévi-Strauss, *Mythologiques*, *I. Le cru et le cuit*, Paris, 1964. 해당 주제에 대한 이론적 소개를 담은 단장의 러시아어 번역은 다음의 논문집을 보라: *Семиотика и искусствометрия*, M., 1972, C. 25~49.

으며"(음악은 단지 발화의 메타포이다) 명백한 예술 구조의 이상적 모범인 음악에 가까움을 증명한다. 신화는 음악처럼 "시간을 파괴하기 위한 기계"이다. 신화는 청자의 심리적 시간을 조직하면서 비가역적이고 중단되지 않는 시간과 비연속적인 구조 사이의 이율배반을 극복한다. 그리고 양쪽 모두에서 "발신자"와 "수신자" 관계의 전복이 일어나며 청자 자신은 "기의"로 등장한다. 결과적으로 사람이 신화를 가지고 생각하는 것이 아니라 신화 자체가 "그 자체들 사이에서 사고된다". 레비스트로스는 신화를 음악의 방법으로써 분석했던 바그너를 인용하며 자신은 《신화적인 것들》의 제 1권에서 대위법에 따라 연구를 진행시킨다. 그 밖에 그는 장의 제목에서 "둥지 파괴자의 아리아", "좋은 태도의 소나타", "오감의 푸가", "주머니쥐의 칸타타" 등 음악 용어들을 사용한다.

언어로부터 음악으로의 방향 전환은 신화와 음악이 무의식적인 구조를 적절하게 반영한다는 레비스트로스의 생각과 부분적으로 관련된다. 여기서 신화의 정보적 측면이 초라해짐에 따라 레비스트로스에게는 받아들이기 힘든 형식주의의 환영이 나타난다. 동일한 내용이 다양한 코드들에 의해서 전달되고 코드들의 상호관계 자체에서 그리고 어떤 구조적인 수준에서 또 다른 수준으로의 '음악적' 이행이 강조되는 것이다. 전체적으로 《신화적인 것들》에는 신화에 대한 묘사가 매우 풍부하며 이런 묘사에는 이후 예술 자체의 특정 측면을 이해하는 데 효과적인 것이 될 수 있는, 신화를 예술과 근접시키는 특징들이 강조되었다.

레비스트로스에 따르면 신화는 통시적이면서(과거에 대한 역사적 서술로서), 동시에 공시적이다(현재, 심지어 미래에 대한 설명 도구로서). 그렇기 때문에 신화소는 이러한 통시적이고 공시적인 두 가지 척도를 연결한다. 그러한 연결로서 신화소들은 자신의 소임을 다하는 것이다. 플롯의 통합체적 확장에 일치하는 통시적 척도는 신화 읽기에 필수적이며 공시적 척도는 신화의 이해를 위해 필요한 것이다. 그래서 레비스트로스는 통합체적, 계열체적 양상 모두의 중요성을 분명히 이해했지만 주된 관심은 서사적인 "구문론"이 아니라 사고 자체의 구조에 있었다. 이때 레비스트로스는 아마도 사건의 언어를 수단으로 전체 모델을 기술함으로써 신화의 주요 특징에 다가갈 수 있으며 신화의 연합관계에도 심대한 영향을 끼친다는 것을 간과한 것 같다.

대신 그는 문제의 다른 측면을 잘 이해했다. 신화는 구조들의 재배치를 위한 재료로서 사건들을 이용하며 이미 구조에 근거하면서 대상-사건적인 세계를 구성한다는 것이다. 따라서 주로 계열체적 분석의 측면을 중심으로 개별적 모티프들을 검토하면서, 신화적 플롯의 완전성에 대한 관심을 강조한다. 통합체적 연결고리에 따라 분해되지 않는 어떤 공통의 의미를 지니는 이러한 완전한 구조는 무엇보다도 먼저 다양한 반복 덕택으로 드러나지만, 구조 자체는 논리적 대립들에 기초하여 유지된다. 대립 구조로부터 단순한 반복 (replication) 구조로의 이동이 진행될 때 "연속물적" 신화, 즉 "소설적 장르"의 배아가 발생한다.

레비스트로스는 희귀한 플롯의 내적인 논리적 동질성의 예(남아메리카 인디언 신화의 첫 일화에서 낚시 중에 여자 식인종은 어떤 물고기는 먹고 또 다른 어떤 것은 예비로 남겨두는데, 두 번째 일화에서 마찬가지로 그녀는 주인공 중 한 사람을 죽이고, 그의 형제의 목숨은 살려준다)와 개별 주제들의 신화적 사고에 의한 결합의 예(죽은 자와 별의 결혼, 재배 식물의 발생, 생명수와 인간 생명의 짧음의 기원)로써 신화의 전체적인 조직성을 입증한다. 주제들의 플롯-통합체의 연계 자체는 비록 이상하다 할지라도 본질적으로 순수하게 논리적인 연계들의 결과이다.

예를 들어, 레비스트로스는 그러한 합리적이고 내적인 연관을 오이디푸스 신화와 이와 유사한 북아메리카 인디언 신화의 플롯에서 나타나는 근친상간과 수수께끼 사이에서 발견한다. 분리될 운명에 있는 "요소들"(내밀한 친근성이 금지된 친척들, 풀리지 않는 수수께끼에 대한 올바른 답변 등)은 의사소통의 두 종류의 범위 내에서 가까워진다(결혼에서 여성의 교환과 대화에서 말의 교환). 이때 근친상간을 야기하는 제한의 위반과 풀리지 않는 수수께끼의 해결(물음 없는 답변)이라는 "오이디푸스" 신화소는 극단적 순결을 지향하는 소심성과 성주의 불행의 원인에 대한 당연한 질문의 부재(답변 없는 물음)라는 중세 기사소설의 "성배" 신화소에 대칭적이고 보충적인 관계에 있다. 이 예에서 레비스트로스가 플롯 구성의 논리로부터 광범위한 신화학적 체계로 얼마나 쉽게 이동했는지가 분명해진다.

레비스트로스의 신화 연구에서 가장 중요한 점은 아메리카 인디언들의 서사민속에서 신화적 사고의 독특한 메커니즘을 발굴하여 자신의 관점에서 그것이 충분히 논리적이고 심지어는 '과학적'임을 제시했다는 것이다. 레비스트로스의 원초적 사고 이론은 레비브륄의 학설 이후 가장 중요한 진일보이다. 레비스트로스는 레비브륄을 분명히 비판하면서도, 그가 원시 사고의 특성을 부정하지 않으면서 원시 사고의 운명적 가치와 인식력이 있음을 인식하기 때문에 그의 공헌을 인정한다. 심지어 카시러도 레비브륄의 연구에 근거한다. 레비스트로스에 따르면 원시적 논리는 그 자체로 구체성을 띠고 직접적인 느낌과 밀접하지만 동시에 일반화, 분류, 분석 작업도 행할 수 있다.

토테미즘은 자연 분류의 토대를 형성하는데 동물과 식물 종류 간의 자연적 차이는 문화의 사회적 세계를 분석하기 위해 이용된다. 구체적인 분류 도구들은 다양한 수준에서 복제되고 더욱 추상적인 것들(숫자로 표시되는 것들과 다른 것들)과 상호관계를 맺는다. 신화적 사고는 '수중에 있는' 제한된 수단을 사용하며 이 수단들은 재료, 도구, 기표와 기의의 역할을 한다. 이미 상징적 의미를 갖고 있어 특정 신화적 체계에서 쓰인 바 있는 요소들은 다시 신화적 사고로 통용될 수 있다. 이 경우 만화경처럼 독특한 재배치, 재배열이 이루어진다. 신화적 사고의 요소들은 사실상 구체적이며 대상들에 대한 직접적인 느낌, 감각적인 특성들과 연관된다. 그러나 그것들은 이미지들과 개념들 사이의 중재자가 되어 기호의 형태로 감각적인 것과 사변적인 것의 대조를 극복하고 재조직의 조종자로 나설 수 있다. 신화적 논리는 마치 우연인 것처럼, 우회로를 통하는 것처럼, 특별히 예정되지 않은 재료들의 도움으로 자신의 목적을 달성한다. 레비스트로스는 이 논리에서 독특한 지적 브리콜라주를[12] 본다.

신화적 사고는 원칙적으로 은유적이며 의미의 규명에는 무한한 변형이 따른다. 하지만 이것이 지적 이해를 방해하지는 않는다. 신화의 피할 수 없는 상징성에 대해, 상징들의 규명 자체가 신화에서 형상적인 특성을 지닌다는 것에 대해 레비스트로스 이전에는, 예를 들어 심리분석가들이 서술한 바 있다. 그러나 이들은 레비스트로스처럼 관계의 논리가 아니라 상징들의 본래의 조직적인 의미에서 출발했다. 그의 견해에 따르면 진화 과정에서 발생하는 변화는 동시적인 구조에 적응된다. 인디언들의 다양한 신화에 대한 빈틈없는 분석은 신화적 논리의 메커니즘을 나타낸다. 이때 무엇보다도 자체의 비연속성에서 높은/낮은, 따뜻한/차가운, 왼쪽/오른쪽 등과 같은 유형의 수많은 이원대립이 분리되는데 그것들의 근거 자료가 되는 것은 인간을 둘러싼 대상과 현상들의 감각적인 자질들이다(감각적 자질의 논

---

12) 다음을 보라: C. Lévi-Strauss, *La pensée sauvage*, London, 1962, p. 26.

리가 우주의 주관적인 지각과 객관적인 속성들을 미약하게 구분할 때).

이원대립의 발현은 레비스트로스 방법론의 가장 중요한 측면이다. 그의 방법론은 구조 언어학의 원칙으로 거슬러 올라가며, 프랑스 사회학의 고전주의자들(뒤르켐과 모스)과 종족의 사회적 조직의 이원론적 형식과 토템적 분류의 이원론에 대한 현장 민속지학자의 관찰에 의거한다. 레비스트로스는 이원대립이라는 용어를 통해 생물학적 차이를 이해하는 것이 자연으로부터 문화로의 이행에서 중요한 측면이라고 확신했다. 그의 이원적 논리에는 약간의 도식주의가 엿보이기도 한다. 즉, 현대의 현장 자료는 실제로 이러한 이원성이 그다지 빈번하고 명확하게 나타나지 않고 분해가 어려운 삼중 구성들과 경쟁하며 양극을 분리시키는 중간계들이 큰 역할을 한다는 것을 보여준다.

나로서는 레비스트로스가 서로 반대되는 신화적 힘의 대립가치들(**삶/죽음**, **나의/남의**, **선한/악한** 등의 유형)과 다양한 면에서 동일한 테마의 변형에 부응하는 단순한 이형(공간적인 것과 시간적인 것, 남성적인 것과 여성적인 것, 육상적인 것과 해상적인 것 등)을 충분히 구별하지 않았다는 점을 여기에 덧붙이고 싶다. 아마 이행적 유형이 가능할 것이며 동일한 대립이 때론 더욱 첨예하게, 때론 더욱 중립적으로 지각될 수도 있다.

그리고 마침내 레비스트로스는 원주민들의 실제 사고에 의해 작동하는 이원대립을 민족학자-분석가의 사고로 발생하는 대립과 항상 명확하게 구분하지는 않는다. 예를 들어, 문화영웅에 대한 신화와 그들이 가져오는 혜택에 관한 신화에서 원주민들은 제작 재료와 획득 방법 등에 대한 문화의 요소와 자연의 요소를 자주 혼동한다. 이러한 원주민들의 사고에 레비스트로스가 즐겨 취한 **자연**과 **문화**의 대립이 절대적으로 내재되었다고 보기는 어렵다(태양열은 부엌의 아궁이 불과 쉽게 동일시되며, 문화의 산물들은 준비된 상태로 발견되며, 자연적인 대상들은 대장장이나 도공들에 의해서 제작된다). 필경, **문화**와 **자연**의 구분은 오직 고대의 신화에서만 보인다. 고대신화는 구별하지 않음에서 구별로의 과정에 위치한다. 레비스트로스가 분석한 토템적 자연의 놀라운 아내들에 대한 신화에서 **인간적인 것**(문화)과 **동물적인 것**(자연)의 대립은 거의 적절하지 않으며, 여기서는 토테미즘의 용어로 표현된 정상적인 족외혼을 이야기한다.

  그러나 우리가 열거한 조건들이 사고와 그 학문적 유용성을 위해 필요한 이원대립이라는 원칙의 근간을 흔들 수는 없다. 지적된 바와 같이 이원대립은 무엇보다도 먼저 기초적으로 감각적 지각의 자료들을 체계화하고 개념화시킨다. 추상화 과정은 감각적 속성들의 유사성과 비양립성을 통하여 실현된다. 예를 들어, 레비스트로스는 "단명"(短命, 죽음) 발생신화의 테마가 남아메리카 인디언에게서는 다섯 가지 감각기관에 일치하는 대립들에 의해 표현된다는 점을 제시한다. 즉, 죽음은 주인공이 무엇인가를 보고, 듣고, 냄새 맡고, 감촉하고, 맛을 느끼라는 지시 혹은 반대로 보지 말고, 듣지 말라는 등의 금지를 위반하는 것 때문에 도래한다는 것이다.

  건조한 것과 습한 것의 대조는 남아메리카의 보로로 및 다른 종족들의 민속에서 중요한 역할을 하는 담배와 꿀의 신화를 위한 출발점이 되고 **부패한 것과 신선한 것, 날것과 익힌 것**의 차이에서 요리(불과 익힌 음식)의 기원에 대한 더욱 중요한 신화가 생겨난다. 다음 논리적 단계는 **텅 빈 것과 가득 찬 것, 포함하는 것과 포함되는 것** 등과 같은 형식 차이의 이원대립이다(은신처와 함정, 음식의 종류, 악기에 대한 신화들). 다양한 목적을 위해 동시에 사용되는 자연적 혹은 문화적 대상들(예를 들어, 호박 혹은 속이 빈 줄기는 함정, 악기, 꿀단지, 은신처가 될 수 있다)은 신화 개념의 발전에서 특별한 역할을 하며 차별적 특징들의 묶음이 된다. 개별 동물들의 실제적 혹은 신화적 속성은 지극히 복잡한 상징적 이미지들[예를 들어, 같은 남아메리카 인디언들에게서 고슴도치, 주머니쥐 혹은 맥(貘)]을 만들어내며 신화적 사고는 그 이미지들을 활용하여 논리적 기능을 행한다. 그것들의 구체적인 상징성은 차이가 있으며 그 상징성은 한 종족의 문화로부터 다른 종족의 문화로의 이행될 때 변한다. 그렇게 신화적 사고는 "명제"를 만들고 그 후에 "판단"을 만든다. 각 구성 요소들의 관계와 나란히 그 사고는 관계들의 관계를 파악한다(부엌의 아궁이 발생에 대한 신화로부터 주인공이 태양과 달과 함께 통나무쪽배를 타고 여행하며 공간적 이동이 가까운 것과 먼 것의 시공간적, 다층적 변동으로 이행하는 통나무쪽배 신화로).

레비스트로스는 신화에서 진보적 중개를 근본적인 모순을 해결하는 논리적 도구로 보았다. 따라서 중요한 것은 그 모순들의 실제적인 해결이 아니라, 레비스트로스가 기술한 신화학적인 브리콜라주의 정신에 완전히 부응하는 재치 있는 조작으로써 그 모순들을 극복한다는 셈이다. 중재의 메커니즘은 **삶**과 **죽음**의 기본적인 모순, 예를 들어 **식물계**와 **동물계**의 덜 첨예한 모순으로 바뀌고 이번에는 이러한 모순이 더욱 협소한 **초식 동물**과 **육식 동물**의 대립으로 바뀌는 것에 있다. 후자의 대립은 문화영웅으로서 짐승의 시체를 섭취하는 동물형태의 도입으로 제거된다(코요테는 주니족에게서, 까마귀는 북서 해안의 인디언에게서).

레비스트로스는 인디언 신화의 이와 같은 분석으로부터 암시를 얻어 그리스의 오이디푸스 플롯에 일정한 해석을 부여하게 된다. 그는 식물과 유사하게 땅에서 사는 인류의 토착적 연속성에 대한 이해와 죽음-탄생으로 순환하는 세대의 실질적 교체 사이의 모순을 근본적인 것으로 간주한다. 이 모순은 가족의 친밀성의 과잉(근친상간)와 과소(친척의 살해) 사이에서의 충돌로 표현된다.

보로로 인디언들의 일련의 원인신화에서 나타나는 유사한 경우로 가족관계에서의 제한 위반(바로 그런 근친상간과 근친상간을 한 죄인들에 대한 가혹한 처벌, 살인 등)은 대개 사회적 요소뿐만 아니라 우주적인 관련 요소들의 분리를 초래한다. 하지만 그 요소들은 중간적 구성 요소인 물(하늘과 땅 사이의 중개자), 장례와 장례식(산 자와 죽은 자 사이), 질병(삶과 죽음 사이)의 도입으로 재결합된다. 신화에서 기원이 해명되는 대상들은 중개자로 등장한다. 신화를 논리화시킬 뿐 아니라 기하학적이고 대수학적인 상징으로 치닫는 경향이 있는 레비스트로스는 중개과정의 모델을 거쳐 신화의 구조를 다음과 같은 공식으로 표현할 것을 제안한다.

$$f_x(a) : f_y(b) \simeq f_x(b) : f_{a-1}(y)$$

여기서 a항은 부정적인 기능 x항과 연결되고, b항은 x항과 긍정적 기능의 y항 간의 중개자이다. 독립변수와 기능이 위치를 바꾸고 a항이 부정의 상태에 있게 된 마지막 항의 대수학적인 상징성은 신화의 확산이 최초 상황의 무효와 새로운 획득으로 향하게 되는 나선형 발전의 특성을 지니고 있음을 보여준다. 또한 이 공식은 콘가스와 마란다의 저술《민속의 구조적 모델》에서 상세하게 분석되었다. [13] 캐나다의 민속학자인 마란다 부부는 이 공식이 다양한 민속 장르에 적용될 수 있지만 신화 자체에는 단지 제한적으로 이용될 수 있음을 보여주었다. 예를 들어, 중개자는 부재할 수 있거나 실패를 경험할 수 있다. 즉, 항의 '재편'이 일어나지 않는다.

---

13) E. Köngäs, and P. Maranda, *Structural Models in Folklore and Transformational Essays*, The Hague/Paris, 1971.

레비스트로스에 대한 대중적 설명과 동시에 보충으로서 우리는 이 공식을 통합적으로 예증할 수 있는 요술담의 예를 일목요연하게 들 수 있다. 최초의 부정적인 상황, 즉 적대자 (a)의 적대행위 (x)는 적대자 (a)를 향한 부정적 행위 (x)들로 마지막 항 (y)를 해롭지 않게 할 뿐만 아니라, 기적적인 포상, 공주와의 결혼 등의 형태로 부가적인 놀라운 가치를 획득할 능력이 있는 주인공-중개자 (b)의 행위에 의해서 극복된다.

《신화적인 것들》에서 연구의 전 범위에 걸친 신화학적 논리분석은 이번에는 슬그머니 광범위한 민속학적인 배경에서 검토되는 신화학적 의미론 분석으로 이동한다. 신화의 의미론적 구조는 비교적 측면(구조주의자들 가운데 레비스트로스의 유형학적 연구에서는 비교방법론이 두드러진다)에서 기술된다. 어떤 신화들은 다른 신화들이 변형된 결과로 해석되는 것이다. 레비스트로스는 폭풍의 기원을 설명하는 보로로족의 한 신화의 검토에서 시작하지만 이 신화의 다양한 요소들을 설명하기 위해 계속해서 연구를 확장하고 심화한다. 그는 차별되는 의미론적 특징들의 모음과 다양한 신화학적 체계들의 복잡한 대칭적, 위계적 관계들을 분리해내면서 수백 가지 다른 신화를 끌어온다.

보로로 신화의 주인공은 오이디푸스처럼 근친상간을 행하고 그다음 그에게 어려운 과제를 주고 죄를 지은 자신을 없애려는 자기 아버지를 죽인다. 특히 아버지는 주인공으로 하여금 앵무새 새끼를 가져오도록 절벽을 기어오르게 한 뒤 그가 독수리의 먹잇감이 되도록 하고 교묘히 내뺀다. 주인공은 기적에 의해 가까스로 구원된다. 레비스트로스는 이 신화를 나무 꼭대기에 인척(어머니의 남편이 아니라 누이의 남편)에 의해 남겨졌다가 후에 재규어에 의해서 구조된 "새 둥지 파괴자"에 대한 제(Ge)족(보로로의 친족) 신화가 변형된 것이라 확신한다. 인디언 여성과 결혼한 재규어, 즉 이론적으로 역시 "새 둥지 파괴자"인 누이의 남편은 자신의 사위를 소개하고 그를 통해 다른 사람들에게 익힌 음식의 제조법과 불을 알려준다.

양쪽 경우에서 결혼의 교환은 사회적 의사소통의 토대로 등장한다. 즉, 불의 주인이 나타나고(제족에게서는 재규어, 보로로족에게서는 독수리) 불에 대한 권력은 결국 주인공에게로 이전된다. 보로로 신화에서 후자의 모티프는 약간 은폐되지만 폭풍이 모든 아궁이의 불을 껐을 때 주인공은 아궁이로부터 불을 소유한다. 게다가 주인공의 이름은 "땔감용 나무의 재규어"를 의미한다. 아궁이 불을 끄는 폭풍과 비는 "반화"(反火, antifire)이다.

부엌 불의 원인론에 대한 제족 신화는 다른 축에서 야생 돼지와 그것들의 사냥의 기원에 대한 투피의 신화로 변형된다. 여기서 역시 친족들의 정상적인 상호관계가 위반된다. 사람들은 반신(半神)적 주인공들—자기 부인의 형제들—에게 음식(그들에겐 합법적인 공물이 되는)을 주는 것을 거부함으로써 야생 돼지로 변한다(담배를 태움으로써 생기는 연기에 의해). 그러나 담배의 기원에 대한 차코의 신화는 마치 "새 둥지 파괴자"로 되돌아간 듯하다. 아내는 남편으로 하여금 앵무새 새끼들을 가져오도록 나무를 기어오르게 하고 그것을 먹고 암재규어-식인으로 변한다. 그녀를 불태우고 암재규어의 무덤에서 담배가 자란다. 여기서 재규어에서 일어나는 성의 교체는 역할의 완전한 전환과 서로 관련된다.

그래서 부엌의 원인론과 관계를 맺는 신화는 폐쇄적 사슬을 구성한다. 그러한 일련의 변형의 폐쇄는 레비스트로스에게 구조적 분석을 정당화하는 중요한 기준이 된다. 기적적인 부부들에 대한 기아나(Guiana)의 신화는 훨씬 더 긴 그와 같은 사슬의 예이며 신화에서 신화로의 이행이 성 혹은 토템적 남편의 동물적 인성의 변화와 일치함을 보여준다.

"부엌"의 기원에 대한 원인신화의 다른 변형들은 담배의 신화와 대
칭적으로 전개되는 꿀의 신화에 이른다. 여기에는 또한 다양한 결합
의 사람들(친척과 친족들), 재규어, 앵무새 그리고 다양한 영양학적
대립이 있다(날것/익힌 것, 육식/채식 등). 재배식물의 발생(썩은 버
섯에서 신선한 식물성 음식에 이르기까지)에 대한 신화는 익힌 고기의
발생(날것에서 익힌 것으로 이전하는 것처럼 자연에서 문화로 이전하는)
에 대한 신화에 대칭적이다. 재배 식물에 대한 신화는 고기잡이용
독약(인디언들이 재배 식물과 같은 열에 속하는 것으로 분류하는), 새의
색깔의 기원, 무지개에 관한 신화들과 하나의 의미론적인 체계 내에
위치한다. 왜냐하면 크로머티즘(chromatism)은[14] 동물 종과 인간 종
족의 비연관성과 결합되고 비연관성은 독과 질병으로 인간과 동물을
"희박하게 함"으로써 발생하기 때문이다.

독특한 "생성 의미론"의 결실로서, 신화들 사이에서 복잡한 위계
적 관계를 창조하는 끝없는 변형의 결과로시 모는 새로운 신화적 체
계와 하부체계가 축적된다. 신화에서 신화로의 이행 시에 그것들의
공통적인 "외장"이 그렇게 드러나지만 정보 혹은 코드는 변한다. 다
른 이익으로 교환되는 아내의 "제공자들"과 "인수자들"의 친족들의
관계가 외장을 자주 구성한다(열거된 예에서 보이듯). 이때 사회적
행동의 유형은 사교성/비사교성 또한 절제/과도함이라는 더욱 추상적
인 대립으로 규정될 수 있다. 신화에서 정보의 변화는 무엇보다도
원인론적 주제의 변화이다. 즉, 하늘의 물(폭풍)의 기원에 관한 신
화는 불의 기원에 대한 제족의 신화의 변형으로 발생한 것이고 장식
의 기원에 대한 보로로의 신화는 야생돼지의 기원에 대한 투피족의

---

14) [역주] 식물의 녹색 부분의 변색.

신화가 변형된 것이다. 정보는 스스로의 문법과 어휘를 소유하는 다양한 코드에 의해 전달된다. 앞에서 이미 어떤 정보 전달의 특징적인 예가 열거되었는데 바로 인간의 단명의 원인론은 오감 기관에 일치하는 다섯 개의 코드에 의해서 전달된다.

앞서 언급된 남아메리카 인디언들의 농사에서 호박의 다기능성은 세 가지 코드의 이질동상(요리의 3요소, 음향의 3요소, 속이 빈 나무의 3요소)에 이른다. 또한 나무 종류의 견고성과 부패성 단계의 차이와 그 차이들에 의해 유발되는 소리들(신화적인 "부름")은 음식의 형태, 음식의 조건, 가사 활동의 형식, 계절, 저수지 형태 등과 이질동상인 것으로 나타난다. 동일한 내용이 음향적, 미각적, 후각적 코드 등에 의해 전달되는 것이다. 모든 종류의 질서 위반은 음향적으로도(소음), 사회학적으로도(근친상간, 너무 먼 사람과의 혹은 너무 가까운 사람과의 결혼), 천문학적으로도〔식(蝕)〕 코드화될 수 있다.

요리와 음향의 코드들은 많은 경우에서 얽힌다. 예를 들어, 소음이 있는 혹은 반대로 소음이 없는 식사는 재규어의 손님 혹은 태양의 손님에게는 독특한 체험이다. 부엌의 불은 사회질서와 우주의 균형을 연상시킨다. 동시에 어떠한 특별한 음식(꿀)의 과도한 사용은 결혼을 병적 상태에 이르게 할 수 있으며 통나무배에서 자리를 바꾸는 것 역시 같은 결과를 초래할 수 있다. 즉, 요리의 코드, 지리적 코드, 사회적 코드가 섞이게 되는 것이다. 다양한 코드들과 민속학적인 문맥을 고려한 그것들의 상호관계에 대한 연구는 《신화적인 것들》에서 가장 분명한 측면을 구성한다. 상이한 코드들의 위계는 아메리카 인디언들의 생활관습과 세계관의 모든 측면들을 하나의 매우 복잡한 신화학적 연결 고리로 묶어놓는다.

신화에 대한 변형적 분석은 신화들 간의 혹은 그것들의 개별 요소들 간의 상호관계의 어떠한 논리를 보여준다. 레비스트로스에 의하면 다양한 주제들의 변형은 조건과 결과, 수단과 목적, 사물과 언어, 개인과 이름, 기의와 기표, 이데올로기적인 것과 경험론적인 것, 분명한 것과 비밀스러운 것(숨겨진 것), 축자적 의미와 전이된 의미의 상호관계를 규명해준다.

정보 혹은 코드의 변화는 신화가 변형될 때(여기서는 신화적 사고의 모든 독특함이 언급된다) 대부분 형상-은유적 성격을 지니며 그래서 어떤 신화가 완전히 혹은 부분적으로 다른 신화의 '은유'가 되는 것이다.

레비스트로스는 친척 간, 친족 간, 상이한 성 간, 동물과 인간 간의 관계에서 나타나는 신화 속 갈등의 시초인 "제한 위반"에 수차례 집중했다. 이러한 제한 위반은 위반 자체에 파멸의 원인이 되는 비절제성, 욕망의 특성을 지닐 수 있다. 기아나 신화 여주인공의 꿀에 대한 식욕은 불법적인 관계에까지 이르는 다른 인물의 성적 '욕구'뿐만 아니라 은유적 욕망의 다양한 양식, 예를 들어 쇼시라는 사람의 남성들의 동맹의 비밀을 알아내려는 극단적 호기심이나 사위-부양자를 소유하려는 노인의 억제할 수 없는 열망 등에 대칭된다. 맥(여성들의 유혹자, 그러나 꿀과 같은 은유적인 음식의 유혹자와는 구별되는 문자 그대로의 유혹자)의 은유적인 '도덕적' 불결함은 어떤 그룹의 신화에서는 문자 그대로 '부엌의' 불결함과 일치한다. 남편에 대한 아내의 은유적인 밀착은 기아나 신화에서 문자 그대로 주인공에 대한 개구리의 밀착으로 변형된다.

레비스트로스는 꿀의 축일의 기원신화를 곧 꿀 자체의 기원신화에 대한 은유로 본다. 이런 예들은 매우 많다. 레비스트로스는 은유를 종종 제유와 대조한다. 예를 들어, 물고기를 먹고 사는 태양의 모티프는 카이만과 유사하며 제유에 대한 은유로서 물고기(태양이 먹는 음식의 일부)를 먹는 카이만의 모티프와 관련된다. 담배와 그것의 개별 형태들의 기원에 대한 신화들은 그러한 상호관계 속에 위치한다. 그러나 신화의 주제들은 레비스트로스에게서는 은유와 환유의 대립 차원에서 더 자주 비교된다[예를 들어, 쇼시는 은유적으로 거성군(巨星群)이다. 즉, 그 이름 자체가 "거성군"을 의미하고 반면에 이 성좌가 발생하는 원인이 되는 식인종은 환유적으로 거성군이 된다]. 그는 이 대립을 전도(轉倒)의 방법으로써 확산되는 변형의 연속에 있어 각별히 특징적인 것으로 여겼다.

레비스트로스의 신화구조유형학에 대한 짧은 기술을 마치면서, 레비스트로스가 아메리카 인디언들의 신화 연구에서 얻어진 결과와 방법들을 다른 분야나 다른 문화 단계로 광범위하게 확대시킬 의향은 없었음을 강조할 필요가 있다. 그가 신화적 장르와 소설적 장르를 대조시킨 것을 떠올려보자. 그는 이런 의미에서 많은 점에 있어서 현대 사회를 "신화적 의미의 특권화된 장"으로 여기는 프랑스 구조주의자 바르트와 반대된다.

보들레르의 소네트인 〈고양이〉에 대해서 로만 야콥슨과 함께 쓴 레비스트로스의 시론은 일종의 예외이다. 그는 아메리카 인디언 신화에 대한 자신의 기초적인 연구와 동일한 기법으로 이 소네트를 분석하며 보들레르에게서 명백한 신화창작적 유형의 이미지들을 밝혀낸다. 15)

《오늘날의 신화》에서16) 롤랑 바르트는 신화를 언어(말의 광범위한 의미에서) 그리고 정보와 밀접하게 연관시키며, 내용과는 관계없이 의미를 연구하는 기호학의 일부분으로 검토한다. 바르트에 따르면 신화는 일종의 "의미의 수단"이고 역사적 근거를 가지고 있지만

---

15) R. Jakobson, and C. Lévi-Strauss, 'Les chats' de Ch. Baudelaire, *L'homme*: *Revue Française d'anthropologie*, 2(1), pp. 5~21(러시아어 번역은 다음을 보라: Р. Якобсон, К. Леви-Стросс, 'Кошки' Шарля Бодлера, '*Структурализм*': '*за*' *и* '*против*', Сборник статей, М., 1975, С. 231~255).

16) R. Barthes, *Mythologies*, Paris, 1957(논문은 다음을 보라: "Le mythe d'aujourd'hui").

사물의 본성과는 전혀 관계없는 일종의 형식이다. 기표와 기의의 소쉬르적(그리고 레비스트로스적) 대립에서 바르트는 기의의 "공허함"과 이 두 요소를 결합하는 기호의 의미적 "충만함"을 주장한다.

바르트는 2차적 기호학적 체계로서 혹은 메타언어로서의 신화와 언어와의 상호관계를 명백히 하려 한다. 그에 따르면 언어에서 기호인 것은 신화에서 기표로 변한다. 의미로부터 형식으로 신화의 후퇴는 마치 이에 부합하는 듯하다. 사실 의미의 빈곤화는 그것의 완전한 파괴에 도달하지 못한다. 의미는 특성을 상실하면서 생명을 유지한다.

바르트에 따르면 신화는 의미와 형식 사이의 이러한 끝없는 "숨바꼭질 놀이"에 의해서 정해진다. 그는 신화는 사상과 개념에 의해 생생해지고 목소리를 얻게 되며 역사적으로 정확하고 의도적이고 상황에 의해 풍성해지는 어떤 것이라고 생각한다. 신화적인 사상은 마치 연상에 의해서 형성된 것처럼 혼란스럽다. 그것들의 근본적인 임무는 기능적이다. 즉, 어떤 것에 "점유되는" 것이다. 사상은 다수의 기의에 대응하는 기표보다 현저하게 빈약하다. 기표의 의미와 형식은 반드시 변한다. 사상의 반복은 신화의 의미를 해석할 가능성(신화의 의미는 신화 자체이다)을 부여한다. 언어와는 달리 신화적 의미는 자의적이지 않으며 부분적으로 유사성에 의해 동기화된다. 신화는 의미와 형식의 유사성을 유희한다. 게다가 형식 자체는 심지어 허황한 것(초현실주의)에도 어떠한 의미를 부여할 수 있다. 바르트가 생각하기에 역사는 형식에 유사성을 공급하고, 신화는 의미상 빈곤하지만 그만큼 새로운 의미(캐리커처, 혼성모방, 상징)를 부여할 수 있는 이미지들을 선택한다. 바르트는 신화가 (기호의 수준에서) 역사를 이데올로기로 전환시킨다고 생각한다. 그리하여 그는 정치신화 탄생 메커니즘의 설명 토대를 마련한다.

바르트는 신화가 직접적인 속임수도, 진실의 인정도 아니지만 사상을 중립화한 결과 역사를 자연으로 전환시킴으로써 그와 같은 딜레마를 비껴간다고 주장한다. 신화의 의도는 숨겨지지 않고 자연스럽게 되며 자연스러운 성격이 신화에 부여된다. 어떠한 변형도 없으며 독자는 기표와 기의의 상호관계가 완전히 정상적이라는 인상을 받는다. 바르트에 따르면 신화에서 의미가 형식으로 전환될 때 가치는 사실로 교체된다. 그는 이런 점에서 신화는 엄격한 논리적 언어와도, 시와도 구분된다고 생각한다. 시는 자연언어(신화와 같은)의 확대를 통한 거대 의미가 아닌 언어의 전(前)기호학적인 상태에 부응하는 최소 의미, 즉 단어가 아닌 사물 자체의 의미를 추구한다는 것이다. 시는 기호를 다시 의미로 변형시키려 한다. 시는 더욱 사실주의적이고 신화는 더욱 형식주의적인 것이다. 서론에서 언급된 바와 같이 바르트는 바로 동시대가 신화화를 위한 특권적 영역이라고 생각한다.

동시대의 신화화와 투쟁하기 위해 바르트는 제3의 기호학적 체계 형태의 인위적 신화를 만들 것을 제안한다. 그러한 인위적 신화(견본: 플로베르의 《부바르와 페퀴셰》에서의 신화적 언어)는 자연적인 발화가 아닌 신화 자체를 "약탈하며" 신화의 거짓 자연성을 드러낸다.

바르트는 레비스트로스 사상을 대중화하고 규명하는 일부터 시작하지만 이내 그로부터 벗어나 역사의 권리(긍정적인 것이 되는) 인정과 신화의 형식주의적인 해석(레비스트로스에 의해서 약간 언급되고 계속해서 극복되는)이라는 일견 서로 모순되어 보이는 두 과제를 동시에 지향한다. 결과적으로 바르트에게서 신화는 논리적으로 불명료하지만 지적으로 강력한(레비스트로스가 생각하는 것처럼) 최초의 형상적 사고의 무기에서 일정한 이데올로기에 "자연스런" 모습을 부여하는 정치적 선동 도구로 전환된다.

레비스트로스에게는 이미 중세로부터 새 시대로, 적절하게는 르네상스 시기의 소설 혹은 사교계의 예술로의 이행은 탈기호화와 탈신화화(세계의 상징화 대신 세계를 모방하고, 세계를 소유하는 것 등의 시도)의 과정이었다. 반대로, 바르트에게 동시대성은 신화적인 것이다. 이와 관련해서 바르트가 말하는, 고대신화와 유사성을 지니지만 그 유사성은 거리가 매우 멀고 많은 점에서 형식적인 정치적 신화를 바로 인위적(인위적 신화에서는 제3의 질서가 필요 없다) 신화라고 말할 수 있다. 역사의 권리 복원으로부터 시작한 바르트는 신화의 이러한 두 범주 사이의 거대하고 역사적인 차이를 간파하고 해명할 수 없었으며 결국에는 레비스트로스보다 훨씬 덜 역사적이 되었다.

앞서 언급한 바와 같이 레비스트로스는 신화를 주로 논리적 양상에서 검토하며 시간상으로 플롯의 확산을 반영하는 통합체적 양상은 충분히 고려하지 않은 채 신화의 의미론적인 계열체를 연구했다. 달리 말해 세계관으로서의 신화가 서사로서의 신화를 밀어내는 것이다. 이것은 레비스트로스가 구조보나 사선을 원칙적으로 선호하는 것과 같은 이치이다. 그러나 서사 구조도 존재한다. 서사 없는 신화는 없다. 레비스트로스는 이것을 인정했지만 실제로 이러한 "좌표의 축"을 무시했다.

처음에 이것은 구조주의적 방법 자체의 결함으로 보일 수 있다. 그러나 그러한 추측은 온당하지 않다. 그러한 결함은 신화학적 문학 연구가 의존하는 신화 이론 모두에서 발견된다. 한편, 소비에트의 민속학자인 프로프의 《민담 형태론》은 서사적 통합체(*syntagmatics*) 연구에 대한 매우 심도 있는 접근을 보여준다. 사실 프로프는 의식적으로 신화보다 민담에 주목했다. 민담의 경우 서사가 시적 정형들로 풍부하며 플롯이 우선적으로 강조되기 때문이다. 프로프는 당연히 구조주의의 선구자이며 그가 형식주의자라는 레비스트로스의 비난은 분명 정당하지 않다. [17]

미국 민속학에서 신화의 통합체 연구에 대한 접근 방법을 발견하려
는 몇몇 실험적인 시도(예를 들어, 암스트롱 또는 피셔의) 18) 이후 《북
아메리카 인디언 민담 형태론》에서, 19) 던데스는 프로프의 방법론을
북아메리카 인디언들의 신화와 민담에 직접적으로 적용시켰고 그것
을 레비스트로스의 방법론과 대조시켰다(던데스의 용어는 부분적으로
언어학자 파이크의 저술들까지 거슬러 올라간다). 이때 그는 인디언 신
화와 민담이 자체 구조상 서로 약간 구분된다는 올바른 가설에서 출
발한다. 비록 던데스 자신이 공시적 원칙을 엄격하게 지지하고 진화
론과는 거리가 멀었음에도 불구하고 프로프의 러시아 민담 분석과
던데스의 인디언 민담 분석을 표면적으로나마 대조해 본다면 이들의
비교역사적 대조의 합목적성을 발견할 수 있을 것이다. 앞서 언급된
바와 같이, 레비스트로스의 많은 부분을 계승하는 프랑스 구조주의
자 그레마스는 그러한 대조 가능성을 인정한다.

　"서사 문법"을 창조하려는 그레마스는 일련의 저작에서20) 레비스
트로스의 "계열체"와 프로프의 "통합체"를 종합하려 하며 부분적으

---

17) C. Lévi-Strauss, La structure et la forme: Reflexions sur un ouvrage de
　　Vladimir Propp, Cahiers de l'Institut de science économique appliquée, series
　　M, No. 7, Mars, 1960, pp. 3~36. 다음의 책에서 재출판되었다: International
　　Journal of Slavic Linguistics and Poetics, Ⅲ, Gravenhage, 1960, pp. 122~149
　　("L'analyse morphologique des conies russes").
18) B. P. Armstrong, Content Analysis in Folkloristics, Trends in Content Analysis,
　　Urbana, 1959, pp. 151~170; J. L. Fischer, A Ponapean Oedipus Tale,
　　Anthropologist Looks at Myth, compiled by Melville Jacobs, Austin/London,
　　1966, pp. 109~124; J. L. Fischer, Sequence and Structure in Folktales, Men
　　and Cultures, Philadelphia, 1960, pp. 442~446.
19) A. Dundes, The Morphology of North American Indian folktales, FFC,
　　81(195), 1964.
20) A. J. Greimas, La sémantique structurale, Paris, 1966; A. J. Greimas, Du
　　sens, Paris, 1970.

로는 이를 신화에 적용시킨다. 동시에 그는 자신의 연구에 현대의 논리학과 언어학에 일치하는 더욱 엄격한 형식을 부여하려 애쓴다. 그레마스는 러시아 민담을 위해 그리고 레비스트로스의 《신화적인 것들》 제1권에서 분석의 출발점이 되는 보로로 신화를 위해 새로운 종합적 해석을 제안한다.

그레마스는 프로프적 "기능들"(등장인물들의 일반화된 행동)을 31개에서 20개로 줄이고 그 후에 함축(어떤 것의 또 다른 것에 대한 추종의 의미에서)에 의해서뿐 아니라 플롯의 선형적 확산과 관계없는 어떠한 계열체적인 논리적 이접(disjunction)에 의해서도 관계되는 각각의 쌍을 제시한다. 그는 기능의 두 쌍을 긍정적이고 부정적인 의미의 상관관계를 통해서 결합시킨다. 민담과 신화의 초반부에 부정적인 요소들의 연속은 종말에는 긍정적인 것의 연속으로 전환되고 이러한 전환은 체험을 통해서 실현된다.

그레마스에 따르면 체험은 쌍을 소유하지 않는 기능-중개자이나. 그는 모든 기능들을 체험, 가담-분리 그리고 협정 기능, 즉 행위의 거부와 동의의 세 개의 범주로 나눈다. 민담 또는 신화의 기본적인 주제적 골격은 시작 부분과 마지막 부분에 상응하는 관계를 지니는 부정적 연속과 긍정적 연속으로 나뉜다. 그레마스는 각각의 기능을 진실과 허위라는 두 개의 서사적 방식으로 제시한다. 그레마스가 최초로 제안한 등장인물들의 구조적 모델은 수여자-수신자 그리고 주체-객체로 이루어진 체계를 구성한다. 또한 그는 서사 과정에서 역할들의 재분배에 관한 기존의 역학을 찾아내고 분석한다. 그것에 의해 다양한 코드로 이루어진 신화적 내용의 분절이 각각의 서사적인 통합체와 연결된다. 통시적(diachronic) 다수는 깊은 곳에서 작용하는 내용의 변형과 대조된다.

그레마스의 연구의 논리성은 흠잡을 데가 없고 어떤 요소들(예를 들어, 체험의 결정적인 역할, 역할 재분배의 역학)은 매우 성공적으로 연구되었다. 동시에 그레마스가 구체적인 민속 텍스트들로부터 연구를 분리한 결과, 프로프의 기능(논리적으로 이따금 다양한 종류의 기능들이 한데 묶인다)으로부터 새로운 체계를 구성할 때 그리고 요술담 플롯의 구체적인 프로프적 구조를 신화로 옮겨놓을 때 종종 억지스러운 면이 있다. 사실상 신화에는 체험의 위계가 없고 민담에는 "소외의 변증법"과 "협정의 복구"가 없다. 그레마스의 저술들은 기호학자이자 이론가에게서나 볼 수 있는 도식주의가 눈에 띈다. 문제의 올바른 제기와 탐구 방법의 올바른 방향을 고려하면 전체적으로 그의 성과를 인정해야 한다.

이미 이 책의 연구가 완전히 종결된 이후에 그레마스의 계승자인 쿠르테가 저술한 새 책을 접할 수 있었다. 쿠르테의 저술은 레비스트로스의 《신화적인 것들》의 개요에 대한 기호학적인 독해 시도이다. 쿠르테는 계열체의 수적 우세, 구조적 조직에 의해서뿐만 아니라 근본적으로 민족지학적인 '의미'에 의해서 규정되는 동족관계 코드들의 전면화, 어휘(민족지학적 현실)와 신화(대립 구조)의 현저한 혼합이 레비스트로스 이론의 완전한 형식화를 방해한다고 여긴다. 그는 의미론적 구조로부터 레비스트로스가 "가담"과 "분리"의 이중적 관계 형태로 언급한 구문론으로 이행하는 다리를 놓고 나서 레비스트로스의 체계를 서사화하기 위해서 그레마스의 서사 문법의 도움으로 레비스트로스의 방법론을 보충할 것을 제안한다. 이를 위해 그는 코드들의 서술을 배경으로서만 보존할 필요가 있으며 대립자들 사이에 일종의 주제적인 역할을 할 독특한 인물인 제3의 구성원(중개자, "분리자", "유혹자")을 포함시킬 필요가 있다고 생각한다. 이는 곧 레비스트로스에게 함축적으로 존재하는 통시적 차원을 이용하는 것이다. 그 경우 "판단"이 아닌 아래와 같은 유형, 즉 "제

148

안"(대립자들 사이의 관계, 즉 전횡적인 의미론적 요소들 사이의 관계를 표현하는 제안) 형태의 상징적 논리 요소들의 엄격한 적용을 위한 방법이 발견된다.

$$(x_1 \cup x_2) \cap (x_3 \cap x_4) \text{ 또는 } (x_1 \cup x_2) :: (y_1 \cup y_2)$$

이미 언급된 오스트레일리아의 민족지학자 스태너는 《오스트레일리아 원주민의 종교에 관하여》에서 신화의 통합체적 분석과 계열체적 분석을 종합하는 흥미로운 경험을 보여준다. 스태너의 경험은 그가 레비스트로스에게 비판적이며 프로프의 저술들은 분명하게 알지 못하면서도 구조주의적인 민족학의 독특한 동반자가 된다는 점에서 특히 흥미롭다. 동시에 그의 분석은 오스트레일리아 토착인(무린바트 종족 그룹)에 대한 현장 연구에 근거하여 구성되었기 때문에 사실을 구성하는 재료 자체에 대해서는 신뢰할 가치가 있다. 스태너는 무린바트의 신화적 서사 난편들과 종교적 상징들 간의 그리고 서사의 '언어'와 제의적 무언극 간의 상관관계를 매우 납득할 만하게 보여주는 데 성공했다. 스태너는 유전적으로 관련되지 않은 신화와 제의의 구조적인 단일성을 제시했다.

이론보다는 현장 연구에 더 충실한 실천적 민족지학자 중 도곤족 신화 연구를 위해 많은 일을 한 유명한 프랑스의 아프리카학자인 그리올과 그의 제자들 역시 어느 정도 구조주의에 가깝다.[21] 그리올의 연구 중 신화적 상징과 도곤족의 조형적 표식을 비교한 것이나 일련의 종속된 코드 번역을 포함하여 우주론적 모델을 인간 해부학 용어로 구성한 것 등은 주목할 만하다. 그리올은 인간과 우주

---

21) M. Griaule, and G. Dieterlen, *Le renard pâle*, t.1 (Le mythe cosmogonique), Paris, 1965 (*Traveaux et Mémoires de l'institut d'ethnologie*, 72).

의 태초의 심리적인 단일성에서 출발한다. 그의 저술에서는 전체적
으로 심리학적 양상이 부각된다.

최근에는 성서 텍스트들의 의미론적 구조에 대한 연구도 이뤄진
다. 22) 신화와 직접적으로 관련되지 않은 서사 구조에 대한 몇 가지
저술도 상기할 가치가 있다. 그레마스처럼 프로프의 《민담 형태론》에
서 이탈한 프랑스의 구조주의자인 브레몽의 저술이23) 그 예이다.

신화의 통합체 분석을 위해 촘스키의 생성문법, 버츨러와 셀비,
마란다 백작의 이론 또한 컴퓨터 기술(마란다, 클레인, 큐제니) 등이
적용되었다. 24)

---

22) C. Chabrol, and L. Marin (Eds.), *Sémiotique narrative: Récits bibliques* (특
별호: *Langages*, 22), Paris, 1971; C. Chabrol, and L. Marin (Eds.), *Le
récit évangélique*, Paris, 1974.

23) C. Bremond, *Logique du récit*, Paris, 1973. 신화의 구조적 연구의 문제는 부분
적으로 다음의 책에서 다루었다: Tz. Todorov, *Introduction á la littérature
fantastique*, Paris, 1970. 신화의 구조적 연구의 몇몇 결과들은 다음의 책에서
종합되었다: S. Miceli, *Struttura e senso del mito*, Palermo, 1973.

24) P. Maranda, Computers in the Bush: Tools for the Automatic Analysis of
Myth, J. Helm (Ed.), *Essays on the Verbal and Visual Arts*, Washington,
1967, pp. 77~83; P. Maranda, Formal Analysis and Intercultural Studies,
Information sur les sciences sociales, 6, 1967, pp. 7~36; P. Maranda, Analyse
qualitative et quantitative de mythe sur ordinateur, *Calcul et formalisation dans
les sciences de l'homme*, Paris, 1968, pp. 79~86; P. Maranda, Informatique
et mythologie: Recherche et enseignement a partir d'une texte lau (Malaita,
les Salomon), *Informatique et sciences humaines*, Paris, 1969; P. Maranda,
Cendrillon, Theorie des graphes et des ensembles, *sémiotique, narrative et
textuelle*, par C. Chabrol (Ed.), Paris, 1973, pp. 122~136. 비교해 보라: I.
R. Buchler, and H. A. Selby, *A Formal Study of Myth* (University of Texas
Center for Intercultural Studies in Folklore and Oral History. Monograph
Series, No. 1), Austin, 1968; D. A. Eamer, and W. C. Reimer, *Computer
Techniques in Myth Analysis: An Application* (Centro Internationale di
Semiotica e di Linguistica, 31), Urbino, 1974. 1974년 미국민속학회 학술대회

신화학에서 구조주의 연구들을 간략하게 살펴본 결과 구조주의의 범주 내에 신화에 대한 다양한 접근법이 존재함을 알 수 있다. 그중에서 레비스트로스의 개념은 분명 많은 점에서 모순되고 논쟁적이지만 일정한 사상적 결실을 보여준다. 레비스트로스가 성취한 결과의 핵심은 신화의 인식적 의미와 실제적 의미를 동시에 수용함으로써 신화적 사고의 특성에 대해 보여준 심도 있는 이해라 할 수 있다.

여기는 구조주의에 대한 평가를 전체적으로 내리는 자리가 아니다. 지금 구조주의의 학문적이고 방법론적인 가능성의 경계를 규정하기는 매우 어렵다. 그럼에도 불구하고 신화를 학문적 대상으로 다룰 때(새로운 재료 모두를 전통적인 구조 속에 놓겠다는 그것의 원칙적인 집단성과 기호성과 경향으로 인해) 구조주의적 연구가 갖는 힘은, 이를테면 새로운 시대의 문학 이해에 역사적 상황과 개인의 역할이 갖게 될 위상보다 훨씬 더 큰 것이다.

발표문과 비교해 보라: L. Klein et al., Modelling Propp and Lévi-Strauss in a Meta-Symbolic Simulation System ("Computer Sciences Department. The University of Wisconsin"). 신화의 구조적 연구에 대한 몇몇 흥미로운 논문이 다음의 논문집들에 발표되었다: J. Pouillon, and P. Maranda (Eds.), Échanges et communication, Mélanges offerts á Claude Lévi-Strauss, 1~2, La Hague/Paris, 1970; P. Maranda, and E. Köngäs, Structural Analysis of Oral Tradition, Philadelphia, 1971; A. Parades, and R. Bauman (Eds.), Toward New Perspectives in Folklore, Austin/London, 1972.

제8장

문예학의 제의신화학파

문예학에서 제의신화학파는 문학에서 모더니즘이 무르익고 20세기 민족학 이론이 확장되면서 발생했다. 1950년대에 번영기에 이르면서[1] 제의신화학 비평은 훨씬 이전 시기인 1910년대와 1920년대에 시작되었던 민족학과 문학의 긴밀한 관계를 정착시켰다. 래글란, 하이만, 캠벨 등과 같은 저자들과 전통적인 신화학 연구와 문예학을 결합시키는 여타 다른 저자들의 저술들이 문예학의 "민족학화"를 보여주는 주요 결과들이다.

프레이저 그리고 고대문화 연구자로 이루어진 케임브리지 그룹의 제의주의로부터 이러한 민족학화가 시작되었다(서구에서는 잘 알려져지지 않았지만 베셀로프스키의 《역사시학》은 민족학과 문학이 긴밀하

---

1) 제의신화학적 경향의 대표자들의 많은 논문(그들의 "동조자"와 심지어 비판자까지도 포함하는) 가운데 어느 정도는 다음의 논문집에 모아졌다: *Myth and Symbol*, Lincoln, 1963. 그리고 특히 다음의 특별 선집에 모아졌다: J. B. Vickery (Ed.), *Myths and Literature: Contemporary Theory and Practice*, Lincoln, 1966. 또한 다음의 논문집과 비교해 보라: I. M. Kitagawa, and Ch. Long (Eds.), *Myth and Symbols: Studies in Honor of Mircea Eliade*, Chicago/London, 1969; D. I. Burrows, and F. R. Lapides (Eds.), *Myths and Motifs in Literature*, New York, 1973. 중요한 이론적 연구들은 1부 제8장의 각주 23번을 보라.

게 연관되었음에 주목하였으며 제의적인 민중의례적 놀이를 시의 요람이자 혼합적 뿌리로 본다). 제의신화학 비평의 리더인 노드롭 프라이는 프레이저의《황금가지》를 문예학의 지도서로 생각했으며 빅컬리는 사상뿐만 아니라 프레이저의 문체론적 방법이 현대문학의 방법을 선취함을 발견했다. [2]

케임브리지 연구자들과 밀접하게 협력했던 머레이는 1907년 출간한《그리스 서사시의 형성》에서 헬렌의 약탈을 스파르타와 사모스에서 약혼녀를 제의적으로 훔쳐가는 행위에 비교하고 아킬레스의 분노와 테르시테스의 이미지에서 제의적인 의미를 검토했다. 그는 테르시테스를 매년 공동체의 행복 보장을 위해 바위에서 버려지는 불구자 모양의 속죄양과 비교했다. 이후 50년 동안 영웅서사시가 제의적 근원에서 유래한다는 것을 밝히려 시도한 많은 저술이 나타났다. 제의적 뿌리에서 근거를 찾는 작업은 서사시 발생에 대한 새로운 신화학 이론이 19세기에 유통되었던 낡은 이론(태양 이론 등)과 구별되는 지점이었다.

같은 맥락에서 카펜터는[3] 〈오디세이〉 플롯의 토대에서 잠든 곰 숭배를 보았다. 미로는[4] 그리스의 영웅 숭배를 분석하면서, 아킬레스와 오디세이는 죽어가고 부활하는 신 혹은 그리스 선원들의 "성인들"이며 이러한 영웅들을 동반한 플롯은 항해 시작에 선행했던 달력상의 봄 의례들을 반영한다는 결론에 이르렀다. 오트란은[5] 서사시

---

2) N. Frye, *Anatomy of Criticism*, Princeton, 1957, p. 109; J. B. Vickery, The Golden Bough: Impact and Archetype, B. Slote, N. Frye, and Midwest Modern Language Association (Eds.), *Myth and Symbol*(이하, *MS*), Lincoln, 1963, pp. 174~196.

3) R. Carpenter, *Folk-tale, Fiction and Saga in the Homeric Epics*, Berkeley/Los Angeles, 1946.

4) E. Mireaux, *Les poémes homériques et l'histoire grecque*, t. 1-2, Paris, 1948.

이론에서 제의적인 신신화주의를 '샹송 드 제스트'(*chanson de geste*)의6) 문헌상 교권주의적 근원에 대한 베지에의 유명한 개념과 결합시키면서 전체적으로는 그리스 서사시(신권주의 그리고 신관 계층과의 관련성, 사원 의례와의 관련성이 있으며, 서사시는 의례의 구성 부분이고 서사시의 주인공은 신관인 왕이며 신인이다) 그리고 인도, 이란, 고대 바빌론 서사시에 숭배적 뿌리가 있음을 주장했다.

레비는 저서 《바위로 만든 칼》에서7) 〈일리아드〉와 〈마하브하라타〉의 역사적 근거를 허용하지만 〈오디세이〉, 〈라마야나〉, 〈길가메시〉 플롯의 기본 요소 및 이들의 공통적인 구성이 죽어가고 부활하는 신에 대한 숭배, 헌정 의례, 마술사 왕의 숭배에서 연유한다고 본다. 역시 서사시의 기원을 제의신화학 이론에서 보는 유명한 독일 학자 얀 드 브리스는 괴물-혼돈 세력과의 신년의 제의적 투쟁을 영웅서사적 행위의 원형으로 간주했다(1부 제3장의 각주 15번을 보라). 이 이론은 이미 언급한 바 있는 래글란 경에게서 더욱 강화되는데, 그는 자신의 책 《영웅》에서(1부 제3장의 각주 14번을 보라) 원칙적으로 모든 서사시의 플롯, 심지어 명백히 역사적인 플롯조차도 제의적 뿌리를 가진다고 본다. 이미 이전에 필포트는8) 직접 재구성한 웁살라의 성스러운 드라마에서 고대 스칸디나비아의 서사적 시가를 끌어내려 애썼다. 뒤메질과 스트렘 역시 스칸디나비아 신화서사시의 로키와 몇몇 다른 등장인물에 대한 제의적 설명을 제시했다. 9)

5) Ch. Autran, *Homère et les origines sacerdotales de l'épopée grecque*, Paris, 1943; Ch. Autran, *L'épopée indoue*, Paris, 1946.
6) [역주] 중세 프랑스의 서사시 또는 무훈시. 11세기의 〈롤랑의 노래〉가 대표적인 작품이다.
7) G. R. Levy, *The Sword from the Rock: An Investigation into Origins of Epic Literature*, London/New York, 1953.
8) B. Phillpotts, *The Elder Edda and Ancient Scandinavian Drama*, Oxford, 1920.

전반적으로 이러한 시도들은 특별히 생산적이지는 못하다(보두앵이 새로운 탄생의 음식의 원형에서 서사시 플롯의 기원을 찾은 것과 마찬가지로). 드라마, 심지어는 서정시와 비교해서도 서사시는 발생학적으로 숭배는 물론 최초의 의례적인 혼합주의와 관련성이 약하다. 서사적 고대 예술은 신화로 충만하지만(특히, 최초 조상들과 문화영웅들에 대한 신화로) 만일 "최초의 공적"의 기술에 있어 군사적 기여의 풍습의 반영 또한 결혼식과 그와 유사한 시도들의 반영을 고려하지 않는다면 그것의 의례적 기원은 논쟁의 여지가 다분하다.

물론 고대 농업문명의 서사적 기념물의 경우 비록 그 발생이 전혀 제의로 귀착되지 않는다 하더라도 거기에는 말할 것도 없이 역법상의 의례 영역에 관계되는 몇몇 제의적 모델(주된 주인공 대신 제의적 대리자의 죽음은 아마도 성스러운 결혼의 요소들이라는 등의)이 이용된다는 점을 인정해야 한다. 이런 점에서 머레이의 선구적 저술 외에 레비의 저서는 다소 과장된 부분이 있지만 매우 흥미롭다. 스칸디나비아 신화서사시가 숭배에 기원을 가진다는 주장은 전체적으로 신빙성이 적지만 독특한 토론 형태의 대화체 노래 〈에다〉는 제의적 토대를 지닌다고 할 수 있다. 시르돈과 로키의 신화적인 사기꾼 형상에서 제의적 양상을 완전히 배제해서는 안 된다. 우리는 서사시 발생의 제의적 이론에 대한 비평을 이미 시도한 바 있다. 10)

폴 생티브는 그의 저서 《페로의 민담과 그와 동일한 이야기들》에서11) 유럽 요술담의 몇 가지 플롯의 제의적 토대(성인식과 카니발)

---

9) G. Dumézil, *Loki*, Paris, 1948 ; F. Ström, *Loki : Ein mythologisches problem*, Götteborg, 1956.

10) Е. М. Мелетинский, Теории эпоса в современной зарубежной науке, *ВЛ*, No. 3, 1957, С. 94~112 ; Е. М. Мелетинский, *Происхождение героического эпоса : Ранние формы и архаические памятники*, М., 1963 ("Введение").

11) P. Saintyves, *Les contes de perrault et les récits paralleles*, Paris, 1923.

에 대한 흥미로운 가설을 언급했다. 생티브의 저술은 성인식 의례의 풍습이 요술담 구조의 공통적인 토대라고 말하는 프로프의 유명한 저서《민담의 역사적 기원》(1946)을 예견한 것이다. 생티브가 카니발의 예로 드는(〈당나귀 가죽〉, 〈신데렐라〉) 민담들에서 매우 확실한 결혼 모티프의 재현을 볼 수 있다. 생티브보다 3년 전인 1920년에 웨스턴은《제의에서 소설로》에서[12] 기사소설을 성인식 의례 관습과 대조함으로써 기사도 서사문학 발생을 제의적으로 해석하는 길을 열었다.

서사시 소설인《가웨인 경과 녹색의 기사》는 제의적 해석이 선호되는 작품이다. 스피르스는 이 서사시 소설에서 겨울의 의례적 축일(녹색의 기사는 연례적 죽음과 부활을 상징하는 식물계 신의 후계자이다)의 반영을 검토했고 짐머는 통과의례의 의식(새로운 탄생에 대한, 융 이론적 원형으로 동시에 해석되는)을 다루었다. 반면 더욱 신중한 무어만은 오직 소설의 배경을 제의신화학적인 모델과 비교하는 것으로 만족했다. [13]

원탁의 기사에 관한 소설의 민담적이고 신화적인 토대는 의심할 바 없고 제의적 모델은 원칙적으로 배제되지 않지만 이를 부각시키기 위해서는 더욱 섬세한 방법이 요구된다. 먼저 드라마와는 달리 장르 자체의 제의적 뿌리가 매우 의문스럽다. 무엇보다도 여기서는 기사소설에 요술담(특히, 통과의례 관습들과 관련된)의 제의적 모티프들이 민담을 통해 2차적으로 반영되었다거나 혹은 같은 유형으로

---

12) J. Weston, *From Ritual to Romance*, London, 1920.

13) J. Spears, Sir Gawain and the Green Knight, *Scrutiny*, 16, 1949, pp. 244~300; H. Zimmer, *The King and the Corpse*, New York, 1948; Ch. Moorman, Myth and Medieval Literature: Sir Gawain and the Green Knight, *Medieval Studies*, 18, 1956, pp. 158~172(논문집에 다시 출판됨: *ML*, Lincoln, 1966, pp. 171~186).

서 상류사회의 기사 제의의 고대적 원형이 소설에 반영되었다고 말할 수 있다.

고대 연극의 제의적 근원에 관한 연구에 있어 케임브리지 그룹의 작업이 지닌 의미는 반박의 여지가 없다. 1914년 머레이는 시론《햄릿과 오레스트》를[14] 발표했는데 이 글에서 그는 셰익스피어의 드라마와 그리스의 드라마를 제의적 원형(정화적 희생과 관련된 카타르시스)의 통일성의 측면에서 비교했다. 뒤이어 드라마, 특히 셰익스피어의 드라마는 웨이징거, 프라이, 와츠, 페르그송 및 기타 저자들의[15] 저술에서 제의신화적 접근법이 선호되는 대상이 되었다. 대부분 제 2차 세계대전 이후 수행된 작업은 많은 흥미로운 점들이 일치함을 보여준다. 연극은 실제로 제의적 뿌리를 지니며 르네상스 시대의 드라마에서는 민속적이고 신화적인 근원들과의 더욱 생생한 관계가 유지되었기 때문이다. 이러한 작업들은 셰익스피어 작품에 대한 상징적 분석을 제안한 셰익스피어 연구자이자 신비평의 유명한 대표자인 나이트의 영향이 어느 정도 반영되었다.

페르그송은 저서《극의 개념》에서 정화와 행복의 유지를 지향하는 국가적 제의의 틀에서 셰익스피어 연극을 분석했으며 셰익스피

---

14) G. Murray, *The Classical Tradition in Poetry*, Cambridge, Mass., 1927.
15) H. Weisinger, Myth and Ritual Approach to Shakespearean Tragedy, *ML*, Lincoln, 1966, pp. 149~160; H. Weisinger, An Examination of Myth and Ritual Approach to Shakespeare, *MM*, New York, 1960, pp. 132~140; F. Fergusson, *The Idea of a Theatre*, Princeton, 1949; H. H. Watts, Myth and Drama, *ML*, Lincoln, 1966, pp. 75~85; E. Lagardia, "Chastity, Regeneration and World Order in 'All's Well that Ends Wells", *MS*, Lincoln, 1963, pp. 119~132; N. Frye, *Natural Perspective*, New York, 1965; N. Frye, *Fools of time*, Toronto, 1967.《햄릿》에 대한 초기 연구에서의 비고츠키 사상과의 일치를 비교해 보라: Л. С. Выготский, *Психология искусства*, М., 1968, C. 339~496.

어만의 특성과 더불어 동일한 주제가 다른 비극들에서 달리 해석되는 지점을 부각시키고자 했다. 와츠는 몇몇 다른 연구자들과 마찬가지로 희극의 기원을 드라마에서 나타나는 신화의 순환적 사용과 연결시켰으며 비극의 발생은 그것의 선형적 이해와 연결시켰다. 시간의 불가역성과 선형적 관념에 따라 인간의 선택이 반복 불가능한 것임을 인정하게 되면서 비극성이 탄생된다. 부활은 있었지만 오시리스와는 달리 정기적으로 부활하지 않는 그리스도에 대한 신화가 비극적인 것과 마찬가지이다. 와츠는 단테가 자신의 위대한 서사시를 '희극'으로 부른 이유를 희극이 불변의 우주와 갖는 관계로 설명할 수 있다고 본다. 다소 직선적이지만 깊이 있는 와츠의 생각은 드라마와 종교의 유사성과 반(半)동일성 사상에 의해 설득력이 약화된다. 학문이나 철학과는 반대로 이들은 인간에게 삶의 의미에 대한 이해를 제안하기보다는 오히려 인간으로 하여금 존재를 지속시키고 견디도록 만들기 때문이다.

웨이킹기는 비극의 이데올로기와 구조가 제의신화적 모범과 일치하면서 자체의 창조적 성격에서는 그런 모범들과 구별된다고 가정한다. 신화와 제의와는 달리 비극에는 이미 모방의 행위, 그 행위의 객체와 주체의 통일성이 없고 주인공은 "대리자"처럼 미학적인 거리에서 고통받는다. 비극에는 창조, 성스러운 결혼과 행진, 신의 죽음(제의에는 이 모든 요소들이 전부 필수적으로 존재하는 것은 아니라는 점을 언급해두자)의 플롯이 없고, 선택의 자유와 개인의 도덕성으로 의심을 극복한다는 점이 강조된다. 심지어 주인공은 신의 질서에 도전한다. 승리를 눈앞에 보지만 그것을 달성하지는 못하면서 주인공은 정화를 실현한다.

아래에서는 연극과 셰익스피어에 대한 프라이의 관점이 상기될 것이다. 셰익스피어학의 제의신화학적 갈래를 구체적으로 개관할 수는 없다. 신화 자체가 반드시 제의적 성격을 지니지 않는 것을 봐도 알 수 있듯이 기본적인 문학 장르와 플롯의 공통 기원을 제의에서 찾는 것은 무리이다. 그렇지만 의례와 예술의 경계를 분명히 한다면 제의모델 연구는 특히 고대, 중세 및 르네상스 시대의 드라마에 매우 유용하다. 따라서 엄격히 차별화된 접근법이 필요하다. 신화적 기원은 드라마, 서정시 그리고 서사시의 고대 형식에서 일정 수준의 것을 찾아낼 수 있다.

프레이저의 제자들의 문화학(文化學)적 제의주의와는 달리 제의신화학 비평은 제의-민속-신화의 전통과 직접적으로 연관된 고대 기념물들의 분석에만 국한되지 않는다. 즉, 제의신화학 비평의 관점은 직접적인 제의신화학적 근원을 문제 삼는 수준을 넘어선다. 단테, 밀턴, 블레이크는 기독교 성서신화의 모티프와 형상을 작품에 직접 활용함으로써 제의신화학적 비평으로부터 크게 관심을 끌었다. 단테와 밀턴은 보트킨의 주된 이론적 작업의 중요한 주인공들이다. 프라이는 저서 《무서운 대칭》을 블레이크에게 헌정했다. 페르그송은 단테, 바그너 혹은 발레리와 같은 예술가들을 최초의 민속 장르 용어(말리노프스키에 따라)로 분석한 경험을 제안한다. 이때 그는 각자의 '신화성'의 특성을 구분하려 시도한다. 16)

로렌스, 조이스, 엘리엇, 예이츠, 토마스 만(그들 창작물은 문학비평에 직접적으로 영향을 끼쳤다)처럼 의식적 신화화를 행하는 20세기 작가 또는 신화창작적 본성이 덜 인식되거나 깊게 숨겨진 카프카와 포크

---

16) N. Frye, The Road of Excess, *MS*, Lincoln, 1963, pp. 3~20; N. Frye, *Fearfull Symmetry*, Princeton, 1947. 또한 다음과 비교해 보라: W. W. Jones, Immortality in Two of Milton's Elegies, *MS*, Lincoln, 1963, pp. 133~140; R. P. Adams, The Archetypal Patterns of Death and Rebirth in Milton's Lycidas, *ML*, Lincoln, 1966, pp. 187~191.

너와 같은 작가도 자연히 제의신화학적 비평의 관심을 끌었다. 예를 들어, 많은 저자가 이러한 관점에서 포크너의 유명한 단편 〈곰〉을 분석한다. 리젠베르그는 이 작품에서 자연신화, 통과의례 그리고 토테미즘을 발견하려 했으며 케런은 인도 신화와 의례 그리고 뱀과 잃어버린 천국의 기독교적 상징의 요소들을 엄격하게 구분해야 한다고 주장한다. 17) 멜빌의 유명한 《모비 딕》 또한 학자들이 봉헌제의, 풍요의 숭배와 샤머니즘의 등가물을 발견하면서 제의신화학 비평(체이스, 올슨, 어빙, 쿡)의 특별한 관심을 끌었다. 18)

제의신화학적 비평의 대표자들은 콘라드(로젠필드와 하이만은 제의적 용어로 그의 작품을 분석한다), 버지니아 울프(블로트너는 고대신화와의 유사성이 그녀 작품의 플롯에서 커다란 연관성을 발견할 수 있도록 해준다는 점을 증명하려 애쓴다), 마크 트웨인(콕스는 《허클베리 핀》에서 "성인식"을 발견한다), 토마스 하디(크롬프톤), 호손(머레이는 호손이 그리스 역법신화의 은유와 상징을 이용한 것을 분석한다), 크레인(하트 역시 그에게서 신화적 은유와 상징, 성인식의 신화소를 발견한다), 토로(스테인은 고대신화와 그의 관계를 규명한다), 키츠(해리슨에 의하면 그가 의인화한 상징들은 신화의 공통적 상징들과 매우 흡사하다), 테니슨(스탠지에 따르면 고대 연례신화에 의거하는), 아그리파 드 오비니에(노트네이글의 연구에서), 심지어는 스탕달, 발자크(트로이는 줄리앙 소렐과 루시앙 드 류밤프르에게서 희생양의 유형을 보며 듀랑은 《파름의 수도원》을 신화적으로 해석한다) 와 졸라(워커가 홍수와 지옥으로의 하강

---

17) J. Lydenberg, Nature Myth in Faulkner's the Bear, *ML*, Lincoln, 1966, pp. 257~264; A. C. Kern, Myth and Symbol in Criticism of Faulkner's 'The Bear', *MS*, Lincoln, 1963, pp. 152~161.

18) R. Chase, *Herman Melville*, New York, 1949; N. Arwin, *Herman Melville*, New York, 1950; Ch. Olsop, *Call Me Ishmael*, New York, 1957; R. L. Cook, Big Medicine in *Moby Dick*, *ML*, Lincoln, 1966, pp. 193~199.

의 신화적 상징과 《제르미날》에서 황금세기에 대한 예언을 발견하는) 등 모든 작가들에게서 신화, 특히 제의를 발견하려 애쓴다. 19)

신시대 문학과 더 최근 문학에서 제의신화학적 모델을 찾기 위해서 결국에는 잊힌 제의로 거슬러 올라가는 문학 전통에만 호소하는 것으로는 부족하다. 그렇기 때문에 단순히 프레이저식의 제의적 노선을 지속해서는 안 된다. 프레이저의 제의주의는 말리노프스키, 뒤르켐, 레비브륄, 카시러 및 최초의 문화에서 신화의 생생한 힘과 모든 것을 포괄하는 역할을 제시했던 기타 학자의 이론에 의해 뒷받침된 것이다. 예술적 상상력과 작가의 심리 속에 있는 영원히 생생한 신화적 토양에서 출발할 필요가 있었다. 문학 연구자들은 신

---

19) S. E. Hyman, The Critic as Narcissus, *Accent*, 8, 1948, pp. 187~191; K. Rosenfield. An Archetypal Analysis of Conrad's nostromo, *ML*, Lincoln, 1966, pp. 315~334; J. L. Blottner, Mythic Patterns into the Lighthouse, *ML*, Lincoln, 1966, pp. 243~255; I. M. Cox, Remarks on the Sad Initiation of *Huckleberry Finn*, *ML*, Lincoln, 1966, pp. 277~287; L. Crompton, The Sun Burnt God: Ritual and Tragic Myth in the Return of the Native, *ML*, Lincoln, 1966, pp. 289~297; P. B. Murray, Myth in the Blithedale Romance, *ML*, Lincoln, 1966, pp. 213~220; J. E. Hart, The Red Badge of Courage as Myth and Symbol, *ML*, Lincoln, 1966, pp. 221~227; W. B. Stein, Waiden; The Wisdom of the Centaur, *ML*, Lincoln, 1966, pp. 335~347; R. Harrison, Symbolism of the Cyclical Myth in Endymion, *ML*, Lincoln, 1966, pp. 229~242; G. R. Stange, Tennyson's Mythology: A Study of Demeter and Persephone, *ML*, Lincoln, 1966, pp. 357~367; J. T. Nothnagle, Myth in the Poetic Creation of Agrippa d'Aubigne, *MS*, Lincoln, 1963, pp. 61~70; W. Troy, Stendhal in Quest for Henri Beyle, *Selected Essays* (with Introduction by S. E. Hyman), New Brunswick, NJ, 1967, pp. 149~170; W. Troy, On Rereading Balzac: The Artist as Scapegoat, *Kenyon Review*, 3, 1940, pp. 171~189(다음과 비교해 보라: D. Durand, *Le decor mythique de la chartreuse de parme*, Paris, 1961); Ph. Walker, Prophetic Myths in Zola, *ML*, Lincoln, 1966, pp. 369~376.

화에 대한 그러한 접근을 정신분석, 특히 융의 원형 이론에서 찾았다. 그렇게 프레이저의 발생학적 제의주의와 융의 이론을 동반한 케임브리지 그룹을 종합하는 "학파"가 형성되었다.

우리가 아는 바와 같이 제의주의자들은 성인식과 그 밖에 다른 전이적 의례를 죽어가고 부활하는 신에 대한 농업적 숭배, 상징적 죽임(처음에는 실제인)과 마법사 왕(여기에서 제의적 대리자의 삼일천하와 희생양 모티프가 나왔다)의 부활로 달성되는 왕좌의 재생 제의 등과 결합함으로써 상당히 추상화된 구도를 만들었다. 일시적 죽음과 재생(새로운 탄생)의 이러한 모든 복합체는 이제 융의 새로운 탄생에 관한 원형으로 인류 전반의, 역사 외적인, 심리적인 의미를 획득했고, 이로써 마침내 '유물'로만 남지 않게 되었다. 그러나 융의 이론과 제의의 종합화 과정에서 제의에 대한 강조(신화에 대한 제의의 우위라는 의미에서)는 매우 약화되었고, 그 밖에도 융의 원칙을 따른다고 해서 반드시 그 학설의 모든 총체를 수용하게 되는 것도 아니있나. 일례로 프라이는 프레이저의 제의나 융의 원형도 이상화된 추상적인 것으로 이해한다.

우리는 신화화를 행하는 작가들의 예술적 실천이 제의신화학 비평의 발전을 위해 지니는 의미에 관해서 여러 번 언급했다. 마지막 장에서 살펴보겠지만 이러한 예술적 실천은 이미 정신분석, 특히 융과 결합된 제의주의에 의거한 것이었다. 제의신화학적인 문예학이 민족학의 범주 내에서 그러한 종합의 경험을 소유한 신화학자들과 접촉했다는 점은 놀랄 일이 아니다. 반 게네프의 '전이적 의례' 이론을 융의 방식으로 해석할 것을 제안했던 캠벨이 특히 그렇다(1부 제6장의 각주 23번을 보라).

앞에서 언급된 서사시의 신신화학적 해석에서 보두앵의 융식 개념이 순수 제의주의적 개념들과 경쟁했다면, 기사소설에 대한 짐머의 저서에서 두 개념은 서로 보충하는 관계이며 이는 제의신화학적 문예학 발전의 전형적인 흐름이다. 앞서 언급한 미국의 저명한 비평가인 트로이가 스탕달(1942)과 발자크(1940)에 대해 쓴 논문에는 고대 제의모델의 의도적인 직접적 이용이 아닌 종합적 원형으로서의 "희생양"에 대한 이야기가 나온다. 이 논문들에서 융의 용어는 직접 나타나지 않는다. 트로이는 스탕달이 가졌다고 보았던 "오이디푸스 콤플렉스"를 모두 포함해서 프로이트적인 어구들을 더 자주 사용했지만 다른 경우들에서는 융을 기꺼이 이용한다.

트로이는 스탕달과 발자크의 주인공들이 고대 사회에서 "희생양", 즉 일정한 희생물들이 죽음을 통해 사회를 지키거나 정화시켰던 것과 같은 그런 (동일한) 사회적 역할을 맡는다고 본다. 트로이가 생각한 바와 같이 줄리앙 소렐은 감수성과 악마성을 결합하는 이중인격이자, 사회적 괄시로 인해 고통받는 인격이다. 그는 마치 자신의 개인적인 상승과 타락의 역사를 동시대 문화의 반영으로 보고 이를 과시함으로써 "성스러운" 죄인을 자처하는 낭만적 이탈자와 같다. 줄리앙은 자신의 뛰어난 재능으로 스스로를 죽음으로 몰아넣고 전통적 도덕의 수호와 이기적인 자유의지에 대한 관심 또는 동기 사이의 균형을 파괴했다는 개인적, 사회적 죄과를 모두 짊어진다. 동굴에서의 그의 장례식에서 트로이는 신화적인 특성(오이디푸스, 이폴리투스와 비교해 보라)을 본다.

또한 트로이는 발자크의 인물 라파엘[《나귀 가죽》(The magic skin)]과 루시앙 드 륍 밤프르를 "속죄양"으로 보고 시인, 예술가야말로 감수성, 도덕적 혹은 종교적 가치에 대한 이해 그리고 비극적이며 고통받는 능력으로 말미암아 전형적인 희생자가 된다고 생각한다. 트로이는 루시앙이 존재의 죄를 스스로 짊어지는(종교와 사랑의 재탄생에 대한 발자크의 은폐적 설정과 일치하는) 사람이자, 진정으로 종교적인 의미의 희생양임을 강조한다. 트로이는 발자크가 전통적인 상징들에 호소하지 않고 과학적 세계관을 이용하여 역사적 재료로부터 자신의 '신화체계'를 만든다는 의미에서 《인간 희극》의 발자크와 《신곡》의 단테를 대조한다.

제의신화학적 문학비평에 힘입어 확대된 '신화'의 개념은 돈 주앙, 파우스트, 돈키호테, 햄릿, 로빈슨 등과 같이 우리가 이따금 "영원불변의 형상들"이라고 일컫는 광범위하고 순수한 문학적인 일반화로 범위를 넓혀갔다. 이런 의미에서 와트는 로빈슨 크루소의 신화적 특성을 언급하며 그를 신화의 문화적 주인공들과 순전히 비유적으로 비교한다.[20] 그러나 그러한 문학적 플롯과 유형에 신화 개념을 적용시키는 것을 극단적인 일반화로만 볼 수 없다. 그것들은 이후 문학을 위한 '예증'의 역할을 하고 동일한 예술적 유형을 예술적으로 해석하려는 시도가 계속해서 생겨남을 뜻한다. 따라서 신화 개념의 확산은 고대 전통을 그리고 진정한 신화의 관습적 이미지들을 새로운 복석으로 이용하는 것을 거부하거나 반대로 모든 전통을 신화적 전통에 등치시키는 양상으로 나타난다.

몇몇 동시대 문학 연구자들은 모든 종류의 '재장식', 즉 전통적인 신화와 이전에 다른 작가들이 창조한 문학 이미지들의 이용, 역사적 테마와 플롯의 이용(이 점에서 "신비평" 성립의 영향과 가장 최신의 예술적 실천의 반영이 이야기된다)을 완전히 동등하게 다룬다. 이 모든 것을 '신화주의'로 칭한다. 예컨대 위너는[21] 논문 "체호프 작품에 나타난 예술적 수단으로서의 신화"에서 《결투》, 〈공작부인〉, 《갈매기》의 기원을 나르시소스에 대한 신화에서 찾고 《귀여운 여인》은 아풀

---

20) I. Watt, *The Rise of the Novel*, Berkeley/Los Angeles, 1962, pp. 85~89.
21) T. G. Winner, Myth as a Device in the Works of Chekhov, *MS*, Lincoln, 1963.

레이우스의 〈아무르와 프시케〉, 〈검은 수도사〉는 파우스트, 《갈매기》에서 트레플료프는 햄릿, 〈들뜬 여자〉는 안나 카레니나에서 기원을 찾는다. 그리고 논문 제목이 명시하듯이 이 모든 "재장식"(우리는 그 자체로서 매우 논쟁적인 개인적 제안들의 비판에 몰입하지 않는다) 형태는 신화화로 고려된다. 화이트는 현대소설에 나타난 신화주의를 다룬 책에서[22] 작가들이 오르페우스, 오이디푸스, 오디세이, 오레스테스, 아이네아스, 카인과 아벨 등의 원작 신화뿐만 아니라, 돈 주앙(브로피), 파우스트(만, 불가코프, 허시), 오셀로와 로미오(헉슬리), 맥베스 부인(레스코프), 파올로와 프란체스카(노삭), 리어 왕(투르게네프) 등의 이미지들을 공공연히 혹은 은밀하게 활용하는 것을 모두 "재장식"으로 일컫는다. 위너가 《햄릿》과 연관 짓는 체호프의 《갈매기》의 트레플료프 역시 이 범주에 들어간다. 화이트는 1968년에 출간된 헤리스의 작품 《트레플료프》를 언급한다.

우리가 대략적으로 살펴본 문학비평적 실천은 예술적 실천뿐 아니라 민족학적이고 심리학적인 토대를 지니는 일정한 문학 이론적 개념을 포함한다. 최소한 제의신화학적 문예학의 일부 대표자는 많은 점에서 신비평의 원칙에 근거한다. 이제 제의신화학적인 의미에 대한 기본적이고 이론적인 연구를 직접적으로 다루어보자.[23]

---

22) J. I. White, *Mythology in the Modern Novel: A Study of Prefigurative Techniques*, Princeton, 1971.

23) M. Bodkin, *Archetypal Patterns in Poetry: Psychological Studies of Imagination* (3rd ed. 1963), New York, 1934; R. Chase, *The Quest for Myth*, La Baton Rouge, 1949; P. Wheelwrhite, *The Burning Fountain: A Study in the Language and Symbolism*, Bloomington, 1954. 그의 다른 책과 비교해 보라: P. Wheelwrhite, The Semantic Approach to Myth, *JAF*, 58, 1955, pp. 473~481. 특히, 다음과 비교해 보라: N. Frye, *The Anatomy of Criticism*, Princeton, 1957. 그의 다른 책과 비교해 보라: N. Frye, The Archetypes of Literature, *ML*, Lincoln, 1966, pp. 87~97; N. Frye, New Direction from

새로운 흐름을 제시했다는 점에서 여전히 선구적인 보트킨의 저서
인 《시에서의 원형적 모범들》(1934)은 기본적으로 칼 구스타프 융의
원형에 대한 강한 심리적 편향을 보인다. 동시에 이 저서는 1950년대
"학파"의 저술들보다 훨씬 더 냉철하고 신중했다. 보트킨은 무엇보다
도 문학 장르와 이미지들의 감성적이고 심리적인 모델 및 심리적 은
유에 관심을 둔다. 보트킨에 의하면 심리적 은유성은 이미 알려진
변함없는 것을 추구한다. 예컨대 보트킨은 콜리지의 〈늙은 선원의
노래〉(그녀는 비록 상대적으로 작다고 하더라도 기존의 관심을 그것들의
신화학적인 해석에 기울인다)에서 접할 수 있는 폭풍, 달, 밤과 밤의
여행, 바다, 하늘, 붉은 색, 새를 죽이는 행위 등을 다른 시인(베르하
렌, 스윈번)들의 작품과 종교 텍스트에서의 유사한 이미지들과 비교
하면서 항구성을 확인하려 애쓴다. 그래서 시는 감성적이지만 초인
적 삶의 결과를 전달하는 것 같다.

문학의 개개 등장인물의 삶이나 저자가 자신의 경험을 서정적으
로 표현한 개인적 삶은 공통의 리듬에 송속된다. 보트킨은 융의 원
형들, 특히 "새로운 탄생"의 원형의 관점에서 시적 상징들을 검토하
면서 그것의 시간적 형식(그녀는 콜리지의 〈늙은 선원의 노래〉를 그
예로 생각한다)과 지옥과 천국, 하계와 천상의 대조를 지니는 공간
적 형식의 차이를 분석한다. 삶의 경험의 반복적 단계와 지속적 요
소들은 천상의 형태, 즉 산, 정원 그리고 지상천국의 꽃피는 오두
막 혹은 반대로 어두운 동굴과 심연의 이미지로 상징화될 수 있다.

보트킨은 〈아이네이스〉에 나오는 유명한 황금가지에 주목한다.
프레이저는 〈아이네이스〉를 통해서 죽음으로부터 삶으로의 이행에

Old, *MM*, New York, 1960, pp. 118~131. 다음 책의 머리말과 비교해 보라:
J. B. Vickery, *Myth and Literature*, Lincoln, 1966, pp. 1~2. 또한 1부 제 8장
의 각주 1번을 보라.

대한 상징(성인식 의례들과 그에 상응하는 신화들을 연상시키는), 모든 살아있는 것의 탄생, 예속과 죽음의 극복에 대한 상징 이론을 정립한 바 있다. 동일한 감성적 상징들의 표현이 보여주는 공간적 형식과 시간적 형식의 차이와 더불어 보트킨은 감성적 경험의 직접적인 표현을 담은 "낭만적 서사시"(여전히 동일한 예는 〈늙은 선원의 노래〉이다)와 감성적 경험을 사회 구조(그녀는 고전적 서사시의 모범으로서, 아마도 반박을 불러일으킬 수 있는 밀턴의 《실낙원》을 제안한다)의 틀에서 표현하는 "고전적" 서사시의 차이도 분석한다.

그 밖에 그녀는 다양한 작가(베르길리우스, 단테, 밀턴 등)의 작품에서 종교적 믿음의 성격에 따라 동일한 상징들을 규명하는 데 독창성을 보여준다. 보트킨은 사랑의 열정이 취하는 다양한 형식들을 융의 "투사"로 보아 여성성을(베아트리체와 프란체스카는 사랑의 천상과 지상 단계를 상징하며, 디도는 삶의 사회적 질서에 구속된 분노하는 열정을, 그레트헨은 완전무결한 사랑 등을 상징한다) 자유로이 체계화한다. 신, 악마, 영웅의 형상에 대한 그녀의 분석은 더욱 흥미롭다. 그녀는 영웅을 신과 악마 사이에서 갈등하는 원형적인 모습으로 검토한다. 그녀는 밀턴의 사탄에 나타나는 영웅의 근원을 그와 같은 차원에서 풀이한다.

보트킨은 악마의 원형을 우리의 최상의 가치를 위협하는 인격화된 힘으로 이해한다. 이러한 이해를 바탕으로 그는 "악마적인" 이아고를 오셀로의 "그림자"(융의 의미에서, 즉 정신의 무의식적인 측면으로서의)로 분석한다. 보트킨은 신화와 문학에서 신의 형상을 여러 변이형으로 제시한다. 통일성, 최고의 가치, 영원한 질서, 지성 등(즉, 융의 "자아의 원형" 혹은 프로이트의 "초자아"의 정신에 입각해서)의 상징으로서뿐 아니라, 고통을 겪고 부활하는 신의 아들(시간적 양상에서 신적인)로서 또한 폭군으로 — 인간은 운명에 대항하여 투쟁하는 존재로 그려지므로 — 제시하는 것이다. 보트킨은 콜리지의 〈늙은 선원의 노래〉와 로렌스와 엘리엇 같은 현대 작가들의 작품에서 새로운 탄생이라는 동일한 원형을 매우 흥미롭게 비교한다. 보트킨은 이 작가들이 신화적 모델, 그것도 매우 근대적인 형식의 모델을 의식적으로 지향하는 이유를 작품의 두드러진 역동성과 집요한 리듬(엘리엇에게서의) 등에도 불구하고 감정적 갈등을 드라마 고유의 방식으로 처리하지 않으려 하기 때문이라 본다.

《신화 탐구》(1949) 및 기타 저서들에서 리처드 체이스는 신화를 예술적이고 미학적인 현상으로서 해석하는 방법으로 신화와 문학을 접근시킨다. 철학, 신학, 종교에 신화를 대비시키면서 체이스는 신화를 마술과 연관시키고 현대문학을 포함한 문학 전반의 마술적 특성을 인정하려 한다. 체이스에 따르면 문학에서 신화주의와 마술적 특성은 심리적 지향 속에 그리고 감성, 미학적 적극성에 일치하는 '마나' 유형의 마술적 힘으로 현실을 가공하는 데서 발현된다. 오이디푸스가 소포클레스나 프로이트에게, 요셉이 토마스 만에게, 마담 소소스트리스가 엘리엇에게 그렇듯이 야만인에게 '마나'는 특별한 돌, 이상한 짐승, 주술사를 포함한다.

필립 휠라이트 역시 《불타는 분수》(1954)와 《신화에 대한 의미론적 접근》(1955)에서 제의신화학적 모델을 문학의 기초로 삼지만, 그는 시각적이고 미학적인 경험이 상징적 성격을 획득하면서 발달하게 되는 신화시학적 사유 방법 자체와 의미론적 측면에 가장 몰두한다. 휠라이트에 따르면 최초의 신화는 인간을 동물과 구별시키는 형상적이고 상징적 사고에 대해서만큼이나 언어의 성스럽고 표현적인 기능에 대해 밀접한 것이었다. 경험 요소들은 감성적 연관성으로부터 나오며 그 후 점진적으로 종족의 전통에 의해서 형식화된다. 최초 신화들의 상징적인 특성은 은유성과 인접했다. 휠라이트는 "디아포라"(*diaphora*)라는 용어를 선택하여 이에 상징적이고 원형적인 특성을 부여한다.

최초 신화를 규명하는 문제에서 휠라이트는 레비브륄, 융, 카시러, 랭거의 이론을 이어받되 막연히 확대되었던 신화 개념에 일정한 질서를 도입하고자 한다. 그는 "최초의" 신화에서 두 가지 다른 단계, 즉 은유적 본성의 유감없는 발현을 특징으로 하는 "낭만적" 단계(이 단계는 체이스의 신화 개념과 일치한다)와 원시적인 신화시학적 태도의 상실된 본능을 복구하려는 복잡한 문화의 결실인 "완성적" 단계를 구분한다. 그에 따르면 아이스킬로스와 핀다르의 작품 속의 신화 그리고 셰익스피어의 《폭풍우》와 피카소의 〈게르니카〉속의 신화가 둘을 포함한 세 번째 단계에 해당한다.

휠라이트에 의한 명료화 작업은 비록 문학 속의 신화의 기능화 메커니즘에 대한 개념이 변하지 않았다는 측면에서는 불충분하지만 그래도 유용한 것이다.

프라이의 저술들, 특히 《비평의 해부》(1957)는 주목을 요한다. 이것은 단지 제의신화학파 프로그램의 일환을 넘어서 '신비평' 시학의 범주(만일 이 범주를 충분히 광범위하게 이해한다면)에서 가장 빛나는 성과 중 하나이다.

프라이는 체이스와 달리 신화에 문학을 녹여 넣는 대담한 방식으로 문학과 신화를 근접시킨다. 그는 장르와 이미지들의 민족학적 모델과 원형의 탐구, 문학인류학의 정립을 호소했다. 그에 따르면 셰익스피어의 《햄릿》을 분석하기 위해 삭소 그람마티쿠스의 전설 그리고 신화를 끌어오는 방법은 셰익스피어로부터 멀어지는 것이 아니라 그에 대한 깊이 있는 이해를 도모하는 것이다. 마치 관객이 일정한 거리를 두고 화가의 그림을 보는 것처럼, 문학 연구자들은 동일한 셰익스피어를 일정한 거리에서 봄으로써 중요한 것을 명확히 관찰할 수 있다. 이때 중요한 것이란 바로 신화와 원형이다. 프라이는 프레이저와 융의 충실한 제자로서 신화학을 제의와 심리학에 접목시켰고 이를 예술작품 이해의 바탕으로 삼았다. 프라이에게 프레이저의 《황금가지》와 리비도의 상징에 대한 융의 저작은 어떤 의미에서는 문예학적인 저술들이며 그것도 문학 연구자들을 위한 최초의 저술들이다.

프라이는 신화와 제의의 절대적 통일을, 한편으로는 신화와 원형의 절대적 통일을 긍정한다. 그는 본질적으로 두 용어가 동일한 것을 지칭함을 알지만 서사에는 "신화"라는 용어를, 의미에 대해서는 "원형"이라는 용어 사용을 제안한다. 소통은 욕망이 규정하는 의식의 어떤 상태를 중심으로 서사를 구상하면서 시작된다. 프라이는 신화를 예언적이고 공현(公顯)적인 요소(프라이는 이 요소를 특히 중요시한다)와 제의에 원형적 의미를 전달하고 형성하는 중심적 힘으로 간주한다. 만일 드라마가 직접적으로 제의로부터 발전한다면 신화적 서사와 서정시는 자신의 모델로서 이러한 예언적이고 공현적인 요소들을 소유하며, 최종적으로 꿈을 소유한다는 것이다. 제의는 순수 서사로 향하며 행위의 시간적 연속성으로서 그것의 뿌리가 된다는 것이다. 예언적 본성과 상상을 자극하는 공현(신의 출현)과 관련해서는 신화가 모자라는 서사성을 부여해준다는 것이다.

문학에서도 자신의 의미를 완전히 보존하는, 중심이 되는 신화는 탐구의 영웅신화이다. 프라이는 시학적(더 광범위하게는, 예술적인) 리듬은 유기체를 자연의 리듬에 일치시키는 것을 통한 자연의 순환, 예를 들어 태양력과 밀접하게 관련되었다는 것에서 출발한다. 이러한 일치로부터 어느 정도 제의가 발전한다. 프라이는 이미지, 장르들의 일정한 신화, 원형들과의 상호관계 속에서 자연의 삶에서의 4단계를 언급한다.

1. 아침노을, 봄, 탄생, 즉 주인공의 탄생, 깨달음과 부활, 어둠, 겨울, 죽음의 창조와 멸망에 대한 신화들. 부가적인 등장인물들은 아버지와 어머니. 송가적이고 광시곡적인 시가와 로망스의 원형.
2. 중천, 여름, 결혼, 승리, 즉 찬양, 성스러운 결혼식, 천국 방문의 신화들. 등장인물들은 동행자와 약혼녀. 희극, 목가, 전원시, 소설의 원형.
3. 석양, 가을, 죽음. 타락, 죽어가는 신, 강제적인 죽음과 희생, 주인공의 고립의 신화들. 등장인물들은 배신자와 사이렌. 비극과 비가의 원형.
4. 어둠, 겨울, 절망. 어둠의 세력의 승리신화, 대홍수와 혼돈의 복귀, 주인공과 신들의 죽음. 등장인물들은 거인과 마녀. 풍자의 원형.

프라이는 희극을 봄의 신화로, 기사소설을 여름신화로, 비극을 가을신화로 칭하며, 아이러니(풍자)를 겨울신화로 부른다. 그는 예술이 그러한 이율배반과 안티테제의 해결, 내적 욕망과 외적 상황이 일치하는 세계의 실현을 과제로 한다고 말한다. 중심이 되는 신화(탐구의 신화)는 사회적 노력, 자유로운 인간 사회의 종착점에 대한 비전이다. 이때 문학 연구자의 역할은 예술가의 '비전'을 체계화하고 해석하는 것이다. 프라이는 문학에서 신화와 원형적 상징의 조직화를 세 유형으로 분류한다. 첫 번째 유형은 변형을 거치지 않은 신화이다. 이 신화 속의 신들과 악마들은 원하는 것과 원치 않는 것의 대립에 맞추어 두 개의 대조되는 세계와 은유로 나타난다. "문학의 원형들의 문법"으로서 성서와 고전적 신화의 상징주의를 사용하면서 프라이는(부분적으로 보트킨의 사상을 심화시키면서) "묵시록적" 형상성과 "악마적" 형상성을 대조시킨다(프라이는 형식에 있어 〈묵시록〉을 성서 전체의 진정한 요약으로 간주한다).

묵시록적 은유에서 동물계는 무엇보다도 백양(白羊), 수송아지로 나타나는데 이것으로부터 "수송아지", 신도단(信徒團), 목동과 같은 예수의 이미지들과 전원시의 이미지들을 향한 도정이 제시된다. 식물계는 정원과 공원, 포도덩굴과 생명의 나무, 장미로 나타나고 광물계는 사원, 도시, 돌로 나타난다. 묵시록적 상징주의에서 불은 인간 세계와 신의 세계를 연결하며 물은 에덴 등에서의 강처럼 생명의 물로서 나타난다. 그리스도의 개념은 신, 인간, 제물이 되는 수송아지, 생명의 나무, 사원과 동일시된다. 우의적 상징은 빵과 물을 그리스도의 몸과 피로 나타낸다. 이 상징은 통일된 교회나 국가의 몸, 몸으로서의 사원 또는 도시, "하나의 몸"인 부부 등의 복잡한 은유들을 낳고 이를 지탱한다. 예를 들어, 비기독교적인 상징에서 백양은 말과 일치될 수 있으며(인도), 장미는 연꽃과 일치될 수 있다(중국). 백성의 목동으로서 왕이라는 은유는 이집트 문학에 독자적으로 존재한다. 비둘기는 비너스 및 성스러운 영혼과 관련된다. 인간의 육체와 식물계의 동일시는 아카디아(이상향), 로빈 후드의 푸른 숲 등과 연관된다.

프라이는 악마적 상상이 묵시록적인 것에 완전히 대조된다고 본다. 여기서 하늘은 항상 "도달할 수 없는 것"이고 우의적 상징주의 대신 식인의 형상, 결혼에서 정신과 육체의 결합 대신 근친상간, 자웅동체, 동성애가 등장한다. 동물계는 괴물과 맹수(용, 호랑이, 늑대)로 나타나고 식물계는 무서운 숲으로, 광물계는 폐허, 황야로 나타난다. 물은 피 또는 무서운 바다에 근접하며 불은 지옥의 열, 사랑은 파괴적인 육체의 열정과 가깝다. 여기서는 직선의 길 대신 미궁이 있다. 우정과 질서, 전체적인 조화의 관계 대신 폭군과 희생의 충돌, 혼돈의 요소들이 등장한다.

프라이가 생각한 바와 같이 묵시록적이고 악마적인 형상성은 예술가의 희극적이고 비극적인(부분적으로 아이러니한) 시각과 어느 정도는 일치한다.

프라이에 따르면 신화와 원형적 상징 조직화의 첫 번째 유형에서 문학의 구조적 원칙들은 신화 속에서 분리된다. 즉, 순수한 은유적 동일시를 볼 수 있다. 그러나 두 가지 다른 유형(은유적인 것이 아니라 유추적인)이 존재한다. 즉, 은유적인 동일시 대신 비교, 유사, 잘 알려진 혼합, "배제"를 이용한 연상이 등장한다. 엄격한 은유가 아닌 그것에 일치하는 어떤 "분위기"가 재창조된다. 예를 들어, 신의 덕택으로 비옥하게 된 사막에 대한 신화 대신 용을 죽이고 늙은 왕의 딸을 구하는 영웅에 대한 이야기가 발생한다(신화에서 용과 늙은 왕은 구분되지 않는다. 만일 주인공이 사위가 아니라 왕의 아들이고 구조된 여인이 그의 어머니라면 신화는 오이디푸스 유형의 플롯으로 응축된다).

상상 조직화의 유추적 유형에서 신화는 자연을 닮는다. 낭만적 유형은 묵시록적 시각과 친연성을 보이고 그것의 이상은 유년기 및 순수성과 결합한다. 용감한 주인공과 아름다운 여주인공, 충직한 가축, 꽃이 피는 정원, 연못과 분수 등을 이 유형에서 볼 수 있다. 실제적인 유형은 "순수성의 유사"가 아니라, "경험과 이성의 유사"를 보이며 고차원적 모방과 저차원적 모방의 두 가지 양식으로 분리된다. 고차원적 양식에서 동물계는 강한 사자 혹은 독수리, 말 혹은 매로, 저차원적 양식(패러디로 이끄는)에서는 원숭이로 대표될 것이다. 정원은 첫 번째 양식의 경우 건축과 최대한 유사하고 두 번째 양식에서는 농업과 비슷할 것이다.

프라이는 서술된 다섯 개의 구조가 그 자체로는 정적이며 음악과의 유사성에서 본다면 해당 문학 작품이 쓰인 "열쇠들"과 비교될 수 있음을 강조한다. 유사한 영역을 벗어나지 않는 한에서 하나의 서사 구조는 다른 구조로 이행한다(은유적 동일함의 구조는 원칙적으로 변하지 않는다!). 자연에 적응하는 신화는 다양한 요소들(바로 그런 도시, 정원 등)을 최종적인 목적이 아닌 형성 혹은 창조(도시 건설, 정원 만들기 등)의 과정으로 나타낸다. 프라이는 정통적 제의 교리에 따라 상승과 하강, 노력과 휴식, 삶과 죽음의 순환적인 움직임 및 교체를 과정의 기초 형식으로 간주한다. 탄생에서 죽음으로의 이행은 죽음에서 탄생으로의 이행으로 보충된다(연속성의 원칙). 개인의 삶에서의 순환은 다른 자연의 순환(태양과 별, 빛-어둠, 동물, 식물, 물 등)을 동화시킨다. 그러나 프라이는 이러한 순환적 움직임이 묵시적이고 이상적 세계로 나아가는 변증법적 움직임(악마적 세계를 향한 움직임은 더욱 드물게 나타나며 그럼으로써 순환 자체에는 악마성이 있다)과 일정한 관계를 맺는다고 말한다. "낭만적인" 움직임과 "경험적인" 움직임은 "위로"와 "아래로"의 움직임으로 보충된다. "위로"의 움직임은 희극과 "아래로"의 움직임은 비극과 관련을 맺는다.

윌리엄 블레이크의 사상에 영감을 받은 프라이는 예술가의 창작 행위와 문학 연구자의 비평적 통찰에 심오한 원칙적 통일성이 있다고 주장한다. 그러나 프라이는 신화 이론과 직접적으로 일치하는 "원형비평"을 "역사주의비평"(양식 이론)과 더불어 문학 분석 단계[이미지의 의미에서는 "윤리적"(상징 이론)이고 "수사학적"(장르 이론)이지만 "해결의 열쇠가 되는" 단계] 중 하나로 생각한다. 역사적 분석에서 신화적 "양식"은 부분적으로 낭만적 양식(민담, 전설, 중세 소설), 고차원의 모방 양식(르네상스 문학, 비극, 서사시), 저차원의 모방 양식(희극, 18~19세기 사실주의), 마침내는 아이러니한 양식(특히, 20세기의)에 선행하는 최초 단계로 나타난다. 프라이는 사실주의로부터 나오는 아이러니는 최종적으로 다시 신화에 호소하며(20세기 문학에서의 신화창작에 대한 암시) 따라서 신화는 다섯 개의 양식으로 구성된 순환을 시작할 뿐만 아니라 마무리한다고 본다. "신화로부터 신화로"의 역사적 움직임은 문학 형식과 유형보다는 사회적 맥락을 바꾼다.

상징 이론에서 프라이는 네 개의 "단계", 즉 문학 작품이 제시되는 맥락을 언급한다. 축자적 단계와 서술적 단계(모티프로서의 상징, 즉 문학구조의 일부 그리고 객관적 세계와의 관계에 있어서의 기호로서의 상징. 프라이는 첫 번째 입장만을 미학적 근원과 연결시킨다), 형식적 단계(상징은 잠재적으로 고갈되지 않는 풍성한 의미를 지니며 현실을 반영하기보다는 오히려 그것에 "부가되는" 수학적인 상징들과 같은 이미지이다)가 신화적 단계에 선행한다. 가장 중요한 단계인 신화적 단계에서 상징은 소통이 쉬운 단위-원형으로서 등장한다. 소통의 적극성이라는 측면에서 문학 작품은 다른 작품들과 불가분의 관계에 있으며(원칙적인 "모방성"), 사실적 작품에서 신화적이고 제의적인 토대로만 감춰지는 불가피한 "조건성"을 드러낸다. 신화는 언어적 소통 형식을 띤 제의와 꿈의 결합이다. 프라이에 따르면 보편적인 "단자"로 상징들이 결합되는 것은(원형적 상징들은 자연 자체의 형식들이 된다) 유추적 단계를 형성한다. 앞서 보았듯이 프라이는 신화 이론으로부터 시의 탄생과 장르에 대한 이론도 이끌어낸다.

프라이의 발표문들은 어느 정도 강령적 성격을 지닌다. 그렇기 때문에 신화학적 문예학 선집의 편집자 존 빅컬리가 그의 공식에 매우 근접했다는 것은 놀랄 일이 아니다. 빅컬리는 신화학자-비평가를 모두 아우르는 지점을 규명하면서 신화가 문학의 재료이자 예술가의 영감의 원천이라는 것 그리고 신화시적 능력은 인간의 일정한 요구에 부응하는 사고과정의 일부임을 강조한다. 신화는 작가에게도, 비평가에게도 개념과 모범들을 가져다준다. 비평가는 문학 작품에서 가장 본질적인 측면들을 분리해내기 위해서 그것들을 이용한다. 빅컬리는 제의신화학적 비평이 신화의 개념을 완전히 합법적으로 확대하며 문예학적 분석에 "신화"와 "제의"라는 용어를 사용하는 것은 신화적 요소들이 문학의 표면과 "심층" 모두에 걸쳐있기 때문이라고 주장한다.

프라이의 제의신화학적 시학에 대한 이해와 평가는 많은 부분 이의 원천이 되는 20세기의 신화화 문학(프라이는 조이스와 카프카가 실제로 진정한 신화로 복귀한다고 생각한다), 제의주의적, 기능주의적, 상징적 신화 이론, 아리스토텔레스의 《시학》에 대한 새로운 해석, 영미 신비평의 문학적이고 미학적인 원칙 등을 어떻게 이해하고 평가하느냐에 달렸다. 이때 이 이론들에 대한 프라이의 진지한 재해석을 고려해야 한다.

프라이는 신화적 사고의 중요하고 절대적 속성으로서 순환주의를 신뢰하고(그런데 그러한 관점은 우리가 아는 바와 같이 강조의 약간의 위치 변화와 관련된다. 즉, 신화의 최초 시간의 "계열체성"은 제의에서 과거의 영원한 회귀의 결과로 해석된다), 따라서 창조신화가 아니라 역법신화를 최우선으로 제기하며 순환주의 속에서 과정의 기본 형식을 본다. 프라이는 자연적 리듬에 의지하는 고전 서사시의 순환성을 주장한다. 분석적이고 심리적인 개념들을 정당하게 평가하면서, 그는 예전에 주목했던 자연과 인간 삶의 순환의 동일성으로부터 인간 삶의 순환(전이적 의식 등)을 최초의 기반으로 엄밀히 분리해내고 이로써 "탐구의 신화"를 중심 신화로 부각시킨다. 그가 제의신화학적 모델에 호소하는 것은 시학 창작의 근원을 시학 계열을 벗어나 문화, 역사적 분야에서 발견하려는 일련의 노력일지도 모른다.

그러나 프레이저의 추종자인 제의주의자(해리슨, 머레이 등)들과 달리 프라이와 그의 동조자들은 제의와 신화에서 근원뿐 아니라 시의 내적인 본질, 시적 상상의 토대를 본다. 프라이는 드라마가 연대기가 아니라 논리의 차원에서 제의로 거슬러 올라가며 제의가 드라마 작품의 근원이 아닌 내용이기 때문에 프레이저의 "제의"와 민족지학의 상호관계는 본질적인 것이 아니라고 주장한다. 마찬가지로 우주론은 신화학의 한 갈래이며 단테나 밀턴에게서 보듯이 시의 구조적 원칙이다. 앞에서 언급한 바와 같이 이러한 발상의 전환은 융의 원형 이론으로 뒷받침된다. 프라이는 원형 개념을 폭넓게 쓰지만 집단적 무의식의 가설이 필수적인 것은 아니라고 보고 융의 체계를 철저히 이어받지는 않았다. 그래서 프라이는 프레이저와 융에 의해서 완성된 제의신화학적 구조모델들을 이용하지만 모델들을 신화시학적 사고의 바깥에서 물질적 기반의 기원을 찾는 가설에서 배제한다. 그러한 문제 제기는 부분적으로 신비평의 영향을 받은 프라이의 문학적이고 미학적인 관점을 반영한다.

프라이는 문학을 특성화된 언어(수학과 마찬가지로)로서, 즉 표현의 내적인 자기충족성을 지니며 외적 현실에 대한 반영이 아니라 외적 현실에 첨가되는(진실은 언어로 표현된 기호와 현상 간의 대응일 뿐이다) 정보의 일종으로 본다. 프라이는 시가 이미 그 자체로 행위와 사상에 대한 모방인 역사적, 내러티브적 글쓰기에 대한 가설적 모방이라는 점에서 현실의 2차적 모방이라고 본다. 그는 아리스토텔레스의 미메시스를 이런 방식으로 해석한다. 말의 구조는 사상에 대한 말의 모방이며 전형적인 사상은 이중 의미, 이미지 그리고 은유를 포함한다. 프라이의 생각에 따르면 이 모든 것은 '역사'보다는 '철학'에 가까운 어떠한 전형적인 행위이며 행위에 대한 2차적 모방이 되는 신화에 매우 근접하는 것이다.

프라이에 따르면 문학 작품을 위한 "모방"의 직접적 대상은 보다 초기의 다른 문학 작품들이며 그래서 원칙적으로 모든 문학은 모방적이고 조건적이다. 번역 또는 역설을 포함하는 의역, 패러디로부터 조건성과의 단절을 요구하는 '실험적인' 쓰기 유형의 숨겨진, 은

폐된 조건성에 이르기까지 단지 조건성의 정도의 차이가 있을 뿐이다. 프라이는 그 예로 테오크리투스의 엘레지가 아도니스 제의의 문학적 개작이며 링컨에 대한 "반(反) 원형주의자" 휘트먼의 엘레지는 내용이 아닌 형식면에서 역시 조건적인 것으로 인정되어야 한다고 본다. 이 모든 것에서 다시 제의신화학적 기원이 나오겠지만 프라이는 전통과 조건성을 인용함으로써 조건적, 유형적 장르 형식(결국 기원으로 따지자면 그리고 자체의 본질에 있어 중요한 것은 신화적인 형식)이 시적 개성의 개인적 특징과 사회역사적 제약성보다 우위에 있음을 주장하게 된다.

이와 관련해서 시인이자 신화와 문학 전통의 영향에 광범위하게 의지했던 '신비평'의 창시자 중 하나인 엘리엇의 관점을 상기해 보자. 엘리엇은 문학에 대한 문화역사적인 접근법과 전기중심주의에 격렬하게 반대했으며 문학예술 작품을 개인적 특성을 지니지 않는, 특히 이미지, 상징, 은유로써 표현되는 초개인적인 경험을 전달하는 대상으로 생각했다. 사회역사적 문맥과 시인의 개인적 고유성의 특징을 단호히 거부한 엘리엇과 신비평의 다른 지지자들은 전통으로 관심을 돌렸고 심지어 약간의 부르주아 전통을 옹호하기에 이른다(엘리엇은 신고전주의의 기치 아래서, 미국의 문학 연구자인 테이트, 랜섬 등은 문화의 조직적인 근원 탐구의 차원에서). 이때 작품의 기본적 특성들과 작가의 모습은 형상적 언어와 상징들로 분석되는데 이는 과거와 현재의 보편적 시적 본성을 밝히기 위한 것이라는 점에서 전통과의 합치를 보여준다. 전통에 대한 프라이의 신비평적 이해는 당연히 모티프, 은유, 상징들을 통해 "규명하는" 신화-제의-원형으로 거슬러 올라감을 의미한다.

같은 맥락에서 프라이는 문학비평이 고대 문학 작품들의 역사적 기능을 재구성하기보다는 현대 생활의 총체적인 문화적 형식에서 출발하여 새로운 맥락에서 갖게 될 생생한 기능을 복원해주길 요청한다. 따라서 프라이가 말하는 문학적 맥락의 "형식적 단계"란 시적 언어와 상징의 다의미성과 이중 의미를 시사하며 이는 리처드와 엠프슨에서 바르트에 이르기까지 신비평 미학의 토대를 이루는 것이었다. 이미 언급하였듯이 아리스토텔레스의 용어에 대한 새로운 해석 역시 신비평의 일정한 경향과 일치한다.

프라이는 문학에서 개인적인 것에 대한 공동체적 본성의 결정적 우위와 이러한 공동체적 본성이 문학의 특수성 자체를 표현한다는 것을 전제한다. 프라이는 신화가 문학에 의해서 외부로부터 차용되지 않은 문학의 원칙 자체(문학 구조의 단위는 상징)의 구조적 조직이자 다른 형식의 상상과 시를 결합함으로써 기원과 본질의 대조를 무화시킨다는 데 근거하여 시의 공동체적 본성의 핵으로 간주한다. 제의는 직접적으로 서사의 단위가 되고 원형(원칙적으로 "인간적" 의미를 지니는 자연적 상징으로서 이해되는)은 시적 의사소통의 단위가 된다.

신화의 원칙적이고 전체적인 은유성에서 출발하면서, 프라이는 문학에서의 신화에 디자인의 기능을 부여하며 문학에서 신화학의 역할을 회화에서 기하학의 역할과 비교한다. 프라이에 따르면 은유주의는 상징의 구성적 양상과 결부되고 기호성은 기술적 양상과 결부된다. 따라서 신화, 제의, 원형의 용어로 문학을 분석할 수 있는 것이다. 프라이는 신화와 사실적 이미지를 문학의 두 극단에 위치시켜 다음과 같이 의식적으로 대조한다. 즉, 전자야말로 문학의 특성을 표현하는 반면 후자는 문학적 '상징'의 기술적 측면을 빌려 애초의 그러한 특성을 외적으로 위장시키는 것이다. 프라이에 따르면 사실주의 문학("낮은 수준의" 모방 양식)에서 신화의 원형들은 사라지지 않고 단지 변형될 뿐이며 문학 분석이 그것들을 드러낼 수 있고 드러내야만 한다.

그 밖에 문학의 역사적 진화를 검토하면서(역사시학을 일종의 하급 진실로 전제하면서) 프라이는 문학 유형과 장르가 아닌 사회적 맥락 만이 변한다는 점을 강조한다. 그리고 마침내 프라이는 역사적으로 높은 수준의 "아이러니한" 양식은 양 극단 사이를 진동하던 양식들 이 불가피하게, 궁극적으로는 최초의 신화적 양식으로 회귀하는 것 이라 해석한다(그는 이때 19세기 사실주의를 대신해 등장했던 20세기 아이러니한 신화창작을 염두에 둔다). 이때 문학의 역사적 움직임은 신화에서 신화로 이어지는 순환적인 것이 된다. 역사주의는 순환주 의의 도움으로 극복된다(앞에서 언급된 것으로 볼 때 현대문학에서 신 화창작에 대한 분석의 중요성은 분명하다). 문학 장르, 상징 그리고 그 상징이 가진 예로부터 내려오는 제의신화적 본성에 기초한 은유 의 항구성은 저서 《비평의 해부》의 중요한 기조이다.

그렇기 때문에 성서와 고대의 고전신화들의 이미지 분석은 프라 이에게서는 지나치게 문학적인 것으로 느껴지고 뒤이어지는 문학 유형 분석은 지나치게 신화적인 것으로 느껴지는 것이다. 프라이는 자신의 방식에 따른 고대 희극의 기본 유형이 셰익스피어뿐만 아니 라 소설 혹은 20세기의 영화에서도 반복된다는 점과 "속죄양"의 원 형을 제의적 기원과는 상관없이 연극, 고대 서사시, 성서에서의 욥 의 이야기, 셰익스피어, 벤 존슨, 몰리에르(셰일록, 볼폰 또는 타르 튀프 등의 '추방')에서 그리고 하디의 테스의 형상, 추리소설, 채플 린의 영화, 카프카의 《심판》 등에서 비록 완전히 다양한 색채로나 마 발견할 수 있다는 점을 지적한다. 또한 "아이러니한 양식"은 특 히 이러한 원형에 경도된다는 점, 탄생의 비밀의 원형이 모세, 페 르세우스, 에우리피데스와 메난더의 연극과 필딩(톰 존스), 디킨스 의 소설(《올리버 트위스트》)에서 재현된다는 점, 페르세포네 유형 의 여성인물의 죽음-부활-귀환의 원형을 셰익스피어와 포 그리고 호손의 작품에서 발견할 수 있다는 점 등을 제시하려 한다.

프라이에 따르면 문학에서 사실주의적 원형 상징들은 일정한 거리를 두고 뚜렷이 나타난다. 예를 들어, 《안나 카레니나》에서 철도원의 죽음이 여주인공의 죽음의 전조가 되는 것 또는 톨스토이의 소설 《부활》과 졸라의 《제르미날》의 상징적 제목이 그것이다.

프라이와 제의신화학파의 이론에 대한 검토를 마무리하면서 우리는 사실주의 문학에 대한 과소평가, 숨겨진 반역사주의, 작가의 개성에 대한 무관심, 아리스토텔레스의 용어에 대한 자의적 해석, 문학 이론 개념에 대한 분석의 오류 같은 그의 일반미학적 관점이 지닌 일련의 수용될 수 없는 혹은 논쟁적 측면을 확인할 수 있다.

문학을 신화와 제의에 일방적으로 종속시키려는 경향도 발견된다. 프라이가 의지하는 제의주의와 분석심리학 자체도 충분히 믿을 만한 것이 못 되며 신뢰도 문제를 비껴가기 위해 그것들을 "은유적"으로 수용한다고 해도 그것들이 신화, 제의, 원형의 용어로 문학 작품을 빈틈없이 분석하기 위한 완전한 명분은 될 수 없다. 프라이의 반역사적인 단순주의(문학의 종류들을 신화의 유형으로 귀착시키는 것)와 자료 접근에서 그가 보여주는 무차별성에 대한 바이만의[24] 비난은 옳은 것이다. 다만 우리는 본원성의 실제 조건들과 신화학적 근원을 관련시킴으로써 문학에서 숭배적 근원을 보는 것이 현대시를 설명하는 데 상징적이고 심리학적인 설명들과 비교해서 더욱

---

24) R. Weimann, Northrop Frye und das Ende des New Criticism, *Sinn und Form*, Heft 3-4, Berlin, 1965, pp. 621~630; Р. Вайман, *Новая критика и развитие буржуазного литературоведения*: *История и критика новейших методов интерпретации*, М., 1965(독일어 원본은 1962년에 베를린에서 출판되었다). 비교해 보라: Б. Гиленсон, Заметки о новой критике, *Вопросы эстетики*, вып. 8. Кризис западноевропейского искусства и современная зарубежная эстетика, М., 1968.

효과적이라는 바이만의 주장에는 동의하기 어렵다. 제의주의는 드라마의 기원에 대해서는 많은 것을 설명해주지만 현대 시에 적용하게 되면 어떤 심리학적인 설명보다도 진실에서 멀어진다. 바이만은 시적 영감의 집단적이고 무의식적인 근원은 관심을 기울일 가치가 있다는 올바른 판단을 덧붙인다.

프라이의 연역주의에 대해서는 그가 동일한 신화들이 장르에 따라 상이한 방법으로 '예술'로 재편될 수 있다는 의미에서 신화와 문학 간의 경계를 간과한다는 점을 덧붙일 수 있다. 그러한 부주의에 그가 제안한 신화학적 동일과 유추적 구조의 대립이 동원되었다는 점은 특히 유감스럽다. 소비에트의 연구자인 프레이덴베르크는 자신의 저서에서 신화가 역사적 역동성 속에서 다양한 시적 플롯과 장르들로 변형되는 과정을 그 질적 양상과 더불어 잘 규명하였다 (다음 장을 보라).

앞에서 언급된 모든 것에도 불구하고 프라이의 학설 이면에는 부분적으로 ㄱ이 선행자들이 ㅗ에게 암시해준 어떤 본질적인 학문적 '진실'이 존재한다. 프라이는 문학예술의 기원에 있어서 제의신화적 복합체가 갖는 의미 그리고 문학을 위한 상징체계와 상징의 보고로서 신화가 갖는 의미를 평가했다. 이런 점에서 프라이는 부분적으로 보트킨의 작업을 계승하면서 성서와 기독교의 상징들을 문학적 전통을 위한 원형 '문법'으로서 탁월하게 분석했다. 은유화의 다양한 형식에 대한 개관은 《비평의 해부》에서 주목할 만한 부분이다. 프라이는 자연 세계를 향한 "은유적" 상상을 시적 상상력과 신화적 사고에 공통된 속성으로 보았다. 그의 이러한 관점은 점점 심화되었고 이후 절대화되었다.

프라이의 이론은 역사적 요소와 작가의 창작적 개성에 대한 과소평가로 인해 분명 한계를 드러냈지만 모방과 이용을 위한 고립된 모티프들의 총체로서가 아닌 비교적 확고한 장르의 형식으로서 전통의 의미를 꿰뚫어본다. 프라이는 문학 작품을 기성 공식의 결합으로 이해하길 거부했으나 반복되는 플롯, 장르, 문체들의 도식을 통하여 시적 사상의 보편적 본성과 그것의 기본적인 조직 형식이 어떻게 집중적으로 발현되는가에 주목한다.

우리는 셰익스피어의 《햄릿》의 진실이 삭소 그람마티쿠스의 전설에서 기원한다는 프라이의 견해에 동의할 수 없다. 왜냐하면 셰익스피어는 이 전설과 복수의 비극을 급진적으로 개작했으며 그러한 정신에서 이 플롯의 최초의 드라마적 이형이 생겨났기 때문이다. 또한 셰익스피어의 탁월한 개작은 시인과 사상가로서 그의 개인적인 특성과 엘리자베스 여왕 시기의 일부 사회역사적 조건들에 힘입은 것이다. 물론 반대편에서 생각해 볼 수도 있다. 즉, 셰익스피어의 《햄릿》은 전통적 플롯을 지니고 그것이 아무리 급진적으로 개작된 것이라 하더라도 이 작품은 "햄릿들"의 종류에 속하는 것이며, 더 넓게는 혈육 간의 복수에 관한 전설에 속한다. 후자의 광범위한 수준은 이 플롯 자체가 미학적 범주인 만큼 허구적이 아닌 실제적이고 미학적 기반을 지닌다. 게다가 이 모든 것은 비극의 장르와 관계된다. 만일 우리가 사고 실험을 통해서 셰익스피어의 《햄릿》으로부터 비극 전통과 중세의 플롯으로 거슬러 올라가는 모든 것을 삭제하고 셰익스피어가 '고안한' 것과 엘리자베스 시대의 영국을 직접적으로 '반영하는' 것만을 남겨둔다면 무슨 일이 일어날 것인가? 당연히 그러한 상상은 실현불가능하며 이론상으로도 합당하지 않다. 그러나 셰익스피어의 《햄릿》의 미학적 풍부함이 얼마나 커다란 정도로 전통적 장르와 플롯 속에 포함되는지 이 '빙산'의 물밑에 있는 집단적 부분이 얼마나 위대한지를 분명히 알 수 있다.

이왕 은유적 이미지들의 길로 이미 들어섰으니 이미지 하나를 더

184

동원해 보자. 문학사가 일종의 꽃나무라고 상상해 보자. 그러면 프라이의 방법론은 위에서 찍은 사진, 즉 그것의 지상의 토대를 향해서 나무를 투사하는 것이 된다. 다시 말해 상부 가지는 하부 가지 위에 올려있고 마침내는, 지하의 나무뿌리 위에 놓여있게 될 것이다. 그러한 투사를 토대로 나무의 발전 단계에 대해서 판단하기는 어렵겠지만 기본적인 구조는 분명하게 드러날 것이다.

프라이는 예리한 관찰력과 섬세한 예술적 취향의 소유자이기에 종종 자신의 도식적 성향을 거슬러 다양한 '원형'과 그 원형들이 다양한 장르와 스타일의 체계 내에서 겪는 운명을 제시해 보였다. 이상의 사실은 반복되는 전통적 상징, 은유, 플롯들의 도식을 잘 포착하고 여기에서 개인 창작의 중요한 원칙을 찾고자 하는 일군의 다른 신화학파 대표자들에게서도 해당된다. 사실주의적 현실반영을 지향하는 문학 작품에서 함축적인 신화적 구조의 문제를 도입한 프라이의 공은 인정해야 한다. 그러나 이 문제는 아직 다듬어지지 않은 탓에 실제의 적용은 어려워 완결된 것으로 볼 수 없다. 우리는 문학에서 신화적 유산을 연구하려는 시도와 관련해서 이 문제로 되돌아갈 것이다.

이 장에서는 제의신화학파를 중점적으로 다뤘으나 "신화와 문학"의 문제는 이 학파의 경계 너머에서도 다루어졌고 현재에도 다루어진다. 앞서 보았듯 레비스트로스는 보들레르의 소네트를 분석하면서 신화주의 요소에 대해 언급하였고 바이만은 1920~1930년대의 유명한 독일문학 연구자 군돌프가 시도한 괴테와 몇몇 다른 작가에 대한 연구를 은밀한 신화화 작업으로 간주한다.[25]

---

25) R. Weimann, Literaturwissenschaft und Mythologie, *Sinn und Form*, Heft 2, Berlin, 1967, p. 117. 〔제의신화학 비평의 대표자 J. 비커리에 의한 "파우스트" 분석과 비교해 보라: J. B. Vickery (Ed.), *Goethe's Faust*, Belmont,

다양한 시기의 일부 소비에트 학자는 각각 다른 측면과 입장에서 문학 발전에서 신화가 맡은 역할을 연구한 바 있다(로세프, 프랑크 카메네츠키, 프레이덴베르크, 바흐틴, 이바노프와 토포로프, 아베린체프 등). 제의신화학적 비평 및 업적이 불러들인 문제를 해결하기 위해 이 연구자들이 '신화와 문학'이라는 주제에 대해 어떤 입장을 취했는가를 고려할 필요가 있다.

Calif., 1962). 우리는 원본을 검토하지 않았지만 신화시학적 "지혜"의 분석에 대한 환상적 시도는 다음의 책에서 살펴보았다: R. Graves, *The White Goddess*: *Historical Grammar of Poetic Myth*, New York, 1966.

제9장

러시아와 소비에트의 신화창작 연구

20세기 러시아 신화시학의 기원으로는 서로 다른 경향의 두 저명 학자인 알렉산드르 포테브냐와 알렉산드르 베셀로프스키를 언급할 수 있다. 이들의 경우 방법론은 실증주의적 관점, 훔볼트의 학설 그리고 태양신화의 민속학(포테브냐의 경우), 영국의 인류학적 전통(베셀로프스키의 경우) 등을 표방했던 지난 세기에 기원을 두지만 생각은 20세기 과학적 사유의 흐름을 상당 부분 예견한다.

포테브냐는 언어학과 말의 의미론을 기반으로 신화 연구에 착수하였다.[1] 그는 신화적, 상징적으로 이해된 말은 모든 언어예술의 계열체라는 전제하에 언어, 민속, 문학을 하나로 결합한다. 포테브냐는 사고의 "신화적 기법들"에 관한 연구는 문학사의 영역에서 이루어져야 한다고 주장했다. 그의 이론은 말의 외적 음성 형식과 추

---

1) А. А. Потебня, *О мифическом значении некоторых обрядов и поверий*, *Чтение в императорском Обществе истории и древностей российских*, кн. 2~3, М., 1865; А. А. Потебня, *Из записок по теории словесности*, Харьков, 1905; А. А. Потебня, *О некоторых символах в славянской народной поэзии*, Харьков, 1914. 또한 다음 책을 보라: Б. Лезин, Из черновых заметок Потебни о мифе, *Вопросы теории и психологии творчества*, кн. 5, Харьков, 1914.

상적 의미에 대립하는 "말의 내적 형상적 형식"이라는 개념을 핵심으로 한다. 말의 내적 형식은 말의 의미의 감각적 표시이다. 포테브냐는 이미지와 의미의 불가분성이 신화의 독특한 특징을 결정한다고 말한다. 19세기의 모든 학문이 그랬던 것처럼 포테브냐에게 신화는 마치 학문적 사유처럼 의식적인 사고와 인식 행위이며 의식 이전에 말과 말의 이미지로 결합된 기호들의 총체를 통해서 어떤 대상을 설명하는 행위였다.[2] 그러나 포테브냐는 만일 우리 사고의 이전 내용들이 인식의 주관적 수단이 아니라 기원이고 이미지가 "객관적인 것"으로 인정되면서 완전히 의미로 넘어가게 되면 신화가 만들어진다고 생각했다. 많은 신화는 말의 외적 형식에 의해 그리고 특히 내적 형식에 의해 탄생된다.

포테브냐는 19세기 신화학파, 그중에서도 신화 형성에 있어 언어의 의미에 일찍이 주목했던 막스 뮐러와 많은 부분 다른 입장을 취한다. 포테브냐는 "언어는 신화의 근본적이고 원형적 도구"[3]라고 생각했다. 신화는 이미지(술어)나 관념, 의미(심리적 주어)의 총체로서 언어 밖에서는 사고할 수 없으며 따라서 문학과 시에 속하는 것이었다. 하지만 포테브냐는 뮐러나 아파나시예프와 달리 언어가 시학적으로 고차원의 개념들을 표현하면서 처음에는 의식적으로 은유화되고 이후 처음의 은유성이 망각되기 때문에 신화가 태어나게 되었다거나 신화의 근원이 말들의 초기 의미의 망각이라거나 일종의 "언어의 질병"이라고 생각하지는 않았다.

처음에 언어에서는 추상화된 것이 아니라 구체적이지만 동시에 무의식적으로 은유적인 의미들이 지배적이었으며 "은유성은 언어의 일상적 특징이며 우리는 언어를 은유에서 은유로만 번역할 수 있다"[4]

---

2) A. A. Потебня, *Из записок по теории словесности*, C. 401.

3) *Ibid.*, p. 589.

는 포테브냐의 지적은 매우 타당하다. 그는 이미지(형상)는 복잡하고 이해하기 어려운 것을 가깝고 명료하며 유일한 것으로 대체하며 형상적 상징들은 다의미적이라는 것을 간파하였다. 언어의 은유성과 신화의 은유적(상징적) 본성에 대한 이와 같은 깊은 이해는 심히 혁신적이었다. 포테브냐가 원시적 사유의 구체성과 신화의 상징주의에 수반되는 "묘사의 물질성"을 간파한 것은 매우 중요한 의미를 가진다. 그는 더욱이 원시인과 현대인의 사유 도구가 동일하다는 것과 현대 연구자가 "구름과 암소에 대해 고대 아리아인 정도의 지식을 가졌더라면 구름을 암소로 부를 수도 있었을 것"[5]이라 강조하며 민속 언어 텍스트를 분석하는 방법으로 원시적 사유가 지닌 일련의 특징을 밝혀냈다. 물론 이런 판단은 다소 거친 측면이 있지만 포테브냐의 그러한 입장이 그가 신화창작의 일부 특수한 메커니즘을 밝히는 데 지장이 되진 않았다는 것을 강조할 필요가 있다.

포테브냐는 수많은 예를 통해 다음과 같이 이야기한다. 유사성이나 대립성, 시간과 공간의 인접성에 따른 이미지의 결합, 부분과 전체의 관계, 모든 가능한 은유적, 환유적 유사성 등이 인과 관계나 동일성에 대한 관념을 낳을 수 있다. 사물의 특성들은 어떤 방식으로든 관련되거나 인접하고 접촉하는 모든 것들로 확장된다. 단어 자체에는 소리와 의미가 결합되었는데 여기서 말의 신화를 위한 다양한 결과가 나오게 된다. 신화적 언어는 본질과 속성을 구분하지 않고 본질적인 동일화나 "구름-소", "조개-바다", "말-까마귀", "심장-불" 등과 같은 유형의 비교에 기초한 통합을 지향한다. 말(단어)의 존재 자체가 그 내용의 진실성을 입증한다. 그에 따르면 말의 신화적 이해는 사물의 원형에 대한 관념을 촉진시킨다. 그는 언

---

4) *Ibid.*, p. 590.
5) *Ibid.*, p. 593.

어와 신화의 근본적인 상징주의나 이미지와 의미의 일정한 관계들이 유기적이고 합법적으로 그리고 필연적으로 시적 비유를 발생시킨다는 것을 훌륭히 증명하였다. 이때 이 비유는 전통적인 시학이 보았던 것처럼 시적 언어의 단순한 '장식'으로 간주될 수 없다.

언어와 신화에서 시적, 특히 민속적 형상성의 발생을 연구하기 위해 포테브냐처럼 많은 작업을 할 수 있었던 저자를 찾기란 어렵다. 비유는 이미지에서 의미로의 도약을 이루지만 처음부터 그 거리는 그다지 크지 않았다는 매우 섬세한 지적을 보여준다. 그는 언어와 신화의 태초의 "은유적" 본성과 예술적 비유의 구체적 형식들 사이의 경계를 긋는다. 이미지와 의미가 이질적인 바탕을 갖게 될때, 곧 "신화의 종말"이 찾아오고 순수한 은유로 넘어가게 된다는 것이다. 그는 카시러의 신화적 상징 분석과 프랑크 카메네츠키와 프레이덴베르크의 고대 문학에 대한 의미론적 연구의 몇몇 결과물을 수년 앞서 행한 셈이다.

학술원 회원 베셀로프스키는 포테브냐와는 전혀 다른 차원에서 신화에 접근한다. 그는 언어나 의미론, 말의 "내적 형식"이 아니라 민족학과 플롯, 외적 장르 형식 등에서 출발하였다. 그는 연구 여정의 마지막까지 작업한 《역사시학》에서[6] (그는 이 뛰어난 저작을 끝내지 못하고 1906년 사망했다) 시의 기원을 이해하기 위해 민족학의 의미에 처음으로 관심을 가졌고, 특히 예술 종류들과 시 유형들의 원시적 혼합주의 이론을 만들었다. 그의 개념에 따르면 이 혼합주의의 기원은 이른바 민중의례적 놀이라고 불리는 원시 의례이다.

---

6) A. H. Веселовский, *Историческая поэтика*, под ред. В. М. Жирмунского, Л., 1940. 베셀로프스키의 원시 혼합주의 이론에 대한 소견과 교정은 다음의 논문을 보라: Е. М. Мелетинский, Первобытные истоки словесного искусства, *Ранние формы искусства*, М., 1972, С. 149~190.

이와 동시에 그는 원시 제도와 의례, 관습에서 많은 민속적 플롯의 기원을 찾았다. 포테브냐가 민속학의 '신화학파'에서 출발했다면 베셀로프스키는 처음에는 차용 이론, 그 후에는 테일러, 랭, 하틀랜드, 특히 프레이저로 대표되는 영국 고전 인류학에 의거했다. 그는 모티프들은 고대 사회 생활양식의 도식적 반영으로서 독립적으로 발생하고 플롯들은 차용의 방법으로 확장된다는 타협적 결론에 이르게 되었다.

적자생존 법칙의 틀에 머무르면서 베셀로프스키는 신화의 의미론에는 무관심했다. 그는 원시 문화가 "프로그램화한" 장르 형식과 플롯 도식에 관심을 기울였다. 그는 이 형식을 문화역사적으로 생생한 내용들이 채운다고 보았다. 이런 식으로 고대의 형식은 일정 부분 새로운 내용을 감당하지 못하게 된다. 그 밖에도 서사시적 서술의 기본 요소로서 신화는, 심지어 그 플롯 도식이 제의로 거슬러 올라가는 경우에도 서정시나 드라마보다 훨씬 덜 엄격하게 의례적 혼합주의와 여결되었다고 그는 확신한다. 그는 개별 플롯과 장르가 아닌 시와 예술 전반의 발생에 제의들이 관여했다는 보다 폭넓고 근본적인 개념을 제시하면서 케임브리지학파의 제의주의를 선취한다. 또한 그는 언어예술의 형성과 변형의 과정 속에서 민중 창작이 가지는 커다란 의미들을 고찰하였다.

20세기 초 등장한 러시아 민족학의 고전이라 할 수 있는(나중에 소비에트 민족학자 제1세대의 스승이 되는), 슈테른베르크와 보고라즈는 신화에 많은 주의를 기울였지만 대체로 종교학의 차원에서 신화를 고찰하거나 사회적 관계의 가장 오래된 형식들이 신화에서 어떻게 반영되는가를 연구하였다.[7] 슈테른베르크는 테일러학파에 가깝고

---

7) Л. Я. Штернберг, *Первобытная религия в свете этнографии*, Л., 1936; В. Г. Богораз, Религиозные идеи первобытного человека, *Землеведение*,

보고라즈는 요헬슨과 마찬가지로 보아스와의 접점에 위치했으며 그의 견해 몇 가지를 공유했다. 슈테른베르크와 보고라즈는 마레트와함께 테일러의 애니미즘에서 출발하여 원시신화적 관념 발달에서"애니미즘적" 단계를, 즉 자연의 무인성적 영혼의 존재를 인정하였다. 이를 통해 이들은 고대 세계관을 보다 깊이 이해하게 되었지만원시인 심리의 질적 특징들은 전적으로 부정한다(특히, 슈테른베르크). 보고라즈는 신화적 환상을 위해 특징적인 독특한 자리바꿈이나변형, 고대 아시아 소수민족들의 시공간 개념 등을 풍성하게 분석하였다(심지어 그는 여기서 물리적 상대주의 원칙과의 일정한 유사성을 보았다). 프레이저의 "죽어가고 부활하는" 신과 유사하게 보고라즈는제의에 기원을 두는 '죽어가고 부활하는 짐승'의 신화소를 재구성하자고 제안하면서 이를 토테미즘의 기원과 연결시키려 하였다.

신화는 러시아 상징주의의 철학과 미학에서, 무엇보다 뱌체슬라프 이바노프에게 있어 중요한 위치를 차지했다.[8] 그는 니체의 디오니소스 주제를 연구하는 한편, 신비주의적 창작을 통해 "유기적인"민족적 세계 인식의 부활과 신화창작의 실질적 프로그램을 추진한바 있다.[9] 하지만 이 주제는 단지 이 책의 기본 방향과는 간접적으로만 관계되는 것으로서 별도의 작업을 요구한다. 초기 로세프의 신

1908, кн. 1 ; Л. Я. Штернберг, *Чукчи*, т. 2 (религия), Л., 1939 ; Л. Я. Штернберг, Миф об умирающем и воскресающем звере, *Художественный фольклор*, No. 1, 1926 ; Л. Я. Штернберг, *Эйнштейн и религия*, М. Л., 1923.

8) [역주] 러시아 상징주의 운동의 시인이자 이론가. 멜레틴스키가 자주 인용하는현대 언어학자이자 비평가이자 기호학자인 이바노프와 혼동하지 말 것.

9) В. Иванов, Религия Диониса, ее происхождение и влияние, *Вопросы жизни*, No. 6~7, 1905 ; В. Иванов, *Дионис и прадионисийство*, Баку, 1923 ; В. Иванов, Ницше и Дионис, в кн. : Вяч. Иванов, *По звездам*, СПб., 1909, C. 1~20.

화 이론과 고대 상징주의 저작들에서 뱌체슬라프 이바노프의 영향이
나타난다.

이제 소비에트 학문의 신화시학주의 이론으로 바로 넘어가 보자.
소비에트에서 신화 이론 연구는 주로 두 가지 흐름으로 발전한다.
시적 서사의 최초 "맹아"로서 신화의 문제를 종교학적 양상에서 단
지 간접적으로만 언급하는 직업적 민족지학자들과 시의 역사에서
신화의 역할에 대한 문제를 직접적으로 제기하는 어문학자, 특히
고전주의자들의 연구가 그것이다. 최근에는 문화 이론의 몇 가지
양상들과 고대 의미론의 문제들을 연구하는 언어기호학자들이 문학
에서의 신화와 신화주의에 대해서 관심을 기울이기 시작했다.

소비에트 시기의 보고라즈와 슈테른베르크의 연구 이외에도, 졸
로타레프, 토카레프, 아니시모프, 프란체프, 샤레프스카야, 샤흐
노비치와 다른 몇 학자들의 작업이 첫 번째 범주와 관련된다.[10] 신
화와 종교 및 종교와 철학의 상호관계, 특히 계급 불평등의 첫 단
게, 다양한 관습과 신앙, 사회조직 그리고 종교적 신화에 나타난
생산적 실제경험의 반영 등이 이들 연구의 주요 대상이 된다. 신화
연구에서 이 다양하고 풍부한 저술들의 목표는 신화적 환상의 종교
적 기능과 '현실'의 발현에 있다. 종교적 예배와 신화적 플롯에서

---

10) А. М. Золотарев, *Родовой строй и первобытная мифология*, М., 1964;
   С. А. Токарев, *Ранние формы религии и их развитие*, М., 1964; А. М.
   Золотарев, Что такое мифология?, *Вопросы истории религии и атеизма*,
   вып. 10, М., 1962; А. Ф. Анисимов, *Религия эвенков*, М. Л., 1958; А.
   М. Золотарев, *Космогонические представления народов Сибири*, М. Л.,
   1959; А. М. Золотарев, Природа и общество в отражении сказки и мифа,
   Ежегодник Музея истории религии и атеизма, I, Л., 1957, C. 144~171;
   Ю. П. Францев, *У истоков религии и свободомыслия*, М. Л., 1959; Б.
   И. Шаревская, *Старые и новые религии Тропической Африки*, М., 1964;
   М. И. Шахнович, *Первобытная мифология и философия*, Л., 1971.

씨족 사회의 사회적 제도와 역사적 실재의 다양한 현상들을 반영하는 '상부구조적' 현상을 읽어낸 이 저술들의 성과를 부인할 수는 없다. 하지만 이 저술들에서 신화적 환상성의 내적 법칙과 그 특성은 충분히 해명되지 않았다. 무엇보다 신화의 '시학'이 우리의 관심인 만큼, 우리는 이 책들을 깊게 분석하지는 않을 것이며 약간의 언급에 그칠 것이다.

저명한 소비에트 민족지학자인 토카레프는 "신화란 무엇인가?"라는 논문에서 신화 영역에서의 민족학적 연구결과들을 총결산한다. 토카레프는 신화는 종교와 직접 일치하지 않는 고유한 특성을 가지고 있음을 분명히 이해하였다. 그는 신화에 나타난 현실의 굴절은 본래 종교적이지 않고 주변 자연에 대한 인간의 수많은 관찰과 인간의 노동경험을 반영한다고 말한다. 동물에 대한 신화는 사냥 시에 행해진 동물의 습성에 대한 중요한 관찰과 연결되며 천상신화의 모티프들은 경제적으로 중요한 의미를 지니는 천체의 움직임에 대한 관찰에 의해 정해진다. 이때 자연의 대상들은 인간화되고 인간의 힘과 관계들을 구현한다. 신화의 내용은 그 자체로는 종교적이지 않고 신화가 제의("제의적 신화")에 이바지하는 경우에만 종교적이 된다.

토카레프는 원시신화들이 비의(秘儀)적인 것과 공개적인 것으로 나눠지며 고급 일신교 체계에서 이 두 범주가 최종적으로 합쳐진다는 데에 큰 의미를 부여하였다. 그는 신화와 민담이 원인론적 기능에서 본질적으로 구별됨을 올바로 관찰하였다. 하지만 그는 신화가 설명적 기능으로 작용한다 하더라도, 신화의 뿌리가 주로 노동 경험의 정도에 따라 확장되는 원시인들의 기본적인 호기심 속에 있다고 보았다. 즉, 이는 19세기에 지배적이었던 신화에 대한 견해와 상당 부분 겹쳐진다. 토카레프는 신화의 다른 측면들과 기원들에 대해 아주 잘 알았으며 자신이 주로 여러 "부르주아" 이론을 다룰 때 이에 대해 언급하곤 했지만 그에게 신화의 '설명적' 기능은 신화의 특성을 이해하는 핵심으로 남는다.

더욱이 토카레프는 신화에 대한 제의의 우위성을 인정한다. 이 점에서 그는 프레이저, 말리노프스키, 프란체프를 따른다. 즉, 신화는 종교와 종교적 의례 이전에 생겨나며 동시에 신화는 의례에서 생겨난다. 적어도 "대부분의 신화"가 그러하다는 것이다. 여기에 약간의 모순이 있다. 우리는 중요한 의미를 갖는 이 지점을 의식적으로 첨예화시키고자 한다. 이미 지적한 바와 같이 토카레프는 신화와 종교를 동일시하지 않는다. 그는 신화의 제의성이 신화를 민담으로부터 분리시킨다고 보았다.

프란체프 역시 민담이 의례와는 별개라는 원칙에 의거해 민담과 민담적 예술작품을 신화와 대립시킨다. 그에 따르면 민담은 자연과 투쟁하는 인간의 무력함을 강조하는 대신 가능한 것들에 대한 희망을 반영한다. 그렇지만 그는 신화가 자연과의 투쟁에서 얻은 인간의 노동이 거둔 성과와 후대의 기술적 진보에 대한 희망을 반영한다고 보았던 고리키의 견해에는 찬성하였다.

아니시모프(그의 연구는 실제 자료와 사유로 가득하다)와 일부 다른 연구자는 신화를 종교와 긴밀히 연결시키면서 직접적인 종교적 기능을 가지지 않는 모든 플롯을 원시인의 의식 속에 있는 자연발생적이고 물질적인 경향의 민담과 동일시한다. 그 결과 민담은 사회적 분화의 과정 속에서 일반 대중과 구별되는 무당의 주술이나 사제들이 창조하는 관념적이고 종교적인 방향성에 대립하여 "실제적인" 것을 지향하는 민중의 창작 행위로 인식된다.

우리는 이러한 접근이 정당치 못하다고 생각한다. 이러한 접근은 종교가 부재하던 시대에 대한 견해에서 보일 법한 것으로, 즈이브

코베츠의 특별한 저서 《종교 이전의 시대》가 이러한 사고의 극단적 형태를 보여준다. 11) 얼마 전 샤흐노비치는 철학의 전사(前史)에 대한 저서들에서 신화와 민담, 원시성에서의 물질적 근원과 관념적 근원을 첨예하게 대립시키는 데 반대하였다.

그러한 견해들은 원시신화의 혼합주의적 성격과 이 신화 속에 자연발생적이고 물질적인 요소들과 자연발생적이고 관념적인 요소들이 얽혀있음을 무시한다. 원시신화와 민담의 서사에 경험적 지식을 제공하는 자연환경에 대한 정확하고도 풍성한 자료들은 신화에서(그리고 민담에서도) 순수하게 관념적인 일반화를 거친다. "사실" 지향의 풍부한 경험적 지식과 현실의 사실적 요소들이 신화적 개념화를 결코 배제하지는 않는다. 여기서는 단일 플롯, 단일 장르의 틀 안에서 "층위들"의 차이를 고려해야 할 필요가 있다. 나중에 우리는 이 주제, 특히 신화와 민담의 구별에 관한 문제로 돌아갈 것이다.

우리의 목적을 위해서는 종교학적 문헌에서 신화를 해석하는 몇 가지 지배적 경향들, 그중에서도 특히 신화의 설명적 기능과 그것이 초래하는 인식론적 문제들이 신화를 문학, 예술과 연관시키는 연구 양상을 배제시켰다고 지적하는 것만으로 충분하다.

소비에트 민족지학자의 연구 가운데, 특히 졸로타레프의 저서 《씨족제도와 원시신화》를 언급할 필요가 있다. 이 저서는 1930년대 말에 쓰였고 파인베르그의 편집으로 저자 사후 1964년에 출판되었다. 제의와 신화 속에 반영된 이원론적 족외혼과 관련해 졸로타레프는 이원론적 신화를 심도 있게 분석한다. 이는 구조인류학의 대표자들이 행한 이원적 논리 차원에서의 신화의미론 연구를 앞서는 것이다. 이바노프의 방대한 비평은 졸로타레프 연구의 이러한 차원을 잘 규명

---

11) В. Ф. Зыбковец, *Дорелигиозная эпоха*, М., 1959.

해준다. 12)

전쟁 직전 준비되어 1946년 출판된 《요술담의 역사적 기원》의 저자인 저명한 소비에트 민속학자 프로프는 민족학과 고전주의의 두 범주 사이에서 적어도 주제적으로는 중도적 입장을 취한다. 13) 널리 알려진 바와 같이, 첫 저서 《민담 형태론》(1928)에서 프로프는 등장인물들의 기능이 선형적 연속성을 갖는 요술담에 한하여 메타플롯의 통합관계 모델을 창조함으로써 구조 민속학의 선구자가 되었다. 《요술담의 역사적 기원》에서는 민속민족학적 자료를 활용하고 민담 모티프들(통합체적 기능의 변종형태소)을 신화적 관념, 원시적 제의 및 관습과 대조함으로써 위 모델에 맞는 역사발생학적 기초를 마련한다. 이 연구의 방법론은 어느 정도 베셀로프스키의 《역사시학》의 원칙들과 비교 가능하며, 특히 민속에 대한 설명의 제의주의적 경험, 예컨대 페로의 민담들에 관한 생티브의 저작과도 견줄 수 있다. 이런 배경하에서 프로프 연구의 독자성을 찾아볼 수 있다.

프로프는 생티브처럼 요술담의 기원을 통과의례에서 찾지만 개별 플롯들을 개별 제의들에서 찾는 것이 아니라 제의를 설명하는 신화에서 장르 전체와 그 장르의 메타플롯을 찾으며 신참들에게 제의를 가르치기 위해 각색된 신화에서 제의가 역사적으로 실현된 모습을 찾는다. 프로프는 제의 및 신화의 요소들이 직접적으로 반영되는 경우와 그것들이 새롭게 인식되는 경우 그리고 민담에서 제의가 정반대로 해석되는 경우(통과의례의 성스러운 우두머리가 주인공에 의해

---

12) В. В. Иванов, Дуальная организация первобытных народов и происхождение дуалистических космогонии, *Советская археология*, No. 4, 1968.

13) В. Я. Пропп, *Морфология сказки*, 2-е изд., М., 1969; В. Я. Пропп, *Исторические корни волшебной сказки*, Л., 1946; В. Я. Пропп, Чукотский миф и гиляцкий эпос, *Научный бюллетень ЛГУ*, 1945; В. Я. Пропп, *Русский героический эпос*, 2-е изд., М. Л., 1958.

살해되는 사악한 뱀으로 바뀌는 등의)를 각각 엄밀히 구분한다.

프로프는 죽음이란 입문자가 일시적으로 죽는 것이라는 기본적인 생각이 성인식 의례에서뿐만 아니라 민담에서도 폭넓게 나타남을 발견한다. 프로프의 저서는 민담에 나오는 편력의 상징들을 이해하는 데 많은 기여를 했다. 그의 생각은 캠벨과 탐색에 관한 영웅서사에 대한 다른 저자들의 분석(완전히 다른 입장에서의)에서, 오스트레일리아 신화의 상징들과 통과의례 유형의 의례에 대한 스태너 등의 분석에서 부분적으로 확인된다.

요술담과 "전이적 의례"의 특정한 발생학적 관계의 근거로 민담이 주인공의 개인적 운명에 관심을 둔다는 점을 들 수 있다. 하지만 요술담의 기원을 모조리 오래된 성인식 의례에 찾는 것은 흔히 저지르는 일반화의 오류이다. 여기서는 결혼 의례(역시 '전이적인')의 직접적 반영과 가족적(사회적) 갈등의 형태를 가지는 이후의 특징들이 고려되지 않았기 때문이다. 그 밖에도 보아스, 스태너 그리고 다른 저자들의 자료들은 통상 의례의 "뒤집기"는 없으며 성인식 의례와 심지어 직접적으로 관련된 고대신화 속에도 사악한 뱀(용)이나 바바야가 같은 마녀의 살해가 포함되었다는 것을 보여준다. 프로프는 유사한 방법으로 주술사의 편력에서 고대 서사시의 소규모 플롯을 도출해내려 했지만(논문 "츄코트 신화와 길랴크 서사시"), 나중에는(《러시아 영웅서사시》라는 책에서) 신화의 극복이나 뒤집기(주인공과 신화적 괴물들의 싸움)로 관심을 돌린다.

두 번째 범주(고대 자료를 통해 알아본 신화의 특성 및 문학 발생에서의 신화의 역할에 대한 연구)로 넘어가자면 무엇보다 로세프를 언급해야 한다. 그는 현재 고대신화와 그와 관련된 일련의 이론적 문제에 관한 가장 뛰어난 전문가이다. 몇몇 인류학자와는 달리 로세프는 신화를 설명적 기능과 연결시키지 않았을 뿐 아니라 신화가 인식적 목적을 전혀 가지지 않는다고 생각했다.

로세프에 따르면 신화는 보편적 사고와 감각적 이미지의 직접적이고 물질적인 합치이다. 로세프는 레비브륄이나 카시러처럼(다른 지점들에서 이들과는 갈라지지만) 신화에서 관념적인 것과 물질적인 것을 분리할 수 없으며 신화 고유의 기적적인 자연현상이 바로 그러한 예라고 주장한다. 로세프는 후설 철학을 통한 플라톤, 셸링, 특히 헤겔의 사상들을 적용한 20년대 저작에서 의식적으로 마르크스주의를 지향하며 다양한 서구 이론을 단호히 비판하는 최근 시기의 저작에 이르기까지 학문적 진화를 보여준다.

그의 뛰어난(그 철학적 전제들이 용납되기 어렵고 논란의 여지들이 있음에도 불구하고) 저서 《신화의 변증법》에서 "개념들의 현상학적이고 변증법적인 손질"에 고무된 로세프는 신학자와 민족학자에게서 신화 연구를 떼어내어 신화를 "내부로부터"("신화에 대한 신화적 견해") 바라본 다음, "있는 그대로의 신화"를 묘사하려 했다, 그는 말한다. "신화가 무엇인지 모그면서 어떻게 그것과 싸우거나 배척할 수 있을까, 그것을 사랑하거나 증오할 수 있을까?"14)

로세프는 신화를 정확히 정의하기 위해 신화를 과학, 예술, 형이상학, 종교 등과 비교한다. 그는 신화가 관념이나 개념이 아니라 현실적으로 느낄 수 있고 창조적이며 물질적인 현실이라고 말하면서 신화와 과학을 명료하게 대립시킨다. 그러나 그는 가장 순수한 과학(논리적 합법칙성의 체계)일지라도 그것의 모든 단계에서 주관적이고 논증이 불가능한 또한 그 자체의 본성상 "신화적인" 관념들의 혼합물을 발견한다. 그에 따르면 신화에서는 환희에 도달할 수 있는 격정적 측면이 두드러진다. 그는 신화를 자체의 과학 외적인 진

---

14) А. Ф. Лосев, *Диалектика мифа*, М., 1930, С. 7.

실성과 확실성, 구조성을 지니는, 주관적인 동시에 객관적인 생생한 상호 교류로 여겼다. 또한 신화에서 창조된 감각적 현실이 현상들의 일상적 움직임에서 추출된 것임에도 불구하고 신화에는 과학에서와 같은 이원론이나 형이상학에 대한 요구가 없다.

로세프는 신화는 도식이나 비유가 아니라 상징이라고 강조한다. 상징에서 만나는 존재의 두 차원은 매우 유사하며 관념과 물질이 의미가 아닌 물질적이고 현실적인 차원에서 동일화된다. 비록 신화와 시가 원칙적으로는 말로 된 표현 형식들이지만 신화에서 로세프는 실제적 현실을 보며(일상성에 대한 신화의 무관심에도 불구하고) 시에서는 단지 관찰되는 현실과 사물의 모습과 이미지를 본다. 시는 사실성으로부터 비껴나고 신화는 일상적 삶의 의미, 삶의 일반적이고 관념적 내용이나 목적, 순수하게 추상화된 비연속적 존재들로부터 비껴난다.

그런 방식으로 기저에서 인간, 인간의 의식, 물질들의 가장 단순하고 전(前) 반사적이고 생물학적이고 직관적인 상호관계들이 드러나며 그리하여 신화의 "절연성"은 형상적 구체성으로 변형된다.

1920년대의 로세프는 신화의 특성을 인격(personality)과 밀접하게 결합시켰다. "자신"과 "타인", 즉 주체와 객체는 인격 속에서 존재하고 극복되기 때문이다. 인격은 필히 육체성과 의식을 전제하며 그 자체로 표현이자 상징이다. 인격은 존재할 뿐만 아니라 그 자체로서 이해되는 것이다. 모든 물질 속에는 인격적 존재, 즉 신화의 층위가 존재한다. 게다가 각각의 "인격"은 육체적, 시공간적 존재에 따라 끝없이 다양한 형식들로 나타난다(이 명제와 관련하여 로세프는 시간과 공간에 대한 신화학에 매우 흥미로운 설명을 부여한다).

더 나아가 신화는 종교와 대비된다. 로세프는 신화는 종교 없이 생겨날 수 없지만 신화의 기원은 교의나 비밀이 아닌 영원 속에서 확립된 인격의 실체에 있다고 주장한다. 교의와 달리 신화는 역사적이며 이는 인격의 타재(他在)적이며 역사적인 형성에서 드러난다. 인격의 원초적 순결성은 역사적 형성과 이상적으로 종합되며("성스러운 역사") 여기서 "기적"의 진리("기적"의 실제성은 시와의 궁극적인 차이다)가 만들어진다. 오직 역사적인 "타재"를 통해 "인격"은 "말"로 구현되는 자기 인식에 도달한다. 인격, 역사, 말, 기적은 신화의 근본적인 요소이다. 결국 "신화는 말로 주어진 기적적인 인격의 역사"이지만 인격의 변증법적 통합, 인격의 자기표현과 명칭 속에서의 언어적인 의미부여를 고려하면 "신화는 완전한 마술적 이름"15)이다.

　로세프의 오래된 연구는 시에서의 신화주의라는 우리 주제를 위해 특히 흥미로운 지점들을 포함한다. 바그너의 상징 신화, 고골의 "비이"에서의 뛰어난 신화적 직관, 푸슈킨, 튜체프, 바라트인스키(안드레이 벨르이의 관찰에 기초한)의 3편의 "자연신화" 등이 그 예이다.16)

　로세프의 초기 저작의 이런 이론적 도식에서 그의 철학적 기원은 포착하는 것은 어렵지 않다. 신화의 효용성과 환희에 대한 그의 강조는 로세프가 언급한 분트(레비브륄 역시)뿐만 아니라 뱌체슬라프 이바노프까지도 생각나게 한다.

　인격의 순결한 근원 등과 결합된 인격의 역사적 타재에 대한 로세프의 생각은 독일의 칸트 이후 관념론 철학을 떠올리게 한다. 셸링의 이론에 매우 가까운 상징 이론은 플로렌스키의 영향이 느껴지면서도,17) 모든 점에서 플라톤의 신화의 변증법(플라톤에 적용된 이 용

---

15) *Ibid.*, p. 239.

16) [역주] A. Белый, *Поэзия слова*: *Пушкин, Тютчев и Баратынский в зрительном восприятии природы*, Chicago, 1922.

17) [역주] S. Cassedy, Pavel Florenskij's Philosophy of Language: Its contextuality and its Context, *The Slavic and East European Journal*, 35(4), 1991, pp. 537~552; D. Ferrari-Bravo, *More on Bakhtin and Florensky*, 1990.

어는 로세프가 직접 사용하였다)의 그림자가 드리워졌다. "인격" 속에서 주체와 객체의 유기적이고 전(前)반사적인 동일시의 추구는 생철학의 "유기적인 시초"의 추구와 일맥상통할 뿐 아니라, 더 큰 의미에서는 주제와 객체의 이율배반을 극복하려는 현상학적인 시도와 다름없다(특히 현상학에 대한 자신의 견해를 레비스트로스의 신화 이론과 접목시키려 한 메를로퐁티의 후기 저작들과 비교해 보라. 1부 제7장의 각주 6번을 보라).

로세프는 고대신화 연구 분야에서 제기된 새로운 사상, 특히 위제너(신화와 다른 영역에서의 "이름"의 의미)에 근거함이 분명하다. 로세프는 변증법적 관념론에서 출발하면서 신화를 탈역사적 범주로 해석했고(이것은 신화와 문학의 상호 관련성에 대한 문제 해결의 어려움을 즉시 제거한다) 우리의 직접적 감각과 관련되는 연상이 자연적인 것이라고 생각했으며 신화가 있는 그대로의 삶을 제공하는 것이라 여겼다. 로세프는 신화의 상징주의에 대한 반지성적이고 그리스도교 수호론적인 해석에서 생철학에 가까웠으며 1920년대 소비에트 민족학자뿐만 아니라 부분적으로 칸트주의자인 카시러와도 대립했다.

대체로 로세프는 20세기 초에 확립된 신화론과 뚜렷한 입장 차이를 보였다. 그 시기에 정확한 분석, 자료에 대한 심도 있는 통찰과 명민한 관찰로 무장한 로세프의 연구는 새로운 신화 이론 중에서 가장 흥미 있고 눈부신 결과 중 하나가 된다. 로세프의 초기 저작 중 신화분석의 중요한 결과 몇 가지는 차후에도 당연하게 활용되지만 《신화의 변증법》에서 사용되었던 관념론적 변증법은 제외된다. 다양한 이념과 신화의 상호관계 분석, 신화의 감각적 측면의 특성 규정, 신화의 상징적 본성의 섬세하고 깊은 이해가 그런 생산적 시기의 산물이다. 이미 언급하였듯이 《고대신화》와 신화의 문제를 연구한 다른 많은 저술의 저자로서 로세프는 보편적 사상과 감각적 이미지의 직접적인 합치와 이러한 합치로부터 흘러나오는 기적의 자연현상(물론 로세프는 지금은 그것을 다르게 해석한다)을 신화 속에서 발견한다.

그리고 로세프는 신화와 달리 예술적 환상은 단지 은유적이고, 종교는 초감각적 세계에 대한 믿음과 그 믿음에 따른 삶을 요구한다고 생각한다. 따라서 로세프에게서 신화적 사고의 가장 중요한 전제는 자연과 인간의 비분리성으로, 이로부터 보편적 인격화와 의인화가 가능해진다. 씨족 공동체로부터의 인간의 비분리성, 자연발생적인 집단주의란 로세프의 관점에서 볼 때는 모든 물질과 현상이 혈족 관계로 결합될 때 인간은 어디에서든 가는 곳마다 씨족 관계를 본다는 것을 뜻한다.

로세프는 고대신화 자료를 바탕으로 신화의 역사적 발전에 대한 일정한 도식을 제시한다. 그는 수렵과 채집으로부터 생산으로의 이행, 석기 시대로부터 청동기 시대로의 이행, 모권제로부터 가부장제로의 이행, 물신숭배(로세프에게는 토테미즘, 마술에 해당하는)로부터 정령숭배(물질의 악마는 물질 자체와는 분리된다)로의 이행, 대지숭배에서 영웅주의로의 이행 등을 신화학 진화의 역사 전체에서 가장 중요한 단계로 든다. 그는 대지에 대한 숭배(모든 것은 땅과 그것의 산물로 만들어졌다)에서 영웅주의로의 이행을 카오스적이고 기형적이며 거대한 것으로부터 그리스의 올림포스 신전의 이미지를 통해 의기양양하게 정돈된 새로운 시작과 우선적으로 연관시킨다.

로세프의 연구에서 최대의 강점은 바로 신화에 있는 모든 유형의 구조적 외형을 분석하고 여러 신화와 신화적 플롯을 다각도로 해석함으로써 세계의 모델과 미학적 관념들을 제시할 수 있다는 점이다. 그래서 로세프의 연구는 역사시학의 양상 몇 가지를 이해하는 데 아주 중요하다. 반면 로세프는 신화창작 발전의 경향을 훌륭히 포착했으면서도 이를 일정한 사회적 도식에 무리하게 대응시킴으로써 지나친 단순화의 우를 범한다. 그리하여 그 도식 안에서는 모권제, 대지에 대한 숭배, 마술, 토템신앙 또는 가부장제와 영웅주의가 무조건 동시에 이루어지며 "이른" 대지에 대한 숭배와 "늦은" 대지에 대한 숭배, "이른" 정령 신앙과 "늦은" 정령 신앙과 같은 항목들이 도입된다. 모든 신의 이미지에는 다수의 대지숭배적, 토템적, 동물형태론적 (zoomorphic), 인간형태론적(anthropomorphic) 형식들이 그리고 그 밖에 다른 형식들이 반드시 나타난다. 그래서 우리는 신화적 상상의 발전 양상에서 역사적 단계를 반영시키려는 움직임에서 이런 이미지를 볼 수 있다. 그러나 이러한 분석은 약점을 지닌다. 그 이유는 신들의 이미지들은 가끔씩 모든 명확성을 상실하고 무한한 변형으로 분화되기 때문이다.

어쨌든 로세프의 학문적 업적은 신화 자체의 이해뿐 아니라 고대문화사 전체에서도 매우 위대하다. 상징 이론(이미 마르크스주의적 입장에서 나온), 바그너(그의 신화주의의 명예회복의 차원에서)에 관한 논문들, 다른 논문 몇 편 또한 신화와 신화학에 관한 백과사전 표제어에서의 개별적 소견, 특히 고골의 사실주의 작품의 신화주의에 관한 지적들은 매우 흥미롭다. 로세프의 방법론은 오늘날 약간 다른 입장에서, 고대 및 중세의 상징들과 신화의 보다 보편적인 물음들을 다루는 아베린체프의 고유한 연구에서 부분적으로 맥을 이어간다.[18] 케시디의 가장 최근의 저서 《신화에서 로고스로》는 그리스 철학의 발전에서 신화의 역할에 관한 문제를 조명한 것으로, 케시디는 톰슨의 유명한 저작에서 더욱더 심도 있게 신화의 의미를 다룬다.[19]

---

18) C. C. Аверинцев, Мифы, *Краткая литературная энциклопедия*, т. 4, M.,
1967; C. C. Аверинцев, К истолкованию символики мифа об Эдипе, сб.
Античность и современность, M., 1972, C. 90~102.

1920~1930년대에 민속과 관련한 고대신화의 문제(특히, 역사화된, 가끔 숭배의식에 의해 신성시된 고대신화의 최초본의 재구성 수단으로서의 민담의 이용)는 주로 베셀로프스키의 노선을 계승한 트론스키, 톨스토이[20] 등과 같은 저명한 학자의 작업에서 광범위하게 다루어졌다. 그러나 우리가 다루는 문제의 맥락에서는 비록 실제로 유사한 연구들이 학술원 회원인 마르 학파의 틀에서 이루어졌지만 조건적으로 "포테브냐 노선"이라 불릴 수 있는 의미론적 연구에 더 많은 주의를 기울일 필요가 있다. 프랑크 카메네츠키, 프레이덴베르크와 그들의 동료들이[21] 연구에 참여한 마르 학파식의 고생물학은 그 자체로 충분히 환상적인 성격을 지니면서 많은 면에서 고유한 과학적 '신화'를 제시하였다. 그러나 이들의 연구 방법론은 마르 체계의 범위를 넘어선다. 최근에 프레이덴베르크는 마르와 더욱 차별화되었다. 이러한 연구들은 논쟁적 요소를 지니지만 각각은 매우

---

19) Ф. Х. Кессиди, *От мифа к логосу* (*становление греческой философии*), М., 1972. [역주] S. Thompson, *The Folktale*, New York, 1946; S. Thompson, *Motif Index of Folk Literature*, Bloomington, 1951~1958.

20) И. М. Тройский, Античный миф и современная сказка, сб, С. Ф. Ольденбургу, *К пятидесятилетию научно-общественной деятельности*, Л., 1934, С. 523~534. 그 밖의 연구들은 다음을 보라: И. И. Толстой, *Статьи о фольклоре*, под ред. В. Я. Проппа, Л., 1966.

21) *Тристан и Изольда. От героини любви феодальной Европы до богини матриархальной Афревразии* (학술원 회원 마르의 주도하에 신화와 민속의 의미론에 대한 집단 연구), Л., 1932 (프랑크 카메네츠키와 프레이덴베르크 등의 논문을 포함해); О. М. Фрейденберг, *Поэтика сюжета и жанра*, *Период античной литературы*, Л., 1936. 고(故) 프레이덴베르크의 유고 가운데 단행본 *Лекции по введению в теорию античного фольклора*와 *Образ и понятие*는 출판 준비 중이다. 우리의 주제에 가까운 연구물인 *От мифа к лирике* 는 발표되었다. 다음을 보라: О. М. Фрейденберг, Происхождение греческой лирики, *ВЛ*, No. 11, 1973.

흥미로운 결과물이라 할 수 있다.

프랑크 카메네츠키와 프레이덴베르크는 시학의 문제와 관련하여 신화를 연구했다(1936년에 간행된 프레이덴베르크의 유명한 연구서의 제목은《플롯과 장르의 시학》이었다).[22] 저자들의 주된 목표는 플롯 구성의 단계적 변형과 그 구성의 바탕에 놓인 세계관의 요소를 연구하는 것이다. 그들은 각 단계를 위한 플롯의 변형 시 완전히 서로 다른 역사적 시기에서 발생한 모티프들이 사용될 수 있다고 확신했다.

그들은 이 경우 시적 창작과 종교 최초의 혼합주의와 내용과 형식이 서로서로 변형될 수 있다는 생각에서 출발했다. 그들은 형식 논리학의 개념과 모순 관계에 있는 형상적 사고의 특성을 고대 단계에서 찾는다. 여기에서 마르주의자들은 마르 자신처럼 부분적으로는 레비브륄의 뒤를 잇는다. 프랑크 카메네츠키는 서사로서 신화적 플롯의 내용은 그 내용의 고생물학적 의미론에 의해 정해진다고 보았다. 그러나 그 의미론은 의미론 다발을 형성하는 일정한 의미층의 내용적 동일성으로서 이해된다. 그들은 주변 세계의 물체와 현상들은 그 고유한 사회적 의의, 사회경제적 본질에 따라 이해된다고 생각했다. 형상적 표상의 점진적인 구별과 그 표상들이 처음에 가졌던 이율배반의 극복은 플롯 만들기의 전제 조건 가운데 하나로 검토되었다.

저자들의 플롯에 대한 고생물학 연구에서 특징적인 부분은 언어적 의미와 민속문학적 의미를 동일시하고 사회학적 도식과 신화 연구의 새로운 원칙들을 직접 결부시킨 일이다. 특히, 사회학적 도식에서는 원시 사회에서의 사회적 발전단계의 개념(모건과 엥겔스에 따른)과 "우주적", "토템적" 단계 등과 같은 사고의 인공적, 인위적,

---

22) **[역주]** 프레이덴베르크에 대해서는 다음을 보라: N. Perlina, Ol'ga Freidenberg on Myth, Folklore, and Literature, *Slavic Review*, 50(2), 1991.

마르주의자적 단계를 지니는 사회경제적 발전단계의 개념이 뒤섞이거나 동일시되었다. 그 밖에도 순수한 "신화성"은 모권제와 결부되었으며 신화적 개념이 실제 권력자, 선조, 종족의 지도자에게 주어지는 것은 가부장제의 특성으로 인정되었다. 신화적 개념은 교묘히 유지되 신들을 실재 인물로 대체하는 거짓된 일상의 플롯은 봉건제도의 특성으로 간주되었다. 모권제하에서 삶과 죽음의 대립은 죽어가고 부활하는 신의 이미지를 수용한다. 또한 남성성과 여성성은 사랑과 증오의 관계에서 이해되며 여성적 이미지는 악한 본성을 자주 구현하며 심지어는 용을 연상시킨다. 가부장제하에서 악한 본성은 마치 짐승의 모습처럼 나타난다. 사랑의 결합은 결혼의 형식을 취하며 여성은 부분적으로 자신의 악마성을 상실한다. 마르주의자들의 견해에 따르면, 계급적인 속성을 포함하는 이 모든 변화는 플롯을 점차적으로 변화시키고 변용시킨다. 그래서 플롯 만들기의 과정은 고대로부터 내려오는 자료(보다 초기 단계에서 가져온)의 폭넓은 사용와 실합된, 사고 형식의 항구적인 이념적 변동 속에 완전히 용해된다.

방법론적으로 흥미로운 고찰임에도 불구하고 〈트리스탄과 이졸데〉의 플롯 연구는 바탕에 태양과 물의 결합이라는 신화소가 있다는 의심스러운 결론을 보여준다. 여기에서는 마치 "빛", "물", "불", 식물과 "하늘 더하기 물" 복합체의 관계가 밝혀지는데 거기에서 사랑, 다산, 죽음의 양가적 개념이 도출된다. 또한 여기에서 초점은 마르주의 학설 자체의 환상성에 있는 것만은 아니다. 모든 유물론적이고 사회학적인 주장에도 불구하고 연구의 최종 결론은 '순수한' 신화와 추상적 심리주의를 제공한다. 중세 소설의 플롯은 신화적 뿌리에서 자라난 것이 아니지만 완전히 모조리 그 뿌리에 귀결된다.

프랑크 카메네츠키는 고대 성경의 종교적이고 시적인 형상성 뒤에 숨어있는 가장 오래된, 심지어는 본래 원시적인 신화적 개념들과 기본적인 의미론 다발을 밝히려는 일련의 흥미로운 작업을 시도했다. 종교적 상징은 마치 고대적 구체성의 2차적 변형처럼 나타난다(여기서 그는 많은 점에서 레비브륄, 카시러의 뒤를 따른다). 그 후 그는 그리스, 이집트 등의 자료들에 탐닉하면서 원시적 근원을 찾는다. 그는 시의 은유적 성격에도 관심을 가졌으며 전논리적 사고에 의해 형성된 신화적 표상들 중에서 은유의 기원을 찾기도 했다. 프레이덴베르크의 저작 《플롯과 장르의 시학: 고대 문학 시기》에서는 전반적인 마르주의적 방침과 프랑크 카메네츠키의 직접적인 영향, 레비브륄과 카시러의 생각의 활용 이외에도 프로이트에 대한 이해도 어느 정도 나타난다. 그녀에게 고생물학적 분석의 근원적인 재료와 최종 결과물은 음식, 출생, 죽음의 세 가지 "은유"이다. 이 세 개의 "은유"는 마치 운율적·언어적, 활동적, 물질적 형식 또한 인격화된(등장인물과 모티프들) 형식처럼 구현되고 그다음에는 우리 앞에 고대 서사시, 서정시, 희극, 풍자의 근원으로서 나타난다.

《고전 민속 이론 입문 강의》(1941~1943)와 《이미지와 개념》(1945~1954)이라는 저서에서 프레이덴베르크의 개념은 더욱더 성숙하고 완전한 형식을 취하게 되었다. 전 역사를 통틀어 러시아의 학문 전통에서 특징적인 것은 민속에 사명감을 부여하는 능력, 문학의 형성과정에서 민중 창작의 의의를 올바르게 평가하는 능력 등이다.

프레이덴베르크는 트론스키와 톨스토이 그리고 고대 철학 분야의 다른 우수한 학자 몇 사람들처럼 민속학의 테두리 안에서야 비로소 신화의 재료가 언어예술로 변형되고 그 변형으로부터 고대문화 속 민속의 '건설적' 기능이 유래한다고 믿는다. 《고전 민속이론 입문 강의》에서 장르의 고대적 체계는 민속에 속하며 신화적 표상에서 발생한다는 것이 증명된다. 그러나 프라이와 달리 프레이덴베르크는 문학 장르가 신화 속에 이미 준비된 상태로 포함되었다고 생각하지 않았으며 "전이적 이념"이자 형식과 내용의 가장 복잡한 변증법으로서 신화가 변형되고 본질화하는 과정을 분석하는 데에 더 몰두하였다. 프레이덴베르크는 신화의 인식론적 파토스를 확신하지만 일부 소비에트 민족학자와는 달리 서구에서 뒤르켐, 레비브륄, 카시러가 이룩한 발견들을 심도 있고 비판적인 관점에서 받아들였다.

프레이덴베르크는 원시인이 의식에 의해서 구성된 범주 안에서 자신의 느낌을 받아들인다고 생각한다(이 점에서 그녀는 마치 카시러의 의견을 따르는 것처럼 보이나 그의 신칸트적 인식론적 전제를 거부한다). 그녀가 생각하는 원시인이 지닌 의식의 특징은 구체성과 인과성을 대신하는 반복성("반인과성"), 낡은 것이 새 것 속에 남은 모습으로의 과거와 현재의 공존 그리고 인간과 자연의, 주체와 객체의, 유일한 것과 다수의 결합 등이다. 덧붙여 프레이덴베르크는 신화는 비록 그 체계가 이질적인 요소들로 구성되었을지라도 어떤 다른 세계관보다 더 체계적임을 강조한다. 닫힌 체계에서는 변동성의 원칙이 우세하다. 신화는 "은유"의 반인과적 체계이다(그녀는 레비브륄과 카시러가 이를 이해하지 못했다고 생각했다). 이것은 바로 그녀의 가장 중요한 사상 중 하나이다.

프레이덴베르크의 의견에 따르면 고대 이미지들의 복합적인 내용은 형식적 다양성 속에 일종의 독특한 "은유", 더 정확하게는 "전(前)은유"로 표현되는데 그 은유는 의미론적으로 서로서로를 반복하지만 신화적 이미지의 다양한 형식이기도 하다(이러한 문제 설정은 레비스트로스와 아주 가깝다). 신화에서 다분히 무정형적인 의미의 통일은 그 차이의 공통적 결론과 결합된다(의미론은 그것의 형태론과 동질적이지 않다). 의미론적인 내용과 형식 사이에서 불일치(포도주는 이미 피로 사용되지 않는다)와 전이된 의미가 발생할 때 바로

"전은유"에서 진정한 시적 은유가 발생하는 것이다.

프레이덴베르크의 견해에 따르면 신화창작의 바로 그러한 "사실주의적" 형태론은 시와 실제 역사와 신화의 유사성을 형성한다. 프레이덴베르크는 《플롯과 장르의 시학》에서 특유의 단호한 어조로 세계의 신화적 모델 내에서의 전체적인 동질성과 인간과 자연(우주), 죽음과 출생, 하늘(천상)과 지하계(무덤)의 혼합주의를 주장한다. 이를 바탕으로 프레이덴베르크는 신화에서 분신들이 갖는 특별한 의미에 대하여 흥미로운 고찰을 보여준다(이것은 부분적으로 **영혼, 운명, 원형** 등에 관한 포테브냐의 사유를 연상시킨다).

프레이덴베르크는 주인공(수호신, 가면, 배우, 꼭두각시와 동일시되는)은, 본래는 분신이자 죽은 사람이며 신화에서 삶이 자주 죽음과 각각의 "주인공"-고인과 마찬가지로, 우주 전체를 구현하는 지하계의 형태로 제시된다는 점에 집중한다. 프레이덴베르크는 신화에서는 능동적 차원과 수동적 차원을 구별하지 않는다는 점에 근거하여 "죽고 그리고 죽이는" 아버지들을 "되살아나고 그리고 되살리는" 아들들과 동일시한다. 이것은 그녀가 다양한 그리스 신화의 플롯을 동일하게 취급하는 중요한 근거가 된다.

프레이덴베르크는 아르고스의 선원들, 아트리데스 가(家), 오이디푸스 등의 이야기에서 다양한 인간적, 동물적, 물질적 형식과 부모와 자녀 관계의 틀 속에 있는 음식, 죽음, 재생의 의미론을 찾는다. 유감스럽게도 이와 같은 의미론의 분석은 환원론을 피해갈 수 없다. 비록 프레이덴베르크가 차별화의 과정을 잘 이해했다 하더라도 여전히 환원론적 파토스를 피해갈 수는 없었다.

플롯이 종종 의미론적인 복제이며 우리가 "변종형태소"라고 부르는 것들의 결합을 통해 형성된다고 보는 프레이덴베르크의 의견은 옳다. 그녀가 신화의 구성을 구성적 사고의 직접적 표현으로 설명할 때 보여준 논의의 탄탄함에도 불구하고 신화에서 동일화는 일정 수준의 국지적 현상이기 때문에 프레이덴베르크의 일반적인 동일화는 더 좁은 범위에서 적용해야 할 것이다. 프레이덴베르크가 제시하는 바, 가장 오래된 단계의 인간 사고에서 나타나는 의미론적 동일성에 관한 이론은 베셀로프스키의 원시적 혼합주의와 대비된다. 발생학적 통일이 아닌 의미론적 통일을 강조하는 입장은 이미 그 타당성을 입증받은 바 있다(현대 오스트레일리아 민족학자 스태너의 연구가 발생의 공통성과는 상관없는 신화와 제의의 단일 의미론 분석에 대한 것이었음을 상기하자). 의미론이 경험적 실재를 초월한다는 "의미화의 대법칙", 예컨대 "왕"이나 "노예" 같은 말들은 노예제와 군주제 이전에 존재했다는 프레이덴베르크의 생각은 매우 흥미롭다.

신화와 제의에서 리듬이 갖는 역할에 대한 프레이덴베르크의 판단 역시 매우 흥미롭다. 그녀는 리듬에 의해서 행위가 모방극이 되고 말은 리듬이 있는 발화, 즉 시와 산문의 배아가 된다고 생각했다. 리듬의 의미와 과성을 연구하면서 프레이덴베르크는 공간과 시간의 "리듬화"에 주목한다. 이는 인체의 부분들과 우주를 동일시하고 시운율의 의미론적이고 활동적인 바탕 위에 **높은 것**과 **낮은 것**, 상승과 하강(보행 시의 다리, 목소리)을 대조하는 작업으로부터 출발한다. 그녀의 구체적인 어원론적, 기타 문헌학적 보충 설명들은 고전 문헌학의 최근 관점에서 검토될 필요가 있지만 연구의 전체 방향은 많은 시사점을 갖는다.

프레이덴베르크의 저작 《이미지와 개념》은 "역사시학에 대한 경험"이라는 부제를 달고 있다. 여기에서 저자는 신화와 제의, 언어의 형식과 배후에 어떤 문학적 전통도 지니지 않는 고대 문학이 의미화된 사물들에서 어떻게 탄생하는지를 연구한다.

프레이덴베르크는 "개념"이라는 용어를 약간 독특하게 사용하는

데 아마도 완전히 성공적이지는 않은 듯하다. 그렇다고 문제의 핵심이 변하는 것은 아니다. 그녀는 신화적 이미지에서, 속성으로부터 사물을, 공간으로부터 시간을, 원인으로부터 결과를, "내가 아닌 것"으로부터 "나"를, 인식되는 것으로부터 인식하는 것을, 수동성으로부터 능동성을 분리, 추상화하는 첫걸음을 염두에 둔다. 그 결과 신화적 이미지는 사실상 시적 이미지가 되고, "전은유"는 진짜 은유가 된다.

그녀는 "예술적" 개념들은 이미지의 형식으로 태어나고 은유는 구체적 의미들이 추상적 의미로 전이되면서 생겨나지만 결국 "개념적인" 비유적 표현으로 마무리된다고 강조한다. 속성이 사물로부터, 주체가 객체로부터 분리되었을 때, 주체는 여전히 객체에 따라 구성되고 추상화된 것은 구체적인 것으로 이해되었다(예를 들어, 고통은 일종의 질병으로 간주). 어떤 현상을 동일시되면서 대립되는 위상을 지니는 두 개의 것으로 보는 신화적 지각은 의미론의 구조적 측면에 의해 "개념" 속에 보존된다. "개념"은 이러한 두 개의 동일한 현상을 쪼개어 **진짜**와 **가짜**, 실제로 존재하는 현상과 현실의 닮은 꼴 사이의 질적인 대립을 일으킨다. 프레이덴베르크는 이러한 닮음을 고대 미메시스와 연결시킨다. 고대의 미메시스는 실제 현상에 대한 환상적인 모방이며 실체와 외관의 대립 때문에 모방에 대한 모방이 된다(앞서 분석한 미메시스에 대한 프라이의 해석과 비교해 보라).

프레이덴베르크는 고대 은유에서 발생학적 동일성 덕분에 서로 같지만 동시에 다른 두 의미를 발견함으로써 고대 은유에 대한 탁월한 분석을 제공했다. 그녀에게 고대의 은유는 형식에 있어서는 신화적이고 내용에 있어서는 "개념적"인 두 가지 의미 차원을 지니는 이미지이다. 호메로스는 "철의 하늘", "철의 심장", "소금 바다"를 노래할 수 있었다. 왜냐하면 신화에서 하늘과 심장은 철로 만든 것이었으며 소금은 바다와 동의어였기 때문이다. 고대 형용어구는 대상의 의미론에서 동어 반복적이다. 이러한 가변성이 대상을 은유의 형태로 변화시킨다. "거대한 고통을 유발하며 칼로 거대한 바다가 경작되는 그런 일을 우리가 겪시 않기를"이라는 말은 농사와 전쟁 기술의 동일시를 보여주며, 헬레네와 파리스의 바다를 이야기하므로 "사랑의 치명적인 결과를 피하도록 하자"라는 새로운 의미를 만들어낸다.

프레이덴베르크는 아가멤논이 자신의 아내 헬레네를 비난(훈계)할 때 사용하며 지옥의 교활한 짐승에 관한 관념을 담은 "흑담비의 눈"이라는 호메로스의 표현을 오로지 개에 관한 관념으로부터 추출한 고골의 "개의 아들"과 비교한다. 23) 자체의 확실성을 잃어버리고 행위를 묘사하는 허구가 되어버린 신화("개념적 신화")에서 서사의 기원을 찾는 대목은 꽤 흥미롭다. 프레이덴베르크에 따르면 최초 서사의 대상은 자신의 공적과 고난을 전달하기 위해(마치 드라마에서처럼) 직접적인 발화를 사용하는 이야기의 주체였다가, 객체로부터 주제가 분리됨에 따라 간접적인 발화와 비교가 주관-객관의 이항이라

---

23) [역주] 프레이덴베르크의 텍스트에서 이 점을 확인할 수 없다. 이는 멜레틴스키가 〈오디세이아〉의 부정확한 판본을 사용하였거나 착오를 한 듯하다. 필시 〈오디세이아〉의 러시아 판본은 이 표현을 사용하는 듯하다. 하지만 고전 문학자로서 프레이덴베르크는 고전 희랍어로 쓰인 판본을 사용한 듯하다. 아가멤논은 영어로 이렇게 단순히 말한다. "The bitch turned her face aside …"[Homer, and E. V. Rieu (Ed.), The Odyssey, 1991, New York, NY, p. 424]; 보다 오래되고 다소 정확하지 못한 로엡(Loeb) 판본은 '수치스러운 여인'이라는 표현을 쓴다. 만일 클리템네스트라가 실제로 암캐이고 흑담비가 아니라면 프레이덴베르크의 비유는 타당하다. 왜냐하면 고골은 '개의 아들'이라고 절규하는 인물들로 자신의 많은 이야기를 채우기 때문이다. 여전히 정부의 세금명부에 올라 있는 죽은 농노들을 찾아 여러 지방을 찾아다니는 치치코프에 대한 노즈드료프의 논평을 참고해 보라. 이런 논의와 논평 뒤에는 개를 포함하여 다양한 동물에 관하여 논의되는 둘 간의 대화가 포함된 긴 장면이 뒤따른다(N. Gogol, Dead Souls, Harmondsworth, Middlesex/Baltimore, 1961, p. 99).

는 허구 형성의 두 가지 기제로서 발달하게 된다. 그 이후에 간접적인 이야기는 비록 개인사가 동반되기는 하지만 저자의 서사적 진술이 된다. 그리하여 하나는 다른 하나를 통해 전개되며 사고가 이미지와 개념으로 표현되는 은유와 유사한 이항식이 발생한다. 이때 공간적인 신화적 사고는 "개념적" 사유로 이동하며 현재는 과거와의 비교를 통하여 확장된다.

프레이덴베르크는 혼합된 상태의 시적 힘으로부터 이 상태를 이해할 수 있는 "개념성"에 힘입어 산문이 발생한다고 보았다. 또한 시와 산문이 이원적 형식처럼 자주 교체되어 나타난다는 그녀의 언급은 매우 타당하다. 프레이덴베르크는 예술 형성 과정에서 일어나는 그런 형상적 양분과 상호 반영에 필요한 틀을 제공하는 제의-신화의 이항 구조를 중요시한다.

마임에서 희극의 기원을 찾는 그녀의 연구는 독창적이다. 비극의 플롯, 구성, 내적 구조의 신화적 시초는 매우 상세하게 밝혀진다.

프레이덴베르크는 비극의 기원을 신화적 종말론(도시와 왕국의 건설과 파괴를 다루는 형태)이 운명적 죽음(주인공의 정화적 희생)의 윤리학으로 변형되는 과정에서 찾는다. 프레이덴베르크는 에로스의 파멸적인 기능을 주목한다. 그녀의 비극 이미지 분석은 최초의 제의신화적 의미론이 변형과 분화를 겪는 것과 같은 의미론적 차원에서 행해진다. 프레이덴베르크에게 비극이 윤리학으로 변형된 종말론이라고 한다면 서정시는 인격화된 자연이다. 그리스 서정시의 기원에 관한 유명한 저작에서 프레이덴베르크는 신화적 뿌리에 대한 근접성과 객체로부터의 주체의 불충분한 고립을 반영하는 서정시의 독특한 고풍적인 성격을 정확하게 설명한다. 예를 들어, 가수는 신과 현저하게 동일시되며 신과 영웅에 관한 신화들은 시인의 전기가 된다. 또한 기본적인 체험은 자주 3인칭 형태로 객관적으로 고정되

며 이미지의 구체성은 관습적 형태 속에서 나타나지만 비교의 토대
는 이미 신화적이지 않고 은유적이다.

프레이덴베르크의 학문 체계에는 많은 논쟁거리가 있다. 눈부신
분석들과 더불어 자의적이고 별로 성공적이지 못했던 분석들도 발
견된다. 보편적 동일시의 파토스는 자연스런 반박을 불러일으킨다.
그녀의 언어는 때때로 난해하며 이는 어떤 계층의 사람들에게서는
"이해 불가한" 저자라는 영예를 만들어내기도 했다.

그러나 이 모든 것이 결코 그녀의 학문적 공헌을 가릴 수는 없
다. 그녀는 심오한 사상을 보여주었으며 고대신화의 의미론적 패러
다임의 여러 가지 차원과 방향에서 질적으로 다양한 변형과 재형성
을 시도함으로써 고대 문학의 다양한 플롯과 장르의 발전에 대한
명확한 그림을 제시하였다. 이미 언급하였듯이 프레이덴베르크는
위제너, 케임브리지학파, 레비브륄, 카시러의 학문적 경험을 비판
적으로 받아들이면서 그들의 업적을 유물론적인 풍토에서 이용하려
하였다. 이러한 시도는 비난 신화들의 인식론적 의미의 인정과 신
화에 대한 역사적인 접근을 배제하지 않을 뿐 아니라, 사회역사적
으로 조건지어지는 단계성을 중요시하는 것이었다. 비록 공시적 묘
사(예를 들어, 공시와 통시를 결합한 프로프와는 달리)를 거부함으로
인해 분석이 무겁거나 명확하지 않은 측면이 있지만 그녀는 문학의
형성 과정과 신화의 역동적 발전 과정을 성공적으로 보여주었다.

프레이덴베르크와 달리 골로소프케르는 발간되지 않은 연구서《고
대신화의 논리》에서 고대신화의 역사적 뿌리를 전혀 인정하지 않으면
서 신화의 시적, 미학적 논리와 신화적 상상 세계의 체계적 관계에
집중한다.

레비브륄과 유사하게 골로소프케르는 신화가 형식 논리의 법칙,
특히 논리적 분리의 단일한 특징인 "배제된 제 3자"의 법칙 등을 일

관되게 위반함을 보여준다. 그에 따르면 결론 도출을 위해서 필요한 전제가 이미 무언의 허락으로 받아들여질 때 신화의 논리는 거짓 근거를 이용하는 것이다. 신화에서 모든 가정은 절대적이고 가설은 무조건적이고 절대성은 조건적이다. 결론적으로 창조적 자유와 미학적 유희의 욕구가 우세한 신화에서는 자질과 특성, 존재 또는 대상의 절대화와 이들의 무조건적인 전환가능성 그리고 모든 비밀스러운 것의 명료함, 모든 명료한 것의 비밀스러움 등을 특징으로 하는 "기적적인 것"이 나타난다. 그러나 골로소프케르는 모든 것이 물질적이며 모든 시적 형상이 물질적으로 실현되는 신화창작적 환상을 주관적이거나 심리적으로 해석하는 것을 반대한다.

골로소프케르에 따르면 신화의 미학은 나름의 객관성과 고유한 존재론을 지닌다. 이미 알려졌듯이 (레비브륄과는 달리) 골로소프케르는 신화적 사고는 고유한 이성과 논리를 지니는 창조적인 인식 활동이라고 주장함으로써 구조주의와 레비스트로스의 사상에 상당히 근접했다. 그는 구체적 대상이 신화에서 상징이 되는 만큼, 신화적 이미지는 표상이라기보다는 차라리 의미라고 독자를 설득함으로써 현대 학문(신화에서 경험에 대한 상상력의 우위와 양자역학에서의 경험에 대한 이론의 우위)의 이론적 체계 몇 가지를 예견하였다고 말할 수 있다. 24)

이런 맥락에서 골로소프케르에게서 가장 흥미로운 것은 "의미 곡선"에 따른 몇몇 감각적 이미지의 운동과 이 곡선이 닫힌 원으로 변

---

24) [역주] 여기서 멜레틴스키는 양자 역학과 체험의 관계를 비근한 예로 인용한다. 필시 그의 의도된 의미는 경험적으로 하나의 대상이 두 개의 장소에 동시에 존재할 수는 없는 반면, 양자 역학은 이것이 이론상 가능하다는 점을 입증했다는 점을 드러내 보이는 것이다. 따라서 이론은 '옳고' 체험은 '틀리다'. 마치 신화적 상상력이 일상 체험을 앞지르듯이 말이다.

환되는 운동에 대한 연구이다. 이 운동은 가장 광범위한 조합(조합의 다차원적 스케일)의 논리로서 완전히 "레비스트로스적인" 변형의 논리를 보여준다. 그리스 신화에서 "시력-시각"의 주제를 둘러싼 이미지 체계의 분석은 매우 흥미롭다. 수평의 "시각 축"을 따라 의미가 외눈박이(일방적인) 키클롭스로부터 모든 방향을 보는 여러 개의 눈을 가진 아르구스로 움직이고 그다음에는 월등하게 모든 것을 보는 헬리오스, 모든 것을 보는 눈을 가진 아르고호의 조타수 린케우스로 움직인다. 수직의 "맹목의 축"을 따라서는 외적 맹목으로부터 내적 맹목으로의 전환이 발생하는데, 오이디푸스는 "눈뜸의 맹목"에서 "맹목의 눈뜸"으로 움직이고 이는 반대방향에서 움직이는 티레시아스와 대립한다. 이와 유사하게 시인의 "내적 시력"과 풍부한 상상력은 신화에서 광적인 주신제주의자(orgiast)의 "가짜 시력-시각"에 대립하며, 맹목에 대한 불신과 믿음에 대한 맹목 등도 서로 대립한다.

이 커다란 의미적 원에는 키클롭스, 아르구스, 헬리오스, 린케우스, 오이디푸스, 티레시아스, 펜테우스, 카산드라, 리쿠르구스, 다프니스, 포이닉스, 피네우스, 메로페, 오리온, 티레시아스, 오이디푸스가 포함된다(원은 연결된다).[25] 신화에서 모순은 제거되지 않고 딜레마가 종합에 의해 해결된다는 골로소프케르의 언급은 자연히 신화적 중재 이론을 상기시킨다.

프랑크 카메네츠키, 프레이덴베르크, 골로소프케르의 연구는 많은 부분 레비스트로스의 구조의미론과 밀접하게 연관되었다(프레이덴베르크의 의미론에 대한 관점은 레비스트로스와 매우 유사하다. 그 의미론은 반(反)인과론의 은유 체계로 이해되며, 그 체계에서는 변화(변용)의 원칙이 우선한다. 부언하면, 그녀가 주장한 경험을 능가하는 "의미

25) [역주] 이 모든 남녀 주인공은 장님이거나 아니면 너무 많은 사물을 보거나 아니면 너무 많은 눈을 가졌다.

화의 원칙"은 신화의미론에서 기표와 기의가 가진 상호관계에 대한 레비
스트로스의 관점과 조응한다). 위에 언급된 학자들은 비록 '층위'와
'코드'라는 전문용어를 사용하지는 않았고 신화의 의미론을 명확하
게 위계적으로 분리하지 않았다 할지라도 같은 요소가 어느 경우에
는 내용이 될 수 있고 다른 경우에서는 형식이 될 수 있다는 점에
주목한 구조주의자들의 이론적 핵심을 잘 이해한다.

하나의 장르와 플롯이 다른 것들의 변형이고 다른 것들의 "은유"라
는 위 학자들의 생각은 레비스트로스의 "변형 신화학"과 공통점을 가
진다. 하지만 위의 학자들과 레비스트로스와의 밀접한 관계를 좀더
명확하게 하기 위해서는 그들이 받아들인 통시적 내용을 레비스트로
스의 신화론의 기초인 공시적 관점으로 전이시켜볼 필요가 있다. 왜
냐하면 그들에게는 "구조"와 "역사"를 대립시키는 레비스트로스의 생
각이 낯설었기 때문이다. 이로 인해 우리가 앞서 언급한 부정적 측
면에 해당하지만 그런 가운데에서도 위의 학자들이 구조주의적 접근
과 역사주의적 접근을 통일하려 한 것은 매우 고무적인 시도이다.
이러한 태도는 그들이 가진 세계관의 본질적 내용을 입증하는 것이
라고 할 수 있다. 위 학자들의 연구 핵심을 파악하기 위한 확실한
방법은 이들의 연구와 서구의 제의신화학파(케임브리지학파와 제의신
화학 문학비평)의 연구를 비교분석하는 일이 될 것이다. 26)

---

26) [역주] 이 문단은 러시아와 소비에트의 학자들이 신화를 연구함에서 인과론적
관계에 기초한 심리주의 혹은 역사주의에 토대를 두지 않고 구조주의 방법론에
기초하여 신화 이론을 세움을 확실히 입증하기 위해 제시된 것으로 이해된다.
제의신화학파는 신화의 발생을 제의와 밀접한 관계가 있다고 본다. 달리 말하
면 제의와 신화 간의 실제적 인과 관계를 매우 강조한다. 이는 신화의 발생에
대한 절대적 기원을 인정하는 것으로 심리주의나 역사주의가 추구하는 인과론
적 방법론과 다르지 않다. 프레이덴베르크의 반(反)인과론은 바로 이러한 연
구에 대한 부정적 견해를 나타내는 것이라고 이해된다.

소비에트의 학자들은 제의와 신화를 예술의 절대적 모델로 보지 않고 인간의 사고와 미학적 개념이 최초로 표출된 결과로 여긴다. 그들은 하나의 제의가 플롯이나 장르의 절대적 원형으로 해석되지 않고 제의신화적 세계관에 의해 다양하게 해석되며 여러 가지의 플롯과 장르로 변환된다고 본다. 이때 변환은 매우 독특한 질적 변환이다. 여기에서 프레이덴베르크가 특히 주목한 것은 희극적이고 풍자적인, 그와 유사한 의미변화 그리고 이런 변화들과 민속의 본질, 민중 삶이 갖는 특별한 연관성이다. 프레이덴베르크는 민속과 민중의 삶에 녹아있는 의식, 즉 신화적 사고의 양가성과 대상과 주체, 능동과 수동적 관점의 혼합 그리고 이로 인해 파생되는 모든 형상에 잠재된 익살과 해학의 특성 등을 훌륭하게 보여주었다.

이러한 익살과 해학을 바흐틴은 민중의 카니발 문화에 귀속시킨다. 프레이덴베르크와 바흐틴에 차이가 있다면 (바흐틴이 제대로 지적한 바와 같이) 프레이덴베르크는 익살과 해학을 오직 원형적 사고와 연관시킨다는 점이다. 그렇지만 프레이덴베르크는 무언극(익살극)과 철학적 대화, 코미디에 대한 분석에서는 바흐틴과 매우 유사한 관점을 보여준다. 물론 그 당시 그녀는 라블레에 대한 바흐틴의 연구에 대하여 알지 못했다. 민속적 전통에 나타난 민중적 세계 인식에 주목하여 광범위하게 이루어졌던 제의와 신화에 대한 연구는 1930년대 소비에트 학자의 업적이다.

1930년대에 집필하여 1965년이 되어 출판된 바흐틴의 라블레 연구는27) 소비에트뿐 아니라 외국에서 큰 반향을 일으켰고 신화 연

---

27) М. М. Бахтин, *Творчество Франсуа Рабле и народная культура средневековья и Ренессанса*, М., 1965. 다음을 비교해 보라: А. Я. Гуревич, К истории гротеска: 'Верх' и 'низ' в средневековой латинской литературе, *Известя Академии наук СССР: Серия литературы и языка*, т. 34, No. 4,

구와 밀접한 관련을 가진다. 카니발로 계승된 농경 사회의 고대 축제에서 행해진 "민중의 익살극"은 라블레의 "수수께끼"를[28] 이해하는 열쇠이다.

위계질서를 가진 사회에서 절제되었던 웃음은 비공식적 위치로 이전하여 예술과 삶의 경계에 놓인다. 그리고 자신만의 독특한 축제성, 민중성, 비종교성, 풍자와 익살이 어우러진 "카니발"의 세계를 창조한다. 이 세계는 대단한 스펙터클(구경거리)을 제공하고 그것은 구전되거나 서면의 익살스런 작품, 매우 친근한 광장언어를 통해 나타난다. 카니발의 세계에서는 자유, 평등과 같은 유토피아적 풍경들이 만들어지며 마치 황금시대의 사투르날리아(Saturnalia)가[29] 일시적으로 돌아온 것처럼 사회적 계급의 전도가 일어난다. 카니발의 원리는 모든 체제의 전복이다. 시각적으로 표현한다면 "바퀴"라고나 할까. 위와 아래가 가지는 경직된 의미가 존재하지 않는다. 앞과 뒤가 끊임없이 자리를 바꾸고 풍자시, 익살스러운 대관(戴冠), 폐위(廢位)와 같은 다양한 형식을 갖는다. 달리 말하면, 카니발의 웃음은 민중의 축제이며 활기차고 역동적이다. 카니발 웃음은 질서를 흩뜨리고 그것을 장사지내고 부정한다. 그것은 모든 것을 삼킴과 동시에 탄생시키는 태초의 시간처럼 대지를 뒤덮는다. 그로테스크 리얼리즘은 죽이고 삼키고 동시에 출산하는 육체적 "하부" 이미지의 두드러진 과장이다. 카니발, 연회, 격투, 주먹다짐, 욕설 그리고 저주

1975.

28) [역주] 라블레의 소설은 바흐틴이 말한 카니발 언어, 즉 광장언어로 쓰인 만큼 매우 비논리적이고 무질서한 플롯을 가진다. 어휘의 의미뿐 아니라 어지러운 구성을 감안하여 '수수께끼'라는 표현을 쓴 것으로 이해된다.

29) [역주] 로마 농경제의 한 형태. 폭발적 혼돈의 기간으로 정해진 축제기간에 노예와 주인이 함께 연회를 베풀면서 노예는 주인을 모욕하고 주인의 지위를 위협할 수 있다. 또는 주인과 노예의 지위 전도가 일어나기도 한다.

등은 카니발적 "지옥"(특히, 음식과 죽음의 관계는 특별하다)의 전형적 양상이다. 여기서 "지옥"의 개념은 육체를 가진 인간의 "하부"이다. 하부는 대지로서 흡수의 원리이자 탄생과 부활의 원리(모태, 자궁)이다. 이 모태의 기괴한 형상은 초개인적이고 우주적이다. 이 모든 것에는 영원한 갱생을 토대로 집단적 역사의 불멸에 대한 민중의 의식이 녹아있다.

바흐틴은 카니발 전통의 사실주의적 상징과 그것이 라블레의 작품에서 어떻게 전개되는지 매우 세밀하게 분석한다. 그는 열린 텍스트로서의 라블레의 작품이 민중희극 문화의 천 년 역사를 역조명함을 파헤친다. 라블레는 문학 분야에서 민중의 희극문화를 가장 잘 보여준 위대한 작가이다.[30] "카니발 문화"와 라블레 작품의 분석은 카니발 시학의 특징을 아주 명료하게 보여준다. 이를 통해 우리는 카니발 시학에 투영된 신화적 인식을 발견할 수 있다. 예를 들어, 상징성, 구체적인 육체성과 연결된 무의식의 양면성 등이다. 삶의 다양한 형태(포식, 성교, 지적 활동, 사회생활 등)는 서로 복잡하게 엮여있을 뿐만 아니라 상징적 차원에서는 같다. 마찬가지로 소우주(인체)는 대우주(생물학과 우주학)와 동일하다. 이에 근거하여 라블레 작품에는 "상부"와 "하부"로 구분된 인간의 육체적 이미지가 과장되어 나타난다. 이는 몸 내부의 탐색, 부풀려지고 부분적으로 부각된 몸의 묘사들을 통해 이루어지고 이로 인해 몸(육체)은 자연과 상호작용한다.

바흐틴의 연구에서 볼 수 있는 카니발 시학은 전통에 의존한다. 그 전통에는 시간과 죽음과 다산을 통해 영원한 삶의 갱생이 되풀이되기를 바라는 의식이 자리한다. 이러한 전통은 중동 지역 민족

---

30) *Ibid.*, p. 5.

들이 새해 축제에서 벌인 희생제와 주신제 등에서도 볼 수 있다. 라블레 작품에서 반복되는 대관과 폐위(격하, 굴욕)의 주제〔예를 들어, 사원의 종을 뜯어 말의 목에 달아 주는 익살(격하)〕은 노예로 변한 피크로콜 왕의 격하와 익살맞은 옷(광대 옷)을 입은 아나르흐 왕의 격하를 포함한다. 우리는 여기서 익살스러운 옷으로 갈아입고 웃음거리가 된 왕의 자리바꿈만이 아니라 프레이저와 그의 후임자들에 의해 지적된 바대로 왕-성직자 계급의 새로운 부활 의식이라는 카니발의 내포적 의미도 발견하게 된다.31) 그 부활은 격하와 비웃음, 때로는 일시적 죽음(상징적 죽음)을 통해 이루어진다.

앞서 언급한 의식들에 나타나는 "속죄양"과 "왕의 대역"은 문학과 관련된 카니발 전통에 이용된다. 카니발의 순환성과 카니발화된 문학은 바흐틴이 명쾌하게 지적한 대로 영원한 순회와 제자리로 귀환하는 역사의 행보를 믿는 모더니즘의 이상과는 구분된다. 왜냐하면 휴머니즘 전통에 입각한 라블레의 카니발적 특성은 세계의 변화를 지향하기 때문이다. 바흐틴이 분석하는 축제적 형식, 연회, 그로테스크한 형상들은 직접적이든 간접적이든 넓은 의미에서 민중의 세계관과 밀접하게 연관된 제의의 발생학적 계보를 보여준다. 제의의 내용이 가지는 발생학적 계보가 아니라 민중이 가진 제의에 대한 특별한 세계관 자체의 발생학적 계보를 말하는 것이다.

카니발과 카니발적 세계관의 전통에 대한 바흐틴의 분석은 터너의32) 작업에서 매우 흥미롭게 가치를 인정받는다. 터너의 작업은

---

31) [역주] 프레이저의《황금가지》에서 고대의 많은 농경제가 카오스에서 조화의 회복 기능을 내포함을 지적하는데 그것을 염두에 둔 듯하다. 왕이 잠시 노예가 되기는 하지만 결국 왕과 노예의 원래 신분이 회복됨으로써 (축제가 끝나면 당연히) 기존의 조화를 회복한다는 의미이다.

32) V. M. Turner, *Ritual Process: Structure and Antistructure*, Chicago, 1969.

성인식 의례와 그 외 다른 전이적 의례에서 의례가 끝나고 새로운 사회적 지위를 부여받기까지 시련을 겪는 이들이 격리되는 시기의 사회적 위계질서의 일시적 파괴와 무질서한 "소통"의 발생에 대한 것이다. 이때 참여하는 모든 사람은 새로운 사회적 지위를 잠시나마 향유할 수 있고 모든 의식에 자유롭게 참여할 수 있다. 터너는 잔혹한 사회적 위계질서의 역사적 시기들과 "공동의", 평등화 이념에 고무된 파괴의 상호연관 속에서 터너는 유사한 무언가를 본다. 그러나 이를 근거로 카니발이 단지 원시 시대의 제의신화학적 원형을 답습하는 것으로 단정해서는 안 된다. 바흐틴이 올바르게 지적하는바, 마술적 기능(이것은 고대 농경 사회의 의식에서 필수적인 요소였다)의 상실은 카니발 문화에 이데올로기적 측면을 심화시켰다. 고대문화의 제의에도 풍자적 요소와 익살스런 광대, 대역 배우가 분명 존재하기는 했지만 민중의 "웃음 문화"의 진정한 발전은 사회의 불평등과 깊이 연관되었으며 계급사회가 고착된 이후 시간이 한참 흐른 뒤에야 이루어진 것이다.

특히, 고대와 중세 문화의 민중 카니발의 특징은 원시 시대 신화·제의와 문학과의 연결고리이다. 이런 식으로 바흐틴은 "카니발 문화"의 분석을 통해 라블레 작품의 민속-제의-신화의 뿌리를 보여주었다. 더 넓게는 중세 후기와 르네상스시대의 문학의 뿌리를 제시한다.

셰익스피어 드라마(해학, 대관과 폐위, 물질·육체적 하부의 상징성, 풍자와 연회의 형상들) 또는 세르반테스의 《돈키호테》에 나타난 "카니발적 특징"에 대한 바흐틴의 분석은 매우 흥미롭다. 바흐틴은 《돈키호테》를 일컬어 복잡한 카니발 행위가 매우 직접적으로 드러나는 작품이라고 평가한다. 또한 고골의[33] 작품에서도 바흐틴은 그의 시학

---

33) M. M. Бахтин, Искусство слова и народная смеховая культура (Рабле и Гоголь), сб. *Контекст 1972*, M., 1973.

에 나타난 카니발적 유형, 즉 제의신화적 형태를 찾아낸다. 우리의 논의와 관련하여 새로운 유럽 문화(17~18세기 문학에서 이루어진 그로테스크의 일반화와 형식화, 낭만적 그로테스크가 표현한 주관적이고 끔찍한 세계, 20세기의 현대적이고 사실적인 그로테스크의 성향 등)에서의 카니발적 그로테스크가 처한 운명에 대한 바흐틴의 지적은 매우 중요하다. 물론 그의 지적이 신화주의의 문제와 직접적인 관계는 없다. 바흐틴의 방법론, 즉 이분법(대립, 이원성)의 사용(위와 아래와 같은), 양극 사이의 "조화로운" 전이에 대한 탐구, 세계의 "카니발적" 모델이 갖는 의미적 내용 설명 등은 프레이덴베르크와 마찬가지로 구조의미론과 상당히 밀접해있다. 이와 같은 방법론의 사용은 바흐틴이 연구한 민속신화 전통의 변화무쌍한 기호학적 특성에 의해 용이해진다. 물론 바흐틴의 연구가 크리스테바가 주장했던 것처럼 구조주의 이론과 완전히 일치하는 것은 아니다. 34)

바흐틴의 연구를 정리하면서 내릴 수 있는 결론은 고골도 라블레도 카니발 테마와 완전히 일치하는 않는다는 것을 인정할 필요가 있으며 라블레가 출발점으로 삼는 민속과 제의, 서적의 전통을 극복하는 것에 대한 한 권의 책을 상상할 수 있다는 것이다. 그러나 전통에 입각한 라블레의 분석은 일면 정당성을 가질 뿐 아니라 이 경우, 전통은 햄릿 플롯의 중세 버전이 셰익스피어가 쓴 《햄릿》의 고유성을 설명하지 못하는 것과는 달리 라블레 작품의 고유성 자체를 설명한다. 지금까지 기술한 것을 고려할 때 바흐틴의 연구가 프라이의 제의와 신화에 관한 연구와 제의신화비평 전체에 대해 어느 정도로 유익한 수정을 가할 수 있을지 가늠할 수 있다. 35)

---

34) J. Kristeva, La sémiologie comme science des idéologies, *Semiotica*, 1, 1969; *Une poétique ruinée*, в кн.: M. Bakhtine, *Le poétique de dostoievski*, Paris, 1970.

니체는 디오니소스와 아폴론의 이분법적 대립을 강조했다. 이러한 이분법은 올림포스의 신과 같이 미화된 신화에 악마적이고 황홀경적인 고대신화를 대립시키는 것으로 오늘날까지 학문에 많은 영향을 미친다. 바흐틴은 조금 다른 역사적 자료를 근거로 이분법을 사용한다. 교회와 기독교의 이상주의하에 있었던 공식적인 중세 문화와 그로테스크한 환상을 이용하여 기존의 질서를 부정하는 민중의 카니발 문화를 대립시킨다. 카니발 문화는 절대 혼합될 수 없는 것들을 혼합시킨다. 레비스트로스는 고대나 중세가 아닌 그 이전으로 거슬러 올라가는 원시 시대의 신화적 계보를 탐구했다. 그의 신화 연구는 우주와 관련된 질서에 대한 탐구이기도 하며 금지와 원칙을 도입하고 명상과 신화적 사고로써 모순되는 것들의 혼합을 허용한다. 이때 가장 기이하고 환상적이며 "무질서"한 상징들이 구체적 수단이 된다.

유명한 소비에트 미학 연구가 리프쉬츠는 "현대 신화 이론에 대한 비판"에서 레비스트로스와 논쟁을 벌인다.[36] 그는 매우 독창적인 시각을 선보이는데 이에 따르면, 레비스트로스가 주장하는 신화의 "올바른 관계"에 대한 의존성, 모든 "원시의 어두운 추상"(이는 리프쉬츠의 표현이다)은 유용하지 않다. 결국 우리를 환상의 늪에 빠지게 할 뿐이다.[37] 그 환상의 늪은 도덕성이 외면되는 악마적인 세계로 일상적 삶의 긴밀한 경계를 알지 못하는, "모든 곳에 무질서가 난무하는 고상하고도 무섭거나 우스운 세계"이다. 오로지 당위의

---

35) 바흐틴과 프라이의 관점의 비교는 다음을 보라: D. Hayman, Audelá de Bakhtine, *Poétique*, 1973, p. 13.

36) М. А. Лифшиц, Критические заметки к современной теории мифа, *ВФ*, No. 8, 1973, C. 143~153. 그리고 No. 10, C. 139~159 (이후 이 논문에 대한 인용은 잡지의 호수와 쪽수로 표시함).

37) *Ibid.*, No. 8, p. 146.

세계와 자유의 세계 사이에서 치솟는 환상의 강력한 권위에 속박된 세계이다. 38) 리프쉬츠는 신화에 있는 모든 환상성(추상성)은 "메피스토펠레스"적 성향을 가지며 "악의 시학"과 같은 고유성을 갖는다고 주장한다.

리프쉬츠에 의하면, "당위성과 인간 이성에 합당한 사물의 질서는 신성한 자유와 태초의 카오스가 가진 속성과 대립된다"는 것이 신화의 핵심이다. 39) 또한 창조신화는 기존의 무기력한 세계체계를 창조자의 과장된 행위로 대체하려는 시도일 뿐이다. "이성과 환상의 충돌은 암흑기의 역사에 더욱 두드러져 나타난다."40) "특히, 이 시기에 세계 문학에서 비극과 익살이 태동하였다."41) 이와 같은 주장을 펼친 리프쉬츠에 따르면 "원인신화의 구조는 서사예술의 정점에서 반복되는데",42) 19세기 고전 문학, 구체적으로 월터 스코트, 푸슈킨(예를 들어, 《대위의 딸》 혹은 《스페이드 여왕》), 발자크 등의 작품 등을 들 수 있다. 이들의 작품은 대부분 혼란한 역사의 소용돌이와 삶의 지난한 사건들을 묘사하며 풍운의 거친 삶, "혁명적" 삶을 영위한 주인공들의 행위가 대체로 산문적 질서의 정립으로 끝을 맺는다. 모더니즘을 거부하는 입장에서 위와 같은 신념은 전혀 놀랄 일이 아니다.

무엇보다 리프쉬츠의 사상은 다음의 언급에 잘 표현되었다. "고대인의 신화는 산문에 반대하는 시 최초의 반란이다."43) 태초의 신화에 대한 이러한 관점이 어느 정도 헤겔의 "예술의 신화적 형식"에

---

38) *Ibid.*, No. 8, p. 152.
39) *Ibid.*, No. 10, p. 146.
40) *Ibid.*, No. 8, p. 150.
41) *Ibid.*
42) *Ibid.*, No. 10, p. 149.
43) *Ibid.*, No. 10, p. 152.

서 기인하며 민중의 환상은 바흐틴의 카니발 이론에서 기인한다는 것은 중요하지 않다. 또한 그가 주장한 신화의 "혁명성"과 소렐의[44] 시각이 가진 공통점을 찾을 필요는 없다. 리프쉬츠의 이론은 고유

---

44) [역주] 조르주 소렐(1847~1922)은 1890년대 정통 마르크스주의를 받아들이기 전까지 정치적으로 군주주의자이자 전통주의자였다. 그는 마르크스의 합리주의와 유토피아적 성향이라 생각한 경향들을 비판했다. 그에게 마르크스주의는 치명적으로 쇠퇴한 사회에서 프롤레타리아트를 위한 구원을 약속했다는 점에서 참이었다. 소렐은 바쿠닌의 아나코코뮤니즘(anarcho-communism)을 지지하였고, 프루동처럼 사회주의를 근본적으로 도덕적 질문으로 보았다.

신화의 중요성을 밝혀내고 과학적 유물론을 비판한 앙리 베르그송, 니체에게서 발견할 수 있는 위대함에 대한 예찬과 평범함에 대한 증오, 토크빌 · 타이네 · 르낭 같은 자유주의적 보수주의자들에게서 발견할 수 있는 민주주의의 잠재적 부패성을 깨닫는 능력이 그에게 많은 영향을 끼쳤다. 그는 필연적이고 혁명적 변화를 믿는 마르크스주의자들을 거부했다. 대신 그는 의지의 중요성을 강조하며 직접적인 행동을 좋아했다. 소렐은 "직접적인 행동"(direct action)이라는 구호를 만들어내기도 했다. 이 직접적인 행동들은 생산수단에 대한 노동자들의 지배를 이루기 위한 총파업, 보이콧, 사보타주, 자본주의에 대한 방해를 포함했다. 대중을 일치된 행동으로 동요시키기 위해 의도적으로 고안된 '신화'의 필요성에 대한 소렐의 믿음은 1920년대 대중 파시즘 운동으로 실현되었다.

"신화"라는 관념의 인식론적 지위는 어느 정도 중요하다. 그것은 한 가지 근본적인 특성을 가진 작업가설의 인식론적 지위와도 같다. 우리는 이 가설을 '진리'와 얼마나 가까운가로 평가하지 않고 가설에서 유래한 실현가능한 영향력으로 평가한다. 따라서 소렐의 관점에서 정치신화가 중요한가 그렇지 아니한가는 인간을 정치적 행동(인간이 숭고한 특성들로 가득 찬 윤리적 삶으로 고양되고 해방을 달성하기 위한 유일한 방법)으로 동원하는 신화의 능력을 기준으로 판단되어야 한다. 소렐은 총파업이라는 신화가 노동 계급에게 연대, 계급의식, 혁명적 생기를 불어넣는 데 기여하리라고 믿었다.

소렐은 변화를 위한 유일한 방법은 힘의 적용을 통한 것이라는 프랑스 사회의 자코뱅 전통을 반영했다. 그의 사상은 아나코생디칼리즘(anarcho-syndicalism)에 중요한 기여를 했다. 소렐은 유럽 정치학의 역사에서 중요한 인물이다. 그의 사상이 1830년에서 1930년대의 아나키즘, 사회주의, 생디칼리즘, 공산주의, 마르크스주의, 민족주의라는 사상들의 상호 보완(때로는 혼란마저도)을 반영하기 때문이다.

하고 흥미롭다. 그 성격상 전형적 낭만주의에 속한다(혁명적 낭만주의 기질을 가졌다고 해두자). 리프쉬츠는 편협할 정도로 신화적 "카오스"의 시를 강조한다. 그러나 모든 신화의 기본적인 파토스가 부분적으로 카니발에서 표출되는 카오스에 대한 동경이 아니라 카오스에서 코스모스로의 변화의 파토스라는 것에 동의하지 않는다. 이러한 연구에서 우리는 고대의 신화에서 미학의 원초적 태동을 실감할 수 있다. 그 태동은 신화시학에 대한 넓은 문제 제기를 뒷받침한다.

최근 10년간 신화 연구와 관련하여 많은 연구가 활발하게 진행된다. 연구는 대부분 광범위한 의미론을 연구하는 소비에트 구조주의 언어학자를 주축으로 이루어졌다. 대표적인 학자로 이바노프, 토포로프 등을 들 수 있으며 이들은 공동저작을 출간하기도 했다. 45) 이

---

45) В. В. Иванов, В. Н. Топоров, *Славянские моделирующие языковые системы*, М., 1965; В. В. Иванов, В. Н. Топоров, *Исследования в области славянских древностей*, М., 1974; Le mythe indo-européen du dieu de l'orage poursuivant le serpent: reconstruction du schéma, *Echanges et communication*, 2, 1970, pp. 1180~1206; К проблеме достоверности поздних вторичных источников в связи с исследованием в области мифологии, Труд по знаковым системам(이후, *ТЗС*, 6, Тарту, 1973, С. 32~46; К описанию некоторых кетских семиотических систем, *ТЗС*, 2, 1965, С. 116~154; Инвариант и трансформация в мифологических и фольклорных текстах, *Типологические исследования по фольклору*, сост. Е. М. Мелетинский и С. Ю. Неклюдов, М., 1975, С. 44~76; В. В. Иванов, Заметки о типологическом и сравнительно-историческом исследовании римской и индоевропейской мифологии, *ТЗС*, 4, 1969, С. 44~75; В. В. Иванов, *Об одной параллели к гоголевскому*, «Вию», *ТЗС*, 5, 1973, С. 133~142; В. В. Иванов, Категория «видимого» и «невидимого»: Еще раз о восточно-славянских фольклорных параллелях к гоголевскому «Вию», *Structure of Texts and Semiotics of Culture*, van der Eng, and M. Gryggar (Eds.), The Hague/Paris, 1973; В. В. Иванов, Структура стихотворения Хлебникова, Меня проносят на слоновых…, *ТЗС*, 3, 1967; В. В. Иванов, Категория

들 연구의 핵심은 고대 발트슬라브어와 인도유럽어의 신화의미론의 재구축이다. 다양한 비인도유럽어 참고자료가 광범위하게 이용됨과 동시에 현대 의미론이 방법론에 이용된다. 이들 연구는 통시적, 공시적 대립을 토대로 역사주의 방법론에서 기호학적 방법론으로 연구의 범위를 확대한다. 이것은 앞서 살펴본 바와 같이 소비에트 연구의 전형적 특징이다. 구조주의 언어학과 레비스트로스의 구조주의 인류학에서 출발한 그들은 19세기 신화 민속, 몇몇 의미론의 영역의 재구축을 위해 기존 학파의 성과를 이용한다.

그들의 연구의 핵심은 신화적 사고에 내재된 이원대립(레비스트로스와 같이)의 분석뿐 아니라 원시 집단의 시각으로 세계의 신화적 모델에 나타난 긍정적인 것과 부정적인 것의 이원대립을 통해 고대

времени в искусстве и культуре XX века, сб. *Ритм, пространство и время в литературе и искусстве*. Л., 1974; В. В. Иванов, Двоичная символическая классификация в африканских и азиатских традициях, *Народы Азии и Африки*, 1969, No. 5, С. 105~115; В. В. Иванов, La semiotica delie oppozitioni mitologiche de van Popoli, *Ricerche semiotiche*, a cura di I. M. Lotman e B. A. Uspensky, Torino, 1973, pp. 127~147; В. В. Иванов, Об одном типе архаичных знаков искусства и пиктографии, *Ранние формы искусства*, М., 1972, С. 105~148; В. Н. Топоров, К реконструкции мифа о мировом яйце, *ТЗС*, 3, 1967, С. 81~99; В. Н. Топоров, К истории связей мифологической и научной традиции: Гераклит, *TO Honor Roman Jakobson*, 3, The Hague/Pans, 1967; В. Н. Топоров, О структуре некоторых архаических текстов соотносимых с концепцией мирового дерева, *ТЗС*, 5, 1971, С. 9~62; В. Н. Топоров, О космогонических источниках раннеисторических описаний, *ТЗС*, 6, 1973, С. 106~150; В. Н. Топоров, L'albero universale, Ricerche semiotiche, pp. 148~209; В. Н. Топоров, К происхождению некоторых поэтических символов, *Ранние формы искусства*, С. 77~104; В. Н. Топоров, О структуре романа Достоевского в связи с архаичными схемами мифологического мышления, *Structure of Texts and Semiotics of Culture*, pp. 225~302.

의 의미론 현상의 태동을 설명하려는 것이다. 이분법의 관점은 다양한 연합, 동일한 위계질서 속에서 이루어진다. 이것은 구체적인 신화체계를 구성한다. 그들에 의해 본질적 대립 몇 가지의 명확한 연구가 이루어졌는데, 왼쪽/오른쪽, 가시적인 것/비가시적인 것(이바노프), 시공간적 신화 연속체로서 3차원과 4차원 세계의 기본적 대립을 포함한(토포로프) 수(數)의 대립이 매우 상세하게 연구되었다. 그럼으로써 "세계수"가 가지는 가장 중요한 신화적 요소가 연구되었다. 그 신화적 요소를 토포로프는 세계와 세계의 구조, 발전의 역동적 힘을 모델링하는 우주의 상징복합체로 여긴다. 다른 세계의 모델에 우선하는 것, 고대 세계관의 역사에서 전체 시대를 규정하는 것으로 여긴다.

인도유럽어로 쓰인 여러 텍스트의 비교분석을 통해 토포로프는 그 텍스트에 나타난 고대의 원형적 특징을 재조직한다. 그것은 질문과 대답(격언)의 형식, 결국 "자연, 본성"의 4원소 체계에 이르는 미시적, 거시적 세계의 진부한 조응 등의 형식으로 나타난다. 자연 혹은 본성은 우주 요소의 유사한 통합관계적 분포를 가진다. 토포로프에 의해 신화구조는 곧 고대의 역사와 철학 전통의 초기 단계에서도 드러나게 된다.

문학의 신화주의라는 문제에서 이바노프와 토포로프는 다수 작가의 창작에서 기본적 의미의 대립에 대한 무의식적 관심을 쉽게 찾을 수 있을 것이라는 입장을 같이한다. 이 대립은 신화에서 일반적인 것이다. 이바노프는 고골의 환상적 모티브(특히, 〈비이〉)와 슬라브 신화에 대한(앞서 살펴본 바와 같이 로세프, 바흐틴도 고골의 신화주의에 대해 다른 관점에서 이야기한다) 현대의 과학적 재구성이 갖는 공통점을 지적하며 반면 토포로프는 도스토예프스키의 《죄와 벌》에 나타난 고대신화 구조(어휘적 수준에서)를 분석하며 이와 푸슈킨 및 고골의 작품이 가지는 공통점을 지적한다.

　토포로프는 도스토예프스키의 텍스트와 고대의 우주학이 공통점을 가진다고 말한다. 고대 우주학에서 "카오스"가 가진 위험은 그 반대되는 힘의 투쟁력으로 극복된다. 이는 존재의 원초적 문제의 해결과 같다. 그리고 그러한 실존의 문제는 오직 모종의 제의(성례)의 핵심적 시공간 지점에서만 일어난다. 이에 기초하여 토포로프는 도스토예프스키의 주인공이 가진 "개방성", 예기치 못한 반복에 대한 준비성, 강한 표본화, 소설 공간과 시간의 표시성, "석양"(전형적인 신화 유형, 순환성과 시간의 몰락을 지시)과 "페테르부르크"의 상징 역할을 동기화한다.

　"페테르부르크"는 "환상적 요소"와 **중심**(카오스를 위협하며 협소함, 두려움, 무더위, 군중 등이 카오스를 입증한다)과 **주변**이라는 자명한 공간적인 "신화적" 대립을 가진다. 주변은 자유와 탈출(대립의 실현은 주인공의 공간 이동혼합에 의해 이루어진다)을 약속한다. 토포로프의 의견에 따르면 《죄와 벌》에는 신화 텍스트와 유사한 요소 그리고 기본적인, 지역적인, 임시적인 분류소들, 메타언어적 장치들 및 텍스트에서 의미적으로 반복되는 부분들의 모음, 고유명사와 부사 간의 경계 약화, 숫자의 양적 상징의 해석 등이 있다. 이와 같은 흥미로운 접근은 향후 연구에 주요한 단서를 제공한다.

　현재 우리는 "제한적"인 두 개의 언급을 확인할 수 있다. 첫째, 꼼꼼한 분석에 의해 얻어진 원형의 전통적 표식과 나란히 그것을 뒤집기 함으로써 얻어진 표식이 눈길을 끈다(예를 들어, 신화 텍스트에서 **주변**은 대부분 카오스의 영역과 접한다). 둘째, 명확히 표현된 "의미성"은 도스토예프스키에서는 확실한 것이다. 그 특성은 신화와 제의를 위한 것이지만 필요하다면 보다 광범위한 현상 층, '신화적인 것'의 보다 엄격한 경계 구분과도 관계할 수 있다.

최근 문학의 '신화주의' 연구 영역에서 흥미로운 시도가 매우 활발하게 이루어진다. 이바노프는 흘레브니코프의 작품을 신화라는 주제로 분석한 논문을 발표했다. 유명한 구조주의자 로트만은 우스펜스키와 함께 《신화-이름-문화》라는 저서를 출간했다. 저서에서 신화는 다시 (위제너, 로세프, 프레이덴베르크 이후로) "고유한 이름의 언어"와 비교되며 푸슈킨의 〈안젤로〉에 드러난 신화 층위가 분석된다. 스미르노프는 러시아에서 소설 장르의 발전에서 나타나는 민담적, 신화적 원천을 밝히려고 노력했다. 스미르노프와 판첸코는 프랑크 가메네츠키, 프레이덴베르크, 바흐틴의 이론에 입각하여 고대 러시아 문학과 마야코프스키에까지 이르는 20세기 초에 나타난 몇몇 "비유적 원형"을 연구했다.

의미론의 방법은 네클류도프의 연구에서도 이용되었다. 원형과 전통적 민속 자료에서 (특히, 시베리아와 중앙아시아) 그는 모든 층위에서 서술을 구축하는 법칙에 따른 (플롯 구성에서 묘사 체계에 이르기까지) 원형적 신화모델과 고유한 신화시학적 의식과의 조응에 대한 문제를 제기한다. 46)

---

46) Ю. М. Лотман, Б. А. Успенский, Миф-имя-культура, *ТЗС*, 6, С. 282~305; Ю. М. Лотман, Идейная структура поэмы Пушкина «Анджело», *Ученые записки ЛГПИ (Пушкинский сборник)*, Псков, 1973, С. 3~23; И. П. Смирнов, От сказки к роману, *Труды Отдела древнерусской литературы*, т. 22, Л., 1972, С. 287~320; А. М. Панченко, И. П. Смирнов, Метафорические архетипы в русской средневековой словесности и в поэзии начала XX в., *Труды Отдела древнерусской литературы*, т. 26, С. 33~40; 멜레틴스키의 연구들 가운데 기호학적 방법에 대해서는 다음을 보라: Е. М. Мелетинский, Структурно-типологический анализ мифов северовосточных палеоазиатов, *Типологические исследования по фольклору*, сост. Е. М. Мелетинский, С. Ю. Неклюдов, М., 1975 (английский вариант: E. M. Meletinsky, Typological Analysis of the Paleo-Asiatic Raven Myths, *Acta Ethnographica Academiae Scientiarum Hungaricae*, Tomus 22, Budapest,

신화를 연구한 소비에트 학자들의 연구내용에 대한 중간 결론을
내리면서 우리는 러시아와 소비에트 학자들이 신화시학에 새로운
지평을 열었다는 사실에 주목한다. 물론 역사주의 원칙을 토대로
하고 이데올로기 문제에 신중을 기한다면 이러한 시도들은 서구의
신화 이론과 신화시학을 수정하기 위해 이용될 수 있을 것이다.

1973, pp. 107~155; E. M. Meletinsky, Scandinavian Mythology as System, *Journal of Symbolic Anthropology*, (1), pp. 43~58; (2), pp. 57~78, The Hague/Paris, 1973. 멜레틴스키의 다른 논문 몇 편은 다음 책으로 엮었다: *Soviet Structural Folkloristics*, 1, The Hague/Paris, 1974. 비교해 보라: E. M. Meletinsky, "The Structural Typological Study of Folklore", *Social Sciences*, (3), 1971, pp. 64~81; Е. М. Мелетинский, Структурная типология и фоль-клор, *Контекст 1973*, М., 1974, pp. 329~347; С. Ю. Неклюдов, Душа убивающая и мстящая, *ТЗС*, 7, 1975, pp. 65~75; О функционально-семантической природе знака в повествовательном фольклоре, *Семиотика и литература*; Особенности изобразительной системы в долитературном повествовательном искусстве. сб. *Ранние формы искусства*, М., 1972, pp. 191~219.

제10장

예비적 결론

문예학에서 제의신화학적 접근을 포함해 20세기에 주도적이었던 신화학 개념들의 개관을 마친 후 짤막한 예비적 결론을 내려 볼 수 있다. 그로부터 최종적 비판에 처해질 대상과 향후 학문적 차원에서 긍정적으로 검토될 가치가 있는 대상이 가려질 것이다. 그러나 신화 이론 중 다분히 논쟁적인 철학적 개념들(생철학, 신칸트주의, 현상학, 부분적으로는 실존주의)과 명백하고도 심오한 관계를 보여주는 경우가 있기에 객관적인 분석의 어려움이 예상된다. 비록 그 철학적 개념들이 신화 이론으로부터 과학적 결론을 도출하게끔 하는 데는 역부족이지만 말이다.

만일 19세기 후반의 실증주의적 민족학이 신화에서 "생존"과 자연의 미지의 힘에 대한 전(前)과학적인 방법의 잔재를 보았다면, 20세기 민족학은 첫째, 원시 사회에서 신화들이 마법, 제의와 긴밀히 관계하며 자연과 사회의 질서를 유지하고 통제하는 수단으로서 기능하며 둘째, 신화적 사고가 확실한 논리적, 심리적 특성을 지니고 셋째, 신화창작은 나름대로 독특한 상징 "언어"의 가장 오래된 형식(그 언어의 용어로 인간은 모델을 만들고 분류하고 세계와 사회 그리고 자기 자신을 해석했다)이고 넷째, 신화적 사고의 고유한 특징들이 고대를 비롯하여 다양한 역사적 시대에 속한 인간들의 상상의 산물 간에 유사하게 나타난다. 그리하여 신화는 고대문화의 총체적 또는 지배적 사고의 수단일 뿐 아니라 꽤 다양한 문화에, 특히 신화에 발생학적으로 적잖은 빚을 지며 신화와 공통된 특성(비유성 등)을 지니는 문학과 예술에 모종의 '단계'나 '단편'으로도 존재할 수 있다는 것을 보여주었다.

그러나 이들 새로운 긍정적 이해들은 일련의 극단적이고 자주 서로 모순되는 과장, 이상주의적인 이해와 실제로 분리되기 어렵다. 이 과장과 이상주의적 이해는 인지적 순간의 부정, 신화의 제의성 또는 신화 속에 있는 잠재의식적 양상의 비대함, 역사주의에 대한 경시, 신화의 사회적이고 인식론적인 뿌리의 과소평가 등을 가져오거나 아니면 반대로 신화들의 지나친 지적 본성 강조와 '사회학적' 기능에 대한 과소평가로 이어진다. 20세기 과학과 사회사상의 발전 과정에서 나타난 모순을 염두에 두고 신화와 신화시학 연구의 근본 방향에 대한 결론적 평가를 매우 간략하게 공식화하려 한다.

고전적 인류학파의 마지막 대표자인 프레이저는 테일러의 애니미즘에 반대해 마법을 내세움으로써 신화학 연구의 방향을 제의로 돌렸으며 막대한 양의 숭배신화를 해설했다. 기능주의학파의 창시자 말리노프스키는 원주민의 이해 속에서 신화의 "실제성"이 유사 이전의 신화적 시대의 사건들로 거슬러 올라가지만 제의에서 신화가 재생산되고 그 제의들이 마법적 의미를 가지는 덕분에 심리적 차원에서 실제성이 유지된다는 것을 발견했다. 제2차 세계대전 이후 다수의 민족학적 연구(특히, 스태너와 터너 그리고 다른 많은 사람)은 신화와 제의의 심오한 의미론적 통일을 입증했지만 로버트슨 스미트, 프레이저, 해리슨이 주장하는 신화에 대한 제의의 우위, 모든 신화의 기원을 제의에서 찾기, 신화를 제의적 행위의 연속성의 재생산으로서 보는 통합체적 연구에는 동의하지 않았다. 제의주의로부터 신화적 관념에 순환적 시간모델이 도입되었는데 농경신화와 프레이저가 잘 정리한 죽어가고 부활하는 신들에 대한 숭배에서 그러한 시간관념이 가장 명확히 드러나기 때문이다. 그러나 신화에서 더 오래되고 기본적인 것은 창조의 성스러운 "시작 시간"과 경험적인 현재 시간의 대립이다.

이 틀 속에 존재하는 세계는 완전히 "창조되고", "부여되며", 세계에 생명력을 주는 지속적 원천인 "최초의 시간" 모델(패러다임)에 의해 정해진다. 이것으로부터 "시작 시간"의 재실현과 마법적 제의 속에서의 그 시간의 생명력이 나온다. 의례 자체의 진정한 파토스는 반복과 순환이 아니라 이와 같은 재실현에서 비롯된다. 그러나 많은 현대 민족학자는 강조점을 바꾸어 "순환" 모델을 1차적이고 주도적인 것으로, "시작" 모델을 2차적이고 의존적인 것으로 제시하였다. 그 결과 신화는 순전히 현대(모던)적인 이미에서 고유한 제자리 돌기라는 영원회귀의 파토스를 갖게 된다(니체 사상의 영향이 없지 않다).

문학과 문학 연구는 이 점을 포착했다. "최초의 시간"이라는 신화소의 설명을 위해 많은 일을 한 엘리아데는 제의에서 신화의 기능화의 관점에서 신화들을 분류했으며 그리하여 영원한 반복의 파토스를 그만큼 강조했다. 그리하여 역사적 시간의 원칙적 가치 하락, 세속적 시간과 그 시간의 비가역성, 혐오스런 역사 등과의 목적 있는 투쟁을 신화적 의식(意識)에 첨부시켰다. 그는 제의에서의 정기적 정화, 새로운 창조, 순환적 재생의 중요한 의미를 바로 역사적 시간의 파괴에서 본다. 그런데 신화에서 '역사적 시간'의 '파괴'는 사실 일정한 사고방식의 부수적 산물이지 신화의 목적도, 역사 앞에서의 주관적 공포의 표현도 아니다. 이는 제의주의와 기능주의를 발견하는 이성적 토대가 과장이나 현대화적인 해석과 만나면 어떻게 되는지를 명백히 보여준다.

신화가 고유의 논리를 가진다는 사실은 20세기 신화 이론의 가장 중요한 발견이다. 무엇보다 이 발견은 뒤르켐의 직선적 사회주의로부터 이탈해 집단표상의 전(前)논리적 성격을 가정한 레비브륄에 의해 이루어졌다. 레비브륄은 신화적 사고가 어떻게 기능하는지, 어떻게 일반화되는지를 기호를 이용하여 구체적으로 보여주었다. 그러나 "신비적 참여"의 틀을 고수함으로 인해 그는 고유한 신화적 사고의 지적 의미와 그것의 실제 인식 가능한 결과들을 알아차리지 못했다. 그는 신화적 사고의 불명료함을 개인과 사회적 경험, 논리적 작용에 대해서는 단단히 닫힌 특별한 "비논리적" 논리로 받아들였다.

신화적 사고의 토대로서의 정서적 자극과 마법적 관념을 강조하는 레비브륄의 이론은 순수하게 심리학적 해석과 그가 "탈지성화시킨" 신화들(융은 이를 널리 활용했다)을 위한 길을 열었으며 순수하게 비이성적인 토대에서 신화와 문학의 접목을 가능하게 했다. "정서성"과 "마법성"(시적 영감, 시적 인상과 마법, 마나-오렌다 유형의 힘과의 동일시)은 제의신화학적 문예학의 몇몇 대표자에게는 낯선 것이 아니다. 카시러와 레비스트로스는 신화의 지적인 성격을 강조하고 레비브륄의 신화 이론의 고유성도 인정했는데, 이들의 원시적 사고 이론이 발전하는 과정에서 레비브륄의 성과와 약점도 밝혀진다. 레비브륄 이전, 특히 베르그송으로 대표되는 생철학은 철학적 직관주의에서 출발하여 신화와 지성을 대립시켰고 레비브륄은 마치 학문적인 논쟁들로 신화냐 논리냐, 마법이냐 사고냐(프레이저는 마법에서 원시 과학의 또 다른 모범을 보았다) 하는 허위적 딜레마를 과학적 논거로서 공고히 하려 했다. 그리고 이 허위적 딜레마는 지금까지도 레비브륄의 발견에 대한 민족학자들의 평가를 가로막는다. 이런 의미에서 레비브륄을 비판적으로 수용하면서 신화의 인식적 성격을 계속적으로 강조한 1920~1930년대 소비에트 학자들(프레이덴베르크 등)을 공정하게 평가할 필요가 있다. 이 딜레마를 불변의 공식으로 인정하는 것은 레비브륄의 이론과 신화적 사고가 지닌 독창성을 과소평가할 뿐 아니라 신화를 현실을 왜곡하는 비이성적 사고의 산물로 보는 매우 부정적인 입장으로도 나아갈 수 있다.

바로 그 딜레마는 융의 사상을 이해하기 어렵게 만드는 원인 중 하나이다. 뒤르켐으로 거슬러 올라가는 융의 "집단표상"의 개념이 레비브륄에게서 온 것이기 때문이다. 융은 신화를 상상의 다른 형식들과 근접시켰으며 집단무의식적이고 심리학적이며 신화와 닮은 모습을 한 상징인 원형으로 격상시켰다. 인간 환상(신화, 시가를 포함해서 꿈속에서의 완전히 무의식적 몽상)의 다양한 형태에서 어떤 동질성과 공통성을 발견하고 인간의 상상이 본래부터 고유한 형상적이고 상징적인 언어를 가지고 있음을 인식하며 이러한 보편성을 위해 어떤 원형석 십난심리픽긱 기충을 찾으러 시두하는 노력에는 진지한 주의를 기울일 가치가 있다. 융은 개인심리학에서 '집단' 심리학으로, 신화의 비유적 해석(억압된 유아적 근친상간의 성적 성향의 직접적인 표현으로서의 신화 등)에서 상징적 해석으로 옮겨가면서 자신이 거부한 스승 프로이트와 비교해 몇몇 관계에서 진일보했다. 융은 신화의 비유성에 대한 깊은 이해(신화를 완전히 합리적으로 설명해서는 안 되며, 단지 다른 형상적 언어들로 옮길 수 있을 뿐이다), "정신적" 에너지의 변증법, 정신적 현상에 대한 엔트로피의 적용, 무의식적 내용이 가진 의미의 복수성 등에 관한 가설로써 정보 이론과 기호학의 몇몇 주장을 예견한다(이런 사실의 이해를 위한 본질적인 장애물은 심리주의와 주지주의의 대립이다). 그러나 원형의 유전적 성격에 관한 가설은 매우 취약하며 다양한 심리분석에 공통으로 나타나는 심리학적 환원주의("심리학에서 자연의 인식은 무의식적인 심리적 과정의 언어이자 겉옷일 뿐이다. 1부 제6장 각주 9번을 보라)를 극복하는 방안을 집단표상에서 구하는 것 또한 불충분하다. 심리학적 환원주의의 프리즘을 거칠 경우 인간의 환상 속에 반영되는 현실은 모두 심리적 상태가 신체적으로 표출된 결과로 간주되지만 신화시학적 비유의 역사적 다양성(공간과 시간에 있어)은 단지 "가면들"의 세트가 된다.

심리학적 환원주의의 이와 같은 두 가지 결과는 캠벨의 《신의 가면》 같은 신화에 관한 융주의자들의 책에서 명확히 나타난다. 심리학적 콤플렉스에 신화의 지식을 적용시키거나 신화에 심리학적 콤플렉스의 지식을 적용하는 것 모두 지양해야 한다. 모더니즘 문화의 특성이 된 신화와 심리학의 상호 희석이 더 이상 일어나지 않도록 하려면 인간 상상의 다양한 산물을 끊임없이 질적으로 구분하고 역사 심리학에 대한 고찰을 늦추어서는 안 된다. 융에게(그리고 신화에서 생각의 구조와 우리 경험의 지적 이해의 수단을 본 마르크 쇼러에게로도) 경도된 심리학자 헨리 머레이도 신화의 개념을 상상의 산물 전반에까지 확장하는 데는 반대한다. 융의 사상은 모더니즘 특유의 범신화주의를 만들어냈다.

지적하였듯이 융 사상과 제의주의의 종합은 제의신화학적 문예학의 최종적 형성을 위한 전제였다. 제의와 원형은 신화의 지적 해석에 반대하는 견해의 공백을 어느 정도 채웠다고 할 수 있다. 생철학의 영향과 레비브륄과 융이 빚어낸 이런 편향성을 극복한 신화 이론들은 특별히 주의를 요한다. 스펜서와 테일러의 견해, 즉 신화는 순진하고 호기심 강한 야만인의 질문에 대한 대답이라는 해석으로 되돌아갈 경우 신화를 비이성적이라 여기는 편견을 극복할 수 없다. 학문의 역사에서 이런 극복은 신화의 상징적, 구조기호학적 해석을 통해 시도했는데 이 또한 기존의 편향성과 그 분파, 그중에서도 제1의 편견(신화는 비이성적이라는)을 완전히 극복하지는 못했다.

신화의 상징 이론은 신칸트주의의 마르부르크학파의 입장에서 카시러가 집대성하였다. 카시러는 신화를 언어, 예술과 나란히 감각적인 자료의 객관적 측정이 가능한 문화의 자율적 상징 형식으로 그리고 동시에 기능화의 성격과 주변 세계의 모델화의 방법을 결합한 닫힌 체계로서 연구하였다. 카시러는 기능과 민중적 환상의 구조적 형식(사실 게슈탈트 심리학의 정신에서는 약간 정적으로 이해되는)에서 출발한다. 유감스럽게도 의사소통의 신칸트주의적인 선험적 개념을 따르면서 카시러는 신화의 상징학이 사회적 의사소통과 분리될 수 없으며 오히려 그것에 의해 발생한다는 것을 무시한다. 물론 그는 신화적 사고의 전적으로 자율적인 성격을 증명하는 데 성공하지 못한다.

구조주의 인류학의 창시자 레비스트로스는 기호체계를 발생시키는 신화적 사고의 논리적 메커니즘을 묘사했다. 그 결과 신화적 사고가 지닌 자체의 논리적 특이성(은유성, 지각 단계에서의 "브리콜라주"의 논리)이 전면에 부각되었으며 (레비브륄과는 정반대로) 모든 고대문화의 동력이기도 한 일반화, 분류, 분석 능력 등 신화적 사고의 모든 지적인 힘들이 증명되었다. 레비스트로스가 설명한 신화적 사고의 논리적 메커니즘은 비록 전적으로 부합하지는 않지만 많은 면에서 시적 사고와 유사한 것으로 밝혀졌다. 이와 같이 20세기 신화 이론의 명백한 성과에 대한 고려와 더불어 신화의 인지적 양상이 다시 수용되고 입증되었다.

우리는 신화의 구조주의 이론이 레비스트로스 및 다른 저자들의 철학적 일반화가 지닌 논쟁적 성격을 끌어안을 뿐 아니라 그 내부에 널리 알려진 내적 모순과 문제들(예를 들어, 딜레마로 표현된 "기호학적"인 양상과 "구조주의적"인 양상들의 이율배반)을 포함한다는 것 그리고 이 어려움들을 극복하기 위해서는 새로운 방법론의 구체적인 연구가 필요하다는 것을 알았다.

의미론적 방법론을 통한 신화와 문학의 상호관계에 대한 연구가 제의신화학파(체이스나 레글란에 반대한 프라이와 윌라이트) 내에서도 이뤄졌다. 의미론적인, 나중에는 구조주의적 방법론이 소비에트 학문에서 이 문제들을 검토할 때 적용되었다.

심리분석적 이론들을 제외하고 지금까지 살펴본 이론들은 원시신화를 기본 연구대상으로서 삼되 역사적 시간의 문화, 심지어 현대문화와의 유비를 원칙적으로 배제하지는 않는다. 이것은 모든 이론이 신화의 특이성을 지식과 경제적 경험의 낮은 단계와 연결하는 것을 단호히 거부하고 심리학의 무의식 층위 분석을 이용하여 신화 속의 실용적 기능들을 전면에 내세우려 하기 때문이다. 이로써 진화론, 적자생존 법칙, 모든 종류의 계몽주의적 전통신화는 더 이상 설 자리가 없어진다. 게르만적 이교 신앙과 그 신앙의 황홀한 영웅정신을 '소생'시키려는 나치주의의 선동에 신화가 이용된 것은 중요한 사건이었다. "서문"에 언급했듯이 이런 경험 이후 신화와 사회적 선동을 동일시할 수 있게 되었으며, 그 결과 다양한 이데올로기적 신화에 대한 폭로가 가능해졌다. 신화의 퇴위는 많은 수의 작은 "신화들"과 "제의들"의 작용의 장이 된 사회적 관습의 영역에서도 일어났다.

레비스트로스는 매우 높은 수준의 기호성과 총체적 구조성을 지닌 원시신화 창작의 "차가운" 문화를 "뜨거운" 역사적 사회와 분리하는 장애물을 가장 명확하게 지적한 신화 이론가이다(비록 다른 구조주의자 롤랑 바르트는 반대로 우리의 현대를 가장 "신화적"이라고 생각하지만).

원시적 혼합주의의 구현으로서 다양한 이데올로기의 발생에서 신화가 차지하는 역할의 중요성은 두말할 나위가 없다. 바로 이런 의미에서 신화는 이데올로기 형식의 원형이다. 그 외에도 원시적 사고(강한 정서적 본질과 상징적 상투성, 성화(聖化)된 역사적 회상 등을 무의식적이고 자동적으로 이용하는 구체적이고 감각적인 사고)의 몇 가지 특성은 현대 서구의 대중문화와 같이 일정한 사회적 환경에서 특정한 조건과 단계를 거쳐 단편적으로 재생된다. 나아가 행위가 의례화된 양상 몇 가지는 약화되거나 대용화된 "변천적 의식들"에 이르기까지 모든 사회에서 그리고 개인적 차원에서 존재한다.

그러나 이러한 유사성을 모두 종합해 보아도 부분적으로 혹은 총체적으로 신화주의가 지배적이며 이를 단일하고 동질적으로 기호화된 문화의 혼으로 삼는 원시 사회(넓은 의미에서는 여기에 고상한 중세도 부분적으로 포함해서)는 이데올로기적으로 심하게 분화되고 '단편적' 또는 '은유적' 신화주의, 유사(類似) 신화주의에 대해서만 이야기할 수 있는 사회와 근본적으로 차이가 있음을 숨길 수 없다. 그렇지 않다면 '신화'와 '문화'다는 개념이 구별되지 않을 것이다.

위에 언급된 것은 문학 속의 신화주의와도 부분적으로 관계가 있지만 여기서는 문학의 발생에 기여한 신화의 특별한 역할뿐 아니라 문학과 신화가 공통으로 지니는 비유적, 형상적, 상징적 본성도 고려할 필요가 있다. 신화-문학이란 문제를 검토하면서 케임브리지 학파와 영미 제의신화비평의 경험 그리고 러시아 학계에서의 매우 흥미로운 접근을 염두에 둘 필요가 있다. 러시아 학계에서는 제의의 원형들을 세계관 차원에서 더욱 면밀히 검토하였으며 신화와 민담, 민중의 지혜에 대한 낭만적 동일시를 거치지 않고도 민속학이 신화와 문학을 매개하는 고리가 될 수 있음을 증명하였다. 포테브냐, 베셀로프스키, 톨스토이, 트론스키, 바흐틴 및 기타 많은 연구자의 성과가 이를 보여주며 그중 바흐틴의 민중의 웃음문화의 발견은 각별한 의미를 지닌다. 민속학은 전통적 상징으로 충만한 문학의 고유한 제 2의 흐름으로서 여러 시대의 작가들에게 구체적 형상들의 원천, 신화적 직관의 풍부한 토양이 될 수 있었다. 그것에 대한 명백한 예가 고골이다.

다양한 연구자(포테브냐, 베셀로프스키, 카시러, 프레이덴베르크, 바흐틴)가 신화가 은유로 전환되는 법칙, 시적 언어와 많은 시적 상징과 형상의 신화적 기원을 증명하였다. 프라이와 보트킨이 기독교 상징으로 시적 전통의 '문법'을 설명한 시도는 성공적이었으며 단테, 밀턴, 블레이크의 작품에 대한 그들의 결론도 중요한 것이다.

프레이저의 계승자들은 제의적 모델로부터 고대 문학의 다양한 장르를 이끌어냄으로써 극 장르의 기원에 관한 몇 가지 사실을 밝혀냈다(제의신화학적 경향의 셰익스피어 연구가들이 부분적으로 이 연구를 이어나갔다). 그들의 연구 결과는 프레이덴베르크의 연구로 보충되어야만 했다. 그러나 동일한 방법은 서사 장르에 대해서는 훨씬 덜 믿을 만한 결과를 제공했다(생티브와 프로프가 통과의례와 비교한 민담은 제외한다).

전통의 틀을 갖춘 문학 작품, 궁극적으로는 신화적 작품 연구에 강점을 보이는 제의신화학파는 작가의 작품에서 '집단적인' 층, 즉 작가가 이용하는 플롯, 장르, 시적 언어의 미학을 설명하고 분석할 수 있었다. 물론 그와 같은 분석에서는 작가의 개인적인 부분과 그의 작품 속에 반영된 사회역사적 상황에 대한 고려가 누락된다. 프라이와 그의 학파는 유사한 과제를 설정한 소비에트의 연구자들과 달리 전체적으로 신비평의 미학적이고 분석적인 원칙들에 의거한다. 개별 신화들을 장르의 원형으로서 직접 고찰하는 프라이의 방식은 프레이저와 반 게네프가 "새로운 탄생"이라는 원형을 융주의적으로 해석하면서 지나치게 일반화된 제의적 도식을 널리 사용하는 것과 마찬가지로 의구심을 자아낸다. 개별 신화와 제의를 해석할 때 나타나는 고도의 추상화와 도식적 요약(거의 "신화 전반")은 제의 신화학적 비평과 20세기의 신화학적 문학 연구의 두드러진 현상이다. 구체성을 띠던 초기 단계의 제의주의가 형식주의적 빈곤의 위험을 갖고 있었다면, 사실적 전통과 유리된 대단히 추상적이고 분석심리화된 제의주의는 필연적으로 조건적이고 비유적인 성격(시적 성격이 아닌 학문적 성격의 비유)을 가지게 된다. 보트킨, 프라이와 그 동조자들의 각각의 연구가 성취한 바와는 별개로, 제의신화학적 접근은 문학 작품에서 단지 신화의 '가면'밖에 보지 못하는 환원주의를 면하지 못했고 따라서 문학 이론적 문제의 보편적 해결을 위한 학파로서는 적합하지 않다.

앞에서 이미 언급했듯이 의식적으로 전통으로부터 벗어난 문학 속의 함축적 신화, 사실주의적 예술에 깊숙이 자리한 유사신화적 도식 등에 관한 프라이의 문제의식은 매우 흥미롭다. 그러나 함축적 신화의 문제는 환원주의를 벗어나야 한다. 이 문제와 더불어 전통과 무관하게 신화와 제의의 용어를 사용하는 문예학 분석이 정당한가의 문제는 추가 연구를 통해 해결되어야 한다.

전반적으로 시적 의미론은 물론이고 인간 환상의 조직과 구조 속에서 신화와 '유사신화적' 요소들을 이해하려는 작업이 심화되면서 현실을 반영하는 역사적 형식에 대한 관심이 현저히 약화되었다. 그러나 일견 우려스러운 이 편향성 때문에 신화의 현상 자체와 내적 구조의 이해를 위해 현대 신화 이론들이 이룩한 성과를 과소평가해서는 안 된다. 신화의 문제에 대한 소비에트 학문의 성공적인 접근이 이를 부분적으로 증명한다.

현대의 신화학자 일부(예를 들어, 엘리아데, 캠벨)가 우리 시대의 문화적, 사회적 상황에 대하여 일정한 철학적, 예술적 해석을 반영하는 관념들을 대중화하는 데에 기여하기는 하지만[1] 모더니스트

세계모델의 특징이기도 한 "영원한 회귀"와 신화적 가면의 불변적 본질에 대한 절대화가 신화 자체뿐 아니라 20세기의 토대적 신화 이론들의 진수를 형성하지는 않는다는 점을 꼭 강조하고자 한다.

---

1) 20세기 신화 이론의 평가에 관한 문제의 예비적 제시는 다음 논문에서 이루어졌다. 다음을 보라: E. M. Мелетинский, Мифологические теории XX века на Западе, ВФ, No. 7, 1971(영어, 프랑스어, 스페인어로 번역되었음: *Social Sciences*, (3), Moscow, 1975. 또한 헝가리어와 세르비아어로도 번역됨). 또한 다음 논문과 비교해 보라: E. M. Meletinsky et al., "La folclorica russa ci problemi del metodo strutturale", *Richerche Semiotiche*, pp. 401~432.

제 2부

서사적 민담에서
고전 형태의 신화 반영

제1장

예비적 설명

신화의 특성을 올바로 이해하기 위해서 우리는 고전적 고대 시기 (유럽 문명권에서는 수세기에 걸쳐 그리스-로마 신화체계가 널리 유명세를 탔음에도 불구하고)뿐 아니라 오히려 고대 이전의 더 원시적인 사회에서 특징적으로 나타나는 가장 전형적인, 이른바 고전 형태의 신화와 신화체계를[1) 고찰할 필요가 있다.[2)

비록 경험과 생산에 의한 풍부한 지식이 자연 물질적 사고에 자극을 주기도 하지만 근대 사회에서 정신문화의 지배 인자는 신화체계이다. 원시 문화의 '상식'은 주로 경험에 의해 제한받는 데 반해, 신화체계는 우주를 일반적으로 개념화하는 지배적 방법이 된다는

1) 신화(*myth*)와 신화체계(*mythology*)의 개념 구분은 전자가 첫째 신과 정령들에 관한 이야기, 둘째 신격화된 또는 발생에 있어 신과 관련된 영웅에 관한 이야기, 세계 자체와 그것의 자연적, 문화적 요소의 창조에 직간접적으로 참여한 조상에 관한 이야기를 담은 것이라면 후자는 신과 영웅에 관한 앞서 기술한 그런 이야기의 총체인 동시에 세계에 관한 환상적 이해 체계까지를 포함한다. 또한 신화에 관한 과학도 "신화체계"로 불린다.
2) 제2부에서 우리는 각 모티브들의 출처를 밝히지는 않을 것이다. 왜냐하면 우리의 목적은 순전히 이론적인 것이기 때문이다. 여기서는 제1부에서 밝힌 참고문헌이 사용되었고 보충적으로 백과사전적인 문헌들이 사용되었다.

점이 중요하다. 신화의 초자연적 존재들의 세계는 삶을 수용하는 형식들의 독특한 반영으로서, 이러한 형식들의 원초적 근원이거나 어떤 높은 차원의 현실로서 생각된다. 원시신화의 매력적인 환상성과 관념적 성향 때문에 신화학적 유형 분류가 갖는 인식론적 중요성과 부족의 사회생활에서 신화가 담당하는 질서화 역할의 중요성이 배제되는 것은 아니다. 신화의 발생 및 기능에서는 물론 현실적 필요와 목적이 사변적인 것들을 훨씬 압도한다. 동시에 신화체계에는 무의식적이며 시적인 창조물, 원시 종교와 미숙한 전(前)과학적 사고가 아직 분화가 덜 된 제설(祭說)혼합적인 통일체를 단단하게 결합시킨다.

고대 문명에서 신화체계는 철학과 문학이 발전하는 출발점이었다. 신화체계와 이데올로기적인 제설혼합이 특유의 연결점을 가진다고 인정한다면 신화체계를 정신의 자율적 영역으로 이해한 카시러의 해석과는 양립될 수 없다. 또한 종교적 현상으로서의 신화체계를 원시 예술에 대립시키거나 혹은 시적 현상으로서 신화체계를 원시 종교에 대립시키고자 하는 속류적인 사회학적 시도들도 받아들일 수 없게 된다. 왜냐하면 신화체계는 종교와 초기 시 형식의 전쟁터이자 병기고가 되기 때문이다. 말하자면 제설혼합적 성격은 종교와 시에 보존되었고 그 특성이 되었다. 신화체계는 제설혼합적이고 게다가 가장 오래된 고대의 이데올로기적 형식으로서, 보다 발달하고 분화된 이데올로기적 형식들의 요람이 되었고 어떤 점에서는 동질성을 띤다. 그러나 오늘날의 철학, 정치학, 예술, 법 그리고 심지어는 발달된 종교들이 이러한 신화체계로부터 직접 분화되었다거나 혹은 신화체계와 동일시될 수 있다(그런 경향성이 20세기 신화주의에 있다)는 의미는 아니다. 오히려 반대로 원시 문화와 현대 문명 간의 역사상의 차이점들은 반드시 고려되어야만 한다.

250

신화적 사유가 심리적 기저와 분리 불가능하며 인간 사유의 생산물들 간에 공통된 특질이 있다는 점 때문에 신화들을 꿈, 환영, 무의식적인 환상과 동일시해서는 안 된다. 또한 심리학 속에 신화체계를 용해시키거나 신화체계 속에 심리학을 용해시켜서는 안 된다. 인간 사유의 유희와 비교했을 때 신화체계가 훨씬 더 사회적이고 이데올로기적이며 신화체계의 사회성은 집단무의식적 창작물들의 한계를 넘어선다. 신화적 사유의 논리적 메커니즘과 과학적 사고를 동일시하지(예를 들어, 타일러, 레프 쉬텐베르그 등과 같이) 않고 이들을 완전히 별개의 독립적인 것으로 분리하지(예를 들어, 레비브륄, 카시러처럼) 않아야 한다. 신화적 지각은 변별적이지 못하며 불명료하기 때문이다.[3]

　비록 개인의 심리와 어린이의 논리 메커니즘을 구성하는 과정들은 원시 사회의 사회적 경험과는 질적으로 다르지만 '원시적 사고'에는 어린이의 사고 영역과 매우 유사한 점이 있다.

---

3) [역주] 차별성의 결여(*lack of differentiation*)를 말하는 것으로서, 예를 들어 원시적 인간은 자신을 주변의 자연적, 사회적 층으로부터 차별화하지 않았다.

신화체계적 사유의 공통적 특성

제2장

신화체계적 사유의 특징은 원시인이 주변의 자연 세계로부터 자신을 아직 분리해낼 수 없었으며 자신의 고유한 특성을 자연의 대상들에게 전이하여 생명과 인간의 열정, 의식적이고 합목적적인 경제활동, 사람의 모습으로 활동하고 사회적 조직체를 가질 가능성 등을 부여한 결과로부터 나온다. 이러한 미분리성은 그가 자연 세계와의 통일성을 본능적으로 감각하였다거나 자연 자체에 합목적성이 있기 때문이라기보다는, 바로 자연을 사람과 질적으로 변별할 수 있는 능력을 가지지 못했기 때문이라 생각된다.

자연 세계에 대한 순진한 의인화가 아니라면, 신화의 의인화뿐 아니라 주물숭배, 애니미즘, 토테미즘, 마나-오렌다와 같은 원시 신앙들도(거꾸로 이 신앙들은 신화들 속에 분명하게 반영되었는데, 예를 들어 애니미즘은 정령들-주인들의 형상 속에, 토테미즘은 인간 형상과 동물 형상의 이중적 본성을 가진 종족의 시조들의 형상 속에 반영되었다) 생각할 수 없을 것이고 토테미즘적 유형으로 분류되거나 더 넓게는 신화체계적 상징주의, 반인반수(伴人伴獸) 형상의 용어들로 된 우주의 사유, 소우주(인간육체)와 대우주(공간적 관계)의 동일화를 낳게 된 자연의 대상과 문화적 대상의 '비유적' 병립도 생각할 수 없었을 것이다.

원시 사유의 불명료성은 주체와 객체, 물질적인 것과 관념적인 것(즉, 대상과 기호, 물체와 단어, 존재와 이름), 물체와 속성, 단일한 것과 복수적인 것, 정적인 것과 동적인 것, 공간적인 것과 시간적인 것 사이가 명확하게 분리되지 않는 점에 나타난다. 시공간의 혼합은 우주 공간의 구조와 신화적 시간의 사건들 사이의 이질동상을 통해 드러난다.

원시 사유의 또 다른 특징은 추상적 개념들이 극히 미약하게 발달되었다는 점이다(이는 주지하다시피 인종언어학적 자료들에 의해 확인된다). 그 결과, 논리적 분석과 유형 분류는 구체성을 잃지 않고 기호적이고 상징적 성격을 가진 구체적인 대상적 사고를 통해서 상당히 뭉뚱그려진 방식으로 이루어진다. 원시적 논리의 직접적 자료는 원초감각적 지각으로 이것은 감각의 유사성과 불일치를 통해 구체성을 잃지 않는 일반화를 가능케 한다. 신화의 시공간 시간과 공간을 채우는 구체적 지각의 대상, 주인공, 상황으로부터 벗어날 수 없기 때문에 그 결과 신화적 논리에는 시간과 공간에 관한 복합적인 이해관이 발생한다. 대상들은 외면적인 2차적 지각상의 특징들 사이의 유사점들과 시공간상의 근접성에 따라 인과 관계로 변형될 수 있지만 주지하다시피 대상의 기원(다시 말해 그것들을 발생시킨 힘)에 대한 기술은 '참된' 본질을 바꿀 수 있다. 어린이 사유의 특징이기도 한 이 후자의 특징은 매우 핵심적이다. 왜냐하면 이것은 주변 세계의 각 부분의 기원에 관해 이야기를 해줌으로써 주변 세계를 모델링하는 신화의 특성을 설명하기 때문이다.

논리적 사유 자체는 아직도 감정적, 정서적, 감각적 차원으로부터 매우 미약하게 분화되었기 때문에 온갖 종류의 '참여'(레비브뤨적인 의미에서)를 여의하게 할 뿐 아니라 제의적, 마법적 풍습의 동인으로도 작동한다.

물론, 신화적 사고의 모든 특성을, 나아가 다양한 신앙을, 자연과 인간의 미분화라는 사실 자체로, 감정의 영역과 논리적 사고의 비차별화로, 구체적인 것을 추상화하는 능력의 미발달이라는 현상으로 귀착시켜서는 안 된다. 앞서 열거한 일련의 특성은 혼합적 사유 능력뿐만 아니라 혼합주의를 넘어서는 능력에 의해 생성된다. 예를 들어, 문화영웅에 관한 신화에는 흔히 자연과 문화의 비분화성뿐만 아니라 (문화영웅들은 신화에서 불과 태양, 유용한 약초와 다른 식물들, 연장, 사회적, 제의적 규범 등과 같은 자연의 자원들과 문화적 재화들도 모두 획득한다), 문화영웅과 데미우르고스를 구별하는 요소들과 문화 기원의 테마가 전면으로 등장하면서 보이는 초기의 분화성 역시 반영되었다.

토테미즘은 동식물의 한 종류와 일정한 사람들의 그룹과의 친연 관계에서 비롯된다. 이것은 의심할 바 없이, 자연과 문화의 동일화에서 구별로 넘어가는 어떤 전환 상태를 전제하며 종족의 사회제도에 대한 이해관이 자연으로 전이됨을 전제한다. 사회적 제도에 대해 밀하는 곳에서 원시 사고와 어린이 사고 사이의 차이점이 명확하게 드러난다. 애니미즘은 추가적으로 혼과 영에[1] 관한 생각을 전제한다. 비록 혼에 관한 관념 자체는 상당히 오래 동안 육체적인 성격을 띠긴 하지만(혼은 간, 심장 같은 일정한 기관들 속에 위치했으며 피와 호흡과 일치하거나 새, 사람 등의 모양을 갖는다) 결국 물질과 관념의 분리가 시작됨을 전제한다.

원시 논리는 이미 최초 단계부터 추상적 분류(예를 들어, 숫자 상징)를 이용했고 비록 미약하지만 보다 추상적인 이해관을 만들려는 경향을 보여주었다. 일반적으로 순수한 신화체계적 사유는 일종의 추상작용으로서 원시 사회의 생산 활동과 기술적 경험에서 나오는

---

1) [역주] 우리말에서는 흔히 '혼령'이라는 단어로 번역되는 이 용어는 러시아어에서 '혼'(*dusha*)과 '영'(*dukh*)으로 분리되어 사용된다.

자극들을 고려해 보면 놀라운 것은 아니다. 그러나 신화체계적 사유를 화학처럼 순수한 형태로 드러내는 것은 불가능하다. 이는 인간의 문화 및 사유의 역사의 초기 혼합적 단계와 신화가 발생적으로 연관되었음을 다시 한 번 증명한다. 물론 이는(레비스트로스의 증명처럼) 신석기 시대의 기술 혁명을 가능하게 한, 분석하고 분류하는 신화체계적인 사유의 세련성이나 탄력성과 모순되는 것이 아니다. 비록 맹목적이거나 우회적인 방법으로나마 여전히 논리적 문제들을 풀어내는 신화체계적 사유의 명백한 힘은 그것의 '비실용성'(레비브륄이 주장하는바)이나 '원시성'에 대한 논란을 재고하게 되지만 한편 그 원시적 근원에 대한 논란을 재고하지는 못한다.

신화체계적 사유의 원시성은 사유로서 이 신화적 사유의 요소들, 즉 구체적, 형상지각적, 감정적 영역으로부터 미약하게 분리되고 매우 발달된 문명사회 속에서도 성스러운 형상들에 대한 모방 지향성과 같은 요소들이 발견될 수 있다고 해서 부정될 수는 없다.

신화체계적 사유의 인식적 가능성을 고려하고(특히, 감정적, 직관적 요소에 의해 신화체계적 사유가 가지는 특별한 '충만함') 신화체계적 사유와 과학적 사유가 역사상 공존하였음을 보면 전자를 오직 후자의 불완전한 선행자로만 보지 않게 된다. 신화체계적 사유의 발전에 대한 통시적 접근은 신뢰할 만하지만 충분하지는 못하다. 우리는 신화체계적 사유와 과학적 사유를 공시적인 두 개의 논리 '유형' 혹은 '층위'으로 볼 수 있다. 레비브륄, 카시러, 레비스트로스는 이와 같은 관점에서 연구를 수행하였다(그리고 이러한 통시적, 공시적인 분석은 모두 불가피하게 도식적이게 된다).

과학적 사유와 신화체계적 사유의 상관관계를 공시적 차원에서 고찰하면 과학적 일반화는 구체에서 추상으로, 원인에서 결과로 나가는 논리적 위계 체계의 토대에 세워졌다. 반면 신화체계적 일반화는 기호로 사용되는 구체적이고 개인적인 것을 이용하게 되어서 인과의 위계질서에 상응하는 하나의 위격(位格), 자체의 의미적, 가치적 중요성을 갖는 신화적 세력들과 존재들의 위계질서가 되었다고 말할 수 있다. 과학적 분류는 내적 원리들의 대조에 기초하여 이루어지고 신화체계적 분류는 대상 자체로부터 분리할 수 없는 2차적 감각 자질에 따라 이루어진다. 과학적 분석에서 유사성 혹은 다른 관계의 유형으로 나타나는 것이 신화체계에서는 동일한 것으로 보인다. 신화체계에서 징후들로 갈라놓는다면 과학적 분석에서는 부분들로 나누는 것이다.

신화에서는 과학적 법칙들이 구체적인 개인 형상들과 개별 사건들로 대체되고 과학적 원칙들은 시간 속에 상실된 '기원'으로 대체되며 원인과 결과는 물질의 변형으로 대체된다. 과학에서는 구조와 사건의 관계에서 구조가 사건보다 앞선다. 반면 신화에서 구조는 사건의 결과로 발생한다. 로트만과 우스펜스키는 신화를 고유명사의 언어에 비유하고 (이게니와 프레이텐베르크를 따라) 신화적 기술의 특정한 메타 텍스트가 과학적 기술의 메타언어와 어떻게 상응하는지를, 메타 텍스트 내에서 기술 언어와 기술된 신화가 동형이라는 것을 증명한다. 2)

레비브륄은 원시적 사유에서 논리적이고 과학적인 포함과 배제의 과정은 감정적 요소들에 의해 대체되며, 그 결과 신비적이고 마법적인 참여가 발생하여 원시적 논리는 '제3의 가능성은 없다'3) 는 법칙

---

2) Ю. М. Лотман, Б. А. Успенский, Миф-имя-культура, *ТЗС*, 6, С. 282~
305; Ю. М. Лотман, Идейная структура поэмы Пушкина «Анджело»,
Ученые записки ЛГПИ, Псков, 1973, С. 3~23.

3) [역주] 배중률(排中律) 법칙이라고도 한다. 과학적 논리에서 '객체는 동시에
두 가지가 될 수 없다'는 주장이고, 논리학에서는 'p는 동시에 p이면서 ~p일
수 없다'를 뜻한다.

을 인정하지 않는다고 주장한다. 한편, 레비스트로스는 우리가 지적한 바와 같이 원시적 논리는 과학적 논리가 해결했던 것과 유사한 과제들을 특별한 방식들로 해결할 수 있다는 것을 증명했다. 19세기와 20세기의 고전 과학과 달리(레비스트로스는 현대 과학에서 수량적인 방법론들과 2차적 특징들에 따른 분류에 대한 어떤 재평가의 특징을 발견한다) 신화체계적 논리는 비유적이고 상징적이다. 신화체계적 논리는 '손에 잡히는' 모든 수단을 이용하는데 수단들은 때로 그 자체로 재료의 역할을 하고 때로는 연장의 역할을 하기도 한다. 그리고 수단들은 정기적으로 만화경처럼 재구성되기도 한다. 기호는 여기서 이러한 재구조화를 작동하는 역할을 한다. 과학적 논리와 달리 신화체계적 논리는 우회적 방법을 사용하는데 이는 레비스트로스가 '브리콜라주'(bricolage)라는[4] 재치 있는 용어로 이름 지은 것이다.

신화체계적 논리는 감각적 자질들의 이원대립을 폭넓게 사용한다. 이는 개념들을 일련의 변별적이며 대립되는 기호적 틀 속으로 나누어 넣음으로써 어떤 의미에서는 실제 주변 세계의 유동적 흐름의 '연속성'을 벗어난다. 이원대립은 시간에 따라 훨씬 더 의미화되고 점점 더 추상화되며 이데올로기화되어 삶, 죽음 등의 유형과 같은 근본적인 반의어들을 다양한 방법으로 표현하게 된다. 이러한 반의어들을 연속적으로 중재하는 매개수단으로, 즉 양극에 있는 기호들을 상징적으로 결합시키는(주인공이나 객체들 같은) 신화체계적 중재자들을 연속적으로 찾아내는 식의 해결에서 바로 브리콜라주적인 논리가 분명히 드러난다.

물론 이러한 갈등의 해결이란 착각에 불과하다. 그러나 이 사실이 신화체계적 중재가 갖는 실용적인 '조화'의 기능을 배제하지는 않는다.

---

4) 미술에서 도구를 닥치는 대로 써서 만든 것이라는 뜻이다.

신화의 기능론적 지향성 제3장

여기서 우리는 논리적 영역에서의 신화체계적 사유와 과학적 사유의 대립성에 관한 논의를 넘어서 신화체계적 사유가 갖는 특별한 목적지향성을 다룰 것이다. 신화체계적 사고는 무엇보다 삶과 죽음의 비밀, 운명 등과 같은 형이상학적 문제들에 집중한다. 이러한 문제들은 과학의 관점에서는 주변적인 것이지만 과학의 순수한 논리적 설명이 항상 사람들에게 만족스러운 것은 아니며 나아가 현대인에게도 그러하다. 이는 신화(체계)의 지속적 생명력을 어느 정도 설명해주며, 따라서 공시적 차원에서 신화체계 관찰의 정당성을 설명해주는 것이기도 하다.

그런데 문제는 대상 그 자체에 있는 것이 아니라 오히려 변화가 없는 사회적, 우주적 질서의 경계를 넘어 설명 불가능한 사건들과 해결 불가능한 모순들의 예외에 대한 신화(체계)의 지향성에 있다. 신화는 항상 이해하기 어려운 것을 이해하기 쉬운 것을 통해, 납득 불가능한 것을 납득되는 것을 통해 전달해주며 해결하기 어려운 것을 해결하기 쉬운 것을 통해 전달해준다(여기에 중재자의 중요성이 있다). 신화는 원시인의 세계를 알려주는 것이 아니다. 신화의 인식론적 파토스는 조화와 질서를 부여하는 목적지향성을 띠고 세계에 대한 총체적인 접근으로 인도한다. 이때 그 어떤 사소한 혼돈(카오스)이나 무질서도 허용되지 않는다. 카오스로부터 코스모스1)로의 전환은 신화 체계의 중심 의미를 구성하고, 게다가 처음부터 코스모스는 가치론적이고 윤리적 측면을 포함한다.

이와 같이 신화적 상징들은 인간의 개인적, 사회적 행동과 세계관(가치론적으로 정향된 세계모델)이 주어진 체계 안에서 상호 지탱하도록 기능한다. 신화는 현존하는 사회적, 우주적 질서를 기존 문화의 틀 안에서 설명하고 승인한다. 또 신화는 현 상태를 유지하기 위해 인간과 주변 세계를 설명한다. 규칙적으로 반복되는 의례 속에서 신화를 재현함으로써 이처럼 기존 질서를 유지하는 실제적 수단들 가운데 하나가 된다.

이 과정은 사실 마술적 의례와는 전혀 상관이 없다. 세계에 대한 이해와 행위 규범들 사이에 일종의 신화적 평형 상태가 만들어진다. 이 평형 상태는 사회와 자연의 조화를 그리고 개인과 사회의 균형을 형이상학적으로 강화한다. 세계에 대한 신화의 설명(19세기 신화 이론은 이를 신화의 유일한 기능으로 인정하였다)과 사회 및 자연의 질서(코스모스)를 지탱하는 신화의 실용적 기능 사이에는 세계의 통일성과 질서가 무너질 경우, 이를 지속적으로 재확립시키는 어떤 피드백 관계가 존재한다. 재차 강조하면 무질서를 질서와 화해시키는 신화의 힘은 신화적 세계관 그 자체, 원시적 형이상학적 존재론에 있는 것이지 동일한 목적으로 주기적으로 반복되는 의례에 있는 것은 아니다.

민족지학적 문학 그리고 특별히 민족학에서 정신분석학적 접근과 관련된 주제는 중요한 심리적 해결책의 모색에서 신화의 중요성에 초점을 둔다. 특별히 출생의 정신적 외상, 출생에 대한 의혹, 사춘

---

1) [역주] 통일체로서의 우주.

기, 성인 남성 그룹으로의 진입, 친족의 죽음 등과 같은 경우에서 그러하다. 여기서는 정상적으로는 전이적 의례(반 게네프의 용어에 의하면 '통과의례')를 수반한다. 그러나 신화와 의례는 주로 개인이 집단과 화해하고 개인의 정신적 에너지를 공동체를 위해 쓰이도록 방향 짓는 것을 지향한다. 신화는 개인과 사회의 조화에 관한 것이라기보다는 사회와 자연의 화해에 관한 것이다. 사실 신화는 본질상 매우 사회적이거나 나아가 사회 중심적이다. 왜냐하면 신화의 가치 척도는 직계 가족이든 부족이든 도시든 혹은 국가든 간에 사회 그룹의 관심에 의해 결정되기 때문이다.

신화의 환상적 형상 속에는 주변 세계의 실제 모습이 널리 반영되었다. 신화에 의한 현실의 반영에는 어떤 "완전함"마저 있다. 그것은 어떤 본질적인 자연적, 사회적 현실이라도 반드시 그것은 신화에 뿌리박고 있어야 하며 신화 속에서 그 근원을 찾으며 그 존재가 설명되고 인정되기 때문이다. 이들 모두는 자신의 신화를 가진다고 할 수 있다.

그러나 신화 속에서 반영되는 실제 삶의 특징은 많은 부분, 자연 세계에 인간적 속성들과 혈족 및 종족적 관계들을 투사함으로 그리고 반대로 사회와 문화를 자연의 용어로 제시함으로, 일련의 원시적 논리의 특징들을 제시함으로 또한 인간 존재의 근본적인 모순의 양상들에 대한 (비록 가상적인 것이지만) 극복의 파토스로, 개인과 사회, 자연환경의 필연적 조화로 정의된다. 이외에 신화 속에 반영된 현실의 특징은 신화란 모두 일종의 닫힌 상징체계로 제시되며 이 상징체계 속에서 지시체들의 상호종속성은 이미지와 그 대상의 상호관계에 매우 강한 영향을 준다는 점에 의해 조건 지어진다. 결국 신화적 사유는 상당한 유연성과 자유를 누린다. 그래서 사회 구조와 상징적 형상화의 상동성은 매우 근접한 것일 수도, 심지어 전위(轉位)

된 것이거나 역전된 것일 수도 있는 것이다.

앞에서 언급한 대로 신화는 삶의 기초 구조들을 깨뜨리면서 환상적인 '보다 높은 현실'을 새롭게 창조한다. 역설적으로 이 '보다 높은 현실'이 삶 형식들의 최초 근원이자 이상적 원형(다시 말해, 융의 의미에서의 원형이 아니라 가장 넓은 의미에서의 원형)으로서 해당 신화 전통의 담지체로 수용된다. 모델화는 신화의 구체적 기능이다.

현실적으로 신화적 모델링은 과거의 어떤 사건들에 관한 서사의 수단으로 실현될 것이다. (다만 이른바 종말론 신화와 같은 소수의 후대 신화체계에서만이 부분적으로 미래에 관해 이야기한다.) 상당히 중요한 (종족적 의식의 차원에서) 도약의 사건은 모두 과거로 신화적 시간의 화면으로 투사되고 과거에 관한 서사 속으로 그리고 안정된 의미 체계 속에 포함된다.

신화적 의미 체계는 현실 자체와 함께 역사적으로 변화하지만 과거 지향성을 보존하며 자기표현의 중요하고 특별한 수단인 과거에 관한 서사에 의해 지탱된다.

제4장

신화적 시간과 그 패러다임

신화의 (설명적, 심리적, 사회적) 기능에 관한 이견이 있고 신화와 종교, 예술, 철학, 제의, 전설, 동화 간의 상관성에 대해 다양한 관점으로 인해 신화에 대한 정의는 무한히 존재한다. 그러나 대부분의 정의는 두 범주로 나뉜다. 첫째는 신화를 세계에 관한 환상적 표현, 세계를 지배하는 신들과 영(靈)들의 환상적 형상의 체계로 정의하는 것이고 둘째는 신화를 신과 영웅의 행위에 대한 서사와 이야기로 정의하는 것이다.

실제에서는 신화 정의가 항상 현대에 연구의 관심 대상이 되는 신화적 서사를 이용하는 것으로만 가능한 것은 아니다. 사실 신화론의 개념 몇 가지는 민족지학자들의 설문지 조사 방식으로 얻어졌고 제의 등의 연구를 통해 신화론적 체계를 재구성함으로써 밝혀졌다. 예를 들어, 레비스트로스는 '명시적'(明示的) 신화(신화적 서사)가 제의 속에 암시적 개념들의 연구로 얻어지는 '암시적'(暗示的) 신화와 다른 것으로 본다. 한편 신화는 종종 동화, 전설 혹은 지역 전승담(傳承談)의 성격을 띠기도 하며 신뿐만 아니라 역사상 원형을 가진 영웅에 관해서 이야기하기도 한다. 그러나 원시신화(여기에는 우리가 제한적으로 신화의 고전 형태라 일컬었던 것의 특징이 포함된다)에서는 이런 측면들이 보통 일치되고 세계모델은 세계의 각 요소의 기원에 관한 서사로 기술된다. 이런 의미에서 원인신화들은 비록 모든 신화가 설명적 기능을 하지 않는다 할지라도 전형적인 신화이다. 신화적 시간의 사건들, 토템 선조와 문화영웅 등의 모험들은 메타포적 코드이고 이를 매개로 자연적이며 사회적인 세계의 구조가 모델화된다.

때로 신화적 표현(세계지각, 신화적 세계관)과 신화적 서사(플롯, 사건들)를 따로 언급해야 할 필요가 있다. 그러나 신화의 제 측면들이 원칙적으로는 통일되었으며, 신화 속의 우주발생론과 우주론이 일치하고, 과거에 발생했다고 믿어지는 신화적 사건들을 말하는 언어는 영원 안에서 우주적이고 사회적인 공간을 설명한다는 사실을 잊곤 한다.

지적했듯이 신화, 특히 원시신화의 근본 특징은 사건과 물(物)의 본질을 기원과 연결시키는 것이다. 신화에서 물(物)의 구조를 설명하는 것은 그 생성을 서술하는 것을 뜻하고 세계를 기술하는 것은 그 창조에 관해 알려주는 것과 같다. 그 토대는 시작과 원칙, 시간적 연속과 인과적 연속 간의 신화적 동일시로 보인다. 인과 과정을 물질적 변형으로 제시하고 하나의 특별한 사건을 묘사할 때는 하나의 구체적인 요소를 다른 요소로 대체한다.

피아제의 분석과 같이 물(物)의 기원에 관한 아이들의 질문과 개념도 매우 유사하다. [1] 특히 프랑스인, 독일인, 사보이인[2]들이 물 혹은 바다의 심연으로부터 생겨난 수초와 작은 벌레로부터 비롯되어 아이들로 변형되었다는 그의 이야기는 매우 흥미롭다. 이 이야

---

1) J. Piaget, *The Child Conception of the World*, New York, 1929.
2) [역주] 사보이 왕가(1861~1946)의 사람. 사보이 혹은 사부아는 프랑스 남동부의 지방으로 본래는 공국이었다.

기는 원시 토템신화를 상기시킨다. 그러나 아이의 환상과 원시신화 사이의 본질적 차이는, 특히 초자연적 존재들이 참여하는 상당히 오래전에 일어난 신화적 사건들에 대한 기술이 질문에 대한 답을 준다고 하기보다 일정한 구체적 요구들에 대한 것으로 이 요구들에 대한 '시적' 열쇠를 제공한다는 점이다. 신화 논리에서 '이전'의 영역은 최초 원인의 영역이 되고 '이후'에 있었던 모든 것의 근원이 된다. 여기에는 본질적으로 라이프니츠와 칸트가 구상한[3] 고전적 시간에 대한 원인론적 해석의 배아가 자리한다.

세상의 최근 상황, 종교, 천체, 동식물의 종, 삶의 양식, 제 사회 그룹, 종교, 자연 및 문화의 대상 등은 태고의 시간과 신화영웅, 조상, 신이 행위를 한 결과이다. 그러나 신화적 과거는 단순히 선행하는 시간이 아니라 특별한 창조의 시대이며 신화적 시간이고 원초시간(Ur-zeit), '시작'의 '최초' 시간으로 경험론적 시간에 앞서는 시간이다.

이분법에서 신성한 태초의 시간과 경험적 시간은 바로 특별한 시간으로서 처음으로 유표화된다. 우리는 이를 이해하기 힘들다. 왜냐하면 우리는 현실의 시간, 다시 말해 흘러가는 역사적 시간으로부터 출발하지만 우리에게 신화적 시간은 사건들로 충만하지만 내적 연속성을 갖지 않고 시간적 흐름을 넘어서는 것, '예외'이기 때문이다.

신화의 시대는 최초 대상과 최초 사건이 출현한 시간이다. 예를 들어, 최초의 불, 최초의 창(窓), 최초의 집 등이다. 이러한 문화의 물질적 출현 외에 신화적 과거는 배변, 배뇨 등과 같은 최초의 전형적 생리 과정, 최초의 제례, 최초의 치료 혹은 최초의 사냥 등이 나타나는 시간이다. 신화적 시간은 또한 도덕적으로 긍정적 혹

---

3) 과학의 역사에서 시간의 원인론적 해석에 관해서는 다음을 보라: А. Грюнбаум, *Философские проблемы пространства и времени*, М., 1969.

은 부정적 의미를 갖는 최초 행위의 출현을 표지하기도 한다.

신화에서 물(物)의 본질은 그 발생과 상당 정도 동일시되기 때문에 기원에 관한 지식은 물(物)의 사용법을 알 수 있는 열쇠가 된다. 그러므로 과거에 대한 지식은 지혜와 마찬가지이다. 예를 들어, 화상과 뱀독을 피하고 효과적인 약 사용을 위해서는 불, 뱀, 약재 식물의 기원을 아는 것으로 충분하다.

예를 들어, 핀란드 마술사 바이네모이넨은 철의 기원의 비밀을 알아낸 뒤 철제 도끼로 인한 상처를 치료하게 된다. 신화적 사유의 혼합주의로 인해 보편적 기원으로서의 신화적 과거는 단순히 패러다임적인 서사만이 아니게 된다. 그것은 일련의 원형들의 신성한 저장고이고 창조신화들을 낭송하는 것을 포함하고 신화적 세기의 사건들을 극적으로 재현하는 제의를 통해 자연과 사회에 정착된 질서를 계속해서 유지하는 마술적이고 영적인 힘의 신성한 저장고이다. 예를 들어, 보통 단순한 마술적 주문조차도 신화적 조상 혹은 신의 행위에 대한 간략한 정보를 포함한다.

신화적 창조의 시대에 대해 말하는 고전적 예는 오스트레일리아의 아보리진 신화의 "꿈의 시대"이다. 비록 지금은 아보리진인도 스펜서, 길렌 등과 같은 오스트레일리아의 민족지학자의 영향으로 신화적 시대를 핵심으로 하는 사고 복합체를 영어로 지칭할 때 이 용어를 널리 사용하지만 엄밀하게 말하면 이 용어는 정확하지 않다.

사실 신화적 시간의 영웅과 토템 신은 주요한 신화적 표상들을 반영하는 꿈속에 다시 등장한다. 어떤 종족의 경우 남자는 반드시 자신의 아이로 환생할 신화적 조상을 꿈에서 보아야만 한다. 그러나 정신분석학적 관점에서 꿈과의 이 매혹적인 연상을 과대평가해서는 안 된다(중앙 오스트레일리아 아란드 종족에게 신화적 세기는 '알체라', '알티라', '알트지라'이고 꿈은 '알티라린에'이다). 아란드 종족과 수년을 살았던 선교사 칼 쉬트렐로프는 '알티라'라는 용어는 무엇보다도 신화적 조상들인 '알티라린에'들이 땅을 유랑하던 시대를 뜻한다고 생각한다. 다른 오스트레일리아 종족들(알루리다의 두구르, 카라쥐라의 부가리, 운가린인의 웅구드, 바라문의 빈가르, 빙빙의 문감, 구비구의 비남 등)이 가진 유사 용어들의 주요 의미도 마찬가지다. 이것은 '고대의 사람들' 혹은 태초에 있었던 '국가' 자체를 의미한다. 아란드 종족은 신화적 주인공이 때로는 '영원한 사람들'이라는 의미라고 한다. 비록 어떤 의미에서는 그들이 후손들 혹은 자신이 만들어낸 대상들 가운데서 살아날 수 있지만 그들은 여전히 이 태초의 시간에서만 살고 활동할 수 있었던 존재들이고 현재 세계를 지배하는 영들은 아니다.

다른 종족들의 신화적 영웅들도 마찬가지이고(예를 들어, 디에리 종족의 무라무라) 또한 북오스트레일리아 암벽에서 주기적으로 갱신되는 비밀한 형상들인 본지나도 마찬가지다. 달리 말하면 오스트레일리아 아보리진 신화에서는 신화적 시간과 신화적 주인공들 사이에는 긴밀한 일치가 있다. 또한 이러한 일치는 파푸아 종족에서도 매우 뚜렷하다. 오스트레일리아의 '고대의 사람들'이 다양한 자연적 대상으로 변환됨으로써 삶을 마감한다면 파푸아인이 가진 이와 유사한 신화적 주인공들, 예를 들어 마린드아님과 그들의 친족 그룹의 데마(엔센)가 이들의 일반적인 범주화를 위해 선택한 용어4) 등은 단순히 문화적 대상으로 변형되는 것이 아니라 실제로 죽는다. 일부 사람은 제의의 제물 희생 후에 식물들로 변형되고 동시에 다른 이들은 사후세계로 간다. 신화적 시간에서 최초 데마의 죽음은 지상 차원에서의 모든 죽음, 그러므로 탄생의 기원이다. 사람들은

---

4) [역주] 다음을 보라: A. E. Jensen, *Mythos und Kult*, Wiesbaden, 1951; A. E. Jensen, *Hainuwele*, New York, 1939.

모두 최초 데마의 직계 후손들이고 마찬가지로 혼령들은 또한 그 자체가 데마는 아니지만 현재의 실제 세계에 속해있다. 오스트레일리아 아보리진과 파푸아의 신화적 시간과 비슷한 개념을 남아프리카의 부시먼에게서 찾아볼 수 있다.

또한 신화적 과거에 대한 개념은 북아메리카 인디언에게도 널리 퍼졌다. 프란츠 보아스는 신화의 장르상 주된 특징을 모든 사건을 신화적 시간과 연결 지으려는 시도라고 생각했다. 북동쪽 시베리아인 역시 그렇게 생각하였다. 축치인들은 창조의 시간을 동화적 시간, 역사적 전설의 시간과 다르게 본다. 이들은 신화를 까마귀(라벤)의 창조 행위와 연관된 '창조 시간의 소식'이라고 한다. 코리약과 이텔멘은 구비문학에서 신화적 시간을 까마귀(라벤)와 그의 민족(가족)이 살았던 시간이라 말한다. 까마귀(라벤)는 원형적인 조상이고 문화영웅이다. '까마귀(라벤)의 사람들'은 어떤 의미에서 오스트레일리아의 아보리진과 파푸아의 신화적 주인공들과 유사하다.

특별한 태초의 시간에 대한 믿음은 변형된 상(像)들이 더욱 발달한 신화체계에서도 발견된다. 신화적 창조의 태초의 시간은 원시 서사 작품들(〈칼레발라〉, 〈에다〉, 나르트 전설의 〈압하즈 이야기〉, 야쿠티아와 부랴트의 여러 서사 작품들)의 배경과 틀이 되었고 여러 민족의 고대 역사적 전설로서 등장하여 폴리네시아인과 티베트 계보 기록물의 전반부에서 발견된다. 5)

신화적 과거의 사건과 신화적 주인공의 모험은 제의와 부분적으로 '제의화된' 꿈들에서 재현된다. 그러나 원시신화가 단지 순환적 시간관에 기반을 둔다거나 신화적 과거가 일상 삶의 경험적 실제와

---

5) [역주] 〈칼레발라〉에 대해서는 다음을 보라: J. Pentikainen, *Kalevala Mythology*, Bloomington, 1989; L. Honko (Ed.), *Religion, Myth, and Folklore in the World's Epics*, Berlin/New York, 1990.

공존하는 일종의 신비적, 대안적 실제라는 것을 의미하지는 않는다. 물론 신성한 행위와 신성한 공간은 제의 속에서 축제일과 제의의 경계를 넘어 속된 일상 세태풍속과 관여된다. 제의는 신성한 사건과 차원을 지상으로 가져온다. 제의 자체는 그것이 활성화하는 내용으로 인해 신성하다.

예를 들어, 오스트레일리아의 아보리진에게 신화적 과거는 '과거'로 남아있다. 그러나 그것의 마술적인 방사는 마치 제의나 꿈과 같은 통로를 통해 사람들에게 도달할 수 있을 것이다. 계절상의 제의는 원칙적으로 시간에 대한 순환적 해석을 가능하게 한다. 예를 들어, 오스트레일리아 아보리진의 결혼 계급 체제에서 그러하다. 여기서는 할아버지와 손자를 흔히 동일한 용어로 지칭하는 것을 발견할 수 있다. 그러나 파푸아인, 오스트레일리아의 아보리진 그리고 다른 '원시' 그룹에 관해서는 리치의 원시적 시간 감각 이론, 즉 삶과 죽음, 밤과 낮 등과 같은 두 극 간이 진동으로서의 원시적 시간 감각 이론이 보다 유용하다.[6] 이러한 진동은 할아버지와 손자 세대의 동일시에 상응한다. 이분법 시간관념은 또한 신화적 시간과 경험적 시간 간의 이분법에도 적용된다. 저명한 오스트레일리아의 부부 학자 로널드와 캐더린 번트도 아보리진 첫 거주자였던 '옛' 사람들과 '새로운' 사람들 간의 대립은 시간에 대한 순환적 해석이 아니라 선형적 해석을 만들어낸다고 강조한다. 원시신화는 변함없이 과거에 관한 이야기로 남아있고 과거는 현재에 실존하는 모든 것의 근원이다.

오케 홀트크란츠의 견해에 따르면, 먼 과거와 연결시키는 것은

---

6) 다음을 보라: E. Leach, "Two Essays Concerning the Symbolic Representation of Time", *Rethinking Anthropology*, London, 1961, pp. 124~136; Ohnuki-Tierney, Concepts of Time among the Ainu of the North-West Coast of Sakhalin, *American Anthropology*, 71(3), 1969, pp. 488~492.

끊임없이 체험되는 현재를 지향하는 종교와 신화를 구분 짓는 구체적 특징이다.[7] 홀트크란츠의 견해는 원시 사고의 공시적 측면을 간과하는 경향이 있기 때문에 어느 정도 극단적이기는 하지만, 설정방식은 신화의 구체적 측면의 중요성을 생각하게 만든다.

원시신화에서 시간을 두 극 사이의 진동으로 혹은 자연적 순환으로 보는 개념은 창조적인 먼 과거와 부동적인 현재라는 이분법과 관련된다. 비록 현재의 부동성은 자세히 보면 조직화된 '제자리걸음' 혹은 '순환'으로 여겨질 수도 있지만 말이다. 원시 사회에서 순환적 시간 개념은 과거와 현재라는 이원적 시간 개념에 종속된다.

원시 부족 사회(혹은 좀더 발달된 신화에서는 초기 국가)는 현존하는 사회적 관계와 제도를 신화적 시간에 투영한다. 그러한 예로 기술, 문화, 사회적 관계의 점진적 기술 발전 혹은 역사상의 이주와 부족 간의 전쟁에 관한 어두운 기억 등이 있다(예를 들어, 이민에 의한 오스트레일리아인의 확산과 북부에서 남부로의 문화적 이동은 신화적 주인공의 방랑의 여정을 통해 재현된다).

그러나 신화적 시간 개념에 대해서는 역사적 근거화(에우헤메리즘)의 증거나[8] 엄격하게 구체적이거나 완곡어법적 해석은 받아들여질 수 없다. 왜냐하면 역사적 기억은 신화적 논리의 재료로서만 사용되기 때문이다. 신화적 사유는 본질적으로 비역사적이고, 역사적 혼종성을 무시하며, 세속의 경험적 시간의 수대에 걸친 변화를 초월적인 신성한 신화시대에 완결된 일회적 창조 행위로 귀결시킨다. 반대로

---

7) A. Hultkranz, *Les religions des indiens primitifs de l'Amérique*, Stockholm, 1963, p. 33.
8) [역주] 에우헤메리즘은 유명인이나 권력자를 사후 또는 생전에 신격화(神格化)함으로써 신화가 발생한 것이라고 보는, 즉 역사적 사실에 근거하여 신화를 이해하는 합리적 신화 해석을 일컫는다. 기원전 4세기경에 활동했던 고대 그리스 철학자 에우헤메로스의 이름을 딴 용어이다.

순전히 신화적인 원형 사건들은 후에 제의 속에서 주기적으로 수차례 재활성화되고, 경험적 사건들을 설명하며, 현재 혹은 미래에 일어날 실제의 경험적 사건들이 '귀착되는' 모델로서 사용된다.

엘리아데는 신화에 관해 플라톤적 구조를 말한다. 실제로 신화적 사유는 모든 경험적인 것을 영원한 근본적인 것의 그림자로 보기 때문이다. 플라톤에게 철학적 지식은 이데아를 관조하는 영혼의 회상일 수 있다. 성년식에서 오스트레일리아 아보리진의 젊은이가 자신을 토템 조상과 동일시하는 것이 그러하다. 물질적 대상들은 두 경우에 있어서 실제적 동일성을 환기하는 데 도움이 된다.

물론 플라톤적 구조의 개념은 그 자체가 기원을 신화적 전통으로 거슬러 올라가므로 신화적 세계관의 메타포로 생각될 수 있다. 과학과 달리 신화는 그 구조를 역사에서 추출하며 이때 역사의 개념을 조상과 신에 관한 가상의 플롯, '이야기들'의 복합체로 이해하는 레비스트로스의 생각은 타당하다. 덧붙이자면, 참된 역사적 사건은 모두 어떤 의미에서 프로크루스테스의 침대처럼 기성 신화의 망토를 덧입고[9] 신화적 과거로부터 나와 신화적 원형을 불완전하게 재생산한다.

그러나 이것은 엘리아데와 그 제자들이 주장하는 바와 같이 신화 체계가 역사와 역사적 시간에 대항하고 초월하는 수단이라는 의미는 아니다. 성(聖)의 시간과 속(俗)의 시간의 대립은 절대적이지

---

9) [역주] 프로크루스테스(Procrustes)는 그리스 신화에 나오는 노상강도로 그 어원은 "늘이는 자" 또는 "두드려서 펴는 자"를 뜻하며 폴리페몬(Polypemon) 또는 다마스테스(Damastes)라고도 한다. 아테네 교외의 케피소스 강가에 살면서 지나가는 나그네를 집에 초대한다고 데려와 쇠 침대에 눕히고는 침대 길이보다 짧으면 다리를 잡아 늘이고 길면 잘라 버렸다. 이 신화에서 "프로크루스테스의 침대"라는 말이 생겨났는데 융통성이 없거나 자기가 세운 일방적인 기준에 다른 사람들의 생각을 억지로 맞추려는 아집과 편견을 비유하는 관용구로 쓴다.

않다. 신화적 시대에 대한 극단적으로 정적인 이미지에는 인과성 (因果性)의 영역으로서의 '이전'과 '지금', 과거와 현재라는 기초적 대립의 영역으로서의 시간에 대한 제설혼합주의적 사고의 특징이 드러난다. 신화를 역사적 시간과의 의식적인 투쟁 무기로 삼으려는 생각은 20세기 철학에서 등장하는 반역사적 입장에 공명하는 신화 의 극단적 현대화에 불과하다. 10)

---

10) [역주] 반역사주의(anti-historicism)와 오리엔탈리즘(orientalism)에 대해서는 다 음을 보라: C. Bongie, *Exotic Memories: Literature, Colonialism, and the Fin de Siécle*, Stanford, CA., 1991.

제5장

데미우르고스 시조

문화영웅 *

앞서 언급하였듯이 고대신화 체계에서 최초 창조 행위는 데미우
르고스적 시조, 문화영웅이라 칭해지는, 신화시대에 살며 활동했던
영웅이 맡는다. 세 범주의 개념은 상호 교차되며 기실 분리되지 않
고 혼용되었다고 보는 것이 옳을 것이다. 그러나 이 결합의 토대가
되는 것은 종족, 씨족, 부족의 시조이다. 이때 부족의 조상은 때로
전 인류의 조상으로 간주될 수도 있는데 이는 원시공동체 구성원이
부족의 경계를 전 인류적 경계와 동일한 것으로 인식한 데에 기인
한다. 본디 데미우르고스적 시조 문화영웅은 '진짜 인간들'과 동일
시되는 원시공동체 전반을 양식화한다. 중앙 오스트레일리아의 제
부족과 고(古)아프리카의 제 민족(부시먼), 특히 파푸아족과 몇몇

---

* [역주] 데미우르고스는 플라톤의 우주생성론에 나오는 창조신의 별칭이다. 선성
(善性)을 본성으로 하여 될 수 있는 대로 모든 것이 자신을 닮을 것을 희망하면서
무질서·부조화의 혼합 상태에 질서를 부여하고 영원불변의 이데아를 모범적 형태
로 하여 하나의 혼을 가진 "살아있는 이성적인 것"으로서 세계를 창조하였다. 그러
나 세계는 이미 존재하는 질료(質料)로부터 형성되므로 데미우르고스의 세계 창
조는 세계가 그곳에서 만들어져야 하는 "장소"에 의하여 필연적 제한을 받을 수밖
에 없다. 따라서 데미우르고스의 세계 창조는 "무(無)로부터의 창조"(creatio ex
nihilo)가 아니며 그 자신도 전능의 신은 아니었다.

아메리카 인디언 종족에서 신화의 주인공은 토템 조상들이다. 다시 말해서 이들은 특정 동물군(드물게는 식물군)의 선조이자 창조자임과 동시에 이 동물종을 자신의 육(肉), 즉 혈연, 토템으로 간주하는 인종 집단의 공동 선조이자 창조자인 것이다.

이렇게 인종 집단과 동물종의 일체성은 공통기원에 의해 설명되며, 이는 본질과 근원을 동일시하는 신화체계의 논리에 상응한다. 오스트레일리아의 원주민에서 그 고전적 형태가 발견되는 토테미즘은 한편으로 부족집단이라는 개념을 주변 자연계로 투사하고 다른 한편으로 사회 현상을 비롯한 제 현상의 분류를 위한 특별한 자연 코드, 나아가 존재론 체계의 언어를 부여하면서 초기 부족 사회에 고유한 사상적 상부구조를 이루었다. 토테미즘은 꿈의 시대와 현대인 간의 특별한 매개자가 된다. 토템 조상은 동물이며 인간이라는 이중적 자질을 지닌 존재이다.

예컨대 스트렐로우, 스펜서, 길렌에 의하면 오스트레일리아의 아란다족에게서는 빨간색, 회색 캥거루, 에뮤, 독수리, 야생 고양이, 개미핥기, 박쥐, 오리, 까마귀, 개구리, 달팽이, 여러 종류의 뱀, 새, 애벌레, 물고기 등과 같은 토템이 형상화된다.[1] 그러나 여기서 주도적 역할을 하는 것은 인간적 면모이다. 신화는 종종 "동물이 아직 사람이었던 때였다"라며 주인공이 특정 동물로 변신하면서 종결된다. 토템 조상은 통상 상호 조응하는 인간과 동물 그룹의 선조로 그려진다. 예컨대 반디쿠트를 토템으로 가지는 아란다의 한 신화에서는 카로라라는 이름의 선조의 겨드랑이로부터 처음에 반디쿠트가, 그다음 인간이 튀어나오고 후에 인간은 반디쿠트를 사냥하게 된다(스칸디나비아 신화에서 이미르의 겨드랑이로부터 서리 거인이 탄생

---

1) [역주] C. G. von Brandenstein, *Names and Substance of the Australian Subsection System*, Chicago, 1982.

하는 것과 비교해 보라).

사회적, 종교적 제도로서의 토테미즘이 약화된 경우에도 토템 분류 체계는 자주 지속되며 신화영웅은 동물의 이름을 지닌다. 신화영웅의 토템은 특히 그의 중재자적 성격을 명기하며 근원적 모순을 해결하는 데서 그의 상징적 역할은 서술논리에 의해 더욱 공고해진다.

아란다족과 여타 중앙 오스트레일리아 제 부족의 신화에서는 사냥기에 종종 젊은이 무리를 데리고 혈연을 찾아 떠나는 토템 조상의 성스러운 여로가 자세히 그려진다. 여행 도중 이들은 식사를 위해 길을 멈추고 의식을 거행하고 여로의 끝에서 지친 이들은 땅, 바다, 바위 속으로 사라진다. 이 지점에서 토템의 성지가 발생하고 현대 아란다족은 이곳에서 각 부족의 토템 동물의 마술적 번성을 기원하는 증식(增殖) 의례와 성적 성숙기에 이른 젊은이의 성인식을 거행한다. 의례가 거행되는 동안 꿈의 시대의 토템 영웅에 관한 신화가 극화된다. 토템 조상이 거쳐 간 지역의 지형은 그들의 창조 행위의 기념비이다. 오스트레일리아에서 문화영웅 유형은 그리 발전되지 않았지만 토템 조상은 여행 도중에 창조적이고 문화적인 행위를 한다. 예컨대 토템 조상인 야생 고양이와 날도마뱀은 석검으로 바다에서 돌출한 바위 위에 힘없이 누워있는 애벌레 인간을 창조하고 그들에게 할례를 베풀고(성인식을 통해 인간으로 완성된다), 불 피우고 요리하는 법을 가르치며 창과 부메랑을 주며 두 씨족 집단으로 나눈 다음 각각에게 영혼을 담는 그릇인 추링가를 선사한다. 회색 캥거루는 거대 캥거루의 몸에서 불을 얻고 매의 토템 조상은 인간에게 석기 사용법을 가르친다. 야생 고양이와 날도마뱀 외에 에뮤와 나무 캥거루 등의 토템도 혼인 제도를 정착시킨다.

북부와 남부 오스트레일리아 부족 신화에서는, 토템 조상 외에도 동시에 여러 토템과 관련된 초(超)토템적 신화영웅이라는 보다 보편적 형상이 발견된다(각각 신체 부분은 각 다른 토템에 상응한다). 동남부 부족에서 이러한 형상은 바로 천상에 거주하는 만물의 "아버지", 성인식의 후견인, 문화영웅 등의 가부장적 형상으로 나타난다. 누룬데레, 코인코인, 비랄, 누렐리, 분질, 바이아메, 다라문룬 등이 그것이다. 분질은 쐐기꼬리수리를 의미하고 쐐기꼬리수리는 쿨린 부족과 한 씨족의 표식이다. 종종 분질의 쌍둥이 팔리안이 언급되는데 그는 야만적이고 무지하며 박쥐이자 까마귀로 자연히 분질과 대립한다. 유사한 다른 등장인물에서도 "아버지"라는 명칭 자체가 조상이라는 관념을 표상함에도 불구하고 토템 조상과의 유전적 관련은 훨씬 감추어졌다.

이때 특징적인 것은 이러한 등장인물들이 모두 신화시대와 긴밀히 연관되면서도 동시에 (비록 지상이 아닌 천상에서라 할지라도) 계속해서 현재에서 살아간다는 점이다(아란다족의 꿈의 시대와 같은 것이 와라이족의 바이아메 시대이다).[2] 이것이 바로 천상신화의 발단이며 다음 단계의 신격화 과정이다. "대부"(All-Father)는 성인식을 개시할 뿐 아니라 계속 통제한다. 바로 여기서 토카레프의[3] 지적처럼 소년을 성인 남자로 변화시키는 도깨비정령이라는 중앙 오스트레일리아 부족의 개념이 발전한다(성인식을 치르지 않은 자들만이 이 도깨비정령을 믿었다). 그러나 이 "아버지" 형상에서 가장 부각되는 것은 문화영웅의, 어느 정도는 데미우르고스의 특성이다. 다라문룬은 자신의 어머니(에뮤)와 함께 나무를 심고 사람들에게 법규를 제정해주며 성인식을 정착시킨다. 바이아메는 두 아내와 함께 북동쪽에서 건너와 나무와 진흙으로 사람을 만들고 동물을 인간으로 변신

---

2) [역주] 유알라이야(the Wadjelang) 부족은 아란다족이 꿈의 시대에 대해 말하는 것과 같은 방식으로 바이아메(Baiame)의 시간에 대해서 말한다.

3) С. А. Токарев, *Ранние формы религии*, М., 1964, С. 354~357.

시키며(토템 모티브) 법규와 제도를 정비하였다. 위라투리족 신화에 의하면 그는 야생 꿀을 찾아 길을 떠난다. 4)

중앙 오스트레일리아의 부족 아란다족의 아트나투와 북부 원주민 무린바타족의 노개마즌에게서는 천상에 거주하는 신의 형상이 극히 빈약하다. 이를 근거로 일부 신화학자, 특히 엘리아데는 이 천상의 거주자로부터 꿈의 시대에 활동했던 토템 조상의 형상을 예견케 하는 최고의 가장 보편적 신의 유형을 보고자 했다. 엘리아데는 천상의 주인공과 토템 조상의 상관관계를 신들의 다세대성 혹은 다면성과 비교한다(티아마트, 마르두크, 우라노스, 제우스 등). 그리고 엘리아데는 그 증거로서 신화적 형상이 샤먼의 성인식에서 지니는 특별한 역할 그리고 천상과 지상의 매개자로서 샤먼의 특별한 역할을 제시한다. 하늘과 땅이 분리된 이후 인간은 유한자가 되었고 하늘과 땅의 주인과의 중개자 역할을 맡은 것은 날 수 있으며 높은 나무나 마법의 밧줄을 이용해 하늘로 오를 수 있었던 샤먼이었다. 5) 그러나 천상의 주인공과 샤먼 혹은 샤먼의 성인식과의 관련은 오스트레일리아인의 천상신화에서 원시 형태의 후기 양상을 보여준다. 전부족적 성인식은 샤먼의 사명, 샤먼의 선출 의례라는 관념보다 명백히 오래된 것이다. 6)

오스트레일리아의 북방 부족(아넘 랜드)의 신화에서는 만물의 아

---

4) [역주] 고대 스칸디나비아의 오딘이 성스러운 꿀을 획득한다는 의미심장한 문화 행위, 남아메리카 인디언들 사이에 널리 퍼진 꿀의 신화와 비교해 보라.
5) [역주] 고전적 형식의 샤머니즘, 즉 황홀경 상태, 영혼 여행, 질병 진단, 신성한 북 등이 오스트레일리아 아보리진 원주민 사이에 존재하는지는 의심의 여지가 있다. 멜레틴스키는 이 용어를 과학적인 것이 아니라 가장 일반적인 의미로 사용한다.
6) [역주] 시베리아와 북아메리카 몇 민족 사이에서 샤먼이 자신의 임무를 알게 되는 것은 보통 꿈에서 계시되거나 드러나는 초자연적 상징을 통해서라고 한다.

버지 대신 다산의 비옥한 대지를 상징하는 모계 시조인 "대모"(All-Mother) 그리고 그녀(다산, 풍요)와 관련된 무지개뱀의 형상이 등장한다. 가장 풍요로운 우기 직전에 거행되는 의식에서 "대모"는 쿠나피피로 형상화되는데(클리아린클리아리, 카드야리로 불리기도 함) 융고르 부족의 유사한 신화에서는 북쪽에서 온 언니 시조, 와우왈룩(역시 다른 이름을 지님)이 대모가 된다. 그러나 와우왈룩 자매 이전에 이미 둥고와 자매가 스스로 창조한 바다를 타고 왔었다. 이들은 토템을 가져왔으며 최초의 남자와 여자를 낳았으며 후손을 위해 땅을 가는 도구와 깃털 허리띠, 장식품들을 만들었다. 그리고 불의 사용법을 가르쳤으며 태양을 만들고 아이들에게 요리법을 가르쳤다. 동시에 무기와 마법의 도구를 주고 토템의 춤을 가르쳤으며 성인식도 도입하였다. 와우왈룩 자매는 두아 씨족의 조상으로 선임자들의 작업을 완성하여 혼인 계급을 도입하고 쿠나피피 의식의 틀을 마련했던 것인데 여기서 의식은 와우왈룩 자매의 일을 극화하였다.

사악한 무지개뱀은 와우왈룩 자매와 그들 중 하나의 아이를 함께 삼켜버린다(후에 뱀은 아이를 뱉어내는데 이는 제물의 일시적 죽음을 상징한다. 무린바타족의 신화에서는 무팅가라 불리는 "어머니" 자신이 아이들을 삼켰다가 후에 배에서 꺼내기도 한다). 무지개뱀은 물의 정령과 괴물 뱀(용 개념의 맹아) 그리고 무지개 스펙트럼을 비추는 마술사가 사용하는 마법의 유리라는 개념이 결합된 것이다. 이르칼라 부족에서 무지개뱀은 근친상간 관계에 있는 누이들과 여행을 떠나지만 무린바타족에서 쿤망구르라는 이름의 무지개뱀은 스스로 조상이며 하위부족의 아버지이며 하위부족의 어머니의 아버지이다(이 판본에서는 무지개뱀이 아니라 무지개뱀의 아들이 누이를 강간하고 아버지에게 치명상을 입힌다). 그는 조상이지만 문화영웅이 아니다. 오히려 아들이 입힌 상처에 고통받던 그는 불을 바닷속에 던져 꺼버림으로써 다른

신화적 인물이 또다시 불을 구해 오게 한다. [7)

    북오스트레일리아에서는 신화적 인물, 신화와 의식 내용에 있어서 뉴기니아 파푸아족의 영향이 발견된다는 것은 부정할 수 없다. 그런데 지적한 것처럼 파푸아족 신화의 뿌리는 오스트레일리아 신화와 다분히 유사하다. 특히, 신화시대에 살다가 사자의 왕국으로 떠났다가 달, 곡물, 정령으로 변신하는 신 데마는 기실 데미우르고스와 문화영웅의 행위를 수행하는 토템 조상이다. 예컨대 마린드아님족의 데마 데비는 곤봉으로 하베 섬을 분리시키고 다른 데마 아마렘브와 우피칵은 둑길을 만들어 섬과 본토를 연결한다. 아마렘브는 최초로 창과 활을 써서 사냥을 하였고 번개를 가진 데마 디와힙은 인류에게 투창을 선사하여 사냥이나 이모(Imo) 제례 등에서 사용하게 하였다. 파푸아 신화의 문화영웅이나 성인식의 후견인인 링헨물라, 시도, 쿠와이암은 시제(時祭)와 농경마술에 깊이 관련되고 동남오스트레일리아의 만물의 "아버지"를 상기시킨다. 뉴브리튼 섬의 파푸아 어군의 바이닝족의 문화영웅 시티니와 고이트키움 형제에 관한 신화는 인접한 멜라네시아의 구난투나족의 설화와 매우 유사하며 이로부터 차용했을 가능성도 보인다(앞에서 언급한 오스트레일리아의 분질-팔리안 쌍을 비교해 보라).

    멜라네시아에서 토템은 주로 외혼(外婚)의 징표로서 명맥만 남아 있고 대신 애니미즘이 크게 발전한다. 그러나 정령도, 쿠나피피와 당골에 비견되는 문화영웅의 신화적 어머니의 형상도 전능한 정령뱀

---

7) [역주] 무지개뱀과 오스트레일리아 아보리진 신화에 대해서는 다음을 보라: D. H. Turner, *Dialectics and Tradition*, London, 1978; D. H. Turner, *Life Before Genesis*, New York, 1984; D. McKnight, Myth and Country in Aboriginal Australia, *Igitur*, 6(2)-7(1), 1994~1995; T. Swain, G. Trompf, *The Religions of Oceania*, London/New York, 1995.

의 형상도 후면으로 밀려나고 제의와 거의 무관한 세속적 문화영웅이나 데미우르고스의 형상이 쌍둥이 형제의 모습으로 부상한다.

오스트레일리아의 토템 영웅처럼 형제들은 무수히 많지만 이들은 크게 두 그룹, 현자와 바보, 즉 긍정적, 부정적 문화영웅 유형으로 구분된다(이는 씨족의 구분과 상응하는 듯하다). 그 예가 바로 멜라네시아의 구난투나족의 유인원 씨족 조상으로 최초 인간으로 간주되었던 토 카비나나와 토 카르부부(토 푸르고)이다. 이들 형제는 지형을 완성하고 동물 집단과 인종 집단을 창조하고 최초로 수렵과 어로를 행하였으며 곡식, 사냥무기, 악기 등을 발명하고 최초의 오두막을 세웠다.[8]

그러나 형제는 각기 다른 방식으로 창조 행위에 임하였다. 토 카비나나는 인류에게 최선의 것, 최고의 것, 즉 모든 긍정적인 것을 만들었던 데 반해, 토 카르부부는 모든 부정적인 것을 만들었다. 토 카비나나는 평지와 해변의 주민, 아름다운 여인, 툼이라는 이름을 가진 물고기(작은 물고기를 어부의 그물에 몰아다 줌), 축제의 춤을 위한 북을 만들었다. 반면 토 카르부부는 산과 협곡, 파푸아 어군의 바이닝족의 산인, 상어(다른 물고기를 먹어치움), 장례에 사용되는 북을 만들었다. 토 카르부부는 죽음(그는 자기 "어머니"가 뱀처럼 허물을 벗는 것을 방해했다), 기아, 전쟁, 근친상간과 관련되었다. 토 카르부부는 악마성과 희극성의 보유자였는데 그의 악마성은 주로 불완전한 모방으로 빚어진 결과였다(예컨대 그는 진짜 "바보"처럼 오두막을 거꾸로 만들어 비를 맞는다). 이러한 악마성과 희극성의 결합은 대부분의 고대 민속에서 보이는 보편적 특성이다.

멜라네시아 지방 대부분에서 문화영웅은 여러 형제를 가진 타가

---

8) [역주] P. J. Meier, *Mythen und Erzählungen*, Münster I. W., 1909.

로 혹은 크와트이다(솔로몬 섬의 문화영웅은 와로후누카이다). 타가로
(탄가로, 타르고)의 토템 조상 혹은 씨족 조상으로서의 자질은 단지
잔류(殘溜)성을 띨 뿐이다(그는 뉴아일랜드 섬의 두 부족 중 하나의 새
매 토템을 인간화하였다). 오직 바누아레부 섬의 주민들만이 크와트
를 조상으로 간주했던 것이다. 뱅크스 섬에서 현자 타가로는 바보
타가로에 대립한다. 반면 뉴헤브리디스 제도에서 타가로의 상대역
은 많은 부분 토 카르부부를 연상시키는 그의 형제 수케마투아이
다. 크와트는 도처에서 자신의 질투 많고 어리석은 형제들에게 승
리하는데 다른 판본들에서는 형제들이 아니라 어리석은 악마적 존
재가 문화영웅에 대립한다. 크와트는 어리석은 식인종 카사와라와
경쟁하여 이기고 타가로므비티, 즉 막내 타가로는 메라음부투와 싸
워 이긴다(막내 타가로는 아오바 섬에서 가장 중요한 타가로이다). 형
제 문화영웅은 멜라네시아 서사민속군의 중심이 되는데 이는 아마
도 기원신화뿐만 아니라 원시 설화나 일화의 세속화로 생각된다.

　오세아니아권에서 가장 높은 수준을 보여주었던 폴리네시아 신화
에서는 장난스러운 문화영웅 탄가로 대신 천상의 창조신 탄가로아
가 발견되는데 이 형상에서 시조 문화영웅의 특성은 희미하다. 망
가이아 섬에서 탄가로아와 그의 동생 롱고는 각각 금발 인간과 흑
발 인간의 조상인 데 반해, 통가 섬에서 탄가로아는 수공업의 신으
로 전우주의 창조신으로 간주된다. 뿐만 아니라 그는 태양신과 지
하신의 특성도 지녀 바다를 만들고 후에 어업과 항해도 관장한다.
폴리네시아 판테온의 다른 대표자들(타네, 롱고, 투 등) 역시 창조
신 천신의 경지에 범접하는 데미우르고스 문화영웅으로서의 특성과
자연과 자연적, 문화적 현상의 주인이라는 특성을 함께 지닌다.

　그러나 폴리네시아 서사신화의 중심 형상은 탄가로나 크와트 유
형의 문화영웅인 마우이이다(그는 미크로네시아와 멜라네시아의 많은

지역에도 알려졌다). 그는 역시 성과 속의 경계에 위치하며 신이라기보다는 비상한 초자연적 힘(마나)과 지혜(혹은 꾀)를 지닌 영웅으로 간주된다. 그는 조상 혹은 (티키와 나란히) 최초의 인간으로 자주 불린다. 즉, 토템적 특성이 없는 것이다. 문화영웅으로서 마우이는 지하계의 할머니(자신의 선조)로부터 불과 타로감자, 마법의 낚싯바늘을 구해오며, 후에 이 낚싯바늘로 바다 밑바닥의 섬을 낚아 올린다. 또한 다른 판본에서는 데미우르고스의 행위를 하기도 한다. 태양을 붙잡아 회전 속도를 늦추고(계절의 순환) 바람을 길들이고 천개(天蓋)를 높이고 개와 고구마와 야자열매를 만들고 마침내 죽음을 정복하려는(실패하고 말지만) 시도까지 한다. 그는 목적 달성을 위해 전형적인 트릭스터처럼 자주 교활한 속임수를 사용한다. 서폴리네시아에서는 식인종과 괴물의 정복자라는 영웅적 특성이 발현되기도 하는데 괴물로부터 인간을 지키는 이러한 영웅적 행위는 문화영웅의 행위에 있어서 또 하나의 본질적인 측면이다.

트릭스터 문화영웅의 특성은 미크로네시아의 인기 주인공이었던 욜로파트와 그의 후손에서도 나타난다. 욜로파트와 그 형제들과의 충돌은(이들은 모두 지고의 천신의 자손이었다) 멜라네시아의 민속을 상기시킨다. 또한 스사노오, 오호쿠니누시와 그 형제라는 트릭스터 신이 등장하고 복잡한 신통계보 과정이 그려지는 고대 일본 신화 역시 폴리네시아와 미크로네시아의 신화에 유형학상으로나 기원상으로나 놀랄 만큼 유사하다.

고대 아프리카 신화에서는 오스트레일리아와 파푸아뉴기니와 유사한 토템 인물 데미우르고스가 나타난다. 예컨대 부시먼족 카근은 메뚜기 토템의 성격을 지니는데 그의 가족 역시 토템의 성격을 지닌다. 아내는 마모트이고 딸은 호저이며[9] 아들은 몽구스이다. 이들은 모두 "옛 인간"이며 후에 동물이 된다. 카근은 밤과 달의 창조에 개입하고 후에 그 자식들이 사냥하는 영양을 만든다.

전체적으로 열대 아프리카 문화에서는 토테미즘이 유인원 조상 숭배로 대체되고 초기 국가 형성기에는 살아있는 주술사 왕이 숭배된다.[10] 가부장적 조상, 문화영웅의 대표적 예는 헤레로족 무쿠루, 줄루족의 운쿨룬쿨루(이들의 이름은 모두 어원상 "늙은"이라는 단어와 관련된다), 소토추아나족의 모리모이다. 이들은 모두 성스러운 나무, 산, 갈대 늪에서 솟아나온 최초 인간이면서 동시에 주술로 사람들을 소생시키며 존재하는 모든 것에 이름을 주는 데미우르고스이기도 하다. 불을 획득하고 농업과 축산 기술을 인간에게 전수하고 성인식과 터부를 도입하는 등의 다양한 문화 행위가 바로 이들의 공적이다. 판본에서 모리모는 천신이고 운쿨룬쿨루와 함께 행동하는 것은 하늘에 거주하는 지고의 창조신 운웰링강기(원래 모리모의 쌍둥이 형제인 듯)이며 무쿠루와 함께 행동하는 자는 "조상의 아버지"이자 번개 신으로 유명한 카룽가이다. 이러한 데미우르고스와 문화영웅, 조상과 번개 신의 결합은 므와리(벤다족과 쇼나족), 물룽구(동아프리카의 여러 반투족), 부분적으로 칼룽가(서아프리카)의 형상에서도 나타난다.

마침내 반투족신화의 레자와 응가이의 형상에서는 창조자와 문화

---

9) [역주] 호저(豪猪): 산미치광이과와 나무타기산미치광이과에 속하는 동물의 총칭.

10) [역주] H. Baumann, *Schöpfung*, Berlin, 1936; Е. С. Котляр, *Миф*, М., 1975. 이외 멜레틴스키가 아프리카에 관한 지식을 얻은 문헌으로는 다음을 보라: А. А. Громыко (сост.), *Традиционные и синкретические религии Африки*, 1986. 이 연구서에 실린 논문 대부분에서 기초가 되는 참고문헌으로는 다음을 보라: M. Griaule, *Masques dogons*, Paris, 1938; G. Dieterlen, *Essai sur la religion Bambara*, Paris, 1951; R. Moffat, *Missionary Labours and Scenes in Southern Africa*, New York, 1842; H. Calloway, *The Religious System of the Amazulu*, New York: The Center/Millwood, NY, 1969; W. Rayner, *The Tribe and its Successors*, New York, 1962.

영웅의 기능은 번개 신의 업적이 되며 이들은 이미 조상으로 간주되지 않는다. 밤바라족의 파로는 번개 신이자 바다의 주인으로 펨바라는 남근형의 세계수를 가지고 모든 창조를 행한다. 반면 신격화의 결과로 데미우르고스의 행동을 하는 조상 왕으로는 최초 인간이자 문화영웅인 간다족의 킹구를 들 수 있다. 아프리카 제 부족들에서 문화 행위는 신격화된 조상 대장장이의 공적이며 이들은 하늘에서 내려와 인간에게 활, 창, 삽과 곡물을 준다.

요루바족과 폰족(다호메이족)은 자연현상을 체현하는 신들을 모시는 광대한 판테온을 세운다. 그러나 막상 폰족 설화에서 인기를 누렸던 것은 이들 인물이 아니라 신 마우의 막내아들인 신화적 트릭스터 레그바였다. 레그바는 신과 인간의 중재자이자 마법사이며 장난꾸러기였다. 요는 레그바의 설화적 변종으로 레그바가 주로 방탕자로 그려졌다면 요는 주로 대식가로 형상화된다. 동물(거미, 카멜레온, 코끼리, 개미핥기, 거북, 개) 혹은 반수(伴獸)동물(푸), 우클라카니아니아의 형상과 이름을 지닌 트릭스터 문화영웅은 토템신화에서 우화로 넘어가는 과정에 있는 아프리카 설화 전반에서 나타나는 주인공이었다. 11)

시베리아의 추코트 캄차트군에 속하는 고대 아시아인의 가장 오래된 신화에서는 창조의 시간이 주로 까마귀(라벤)의 행위와 관련된다. 축치족에서 까마귀는 직접적으로 데미우르고스(혹은 모호하게 묘사된 천신의 조력자)의 역할을 맡으며 코리약과 이텔멘에서 그것은 문화영웅의 특성 몇 가지와 창조자의 징표를 견지하지만 주로 신화적 까마귀 종족의 족장["대조부"(大祖父)]이자 고대 아시아인의 시조로 간주된다.

---

11) [역주] M. Fortes, *Oedipus and Job in West African Religion*, Cambridge, 1959.

"까마귀"신화에는 토템의 흔적이 역력하다(이름, 인간-동물과의 혼인 등). 까마귀는 굉장한 주술적 힘을 가지고 그의 자식들이 지하계의 사악한 식인귀신과 싸우는 것을 돕는다. 동시에 까마귀는 폴리네시아의 마우이보다 훨씬 지독한 신화 트릭스터로 그 결과 일련의 일화성 신화 이야기의 주인공이 된다. 까마귀의 아들이 뛰어난 야생 사슴 사냥꾼인 데 반해 영원히 허기진 까마귀는 사냥감을 간신히 손에 넣거나 혹은 자신의 아내를 버리고 사슴 사육자 출신의 부유한 여인, 즉 사업하는 동물 인간인 토템 아내에게 떠난다. 그는 부당한 수단을 사용하여 생물학적, 사회적 행위 규범을 파괴하고 결국 파산한다. 까마귀의 아들딸은 자연 대상과 자연력을 인격화한 여러 존재(부분적으로 동물 형상을 한)와 혼인하여 경제적 안정을 도모한다. 이러한 신화들은 정돈된 사회질서의 형성을 표현한다. 즉, 자기 종족 출신과의 결혼 시도(근친상간)가 실패한 후 타종족 출신의 유익한 존재와의 혼인이 행해지는 것이다. 이와 유사한 까마귀신화는(틀링깃족, 침샨족, 하이다족, 크와키우틀족 등) 아메리카 대륙의 북서쪽에 거주하던 인디언들에서도 발견된다. 12)

알려진 바대로 레비스트로스는 까마귀와 코요테의 '매개성'에 관심을 기울이고 이들에 관해 썩은 고기를 먹음으로써 초식과 육식, 종국에는 삶과 죽음을 중재하는 존재라고 설명한다. 13) 이제 여기에 고대 동북아시아 제족에서 까마귀는 상하(주술적 힘의 덕분에), 천상과 지상(창공을 뚫어 오르고 땅도 파는 천상과 지하의 새), 겨울과 여름(철새가 아님), 육지와 습지, 대륙과 바다, 담수와 해수(바다의

---

12) [역주] J. Miller, *An Overview of Northwest Coast Mythology*, Toronto, 1991.
13) [역주] 북아메리카 인디언 신화(사합틴(Sahaptin)과 호피(Hopi))에서 코요테(*coyote*)의 역할에 대한 예를 보자면 다음을 보라: G. Lanoue, *Beyond Values and Ideology*, Roma, 1990, chaps. VI, VIII.

지배자로부터 담수를 얻어옴), 남성성과 여성성(성을 바꾸려 시도) 등의 매개자가 됨을 덧붙일 수 있다.

통구스족과 다른 시베리아 제족의 신화에서도 경쟁하는 형제 데미우르고스가 출현하는데 여기서 형은 동생의 위업을 파괴한다(토 카비나나와 토 카르부부와 비교해 보라). 또한 이들은 씨족 조상이 아니라 우주의 상계와 하계의 주신이다. 오브우그르족에서 상계의 신과 하계의 신(누미토룸과 쿨오티르)이 형제 데미우르고스로 등장하기도 한다. 그러나 오브우그르 신화의 주인공은 모스 부족의 시조모(始祖母)인 거위 칼다스의 아들로 동물 형상을 한 에크바 피리쉬이다. 인간을 다스리기 위해 하늘에서 땅으로 내려온 에크바 피리쉬는 까마귀 유형의 전형적인 트릭스터 문화영웅이다.14)

천신 우코가 등장하는 카렐리아 핀족 신화의 주인공은 전형적인 문화영웅인 바이네모이넨과 일마리넨이다. 바이네모이넨은 고대의 문화영웅으로 북극의 여신에게서 하늘의 별과 마법의 삼포를15) 훔치고 물고기의 배에서 불을 찾아내고 물고기의 뼈로 악기를 만들어내며, 일마리넨은 대장장이 데미우르고스로 위의 많은 자연 및 문화의 대상을 직접 주조한다.

신화시대에 대한 관념이 확고했던 북아메리카에서 신화의 중심 형상이 된 것은 토템 조상의 특성을 일부 지닌 데미우르고스 문화영웅이었다. 그런데 북아메리카의 서부에서 그는 진지한 창조 행위 외에 사기를 치기도 한다. 즉, 문화영웅은 동시에 트릭스터인 것이다.

태평양 연안 북쪽의 인디언에게 까마귀(라벤)은 고대 동북아시아 제족에서와 비슷한 모습으로 알려졌다. 즉, 까마귀는 데미우르고스

---

14) [역주] 보고라즈(V. G. Bogoraz)는 에브카 피리쉬가 시베리아 트릭스터 까마귀(라벤)의 직접적 환생(reincarnation)이라고 주장한다.

15) [역주] 우주적인 기둥이거나 혹은 천개(天蓋)를 받치는 기둥이었을 듯.

문화영웅이자 씨족의 선조이며 신화적 트릭스터이다. 이 지역에서는 까마귀와 비슷한 인물로 밍크가 등장하는데, 까마귀의 대식증에 해당하는 특성은 밍크의 음탕함이다(다호메이 폰족의 레그바나 요와 비교해 보라). 까마귀, 밍크와 유사한 부분이 많은 형상으로서는 토끼인 나나보조와 위스케드작〔중앙 산림지대의 알콘킨, 코요테(대부분의 고원, 스텝 지역과 캘리포니아 부족), 노인(블랙풋과 크로), 니흰찬(아라파호)〕, 거미인 인크토미(수, 이슈진키)(퐁카), 시트콘스키(아시니보인), 와크준카가(위네바고) 등이 있다. 코요테, 노인, 마나보조는 진정한 문화영웅일 뿐만 아니라 신화 트릭스터로 행동한다. 플레인족 인디언에서는 많은 경우 진정한 문화영웅과 트릭스터가 구별되기도 한다. 예컨대 위네바고에서 와크준카가("광인", "광대"의 뜻)는 신화적 트릭스터로, 토끼는 진지한 문화영웅으로 제시된다.

북아메리카는 고전적인 신화적 트릭스터를 보여준다. 그는 중세의 광대, 르네상스의 악한 소설의 주인공, 강렬한 색채의 희극적 주인공의 오랜 선구자이다.[16] 신화영웅은 대개 약삭빠르고 교활한데 원시인이 지혜와 교활함, 마법을 구별하지 않았기 때문이다. 이러한 신화적 인식으로부터 교활함과 지혜, 사기와 정직, 사회질서와 혼돈의 차이에 대한 관념이 생겨나면서 문화영웅의 분신으로서의 신화적 트릭스터라는 형상이 발전하게 된다. 인디언과 고대 아시아인의 민속에서 까마귀와 유사한 민속인물은 마우이 유형의 오세아니아 신화의 트릭스터 영웅과는 달리 단순히 교활한 데 그치지

---

16) [역주] 라딘의 유명한 저서를 보라: P. Radin, *The Trickster*, New York, 1972. 이외에도 다음을 보라: F. Bolinger, Living Sideways: Social Themes and Social Relationships in Native American Trickster Tales, *American Indian Quarterly*, 13(1), 1989, pp. 15~30; R. Messer, A Structuralist's View of an Indian Creation Myth, *Anthropologica. N. S.*, 31, 1989(Ojibwa), pp. 195~235.

않고 동시에 문화영웅이나 주술사의 진지한 행위와 성스러운 의식을 우스꽝스럽고 저속한 버전으로 패러디하는 속임수를 쓴다. 트릭스터는 대식증이나 음탕함과 같은 저급한 본능으로 오염된 결과 근친상간이나 가족의 저장식량을 훔치는 등의 반사회적 행동을 하게 된다. 인디언들은 종종 까마귀나 코요테 그리고 이와 유사한 트릭스터 문화영웅을 동일한 이름을 가진 두 인물로 구별하기도 하는데 이러한 구별은 일부에 제한된다. 한 토끼의 이름이 양면성을 뜻하는 글루수캅위사카인 것은 우연이 아니었다.

트릭스터 문화영웅(데미우르고스)과 같은 이중적 형상은 형성 중인 사회 및 우주의 질서화의 파토스와 그 와해 혹은 무질서의 상태를 한 인물 안에 결합하여 표현해낸다. 이러한 모순된 결합은 아마도 해당 설화신화군의 사건들이 신화시대, 즉 옛 세계질서가 확립되기 이전의 시간에 귀속되는 데서 기인한다. 그런데 여기서 문화영웅의 부정적 상대역(예컨대 멜라네시아의 토 카르부부)이나 까마귀 유형의 트릭스터의 행위 역시 본질상 전형적임을 기억해야 한다. 이들의 행위는 차후 세계에서 자행되는 온갖 악행을 예정(豫定)한다.

북아메리카에서는 서로 적대적이며 동시에 우호적인 쌍둥이 문화영웅도 발견된다. 17) 이로쿼이에서 적대적인 형제문화영웅이라는 관념의 흔적은 창조신이자 천상의 주인이며 농업의 신인 테하론히야와

---

17) [역주] 쌍둥이에 대한 가장 적절한 참고문헌으로는 인도유럽의 자료를 다루는 다음을 보라: D. Ward, *The Divine Twins*, Berkeley, 1968. 남북 아메리카 민족신화에서 쌍둥이가 가지는 의미를 개괄적으로 다룬 참고문헌은 다음을 보라: H. Carr, "The Hero Twins", 1986; A. Hultkrantz, *The Religions of the American Indians*, Berkeley, 1980, pp. 38~42; A. Métraux, Twin Heroes in South American Mythology, *Journal of American Folklore*, 59, 1946. 호피(Hopi)의 예에 대해서는 다음을 보라: G. Lanoue, *Beyond Values*, Roma, 1990, pp. 87~104.

곤과 그의 쌍둥이이자 악마인 타롱가스카론의 형상에서 발견된다.

남서쪽의 플레인족에게서는 쌍둥이 형제가 적대자 데미우르고스가 아니라 함께 지구를 유랑하면서 인간의 평화로운 삶을 위협하는 괴물들을 물리치는 영웅들로 그려진다. 이러한 광범위한 배경하에서 쌍둥이 신화군은 엄청난 인기를 누렸다("위그엄에서[18] 나온 젊은이", "숲에서 나온 젊은이", "계곡에 버려졌다 나온 젊은이"). [19] 그들은 악의 정령이 살해한 여인의 몸에서 만들어졌다가 한 명은 위그엄에, 한 명은 숲 혹은 계곡에 던져졌다. 후에 이들의 아버지가 야생의 쌍둥이를 불러와 길들인다. 쌍둥이는 유랑 길에서 식인 거인, 거대 사슴, 바위를 굴리는 천둥새, 식인 영양, 괴물 비버 등 여러 괴물을 물리친다. 나바호족에서 쌍둥이 영웅은 최초 인간의 손자이자 태양의 아이들로 이들에게 괴물과의 싸움은 종족의 번식과 이주를 위한 최우선적인 일이었다.

이러한 쌍둥이 형제의 형상은 남아메리카 원주민의 민속, 아라우칸 어족, 투피과라니 어족, 카르브 어족에 속하는 민족들의 민속에서도 널리 퍼졌다. 바카이리족의 케리와 카메, 카리브 어족의 마쿠나이마와 핑헤(피아), 보로로족의 바코로로와 이투보레 등이 그들이다. 이들은 창조자나 문화영웅의 아들이며 그 아내는 재규어나 식인종에게 자주 살해당한다. 이들은 자신의 출신에 대해 알고서 재규어나 다른 악마들을 죽이고 마지막에는 해와 달이 된다. (보로로족의 판본 같은 경우) 쌍둥이는 재규어의 자식이다.

이와 유사한 플롯이 중앙아메리카의 키체족에게서 문헌 형태로

---

18) [역주] 위그엄(*wigwam*) : 아메리카 인디언의 원형천막.
19) [역주] "숲에서 나온 젊은이"(Lodge-Boy)와 "계곡에 버려졌다 나온 젊은이" (Thrown-Away)는 톰슨(Thompson)의 분류표에서 Z210.1에 해당한다. 다음을 보라: S. Thompson, *Folktale*, New York, 1946, p.337.

전해지는 신화서사시인 "포폴부"의 근간이 된다. 키체족의 아푸와 쉬발랑케는 마법의 열매 혹은 선조의 머리에서 태어나 지하계의 악마와의 영웅적 전쟁 외에도 옥수수의 재배와 같은 특별한 문화 행위를 한다.

고대 멕시코의 톨텍족, 아즈텍족, 특히 마야족 등의 신화에서는 우주의 모형 그리고 우주시대의 순환이라는 관념과 연관되어 극히 복잡하게 세분화된 신들의 판테온이 출현한다. 그러나 특히 중심이 되는 것은 케찰코아틀로서 그는 무엇보다도 데미우르고스이며 일부는 문화영웅의 기능으로 특화된다. 그는 인간을 창조하고(정확히는 명계에서 구해온 뼈로 소생시킨다) 옥수수 알곡을 원래 주인인 적(赤)개미로부터 훔쳐온다. 또한 케찰코아틀은 그가 정복한 땅을 지키던 여신의 구성원으로 우주를 만든다. 문화영웅의 기원은 잉카의 최고신 비라코차에서 훨씬 더 확연해진다(쌍둥이 형제의 관념은 창조자의 아이들, 야마이마나비라코차와 토카나비라코차에서 나타난다). [20]

데미우르고스적 시조 문화영웅의 형상은 중국, 인도, 고대 근동지방 국가의 신화에서도 발견된다. 이들 국가들은 관개시설을 이용한 경작과 고대 국가를 토대로 강력한 문명을 일으켰다. 중국의 신화는 일찍부터 역사화되어(에우헤메리즘화) 관리, 고문(顧問), 궁정의 음모 등 최근의 역사적이고 세속적인 실재가 신화 속으로 들어간다. 그러나 고대의 전설적인 요나라와 그 통치자의 묘사에서 신화시대와 시조의 관념은 쉽게 발견된다. 먀오족과 남중국의 민족이 직계 선조로 간주했던, 시조 혹은 최초 인간인 판쿠(반고)는 종종

---

20) [역주] 잉카족은 두 개의 씨족(*phratry*), 하난(Hanan)과 후린(Hurin)〔혹은 하난사야(Hanansaya)와 후린사야(Hurinsaya)로 각각 높은 부분과 낮은 부분〕을 가지는데, 이들이 정치 행정에서 한 역할을 하게 됨으로써 정복된 나라들은 두 개의 행정 단위로 나뉘게 된다.

반수(半獸)의 모습, 곰과 개의 형상을 지닌 토템으로 그려진다. 신화의 이본에서는 그가 사후에 현재의 우주로 변했다고 한다. 남매 혹은 부부였던 시조 뉴이와(여와)와 푸시(복희)는 사냥과 어업을 전수하고 악기를 창조하는 등의 여러 문화 행위를 한다.

때때로 문화 행위는 하늘과 해를 체화한 신인 후안티(황제)와 양티(염제)가 맡는다. 천신 황제의 손자인 군(곤)도 전형적인 데미우르고스 문화영웅으로 그는 하늘에서 신비한 물체인 식양을[21] 훔쳐와 마법으로 땅을 확장시키고 물의 혼돈을 다스리기 위해 제방을 쌓는다. 군의 뒤를 이어 홍수와의 전쟁을 마감하는 그의 아들 유이(우)와 세상이 타들어갈 위험에 놓이자 불필요한 아홉 개의 태양을 쏘아 죽이고〔식인황소, 거대 이빨 괴물(착치), 거대 구렁이(파사), 멧돼지(봉희) 등〕많은 지하 괴물을 죽이는 명궁 이도 전형적인 문화영웅이다.

시조-문화영웅의 고전적 결합은 수메르 아카드의 최고신인 엔릴과 엔키에서도 나타난다. 이들은 신통계보와 자연현상을 구체화한 신의 창조에 관여할 뿐만 아니라(스스로도 자연현상을 체화하여 엔릴은 바람과 공기를, 엔키는 담수와 대지를 구현한다) 문화 행위를 수행한다. 엔릴은 나무, 곡물, 괭이를 만들고 엔키는 티그리스, 유프라테스 강에 담수를 채워 물고기를 풀어주고 숲은 들새로, 골짜기는 곡물로 채운다. 엔릴은 들판을 경작하여 빵을 자라게 하고 가축을 길러 유제품을 얻고 건축 자재를 마련하여 최초로 집을 세우며 마침내 각 주신(主神)에게 강과 바람의 통치를 할당한다. 엔키는 이난나의 속임수로 인해 이후 뺏기게 되는, 이른바 메라 불리는 신성률(神聖律)의 최초 수호자로 그려진다. 일련의 텍스트에서 엔키는 인간의 창조자이자 최초의 스승이다. 또한 그는 자주 시조모의 성

---

21) [역주] 식양: 스스로 자라는 흙.

격을 띠는 여신들(닌마, 닌후르사그)과 함께 행동한다. 예컨대 그는 닌마와 함께 진흙으로 인간을 만드는데 닌마 없이 그가 홀로 이를 시도하자 크게 실패하고 만다.

이집트에서는 태양의 속성을 지닌 창조신(라 아툼, 프타, 크눔)이 (드물게는 달의 속성을 지닌 창조신 토트와 함께) 우주 개벽의 과정에서 매우 중요한 역할을 담당하여 문화영웅의 특성은 단지 명맥만이 유지된다. 크눔은 기술자 데미우르고스처럼 가마에서 인간을 빚어내고 토트는 문자를 발명한다. 제임스에 의하면 오시리스의 형상에서도 족장(최초의 왕)과 문화영웅의 흔적이 발견된다. 그는 전형적으로 죽었다 부활하는 신인 것이다.[22] 오시리스와 세트의 반목은 주로 계절순환과 연관되며 적대적 형제라는 원형으로부터 나와 각각 두 씨족, 후에는 상(上)이집트와 하(下)이집트를 표상한다.

고대 이란 신화에서 시조와 문화영웅의 결합형은 문화 행위를 수행하면서 용(아쥐다락, 스루바르)과 싸우는 전사로 등장하는 최초 황제들이다[이마잠쉬드(인도의 야마와 비교), 트라에타오나페레이둔, 케르사스프 등]. 인도 신화에서도 역시 이집트와 마찬가지로 시조라는 고전적 형상 대신 창조신이 등장하고 천지개벽은 인드라의 영웅적 행위에서 나타난다.

그리스 신화에서는 고전적 문화영웅이 올림포스 신전과 주요 신화체계로부터 유리된 채 등장하는 것이 특징적이다.

프로메테우스는 진흙으로 인간을 만들고(헤시오도스 이후 판본에서) 그들을 위해 불을 훔쳐오며 인간의 이익을 위해 신을 속인다(메코네에서의 공양제사). 그는 불을 훔친 죄로 코카서스 산에 묶여 독수리에게 간을 파 먹히는 고통스러운 형벌을 받게 된다. 그의 쌍둥

---

22) [역주] E. O. James, *Myth and Ritual in the Ancient Near East*, London, 1958.

이 형제 에피메테우스는 전형적인 문화영웅의 부정적 상대역으로 그는 멜라네시아 신화에서 둔자 타가로와 토 카르부부가 현자 타가로와 토 카바나나에 대립했던 것과 마찬가지로 프로메테우스에 대립한다. 에피메테우스는 인간에게 방어 수단(털가죽이나 날카로운 발톱)을 주지 않았고 온갖 악과 질병이 든 상자를 가진 판도라와 결혼한다. 다른 판본 신화에서는 최초의 인간은 프로메테우스의 아들 데우칼리온과 에피메테우스의 딸 피라라고도 한다.

프로메테우스는 거인족의 후손으로 올림포스 신들의 적이었다. 그리스 신화에서 우주의 개벽은 신과 거인족 사이의 전쟁, 신세대 신과 구세대 신 사이의 전쟁을 통해 이루어지고 티탄족은 혼돈의 힘으로 간주된다는 것은 참으로 역설적이다.

올림포스 신화의 틀 안에서 그리스 우주의 지혜와 이성적 질서를 최대한 체화하는 두 신, 아테네와 아폴론에게 문명교화의 기능이 맡겨진 것은 당연하다. 대장장이 신 헤파이스토스는 데미우르고스로서 그의 신격은 아프리카, 코카서스, 핀란드의 데미우르고스에 비견된다. 올림포스의 트릭스터로는 전령 신 헤르메스를 들 수 있다.

스칸디나비아 신화에서는 최고신 오딘과 사신(邪神) 로키의 형상 속에서 그리고 이들의 상호관계 속에서 (때로는 번개 신 토르와 로키와의 상호관계 속에서) "데미우르고스 문화영웅과 신화 트릭스터 형제"라는 모델이 재현된다. 오딘은 최초의 주술사이며 아시르 신족의 아버지이고 성스러운 꿀의 획득자이며 로키의 도움을 받아 인간을 창조한다. 반면 로키는 지하 괴물들의 아버지이며 죽음의 발생에 책임이 있지만 동시에 그물의 발명자이자 아시르족의 보물의 획득자이다. 토르는 무엇보다 거인이나 세상의 뱀과 싸우는 전사이지만 그가 수행한 전쟁은 천지개벽의 의미를 지니기도 한다(중간계의 뱀을 대양으로부터 끌어올린다).

이렇게 데미우르고스적 시조 문화영웅은 특히 원시신화에서 단순히 신화에서 가능한 한 인물이라기보다는 전형적 신화 인물이었으며, 특히 그는 유형학상 최초의 창조라는 신화시대의 관념에 정확히 상응하며 전반적으로 신화 전통의 담지자로서의 집단을 모델링한다. 이미 지적하였듯이 문화영웅의 악마적 혹은 희극적 분신 신화 트릭스터 역시 신화시대와 특별하게 관련되었다. 이는 신화시대가 다양한 유형의 엄격한 터부가 확립되기 이전의 시간이었기 때문이었다. 천신은 대정령으로 등장할 때조차 데미우르고스적 시조 문화영웅과 결합하거나 서사 플롯의 진행에 아무런 역할도 하지 않는, 일종의 숨은 신 '데우스 오티오수스'(deus otiosus) 로서23) 극히 희미하고 수동적인 존재로서 남았다. 자연현상을 양식화한 신들이 다수 등장하는 발전된 신화에서는 문화영웅의 흔적을 지닌 형상이나 위의 기능을 명백히 표방하는 신들이 신화적 서사에 가장 적극적으로 참여하였다.

고대신화에서 공동체 전체를 모델화하는 시조 문화영웅은 다수의 사자(死者)의 정령과 자연의 정령에 대립한다. 그러나 발전된 신화에서는 통상 하늘의 영역을 분배받고 극히 다양한 자연물과 자연현상 그리고 여러 사회적 기능을 양식화하는 신들의 신전(신전의 출현에는 조상과 주인정령이 모두 참여한다)이 이들 위로 부상하였다. 24)

---

23) [역주] "중립적인 신" 또는 "숨은 신"이라는 뜻의 라틴어. 세계를 직접 다스리는 일은 하지 않는 상대적으로 지위가 높은 신을 말한다.

24) [역주] 세 가지 사회적 기능에 따른 인도유럽의 신들을 분류한 뒤메질의 이론을 참조할 것. 다음을 보라: G. Dumézil, *Le festin d'immotqlité*, Paris, 1924; G. Dumézil, *Mythes et dieux des Germains*, Paris, 1938; G. Dumézil, *Loki*, Paris, 1948; G. Dumézil, *Jupiter, Mars, Quirinus*, Paris, 1941~1966; G. Dumézil, *Mitra-Varuna*, Paris, 1946; G. Dumézil, *Mythes et epopée*, Paris, 1968~1973.

세계 전체, 즉 자연과 사회의 다양한 측면은 여러 신과 정령에 의해 인격화되며 통제된다. 그럼에도 불구하고 첫째, 세계모델의 각 부분과 개별 신들 사이에 엄격한 일대일 대응은 없다. 다시 말해 신은 한 번에 여러 대상을 양식화하기도 하고 동일 대상의 한 측면만을 양식화하기도 하면서 의미상 다양한 자질의 고리를 제시한다. 둘째, 신은 그가 동일한 자연현상을 양식화하면서도 각기 상이한 단계로 상관되어, 심지어는 동일한 신화 안에서도 종종 자연물의 직접적 의인화와 동시에 특정 자연현상과의 상관관계를 가치 체계 속으로 편입시키면서 다양한 속성을 가지는 신화 인물(헬리오스와 아폴론)이 공존하게 된다. 신화시대와 긴밀히 연관된 조상으로부터 세계를 다스리는 신으로의 이동은 고전적 신화형태로부터 발전된 신화형식으로의 발전을 보여준다.

(2권에서 계속)

가웨인(Gawain) 무협 기사도의 전형으로 크레티앙 드 트로예의 〈성배 이야기〉라는 중세 시와 영국 최초의 중세 로맨스 중 하나인 〈가웨인과 녹색의 기사〉의 주인공. 볼프람 폰에셴바흐의 《파르지팔》에서 노르웨이 왕의 아들이자 아더 왕의 조카.

가이아(Gaea) 그리스 신화에서 대지(大地)를 상징. 우라노스, 타이탄, 키클롭스와 헤카톤케이레스의 부인이자 자기증식을 통한 어머니. 카오스(혼돈)와 에로스 사이에 태어난 태초의 원소 중 하나.

간다(Ghanda) 중앙아프리카 동쪽에 거주하는 민족.

거인(모티프) 앙그르보다, 아르고스, 키클롭스, 후와와, 요툰, 칼레비포에그, 레스트리곤, 로키, 망가드하이, 오리온, 푸루샤, 수퉁그르, 토르, 투르스, 티탄족(族), 티튀오스, 울리쿠미, 우트가르드, 이미르 참조.

게(Ge) 보로로와 관련된 남아메리카 인디언.

게브(Geb) 이집트 신화에서 테프누트의 아들이자 애인. 누트의 형제이며 남편. 태고 대지의 신이며 아시리아(이시스, 오시리스, 세트, 네프티스)의 아버지. 주요 신은 아니지만 머리 위에 거위를 얹고 다니는 남자로 자주 표현된다.

게서(Geser) 몽골과 티베트 서사시의 신화적 영웅으로, 특히 북쪽에서 나타나는 여러 괴물과 싸운다. 북쪽의 군주('로마의 시저'를 아랍과 터키어로 번역한 제목에서 파생된 듯한 '프롬의 게사르'(Gesar of Phrom)].

고르곤(Gorgon) 그리스 신화에서 나오는 세 명의 자매 괴물. 스테노, 유리
알레와 메두사. 셋 중 유일한 인간인 메두사는 페르세우스가 죽인다.
피니우스, 아테네 참조.

고트(Goths) 동유럽에서 온 게르만 민족으로 비스툴라 강 지역에서 3~5세
기에 흑해를 통해 남쪽과 서쪽으로 이동.

골렘(golem) 유럽 중부의 중세 유대인의 전설에 나오는 진흙으로 만들어진 유
대인의 하인이자 수호자. 가장 유명한 골렘은 프라하의 랍비 레브가
만든 것이다. "프랑켄슈타인"의 모델이 되었을 가능성이 있다.

과라니(Guarani) 남아메리카 인디언 부족 중 하나로 레비스트로스의《신화
학》에서 이들의 신화를 다룬다. 세시, 차코, 보로로, 투피 참조.

구(Gu) 폰족(族)의 강철, 무기, 도구, 전쟁의 신. 마우와 리사의 다섯 번째
아들.

구난투나(Gunantuna) 뉴브리튼의 가젤라 반도(半島)에 사는 멜라네시아 민족.

군군(Gun-gun/Kung-kung) 중국 신화에 나오는 물의 군주(君主). 뱀의 몸과
사람의 얼굴을 가진 악령. 추안슈 참조.

군로드(Gunnlödh) 수퉁그르의 딸로 히드로멜의 수호자. 히드로멜을 훔치도
록 속인 오딘이 뚫은 암석의 신.

군윙구(Gunwinggu, Gunwingu) 북오스트레일리아 아넘 랜드(Árnhem Lánd)
서쪽에 사는 원주민 부족.

그렌델(Grendel) 〈베어울프〉라는 대서사시에서 덴마크 왕의 궁전을 공격하
였고 나중에 베어울프가 죽이는 괴물.

그리폰(Gryphon) 독수리와 사자의 자식으로 머리와 어깨는 독수리와 같고
나머지는 사자의 몸을 가진 환상의 동물. 로마의 지리서(地理書)(루
칸, 헤로도투스와 플리니에)에서 그리폰은 황금더미를 지키며 스키타
이 부족인 아리마스피아인(the Arimaspians)들의 적.

그림자(shadow) 융의 심리학에서 아니마의 대응 개념.

글루스캅(Gluskap, Glooscap) 알곤킨어(語)를 사용하는 동쪽의 인디언(믹막
과 말리싯)이 토끼 또는 나나보조라는 신화적 영웅을 부르는 이름.
이 이름은 '거짓말쟁이' 또는 '무(無)에서 창조'(자가생식)를 뜻함.

기간토마키아(Gigantomachia) 그리스의 신화에 나오는 올림포스 신들과 거인

들 사이의 전쟁.

기눙가갑(Ginnungagap) 스칸디나비아와 게르만 신화에 나오는 태초의 나락.

길가메시(Gilgamesh) 수메르의 영웅으로 우룩의 다섯 번째 왕이며 서사시적인 전쟁과 영생 추구로 유명. 엔키두, 후루푸, 후와와, 루갈반다, 우트나피슈팀 참조.

까마귀(라벤)(Raven) 축치와 다른 고대 아시아 시베리아 민족의 신이며 트릭스터(*trickster*). 북아메리카 대륙 북서 해안의 인디언 민족 사이에 비슷한 인물로 트릭스터뿐 아니라 창조주의 역할을 하는 인물을 찾을 수 있다. 지니아나우트, 카이나나우트, 미티, 시나네우트 참조.

꿈의 시대(Dreamtime) 인류학 문헌에서 동시대에 앞서는 신화적 시대를 일컫는 오스트레일리아 원주민 아보리진인들의 개념을 기술하기 위해 자주 쓰이는 용어. 다른 학자들은 이것을 대안적이며 영원한 시공이라 본다. 그러므로 이것은 선(線)적인 시간 속에 놓일 수 없는 것으로 끊임없는 세계 창조와 재창조를 언급하는 것이다. 알트지라, 추링가 참조.

나나보조(Nanabozo) 북아메리카 동부와 중부에 거주하는 인디언 민족, 특히 알곤킨어를 사용하는 부족들의 신화에 나오는 '거대한 토끼'. 오대호 주변에 거주하는 민족들의 신화에서는 오지브와처럼 트릭스터지만 몇 가지 고상한 자질을 가진다.

나나불루쿠(Nana-Buluku) 폰족 사이에서 최초의 신이며 마우와 리사의 창조자이지만 역설적으로 이 쌍둥이 역시 세상의 창조자로 여겨진다.

나르트(Narts) 오세티아의 전설적인 영웅으로 아디게와 아브카즈와 같은 북(北)코카서스 민족들의 신화에서도 발견된다. 강철로 된 몸과 마법 및 초자연적인 힘을 가진 전사들이다. 뒤메질이 말한 원시 인도유럽 사회의 기능을 담당한 세 나르트 종족이 있다. 나르트족의 서사시는 전사(戰死)의 카스트인 아에사르타엑가테와 부자(富者)의 카스트인 보라탁 간의 끊임없는 갈등을 묘사한다. 베다의 마루트인, 아일랜드의 피안나 그리고 이야손의 아르고호 선원들과 유사하게 신에게 도전한 뒤 그들에게 대적할 만한 자가 없어 세상에서 사라진다. 아에사르타엑, 사타나, 소슬란, 소스루코, 시르돈, 우리즈맥 참조.

나바호(Navajo) 북아메리카 남서부의 아타파스카어(Athapaskan)를 사용하는 인디언 부족. 푸에블로 문화의 이웃 부족.

나우시카(Nausicaa) 《오디세우스》에서 파에아키아의 왕의 딸. 칼립소 이야기 이후 오디세우스를 난파선에서 구출하여 아버지 알키노오스 왕에게 보내자 왕은 오디세우스에게 배 한 척을 제공한다.

난나(Nanna) 수메르 신화에 나오는 달의 신으로 엔릴이 닌릴을 강간하여 태어났으며 이난나의 아버지이다. 아브라함의 고향인 우르 시에서 모시는데 시간과 연관이 있으며 범죄자의 적으로 여겨진다. 스칸디나비아 신화서사시에서 난나는 발드르의 아내로서 남편의 시체와 함께 화장된다.

난쟁이(*dwarves*) 드베로그를 보라.

난지오메리(Nangiomeri) 오스트레일리아 아넘 랜드의 부족.

네르갈(Nergal) 아시리아와 바빌로니아(아카디아) 신화에 나오는 '큰 궁전의 주인'. 초기 아카디아 종교에서 태양신이었을 가능성이 있으며 배우자인 에레슈키갈과 함께 저승의 신이 된다.

네스토르(Nestor) 그리스 신화에 나오는 지혜와 웅변술로 유명한 필로스 시의 왕. 헬레네를 구하기 위해 트로이까지 메넬라우스와 동행한다. 〈일리아드〉의 주인공 중 유일하게 무사히 집에 돌아가(메넬라우스도 귀향하기까지 8년이 걸린다) 아버지 오디세우스를 찾는 텔레마코스와 만난다.

네프티스(Nephthys) 이집트 신화에 나오는 게브와 누트의 딸이며 세트와 이시스의 자매. 이시스의 남편이자 남자 형제인 오시리스를 거짓말로 유혹하여 아누비스를 잉태한다. 사자(死者)와 태양의 신 라의 수호자이자 여신.

노개마즌(Nogamajn) 무린바타족의 천신(天神).

노른(Norn) 게르만의 운명의 여신이자 인격체인 우어, 우르다르, 베로안디, 스쿨드 중 하나.

노아(Noah) 셈과 함 참조.

노인(Old Man) 캘리포니아 북쪽의 클라마스와 모독 부족을 포함한 북아메리카의 남서쪽 고원에 거주하는 인디언신화에 등장하는 주요 인물. 위스케드작과 유사.

누렐리(Nurelli) 오스트레일리아 동쪽에 사는 다양한 부족에서 이르는 '대부' (大父, *All-Father*)의 이름.

누룬데레(Nurundere) 비랄의 변종(變種).

누르군 부투르(Njurgun Bootur) 야쿠트의 신화적 문화영웅.

누미토룸(Numi-Torum) 오브 강 분지의 우그르 민족 사이에서 단어 그대로 '더 높은 신', 천신 등 여러 이름을 가진 신. 쿨오티르의 형제. 만시인 은 그의 형제자매들이 지하계의 달, 태양, 불의 신과 여신들이라 한 다. 그의 일곱 명의 아이는 토착신이다. 누미토룸은 인간과 소통할 수 있는 쇠사슬로 땅과 연결되었다. 잎갈나무의 줄기로부터 인간을 창조 하지만 이들을 방치한다.

누트(Nut) 게브의 아내이며 누이. 문자 그대로 게브에게 연결되는데 슈가 그 들을 갈라놓는다. 누트는 하늘의 여신이며 몇 가지 판본에서 사자의 영혼은 그녀 가슴 위에 놓인 하늘 창고의 별들이라고 하는데 매일 태 양을 낳고는 다시 흡수한다. 아이시스, 오시리스, 세트와 네프티스 와 같은 아시리아 신들의 어머니로서 암소로 표현된다.

눈(Nun) '무한대, 허공, 어둠'이라는 의미, 이집트의 혼돈(*chaos*)이며 지구를 둘러싼 태초의 바다.

니드호그(Nidhogg) 세계수(世界樹) 이그드라실의 세 번째 뿌리를 갉는 스칸디 나비아의 뱀. 전사자(戰死者)의 시체를 먹는 용으로 묘사되기도 한다.

니르바나(Nirvana) '사라짐', 무지와 욕구로부터 개인을 자유롭게 하는 인도, 특히 불교의 개념. 운명이나 의무를 뜻하는 다르마나 환생 또는 영혼 의 영원한 윤회를 의미하는 삼사라와 대비된다. 다르마와 삼사라가 정 적(靜的)이라면 이것은 힌두 사상에서 보다 능동적인 힘을 의미한다.

니벨룽(Nibelung) 〈니벨룽의 노래〉의 소재가 되는 대단한 보물을 소유한 난쟁 이 일족의 전통은 현재의 오스트리아 지역에서 13세기 초에 정착하였 다. 동명의 게르만 서사시를 바탕으로 한 바그너의 오페라는 1876년에 초연되었다.

니우와(Niu-Wa, Nju-Kua, Nü-wa, Nü-Kua) 중국 태초의 조상이자 푸쉬의 부인 또는 여동생. 뱀(후기 판본에는 달팽이)의 하체를 가진 아름다 운 여성으로 묘사되어 '누와'라는 별칭도 있음. 찰흙으로부터 귀족을,

황토로부터 하층민을 창조하였다고 한다. 푸쉬가 죽은 뒤에 뉘황으로서 지배하나 군군의 도전을 받는다. 결국 승리하여 군군(추안슈 참조)이 훼손한 천상 창고를 수리하고 나무, 불, 흙, 쇠, 물 등 5원소를 창조한다. 결혼을 제정하였으며 중매자의 수호자이다.

닌릴(Ninlil, Mullisu) 수메르의 공기의 여신이자 엔릴의 부인. 아시리아에서는 물리수로 알려졌으며 니네베의 최고신인 아슈르의 아내라고 한다. 바빌로니아에서 닌릴은 이슈타르의 별칭이다. 습성이 온화하여 인간들을 위해 중재에 나서기도 한다.

닌마(Ninmah) 닌마르 또는 닌후르사그의 별칭. 일부 수메르본에서는 엔릴과 닌후르사그의 딸. 바빌로니아에서 남풍의 인격체. 초기 수메르본에서는 아버지 엔릴의 죽음을 복수하는 전사(戰士)의 이미지로 묘사한다.

닌쿠르(Ninkur) 수메르와 아카디아 신화에 나오는 엔릴 또는 다른 판본에서는 닌마르의 아들. 아카디아 판본에서는 사냥의 신이며 수메르인에 의하면 저승 쿠르의 홍수를 막는 제방과 관개수로의 건설자이다.

닌후르사그(Ninhursag) 수메르와 아카디아 신화에 나오는 '큰 산의 여주인'. 어떤 판본에서는 닌릴과 결혼한 엔릴의 아내이다. 벨(엔릴)이 선택한 남자들에게 수유(授乳)하여 왕이 되게 함으로써 암소와 연관되지만 사슴으로 표현된다. 결혼하기 전에 '처녀'라는 뜻의 닌스킬라, '출산하는 여자'라는 뜻의 닌투아마 칼라마, 결혼한 후에 '왕자의 대단한 부인'을 뜻하는 담갈누나 등 여러 별칭이 있다. 대지와 식물의 어머니이다.

다 조디(Da Zodji) 폰족 신화에서 마우이와 리사에게서 처음 태어남. 지신(地神) 신전의 수장(首將).

다구트(Djagwut) 와고만인이 무지개뱀을 부르는 이름. 트쥐미닌의 매형.

다라문룬(Daramulun, Darumulum, Dhuramoolan) 동오스트레일리아의 위라투리족에서 "대부"(大父, All-Father)의 "하인" 중 하나의 이름. 소수의 아란다 종족에게서는 "대부"를 직접 칭하는 이름.

다르마(dharma) 인도 철학에서 카스트 제도에 따른 인간의 종교적 윤리적 의무, 그러므로 모든 살아있는 존재의 사회적으로 승인된 행위를 말한다. 카마를 보라.

다프니스(Daphnis) 그리스 신화에서 헤르메스의 반신(半神) 아들, 목양자(牧

羊者). 님프의 아들로 어머니가 그를 낳자마자 월계수(月桂樹: 다프네) 밑에 버렸는데 목양자가 주워 길렀다. 그리하여 다프니스(월계수의 아들)라 하였다고도 전한다. 그는 예술을 좋아하여 목신(牧神) 판에게서 노래와 피리를 배우고 시칠리아에서 목양자로 있었다. 님프인 노미아가 그를 사랑하여 그로 하여금 성실을 맹세하게 하였으나 그가 배신하였기 때문에 격분한 노미아는 그를 소경으로 만들었다. 소경의 신세를 한탄하면서 노래하는 다프니스를 가엾게 여긴 헤르메스가 그를 천상으로 데리고 올라갔다. 다프니스는 목가(牧歌)의 창시자로 알려졌다.

당가르(Djangar) "외로운" 혹은 "고아"라는 뜻으로 에르소고토호나 게서 형상을 한다. 특히, 몽골 전설과 동명의 칼미크 서사시에서 문화영웅이나 악마를 퇴치하는 용사, 첫 조상으로 추정되며 그의 모험은 기원시대로 거슬러 올라간다. 그는 종종 상보적 특징을 가진 다른 문화영웅인 친구이자 동료 모험가 훈구르와 짝을 이루어 나타난다.

당골(Djanggawl) 북오스트레일리아의 다양한 민족, 특히 이르칼라와 아넘랜드의 민족신화에 나오는 두 자매와 두 형제들(어떤 판본의 경우 자매의 남편들).

대모(代母, All-Mother, Mother of All, Imberombera, Mutjingga) "영원한 어머니" 혹은 "우주의 어머니"란 의미로 북오스트레일리아의 아넘 지역 부족들의 신화에서 공통적으로 발견되는 인물. 종종 무지개뱀과 같은 특징이 부여되기도 한다.

대부(大父, All-Father, Great Father) 오스트레일리아 원주민 아보리진족의 신화적 영(靈). 때로 최상위의 신적 총체로 제시된다. 일부 학자는 이 개념이 최근에 도출된 것으로 선교의 결과라고 주장하기도 한다.

데마(dema) 위어즈가 처음 사용한 마린드아님족의 용어로 이후 옌센과 레비브륄이 많은 경우 인간을 위해 자연물로 변신하는 신화적 영웅들의 범주를 언급하는 것으로 일반화하였다. 예를 들어, (소수의 다른 학자를 제외하고) 옌센은 이 범주에 오스트레일리아 꿈의 시대의 조상 혹은 데미우르고스들을 포함시킨다.

데메테르(Demeter) 크로노스와 레아에게서 두 번째로 태어났으며 코레의 어

머니. 그리스 신화에서 경작지, 특히 밀의 어머니 신성(神性). 그녀
는 (하데스에 의해 유괴된) 딸이 돌아올 때까지 곡물의 수확을 금한
다. 다른 판본에서는 그녀가 딸을 찾아 헤매는 동안 신으로서의 일을
내버려두기 때문에 기근이 발생한다고 한다. 데메테르는 인간에게
곡식을 빻는 법을 가르친다.

데바(*deva*) 힌두신화에서 신(*god*) 혹은 영혼(*spirit*). 일반적으로 선(善)하다.

데우칼리온(Deucalion) 프로메테우스의 아들, 피라의 남편. 그는 청동기 시
대 땅에 살았던 열등한 인류를 제우스가 보낸 홍수로부터 구하기 위
해 방주를 만든다. 아흐레 동안 계속된 홍수가 끝나자 데우칼리온과
그의 아내는 어깨 너머로 어머니들의 뼈를 던져 인류를 다시 번식시
킨다. 이로써 진짜 인류의 첫 종족이 생겨났다. 같은 이름의 다른 사
람으로 〈일리아드〉에 나오는 크레타의 왕 미노스의 아들이 있다.

도(Djo, Do) 폰족의 공기와 바람의 신, 마우이의 여섯 번째 아들.

도곤(Dogon) 니제르 강 남쪽에 사는 서아프리카의 민족. 말리에 있으며 그
리올이 연구한 그들의 정교한 우주창조론으로 인해 알려졌다.

돈 조반니(Don Giovanni, Don Juan) 난봉꾼의 전형적 인물인 전설적인 스페인
의 기사. 티르소 데몰리나의 〈세비야의 이발사〉(*Il Barbiere di Siviglia*)
에 처음으로 등장한다. 몰리에르, 바이런, 발작, 플로베르 등 다른 작
가들에게도 작품의 영감이 되었다.

두구르(*djugur*) 알루리다족에게서 꿈의 시대를 알리는 용어.

두무지(Dumuzi) 수메르의 목축의 신. (엔키두와 함께) 이난나 여신의 열렬한
구애자였다가 이후 남편이 됨. 아내가 자리를 비운 사이 왕좌를 노리
다가 달아난다. 두무지는 다른 전통에서 배우자 이난나가 자신을 대
신할 사람을 찾지 못하면 떠나지 못하게 되었을 때 지하에서 그녀를
대신한다고 전해지기도 한다.

두아(Dua) 무른긴(아넘 랜드, 북오스트레일리아)의 절반(나머지는 이리탸/지리
쟈). 그 구성원들은 와우왈룩 자매의 후손들이라 전해진다.

둥고와(Djunkgowa, Djunkgao) 북오스트레일리아의 많은 종족의 신화에 나
오는 자매들.

드라우파디(Draupadi) 다섯 판다바 형제의 일부다처혼 아내들.

304

드베로그(Dvergr, Zwerg) 스칸디나비아의 〈에다〉에 등장하는 검은 난쟁이. 자연의 영혼들과 관련되었다.

드이모모쿠르(*dymokur*) 시베리아 유목민에 사용하는 가죽 천막인 "시움" (*cium*) 안에서 켜는 연기 나는 불. 다양한 약초와 이끼를 이용하여 지피며 모기를 쫓기 위해 쓰인다. 야쿠트의 영웅 에르소고토흐에 의해 발명되었다고 한다.

디나(Dinah) 성경에서 야곱과 레아의 어린 딸로 가나안인의 족장 세겜에게 유혹 당한다. 그 결과로 디나의 형제들에 의한 가나안인의 대학살이 일어난다(〈창세기〉30장, 34장). 이들은 가나안인을 불리한 조건에 처한 채 할례를 하도록 설득한 후 죽인다.

디도(Dido)〔엘리사(Elissa)〕 베르길리우스의 〈아에네이드〉에서 트로이에서 탈출한 아이네아스를 사랑하게 된 카르타고의 여왕. 이아르바 왕과 결혼하였으나 아이네아스가 주피터의 명령에 따라 그녀를 버리자 그가 떠난 후 불길에 스스로 몸을 던져 죽는다. 페니키아의 전설에서는 카르타고의 설립자로 물소 가죽으로 덮을 수 있을 만큼의 땅을 가질 수 있다는 지방관들의 말을 듣고 가죽을 얇은 띠로 잘라 땅을 둘러 카르타고를 얻어냈다고 한다. 그녀는 지역의 왕이었던 이아르바와의 혼인보다 죽음을 택한다.

디아니붓다(Dhyani-Buddha) 세계의 중심과 사방(四方)을 지키는 다섯 부처, 바이로차나/비로자나불〔백(白)〕은 원(圓)으로 표상되며 세계의 중심에서 관할하며, 라트나삼바바/보생불〔황(黃)〕은 남쪽에서, 아미타바/아미타불〔적(赤)〕은 서쪽에서, 아모가싯디/불공성취불〔녹(綠)〕은 북쪽에서, 아크쇼브히아/아촉불〔청(靑)〕는 동쪽에서 다스린다.

디아우스(Dyaus) 고대 인도유럽의 천신(Dyaus는 산스크리트어로 '하늘'을 의미). 제우스, 티르, 주피터(하늘 아버지 *sky-father*)와 유사하다.

디에리(Dieri) 남오스트레일리아 주의 북동 말단에 사는 오스트레일리아 종족.

디오니소스(Dionysus)〔자그레우스디오니소스(Zagreus-Dionysus), Dionysus〕 크레타의 신 자그레우스의 특징들을 가진 디오니소스는 하데스를 다스린다. 제우스와 페르세포네의 아들로 디오니소스는 사자(死者)의 영혼을 정화한다. 후대의 그리스 본에서는 거인들이 그의 사지를 절단한 후 아버지는 심장을 구해내 세멜레에게 준다. 심장은 디오니소스가 부활하기 위한 토대가 된다. 디오니소스는 포도주와 연관된 반신(伴神)적 인물이다. 트라키아 출신으로 흥분과 자연을 표상한다. 본질적으로 원소들의 활력을 암시하는 인물이다. 그는 땅에서 수많은 모험을 거친 후 올림포스에 오르도록 허락받는다.

디오스쿠로이(Dioskouroi, Dioscuri) 카스토르와 폴리데우케스(로마명으로는 카스토르와 폴룩스)로 두 사람을 함께 불러 디오스쿠로이(제우스의 아들들이라는 뜻)라고 한다. 그리스 신화에서 헬레네와 클리템네스트라의 쌍둥이 형제로 아버지는 다른 레다의 아들들이다(아마도 제우스와의 사이에서 낳은 것으로 추정된다. 레다는 틴다레오스와 결혼한 몸이었지만 제우스가 백조로 변신하여 그녀에게 접근했다는 이야기는 유명하다). 레다는 두 개의 알을 낳게 되는데 하나는 (제우스에 의해 잉태되어 불사의 몸인) 헬레네와 폴리데우케스를, 다른 하나는 (틴다레오스에 의해 잉태된 필멸의) 클리템네스트라와 카스토르를 품었다. 아버지가 다름에도 불구하고 카스토르와 폴리데우케스는 쌍둥이로 간주된다. 디오스쿠로이는 아르고호의 전사들로 이후 선원들의 수호자가 된다. 제우스는 린케우스와 그 형제와의 싸움에서 폴리데우케스가 죽은 후 형제들에게 한 사람에 해당하는 영생을 주어 이들은 하루씩 교대로 살게 되었다.

디와힙(Diwahib, Diwazib) 멜라네시아의 마린드아님족의 데마.

디제리두(Didjeridoo) 무린바타족과 북오스트레일리아의 다른 종족들이 사용한 악기로 속이 빈 관 모양이다. 비음(鼻音)의 트롬본 소리와 비슷한 작은 톤을 기조로 하는 단조로운 소리가 난 것으로 추정된다.

딜문(Dilmum) 수메르인들이 믿는 신화적 도시이며 낙원. 종종 고고학자들은 수메르인들이 일찍이 기원전 3천 년경부터 긴밀한 상업적 거래를 가졌던 바레인과 동일시한다. 딜문은 수메르 신화 "엔키와 닌후르사그"의 배경이다.

라 아툼(Ra-Atum) 둘이었으나 하나의 신으로 결합한 이집트 신. 헬리오폴리스(Heliopolis)의 신화에서 '라', '창조자', '태양' 등은 중국의 창조주인 판쿠처럼 연꽃에서 등장하는 태양의 이름인 데 반해, '아툼'은 석양(夕陽)이다. 후대에 라는 아몬과 결합하였다. 태양의 원반(圓盤)이나 독수리 머리를 한 남자로 표현된다.

라레스(Lares) 머큐리(헤르메스 참조)와 라라의 아들들이며 자비로운 가정의 신으로 로마인의 숭배를 받았다. 헤르메스와 비슷한 역할을 했다.

라마(Rama) 비슈누의 일곱 번째 환생(아바타)이며 시타의 남편.

라마야나(*Ramayana*) 3세기 베다 이후의 라마의 업적을 기리는 인도 서사시로서 〈마하브하라타〉와 함께 그 시대의 중요한 두 작품.

라반(Laban) 성경에서 레베카의 남자 형제. 라반의 누이인 레아와 레이첼과 결혼한 처남인 야곱을 속여 노동력을 착취하려고 한다.

라이우스(Laius) 그리스 신화에서 테베의 왕으로 카드무스(포이닉스 참조)의 손자이며 나중에 아들인 오이디푸스의 손에 의해 살해되는 아버지이다. 초기본에서는 펠롭(Pelop)의 아들인 크리시푸스(Crisippus)에 대한 사랑(오르페우스 참조)으로 세상에 동성애를 소개하게 된다.

라합(Rahab) 히브리 어로 '소음' 또는 '자존심'이라는 뜻. 이집트의 시적 명칭인 동시에 끔찍한 소리를 내는 바다 괴물의 이름이기도 하다. 간혹 이 단어는 악어를 가리키는 시적 이름으로 사용되며 따라서 이집트는 익니의 고방으로 해석된다(〈시편〉 87:4, 89:10; 〈이사야〉 51:9). 테홈, 레비아탄 참조.

락샤사(Rakshasa) 신들의 잡역부인 비슈바카르만이 세운 락샤사 시에 사는 다양한 인도의 악마들. 이들은 마법사이며 원하는 모든 형체로 변신할 수 있다. 천성이 악하지는 않지만 인간사에 끼어든다. 시타, 슈르파나카 참조.

랑기(Rangi) 마오리 신화에 나오는 원시 하늘. 파파(대지)와 함께 태초의 우주 혹은 우주의 남성 원리. 아오, 코레, 포, 타네, 탄가로아 참조.

레그바(Legba) 폰족의 트릭스터. 마우와 리사의 막내(일곱 번째) 아들. 신들 가운데 통역으로 알려졌다.

레베카(Rebecca) 성서에 나오는 이삭의 부인이며 에사우와 야곱의 어머니이자 라반의 누이.

레비아탄(Leviathan) 성서에서 고래, 뱀, 악어 등 여러 가지 형태로 나타나는 수중(水中) 괴물. 레비아탄은 〈시편〉 104장 26절에 언급되나 정확한 묘사는 없다("그곳에는 배들이 다니며 주께서 지으신 레비아탄이 그 속에서 노나이다"). 성서에서 괴물에 대한 묘사는 자주 등장하며 특히, 〈다니엘〉 7장에 그러하다("큰 짐승 넷이 바다에서 나왔는데 그 모양이 각각 다르더라"). 하지만 킹 제임스 주석(the King James commentary)에서 지적하는 바와 같이, 성서학자들은 바다를 무질서한 인류 집단인 군중의 이미지로 해석한다. 이빨과 뿔을 강조하는 후대 묘사들은 물과 관련된 이미지와는 관련이 없어 보인다. 라합, 테홈 참조.

레스트리곤(Lestrigon) 조이스의 《율리시스》 8장. 호메로스의 신화에서 레스트리곤인은 오디세우스와 부하들을 위협한 이탈리아의 식인 거인이다. 오디세우스의 배를 제외하고 전 함대를 전멸시킨다.

레아(Rhea) 티탄족이며 크로노스의 여자 형제이자 부인이며, 올림포스 신들의 어머니.

레윈(Lerwin) 무지개뱀에 대한 마리티엘족의 명칭.

레자(Leza) 자이레 남쪽과 잠비아의 북쪽과 중앙 잠베지 강 분지에 거주하는 민족의 반투 신. 이미 대기 및 하늘의 현상들과 연관된 조상숭배 의식을 추가하면서 변형된 대기현상의 인격체. 태풍의 신.

로게(Loge) 우트가르드에서 행해진 많이 먹기 시합에서 로키를 이기는 '불꽃'.

로우히(Louhi) 핀란드 서사시 〈칼레발라〉에서 포호자인의 여성 수호자.

로카팔라(Lokapala) 고대 인도 신화에서 여덟 명의 기본 방위 수호자. 인드라(동쪽), 아그니(남동쪽), 야마(남쪽), 수리야(남서쪽), 바루나(서쪽), 바유(북서쪽), 쿠베라(북쪽), 소마/쉬바/프리티비(북동쪽) 등.

로키(Loki) 스칸디나비아 〈에다〉의 트릭스터로 튜턴과 스칸디나비아 악마 중 상급에 속하며, 일부에 따르면 로게와 이름의 유사성으로 인해 불의 신이기도 하다. 토르와 연관되었으며 가장 큰 특징은 암말로 변신하여 오딘의 다리 여덟 개 달린 말인 슬레이프니르를 낳는 등의 변신능력이다. 펜리르, 헬, 요르문간드 등 괴물들의 아버지이다. 에시르를 젊게 유지하는 젊음의 사과, 토르가 마법망치를 사용할 수 있게 한 강철장갑, 프레이아의 목걸이 등을 훔친 도둑이다. 발드르의 죽음을 불러온 거짓말쟁이이다. 같은 이름의 다른 인물은 우트가르드에 사는 거인인데 시간의 종말에 일어나는 전쟁인 라그나뢰크에서 로키가 거인 편에 서는 것을 보았을 때 동일 인물일 가능성도 있다. 앙 그르보다, 헤르모드 참조.

로토파기(Lotophagi) 《오디세우스》에서 메닝스 섬(온화한 기후로 널리 알려진 현대의 제르바) 또는 사이프러스 섬에 거주하며 연꽃을 먹는 키레나이카 민족(근대 리비아와 튀니지). 연꽃을 먹으면 남자들, 특히 오디세우스의 선원들이 기억을 잃어버리게 되는 효능이 있다.

롱고(Rongo) 폴리네시아 신화에서 탄가로아의 쌍둥이 형제. 평화와 작물재배와 연관된다. 이스터 섬에서 그는 탄가로아와 함께 창조주이다. 간혹 마오리 사이에서 그는 롱고마타네로 불리며 모든 야채의 수호신이다. 하와이 사람들은 로노로 부른다.

루(Ru) 타히티의 동풍(東風)의 신.

루갈반다(Lugabanda) 주를 죽인 수메르 영웅이며 길가메시의 아버지.

루벤(Reuben) 성서에 나오는 야곱와 레아의 장자로서 형제들이 요셉을 이집트의 노예로 팔아넘기려 하는 것에 반대하였다.

루스(Rus) 몽골 점령기 이전의 고대 러시아.

리그베다(Rig-Veda) 인도 전통의 가장 오래된 작품들. 힌두 이전 고전적인 베다 시대의 노래, 시, 명상을 담은 네 개 텍스트 모음(베다는 '지식'이라는 의미).

리사(Lisa) 폰족의 신화에서 마우의 쌍둥이 형제이며 나나불루쿠의 아들이다. 마우와 함께 지상의 신들의 수장이다. 다른 판본에서는 마우와 리사는 동일한 존재의 반쪽(여성과 남성)이다.

리쿠르구스(Licurgus) 디오니소스 숭배에 반대한다는 이유로 레아에 의해 미치게 되는 또는 이본에서는 제우스에 의해 눈이 먼 에도니아(트라키아)의 왕. 초기본에서는 디오니소스를 협박하여 바다에 뛰어들어 탈출하게 만든다. 리쿠르구스는 미친 와중에 아들을 죽이게 된다.

린케우스(Lynceus) 물과 대지를 꿰뚫어볼 수 있는 시력을 가진 아르고호의 선원. 쌍둥이가 납치한 자매의 환심을 사기 위해 디오스쿠로이와 싸운다.

릴리우(lili'u) 멜라네시아 키리위나 섬 사람들의 '신화적' 담화.

림닐(lumnyl) 축치의 설화 또는 '사실적' 담화.

마나(mana) 멜라네시아와 폴리네시아에서 나타나는 모든 사람과 물체를 채우는 영적 능력의 개념이다. 원주민의 믿음 속에 있는 초자연적 힘으로 그들은 몇몇 사람과 동물, 사물, 영혼 등이 이런 고유한 힘을 가졌다고 믿었다. 비인격적이며 확산된 자웅동체적 능력이다. 이로쿼와족의 오렌다 개념과 유사하다.

마나스(Manas) 동일 이름의 영웅에 대한 시베리아 키르기즈(투르크 민족)의 서사시.

마르두크(Marduk) 수메르, 아카디아와 특히 바빌로니아 신화에서 에아(엔키)의 아들. 농사의 신. 에누마 엘리쉬에 따르면 아버지인 에아가 압수를 죽인 후 권력을 잡은 최고신이며, 압수의 배우자인 티아마트가 킨구가 이끄는 괴물군대를 창조하여 복수하기로 결심한다. 마르두크는 티아마트를 죽이고 세상을 창조하고 나중에 킨구의 피로부터 인류를 창조한다.

마르스(Mars, Ares) 전사의 신이며 일부 로마 판본에 따르면 로물루스와 레무스의 아버지. 전쟁이 시작되는 봄과 연관된 신이다. 젊음의 신이기도 하여 남성의 통과의례와 연관되기도 한다.

마리티엘(Maritiel) 오스트레일리아 조셉 보나파르트 만 근처의 북해안에 거주하는 민족.

마린드아님(Marind-anim) 데마로 유명한 파푸아뉴기니의 남동해안을 따라 사는 파푸아 부족.

마야(Maya) 4~10세기에 유카탄 반도와 과테말라에 살았던 중앙아메리카의 다양한 민족들. 키체 참조.

마오리(Maori) 정교한 터부(taboo) 시스템, 마나 개념, 긴 계보 등으로 유명한 뉴질랜드의 폴리네시아 원주민. 하와이 민족과 많은 문화적 공통점을 보이며 약 천 년 전에 뉴질랜드에 도착했다.

마우이(Maui) 오디세우스와 비슷한 폴리네시아의 문화영웅. 어떤 판본에서는 첫 번째 인간으로 티키와 함께 세상을 창조했다고 여겨진다. 마오리인 사이에서 프로메테우스처럼 인간들에게 주기 위해 불을 훔치는 등 삶과 불의 원칙에 연관되었다. 어떤 마오리본에서 물 밑에서 뉴질랜드를 낚아 올려 창조하지만 신은 아니다. 또 다른 이본에서는 자웅동체의 신으로 다른 모든 신을 창조한다. 달, 지혜와 창조의 마우는 서쪽에 살며 밤의 지배자이고 태양, 힘의 원칙의 리사는 동쪽에 살며 낮을 지배한다.

마쿠나이마(Makunaima) 남아메리카 북동부에 거주하며 카리브어를 사용하는 민족[와라우족]의 신화에 나오는 피게의 쌍둥이 형제. 어머니의 자궁 속에 하나의 태아로 이어졌을 때부터 말을 배워 '대식가' 나하카보니가 나무로부터 창조해낸 어머니의 여행을 돕는다. 어머니가 죽자 거미가 이들을 키운다. 인류에게 불을 선물한다.

마크(Mark) 아더 왕의 성배 전설에 등장하는 콘월의 왕이며 이졸데의 남편이자 트리스탄의 삼촌.

마트(Maat) 이집트 신화에서 '진실' 또는 '정의'를 대표한다. 라의 딸이며 토트의 부인. 사자의 영혼에 내리는 최종 판결과 연관되었다. 여신으로서보다는 추상적인 개념이다. 머리에 깃털을 얹은 여자로 표현된다.

마하브하라타(*Mahabharata*) 쿠루의 북쪽 평지를 배경으로 5천여 년 된 인도 신화를 바탕으로 한 거대한 원문. 아리아인들의 아(亞)대륙 침공으로부터 영향을 받았을 것으로 보인다. 성문화된 것은 나중인 기원전 500년에서 기원후 200년경.

만나라(*mandala*) 불교 도상학에서 성스러운 원형 상징. 성스러운 불교 이미지와 모티프를 지칭하는 단어.

만시(Mansi) [이전의 보굴(Vogul)] 오브 강과 페츠라 강을 따라 시베리아 북서쪽의 우랄 산맥 북쪽에 펼쳐진 지역에 거주하는 핀우그르 민족.

말레스크(*malesk*) 침샨 민족의 '역사적' 또는 '사실적' 담화.

망가드하이(Mangadhai) 여자 괴물로 부랴트 올리게리의 거인 주인공. 악의 지배자인 텡그리가 창조된 뒤 남은 재료에서 탄생. 다른 본은 태초의 바다에서 올챙이로부터 75명의 망가드하이가 창조되었다고 한다. 지상의 끝에서 살지만 저승은 가끔 방문할 뿐이다. 색깔은 검정 또는 노란색.

메(Me) 수메르와 아카디아 신화에서 신들이 보유한 문화의 비밀로 생명과 운명의 나무로 상징된다. 엔릴이 엔키에게 이 비밀(아누가 보유했다고도 한다)을 전달하고 이난나가 이를 훔친다(또는 도박에서 딴다).

메두사(Medusa) 그리스 신화의 세 명의 고르곤 중 유일한 인간이며 가장 악랄

하다. 미모를 시기한 아테네가 그녀를 머리가 뱀으로 뒤덮인 날개 달린 괴물로 변신시킨다. 다른 판본에서 메두사는 시원적 존재 혹은 죽음과 지하계에 연관된 존재(chtonic being)이다. 아테네의 도움으로 페르세우스가 그녀를 죽이자 페르세우스는 메두사의 머리를 잘라 그의 후원자인 아테네에게 선물하고 아테네는 그 머리를 방패에 붙인다.

메드브(Medb) 오딘처럼 눈 하나를 머릿속에 묻을 수 있는 울스터의 수호자. 영웅인 쿠 출라인으로 하여금 힘과 능력의 원천인 금기(禁忌)를 깨게 함으로써 전쟁에서 지게 만드는 아일랜드의 여신이며 여왕. 자주 결혼한 이력이 있다.

메라음부투(Mera-mbutu) 멜라네시아 아오바 섬의 탄가로아의 적수.

메로페(Merope) 플레이아데스인이며 코린트의 왕 시시포스의 아내. 나중에 별로 변신하지만 인간과 결혼했기 때문에 자매들의 별보다는 덜 빛난다(오리온 참조). 다른 본에 의하면 왕위를 강탈한 형제 폴리폰테스에게 살해당한 크레스폰테스의 부인과 이름이 같다. 아들이 탈출하여 나중에 아버지의 원수를 갚는다.

메코네(Mekone) 헤시오도스의 《신통기》(神統記)에 따르면 프로메테우스의 제물로 상징되는 신과 인간 사이의 협약이 이루어진 펠로폰네소스반도의 코린트 근처이다. 실제로 프로메테우스가 제우스에게 바친 소는 소뼈에 지방을 얇게 바른 것으로 속임수였다. 프로메테우스는 제우스에게 이 제물을 받고 소의 나머지를 인간에게 남기도록 요청한다. 제우스는 신들에게 일반적으로 바쳐지는 '지방'을 선택하고 이는 제우스가 인간들에게 불의 사용을 허용하지 않는 이유가 된다.

멘토르(Mentor) 《오디세우스》에서 트로이 전쟁 동안 오디세우스의 가정을 돌봐주는 충직한 친구.

모노피티(Monofiti) 폴리네시아의 반신(伴神, semi-deity).

모리모(Morimo, Molimo, Modimo, M'limo) 남아프리카의 소토추아나(베쿠아나) 민족의 조상이며 문화영웅. 인류가 살고 있는 산속 어두운 동굴을 떠난 최초의 인간. 이본에서는 무쿠루처럼 모리모 사람들이 늪에서 나와 평지에 살게 하고 각 부족에게 토템을 준다.

모스(Mos) 우그르 씨족.

모에라에(Moerae) 우라노스와 가이아의 딸인 티탄족의 테미스와 제우스의 딸들인 운명의 여신들로 인격화된 개인의 운명 개념. 삶의 실을 잣는 클로토, 삶의 실의 길이를 결정하는 라케시스 그리고 삶의 실을 끊는 아트로포스가 있다.

모트(Mot) 사막과 저승, 다른 판본에서는 죽음의 히타이트 왕. 경쟁자인 얌 나하르에게 이기자 최고신 엘의 후계자로 지명된다. 일부 판본에서는 바알과 싸워 도망가게 만들거나 아예 죽이지만 나중에 아나트에 의해 살해되고 그의 시체는 말려서 갈은 후 대지에 뿌려진다. 바알의 통치하에 7년간 풍년이 든다. 모트는 나중에 환생하여 바알과 화해한다. 모트는 가뭄과 연관된다.

몬투(Montu) 기원전 1000년에 '공식적인' 전쟁의 신이 된 헤르몬티스 시의 이집트 전사의 신으로 라 숭배와 연관.

무라무라(mura-mura) 남오스트레일리아의 디에리인 사이에서 꿈의 시대의 신화적 영웅들을 지칭.

무린바타(Murinbata) 오스트레일리아 아넘 랜드 서쪽의 부족.

무지개뱀(Rainbow Serpent) 오스트레일리아의 북부 부족들 간에 중요한 신화적 인물. 무지개는 '바위에 사는' 뱀이나 뱀의 그림자로 묘사되므로 색깔과는 관련이 없지만 어떤 신화에서는 반짝이거나 크리스탈처럼 빛을 반사하는 것으로 묘사한다. 아디르민민, 대모, 아망갈, 안가뭉기, 다구트, 쿡피, 쿤망구르, 레윈, 트쳐니민, 웅구드 참조.

무쿠루(Mukuru) 성스러운 나무에서 나온 최초의 인간으로 남아프리카 헤로로의 태초 조상이며 문화영웅. 다른 본에서는 성스러운 나무를 떠나지 않고 인간들에게 길을 안내했다고 한다.

무트(Mut) 이집트 신화의 '어머니'이자 아몬 라의 부인.

무트징가(Mutjingga) 반은 여자고 반은 뱀이며 어떤 본에서는 '게'라고 불리며 어린이들을 먹어서 어른으로 변신시키는 무린바타의 '대모'. 하지만 위가 아닌 자궁에 갇힌 어린이들은 무트징가가 죽으면 나올 수 있는데 이 과정은 푼즈 의식에서 재현된다.

문감(*mungam*) 빙빙가족에서 꿈의 시대를 지칭하는 단어.

물룽구(Mulungu) 아프리카 마쿠아와 바나이 민족의 최고신.

므와리(Mwari) 아프리카의 벤다와 쇼나의 신.

미네징어(*minnesinger*) 중세 후기(12~14세기) 연가〔'미네상'(*minne-sang*)〕를 부른 게르만의 서정시인과 음악가들. 주요 미네징어로는 노발리스의 동일 제목의 책의 주인공인 하인리히 폰 오프터딩엔과 《파르지팔》의 필자인 볼프람 폰에셴바흐가 있다.

미노스(Minos) 제우스와 유로파의 아들. 크레타의 왕. 크레타 전통에 따르면 첫 번째 입법자(立法者)이다. 신들이 그를 옹호한다는 뜻으로 포세이돈이 그에게 하얀 소를 선물함으로써 형제들로부터 왕위를 탈취하는 데 성공한다. 그러나 그 소를 제물로 바치지 않자 포세이돈은 소를 미치게 만든다. 미노스는 나중에 헤라클레스의 일곱 번째 과제로 미친 소를 죽여 달라고 하지만 이미 미노타우로스가 태어난 후였다.

미노타우로스(Minotaur) 그리스 신화에서 미노스의 아내이자 아리아드네의 어머니인 파시파에와 포세이돈이 미노스에게 선물한 소 사이에 태어난 사람의 몸과 소의 머리를 가진 괴물. 미노스는 그를 미로에 가둬놓고 아테네로부터 매년 각각 일곱 명의 젊은 남녀를 제물로 바치도록 강요한다. 아리아드네의 도움으로 테세우스가 미노타우로스를 죽인다.

미드가르드(Midhgardhr) 스칸디나비아 신화에서 우주의 중심이자 인간의 고향인 '중간계'. 다른 본에서는 요르문간드의 별칭.

미드라쉬(Midrash) 성서와 카발라 사이 생긴 히브리 전통. 성서 및 관련 문서들의 전통적 해석 방법.

미미르(Mimir) 이그드라실이라는 우주 나무의 두 번째 뿌리로부터 샘솟는 히드로멜의 샘에 거주하는 신. 지혜를 찾던 오딘만이 이 샘에서 물을 마실 수 있었다. 다른 판본에서 오딘은 히드로멜을 마시기 위해 미미르에게 한쪽 눈을 준다. 아시르족인 미미르는 스칸디나비아 신전의 두 번째 신족인 바니르에게 인질로 보내지고 나중에 살해당한다. 그의 머리는 방부 처리되어 오딘이 조언을 구하게 되면서 미미르는 히드로멜과 함께 지혜를 상징한다.

미아오(Miao) 태국, 미얀마, 라오스와 같은 동남아시아의 산악 민족인 흐몽족을 뜻하며 이들은 고대 중국의 신화에 영향을 주었다. 원래의 발생지일 가능성이 있는 중국 남부에 일부가 아직 잔류한다. 그들의 신화에는 창조에 대한 여러 이야기가 있다. 천상(신)이 인간을 창조하고 협력자인 사움이 지상에서 인간의 삶을 조직한다. 첫 번째 인간은 세계수를 타고 천상에서 내려오며 여자 네 명이 나무의 가지로 보내진다. 천상은 이들을 죽이고 몸을 조각내어 이 조각들로부터 세상을 구할 부부 한 쌍을 만든다. 다른 본에서는 이들을 인류를 멸망시킨 대홍수의 유일한 생존자인 나스와 느트사움 남매 부부라고 한다. 사움의 조언에 따라 둘은 같이 살게 되고 나스가 알이나 괴물을 낳아 인류의 여러 인종이 나타난다.

미카엘(Michael) 천사들의 왕자이며 천상의 군대 지휘자이다. 〈요한 계시록〉에서는 용을 처치한다. 사려분별 및 수성(Mercury)과 연관된다. 중세시대 유럽에서 그를 주인공으로 한 숭배가 유행했다.

미케네(Mycenae) 〈일리아드〉에 등장하는 그리스의 고대 문명(기원전 1950~기원전 1100) 중 하나인 미케네 문명에 이름을 제공한 도시.

미트라(Mithra, Mitra) 인도·이란 신화에서 신들은 계약의 형태로 인간과 태양 그리고 빛을 연결하는데 미트라는 바루나와 함께 세상에 질서와 평형을 유지한다. 이란의 미트라는 질서를 상징하지만 보다 평화로운 인도의 미트라와는 달리 힘과 전사의 기능과도 연관된다. 고대 로마에서 미트라 사상(Mithranism)은 그리스와 아르메니아를 통해 페르시아로부터 이식된 태양과 점성에 관련된 동양 종교였다.

미티(Miti) 코리약과 이텔멘 신화에서 항상 배신당하는 까마귀(라벤)의 부인.

밍크(Mink) 북아메리카의 동부와 고원 지역 인디언들의 신화 중 다양하게 등장하는 인물. 특히, 성욕이 왕성하며 욕심이 많은 트릭스터이지만 다른 본에서는 마나부쉬(나나보조)가 지상을 재창조하도록 흙을 가져오다가 죽는다.

바그다사르(Bagdasar) 사나사르(Sanasar)의 쌍둥이, 아르메니아 신화에서 사순 시의 기초자.

바니르〔Vanir, 단수는 반(Van)〕 스칸디나비아 신화에 나오는 프레이어, 프레이아, 뇨르드를 포함한 두 번째 신족으로 아시르와 전쟁을 한다. 일반적으로 생명과 다산과 연관이 있는 반면 아시르는 행운, 승리, 신중한 통치와 관련이 있다.

바루나(Varuna) 미트라와 함께 전능한 고대 인도(베다)와 이란의 신으로 그리스의 오우라노스(우라노스)의 이름과 관련이 있을 수 있다. 대지와 물과 연관된 창조자였으나 후에 바다로 한정된다. 달이나 죽은 자와 연관되며 야마와 함께 '사자(死者)의 왕'이라는 호칭을 가진다. 힘보다는 마술을 가지고 적과 싸우는 점은 오딘과 공통적인 인도유럽적 고리를 표현하는 것일 수 있다.

바바야가(Baba-Jaga, Baba-Yaga) 슬라브 신화에서 숲에 사는 마녀. 바바야가는 인간을 유혹하여 잡아먹는다. 대중적인 죽음의 표현, 사자의 세계 그리고 보다 초기의 표현 형태인 동물의 왕(Master of Animals). 예를 들어, 마야와 같은 세계 전역의 신화에서 발견되는 신석기 기원으로 추정되는 샤머니즘적 인물의 이미지와 연결된다. 그러나 이를 일반적으로 신화적 인물로 때로는 특정 종의 효용성을 통제하는 서북 해안의 연어왕〔Chief Salmon, 별칭으로는 '연어 왕자'(Salmon Prince)로도 불림〕과 같은 '동물의 주인'(Owner of Animals)과 혼동해서는 안 됨.

바알(Baal, Al'eyn, Zebul) "주군"(lord)이라는 의미. 시돈(Sidon)〔페니키아(Phoenicia)의 가장 오래된 항구도시〕의 으뜸 신. 최고신 엘이 인간 세계를 버린 후 바알은 모트(Mot), 얌나하르(Yamm-Nahar) 그리고 자신의 누이이자 배우자인 아나트(Anat)와 권력을 나누어가졌다. 천상을 책임진 신으로서 바알은 혼돈(바다와 강의 신 얌나하르에 의해 상징됨)과 모트에 대적하여 싸움을 벌인다. 죽은 후 바알은 지하계에서 발견되어 환생한다.

바유(Vayu, Vata) 인도 철학에서 '공기'. 《리그베다》에서는 '바람'. 두 개념 모두 베다 이전 고대신화에서는 인드라만큼 중요했던 동명의 인도유럽, 이란의 태풍의 신으로부터 파생된 것으로 보인다. 공기와 바람의 신으로서 원소 간의 중재자 역할을 한 것으로 생각된다.

바이네모이넨(Väinämöinen) 핀란드 〈칼레발라〉에서 '영원한 가수'(Sempiternal Singer), 문화영웅, 신, 샤먼, 마법사이자 주인공이다. 인류에게 다양하고 유용한 기술을 제공한다. 태초의 바다에 산다. 새가 무릎 위에 알을 낳으면 마법을 이용해 세상을 창조한다. 낚시와 연관이 있으며 최초의 불씨를 삼킨 화어(火魚)의 배로부터 불을 얻고 마법으로 유용한 도구들을 만든다. 저승으로 여행하기도 한다.

바이닝(Baining) 뉴브리튼의 파푸아인.

바카비(Bakabi) 마야의 하늘의 신이자 수호자. 특정한 색채와 역법에 관련되었다. 초브닐 형제들〔동(東), 적색〕, 칸직날〔북(北), 백색과 회색〕, 삭키미〔서(西), 검은색〕, 초산엑〔남(南), 황색〕.

바카이리(Bakairi, Bacairi) 남아메리카의 종족, 보로로의 이웃들.

바코로로(Bakororo) 보로로 신화에서 이투보리와 아들 자구르의 쌍둥이 형제.

바쿠스(Bacchus) 주신(酒神)으로 가장한 디오니소스의 다른 이름(어떤 로마 판본들에서는 리베르).

반디쿠트(bandicoot) 아란다의 불 토템. 오스트레일리아에서 서식하는 유대(有袋) 동물(*peragale lagotis*).

반투(Bantu) 중앙아프리카에 널리 분포된 어족.

발드르(Baldr, Balder) 스칸디나비아의 아시, 오딘과 프리그의 아들. '아름다운'이라는 뜻을 가진 난나의 남편. 정의와 자애의 신. 어머니에 의해 불사가 되었으나 우연히 (사기꾼 로키에게 속은) 맹인 신 호드는 발드르의 어머니가 모든 살아있는 존재들에게 아들의 불사(不死)를 기원할 때 빠뜨린 겨우살이(혹은 *mistilteinn*, 어떤 본에서는 마법의 칼의 이름이기도 함)를 이용하여 그를 죽인다(그러나 이 식물은 이 이야기의 〈에다〉본의 고향인 아이슬란드의 토착식물이 아니다. 〈에다〉를 참고해 보라). 후에 발드르는 노파로 변장한 로키가 그를 위해 애도(哀悼)해주기를(발드르를 놓아주는 조건) 거절하는 바람에 헤르모드의 개입에도 불구하고 헬(Hel)로부터 풀려나지 못한다. 〈에다〉본과 삭소 그람마티쿠스가 쓴 덴마크본 간에는 상당한 차이가 있다.

발키리(Valkyrie) '시체를 쪼는 새'라는 뜻. 스칸디나비아와 게르만의 반(半) 여신으로 저승세계인 발할라를 새로운 주민들로 채우지만 하인의 역할도 한다. 브륀힐데 참조.

발푸르기스의 밤(Night of Walpurgis) 중세 기독교 전통에 의하면 8세기 독일에 살았다고 전해지는 동명의 수녀원장의 만찬 전날 밤. 마녀의 안식일.

발할라(Walhalla) 게르만 신화에서 오딘이 전장에서 전사한 엘리트 병사들 에인헤르자르와 함께 만찬을 벌이는 장소인 '큰 방' 또는 '죽은 자의 방'.

밤바라(Bambara) 말리의 콩고 강 유역의 민족.

베어울프(Beowulf) 8세기경의 것으로 추정되는 앵글로색슨의 영웅시. 동명의 인물이 시의 주인공이다.

벤다(Venda) 아프리카 남동쪽에 거주하는 반투 민족.

보로로(Bororo) 브라질 중부에 사는 남아메리카 민족으로 레비스트로스의 《신화학》으로 인해 널리 알려졌다. 투피, 과라니, 차코 참조.

보르(Borr, Bor) 스칸디나비아 신화의 한 이본에서 부리의 아들. 오딘, 빌리, 베의 아버지, 보르의 아들들은 소 아우둠라에 의해 얼음에서 풀려났다고 한다.

보탄(Wotan) 게르만의 전쟁과 죽음의 신. 오딘과 비슷한 특징을 보이지만 오딘의 기만적인 면은 없다. 티르와 연관이 있는 좀더 나이든 신 티와즈와 짝을 짓기도 한다. 티와즈는 인도유럽 집정관 중 하나인 입법자로 보기도 한다. 티와즈와 보탄은 전쟁 포로의 유혈 희생과 관련 있다.

볼바(völva) 아이슬란드 문학에서 여성 예언자가 중요한 역할을 한다. 이들을 '스파코나'(*spákona*, *spá* = 예언; 남성형은 *spámaàr*) 라고도 한다. 볼바가 더 일반적인 이름이다. 특히, 아이들을 위해 가정을 방문하여 예언을 하는 것으로 묘사된다. 세상의 시작과 종말에 대한 〈주(主)에다〉(*Major Edda*) 의 첫 번째 노래와 같이 특정 시들은 이런 예언자들의 계시 내용으로 이루어진다. '세이도'(*seidä*) 라 불리는 미래에 대한 계시를 받기 위한 특별 의식은 샤머니즘과 프레이아 여신과 연관된 것으로 보인다.

볼숭 사가(Volsunga Saga, The) 볼숭 가문을 소재로 한 13세기 후반의 아이슬란드 서사시. 할아버지 오딘에게 기도한 결과 볼숭이 태어나 유명한 전사가 된다. 아들 지그문트는 전장에서 오딘의 칼의 도움을 받았으나 오딘이 '그의 이름을 불러' 죽게 된다. 지그문트의 아들인 지구르트(바그너 오페라의 주인공 지그프리트)도 용맹한 전사가 되어 파프니르라는 용을 죽이면서 파프니스바니라는 별명을 얻는다.

볼크(Volch) 동명의 주인공에 초점을 맞춘 러시아의 브일리나.

부가리(*bugari*) 카라디에리에게서 꿈의 시대를 의미하는 단어. 레비브륄에 따르면 카라디에리 말로 '꿈을 꾼다'는 의미의 단어로 인간의 토템이자 부족을 의미한다.

부랴트(Buriat, Buriat, Buryat) 바이칼 호수 남쪽에 분포된 남동시베리아의 알타이몽골족. 일부는 불교도이며(남동부에서) 다수가 샤머니즘을 믿는다.

부르고뉴(Burgundians) 라인 강 줄기를 따라 분포되어 있는 독일 민족으로 6세기에 프랑크인에게 흡수되었다.

부리(Buri) 스칸디나비아에서 이야기되는 지하의 존재. 소 아우둠라(스칸디나비아 신들의 유모)가 시원의 얼음을 핥은 일로부터 태어났(풀려났)다. 오딘(Odin)의 조부이며 보르의 아버지.

부시먼(Bushmen) 남아프리카의 반투(Bantu, 아프리카 적도 이남의 동일 계통 원주민의 언어)를 말하지 않는 민족, Khoisan('딸깍'이라는 의미)어를 말하는 사람들로 때때로 '산'(San)이라 잘못 불리기도 한다. 가장 잘 알려진 사람들은 쿵(Kung)인들일 것이다(보통 'K' 앞에서 구개음화된 딸깍하는 소리를 가리키기 위해 !Kung이라 표기한다).

분질(Bunjil) 오스트레일리아의 쿨린에게서 '대부'를 말하는 이름.

붓다[Buddha, 싯다르타(Siddhartha), 고타마(Gautama), 석가모니(Sakyamuni), 보디사트바(Bodhisattva)] 인도의 순교자이자 신격의 성자로 지혜를 나타냄. 불교의 창시자.

브라마(Brahma) 브라만(후기 베다) 신화에서 신과 인간의 아버지, 크리슈나, 시바와 함께 이루는 힌두의 삼위일체의 첫 번째 인물.

브라마나(Brahmana) 인도를 침략한 아리아인들의 베다 신화서사시의 일부(이와 함께 만트라, 아라니야카, 우파니샤드가 있다).

브륀힐데(Brünhilde, Brynhild, Brynhildr) 독일 신화에서 발키리(전쟁의 처녀. 신들의 세계 아스가르드의 주신 오딘에게 시중을 드는 12명의 아름다운 처녀 가운데 한 사람. 인간 세계에 전쟁이 있으면 전쟁터에 내려가서 용감한 전사자를 아스가르드의 발할라 전당의 큰 방으로 운반해온다고 한다)이며 볼숭의 지구르트가 사랑하는 공주[바그너의 오페라 〈볼숭 사가〉(니벨룽족과 용맹스런 볼숭족의 신화화된 역사 이야기)의 지그프리트(Siegfried)를 참고해 보라]였으나 군나르 왕과 결혼한다. 지구르트가 죽임을 당하자 브륀힐데는 불타는 장작더미에 몸을 던져 자살한다.

브리세이스(Briseis) 〈일리아드〉에서 아가멤논과 아킬레우스의 논쟁의 원인. 아가멤논은 아폴론이 포로 크리세이스를 아버지에게 돌려주라고 명령하자 그녀 대신에 아킬레스와 약혼했던 브리세이스를 아킬레스로부터 빼앗아간다. 이 논쟁의 결과로 아킬레스가 싸움으로부터 철수하게 되는 사건은 〈일리아드〉에 극적인 플롯 장치를 만들어낸다.

브리트라(Vritra) 비슈누의 도움으로 인드라가 죽인 인도의 가뭄의 악마('빛과 구름의 용').

블라디미르(Vladimir) 키예프 공국 최초의 기독교 통치자. 988년에 기독교를 수용했다.

비남(*binam*) 꿈꾸는 시간을 의미하는 군윙구의 말.

비너스(Venus) 아프로디테의 로마식 이름.

비라코차(Viracocha, Huiracocha) 잉카의 태양의 아들 중 하나로 잉카의 통치자 중 한 명의 이름이기도 하다. 고대의 신이며 문화영웅('데우스 오티오수스')으로, 15세기에 잉카 파차쿠티(Inca Pachacuti)가 숭배를 부활시켰을 때 신전의 수장 자리에 올랐다. 물, 비, 하늘과 연관된 다양한 신의 상징 또는 통합체이다. 태양숭배에 흡수되었다.

비랄(Biral) 남동부 오스트레일리아의 종족들에게서 '대부'이며 성인식의 후원자를 칭하는 이름.

비슈누(Vishnu, Visnu) 인도의 신으로 다양한 신들의 통합체이며 시바와 브라마와 밀접한 연관이 있다. 그가 취하는 다양한 형체(아바타)들은 우주 휴식(산다) 기간 사이에 산포되었다.

비슈바루파(Vishvarupa, Visvarupa) '모든 형태'라는 뜻. 트바슈타르의 아들. '세 개의 머리'를 뜻하는 트리쉬라스(Trishras, 트리시라스)의 별칭. 인도 신화에 나오는 악한 용이며 태풍의 신으로 가뭄과 연관이 있다.

비슈바카르만(Vishvakarman, Visvakarma) 베다-인도 신화에 나오는 창조주와 주요 신의 다양한 이름 중 하나.

비야르니(Bjarni) 여러 아이슬란드 사가(*saga*)에서 ("Vopnifirdinga Saga", "The Story of Gunnar Thidrandi's Killer", "Thorstein the Staff-Struck")에서 강력한 족장이며 불의에 대한 징벌자.

빈가라(*vingara*) 꿈의 시대를 지칭하는 와라문가(오스트레일리아 원주민)의 말.

빈빈가(Binbinga, Binkinka) 오스트레일리아 중북부에 분포된 종족.

브일리나(*bylina, pl. bylini*) "지나간 사건들"을 의미. 러시아 신화서사시의 영웅 이야기.

브일린치카(*bylinchka, pl. bylinchiki*) 실제라 주장되는, 악마를 만난 이야기들이 간결하게 진술되는 러시아 서사 장르.

사나사르(Sanasar) 바그다사르의 쌍둥이 형제이며 동명의 아르메니아 서사시에 나오는 도시 국가 사순의 신화적 영웅이자 건국자. 어머니가 바닷물 두 컵을 마시고 기적적으로 잉태한다. 가득 찬 첫 번째 컵을 마시고는 사나사르를 잉태하고 반만 찬 두 번째 컵으로 그의 동생을 잉태한다. 쌍둥이 형제는 어렸을 때부터 매우 힘이 셌다. 바그다드의 칼리프였던 어머니의 남편이 쌍둥이가 사생아라는 이유로 죽이려고 하자 둘은 아르메니아로 도망친다. 사나사르는 해저 세계와 태초의 창조의 바다와 연관이 있다.

사노(*sano*) 나르트 서사시에 나오는 오세티아과 아디게 신화에 등장하는 히드로멜과 비슷한 효능을 지닌 신의 음료로 소스루코가 훔친다. 소스루코는 사노가 담긴 컵을 지상으로 던지면서 인간들을 위한 포도주를 창조한다.

사라(Sarah) 성서에 나오는 아브라함의 배다른 누이이자 부인.

사모스(Samos) 헤라에게 봉헌된 그리스의 섬.

사모예드(Samoyed) 우랄어를 사용하는 바이칼 호수 남서쪽 지역 출신으로 현재는 북쪽 예니세이 강 및 켓 강의 입구와 타이미르 반도 주변에 사는 언어 및 문화적으로 독특한 네 개의 민족을 일반적으로 지칭하는 이름. 현지의 러시아, 투르크와 타타르 민족에게 대부분 흡수되었다.

사비트리(Savitri) 운동을 나타내는 인도의 주요 신. 공기와 물의 운동 그리고 태양의 광채의 원인이다. 태양의 딸이자 브라마의 아내이다.

사순(Sasun) 아르메니아 서사시에 나오는 동명의 신화 속 도시 국가.

사순의 다비드〔David(Davit) of Sasun〕 사순 시에 관련된 동명의 아르메니아 서사시 주인공의 이름. 신화는 전반적으로 지복천년설적인 것이다.

사이렌(Sirens) 아름다운 노랫소리로 선원을 죽음으로 유혹하는 반은 여자이고 반은 새인 둘 또는 네 명의 요정. 아르고호 선원들의 모험 중에

이들은 역시 음률로 노래하는 오르페우스에게 패배하였고, 이후에
는, 선원들이 귀를 막게 하고 본인은 배의 돛대에 묶어 위험을 피한
오디세우스에게 또 패배를 당한다. 운딘 참조.

사자의 서(死者書, Book of the Dead) 석관에 쓰인 고대 이집트의 종교적 믿
음. 후에 수집되어(기원전 1600년경) 법전화되었다.

사타나(Satana, Shatana) 나르트 서사시에 나오는 우르즈마엑의 여자 형제이
자 아내로, 우아스티르드제의 딸이며 죽음인 드제라사(Dzerassa)로
부터 태어난다. 성장 속도가 빠르며 부족민 중 가장 미인이다. 빛과
연관되며 밤을 낮으로 변신시킨다. 오세티아 신화의 태초 조상이다.
소슬란 참조.

사합틴(Sahaptin) 북아메리카의 고원 지방(워싱턴 주 서부와 오리건 주, 중남
부 브리티시 콜롬비아 주)의 어족.

삭소 그람마티쿠스(Saxo Grammaticus) 12세기에 《덴마크인의 사적》(*Gesta
Danorum*)을 집필한 덴마크인.

산다(Sandha) 〈마하브하라타〉에 나오는 '우주의 휴지기'로 저녁으로 상징되
는 인생의 원지점이다. 우샤스 주기(시발점, 아침), 마드히아나(발
전, 오후), 라트리(최고점, 저녁)으로 이어지는 일부이다.

살람보(Salammbo) 기원전 241~237년에 한니발의 아버지인 하밀카르가 주
도한 카르타고와 용병 연합군 간의 용병전쟁을 바탕으로 한 플로베르
의 동명 역사 로망스 〈살람보〉의 주인공. 살람보는 아스타르테의 바
빌로니아식 호칭이다.

삼포(Sampo) 핀란드의 〈칼레발라〉에 나오는 로우히의 요청으로 바이네모이
넨을 위해 일마리넨이 만든 신비하고 놀라운 기계.

새 둥지 파괴자(*bird-nestor*) 북아메리카와 남아메리카에서 발견되며 레비스
트로스가 조사하였다. 몇 가지 신화에서는 막대기나 나무에 올라가
새 둥지 속에 머무르는 젊은이의 형상이 나온다(종종 주인공이 새의
이름을 가진다). 때로 그는 새 둥지 약탈자로 나타나기도 한다.

샤먼(*shaman*) 현대 대중문화에서 치료자, 약초 채집자, 현명한 노인, 점쟁
이 등을 지칭. 샤머니즘은 지식을 획득하는 한 형식으로 영혼 여행을
동반한 무아지경의 상태를 수반한다. 이 무아지경 상태는 북소리나

약제 복용을 통해 빠지게 된다. 전통적인 형태가 시베리아, 캐나다 북쪽, 아마존 분지 등에서 발견된다. 오딘 참조.

샤오하오(Shao-hao) 고대 중국 신화에 나오는 서쪽의 지배자. 추안슈와 추준에 대한 신앙에서 제시되는 논리를 따르자면, 서쪽이 수확과 관련이 있고 수확은 작물을 베는 쇠로 된 연장들과 관련이 있으므로 서쪽은 쇠와 관련이 있다.

세(Ce, Tse) 마오리 신화에서 소리를 의미하는 개념.

세계수(世界樹, *cosmic tree*, *axis mundi*, *world tree*) 우주를 나무로서 형상화한 것. 스칸디나비아, 이집트, 아카디아, 수메르, 중국 신화에서 발견된다. 종종 재로 만들어졌다고도 한다. 추안슈, 하토르, 헤임달, 메, 미미르, 니드호그, 이그드라실 참조.

세드나(Sedna) '저 밑에 있는 여자'라는 의미로, 바다와 동물의 신이며 이누이트족의 악마. 일반적으로 인간에게 적대적이다. 아버지의 카약에서 떨어져 바다에 빠진 뒤 한쪽 눈을 잃는다. 뱃전을 잡고 다시 올라타려고 하지만 아버지가 그녀의 손가락을 잘라버리고 손가락들은 물개와 고래로 변한다.

세시(Sësi) "꿀에서 재로"(from Honey to Ashes)라는 레비스트로스의 분석 때문에 유명해진 과라니 신화의 주인공. 플레이아데스와 유사하다.

세트(Seth, Set) 이집트 신화에 나오는 폭력과 혼돈의 신이며 이시스, 네프티스, 오시리스의 사악한 형제로 오시리스를 죽인다. 키레나이카나 현대의 리비아 등 서쪽 지역에서 출생한 것으로 보인다. 이집트 세계에서 악을 상징한다. 세트는 악어와 동일시되며 나일 계곡과 관련된 오시리스와는 반대로 사막과 연관되어 남부 이집트를 지배한다.

셈(Shem) 성서에서 노아의 장자로 히브리 전통에 의하면 모든 유대(히브리)인의 조상.

셰샤(Shesha, Sesha, Sesa) 인도 신화에서 반인(伴人)의 뱀 종족인 나가족(풍요와 안전을 가져오는 물의 정령)의 일원으로 이들의 왕이기도 하다. 아바타들 사이에 있었던 우주적 정체의 시기에 비슈누는 셰샤의 눈이 지키는 가운데 잠을 잔다.

소(So) 폰족의 최고신이자 자웅동체인 태풍의 신.

소리 나는 바위(Clashing Rocks) 심플레가데스를 보라.

소마(*soma*) 고대 베다 문서에 언급되는 식물과 그 향정신성 액즙. 신들의 음
료수로 달의 인격체로 표현된다. 《리그베다》에 나오는 하늘의 신의
아들이자 비의 신인 파르잔자와 대지의 여신인 파즈라 사이의 아들과
이름이 같다. 물과 불과 연관된다.

소브크(Sobk, Sobek, Sebek) 라 숭배와 연관. 태양신의 하인. 이집트의 물
과 다산의 신. 태초의 혼돈에서 사방을 상징하는 네 명의 정령이 나
타났을 때 이들을 붙잡는다. 악어의 모습으로 표현된다.

소스루코(Sosruko, Sozryko) 소슬란의 아디게(체르케스)식 이름으로, 나르트
의 태양의 영웅이다.

소슬란(Soslan) 소스루코의 오세티아식 이름으로 오세티아 신화에 나오는 나
르트 서사시의 대단한 전사 영웅. 미트라처럼 암석에서 태어났다. 사
타나가 강변에서 빨래하는 모습을 보고 자위를 한 양치기의 정자로부
터 소슬란이 생겨났다. 아킬레스처럼 그를 불사조로 만들어주는 마법
의 암늑대 젖에 몸을 담갔으나 목욕탕에 들어가기 위해 무릎을 굽히는
바람에 그것이 약점이 된다. 어떤 판본에서는 발드르의 운명을 연상
시키는 시르돈의 유인에 빠져 죽임을 당한다.

쇼나(Shona) 아프리카 남동부(짐바브웨)에 거주하는 민족.

수르하일(Surhayil) 우즈베키스탄의 서사시인 〈알파미슈〉의 여신이며 주인
공. 악마들의 어머니, 늙은 마녀.

수케마투아(Sukematua) 뉴헤브리디스 제도(바누아투)의 타가로의 멍청한 형
제의 이름.

수퉁그르(Suttungr) 군로드의 아버지. 스칸디나비아의 거인. 어떤 본에서는
크바시르를 죽인 두 명의 난쟁이에 의해 죽임을 당하자, 수퉁그르가
복수를 위해 그들에게 히드로멜을 내놓도록 강요한다.

슈(Shu) 이집트 신화에 나오는 테프누트의 쌍둥이 형제. 라가 자가 수정한
결과이며 아툼의 후계자. 공기의 신으로 하늘을 유지하고 지탱한다.
누트와 게브를 분리하고 아포프의 아들들과 싸운다.

슈(Sioux) 다코타, 테톤, 산티, 양크톤 지역, 아시니보인족, 크로우족을 포
함하는 북아메리카 인디언 어족.

슈르파나카(Shurpanakha, Surpanakha) 라마가 숲으로 추방된 동안 무찌른 악마. 이는 슈르파나카의 형제인 라바나가 라마의 아내 시타를 납치함으로써 라마의 분노를 자극함으로써 이루어졌다.

슈발랑케(Shbalanke, Xbalanque) 키쉐의 영웅으로 아푸의 쌍둥이 형제이다.

스루바르(Sruvar) 케르사스프에 의해 죽는 이란과 페르시아의 악마.

스사노오(Susanowo) '충동적인 남자', 일본의 태풍의 신이자 트릭스터며 이자나기(이자나미 참조)의 세 번째 아들. 항상 불만이 많아 아버지에 의해 그림자의 땅으로 유배당하며 지하계의 신이 된다. 태양의 여신이자 누이인 아마테라스의 창조물을 훼손함으로서 복수하려고 한다. 일부 다른 본에서는 스사노오가 아마테라스의 논둑을 무너뜨렸다고 하는데 그에게 화가 난 아마테라스는 동굴에 숨어버리지만 우즈메가 동굴입구에서 춤을 추자 궁금한 나머지 하늘의 자기 자리로 돌아간다. 스사노오는 이 때문에 유배당한다. 스사노오는 시의 아버지로 여겨진다.

스칸다(Skanda) 시바가 창조한 머리 여섯 개의 힌두 전사.

스킬라(Scylla) 오디세이에 나오는 포세이돈(또는 튀포에우스)의 딸. 카리브디스와 함께 이탈리아와 시실리 사이 메세나 해협에서 동명의 암초 위에 살며, 괴물로 변한 바다요정이다. 머리가 여섯 개이며 두 개의 다리를 가졌거나 여섯 마리의 개에게 둘러싸인 여성의 몸을 가졌다. 오디세우스가 해협을 지날 때 일행 여섯 명을 죽인다. 심플레가데스 참조.

시나네우트(Sinanneut) 이텔멘 신화에 나오는 까마귀(라벤)의 딸(코리약 신화에서는 지니아나우트).

시도(Sido) 파푸아뉴기니의 남동해안에 거주하는 키와이 부족의 계절 의식의 영웅.

시르돈(Syrdon) 나르트인에 관한 오세티아 서사시에 나오는 인물. 나르트의 트릭스터로 선과 고결의 적이다. 동료 신들에 대해 음모를 꾸민다는 점에서 로키와 유사하다. 일부 다른 본에서 시르돈은 로키처럼 불사신 소슬란의 유일한 약점인 무릎에 쇠바퀴를 던지는 '놀이'를 하자고 설득한다. 그 결과로 소슬란은 절름발이가 되거나 죽는다.

시리니와 고이트키움(Sirini and Goitkium) 바이닝 민족의 형제이자 문화영웅.

시바(Shiva) '파괴자'. 비슈누와 브라마와 함께 중요한 힌두의 신. 다양한 형
　　체를 가진다. 흡혈귀와 악마처럼 신분이 없는 존재들과 은자들의 숭
　　배를 받는다. 신으로서 시바는 우주에 부정적인 힘(파괴)을 상징하지
　　만 샤크티와 결합한 원칙으로서의 시바는 간혹 달로 표현되는 우주의
　　남성성, 수동성, 초월성, 영원성을 상징한다. 반면 샤크티(성스러운
　　어머니)는 여성성, 적극성, 내재성, 그 일시적인 요소를 상징한다.

시시포스(Sisyphus) 그리스 신화에 나오는 코린트의 왕이며 아이올로스의 아
　　들이자 메로페의 남편. 일부 다른 본에서는 오디세우스의 아버지.
　　죽음의 신을 속임으로써 시간이 종말에 이를 때까지 영원히 바위를
　　언덕 위로 밀어 올리는 벌을 받는다.

시안류(Sianliu, Xiangliu) 군군의 머리가 아홉 개 달린 하인. 군군처럼 뱀의
　　몸을 가진 괴물이고 욕심이 많고 심술궂은 정령.

시잔(Sijan) 중국 신화에서 대지가 크게 부풀어 오르도록 하는 물체. 홍 참조.

시타(Sita) '홈', 인디언 서사시에 나오는 마하라바타, 라마의 아내이며 대지
　　의 여신의 딸. 랑카(현재의 스리랑카)의 주요 악마로 슈르파나카의
　　형제인 라바나에게 납치당한다.

시트콘스키(Sitkonski) 아시니보인 신화에 나오는 트릭스터로 북아메리카 중
　　앙평원 서쪽에 거주하는 민족. 위스케드작과 유사.

신성혼(*hierogamy*) 신들 간의 혹은 신과 사제, 신전의 '창녀'나 여사제 간의
　　성스러운 결혼.《황금가지》에 그 내용이 나온다. 인도유럽의 고대
　　신전 신성혼(神性婚)은 인도유럽 이전의 신 및 여신들과 남성우월적
　　인 인도유럽 침략자들의 결합을 상징할 수도 있다.

신통기(神統記, *theogony*) 신들의 기원과 관련된 모든 이야기. 헤시오도스의
　　동명의 책에서 비롯되었다. 기원전 8세기에 집필되었다. 그리스 신
　　전을 분류하고 세계와 신들의 창조에 대해 다룬다.

실룩(Shilluk) 아프리카 대륙의 중앙과 동부에 거주하는 민족.

실프(Sylphs) 게르만과 프랑크 신화에 나오는 가냘픈 공기의 정령.

심플레가데스(Symplegades, the Clashing Rocks, the Wandering Rocks) 그리
　　스 신화에서 흑해 입구에서 선박을 공격하는 움직이는 바위들. 아르
　　고호 선원들과도 대적하지만 오디세우스는 스킬라와 카리브디스를

통한 통로를 선택함으로써 심플레가데스를 피한다.

아가멤논(Agamemnon) 호메로스의 서사시에서 아르고스의 왕. 〈일리아드〉에서 그리스군의 장수이며 클리템네스트라(헬레네의 자매)의 남편. 메넬라오스의 형제. 아트리데스 참조.

아게(Age) 폰족의 수렵과 사냥의 신. 마우이의 네 번째 환생.

아그니(Agni) 베다교와 브라만교 사상에서 성스러운 불의 의인화. 아그니는 천둥, 태양, 별과 연관되었다. 아그니에게 바쳐지는 제의에서는 세 개의 불이 피워지는데, 동쪽의 불(아하바니야)은 신들에게 경배를 바치기 위해, 남쪽의 불(다크쉬나)은 마네스를 위해, 서쪽의 불(가르하파티야)은 음식을 만들고 제물을 바치기 위한 것이다.

아그베(Agbe) 폰족에서 바다 신의 수장. 마우이의 세 번째 환생.

아나트(Anat, Anaath, Atta) 히타이트 신화에서 엘의 딸이며 바알의 누이(어떤 본들에서는 바알의 아버지는 옥수수의 신 다곤이다)이며 배우자이다. 히타이트의 도시 우가리트에서 아나트는 다산(처녀이면서 동시에 "모든 나라의 어머니"로서)과 전쟁의 여신이다. 아나트는 얌나하르와의 투쟁에서 바알을 돕는다.

아누(Anu) 수메르의 안(An), 아카디아의 신, 천상의 창조자이자 모든 신의 아버지. 도시 에리두와 관련.

아누비스(Anubis) 이집트의 죽음의 신. 한때 동부 사막 지역과 연결되었고 인간의 필멸의 운명을 알고 있음으로 인해 예언, 점과 연관되어 생각되었다. 이 신화의 후대 판본에서는 오시리스와 네프티스의 아들로 알려졌다. 아누비스에 대한 숭배 행위는 오시리스 숭배와 합병된다. 사자에 대한 최후 심판에 앉는다.

아니마(*anima*)/**아니무스**(*animus*) 융 심리학에서 서로 대립적 성(性)의 형태로 제시되는 무의식을 표상하는 원형. 그림자(*shadow*) 참조.

아다옥스(*adaoks*, *atawx*) 침샨족의 신비스러운 의사소통. 말레스크 참조.

아다파(Adapa) 아카디아 신화에서 에아의 아들이며 신들에게는 어부. 무의식중에 불멸이라는 선물을 거절함으로써 인간은 질병에 시달리게 되었다고 한다.

아더(Arthur) 자신의 왕국에 침입한 색슨의 침입자들에게 저항하려 하는 전설과 신화에 등장하는 영국(켈트) 왕.

아도니스(Adonis) 그리스의 영웅으로 원래 소아시아 출신. 아름다움으로 유명하여 아프로디테에게 사랑을 받았으나 아프로디테와 페르세포네 간의 질투 때문에 저승에서만 살도록 제한을 받게 된다. 다른 본에서는 두 여신들이 아도니스의 '어머니' 역할을 놓고 경쟁을 벌여서 제우스는 이들에게 아도니스를 나누어가지도록 판정을 내렸다. 두 판본들의 경우 모두 아도니스는 (각각 아프로디테와 페르세포네에 의해 대표되는) 산자들의 세계와 저승의 세계에서 시간을 나누어 보내게 된다. 아도니스는 농경에 관련된 신성으로(봄이 되어 저승으로부터 다시 나타나 다산의 여신 아프로디테와 살기 시작한다는 맥락에서), 특히 밀의 경작과 연관된다.

아디게(Adyghe, Adygey, Adoghei, Adighey, Adyge) 북카프카스 지역의 수니파 무슬림 종족 다수를 통칭하여 일컫는 명칭.

아디르민민(Adirminmin) 오스트레일리아의 난지오메리 민족의 신화에서 무지개뱀의 살해자.

아란다(Aranda, Arrernte, Arunta) 오스트레일리아 중동부에 사는 민족. 알트지라, 알트지레리니아, 추링가, 인티시우마, 카로라 참조.

아레스(Ares, Mars) 그리스의 전쟁과 파괴의 신. 헤라와 제우스의 아들인 아레스의 형상은 종종 아테네의 지혜나 헤라클레스의 건설적 힘과 대비되어 제시된다. 아프로디테의 남편 혹은 연인, 〈일리아드〉에서 아레스는 트로이인을 지지하지만 분노한 아테네와 대적하기에 무력한 모습을 보인다.

아르고 원정대(Argonauts) 그리스 신화에서 이아손을 따라 아르고선을 타고 황금 양털을 찾아 콜키스로 건너간 용사들.

아르고스(Argus, Argo) 이오 여신을 감시하도록 헤라가 보낸 거인으로 백 개의 눈을 달았다. 헤르메스에게 죽음. 그 후 거인의 눈들은 공작새의 깃털로 옮겨졌다고 한다. 소수의 몇몇 본에서는 아르고스가 단 하나의 눈을 가졌다고 이야기되기도 한다. 이아손의 배를 건조한 사람 역시 아르고스라 불렸고(아르고 원정대 참조). 오디세우스의 애견 역시 아르고스라는 이름으로 불렸다.

아르주나(Arjuna) '희다'는 뜻. 인드라의 아들. 인드라의 환생인 반신(半神) 판다바 5형제 중 하나이다. 인도 판두 가문의 크샤트리야(전사) 왕자, 시바(크리슈나)가 가장 아끼는 총신, 사촌들인 카우라바와 불구대천의 원수이다. 그는 서사시 〈바가바드기타〉에서 처음에 사촌들을 죽이기를 꺼렸지만 크리슈나에게 설득을 당한다.

아르타바즈드(Artavazd, Artawazd) 아르메니아 서사시. 비파상크인의 신화적 인물. 한 판본에서 그의 아버지(아르타셰스)는 매우 유명한 인물로 죽음에 이르러 수많은 아내와 추종자가 주인의 사후 여행에 동반하고자 스스로 목숨을 끊게 되었다. 그 결과로 아르타바즈드가 주민이 없어진 나라를 통치해야 할 지경에 이르고 그는 아버지에 대한 추모를 저주한다. 아버지의 영혼은 그를 산꼭대기에 결박시킨다. 아브르스킬, 아미라니, 프로메테우스 참조.

아르테미스(Artemis, Cynthia, Diana) 그리스 신화에서 동물의 수호신, 사냥의 여신. 영원히 젊으며 야성적이고 처녀인 신이다. 추정상의 전(前) 인도유럽 기원의 어머니 여신. 그리스 신전에서 이 여신은 출산의 여신으로 현신함으로써 다산과의 연관성을 보유한다. 아폴론의 쌍둥이 누이, 제우스와 레토(크로노스의 딸)의 딸, 이 여신은 달, 여자의 편안한 죽음(질병에 의한 남자의 죽음을 관장하는 아폴론의 여성 짝), 마술을 나타낸다.

아마렘브(Amaremb, Araremb) 파푸아 마린드아님족의 데마. 뱀에게 어떤 '약물'을 투약하였고(자위에게 주었다면 그는 그 약을 인간에게 주었을 것이다), 이후 뱀들은 사람과 달리 허물을 벗으며 죽지 않게 되었다.

아만갈(Amanggal) 큰 박쥐의 변종. 오스트레일리아 마리티엘 원주민 신화에서 레윈, 무지개뱀을 죽인다.

아말부르가(Amalburga, Amalberge) 프랑스 출신의 벨기에 수녀. 중세 전설에서는 페핀 3세가 자신의 아들 샤를마뉴의 아내로 삼으려 했다고 이야기한다. 그녀는 거절하고 달아난다. 샤를마뉴는 그녀에게 구애하던 중 팔을 부러뜨리게 되어 그녀를 골절과 타박상을 입은 사람들의 수호성자가 되도록 한다.

아몬(Amon, Amun, Amen) 원시 이집트 신으로 이후 라로 알려진다. 원래 테베의 다산의 신이며 태양 신성의 속성을 가졌다. 종종 숫양이나 거위의 형상으로 나타난다. 몇 가지 경우의 보다 초기의 형태들에서 오그다드로 알려진다. 네 명의 신들〔눈(Nun) = 물, 후(Huh) = 무한, 쿡(Kuk) = 암흑, 아몬(Amon) = 공기〕로 이루어진 오그다드는 헤르메폴리스 신화에서 세계를 창조한 것으로 이야기된다. 무트, 콘수와 함께 새 왕국에서 국가 신으로 추대된다.

아미라니(Amirani) 프로메테우스, 오이디푸스, 아킬레우스와 비슷한 특징을 가진 그루지야의 영웅. 반인으로 그는 태어난 이후 버려져 농부에 의해 키워졌다. 세상에서 괴물을 제거하는 악마 사냥꾼으로 그의 힘은 점점 강력해져 신에게 대적하기에 이른다. 그 결과로 그는 신전의 탑문 혹은 바위 감옥의 기둥에 묶이고 날개달린 개가 계속 그 사슬 고리 한 쪽을 핥는다. 이 고리가 닳아 아미라니가 사슬을 끊자마자 '하늘의 대장장이'가 그를 또다시 한 해 동안 결박하게 된다.

아바시(abaasy, abassi, 단수: abassylar) '검다'는 의미로, 야쿠트의 악마인 아바시는 샤머니즘적 힘 혹은 신기(神氣)를 받아야 하는 사람의 성별을 결정한다. 이들은 인간을 미치게 할 수 있는 악한 정령으로 인간이나 동물의 영혼에 깃들어 산다. 신화에 따르면 이들은 인간을 닮았거나 한 다리나 한 눈을 가진 괴물이다. 아지 참조.

아바타(*avatar*) 비슈누의 다양한 형상(환생).

아벨(Abel) 성경의 인명. 카인의 형제.

아보리진(Aborigines) 오스트레일리아 원주민.

아브라함(Abraham) 성경의 인명. 바빌로니아 수메르의 도시 우르 출신의 히브리인 족장. 노망한 아브라함은 아들 이삭을 낳았는데 신은 아브라함에게 이삭을 제물로 바치라고 명령한다.

아브르스킬(Abrskil) 아브카즈의 영웅서사시에 나오는 카프카스인 주인공. 아미라니와 므헤르에 유사한 프로메테우스적 인물. 기적으로 잉태되어 처녀의 몸에서 태어난 민족의 수호자. 자신의 힘을 과시하기 위해 아브르스킬은 더 상위의 신과 싸우는데 이 싸움으로 천둥과 번개가 내리친다. 패배한 아브르스킬은 철 기둥에 매이게 된다. 후대의 판본에 따르면 아브르스킬은 패배의 결과로 태양에 의해 눈이 멀어 사라진다고 한다.

아브카즈(Abkhaz, Abkaz, Abchaz) 조지아에 분포된 수니파 무슬림교도인 카프카스인의 일단.

아사트(Asat) 인도 태초의 심연. 힌두 철학에서 비존재(非存在).

아사팔라(Asapala, Lakapala) 고대 인도 신화에서 땅의 주요 지점의 관리인. 붓다의 예언에 따라 로카팔라만이 세상의 천재지변의 종말에 살아남을 수 있다.

아슈빈(Ashvin, Asvin) 인도 신화에서 두 명의 신으로 천신 수리야의 아들들. 아르주나의 형제들인 판다바의 나쿨라와 사하데바의 아버지들. 이들은 의술과 젊음에 연관되어 있으며 이들의 이름은 '말'을 뜻하는 산스크리트어("*asva*")와 관련이 있는 것으로 추정된다.

아스가르드(Asgardhr, Asgard) '아시'의 주거지, 세계 창조가 끝난 후 오딘의 후견하에서 아시르에 의해 지어짐.

아스타르테(Astarte, Astaroth, Asar, Ishtar) 페니키아의 다산과 사랑의 여신. 봄과 달에 연관된다. 아프로디테, 키벨레, 이난나, 이시스, 이슈타르 참조.

아시(Asi) 오딘(오딘), 도나르(토르), 티뷰(티르), 스칸디나비아 신화의 다른 신들을 의미. 첫 번째 신 종족으로 두 번째 신족인 바니르(Vanir)와 끊임없이 전쟁을 벌인다.

아시니보인(Assiniboine, Assiniboin) 북아메리카의 중북 평야의 수어족. 이후 어족의 일부는 크리어를 말하는 알곤퀴안에 병합되고 나머지는 서부 몬타나로 이주하였다. 시트콘스키 참조.

아시르(Aesir) 아시 참조.

아에사르(Aehsar) 나르트를 다루는 오세티아 서사시에서 아에사르타엑의 쌍둥이 형제.

아에사르타(Aehsaertaeg) 나르트인을 다루는 오세티아의 서사시에서 아에사르의 쌍둥이 형제. 원사(原史) 인도유럽의 사회 조직을 설명하는 통치자, 전사, 경작자로 구성된 뒤메질의 삼자(三者) 도식에서 "제 2기능"(*second function*)과 연관된다.

아오(Ao, a-Ao, Te Ao) 마오리 신화의 몇몇 본에서 랑기와 파파의 분리 이후에 나타나는 빛을 언급하기 위해 쓰이는 표상적 접두사. 이 용어는 마오리 우주 창조론 신화의 남성 계통(여성의 경우는 "Te Po")에 연관된다.

아우둠라(Audhumla, Auhumla, Audumla) "무각(無角)의 소", 천지창조에 대한 스칸디나비아의 이야기에서 태초의 얼음에서 출현한 땅속으로부터 나타난 소. 최초의 거인인 야미르의 유모. 영양분을 취하기 위해 얼음 덩어리를 핥아내 갇힌 신들을 자유롭게 해준다.

아이네아스(Aeneas) 베르길리우스(기원전 70~19년, 로마의 시인)의 〈아에네이드〉에 의하면 비너스 혹은 아프로디테와 트로이 멸망 후 로마를 건설하기 위해 탈출한 안키세스의 아들. 디도의 연인. 〈일리아드〉에서는 트로이군에서 헥토르 다음 서열의 장수.

아이올로스(Aeolus) 그리스 신화에서 제우스에 의해 바람을 다스리는 권리를 받은 포세이돈의 아들.

아이테리아(Aetheria, Etheria) 헤시오도스에 따르면, 카오스(*chaos*)로부터 에레부스(에레보스: 그리스 신화에서 어둠의 신)와 밤이 태어나고 이 둘이 결합하여 아이테리아(공간, 상층의 대기)와 헤메라[낮, 다른 판본에서 헤메라는 에레부스와 니크스(그리스 신화에서 밤의 여신)의 딸이다]를 낳는다. 오르페우스 신화에서 아이테리아(완전한 것, 견고한 것, 우주를 재조직하는 자)는 크로노스의 딸 카오스로부터 태어난다. 다른 판본에서 아이테리아는 헬리오스와 클라이메네의 딸이다. 우주의 상층부와 최고 신성의 인격화는 횔덜린의 "신화"에서 발견된다.

아즈텍족(Aztecs) 기원전 12세기에서 16세기에 중앙멕시코에서 번성했던 멕시코 민족. 이들의 후손들이 오늘날 나후아 민족이다.

아지(Ajyy, Ayii, Ajii, Ajy) '흰 사람들'이라는 의미. 야쿠트의 인간 영웅들. 아지는 어떤 본에서 수호 정령 아야미와 달리 인간의 신 조상들이다. 이들은 선한 영들이며 경제적으로 인간에게 유용한 식물과 동물들을 창조해낸 보호자들이다. 아바시 참조.

아카(Aka, Te Aka) 마오리 신화에서 공기뿌리, 덩굴 등의 식물의 의인화, 다른 본들에서 아카는 투나(뱀장어의 선조) 머리의 털들로 투나가 마우이에게 살해된 이후 육지로 탈출해온다. 다른 본에서 아카는 타네와 그의 많은 배우자 중 하나인 레레노아의 후손.

아카이아인(Achaeans) 선사시대 그리스의 4대 주요 부족 중의 하나. 기원전 2000년경 그리스를 침공한다. 〈일리아드〉에서 호메로스는 이 명칭을 그리스인을 가리켜 사용한다.

아쿠아트(Aquat) 히타이트 신화에서 아나트 여신에게 아버지 다니엘로부터 얻은 활과 화살을(다니엘이 그보다 앞서 이 물건들을 얻은 것은 반신 코타르 와카시스로부터였다) 팔기를 거절한 라파의 왕. 아쿠아트는 아나트가 보낸 군사에게 살해당한다. 그 결과로 땅은 7년 동안 기근에 시달린다.

아킬레스(Achilles, Achilleus) 반신이며 반불사의 그리스 영웅. 아버지는 제우스의 계통인 펠레우스[포이닉스 참조]이며 어머니 테티스(Theys, Thetis)는 바다의 님프로 오케아누스[대지를 둘러싼 대해류(大海流), 티탄족, 우라노스를 보라]. 아킬레스가 싸움을 내켜하지 않는다는 사실은 〈일리아드〉의 중심적인 내용이다. 그는 전쟁에서 트로이의 영웅 헥토르를 죽이고 자신은 파리스에게 살해된다. 다른 판본에서는 켄타우로스 케이론이 아킬레우스의 발에서 뼈를 빼내고 빨리 달리는 거인에게서 빼낸 뼈로 바꾸어 넣었다고 한다. 가장 널리 알려진 보에서는 아킬레스가 아기였을 때 어머니가 그를 스틱스 강에 담가 불사신으로 만들었는데 그때 어머니가 잡았던 발뒤꿈치만 강물이 닿지 않았다고 한다. 아킬레스는 북구의 전사와 유사한 자질들을 가지기도 하다. 오딘 참조.

아타르(Atar) 이란의 불의 신. 아후라 마즈다의 아들. 불의 힘인《리그베다》의 아타르유와 유사. 신이라기보다 원리의 인격화에 가깝다.

아테네(Athena, Athene, Pallas Athene, Minerva) 제우스의 머리에서 태어났음으로 지혜의 여신이며 그리스인들에게는 전쟁의 여신이기도 하다. 인간에게 문명의 기술을 보여준다. 아테네 여신의 도전적인 성격은 경쟁자인 헤라와 아프로디테의 질투를 야기하여 트로이의 멸망을 가져오게 된다. 명예와 분별의 덕목과 같은 다소간 남성적 특징들을 동반한 아테네는 아테네 시의 처녀 신성이다.

아테아(Atea) 여러 폴리네시아 신화에서 공간의 개념. 투아모투(프랑스령 폴리네시아) 민족의 신화에서 타네는 아버지로 변하여 그를 살해하는 아테아의 둘째 아들이다.

아툼(Atum) "완전한 것". 눈의 물에서 나타난 이집트의 신. 후대에 그는 숫양 또는 숫양의 머리를 한 매나 인간으로 그려진다. 슈와 테프누트의 아버지 라 아툼을 보라.

아트나투(Atnatu) 아란다 신화에서 천상의 신성이며 영혼.

아트리데스(Atrides) 그리스 신화와 〈일리아드〉에서 아트레우스의 아들들(메넬라오스와 아가멤논).

아틀라스(Atlas) 이아페토스의 아들. 프로메테우스와 에피메테우스의 형제. 거인의 반란 이후 제우스의 징벌로 세계의 끝에서 천공을 지탱하게 되었다(그리스 우주창조론, 북아프리카에 동일한 이름의 산맥이 있다).

아티스(Attis, Atti) 프리기아(옛날 소아시아 중서부에 있었던 왕국)의 식생(植生)의 여신. 탐무즈와 유사하다. 아티스는 여신 어머니. 키벨레의 공세 대상이었다.

아포쉬(Aposhi, Apaosha) 티슈트리아에 의해 죽임을 당하는 이란의 가뭄 신.

아포프(Apop, Apep, Apophis) 이집트의 뱀, 라의 적(소수의 본들에서 그는 태양신의 광선에 의해 땅이 파괴되는 것을 막기 위해 라와 싸운다). 다른 본들에서 라와 아포프의 전투는 매일 갱신되고 또 다른 본들에서는 여전히 라의 승리가 결정적이며 아포프는 결박되어 칼로 베어진다(때때로 바로 죽임을 당하기도 한다).

아폴론(Apollo, Pheobus Apollo) 괴물 용 파이톤을 죽인 그리스의 태양과 예언의 신. 제우스와 레토의 아들, 아르테미스의 오라비. 델로스 섬에서 태어났다. 헤르메스에게 예언과 점술을 가르쳐 예언과 음악의 신으로 간주된다. 식생과 자연과 관련된 목축의 신이며 이후 오르페우스 숭배(오르페우스를 보라), 특히 영원한 삶의 약속과 연관된다. 〈일리아드〉에서 그는 궁사들의 후원자이며 가축의 수호자로 질병에 의한 급사를 책임진다.

아프로디테(Aphrodite, Cytherea, the Cyprian, Venus) 크로노스에 의해 거세된 후 바다에 던져진 우라노스의 피와 정자로 된 거품에서 태어난 그리스 여신. 그녀는 아도니스의 연인이자 수호자이며 아이네아스의 어머니. 그녀는 태어난 후 키프로스로 가는 길에 큐테라에 상륙한다.

이로부터 그녀를 칭하는 다른 명칭들이 생겨난 것이다. 호메로스의 본에서는 헬레네를 파리스에게 넘겨주겠다는 약속을 하여 트로이 전쟁을 일으킨 것은 헤라와 아테네에 대한 그녀의 질투 때문이라고 이야기한다.

아후라 마즈다(Ahura Mazda) '현명한 왕', '선'(善)이라는 의미로 조로아스터의 개혁 이후 이란의 신전에 모셔진다. 안그라 마이뉴의 적. 아타르 참조.

안가뭉기(Angamunggi) 무지개뱀의 이름. 오스트레일리아의 난지오메리 민족의 '대부'와 유사하다. 자궁을 가진 남자로 나타나는 자웅동체의 존재.

안그라 마이뉴(Angra Mainyu, Ahriman) 조로아스터의 개혁 이후 이란 신화에서 안그라 마즈다와 대립하는 "사악한 영".

안티고네(Antigone) 그리스 전설에서 오이디푸스와 요카스타의 딸. 추방된 오이디푸스를 따라간다. 소포클레스의 비극에서 크레온 왕(요카스타의 오빠)은 안티고네에게 안티고네의 오라비이자 자신의 조카인 폴리니세스를 매장하지 말 것을 명령하지만 그녀는 이에 대항하여 동굴 감옥에 갇히게 되고 목을 매어 죽는다.

안티누스(Antinous) 오디세이에서 페넬로페(오디세우스의 아내)의 구혼자 무리의 '반지성'(反知性, *anti-mind*)적 우두머리. 여행에서 돌아온 오디세우스는 (아들 텔레마코스의 도움으로) 그를 죽인다.

안포르타스(Anfortas) 전설의 성배(聖杯) 이야기 모음에서 파르지팔의 질문을 받는 어부 왕. 파르지팔의 외삼촌이며 파르지팔의 계승 시까지의 그랄 왕이다.

알곤퀴안(Algonquians, Algonkians) 크리족, 오지브와족, 검은발족을 포함하는 아메리카의 북부, 중부, 북동북 지역에 광범위하게 퍼진 어족. 이름을 빌려온 알곤킨족과 혼동하지 말 것.

알라운(*alraun*, alrune의 방언) 맨드레이크 근(根)을 일컫는 독일어 명칭. 유럽 신화에 나오는 신비스럽고 마법적 식물로 뽑히면 비명을 지른다고 함. 대중 신화에서 "*alrune*"은 여성 혼령들의 한 종족.

알루리다(Aluridja) 오스트레일리아 남서부의 종족.

알트지라(*altjira, altjuringf, alyerre, alcheringa*) 아란다인이 꿈의 시대를 언급할 때 사용된 용어(이 중 'altjuringa'가 가장 잘 알려졌다)인데 단어의

기원에 대해서는 논란이 많다. 어떤 연구자들에 따르면 '꿈의 시대'라
는 용어는 오역이며 '영원히 창조되어지지 않은'이란 뜻이라 주장되는
이 용어는 일반적으로 또 다른, 그늘진, 물질이 영혼으로부터 최종
적인 지상적 형태를 얻는 차원을 언급하는 데 쓰인다. 'Altjira'는 종
종 아란다인들이 지고(至高)의 존재를 지칭할 때 쓰인다.

알트지레리니아(altjirerinja, altjirarama) 아란다인에게서 '꿈', '영원을 보다'라
는 의미.

알파미슈(Alpamysh) 율리시스와 같은 유형인 영웅으로 그가 주인공으로 등
장하는 동명의 서사시는 터키 민족들 다수의 신화에서 발견된다(우즈
벡, 까작, 타타르 등). 성자로부터 기적에 의해 잉태되며 성자는 알
파미슈에게 불사의 힘을 전해준다. 아름다운 여인과 약혼을 하지만
이들의 아버지들은 서로 싸우게 되며 알파미슈의 약혼녀가 칼미크 나
라로 떠나자 알파미슈는 그녀를 뒤따라가 칼미크 용사들과의 싸워 약
혼녀를 되찾는다. 그는 이후의 모험에서 7년 동안 감옥에 갇히며 풀
려난 후 가족들이 몰락하고 약혼녀는 힘 있는 구혼자에게 사로잡혔음
을 알게 된다. 보다 초기본에서는 칼미크 인들의 나라는 지하계와 동
일시되며 알파미슈는 샤먼으로 나온다.

압수(Apsu, Abzu) 에야/엔키에 의해 만들어졌으며 그의 집, 아시리아 바빌
론(아카디아) 신화에 따르면 땅을 둘러싼 신선한 물의 심연이라고 한
다. 티아마트(소금물)와 함께 땅의 생성 환경을 형성한다.

앗수로스(Assuerus, Ahasuerus, Agasferus, Ahasverus, The Wandering Jew)
페르시아 왕 크세르크세스를 칭하는 성경의 명칭. 그는 유대인을 말살
하려 했으나 유대인 아내 에스더(Esther)의 간청으로 그만두었다. 이
인물은 중세 기독교신화에서 아하스페르스라는 이름으로 고증되어 있
다. "방랑하는 유대인"(The Wandering Jew)은 골고다 언덕에서 그리스
도에게 잠깐의 휴식을 허락할 것을 거절한 결과로 그리스도가 재림할
때까지 떠돌아야 할 운명을 선고받은 인물로 〈유대인 아하세베루스에
대한 간략한 기술과 설명〉(Kurz Beschreibung und Erzählung von einem
Juden Ahasverus)에서 기록상 처음으로 나타난다. 앗수로스의 이야기
는 파우스트 모티브와 유사하게 괴테, 호프만, 퀴네, 으젠느 슈에게서

재현된다(또한 그는 조이스의 《율리시스》에서 블룸에 관한 영감의 일부로 이야기된다).

앙그르보다(Angrbodha, Angraboða) 스칸디나비아 거인 여자. "분노의 예언자"이며 아시르의 적수. 로키와 함께 낳은 괴물 요르문가르드, 펜리르, 헬의 어머니.

애니미즘(*animism*) 자연이 초자연적 힘이나 원소를 내포한다는 믿음. 흔히 자연적 대상과 현상이 영혼을 소유한다는 믿음을 말한다.

야곱(Jacob) 성서에 나오는 아브라함과 레베카의 아들로 에사우와 쌍둥이 형제이며 요셉의 아버지. 형제와 싸운 뒤 삼촌인 라반과 함께 살며 삼촌의 딸인 레아와 라헬과 결혼.

야마(Yama, Sakha) 이란의 이마의 베다식 표기지만 연관된 것은 서로 다르다. 태양의 신 비바스바트의 아들인 야마는 죽은 자의 왕이며 첫 번째로 죽은 인간이다. 눈에 보이지 않는 세계의 왕이며 최고재판관, 태초의 남자, 야미의 형제.

야마이마나비라코차(Yamaimana-Viracocha) 잉카 신전에서 비라코차의 쌍둥이 아들 중 하나이며 토카나비라코차의 형제. 가끔은 파차야차치비라코차의 둘째 아들로 묘사된다. 나무, 꽃, 과일과 연관이 있다.

야오(Yao) 고대 중국 신화에 나오는 현명한 통치자. 유교 학자들은 그의 통치를 고대의 황금시대로 여겼다. 전통에 따르면 기원전 2356~2255년간 통치했다.

야지기(Yazigi) 유루기의 여성 정령이며 도곤 신화의 주인공. 둘은 태초 세상 또는 (우주의) 알의 각 반쪽으로부터 태어났다.

야쿠트(Yakut) 시베리아 중부와 동부, 특히 베르호얀스크 산맥 서쪽 레나 강 부근 지역에 거주하는 투르크 출신의 알타이 민족.

야훼(Yahweh, Jehovah) 네 개의 성스러운 히브리 문자 JHVH로부터 파생되어 유럽 중세 후기에 들어서는 여호와 또는 야훼로 변하여 킹 제임스 본에는 '하나님'(*lord*)으로 쓰인다. 신이 〈출애굽기〉 6장 3절에서 모세에게 "내가 아브라함과 이삭과 야곱에게 전능의 하나님으로 나타났으나 나의 이름을 여호와로는 그들에게 알리지 아니하였고"라고 말한다. 관련 구절을 살펴보면, 신은 '그의 종들'에게 이야기할 때는 이름을 절대 밝히지 않는다.

양티(Yang-ti) 중국 신화에서 태양을 만든 신. 남쪽을 떠받치는 자.

에누마 엘리쉬(Enuma Elish) 아카디아의 우주창조 서사시로 티아마트와 마르두크의 전설이다.

에다(Edda) 다양한 스칸디나비아 민족의 신화서사시 〈주(主) 에다〉(Major Edda)를 말한다. 이 소재를 바탕으로 아이슬란드의 스노리 스털루슨(1179~1241)이 〈산문(散文) 에다〉(the Prose Edda, '소'(小) 혹은 신(新) 에다)를 집필했다.

에레슈키갈(Ereshkigal) 네르갈과 함께 수메르 저승(쿠르)의 여신. 이난나의 여동생이자 살해자.

에로스(Eros) 그리스의 사랑의 신이자 아프로디테의 동반자(다른 판본에서는 아프로디테와 헤르메스의 아들). 우주를 구성하는 다양한 원소들의 조정자(이전 판본에 의하면 타타루스, 가이아, 카오스와 함께 태초 원소들로부터 탄생했다고 함). 미남이면서 잔인하며 버릇이 없다. 나중에는 날개달린 큐피드로 상징된다.

에르소고토흐(Er-Sogotokh) '외톨이'를 의미하는 엘리에르소고토흐의 별칭. 야쿠트 서사시인 올론호의 영웅이자 태초의 조상.

에멤쿠트(Ememkut, Emenkuta) 여동생 지니아나우트와 결혼하는 코리약 신화의 영웅. 이 이야기는 족외혼(exogamy)을 설명하고 정당화한다.

에사우(Esau) 성경에서 야곱의 쌍둥이 형이자 아브라함과 레베카의 아들.

에아(Ea) 아시리아와 바빌로니아(아카디아) 신화 중 마르두크와 아다파의 아버지인 엔키의 별칭.

에크바 피리쉬(Ekva Pyrishch) 시베리아 북서쪽 오브 강 분지의 우그르(Urg) 민족의 신화에 나오는 영웅이자 주요 트릭스터.

에타나(Etana) 수메르와 아카디아 신화에 나오는 대홍수 이후 인류의 첫 번째 왕. 아들이 없어 샤마쉬에게 제물을 바치자 천상의 이슈타르의 왕좌로 안내받는데 임신을 조절하는 식물을 얻는다. 다른 판본에서는 독수리를 타고 이슈타르의 왕좌로 가려다가 떨어지면서 실패한다.

에피메테우스(Epimetheus) 그리스 신화에서 거인족 이아페토스의 아들이자 아틀라스의 형제이나 대조 관계로서 일반적으로 프로메테우스와 함께 등장한다. 한쪽이 숙고할 때("어리석은 자", 헤시오도스의 《신통기》) 다른 한쪽은 예견한다("프로메테우스/명석하며 교활함", 헤시오도스의 《신통기》). 제우스로부터 판도라를 아내로 받아들여 인류의 불행에 대해 간접적 책임이 있다. 대홍수로 인해 첫 번째 인류가 멸망한 뒤 세상을 다시 인류를 번성시킨 데우칼리온의 아내인 피라의 아버지로서 선악이라는 신화적 대비의 일부이기도 하다.

엔릴(Enlil) 수메르와 아카디아 신들 중 가장 중요한 신, 하늘의 신인 안과 물의 신인 에아와 함께 최고의 신에 속한다. 아누 또는 엔키와 닌키('지상의 지배자 부부'이나 마르두크의 아버지인 엔키와는 다름)의 자식으로 알려졌다. 농경과 같이 대지와 관련된 기술의 창조자이자 보호자이며 바람과 폭풍의 신이다. 기원전 2350년에서 기원전 2150년(아카드 왕조 시대)에 수메르 종교체계가 셈족에게 받아들여지자 엔릴은 단순히 '왕'을 뜻하는 '벨'이라는 이름으로 불리게 되었으나 그 뒤 바빌론의 마르두크신이 우위가 될 때까지 메소포타미아 여러 지역에서 널리 숭배되었다. 그 중심지는 남메소포타미아의 니푸르에 있던 에쿠르('산의 신전'이라는 뜻) 또는 닌후르사그('산의 여신'이라는 뜻)이었다.

엔키(Enki, 아카디아의 에아) 수메르의 신, 압수의 신이며 낚시와 같이 물과 관련된 기술의 창조자이자 후원자. 마법 및 지혜와 연관된다. 마르두크의 아버지. 이 엔키는 엔릴의 조상인 엔키('지상의 지배자')와는 다르다.

엔키두(Enkidu) 영웅서사시 〈길가메시〉에서 길가메시에게 대항하기 위해 아루루 신이 창조한 대초원의 야만인. 길가메시가 보낸 창녀에게 유혹당해 길가메시와 우정을 맺는다(초기 판본에서는 그를 추종). 에렉 엔키두 시에서 길가메시와 연합해 후와와라는 괴물과 싸우고 나중에는 아누가 이슈타르에 대한 길가메시의 학대를 복수하기 위해 보낸 하늘소와 싸운다. 신들은 엔키두가 성스러운 소를 죽이자 그에게 사형을 선고한다. 길가메시에 대한 다른 신화에서는 저승에서 잃어버린 이난나가 길가메시에게 선물한 물건들을 구하려 노력한다. 엔키두는 저승으로 내려간 후 다시 이승으로 돌아오지 못한다.

엘레우시스 제전(祭奠, Eleusian Mysteries) 데메테르에게 성스러운 지역인 엘레우시스(아티카)에서 유래되었다. 페르세포네의 납치와 저승으로부터의 귀환을 재현한 그리스 제의 축제(ritual festival) 혹은 데메테르와 바쿠스를 기념한 제의 축제 등을 말한다. 이 믿음들은 아마 내세의 수수께끼에 연관된 듯하다.

엘리에르소고토흐(Elley-Er-Sogotokh) 야쿠트 신화의 '홀로 있는 엘리'. 최초 조상.

엘리에제(Eliezer) '신은 도움이다'라는 뜻으로, 《요셉과 그의 형제들》이라는 책에서 야곱의 집사이자 요셉의 선생. 성경에서 같은 이름의 인물들이 다양하게 등장한다. 이삭이 태어나기까지 아브라함의 후계자. 이삭에게 아내를 찾아주기 위해 아브라함이 다마스쿠스로 보낸 충직한 하인(〈창세기〉 15:2)이며, 〈누가복음〉 3장 29절에 나오는 예수의 조상. 제사장이자 모든 히브리 제사장의 조상인 모세의 조카 엘레아자르와 혼동하지 말 것. 또 하나의 엘레아자르는 〈마태복음〉 1장 15절에 나오는 예수의 아버지인 요셉의 조상이다.

엠페도클레스(Empedocles) 고대 그리스 정치가이자 철학가(기원전 490~기원전 430).

오디세우스(Odysseus, Ulysses) 아마도 오티스(outis) 또는 오데이스(oudeis)로부터 파생. '아무것도 아닌 자'(키클롭스에게 자기를 '아무도 아닌 자', '무명인'이라고 말해 속인 일을 연상하게 함). 《오디세우스》에서 외할아버지인 오토리쿠스(Autolycus)가 "이 풍성한 대지에서 많은 남녀와 갈등하였으므로 그의 이름인 오디세우스가 이를 의미하도록 하라"는 뜻에서 지어준 이름. 그리스 영웅이자 오디세우스의 주인공. 일리아드에서는 용기보다 재간과 지혜로 더 유명하다. 안티누스, 칼립소, 로토파기, 나우시카, 네스토르, 폴리페모스, 스킬라, 사이렌, 심플레가데스, 텔레마코스, 티레시아스 참조.

오딘(Odin) 스칸디나비아와 게르만의 신들 중 가장 중요한 신으로 아시르족의 지도자이며 공격적이지만 직접 싸우기보다는 다른 이들을 설득하여 싸우게 만들기를 선호한다. 분노, 공포, 전쟁과 죽음의 신이다. 지혜와 영감을 뜻하는 히드로멜과 관련이 있다. 세계수 이그드라실에 9일 동안 매달렸던 것과 같이 샤머니즘 전통과 관련이 있다. 오딘은 미미르의 샘에 '담보'로 눈을 한 개 놓고 오면서 예언자이자 마법사로 매일 일어나는 평범한 사건들에는 '눈이 멀었'으나 중요한 사건들은 꿰뚫어본다. 오딘은 인간에게 전사의 힘을 이끌어내어 고통과 상처를 거의 느끼지 못하게 하는 동시에 전사들을 죽음으로 내몰면서도 그의 보호를 받는다고 믿게 쉽게 속일 수도 있다. 오딘은 보탄과 티와즈의 후기 결합으로 보이나 보탄과 보다 유사하다. 바루나 참조.

오레스테스(Orestes) 엘렉트라의 남자 형제이며 아가멤논과 클리템네스트라의 아들. 엘렉트라(또 다른 판본에서는 아폴론)에 의해 어머니와 애인 아이기스토스를 살해하도록 강요받는다. 어머니를 죽인 벌로 에리니스(로마의 분노의 여신들. 거세된 우라노스의 피가 땅에 떨어지면서 태어났지만, 나중에 '자애로운 이들'이라 불리는 유메니드가 된다)가 그를 미치게 만들지만 델피에서 정화 제의를 거치게 되고 아폴로가 대신 그의 복수를 한다.

오렌다(orenda) 폴리네시아족의 마나, 알곤킨족의 '마니투'(큰 영혼), 수족의 '와칸'〔와콘다＝위대한 영혼〕, 크로우족의 막스페, 콩고 강 분지의 밤부티족과 느쿤두족의 '엘리마'(elima)와 비슷한 비인격적이며 비의인 처(?)된 힘을 의미하는 이로쿼와와 휴론 부족들의 개념. 이 개념은 모호크의 '카레나'(karéna)와 같은 노래라는 뜻의 단어와 연관되어 오렌다를 유지하며 제의의 올바른 이행이 중요하다는 것을 암시한다.

오르페우스(Orpheus) 트라키아 태생의 그리스 음악가(디오니소스 참조)로 황금 양털을 찾아 떠나는 이아손의 일행(아르고스 참조) 중 하나. 부인인 에우리디케가 죽자 하데스로 구출하러 내려간다. 저승신이 오르페우스의 수금(竪琴) 소리에 매혹되어 에우리디케를 데려가도록 허락하지만 하데스가 정한 금기를 깨는 바람에 영원히 아내를 잃는다. 그녀가 죽은 뒤 상사병을 앓으면서 트라키아의 여인들을 외면하고 디오니소스 숭배를 보고도 시큰둥해하며 동성애를 소개한 것으로 알려진다. 트라키아의 여인들이 그를 죽이고 사지를 절단하지만 그가 죽은 뒤에도 그의 머리는 노래를 계속하며 레스보스 섬으로 떠내려간다. 오르페우스를 추종하는 반(反)디오니소스 숭배는 기독교적 신앙을 내세와 영혼의 영원성, 참회의 힘, 고뇌하는 신의 존재에 둔다.

오리온(Orion) 그리스 전설에 나오는 사냥꾼이자 거인으로 메로페와 사랑에 빠지는 포세이돈의 아들. 일부 판본에서는 메로페를 강간한 벌로 자다가 눈이 먼다. 아르테미스 또는 그녀의 친구 오피스를 강간한 벌로 아르테미스의 손에 의해 죽임을 당하고 그를 죽이러 보낸 전갈처럼 같은 이름의 별자리(Scorpio)로 변한다. 호메로스본에서는 오리온이 새벽의 여신 에오스와 사랑에 빠져 아르테미스가 그를 죽이는 것으로 나온다.

오르토루스(Orthrus) 그리스 신화에 나오는 머리가 두 개 달린 괴물 개. 다른 판본에서는 뱀의 머리와 꼬리를 가진 개로 나오며, 에키드나와 튀포에우스의 아들이며 세베루스의 형제이다. 게리온의 가축을 보호하며 헤라클레스에게 죽는다.

오시리스(Osiris) 라의 증손자. 일부 판본에서는 이집트에 문명, 특히 농경을 알게 해주었다. 다른 판본에서 게브가 문명의 신이다. 이시스의 남편으로 세트에 의해 죽임을 당하지만 아내의 노력으로 불사신이 되어 자연 주기와 연관된다. 지하의 최고신으로 왕권과 밀접한 관련이 있다.

오이디푸스(Oedipus) 태어난 직후에 발에 못이 박혀 산등성이에 버려졌기 때문에 '부은 발'이라는 이름을 가졌다. 카드모스의 후예로 테베의 왕이며 라이우스의 아들. 길에서 만난 낯선 이의 정체를 알지 못한 채 아버지를 죽이게 된다. 스핑크스의 위협으로부터 테베를 구하고 왕위에 올라 선왕(先王)의 과부이자 자기의 어머니인 요카스타와 결혼한다.

오이라트(Oirat) 몽골 동부의 민족이자 언어 집단인 알타이 민족의 고대 화폐 단위.

오지브와(Ojibwa) 북아메리카 오대호 서쪽의 알곤킨어를 사용하는 민족.

오호쿠니누시(Okininushi) 스사노오의 딸을 속여 결혼하는 일본의 트릭스터신, '장엄한 대지의 지배자'.

올론호(*olonho*) 시베리아 야쿠트의 영웅서사시를 구성하는 노래들.

와고만(Wagoman, Wagaman, Wakaman) 오스트레일리아 달리 강의 남서쪽에 거주하는 원주민 부족.

와로후누카(Warohunuka) 살로몬 제도에서 크와트의 별칭. 문화영웅이자 창조자.

와오 누크(Wao Nuk, Te wao tapu nui a Tane) '타네의 넓고 성스러운 영토'

라는 뜻. 마오리 신화에 나오는 숲.

와우왈룩(Wauwaluk) 북오스트레일리아, 특히 아넘 랜드의 많은 원주민 전설에 나오는 두 자매. 남자들이 여자들로부터 훔친다는 성스러운 도구들과 연관이 있다.

와크준카가(Wakdjunkaga) 위네바고 신화의 트릭스터. 위스케드작과 유사.

요(Yo) 폰족의 트릭스터 레그바에 해당하는, 다호미족의 변종.

요루바(Yoruba) 나이지리아와 다호미의 민족.

요르문간드(Jörmungandr) 토르와 오딘의 적으로 지구를 몸으로 둘러싼 우주의 뱀. 로키와 앙그르보다의 아들. 스칸디나비아 신화에서는 대지 자체로 인식됨(미드가르드).

요우카하이넨(Jöukahainen) '랩랜드의 말라깽이 아들'. 핀란드의 〈칼레발라〉에서 북쪽의 땅인 포흐자로부터 온 바이네모이넨의 랩인 적수.

요툰(Jötunn) 〈에다〉에 의하면 스칸디나비아 우주창조신화에서 제일 먼저 창조된 이미르를 포함한 거인들. 이들은 괴기스러우며 머리가 많고 쉽게 화를 내며 형체를 바꿀 수 있다. 요툰은 인격화할 수 있으나 불, 서리와 같은 자연 요소와 숲, 언덕, 돌과 같은 자연적 조형물과 연관된다. 거인들은 특히 토르와 오딘과 같은 신들의 적수로 신들이 항상 이기지는 못한다. 로키의 정치적 입장이 모호한 이유는 어머니가 거인이기 때문일 수도 있다. 투르스 참조.

요툰헤임(Jötunheimr) 스칸디나비아 신화에서 거인(요툰, 요트나)의 땅. 우트가르드와 우연히 일치.

욜로파트(Yolofat, Yolofat, Yalafat, Yalafath) 캐롤리나(Carolina) 군도의 마이크로네시아의 트릭스터. 얍(Yap) 섬에서 욜로파트는 번개의 신을 나무줄기에 가둔다. 그의 고함소리를 들은 여자가 음식을 갖다 주자, 선물로 불과 도자기 제작방법을 알려준다. 욜로파트는 신천옹(信天翁)과 연관이 있으며 자비로운 존재로 여겨진다.

욥(Job) 성서에 나오는 신앙심을 시험받는 자.

우가리트〔Ugarit, 라스 샴라(Ras Shamra)〕 시리아 해안의 도시로 과거 히타이트 제국의 속국.

우그르족(Ugric) 우랄·알타이족 우랄 분파의 다양한 민족. 우랄 분파는 두 가지로 분류되는데 우랄 산맥 동쪽 오브 강 주변 시베리아 북서쪽 지역에 사는 핀우그르족(이들 중 일부는 서쪽으로 이주하여 마자르족이 되었다) 그리고 사모예드족(우그르사모예드)이 있다. 우그르족은 오브우그르족, 만시, 칸트족 등을 포함한다.

우라노스(Uranus, Ouranos) 그리스 신화에 나오는 하늘과 천상의 인격체. 우주의 지배자이며 비옥하게 하는 원소. 가이아(대지)의 아들이며 어머니와의 근친상간을 통해 오세아누스, 크로노스, 타이탄, 키클롭스, 헤카톤케이레스(Hecatonchires, 타르타로스 참조)를 낳는다. 가이아가 우라노스의 마음에 들지 않는 괴물들만 낳자 이들을 어머니/애인 안에 숨겨놓는다. 그러자 그녀는 크로노스를 부추겨 우라노스의 왕위를 찬탈하고 거세하도록 한다. 이때 나온 피에서 복수의 여신들, 거인들, 여러 요정이 태어나고 거세된 성기가 바다에 떨어지면서 생긴 거품에서 아프로디테가 태어난다.

우루크(Uruk, Erech) 이난나에게 성스러운 수메르의 도시. 이곳의 다섯 번째 왕이 길가메시이다(현재의 와르카).

우르다르(*urdar, urdr*) 스칸디나비아 신화에 나오는 숙명. 우르드르(우르드)의 노른족이 사는 이그드라실 근처의 샘의 이름.

우르바쉬(Urvashi, Urvasi) 힌두신화에 나오는 압사라스. 바닷물의 요정 또는 보다 일반적으로 천국의 영혼들의 애인 또는 일종의 마녀. 우르바쉬는 인드라의 초대로 천국에 갔을 때 아르주나를 유혹하려고 했던 불의 발견자. 푸루라바스의 애인이다.

우리즈맥(Uryzmaeg) 사타나의 남편이며 남자 형제. 17명의 자식이 있었으나 우리즈맥이 16명을 죽였으며 막내는 다른 인물이 죽였다. 나르트족에 대한 오세티아 서사시의 태초 조상. 카미즈의 쌍둥이 형제. 군사 작전과 연관이 있다.

우코(Ukko) 핀란드 카렐리아의 천신.

우클라카니아니아(Uchlakaniania) '교활한 놈'이라는 뜻. 반투어를 사용하는 나탈 민족의 트릭스터 반수형신(半獸形神). 아프리카 동물신화에 나오는 다른 트릭스터들보다 오래된 것으로 보인다. 원래 어른으로 태어났으며 마법의 힘이 있다.

우투(Uttu) 수메르와 아카디아 신화에서 닌쿠르(닌쿠루)와 엔릴의 딸. 닌쿠르는 엔릴과 닌사르의 딸이며 닌사르는 엔릴과 닌후르사그의 딸이다. 직조(織造)와 연관이 있다.

우트가르드(Utgardhr) 스칸디나비아 신화에서 미드가르드 경계 밖의 영역. '저 너머의 어둠'이라는 뜻으로, 거인 우트가르드로키의 영토.

우트나피슈팀(Utnapishtim) 인간 세상을 파괴하는 홍수에 대한 수메리아 설화에서 성서의 노아와 유사한 인물. 홍수로부터 인간을 구한 뒤에 엔릴이 불멸성을 부여하고 길가메시의 조상이 된다. 서사시 〈길가메시〉에서 우트나피슈팀은 길가메시에게 깨어 있으라고 요구하나 길가메시는 잠이 들어버려 인간으로 남는다.

우파니샤드(Upanishad) 인도 서사시에 나오는 베다의 철학적 명상.

우피칵(Upikak) 마린드아님의 데마.

운딘(Undine) 게르만 신화에 나오는 요정 또는 물의 정령. 러시아에서는 루살카라 한다. 그리스 신화에 나오는 물의 정령과 비슷한 여성적인 물의 요정. 세례받지 않은 자나 익사한 처녀들의 영혼이라고 한다. 복수심에 불타며 아름답고(젖은 녹색 머리카락에 누드로 등장) 간혹 장난도 치며 강과 호수에서 산다. 남슬라브민족에게 특히 인기가 많은 전설이다.

운쿨룬쿨루(Unkulunkulu) 남아프리카 줄루의 영웅이자 태초 조상. 천둥과 연관이 있다.

울리게리(*uligeri*) 부랴트 신화와 관련된 노래들.

울리쿠미(Ullikummi, Ullikummis) 왕위를 찬탈한 아들 테슈브와 싸우기 위해 쿠마르비스가 창조(또는 잉태)한 히타이트의 바위 거인. 세상을 떠받치는 거인인 우벨루리스의 어깨 위에 놓여 급속도로 성장해 이내 지구에서 하늘을 밀어낼 정도가 된다. 테슈브는 후에 왕위를 포기한다. 아누 참조.

움웰링강기(Umwelingangi, Umwelinkangi) 운쿨룬쿨루와 연관된 남아프리카 줄루 민족의 영웅이자 태초 조상. '고위급' 천신.

웅가리니인(Ungarinyin) 오스트레일리아 북서쪽 킴벌리 근처의 부족.

웅구드(*ungud, ungur*) 무지개뱀과 꿈의 시대뿐만 아니라 오스트레일리아 북

서쪽 킴벌리 서쪽의 웅가리니인족과 달라본 부족들의 토템 동물 조상
들을 지칭하는 단어. 동쪽 아넘 랜드 부족들의 '볼룽'(*bolung*) 개념과
유사하다.

위네바고(Winnebago) 중앙 평원의 동쪽 경계에 거주하는 위스콘신의 수 인
디언 부족.

위라투리(Wiradthuri) 오스트레일리아 뉴사우스웨일스의 남동부에 거주하는
부족.

위사카(Wisaka) 위스케드작의 별칭.

위스케드작(Wiskedjak, Whiskey-Jack) 나나보조처럼 오대호 근처에 거주하
는 알고킨어 사용자들의 신화에 나오는 트릭스터.

유루기(Yurugi, Yurugu) '백색(또는 '창백한') 여우'라는 뜻으로, 도곤 신화의
주인공.

유이(Yui, Yü) 중국의 영웅. 홍의 아들. 홍수 후에 새로운 세상의 질서를 책
임지는 신화 속의 황제 중 마지막 황제이다. 중국을 아홉 개의 구역
으로 나누는 등 재정비하고 물을 다스리기 위해 운하를 건설한다.

율리시스(Ulysses) 오디세우스의 라틴 이름.

융고르(junggor) 북오스트레일리아 보나파르트 만의 아넘 랜드 해안에 사는 부
족.

이(Yi, I, Hou I) 고대 중국 신화에서 여신 히호가 불로 만든 정자로 잉태한
아들들. 열 개의 태양 중 남아도는 아홉 개를 활로 쏘아 떨어뜨려 세
상을 뜨거운 열기로부터 구한 쿠(Ku, 다른 판본에서는 또는 야오) 황
제 소속의 '훌륭한 궁사'. 열 개의 태양은 고대의 열홀간의 일주일('하
루'='태양')과 연관이 있다. 7세기에 들어서야 7일이 되었다.

이그드라실(Yggdrasil) 스칸디나비아 신화에 나오는 우주(세계)의 나무. 대
지와 우주의 중심으로, 미미르와 연관이 있다.

이나라(Inara) 히타이트 신화에서 용('거대한 뱀')인 일루이안카스에게 승리하
는 태풍의 신. 다른 판본에서는 둘은 서로 다른 인물이다. 뱀이 태풍
의 신을 화나게 하자 이나라가 그를 죽인다. 한 여신에게 다른 신들
이 그를 돕도록 설득하기 위한 만찬을 준비해달라고 부탁한다. 이나
라는 만찬에서 용을 취하게 만들고 이때 여신의 애인인 후파시야스가

용을 묶어놓자 죽인다.

이난나(Inanna) 수메르와 아카디아 신화에서 문화의 비밀을 간직한 여신. 여러 사랑의 여신들과 유사한 성적(性的) 사랑의 여신. 아스타르테, 이시스, 이슈타르, 키벨레, 아프로디테, 이난나는 전사 여신이며 금성과 연관된다.

이두나(Iduna) 스칸디나비아 신화에서 시와 음악의 신이며 오딘의 아들인 브라기의 아내. 신들이 젊음을 유지하기 위해 먹는 황금사과의 수호자.

이로쿠와(Iroquois) 뉴욕 주의 성(聖)로렌스 계곡과 5대호 주변의 모계 부족들을 지칭. 엥겔스와 마르크스의 사회진화론에 영향을 주었으며, 초기 인류학의 혈족관계를 정립한 모건의 연구에서 중요한 부족들. 모호크, 세네카, 오네이다, 오난다가, 카유가 그리고 마지막으로 투스카로라가 연합한 동맹. 이로쿠와 어족은 문화적으로 유사하나 정치적으로 별개인 후론 부족을 포함한다. 대부분의 이로쿠와 부족들은 여성들의 중요한 정치적 역할이 특징이다.

이르칼라(Yirkalla) 오스트레일리아 아넘 랜드의 북동부에 거주하는 부족.

이마잠쉬드(Yima-Jamshid) 전형적인 페르시아의 통치자로 '훌륭한 양치기' 또는 '최초의 남자'라는 뜻. 야마의 이란식 표기이며 아후라 마즈다의 지시에 따라 지하왕국을 건설했다.

이미르(Ymir) 스칸디나비아 신화에서 열기와 냉기가 만나 생긴 최초의 생명체로 〈에다〉에서도 언급된다. 거인의 시조이며 대지의 인격체(그의 시체가 미드가르드가 된다).

이삭(Isaac) 아브라함과 사라의 아들. 성서에서 신은 아브라함과 사라의 신앙과 복종을 시험하기 위해 이들의 유일한 적자인 이삭을 제물로 바치라고 명령한다. 레아의 남편이며 루벤의 아버지.

이샤하(ysyaha) 풍요로운 삶을 위해 아지이에게 제물을 바치는 야쿠트의 봄의 제의.

이슈진키(Ishjinki) 폰카 인디언의 신화에 나오는 트릭스터. 알곤킨족의 위스케드작과 수족의 인크토미와 유사.

이슈타르(Ishtar) 아시리아와 바빌론(아카디아)의 새벽과 황혼의 여신. 금성의 인격체이며 아누의 배우자. 전사의 여신 및 사랑의 여신으로 두 가지의 사회적 신분이 있다. 아스타르테, 에타나, 이난나 참조.

이스마엘(Ishmael) 성서에서 아브라함과 하녀인 아가 사이에 태어난 서자. 아가에게서 아이를 낳으라고 아브라함을 부추긴 것이 레베카였다. 그럼에도 불구하고 이스마엘은 레베카에게 질투의 대상이 된다.

이시스(Isis) 이집트 신화에서 오시리스, 세스와 네프티스의 자매. 오시리스와 근친혼. 호루스의 어머니. 게브와 누트의 딸.

이자나미(Isanami) '유혹적인 여성'으로 성스러운 일본의 남녀 부부 중 여성. 남성은 이자나미의 남편인 '유혹적인 남성' 이자나기이다. 둘이서 그림자의 땅에서 여러 괴물을 탄생시킨다. 다른 본에서 이 부부는 여덟 개의 섬(일본)을 탄생시킨다. 이자나미는 인간 최초로 막내인 불의 신 가구쓰치를 낳다가 죽는다. 이 때문에 죽음과 연관되어 있으며 남편은 출산과 관련이 있다.

이졸데(Isolde) 아더 왕 전설에서 아일랜드 왕의 딸, 콘월의 왕 마크의 부인이며 트리스탄의 애인. 기사도 전통에서는 브리타니 왕의 딸이자 트리스탄의 부인.

이카루스(Icarus) 테세우스에게 미로를 벗어날 수 있는 방법을 아리아드네에게 알려준 아버지 다에달루스와 함께 크레타의 왕 미노스의 포로로 갇혀 있다가 아버지로부터 왁스로 만든 날개 한 쌍을 받는다. 이카루스는 탈출 중 태양에 너무 가까이 날아가면서 왁스가 녹아버린다.

이텔멘(Itelmen) 축치나 코리약과 같은 고대 아시아(비(非) 알타이, 인도유럽 또는 시노티베트)어를 사용하는 캄차카 반도의 시베리아 민족.

이투보레(Itubore) 바코로로의 쌍둥이 형제로 보로로 신화의 재규어의 아들.

인드라(Indra, 사하스라크하(Sahasrakha): '천개의 눈'이라는 뜻) 전사 계급인 크샤트리야(Kshatriya)의 이미지에서 표현되는 베다에서 하늘의 신. 브리트라가 번개로 죽인다. 태풍과 비 그리고 붉은색과 연관된다.

인크토미(Inktomi) 수, 오마하, 아시니보인 부족들의 신화에 나오는 트릭스터. 위스케드작과 유사. 다른 판본에서 인크토미는 노인의 인격체이다.

인티시우마(inticiuma) 토템 동물과 식물들의 번식과 증식을 위한 아란다족의 의식.

일라(Illa) 족외혼을 설명하고 합법화하는 코리약 신화의 주인공. 지니아나우트와 약혼.

일마리넨(Ilmarinen) 핀과 카렐리아의 신. 금공술(金工術)과 연관.

자위(Jawi) 파푸아뉴기니의 마린드아님족의 데마. 최초로 죽은 자이며 그의 머리로부터 최초의 야자수가 자랐다고 전해진다.

장미(rose) 기독교 상징주의에서 쓰이는 용어. 장미의 완벽성으로 인해 여러 명칭 중 "신비로운 장미"(The Mystical Rose)라고 불리기도 하는 성모 마리아의 상징으로 쓰인다. 성서에 나오는 "솔로몬의 노래"(Song of Solomon)의 젊은 슐라미트 여인들이 그녀를 "샤론의 장미"(rose of Sharon)로 칭송한다. 이는 습할 때 가지를 펴는 중동의 작은 식물인 "여리고의 장미"를 뜻하는 것일 수 있다. 이 장미는 "처녀의 장미"(rose of the Virgin)로 불리기도 한다. 〈이사야〉 35장 1절에는 사막이 "장미처럼" 꽃핀다는 표현이 있다.

재규어(jaguar) 중요하지만 비교적 희귀한 남아메리카의 신화적 인물이며 문화영웅. 바코로로와 이투보레, 케리 등 참조. 중앙아메리카 신화에서는 위협적인 동물의 형상이며 다른 본에서는 케찰코아틀이 변신시킨 테즈카틀리포카이다.

제우스(Zeus) 크로노스와 여동생 레아의 아들. 친부를 죽인 후 제우스는 그리스 신 가운데 가장 중요한 신이 된다. 빛의 신이며, 반란을 돕도록 하기 위해 타르타로스에서 풀어준 키클롭스가 선물한 번개의 신이자 하늘의 신이다. 그의 아버지가 그를 먹지 못하도록 어렸을 때 보살핀 요정들 중 하나인 이다의 꿀벌들이 제공한 꿀을 먹고 영양보충을 했다. 이다 산은 제우스의 제 2의 고향이다. 제우스는 비를 오게 하고 질서와 정의를 유지함으로써 살인의 정화자이자 맹세와 정치권력의 보증인이다. 그는 애정행각을 제외하고는 매우 현명하며 다른 올림포스 신들과 비교했을 때 그다지 변덕스럽지 않다.

조로아스터(Zoroaster, Zarathustra) 전설적인 이란의 예언자로 다신교적인 인도·이란 종교에 이원적 관점을 소개하고 신들을 비인격적이고 추상적인 개념으로 격하(또는 격상)하는 등 개혁을 불러왔다.

주(Zu) 아카디아 신화의 새 인간. 어둠과 태풍의 신. 엔릴에게 주어졌다가 주가 훔친 운명의 판을 되찾아간 루갈반다에 의해 죽임을 당한다. 수메리아 신화에서는 뱀과 '쓸쓸한 여성'인 릴리타(Lilita)의 도움으로

자신이 고른 나무를 이난나가 쓰러뜨리지 못하도록 막는 새. 후에 길
가메시에게 쫓겨난다.

주니(Zuni) 미국 남서쪽에 거주하는 푸에블로 민족. 호피족의 이웃. 그들이
사용하는 언어는 비슷한 어족이 없다.

주다(Judah) 성서에서 요셉의 형으로 야곱과 레아의 네 번째 아들.

주르준우올란(Jurjun-Uolan) 에르소고토흐 주형(鑄型)의 신화적 야쿠트 영웅.

줄루(Zulu) 아프리카의 중앙과 남부에 거주하는 부족 및 어족.

지그문트(Sigmund) 게르만과 아이슬란드 신화에 나오는 지그프리트의 아버
지. 볼숭 사가와 브륀힐데 참조.

지그프리트(Siegfried) 지그문트의 아들. 볼숭 사가와 브륀힐데 참조.

지니아나우트(Jinianaut) 코리약 신화의 여주인공으로 형제인 에멤쿠트와 결혼.
까마귀(라벤)의 딸. 족외혼(*exogamy*)을 설명하고 합법화하는 신화.

차코(Chaco) 레비스트로스의 《신화학》에서 연구된 것으로 남아메리카 민족
에 연관된 언어 범주. 투피, 과라니, 보로 참조.

차크(Chaach, Chac, Chaac) 마야의 비와 번개의 신, 원래 숲과 연관된다.
아즈텍의 신격(神格) 틀랄록에 해당. 주신(主神)들은 대개 하위의 조
력자들을 가지므로 이 용어는 마야인과 아즈텍인이 영혼의 범주 전체
를 언급할 때 쓰인다.

참여(*participation*) 레비브륄이 하나의 신화적 요소 또는 모티프가 다른 요소
를 '오염'시키는, 즉 요소 간의 유사성을 파악하여 식별 관계를 만들
기 위해 서로를 대체하게 되는 과정을 묘사한 단어.

천둥새(*thunderbird*) 북서해안 민족과 대평원 부족들 등 북아메리카 인디언
알곤킨족 신화에서 특히 인기가 많은 전설 속의 독수리 같은 동물이
다. 날개를 퍼덕거리면 천둥소리의 원인이 된다. 번개와 비와 연관
되어 불을 보호하는 긍정적인 힘이다.

추링가(*churinga*, *tjurunga*) 아란다인에게서 꿈을 꾸는 시간과 연관된 성물(종
종 돌이나 딸랑이)이나 의식.

추안슈(Chuan-Siu, Chuan-shü, Chuan-Hu) '진정한 인간', '조상'이라는 의
미. 고전 중국 신화에서 북방 사자(使者). 물과 연관(이것은 추준의
경우와 유사한 논리에 의해 물이 차고 북쪽이 춥기 때문이다. 그러므로

물과 북쪽이 연관되는 것이다) 되며 강의 지배자. 반면 다른 판본들의 경우 (기원전 25세기경의) 전설적 인물로 괴물이며 반란자인 군군과 싸운다. 이들의 전투 중 군군은 땅의 북서 한계선에서 푸차우산을 쳐서 천궁을 떠받치는 기둥을 부러뜨리고(이후 천궁은 추안슈가 아니라 니우와가 마침내 수리한다) 기둥은 땅으로 쓰러진다. 이로 인해 천신 후안티의 힘이 땅으로 쏟아져 내린다. 다른 본들에서 하늘을 떠받치는 기둥은 천지를 잇는 (푸상이라 불리는) 세계수(世界樹, *cosmic tree*)라 이야기되기도 한다.

추준(Chu-zhun) 중국 신화에서 천상에서 남쪽 사분원(四分圓)을 관장하는 군주(君主), 화신(火神, 불과 열은 남쪽과 연관되기 때문)이다.

축치(Chukchi, Chukchee) 북시베리아의 북동부 최극단에 사는 민족. 코리약과 고대 아시아 어족의 여타 구성원에 연관된다.

침샨(Tsimshian) 모계사회조직, 토템예술과 성대한 만찬(포트라츠)로 알려진 북아메리카 북서해안에 거주하는 인디언 민족. 하이다, 크와키우틀, 틀링깃 참조.

카근(Cagn, Kaggen) 남아프리카의 남부시먼(Bushman)족의 토템 인물이다. 주신이며 모사가이다. 사마귀 모습으로 나타나고 때로는 달과 연관된다. 또한 완결되지 않은 1차 창조 이후의 2차 창조, 즉 인류의 분화와 완성과 관련된다. 카근의 아들 이치네우몬과 딸 포르큐피네는 입양된 자식인데 실제로는 모든 것을 삼키는 자(All-Devourer)의 후손이다.

카드야리(Kadyari) 북오스트레일리아의 쿠나피피 의식에 등장하는 여주인공의 별칭.

카로라(Karora) 북오스트레일리아 아란다의 신화적인 꿈의 시대의 조상으로 '쥐 대장'(*bandicoot chief*). 여러 꿈의 시대의 존재들과 같이 자웅동체이며 겨드랑이에서 아들을 낳는다(추링가 악기 형태).

카룽가(Karunga) 남아프리카의 헤로로 민족의 영웅이자 조상인 무쿠루와 연관. 천둥의 신.

카르마(*karma*) 힌두와 불교 사상에 나오는 행동의 결과. 특히, 여러 환생을 통해 축적된 누적된 결과이다. 한 사람의 운명에 영향을 끼침.

카르트진(Kartjin) '연(鳶) 독수리'. 무린바타 씨족 집단.

카리브디스(Charybdis) 〈오디세이〉에서 무서운 바위 스킬라의 반대쪽에 있는 소용돌이. 그리스 신화에서 괴물로 인격화. 해신 포세이돈과 대지의 여신 가이아의 딸로, 너무나 대식가여서 제우스가 번개로 때려 그녀를 시칠리아 가까운 바닷속에 던져버렸다. 그녀가 바닷물을 하루에 세 번 마신 다음 그것을 토해낼 때 커다란 소용돌이가 일어난다고 한다. 오디세우스는 처음에 무사히 지나갔지만(그러나 스킬라는 이때 그녀의 머리 각각에 하나씩 모두 여섯 명의 선원을 삼켰다) 이후 부하들이 히페리온의 성스러운 소를 삼킨 일로 제우스가 보낸 폭풍에 의해 이곳으로 되돌아오게 되었다. 오디세우스의 배는 침몰하고 그는 소용돌이가 삼키려는 순간 수면에 늘어진 나뭇가지를 붙들어 살아난다. 그리스 신화에서 포세이돈(제우스의 형이며 해신)의 딸이지만 극도로 탐욕스러워서 괴물이 되었다고 한다. 후대에 와서 카리브디스는 이탈리아와 시칠리아 사이 메시나 해협의 소용돌이와 동일시되었다.

카마(kama) 인도 사상에서 창조자의 의지와 자의식. 무한의지의 원칙. 불교 사상에서는 인생의 네 가지 목표 중 하나인 쾌락 또는 사랑. 이성(異性)을 대할 때 성공 정도. 다르마 참조.

카마키(Kamaki) 세상에 질병과 죽음을 가져온 이텔멘의 신화적 존재.

카메(Kame) 케리의 쌍둥이 형제.

카발라(Kabbalah) 12세기에 발전한 이국적이고 신비한 히브리 교리. 주요 주제는 자연 및 신과 우주의 관계에 대한 것이다.

카사와라(Kasawara) 뉴헤브리디스(바누아투) 민족의 신화에 나오는 식인종이자 크와트의 적수.

카산드라(Cassandra) 아폴로의 관심을 거절한 대가로 내려진 저주로 인해 아무도 믿어주지 않게 된 여사제. 〈일리아드〉에서는 트로이 왕 프리암과 헤큐바(헤카베)의 딸. 트로이의 약탈 후 아가멤논에게 포로가 되어 후에 아가멤논의 아내 클리템네스트라와 그녀의 애인 아이기스토스에 의해 살해당한다. 오레스테스 참조.

카우라바(Kaurava) 〈마하브하라타〉의 주인공이며 판다바의 적수.

카이나나우트(Kaynanaut) 코리약 신화에서 까마귀(라벤)의 둘째 딸.

카인(Cain) 성경에서 아벨의 형제.

카카스(Khakass) 쿠즈네스크 분지의 북서쪽에 있는 미누싱크 분지의 예니세이 강을 따라 서시베리아에 거주. 터키의 후예인 알타이 민족. 다섯 개의 지역 그룹으로 나뉜다. 일부는 터키의 후예이고 일부는 사모예드와 키르기즈의 후예이다.

칼다스(Kaldas) 시베리아의 우그르 민족에 따르면 에크바 피리쉬의 어머니로 거위의 형체를 지닌다.

칼레발라(*Kalevala*) 1828년 뢴로트가 수집하여 1835년 출판한 핀란드의 신화 서사시. 주요 주제는 반도의 북쪽에 있는 사미〔랩〕의 나라 포흐자와 칼레발라〔영웅들의 조국(祖國)〕간의 갈등이다. 요우카하이넨, 바이네모이넨 참조.

칼레비포에그(Kalevipoeg) 에스토니아의 신화적 영웅. 칼레브('영웅'이라는 뜻)의 아들. 대지의 표면에 돌을 던져서 만들었다는 산, 숲을 파괴하여 만들었다는 평지, 대지를 갈아서 만들었다는 언덕, 우물을 파면서 만들었다는 호수 등 지형의 창조자. '불순한' 세력 및 부자들처럼 인간을 억압하는 자들과 싸운다.

칸룽가(Kalunga) 서아프리카에 거주하는 많은 민족의 신. 카룽가 참조.

칼립소(Calypso) "숨기는 여자", "은닉하는 자"라는 뜻을 가진 이름. 님프이며 아틀라스의 딸이다. 칼립소는 오기기아 섬(지브롤터 해협을 마주본다)에서 오디세우스를 7년 동안 접대하였다. 해양 심연의 인격화.

칼미크(Kalmyk) 카스피 해를 둘러싼 지역의 남쪽에 사는 몽골 출신 민족. 알파미슈 참조.

케르베로스(Cerberus) 타르타로스(지옥)에 사는 괴물 개. 에키드나와 타이포에부스의 아들이며 오르토루스의 형제. 이 괴물은 헤라클레스에 의해 땅 밖으로 끌려나온다(이 일이 헤라클레스에게 주어진 12번째 과제였다).

케르사스프(Kersasp, Gursasp, Keresaspa) 트래타오나의 별칭. 이란 신화에서 케르사스프는 세상의 종말에 깨어나서 악마 아지다학을 무찌른다.

케리(Keri) 남아메리카 바카이리 인디언의 신화에 나오는 카메의 쌍둥이 형제이자 문화영웅. 재규어의 아내가 실수로 남편이 죽인 사람들의 뼈를 삼키고 이로 인해 쌍둥이를 잉태한다. 이들은 동물들로부터 여러 유용한 도구들, 카사바 및 다른 음식들을 받아 사람들에게 이를 어떻게 사용하는지 가르친 후에 나눠준다. 케리는 쌍둥이 중 더 둔한 쪽이다.

케이론(Cheiron, Chiron) 그리스 신화에 나오는 반인반신의 켄타우로스 가운 데 하나로 "선한 켄타우로스"(the good centaur). 크로노스가 아내 레아의 눈을 속이기 위해 말로 변장해서 오케아노스의 딸 필리라와 낳 은 아들이라고도 한다. 머리부터 허리까지는 인간이고 나머지 부분 은 말의 형상인 켄타우로스 일족은 야만에 가까운 난폭한 성질을 가 졌으나 케이론은 선량하고 정의를 존중하는 온화한 성격이었다고 한 다. 켄타우로스 중 가장 현명하고 지적인 자로서 의술과 예언, 음악, 사냥 등에 뛰어나 헤라클레스와 아스클레피오스, 이아손, 디오스쿠 로이, 아킬레스, 악타이온 등 그리스 신화에 등장하는 많은 영웅이 그의 가르침을 받았다. 신의 아들로서 불사의 몸이었던 그가 죽음에 이른 것은 제자인 헤라클레스의 독화살을 맞았기 때문이다. 헤라클 레스는 켄타우로스 일족인 친구 폴로스를 만나러 갔다가 목이 마르자 폴로스를 설득하여 켄타우로스 일족의 공동 자산인 포도주통을 열게 하였다. 통이 열려 포도주 향기가 퍼지자 성난 켄타우로스들이 두 사 람에게 덤벼들었으나 헤라클레스의 상대가 되지 못하였다. 이 와중 에 공격에 가담하지 않았던 케이론도 헤라클레스가 잘못 쏜 화살에 맞아 상처를 입었는데, 그 화살에는 히드라의 독을 발랐기 때문에 치 료할 수가 없었다. 불사의 몸으로 영원히 고통받을 것을 우려한 제우 스는 영생을 프로메테우스에게 양보하고 편안하게 죽음을 맞이할 것 을 허락하였다. 영원한 생명을 포기한 케이론은 하늘에 올라가 궁수 자리(Saggitarius)가 되었다. 이에 관해서는 그의 제자인 이아손이 헤 라클레스 등과 아르고호를 타고 콜키스로 황금 양털을 찾아 떠날 때 제자들을 걱정하여 활을 잡은 자신의 모습을 별자리로 만들어 길을 인도하였다는 이야기가 전한다.

케찰코아틀(Quetzalcoatl) 톨텍 출생의 아즈텍 신. 모든 실용 예술의 창조자 이자 수호자인 '깃털달린 뱀'. 테즈카틀리포카와 함께 활동하는 중앙 아메리카 지역의 많은 민족신화에 광범위하게 등장한다. 두 신은 중 요한 대홍수 신화에서 홍수 후에 나무(세계수 참조)가 되어 하늘을 원래 위치로 밀어 올린다.

케트(Ket) 인도차이나 반도의 언어와 연관된 언어를 사용하는 시베리아 민족. 알타이 산맥의 북동쪽에 있는 예니세이 강의 분지에 위치한다. 남쪽에 거주하는 대부분의 케트 민족은 퉁구스(혹은 예벤크)와 카카스에 흡수되었다.

켈트인(Celts) (민족이며 어족) 현재는 아일랜드, 게일, 웨일즈, 브류타뉴 등이 이에 속하는 주요한 인종.

코레(Core, Cora, Kore, 페르세포네로 더 잘 알려졌다) 그리스 신화에서 데메테르와 제우스의 딸. 하데스에 의해 유괴되어 아내가 된다. 페르세포네 신화는 겨울 땅의 불모와 연관된다(데메테르는 딸이 돌아올 때까지 식생이 자라는 것을 금하는데 이 시기가 겨울 기간이다). 한 해의 삼분의 일의 시간 동안 페르세포네는 타르타로스에서 하데스와 지낸다. 이들의 결합에서는 자녀가 없다. 페르세포네 신화는 계절이 아니라 여성의 통과의례나 성인식을 상징하는 것이라 보기도 한다.

코레(Kore) 마오리 신화에 나오는 허공 또는 공간의 개념. 대지의 어머니(파파)와 하늘의 아버지(랑기)가 등장하기 전 우주의 상태를 설명하는 혼돈의 태초 상태를 뜻하는 무(無)의 상태.

코리약(Koryak) 캄차카 반도의 북쪽 지협 부근 시베리아 북동쪽 해안의 이텔멘 북쪽에 사는 고대 아시아 민족. 축치와 문화적으로, 이텔멘과 언어적으로 연관.

코요테(Coyote) 서부 북아메리카의 원주민. 특히, 나바호 사이에 널리 알려진 마술사(데미우르고스)이며 사기꾼(트릭스터)이다. 그에게는 순진성, 리비도(libido), 교활성이 종합되었다.

코인(Koin) 비랄의 변종(變種). 누룬데레 참조.

쿠나피피(Kunapipi) 북오스트레일리아의 아넘 랜드의 많은 부족에게 토템 또는 조상을 상징하는 동일한 이름의 여주인공(노파 또는 늙은 어머니, 쿤망구르 참조)을 주인공으로 하는 숭배(cult) 또는 의식.

쿠루(Kuru) 〈마하브하라타〉에 묘사된 행위의 배경이 되는 갠지스 강과 야무나 강이 둘러싼 북인도의 지명. 이 지역의 민족과 전설적인 왕을 지칭하기도 한다.

쿠르(Kur) '산'과 '외계'(外界) 그리고 저승을 뜻하는 수메르 단어. 의미를 확장하면 저승을 지배하는 수메르의 신.

쿠미쉬(kumysh) 야쿠트 사이에 인기가 많은 말 젖의 발효유.

쿠스(Kuth) 까마귀(라벤)의 이텔멘 이름.

쿠와이암(Kwoiam) 멜라네시아의 또 다른 문화 '영웅'. 그의 신화는 그를 살인자로 묘사하지만 그가 죽었을 때는 희생자들이 추도했다고 한다. 파푸아의 계절 개념과 연관. 어떤 학자들은 그의 신화를 오스트레일리아에서 비롯되었다고 하기도 한다.

쿠이킨자쿠(Kuykynnjaku) 까마귀(라벤)의 코리약 이름.

쿠크와네부(kukwanebu) 멜라네시아 키리위나의 '역사적' 또는 '진실된' 담화.

쿡피(Kukpi) '암컷의 흑사'(黑蛇)로 오스트레일리아 무린바타의 무지개뱀에 대응된다. 지속적으로 움직이고 있어 쿤망구르와 대조적이다. 무트징가와 같이 그녀와 관련된 신화는 여성들의 손에 파괴되는 남성들에 초점을 맞춘다.

쿤(Kune) 마오리 신화에 나오는 발전의 개념.

쿤망구르(Kunmanggur) 태초의 조상으로 무지개뱀의 무린바타 이름. 노파가 여행할 때 동행한다. 두 씨족의 조상들로 알려진 남매 부부의 아버지.

쿨레르보(Kullervo) 핀란드 칼레발라의 주인공. 악령 및 복수와 연관된다.

쿨린(Kulin) 오스트레일리아 동남쪽에 위치한 빅토리아(Victoria)에 거주하는 민족.

쿨오티르(Kul-Otyr) 시베리아 오브 강의 우그르 민족의 신화에 나오는 저승의 지배자. 누미토룸의 데미우르고스이며 형제. 만시본에서는 '상위 계급'인 누미토룸의 형제가 아니라 조수로 나온다. 악령 및 질병과 연관되었으며 어떤 판본에서는 (논병아리의 모습을 하고) 태초의 바다로부터 세상을 창조한다.

크눔 라(Khnum-Ra) '창조자'로, 크눔은 염소 또는 양의 형태로 상징되는 이집트의 나일 강 급류의 신이다. 고대신화에 의하면 '우주의 달걀'로 상징되는 세상의 창조자이다. 크눔은 후대 신화에서는 라와 동일시된다. 다산 및 나일 강의 자원 보호와 연관된 신.

크로노스(Cronos, Kronos, Cronus) 가이아와 우라노스의 막내아들. 제우스의 아버지. 거인 형제들과 함께 우라노스에게 대항한 반란을 주도하여 후에 우라노스를 죽인다. 누이이자 아내인 레아와 함께 통치하며 (우라노스의 예언대로) 자식들에게 왕위를 빼앗길 것을 염려하여 자신의 후손 (포세이돈, 헤라, 데메테르, 하데스, 헤스티아)을 먹어치운다. 제우스는 레아가 남편 크로노스에게 제우스 대신 돌을 삼키게 함으로서 살아남는다. 제우스는 크로노스에게 먹어치운 자식들을 토해내게 하고 이들과 헤카톤케이레스(백 개의 팔을 가진 거인들)이라는 의미, 크로노스의 형제들로 이전에 타르타로스로 추방되었다]와 결탁하여 아버지를 무찌른다.

크로우(Crow, Raven) 북 다코타의 수족. 검은 발족의 이웃.

크리슈나(Krishna) 초기 힌두사상에서 비슈누의 변신(變身)/아바타 중 하나. 에로티시즘과 연관되어 있으며 많은 괴물과 악마를 물리친다.

크바시르(Kvasir) 스칸디나비아 신화에서 아시르족과 바니르족 간의 전쟁이 끝난 후 평화의 상징으로 양쪽의 신들이 한 술잔에 침을 뱉는다. 이 침에서 가장 현명한 인간인 크바시르가 탄생하였고 그의 피를 꿀과 섞으면 히드로멜이 된다.

크와키우틀(Kwakiutl) 북아메리카의 북서 해안을 따라 거주하는 원주민들. 특히 북서 해안 전반에서 발견되는 예술과 재분배와 정치적 명예에 중심을 둔 향연, '포틀라치'로 유명하다.

크와트(Kwat) 타가로로 알려진 멜라네시아의 신화적 영웅.

클리아린클리아리(Kliarin-Kliari) 북오스트레일리아의 쿠나피피 의식의 별칭.

클링소르(Klingsohr) 게르만 신화에 나오는 마법사. 미네징어 참조.

키르케(Circe, Aeaea) '독수리'를 의미. 그리스 신화에서 무녀이며 헬리오스와 페르세우스의 딸. 전설의 섬 아이아이에에 살면서 그 섬에 오는 사람을 요술을 써서 짐승으로 변하게 하곤 했던 키르케는 오디세우스의 부하들을 돼지로 만들어버린다(또는 다른 짐승으로 만들기도 했는데 이는 선원의 개인적인 특징들을 표현한 모습이었다). 영웅 오디세우스는 트로이 함락 후 부하와 함께 귀국 도중 이 섬에 배를 대었다. 제비를 뽑아 23명의 부하가 선발되어 에우릴로코스를 대장으로 이 섬의 탐험에 나섰다가 키르케의 저택에 당도하였다. 문 앞에는 늑대와 사자가 있어 그들에게 달려들어 놀라게 했으나 그녀는 일행을 맞

아들여 환대하면서 약을 탄 술을 마시게 한 다음 지팡이로 때려 그들을 돼지로 바꾸어버렸다. 혼자만 저택에 들어가지 않고 이 정경을 보던 에우릴로코스의 급보를 접한 오디세우스는 단신으로 부하의 구조에 나섰다. 도중에 제우스의 아들 헤르메스를 만나 모리라는 약을 얻었기 때문에 그녀의 저택에서 마법의 술을 얻어마시고도 짐승이 되지 않고 오히려 부하들을 원래의 인간 모습으로 환원시킬 수 있었다. 그는 키르케와 함께 이 섬에서 1년간 머물렀다. 그리고 둘 사이에서 텔레고노스가 태어났다.

키리위니(Kiriwini) 파푸아뉴기니의 동쪽 끝에 위치한 트로브리안드(Trobriand) 군도 중 키리위나(Kiriwina) 섬에 사는 멜라네시아 민족.

키메라(Chimera, Chimaera) 그리스의 괴물 에키드나. 그리스 신화에 나오는 반인반수의 괴물. '뱀'이라는 뜻이다. 상반신은 아름다운 여인, 하반신은 뱀의 모습이다. 출생에 관해서는 여러 가지 설이 있다. 바다의 신들인 포르키스와 케토 사이에서 태어났다고도 하고 메두사의 아들인 크리사오르와 칼리에, 타르타로스와 가이아, 페이라스와 스틱스 사이에서 태어났다고도 한다. 역시 반인반수의 괴물인 티폰과 관계하여 헤스페리데스의 황금사과를 지키던 용 라돈을 비롯하여 벨레로폰에게 살해된 키마이라, 바다괴물 스킬라, 물뱀 히드라, 지옥을 지키는 개 케르베로스, 프로메테우스의 간을 쪼아 먹던 독수리 등을 낳았다. 또 오로토로스와의 사이에서 스핑크스와 네메아의 사자 등을 낳았다고 한다. 통행인들을 약탈하다가 잠자는 동안에 온몸에 백 개의 눈이 달린 거인 아르고스에게 죽었다. 키메라는 사자의 머리, 염소의 몸 그리고 독사의 머리를 가졌고 일리아드는 "그녀의 숨결은 끔찍한 불길을 내뿜었다"고 이야기한다.

키벨레(Cybele, Cibele) 그리스 신화에 나오는 프리기아의 신격. 그리스에서 키벨레 숭배는 레아 숭배와 합쳐진다. 생식력이 풍부한 대모신(大母神)으로 곡물의 결실을 표상하며 사자와 짐승이 호종(扈從)한다고 한다. 사자가 끄는 전차를 타고 산야를 달린다고 생각되었다. 그녀에 대한 숭배는 기원전 6세기경에 소아시아에서 그리스로 들어왔고 이어 로마에 들어와 기원전 204년에는 로마 원로원에서 이 여신을 맞아들이기로 의결하였다. 그녀는 그리스와 로마에서 많은 여신과 동일시된다. 좌우에 사자를 거느리고 머리에는 작은 탑이 달린 관을 썼으며 손에는 작은 드럼 혹은 심벌즈와 같은 악기를 든 모습으로 표현된다. 아티스 참조.

키체(Quiche) 마야어를 사용하는 과테말라의 다양한 민족들. 건국 서사시는 포폴부이다.

키클롭스(Cyclopes) 외눈의 거인인 시칠리아 목동의 일단으로 모두 세 명. 헤시오도스에 의하면 대지의 여신 가이아의 아들들로 브론테스(천둥), 스테로프스(번갯불), 아르게스〔Arges: 백광(白光)〕라고 불리는 것으로 보아 번갯불과 관련이 있는 듯하다. 원래는 태양의 표상에서 생긴 존재인 듯하다. 이 이름은 '눈이 둥근 족속'이라는 뜻이다. 호메로스의 《오디세우스》에 의하면 그들은 바다 가운데의 섬에 사는 외눈족으로 사람을 먹고 양을 기른다. 오디세우스는 포세이돈의 아들이자 그들의 우두머리 폴리페모스에게 붙잡혔지만 기지를 발휘하여 그의 눈을 멀게 하고 달아난다. 부하와 함께 이 거인의 한 사람인 폴리페모스의 동굴 안으로 잘못 들어갔다가 몇 명의 부하가 거인에게 잡혀 먹혔다. 그는 거인에게 문명의 음료인 포도주를 마시게 한 다음 만취한 틈을 타 끝을 불에 달군 쇠몽둥이로 거인의 외눈을 찌르고 도망간다. 다른 키클롭스들은 우라노스와 가이아의 아들들이다. 이들은 수공예에 능하여 제우스의 번갯불이며 하데스의 마술 투구와 포세이돈의 삼지창 등 여타의 올림포스 신들의 무기를 만드는 대장장이며 장인이다. 또한 이 명칭은 그리스인이 그들의 고대 기념물들을 건축하였다고 믿는 동명의 민족을 칭할 때 쓰인다.

킨구(Kingu) 수메르 신화와 아카디아 신화에 나오는 킨구는 엔키 또는 마르두크가 죽인 남편 압수의 죽음을 복수하려는 티아마트의 군대를 이끄는 괴물로 마르두크는 괴물을 잡아 티아마트를 죽인다. 킨구는 사형당하고 그의 피가 인류를 형성한다.

킬리야(Kylja) 족외혼을 설명하고 합법화하는 코리약 이야기의 주인공. 에멤쿠트의 약혼자이자 사촌.

킹구(Kingu) 중앙아프리카의 간다족이 신적인 문화영웅인 태초 조상을 지칭하는 이름. 한 본에서 킹구는 하늘의 신 굴루(Gulu)의 아들이며 다른 본에서는 카통카 신의 아들이다.

타가로(Tagaro) 멜라네시아[뉴헤브리디스 제도(諸島)/바누아투]의 영웅이며 창조자로 탄가로의 별칭. 하늘로부터 내려와 최초의 인간을 창조한다. 일반적으로 죽은 자에게만 보인다. 같은 지역의 다른 신화에 나오는 크와트와 유사하다.

타네(Tane) 폴리네시아의 자연의 신으로 어떤 신화에서는 예술가와 아름다움과 연관된다. 마오리 사이에서는 하늘인 랑기와 땅인 파파를 분리한 아들이다. 탄가로아 또는 일부 본에서는 죽음의 인격체인 휘로와 영원히 싸움을 벌이는 빛의 상징이다. 새들과 연관이 있으며 이에 따라 공기, 땅, 다산, 태양과도 연관이 있다. 모든 폴리네시아인의 태초 조상이다.

타롱가스카론(Tarongaskaron) 이로쿠와족의 테하론히야와곤의 쌍둥이 형제.

타르타로스(Tartarus) 가이아와 함께 전사 괴물인 튀포에우스의 아버지. 올림포스의 신들에 대항해 크로노스가 이끈 거인(티탄)족의 반란에서 키클롭스와 헤카톤케이레스(우라노스와 가이아의 세 아들로 괴물이며 거인)가 우라노스에게 잡혀 있던 심연. 에트나 산 밑 하데스보다 아래에 있다고 말해진다. 이들은 거인족이 풀어주지만 이후 제우스는 하데스와 포세이돈의 도움을 받아 거인족을 감금한다.

타오(Tao) 노자의 가르침을 바탕으로 하는 불교, 유교와 함께 중국의 3대 사상 중 하나. 대부분의 중국의 신들이 여기에 속한다.

타파스(Tapas) 인도 신화에서 우주의 알을 보온하고 부화시키는 열(熱)의 개념. 땀. 후기 베다 이후의 인도 사상에서는 몸을 건강하게 하는 요가와 같은 고행을 향하는 우주의 내재적 성향.

타파키(Tafaki, Tikopia) (폴리네시아)섬의 신이자 영웅으로 폴리네시아의 비인격적 힘인 마나의 원천이다.

탄가로(Tangaro, Tangaroa, Kwat, Qat) 멜라네시아 신화의 영웅으로, 타가로 및 크와트와 유사.

탄가로아(Tangaroa, Kanaloa: 하와이, Tagaloa: 사모아, Mangaya: 폴리네시아, Tangaloa: 통가) 섬 신화에 나오는 하늘의 창조자. 통가(Tonga)

섬에서는 기술자의 신이다. 하와이에서는 저승과 관련된 인물이다. 마오리 신화에서는 여러 이름을 가진 바다의 신이며 물고기와 파충류의 아버지이자 파파의 아들 그리고 롱고의 형제이다. 종종 타네와 대립하는 인물. 타후타 혹은 마케사스 제도에서는 태초의 어둠의 신이다.

탄트리즘(Tantrism) 4~5세기 티베트 신화의 영향을 받은 종합적인 힌두불교. 신성을 뜻하는 쉬바 샤크티와 자아가 본질적으로 동일함을 자각하면서 깨달음을 얻는 계몽 철학이다.

탄호이저(Tannháuser) 중세 독일의 전설적인 가수(미네징어). 16세기에 전설의 소재가 된다. 탄호이저는 산기슭의 동굴을 통해 도착한 마법의 땅에서 비너스와 1년간 또는 일부 판본에서는 7년간 사랑을 나눈다고 전해진다. 그의 방탕한 삶에 대해 교황(우르반)으로부터 사면을 받으려 하나 거절당한다. 하지만 그 뒤에 일어나는 사건들(교황의 나무지팡이에서 꽃이 피는 마법 등) 때문에 교황이 그를 찾아가 용서를 구한다. 그동안 탄호이저는 다시 마법의 산과 비너스에게 돌아가 버린다. 바그너가 이 전설을 바탕으로 동명의 오페라를 작곡했다.

탐무즈(Tammuz) 아카드의 두무지. 이슈타르의 연인이며 애인. 원래 양치기 신으로 식물, 특히 곡물과 연관된다.

테르시테스(Thersites) 〈일리아드〉에 나오는 인물로, 아킬레스를 겁쟁이라고 아가멤논을 욕심쟁이라고 비난한다. 뒤에 오디세우스에게 비웃음을 사고 얻어맞는 못생기고 비열한 그리스인이다. 아마존의 여왕 펜테질레아를 위한 아킬레스의 송덕문(頌德文)을 비웃다가 그에게 죽임을 당한다.

테세우스(Theseus) 그리스(아티카)의 영웅으로 도리스의 헤라클레스와 유사하다. 미노타우로스 및 다른 많은 괴물과 약탈자들을 죽인다. 페드라의 남편이며 히폴리투스의 아버지이자 아테네의 왕이다.

테슈브(Teshub, Teshup) 중동 호라이트 민족의 신화에 나오는 천둥과 태풍의 신이며 이 신전의 주요 신 중 하나. 쿠마르비스의 아들. 울리쿠미 참조.

테즈카틀리포카(Tezcatlipoca) 아즈텍어로 '연기 나는 거울'이라는 뜻. 최고신의 네 아들로 구성된 하나의 신. 추수, 가뭄, 불임과 연관된 신이다.

태양으로 변신하여 우주의 다섯 시대 중 첫 번째 시대에 케찰코아틀
의 적수가 된다. 인간은 마지막 시대에 등장하며 네 명의 테즈카틀리
포카가 화해한 뒤에 그들의 자발적 희생에 의해 창조된다.

테투무(Te-Tumu) 마오리와 같이 다양한 폴리네시아 신화에서 원천을 의미
한다.

테프누트(Tefnut) 이집트 신화에 나오는 슈의 쌍둥이 누이. 라의 자가 수정
의 결과로 생겼다. 비의 여신. 일부 판본에서는 메히트 또는 마이헤
사로 불리는 스라소니로 변장하여 아포프를 죽인다.

테하론히야와곤(Teharonhyawagon, Tharonhiawagon, Teharonhyawagon-Yuskesa)
'선한 쌍둥이', '하늘을 잡는 남자'라는 의미로 뉴욕 주의 이로쿠와(세네
카) 인디언의 창조신. 이 이름은 세네카의 또 다른 인물 '둘'["예수회보
고서"(Jesuit Relations)에서 등장하는 타론히아오와곤(Taronhiaouagon)]
을 지칭하기도 하지만 역사적 기록에서 그는 세상의 선과 악을 정하는
신화 속의 쌍둥이 형제들과 언제나 구분되는 것은 아니다.

테홈(Tehom) 성서에서 대심연의 물(〈이사야〉 50:2). 테홈은 용, 바다괴물
또는 악어로 다양하게 묘사되는 라합과 타닌의 어머니이다. 따라서
테홈은 티아마트와 유사하다. 티아마트처럼 테홈은 우주 전쟁에서
군사로 쓰기 위해 다양한 괴물들을 낳는다. 구약 성서 일부 본들에서
'티아마트'('바다'라는 의미)는 '테홈'으로 기록되어 있다. 라합, 레비
아탄 참조.

텔레마코스(Telemachus) 〈오디세이〉에서 아버지를 찾아다니는 오디세우스
의 아들(네스토르 참조)이며 나중에 아버지가 귀환하고 나서 어머니
페넬로페를 성가시게 한 구애자들을 죽이는 것을 돕는다.

텔레피누스(Telepinus, Telepinu) 아나톨리아에서 히타이트의 식물의 신. 태
양의 신의 아들. 화가 나면 달아나므로 가뭄과 기아를 초래한다.

토 카르부부(To Karvuvu) 토 카비나나의 멍청하고 서투른 형제.

토 카비나나(To Kabinana, To Kabanana, To kabana, To Kabavana) 구난투
나 신화에 나오는 신화적 인물이며 세상의 창조자. 토 카르부부의 형
제로 내성적인 성격이다. 비스마르크 섬의 신화에서는 인구 과잉 문
제를 해결하기 위해 인간들로부터 영생을 거둬간다.

토끼(모티브) 나나보조와 위스케드작 참조.

토르(Thor) 스칸디나비아의 태풍의 신이며 거인족과 싸우는 아시르족의 지도자로 어떤 면에서는 인드라와 유사. 티와즈(보탄 참조)의 특징을 물려받은 하늘의 신. 우주의 뱀 요르문간드의 적수로 최후의 전쟁인 라그나뢰크(펜리르 참조)에서 스스로를 희생하여 결국 뱀을 죽인다. 토르의 망치는 태풍과 불뿐만 아니라 안전과 보호의 상징이기도 하다.

토카나비라코차(Tocana-Viracocha) 잉카 신전에서 야마이마나비라코차의 형제이며 비라코차의 쌍둥이 아들 중 하나.

토테미즘(*totemism*) 프레이저, 래드클리프 브라운, 레비스트로스 등에 의해 유명해진 개인 또는 부족(*clan*), 씨족(*phratery*)과 같은 범주를 확인하는 표시나 표상이다. 특정 동물 또는 한 종 등 자연으로부터 모티프를 가져온다. 토템 간의 기호적 관련은 다양한 그룹 사이의 경제적, 사회적, 정치적 관계를 상징한다.

토트(Thot, Thoth) 드제후티라는 신이 나중에 가지게 된 이름. 자가 수정의 결과로 태초에 혼돈의 물로부터 자란 연꽃으로 몸을 덮고 태어난 이집트의 신이다. 다른 판본에서 토트는 자신의 이름을 발음하면서 태어나고 우주의 알을 부화시킨다. 지식의 후원자로 상형문자를 발명했다. 뱀으로 변신한 세트에 의해 독이 퍼진 아기 호루스를 라의 도움으로 살려낸다. 오시리스 숭배에서 토트는 오시리스의 자문역이자 진실과 정의의 신.

톨텍(Toltec) 과테말라 민족으로 10세기에 마야족에 의해 버려진 멕시코 계곡(아즈텍인의 고향) 북쪽 지역의 침입자 및 정복자.

통가(Tonga) 폴리네시아의 신이자 달의 창조자.

투(Tu) 폴리네시아의 신. 일부 신화에서는 통고와 유사. 전쟁의 신.

투르스(Thurs) 〈에다〉에 나오는 거인(요툰)의 별칭.

투피(Tupi) 남아메리카 인디언 부족. 레비스트로스가 이들의 신화를 《신화학》에서 광범위하게 다룬다.

퉁구스(Tungus) 바이칼 호수 북쪽으로 서쪽으로는 예니세이 강으로부터 동쪽으로는 오호츠크 해까지 아우르는 지역에 거주하는 만주(몽골) 출신의 알타이 민족.

튀포에우스(Typhoeus) 그리스 신화에서 뱀 백 마리의 머리를 가진 반인반수의 괴물 전사. 타르타로스와 가이아의 막내아들. 올림포스 신과 타이탄 간의 전쟁에서 제우스가 그에게 에트나 산을 던졌을 때 또는 그가 에트나 산 아래 심연으로 던져졌을 때 패배한다.

트래타오나(Thraetaona, Thraetona, Feridun) 페르시아 신화에서 나오는 악마 아지다학과 전투의 영웅이자 승리자. 이마잠쉬드 참조.

트리스탄(Tristan) 아더 왕 전설에서 마크 왕의 조카이며 이졸데의 애인. 다른 기사도 전설에서는 이졸데의 남편이다.

트릭스터/사기꾼(trickster) 많은 민족의 신화에 분포된 인물이지만, 특히 북아메리카 인디언신화에서 중요하다. 이들의 장난스럽고 단순한 성격이 본인이나 인류에게 뜻하지 않은 영향을 끼친다.

트바슈타르(Tvashtar) 인도 신화에 나오는 신이며 비슈바루파/트리쉬라스의 아버지. 공예와 관련이 있으며 그리스의 헤파이스토스와 유사하다. 인드라의 번개와 아그니의 불을 만든다. 고대 베다의 전통에 따르면 인드라의 아버지이다.

트쥐니민(Tjinimin, Djinimin) '박쥐'(아마도 큰 박쥐 종류)라는 뜻. 무린바타족 사이에서 무지개뱀인 쿤망구르의 아들 또는 손자. 와고만본에서 트쥐니민은 누이를 유혹하는 무지개뱀의 이름이다. 이 전설은 원래 관련된 의식이 없었으나 이후 전통을 되살리기 위한 무린바타족의 시도와 연관성이 있는 것으로 보인다. 따라서 뉴기니의 적화(積貨) 숭배와 관련된 것들에 유사하게 발전되었으며 트쥐니민은 예수와 동등시되었다.

틀링깃(Tlinglit) 북아메리카 알래스카 남부와 브리티시컬럼비아 북쪽의 북서해안에 거주하는 원주민들. 하이다족, 침샨족과 함께 예술, 의식, 모계사회 조직으로 알려졌다.

티레시아스(Tiresias) 테베의 장님 예언가. 소포클레스의 〈오이디푸스 티라누스〉와 테니슨의 동명의 시의 주인공. 《오디세우스》에서 오디세우스에게 집으로 가는 방법을 알려주는 것은 하데스의 티레시아스이다. 헤라에 의해 여자로 변신했다가 제우스에 의해 다시 남자로 돌아온다. 아테네가 목욕하는 모습을 보고 눈이 멀었다고 하나 다른 판본에서는 여성의 성적 쾌감이 남성보다 무한히 뛰어나다는 여성성의 본질적인 비밀을 누설한 죄로 헤라에 의해 눈이 멀었다고 한다.

티르(Tyr) 인도유럽의 디아우스, 제우스 그리고 라틴어 개념. 'Deus' 등에 해당하는 고대 스칸디나비아의 신. 군사 작전과 연관이 있다.

티슈트리아(Tishtrya) 가뭄의 악마인 아포쉬를 죽인 이란의 신. 인도·이란 조로아스터 이전의 신전에서는 천체가 인격화되고 숭배받았다. 티슈트리아는 천랑성 시리우스와 동일시된다.

티아마트(Tiamat) 수메르의 창조 설화에서 해수(海水)인 티아마트는 담수(潭水)인 압수와 함께 신과 대지를 생성하는 물질이다. 바빌로니아의 창조 설화에서 엔키가 압수를 죽이자 티아마트는 복수하기 위해 다양한 괴물을 창조한다(킹구 참조). 티아마트와 압수는 아누, 엔키 등 다른 신들을 창조한다. 최초의 부부인 티아마트-압수의 여성 부분으로 생각되는 티아마트는 마르두크에 의해 살해당하고 시체는 대지가 된다. 에누마 엘리쉬 참조.

티웅구(Tiwunggu) '독수리매', 무린바타 씨족.

티키(Tiki, Ti'i) 폴리네시아의 문화영웅. 마우이와 함께 최초의 인간이라고 한다. 많은 신화에서 탕가로아를 창조하고 최초의 여자인 히나와 결혼한 것으로 묘사된다. 티키는 인간을 둘러싼 수호신들의 단위이기도 하다.

티탄족(Titans) 가이아와 우라노스의 아들인 크로노스의 5형제와 레아를 포함한 여섯 자매. 이들은 오세아누스를 제외하고는 태초의 신들에게 반란을 일으켜 올림포스 신 종족을 창조한다. 그런데 이 올림포스 신들이 제우스의 통솔 아래 티탄의 궁중 반란에 반기를 들고 왕권을 빼앗고 티탄들을 타르타로스로 유배 보낸다. 이 반란은 올림포스 신들과 티탄족 간의 전쟁으로 이어진다. 기간토마키아 참조.

티투렐(Titurel) 그랄 가문의 첫 번째 왕.

티튀오스(Tityus) 거인이며 제우스와 엘라라(Elara)의 아들(〈오디세이〉에서는 제우스와 대지의 아들). 제우스의 애인인 레토를 공격한 죄로 하데스에서 독수리 두 마리가 영원히 간을 쪼는 고문을 당한다. 대지와 연관이 있다. 다른 판본에서는 헤라가 레토(로마의 라토나)를 질투하여 티튀오스로 하여금 레토를 강간하도록 지시했기 때문에 제우스 또는 아폴로에 의해 죽는다.

파로(Faro) 콩고 민족 밤바라(밤발라)의 천둥과 물의 신이자 데미우르고스. 니게르(Niger) 강의 신령이며 나중에 역할이 강화된다. 천국과 공기의 창조자. 물과 같은 형태로 지상에 생명을 부여한다.

파르지팔(Parzival, Parsifal, Percival) 동명 제목의 중세 설화의 영웅으로 갖은 역경을 뚫고 안포르타스의 후계자인 그랄 왕과 성배의 수호자가 된다. 12세기로부터 이어진 전통이다. 1877년 바그너가 이 신화를 바탕으로 작곡한 오페라 〈파르지팔〉이 있고 1185년 크레티앙 드 트로예가 집필한 다양한 이야기들인 《퍼시발》로부터 영감을 얻어 1210년경 볼프람 폰에셴바흐가 집필한 《파르지팔》이라는 책도 있다.

파리스(Paris) 일리아드의 주인공이자 애인인 헬레네를 납치하여 트로이 전쟁의 직접적인 원인을 제공한 양치기 왕자. 트로이의 왕 프리암의 아들이다. 일리아드에서 잠시 언급되는 미인대회에서 당당한 헤라와 호전적인 아테네가 아닌 풍만한 아프로디테를 선호했다는 전설이 있다. 상으로 헬레네를 얻지만 헤라와 아테네를 적으로 만들어 그들을 트로이 전쟁 때 그리스 편에서 서게 한다.

파바츠투니(Pavachtuni) 마야 신화에 나오는 네 명의 바람의 신으로 지구의 4방위 그리고 하늘과 빛의 사면과 관련된다. 차크와 결합.

파이톤(Python) 파르나소스 산기슭에 위치한 테미스(모에라에들과 계절을 나타내는 호라에들의 어머니)의 신탁을 지키는 암컷 용(또는 수컷의 예언자 뱀).

파트로클로스(Patroclus) 그리스의 영웅이며 아킬레스의 친구이자 사촌으로 트로이 성벽 밖에서 아킬레스의 갑옷을 입고 있다가 헥토르의 손에 죽임을 당한다. 일리아드에서는 아킬레스가 싸우려는 의지가 없었기 때문에 그가 죽었다는 것을 명백히 한다.

파파(Papa) 마오리 신화에서 우주의 대지와 여성 원리. 원시 마오리의 우주 또는 하늘 아버지(*Sky-Father*)인 랑기와 짝을 짓는다.

파푸안(Papuans) 오스트로네시아어를 사용하는 파푸아 뉴기니 섬의 저지대와 근해 섬에 거주하는 여러 멜라네시아 민족을 지칭하는 일반적인 단어.

판다바(Pandava) 판두 왕과 쿤티 왕비의 다섯 아들. 그러나 인드라가 다양한 모습으로(신 다르마가 되어 유디슈티라를, 바유가 되어 비마를, 인드라로서는 아유르나를) 마드리 왕비와 함께 잉태시켰다(나쿨라와 사하데바 쌍둥이는 쌍둥이 신인 아슈빈이 잉태한다). 유디스티라가 삼촌 왕국의 후계자로 지명되자 이들이 반란을 일으킨다. 그 결과가 마하브하라타이다. 카우라바 참조.

판도라(Pandora) '모든 선물'이라는 뜻. 헤파이스토스와 아테네가 창조한 여성. 프로메테우스가 인간에게 영향을 줄 수 있는 각종 질병과 걱정들을 숨겨둔 상자와 함께 에피메테우스에게 부인으로 주어진다. 판도라가 상자를 열어 인류에게 재앙이 퍼진다.

판두(Pandu, Panda) '창백'하다는 뜻. 고대 인도 서사시 〈마하브하라타〉의 주인공으로, 비아샤의 기형적인 모습에 어머니가 놀라 창백해져서 그 뒤로 아들이 창백해졌다고 한다. 아내인 쿤티와 마드리를 안지 못하게 하는 저주 때문에 판두가 자식을 낳지 못하자 애첩에게 다르마, 바유, 인드라, 아슈빈 쌍둥이 등의 신들 사이에서 판다바라 불리는 아이들을 낳도록 한다.

판칼라(Pancala, Panchala) 드라우파니족의 아비지인 드루파다 왕이 이끄는 북인도 쿠루왕국 남쪽의 국가로 〈마하브하라타〉의 배경이다.

판쿠(Pan-ku) 중국 남부의 신화에서 최초의 중국인. 일부 판본에서는 판쿠가 1만8천 년 동안 우주를 조각하고 몸이 우주의 재료가 되어 부패하는 그의 몸에서 서식하는 기생충들에 의해 인류가 창조되었다고 한다. 다른 판본에서는 판쿠는 대지와 천국을 분리한다. 대기 현상과 연관되어 그의 숨이 바람, 태풍, 비가 된다. 어떤 판본에서는 이집트의 창조신 라처럼 연꽃에서 나온다.

팔리안(Palian) 오스트레일리아의 쿨린족에서 분질의 쌍둥이 형제.

페넬로페(Penelope) 스파르타의 왕의 딸이며 오디세우스의 충실한 부인.

페르세우스(Perseus) 아르고스 출신의 그리스 영웅으로 제우스가 다나에에게서 낳은 아들이며 헤라클레스의 조상. 폴리덱테스 왕이 페르세우스의 어머니에게 구애하다 실패하고 핍박하자 어머니의 명예를 위해 메두사를 죽이고 왕은 메두사의 머리를 보고 돌로 변한다.

페르세포네(Persephone) 코레와 프로세르피나의 별칭.

펜리르(Fenrir) 스칸디나비아 신화에서 로키의 자손이며 오딘의 전통적인 적수. 시간의 종말에 일어나는 우주 전쟁이며 미드가르드와 아스가르드가 파괴되는 스칸디나비아 묵시록인 라그나뢰크에서 오딘을 살해하는 늑대의 형태로 상징됨.

펜테우스(Pentheus) 그리스 신화에 나오는 테베의 왕이며 디오니소스의 사촌으로 디오니소스 숭배를 반대했다. 디오니소스는 펜테우스의 어머니(아가베)가 미쳐서 아들을 죽이도록 강요하거나 속인다.

펜테질레아(Penthesilea, Penthesileia) 트로이에서 아킬레스가 죽인 아마존의 여왕 아레스의 딸. 폰 클라이스트가 집필한 동명의 이야기가 있다. 테르시테스 참조.

펨바(Pemba) 파로와 함께 밤바라(밤발라) 민족의 신. 일부 판본에서는 파로의 창조자이다. 다른 판본에서 파로의 나이가 더 많다. 펨바가 완성하지 않은 빈 구멍을 물로 채우면서 지구의 창조를 끝맺음한다.

포(Po, a-Po, Te-Po) '밤' 또는 폴리네시아, 특히 마오리 부족 사이에서 '태초의 혼돈'을 뜻한다. 랑기와 파파를 분리하기 전에 연속적으로 나타난 혼란의 시대. 사모아인들은 바다의 신 타갈로아(탄가로아 참조)가 그들의 조국을 창조하고 잔디 사이 애벌레로부터 인간을 창조했다고 믿었다. 남성 원리(돌, 흙)와 여성 원리(창공, 하늘)가 포('밤')와 아오('낮') 두 아이를 낳았으며 이 직계로 랑기와 파파가 있다.

포세이돈(Poseidon, Neptune) 제우스의 형이며 크로노스와 레아의 아들이자 바다의 신이며 카리브디스, 오리온, 스킬라, 폴리페모스의 아버지. 물과 지진을 일으킬 수 있는 힘과 연관된다. 히폴리투스, 미노스, 피네우스 참조.

포이닉스(Phoenix) 아민토르 왕의 아들로 거짓 고발로 인해 아버지가 그의 눈을 멀게 한다. 하지만 유명한 그리스 신화에는 아킬레스의 친구 또는 의부(擬父, foster-father)/스승이었던 동명의 영웅이 있다. 포이닉스는 〈일리아드〉에서 아버지 아민토르가 어머니에게 돌아가도록 하기 위해 어머니의 요청에 의해 아버지의 애첩과 동침했다고 이야기한다. 그가 트로이의 벌판에 나타난 것은 눈이 멀었다기보다는 추방되어 펠레우스의 궁으로 도피한 것으로 보인다. 페니키아의 전설적 조

상인 또 한 명의 포이닉스는 테베의 카드무스의 형제였으며 제우스가
여동생 유로파에우로페를 납치한 후 그녀를 찾지 못해 은유적으로 눈
이 멀었다고 표현한다.

보디발(Potiphar) 파라오 친위대의 대장으로 요셉을 노예로 사서 집안에 들
인다. 요셉은 보디발의 아내를 유혹하려고 했다는 누명(실제로는 아
내가 그를 유혹했다)을 쓰고 감옥에 갇힌다.

포폴부(Popol-Vuh) 마야의 키쉐 부족들의 신화서사시. 스페인 침략자들로부
터 알파벳을 배운 마야의 필경사들이 1500년대 중반 작성하였다. 일
부 기독교적 요소를 포함한다.

폰(Fon) 아프리카 서해안(기니 만)의 다호미 민족.

폰카(Ponca) 중서부 평원 가운데에 거주하는 수 어를 사용하는 북아메리카
인디언 민족.

폴리니세스(Polunices) 그리스 신화에 나오는 오이디푸스와 요카스타의 아들
이며 에테오클레스와 안티고네의 형제. 두 형제는 아버지의 죽음 이
후 테베 왕국의 왕위를 놓고 싸우게 되고 에테오클레스가 죽는다.

폴리페모스(Polyphemus) 《오디세우스》에 나오는 포세이돈의 아들이며 오디
세우스가 잡아먹히지 않기 위해 눈을 멀게 만들고 달아난 키클롭스의
수장.

푸(pu) 마오리 신화의 어근(語根). 테 푸 와카하라는 나무의 제작자 또는 창
조자의 형태 중 하나이다. 푸는 또한 다호미족의 신화적인 반수형신
적 인물이다.

푸루샤(Purusha) 베다신화에 나오는 '사람', '인간', '인류'를 뜻하는 이름의
거인. 그의 몸체가 세상을 이룬다. 신들에게 최초로 바쳐지는 제물.

푸쉬(Fu-hsi, Fu-hi, Fu-xi) 중국의 원시 조상이며 전설적인 시대의 황제들
중 첫 번째. 동(봄을 상징하므로 그 원소는 나무)을 가진 자이며 천둥
의 신 라이쉔(다른 판본에서는 라이쿵이라 불리고 또 다른 판본에서는
그의 태생이 거룩한 숨으로 인한 것이라 함)의 아들. 또 다른 판본에서
그는 여동생과 결혼하여 인류를 창조한다. 또 다른 판본에서 푸쉬는
남매 부부로 근친상간을 통해 인류를 창조한다. 어떤 경우에든 그는
예술과 일부일처제(monogamy)를 문명화한 것과 연관된다.

푸에블로(Pueblo) 나바호족의 이웃 부족. 거대한 건축과 복잡한 농경기술로
알려진 북아메리카 남서부의 다양한 민족. 호피, 주니, 테와 참조.

푼즈(*punj*) 무린바타의 통과의례를 거치지 않은 사람들이 이 제의를 부를 때
사용하는 '공식' 이름. 이 의식의 '비밀' 이름은 '카와디'이다.

프라드자파티(Pradjapati, Prajapati) 브라만 신화에 나오는 창조물의 주인이며
아버지이자 수호자. 신이라기보다 추상적 개념이나 원칙에 더 가깝다.

프레이아(Freia) 스칸디나비아 신화에서 오딘의 부인인 프리그와 간혹 혼동
되며 반(아시르의 경쟁자인 바니르 참조)족이다. 프리그처럼 프레이아
는 전사자들의 영혼 일부를 제물로 받는 발키리와 비슷한 역할을 하
는 다산의 여신. 역시 다산의 신인 프레이어의 여동생이며 선박과 해
양의 신인 뇨르드의 딸이며 주술적 예언의 힘과 연관(볼바 참조). 노
발리스의 《하인리히 폰 오프터딩엔》의 주인공.

프로메테우스(Prometheus) 그리스의 신이며 아틀라스와 에피메테우스의 형
제이자 티탄족 이아페토스의 아들. 그는 진흙으로 최초의 인간을 빚
었다고 한다(플라톤에 의하면 헤시오도스의 《신통기》에는 이러한 내용
이 나오지 않는다). 특히, 다른 올림포스의 신들의 음모로부터 인간
들을 옹호하고 돕는다. 그는 신들의 것을 훔쳐 인간들에게 주지만 메
코네에서 제우스에게 거짓제물을 바치면서 산꼭대기에 매달려 독수
리 또는 솔개에게 간을 먹이는 형벌을 받는다(다른 판본에서는 같은
이유로 제우스가 판도라와 운명의 상자를 내려 보낸다). 헤라클레스가
그를 구해서 케이론의 신성과 그의 인간성을 교환하면서 신이 된다.
데우칼리온의 아버지이며 지혜, 예언과 연관된다.

프로세르피나(Proserpina) 페르세포네의 라틴어 이름.

프로테우스(Proteus) 해신(海神)이며 그리스 신화에 나오는 오세아누스와 테
티스의 아들. 인간을 돕지 않는 예언자이며 선지자로 메넬라오스(아
트리데스 참조)가 고향으로 돌아가라고 강요한다. 원하는 형태로 변
신이 가능하다.

프리티비(Prithivi) 힌두교에서 자연의 여신 중 하나, 대지.

프타(Ptah) 고대 이집트의 예술가들의 후원자. 후에 오시리스와 동일시되는
창조주로 멤피스에서 모신다.

플레이아데스(Pleiades) 그리스 신화에 나오는 아틀라스의 일곱 딸이며 오리온의 추적으로부터 벗어나기 위해 새로 변한 아르테미스의 친구들로 후에 신격화되어 그들의 이름을 딴 별자리로 변한다. 메로페 참조. 과라니 신화에서 이 별자리는 문화영웅인 세시와 밀접한 관계가 있다.

피게(Pighe, Pia) 마쿠나이마의 쌍둥이 형제.

피네우스(Phineus) 그리스 신화에서 아들들을 부당하게 가둔(다른 판본에서는 눈을 멀게 한) 죄로 제우스 또는 포세이돈에 의해 눈이 멀게 되는 아게노레의 아들. 다른 판본에서 페르세우스의 약혼녀 안드로메다의 삼촌인 피네우스는 페르세우스가 메두사의 머리를 자른 후 돌로 변한다.

피닉스(Phoenix) 아랍의 것이라고 잘못 알려졌다. 그리스본에서 화장터의 불 속에서 젊음을 되찾아 장수하는 아름다운 새. 초기 이집트본에서는 태양의 신을 상징하는 왜가리의 일종. 피닉스는 아침에 스스로를 창조하여 향기로운 불꽃 속에서 날아오르며 밤에는 오시리스의 석관 위에 있는 천체의 무화과 무리에서 쉰다.

피닐(*pynyl*) 혹치어 '신화적' 담론.

피라(Pyrrha) 에피메테우스와 판도라의 딸이며 데우칼리온의 아내. 제우스가 일으킨 대홍수 이후에 남편과 함께 어깨 위로 돌, 자갈 또는 뼈를 던져 인류를 재탄생시킨다. 피라가 던진 돌은 여자가 되고 데우칼리온이 던진 돌은 남자가 된다.

핀(Finn) 아일랜드(켈트) 민족의 용감한 신화적 문화영웅. 핀의 사시(史詩, the Finn Cycle)에서 음유시인 오시안(3세기에 살았다고 전해지는 전설적 영웅)의 아버지. 전통 오시안 풍(風)의 시에 대한 제임스 맥퍼슨의 표절과 위조를 통해 18세기에 그에 대한 숭배가 되살아남. 조이스의 《피네간의 경야》〔'또다시 핀'(Finn Again)〕는 핀의 사시의 영향을 받았다.

필록테테스(Philoctetes) 일리아드에 나오는 동명의 영웅을 바탕으로 소포클레스가 만든 연극. 헤라클레스의 친구이며 《오디세우스》에 의하면(〈일리아드〉에서는 명확히 나오지 않으므로), 트로이 전쟁에 참전한 그리스 궁사 중 최고. 헤라클레스가 그에게 준 독화살에 다친다. 이에 그리스 병사들에 의해 렘노스 섬에 남겨지게 된다. 나중에 파리스에게 결투를 신청하여 그를 죽인다. 전쟁에서 살아남아 이탈리아로 간다. 다른 신화에서 그는 헤라클레스의 죽음을 목격한 유일한 사람으로 헤라클레스가 신격화된 후에 화장터의 위치를 밝힌 죄로 벌을 받는다.

필리린(Pilirin) 무린바타 신화에 의하면 트쥐니민이 부상당했을 때 대신 사냥을 간 독수리의 이름. 트쥐니민이 불을 꺼뜨리자 인간에게 불을 준다.

하겐(Hagen) 발키리의 사시 모음(the Valkyrie Circle)에 관계된 게르만 서사시 〈니벨룽의 노래〉에서 전사이자 주인공.

하데스〔Hades, 로마의 플루토(Pluto)〕 '투명인간', 크로노스와 레아의 아들이며 제우스와 포세이돈의 형제. 코레(페르세포네 참조)를 납치한 그리스 저승의 신(타타루스).

하이누벨레(Hainuwele) '야자수 가지'라는 뜻. 세람 섬(몰루카)의 여성 데마로 사다리를 타고 천국으로 승천. 신들에게 제물로 바쳐지면서 살해당하고 작물로 지상에 돌아오면서 인간들에게 죽음을 소개하게 됨.

하이다(Haida) 북아메리카 북서 해안의 퀸샬롯 섬에 거주하는 인디언 민족. 틀링깃, 침샨 참조.

하토르(Hathor) 이집트의 하늘의 여신이며 '대모'(大母, All-Mother). 몇 가지 판본에서 그녀는 라와 누트의 딸이며 다른 판본에서는 누트 또는 호루스의 부인이며 또 다른 판본에서는 호루스의 보모. 음악, 무용과 서쪽(저승)의 여신으로 파괴적이기도 하다. 또 다른 몇 판본에서 그녀는 세계수의 여신이며 수호자이다. 소 또는 소의 머리를 가진 여자로 표현된다.

함(Ham) 성서에서 노아의 아들이며 셈의 형제 그리고 히브리 전통에서 이집트인의 조상.

헤(heh) 이집트 신화에서 영원과 그림자의 세계.

헤라(Hera, Juno) 남자 형제인 제우스의 부인이며 크로노스와 레아의 딸. 여성 가장으로서 그리스 이전의 민족(헤로도투스에 따르면, 그리스의 인도유럽 민족 이전의 펠라스기 민족)의 신으로 그리스 신전에서 유일하게 결혼하였으며 나중에 그리스에 인도유럽 민족들이 거주하면서 제우스가 상징하는 남성 위주질서에 편입된다. 매년 처녀성을 회복하여 봄의 번식과 연관 지어지며 출산의 수호령들과도 연관된다. 헤파이스토스와 아레스 및 헤베와 일리시아라는 딸들의 어머니. 헤라는 남편의 지속적인 불륜으로 인해 시기와 복수심이 많은 것으로 표현된다. 파리스와 트로이인이 미인대회에서 아프로디테를 선택하자 이로 인해 그리스 편을 도운 아테네와 함께 그들을 영원히 용서하지 않는다.

헤라클레스(Heracles, Alcides, Hercules) 그리스 신화에서 신체적 힘을 상징한다. 반인반신으로 제우스가 알크메네의 남편인 암피트리온의 형상으로 나타나 알크메네를 유혹하여 낳은 아들. 12과제와 전쟁 등 여러 모험을 통해 잘 알려진 영웅. 사후에 올림포스 신전에 입성한다. 필록테테스 참조.

헤레로(Herero) 아프리카 대륙의 남서쪽 해안(나미비아의 동쪽)에 사는 민족.

헤르메스(Hermes, Mercury) 올림포스 신들의 전령이자 제우스의 아들. 전쟁에서 제우스를 도우며 오디세우스를 두 번 살려준다(키르케와 칼립소 관련 일화). 아르고를 죽인다. 행운, 상업과 절도와 연관된다. 그는 도둑 오토리쿠스의 아버지이며 따라서 오디세우스의 조상이기도 하다.

헤르메폴리스(Hermepolis) 이집트의 가장 오래된 신화 배경지. 아몬 참조.

헤르모드(Hormod) 오딘의 아들. 로키의 속임수 때문에 죽은 형제 발드르를 구하기 위해 지하계(헬)로의 하강을 시도한다.

헤스티아(Hestia, Vesta) 크로노스와 레아의 딸로 제우스와 헤라의 자매. 처녀이며 난로의 여신으로 다른 올림포스 신들의 활동과 감정싸움에 참여하지 않고 일종의 추상적인 개념으로 남는다. 기원전 5세기에 그리스 판테온에서 디오니소스와 교체된다.

헤시오도스(Hesiod) 기원전 8세기에 쓰인 올림포스 전후의 신들의 이야기를 혼합한 초기 그리스 신화의 모음 및 분류집인 《신통기》의 필자. 호메로스 초기의 올림포스 이야기와는 달리 헤시오도스는 정의를 인간 그리고 신들의 존재의 주요 문제로 삼는다.

헤임달(Heimdallr) 〈에다〉에 나오는 아이슬란드의 신으로 '백'(白)으로 불리며 로키의 적수이자 우주 나무의 수호자(이름이 세계수를 뜻한다고 볼 수도 있다. '헤임'은 세계를 의미하고 '달루'는 나무를 의미하는 달루와 관련이 있을 수 있다). '달'은 장님을 뜻하지만 하늘과 빛과 연관된다(오딘 참조). 몇 개의 판본에서는 아스가르드의 수호자. 뒤메질의 해석에 의하면 그의 이름은 '양'(羊)을 뜻하며 천상을 상징한다.

헤카테(Hecate) 그리스 신화에서 페르세포네(코레)의 무시무시한 동반자. 원래는 물질적 풍요와 행복과 관련이 있었으나 나중에는 저승, 마법 그리고 요술과 연관된다. 인도유럽이 아닌 아시아로부터 파생되었을 수 있으며 원래 아르테미스와 관련이 깊었다.

헤파이스토스(Hephaestus, Hephaistos) 그리스 신화에 나오는 제우스가 올림포스에서 쫓아내어 절름발이가 된 제우스와 헤라의 아들. 불과 금 공업 및 수공업과 관련된 신. 몇몇 본에서 아프로디테의 배우자인데 또 다른 본에서는 카리스(미의 세 여신 중 하나)와 결혼했다. 로마의 불칸(Vulcan)과 유사.

헤호(heho) 폰족의 역사적 혹은 '진실된' 담화.

헬(Hel) 로키의 딸이며 게르만 민족 전통에서 사자의 땅의 지배자. 확장된 의미에서 사자의 땅 자체를 뜻하기도 한다.

헬기(Helgi) 아이슬란드 서사시에서 발키리인 카라와 사랑에 빠지는 남자.

헬레네(Helen) 그리스 신화에서 제우스와 레다(레다는 대중적인 전설에서만 백조로 표현되며 〈일리아드〉에서는 나오지 않는다)의 딸. 〈일리아드〉의 주인공이자 영감(靈感)(파리스 참조)이다. 메넬라우스의 부인이며 파리스의 애인 그리고 클리템네스트라(아가멤논의 부인. 디오스쿠로이 참조)의 자매.

헬리오스(Helios, Helius) 초기 그리스 신화에서 셀레나와 에오스(오로라, 새벽)의 형제이며 올림포스 이전의 신. 모든 것을 볼 수 있는 신으로 태양과 연관된다. 호메로스에 의하면 전지한 태양신인 히페리온의 아들일 뿐이며 키르케의 아버지이다. 이 후기 판본에서 헬리오스는 부차적인 역할로 격하된다. 호메로스에서 오디세우스와 부하들이 그의 황금소를 죽였을 때 직접 복수를 하기는커녕 제우스에게 탄원을 해야만 할 정도였다.

현명한 노인(old wise man) 융의 심리학 용어로 '진정한' 의미의 원형. 이것 없이는 이해할 수 없거나 혼란스러운 사건들을 파악할 수 없다.

호루스(Horus, Horos) 이시스의 아들. 게브의 후계자. 오시리스의 복수자. 이집트 태양신의 많은 이름 중 하나. 라와 합쳐지면서 라하라크트라는 이름하에 이집트 종교를 지배. 나중에는 왕권과 밀접한 관련을 가진다.

호세뎀(Hosedem) 시베리아 케트족에서 악과 죽음을 상징하는 대지의 신이
자 여성적 원칙. 하늘의 인격체인 에스와 결혼하였으나 달의 신인 히
스와 짜고 그를 배신한다. 그 결과로 죽음의 섬에 유배당한다.

호피(Hopi) 미국 서남쪽에 거주했던 푸에블로 종족. 나바호, 주니, 테와 등
과 이웃. 우토아즈텍어를 사용한다.

혼돈(*chaos*) 헤시오도스의 《신통기》에서 카오스는 가이아, 타르타로스, 에로
스와 함께 시원적 원소들 중의 하나 혹은 원초적 원소들로부터 생성
된 신성한 힘들의 하나로 이야기된다. 시원적 카오스는 성서의 창세
기에서와 마찬가지로 다수의 여타 신화들에서도 괄목할 만한 모티프
라 할 수 있다. 아이테리아, 바알, 훈툰, 코레, 눈, 포, 소브크, 토
트, 티아마트 등 참고.

화사(火蛇) 북(Vuk the Fire-Serpent) 세르비아 서사시 〈불뱀 북〉(*Zmaj Ognjeni
Vuk*)의 신화적 영웅. 세르비아 크로아티아 민담에는 여러 용 뱀이 등장
한다. 용 운석(隕石)의 범주, '진짜' 용, 용 뱀 그리고 북과 같은 용 인간
이 있다. 용 운석은 악하지 않으며 하늘과 연관이 있다. 이들은 빛을
내며 밤하늘을 날아다녀서 '운석'이라고 한다. 일반적으로 뱀은 정력과
힘의 상징으로 인간 여자와 교접할 수 있지만 한곳에 너무 오래 머무르
면 가뭄을 불러올 수 있다.

후안티(Huan-ti) 중국 신화의 '황제'('티'는 지배자라는 뜻). 태초에 지배한 다
섯 왕들의 지배자. 천상을 형성하는 고대의 신(천상의 신인 티엔은 나
중에 후안티와 통합된 별도의 신이었던 것으로 보임)이다. 대지(대지의
색은 황색으로, 이는 중심부 왕국에서 지배적인 색이다)와 우주의 중심
을 받치며 이름이 많은 이유는 나이가 많기 때문이다. 추안슈를 보내
군군을 죽인다. 식물의 신들 중 하나.

후와와(Huwawaq, Humbaba) 이슈타르 여신의 영역을 보호하는 거인. 엔키
두와 길가메시가 따라다니면서 괴롭힌다.

훈툰(Hun-tun) 중국 신화에 나오는 태초의 혼돈을 뜻하는 '혼합물'이며 거대
한 자루의 형태로 새의 형상을 한 누런 괴물로 간혹 등장한다.

훌루푸(Huluppu) 이난나가 심은 나무. 수메르의 영웅인 길가메시가 쫓아내
기 전까지 세 명의 괴물이 살았다.

훔바바(Humbaba) 후와와의 다른 이름.

훙(Hung) 중국 신화에 나오는 후안티의 조카. 영웅이며 거대한 물고기. 몇 개의 판본에서 성스러운 물체인 시안을 사용해 대지를 거대하게 부풀림으로서 홍수를 막는다.

휘트질로포크틀리(Huizilopochtli) 아즈텍 신전에서 남쪽의 신은 벌새로 상징된다. 완전무장한 성인으로 나타나는 그는 태풍의 신이며, 아즈텍인들이 왕국의 수도인 테노크티틀란(현재 멕시코시티)에 정착하기 전 진행된 여행의 수호자이다. 마야의 신화처럼 아즈텍의 신화도 세상을 중앙과 4구역으로 분류하여 각 구역에 하나 또는 대부분의 경우 둘의 신이 거주한다.

흐베노호(hvenoho) 폰족의 신화적인 또는 '거짓' 담화.

히드라(Hydra) '뱀'으로 에키드나와 튀포에우스의 딸. 헤라클레스가 두 번째 과제로 죽인다. 개의 몸과 뱀의 머리 아홉 개로 이루어진 괴물.

히드로멜(Hydromel) 게르만 민족의 신화에 나오는 거인들의 성스러운 기원의 음료수로 오딘이 훔쳐 나중에 시(詩)의 신이 된다. 아시르와 바니르의 침에서 태어났으나 나중에 두 명의 난쟁이들에 의해 죽임을 당하는 반신적 존재인 크바시르의 피와 꿀을 섞어 만들어짐. 통속적으로는 물과 꿀을 섞어 발효하여 만드는 벌꿀 술을 의미한다.

히타이트인(Hittites) 기원전 2000년에 융성하여 북시리아로 확장했던 아나톨리아(Anatolia)의 인도유럽 민족.

히포스타시스(*hypostasis*) 물체 또는 현상의 근원으로 특성이나 속성과는 다르다. 신화 논리에서는 보다 구체적인 대상으로의 이미지나 의미, 규범의 변화를 의미.

히폴리투스(Hippolytus) 그리스 신화에서 포세이돈이 죽인 사람. 계모인 페드라(아리아드네의 자매. 이카루스 참조)가 테세우스를 몰래 사랑하나 유혹을 거절당하자 강간범으로 그의 아들을 지목하고 테세우스는 포세이돈에게 도움을 청한다. 그러자 페드라는 목을 매어 자살한다. 이 설화는 라신의 연극〈페드라〉와 유리피데스의〈히폴리투스〉의 소재이기도 하다.

찾아보기

(용 어)

ㅇ

ㅈ

찾아보기

(인 명)

엘레아자르 모이세예비치 멜레틴스키
(Елеазар Моисеевич Мелетинский, 1918~2005)

1918년 러시아 하리코프에서 태어나 모스크바에서 중등교육을 마쳤다. 그 뒤 1940년 역사·철학·문학 연구소(ИФЛИ)의 문학·예술·언어학과를 마쳤다. 군대에서 통역병 교육을 이수하고 남부 전선과 카프카스 전선에서 복무하기도 하였다. 타슈켄트에서 대학원을 마친 후 1945년 "입센 창작의 낭만주의 시기"라는 논문으로 박사학위를 받았고 1946년에는 페트로자보트스크의 카렐리아핀란드대학으로 옮겨가 1949년까지 문학과의 과장으로 일했다. 1949년 반유대주의 운동에 의해 체포되어 10여 년 가까이 유배생활을 해야 했으며 1954년 가을이 되어서야 수용소에서 풀려나 복권되었다. 이후 1956년부터 1994년까지 러시아 국립학술원 고리키 세계문학연구소(ИМЛИ РАН)에서 연구과 저술, 교육에 매진했다. 또한 1989년부터 1994년까지 모스크바대학(МГУ)에서 당시 역사학부에 의해 설립된 세계문학 역사·이론학과에서 교수로 봉직하였다. 1980년부터 학문적으로 세계적 명성을 누리게 되었다. 1992년 초부터는 러시아 국립인문대학(РГГУ)의 고등인문학연구소를 이끌면서 그간의 학문적 여정을 통해 품게 된 인문학적 이상의 실현에 주력하였다.

언어예술의 발생 및 초기 형태의 언어예술 그리고 중세유럽과 북구, 근동, 중앙아시아의 문학 또한 카프카스와 그 주변 지역, 중앙아시아와 시베리아 민족 등의 서사 전통에 이르기까지 세계의 여러 지역과 다양한 문화권을 포괄한 방대한 영역에 걸친 문학 연구에서 멜레틴스키가 궁극적으로 지향한 바는 고대신화로부터 현대문학에 이르기까지 인류의 서사형식이 가진 시학의 구축이었다. 그는 민속과 신화 등의 구전과 민족지학적 문헌, 기록 텍스트에 대한 방대한 연구를 통해 초기 문명적 자료가 서사문학 형태로 발전해나가는 과정에서 발견되는 역사적, 시적 법칙성을 비교유형학과 구조주의 기호학의 이론적 토대 위에 정립하였다. 대표 저작으로는 《신화시학》(1976), 《동양 민속과 신화 연구》 시리즈(1979), 《서사시와 소설의 역사시학 개론》(1986), 《단편소설의 역사시학》(1990), 《신화에서 역사로》(2000) 등이 있다.

박종소

서울대학교 노어노문학과와 동 대학원을 졸업했으며 러시아 모스크바국립대학 어문학부에서 "블라디미르 솔로비요프의 시: 미학적·도덕적 이상의 문제"(1996)로 박사학위를 받았다. 현재 서울대학교 인문대학 노어노문학과 교수로 재직 중이다. 주요 논문으로는 "러시아 속의 세계문학"(2014), "러시아 문학의 종말론적 신화양상 I, II, III"(2004~2007) 등이 있다. 역서로는 바실리 로자노프의 《고독》(1999), 미하일 바흐친의 《말의 미학》(공역, 2006), 블라디미르 솔로비요프의 《악에 관한 세 편의 대화》(2009), 베네딕트 예로페예프의 《모스크바발 페투슈키행 열차》(2010), 류드밀라 울리츠카야의 《소네치카》(공역, 2012), 《우리 짜르의 사람들》(2014) 등이 있다.

최행규

한국외국어대학교를 졸업하고 동 대학원에서 석사를 마치고 "1830년대 러시아 산문에 나타난 뻬쩨르부르그 신화 연구: 신화의 생성과 주요 구성 요소를 중심으로"(1997)로 박사학위를 받았다. 현재 경희대학교 외국어대학 러시아어학과 교수로 재직 중이다. 주요 논문으로는 "뻴레빈의 〈니까〉 다시 읽기: 작가의 서사전략과 세계관을 중심으로"(2013)와 "'다른 산문'과 타티야나 톨스타야: 〈파키르〉의 분석을 중심으로"(2012) 등이 있다. 역서로는 《삶, 소박한 비밀》(2003), 《나는 현대 러시아 작가다》(공역, 2012) 등이 있다.

차지원

서울대학교 노어노문학과와 동 대학원을 졸업했으며 러시아 국립학술원 문학연구소(ИРЛИ: Пушкинский дом)에서 "알렉산드르 블로크의 드라마투르기: 메타시학적 양상"(2005)으로 박사학위를 받았다. 현재 서울대학교와 이화여자대학교, 숙명여자대학교 등에서 강의하며 서울대학교 인문학연구원 HK연구교수로 재직 중이다. 주요 논문으로는 "발레리 브류소프의 상징주의 미학의 지평: 러시아 상징주의에서 발레리 브류소프 미학의 의미에 관한 소고"(2013), "알렉산드르 블로크의 드라마 〈발라간칙〉은 무엇에 관한 극인가?: 드라마 〈발라간칙〉의 텍스트에 쓰인 미학적 논쟁과 함의 읽기"(2012), "러시아 상징주의와 실재의 탐색 (II)"(2012), "러시아 상징주의와 실재의 탐색 (I)"(2011) 등이 있다. 역서로는 《러시아 문화사》(공역, 2011)가 있다.